BEATRIX MANNEL | Die Hexengabe

Über dieses Buch

Die ungemein unglaublich verwegen grauenhaft-ergötzliche Schicksalsgeschichte dero ehrenwerteste Spielkartendruckerin Rosa Sibylla Zapf und deren gar curiosem Hexenfinger. In der selbige durch den herzlosen Nürnberger Rat gezwungen ist, unter Einsatz ihres Lebens eine Reise in das Land der Heiden zu wagen und dort ihren Neffen aus dem Harem des indischen Großmoguls vor der barbarischen Entmannung zu retten. Danebenst Sie einen ungläubigen Jesuiten zum protestantischen Ehegatten bekehren wird und dero Wunderwerke sowie allerlei ergötzliche Besonderheiten trefflich zu erzählen weiß, jedoch dero wichtigster Theil allhier des Ganzen sei dem geneigten Leser dieses: Rosa wird sich unterwegs weise geworden darein schicken und die Verhexung ihrer Hand als Instrument des göttlichen Plans anerkennen und darob auf wundersame Weise glücklich sein.

Über die Autorin

Beatrix Mannel studierte Theater- und Literaturwissenschaften und arbeitete dann als Redakteurin beim Fernsehen. Seit 2000 ist sie freie Autorin und schreibt Romane für Jugendliche und Erwachsene. Die Hexengabe ist ihr erster historischer Roman im Diana Verlag. Beatrix Mannel lebt mit ihrer Familie in München.

BEATRIX MANNEL

Die Hexengabe

Roman

Diana Verlag

MIX
Papier aus verantwortungsvollen Quellen
FSC® C014496
FSC
www.fsc.org

Verlagsgruppe Random House FSC-DEU-0100
Das für dieses Buch verwendete
FSC®-zertifizierte Papier *Holmen Book Cream*
liefert Holmen Paper, Hallstavik, Schweden.

Originalausgabe 12/2010

Redaktion | Valesca Schober
Herstellung | Helga Schörnig
Umschlaggestaltung | t. mutzenbach design, München,
unter Verwendung folgender Motive: © Reni Guido (1575–1642), Prado, Madrid, Spain/bridgemanart und Nuremberg, Prout, Samuel (1783–1852)/ © Wolverhampton Art Gallery, West Midlands, UK/Bridgeman Berlin
Satz | Leingärtner, Nabburg
Druck und Bindung | GGP Media GmbH, Pößneck
Printed in Germany 2010
978-3-453-35425-8

www.diana-verlag.de

1. Kapitel

»Aber das ist Unrecht!« Rosa hob zum ersten Mal, seit sie an der Seite ihrer Mutter das gewaltige Portal des Nürnberger Rathauses durchschritten hatte, ihren Blick und funkelte ihre Peiniger wütend an.

Die sieben Männer starrten fassungslos zurück.

Auf den ersten Blick sahen sie für Rosa alle gleich aus in ihren schwarzen Kniehosen, den schwarzen Hemden und Wämsern mit den weiß aufleuchtenden Spitzenkragen. Wie bösartige Raben, fand Rosa, hockten sie da oben hinter dem langen Tisch.

»Großes Unrecht!«, wiederholte Rosa noch einmal lauter, doch ein Rempler ihrer Mutter brachte sie zum Schweigen, was von den Männern mit einem wohlwollenden Nicken aufgenommen wurde.

»Ehrwürdige Herren«, begann die Mutter mit brüchiger Stimme, »soweit mir bekannt ist, hat der Rat der Stadt Nürnberg noch niemals eine Witwe dermaßen ungnädig behandelt.«

Rosa, die schräg hinter ihrer Mutter stand, bemerkte, dass deren bester schwarzer Leinenrock vibrierte, als ob die Knie ihrer Mutter stark zittern würden. Sie fragte sich, warum ihre Mutter so viel Angst vor diesen Männern hatte.

Sie musterte den Rat jetzt eingehender und fand, dass sich die Raben, zumindest was Haartracht und Körperfülle anging, doch voneinander unterschieden.

»Wir tragen Sorge für jedwede Witwe in Nürnberg«, erklärte der Mann mit der größten Stirnglatze, »doch wie sollen wir Euch gestatten, das für Eure Verhältnisse viel zu prächtige Haus und noch dazu den ebenso vollständig überschuldeten Betrieb Eures Mannes weiterzuführen, wenn es weder einen männlichen Erben gibt, noch ein Geselle im Haus ist.« Er wischte mit einem Tuch seine glänzende Stirn trocken.

»Aber für gewöhnlich erlaubt Ihr der Witwe für wenigstens drei Jahre …«

»Ei, da schaut an, die Zapfin kennt sich aus!«, spottete einer und brachte die anderen so zum Lachen, dass ihre weißen Spitzenkragen wackelten.

»Ihr habt in der Tat nicht ganz unrecht«, erbarmte sich der Herr ganz links am Tisch. Er zwirbelte seinen Spitzbart, während er mit einem merkwürdigen Lächeln weiterredete. »Doch dieser endlose Krieg hat Nürnberg auf Jahre hinaus arm gemacht, und wir können es uns nicht leisten, einen Betrieb weiterlaufen zu lassen, von dem keinerlei Einnahmen für den Stadtsäckel zu erwarten sind. Noch dazu gibt es bereits mehr als genug Spielkartendrucker in der Stadt.«

Rosa, die wie alle anderen in der kleinen Ratsstube stark schwitzte, spürte, wie eine lähmende Kälte in den sechsten Finger ihrer linken Hand stieg – wie immer, wenn jemand log. Unwillkürlich fasste sie mit ihrer rechten Hand nach der behandschuhten linken. Sie hasste es, wenn ihr sechster Finger sich auf diese Art bemerkbar machte, und wünschte sich nichts mehr, als dass er endlich einmal so kalt wie ein Eiszapfen würde, den sie dann einfach abbrechen und fortwerfen könnte.

Stets hatte sie Angst, jemand könnte diese seltsame Fähigkeit ihres Fingers bemerken, doch ein Blick auf die Männer überzeugte sie davon, dass diese Furcht unbegründet war: Der Spitzbärtige redete noch, und die anderen lauschten andächtig.

»Euer selig verstorbener Mann, der Johannes Willibald Zapf, hätte zum Ersten gut daran getan, sich zu bescheiden, zum Zweiten, besser zu wirtschaften ...«, er wandte sich Beifall heischend zu den Herren, die rechts und links von ihm saßen, und zwinkerte diesen zu, »und zum Dritten hätte er statt Eurer teuflisch krüppeligen Tochter und deren kränklichen Schwestern auch einen Sohn zeugen sollen.«

Die Herren brachen in gemeinschaftliches Gelächter aus, nickten sich zu, nur um dann mit neugierigen Blicken Rosas üppige Gestalt nach ihrer Missbildung abzusuchen.

Rosa spürte unterdessen ihren Hexenfinger kalt wie nie, es kam ihr so vor, als würde er mit jedem Lachen wachsen, anschwellen, als müsste er gleich seinen ledernen Handschuh sprengen. Sie zwang sich, nicht nachzusehen, und versteckte die unselige Hand noch tiefer zwischen den Falten ihres dunkelblauen Leinenrocks. Diese schreckliche Hand, die allein schuld war an dem plötzlichen Tod des Vaters.

Sie spürte, wie ihre Mutter in sich zusammensank.

»Mutter«, flüsterte sie ihr zu, »du musst dich wehren. Der Vater hätte gewollt, dass wir weitermachen. Die Ratsherren sagen uns nicht die Wahrheit.«

Ihre Mutter bedachte sie nicht einmal mit einem Blick, sondern zischte nur ein kurzes »Schweig!«, atmete tief ein, straffte ihre Schultern und begann erneut.

»Mag sein, dass es Gott beliebt hat, meinen seligen Ehemann und mich für unsere Sünden zu strafen, indem er uns den sehnlichst erwünschten Sohn versagt hat, doch wer seid Ihr ...«

Der spitzbärtige Rabe wurde rot im Gesicht und sprang auf. »Ihr vergesst Euch, denkt daran, vor wem Ihr hier steht!«

Die Mutter verstummte und zuckte zurück, als hätte er sie geschlagen.

»Ihr schließt den Betrieb, verkauft Euer Haus und alle Gerätschaften und sucht Euch eine andere Bleibe, eine, die Euch und Euren merkwürdigen Töchtern besser ansteht. Am allerbesten verlasst Ihr Nürnberg gleich ganz.«

Die Männer nickten zustimmend, und ein besonders schmerbäuchiger, dessen Kinn in drei Ringen über dem Spitzenkragen lag, fügte noch an: »Für die mit der Hexenhand werdet Ihr sowieso niemals einen Mann finden, und Eure Zwillinge sind, so wurde uns glaubhaft versichert, zu kränklich, um für den Ehestand tauglich zu sein.«

Der Spitzbärtige fügte, immer noch rot im Gesicht, hinzu: »Welcher ehrbare Kartendruckergeselle würde eine Alte wie Euch schon ehelichen. Noch dazu eine«, er holte tief Luft, um dann mit allem Nachdruck zu sagen: »eine, deren Leib verflucht zu sein scheint.«

Dieser letzte Hieb brachte ihre Mutter zum Schwanken. Rosa spürte, wie ihr das Blut ins Gesicht schoss. Was die Mutter wegen ihr alles ertragen musste! Diese Art von Gemeinheiten hatten die Leute auch schon bei der Beerdigung des Vaters geraunt. Der Mutter wurde widerwillig das Beileid ausgesprochen, Rosa nur mit abfälligen Blicken bedacht. Als ob sie nicht am allermeisten um ihren Vater trauern würde, den einzigen Menschen, der sie je geliebt hatte.

Und es war nicht bei den Blicken geblieben. Schon auf dem Weg zum Leichenschmaus hatte sich das boshafte Zischeln der Schwätzerinnen ausgebreitet wie der Geruch nach frischem Blut am Schlachttag. Obwohl ihr Vater nur mit wenigen darüber gesprochen hatte, war man sich einig, dass der Vater nur deshalb vom Pferd gestürzt war, weil er für die verfluchte Tochter ein gar zu eitles Geschenk besorgt hatte. Immer wieder hatte Rosa versucht, das Geflüster zu ignorieren, aber Worte waren wie Staub: Sie drangen überall durch, bohrten sich in ihre Seele und setzten sich dort fest.

Und nun hatte es dieser Spitzbärtige gewagt, ihrer Mutter ins Gesicht zu sagen, was bis jetzt nur hinter ihrem Rücken getuschelt worden war. ›Teuflischer Krüppel‹.

Aber sie alle hatten etwas vergessen! Dorothea und ihren Sohn.

Ihre zehn Jahre ältere Halbschwester, die weder krank noch missgebildet war und die der Vater mit in die Ehe mit ihrer Mutter gebracht hatte. Der Gedanke an ihre geliebte Schwester gab Rosa Kraft, sogar ihr Finger wurde wieder wärmer. Und je wärmer er wurde, desto stärker wurde in Rosa das Gefühl, sie würde platzen, wenn sie nicht endlich gegen dieses Unrecht vorging. Es musste doch eine Möglichkeit geben, etwas gegen diese Männer auszurichten.

Aber was würde sie überzeugen?

Aus den Augenwinkeln ihrer mageren Mutter rann eine Träne, die diese mit einer ungeduldigen Handbewegung wegwischte. Sie war keine, die jammerte.

»Damit ist alles gesagt«, verkündete der Spitzbärtige gerade und schlug zur Bekräftigung auf den Tisch.

Die Raben erhoben sich.

»Nein!«, rief Rosa völlig verzweifelt, und obwohl ihr Herz wie rasend klopfte, wiederholte sie noch einmal und noch viel lauter: »Nein!«

Die Männer sahen sich verblüfft an, ihre Mutter schüttelte den Kopf. »Schschsch«, sagte sie mit einer Handbewegung zu Rosa hin, als wollte sie eine lästige Taube verscheuchen.

Doch Rosa ließ sich nicht mehr zurückhalten. Alles, was ihr Vater aufgebaut hatte, sollten sie verkaufen, ja aus ihrer Heimat wegziehen? Ihr war, als könnte sie förmlich hören, wie ihr Vater mit der Faust auf den Tisch schlug. Aber der Vater war nicht hier, und die Männer wollten das ausnutzen. Wenn sie jetzt klein beigab, dann wäre das Verrat an dem einzigen Menschen, der sie niemals wie ein Monster behandelt hatte. Diese Gedanken und ihr Zorn gaben Rosa die Kraft, zu sprechen. Ja, sie musste sprechen!

»Ehrwürdiger Rat, diese Unwürdige möchte nur verhindern, dass Ihr ein großes Unrecht begeht.«

Die Ratsherren sahen sich an, zögerten.

Gut, dachte Rosa, die von ihrer Wut angetrieben wurde, aber noch gar nicht wusste, was genau sie vorbringen wollte.

Der mit der Stirnglatze ließ sich zuerst wieder auf seinen Platz sinken und forderte Rosa dann mit einem ungeduldigen Schnicken der Hand auf weiterzureden.

Die anderen folgten seinem Beispiel und setzten sich, leise stöhnend, wieder hin. Vor allem der Spitzbärtige schüttelte dabei vehement den Kopf.

Rosa hatte die Worte ihres Vaters im Ohr: *Jedes Blatt ist nur so gut wie sein Spieler.* Sie rief: »Mein Vater hat noch eine Tochter, meine Halbschwester Dorothea!«, als wäre damit alles klar.

»Noch eine von der Sorte? Mir scheint, Euer Vater war ein sehr unglücklicher Mann!«, sagte der mit dem Spitzbart grinsend zu den anderen Männern.

»Meine Schwester Dorothea, die verehelicht ist mit Christian Martin Balderius, hat einen Sohn. Meinen Neffen Kaspar Johannes. Der Enkel meines Vaters.«

Der Schmerbäuchige wendete sich ungehalten an die anderen: »Warum war von dem hier nie die Rede?«

»Weil«, mischte sich der mit der Stirnglatze ein, »die alle in Indien verschollen sind, schon seit Jahren.«

»Verschollen in Indien, so, so.« Der Spitzbärtige entspannte sich.

Für Rosa aber klang das abscheulich. Immer mehr gewann sie den Eindruck, dass man sie einfach aus der Stadt haben wollte. Die wollten ihre Schwester einfach wegreden. »Niemand ist verschollen«, empörte sie sich. »Sie leben in Masulipatnam in Ostindien.«

»Hört, hört!«, bemerkte der mit dem Spitzbart, der ihre Anstrengungen mit einer Miene betrachtete, als wäre sie ein auf den Rücken gefallener Käfer, der sich mit aller Kraft bemühte, wieder auf die Beine zu kommen, ohne zu ahnen, dass er sowieso gleich totgetreten werden würde.

»Und wie alt ist Euer Enkel?«, fragte ein anderer der Raben ihre Mutter.

»Kaspar ist am Johannistag sechs Jahre alt geworden und erfreut sich allerbester Gesundheit«, antwortete Rosa, bevor ihre Mutter antworten konnte.

»Aber niemand weiß, wann und ob der Junge wieder nach Nürnberg zurückkehren wird.« Der Spitzbärtige schien erfreut über seine Anmerkung, was Rosas Verzweiflung noch vergrößerte. Es musste einfach einen Weg geben. Jeder Tag, den die Mutter Vaters Gewerbe weiter betreiben durfte, würde ihnen allen nutzen. Wovon sollten sie und ihre schwächlichen Schwestern denn sonst leben?

»Ihr irrt Euch. Es ist eine beschlossene Sache. Schon sehr bald wird mein Neffe hier sein«, behauptete Rosa und hoffte, dass die Mutter sie nicht unterbrechen würde, bevor ihr einfiel, was sie als Nächstes vorbringen konnte.

Noch nie in ihrem Leben hatte Rosa dermaßen dreist gelogen, und sie erwartete, dass sich die Erde unter ihr auftat oder die Pauken und Trompeten des letzten Gerichts erklangen, aber es blieb still, nicht einmal ihr sechster Finger reagierte.

Sie hatte Angst, es zu weit getrieben zu haben, überlegte, was sie noch tun könnte, um Zeit zum Nachdenken zu schinden, griff dann nach der Kette mit dem Medaillon in ihrem Ausschnitt und tat so, als würde sie das interessierte Glitzern in den Augen der Männer nicht bemerken. Sie zog das Medaillon heraus und öffnete es.

»Das hier ist eine Locke von Kaspar. Dorothea hat mich zu seiner Patin bestimmt, denn sie ist sehr unglücklich darüber, dass ihr Sohn bei den Heiden aufwachsen muss.« Sie trat einen Schritt vor und zeigte die mit einem blauen Bändchen umwundene blonde Locke.

Der Spitzbärtige ließ sich die Locke geben und rieb sie zwischen seinen Fingern hin und her, als wollte er sie zu Staub mahlen.

»Ihr seid so … schweigsam … Zapfin?« Der mit dem spitzen Bart wandte sich mit einem drohenden Unterton an ihre Mutter.

Rosa schwitzte – wenn ihre Mutter nur nicht alles verdarb! Ihre Mutter log nie. Sogar damals, als Rosa sie gefragt hatte, ob ihr sechster Finger wirklich ein Zeichen des Teufels sei, war ihre Mutter ehrlich gewesen. Ja, hatte sie schlicht geantwortet. Und dass man Rosa deshalb sehr genau im Auge behalten müsse.

Um von der Mutter abzulenken, wollte Rosa die Locke wieder zurückhaben, doch der Spitzbärtige schüttelte den Kopf und reichte die Locke weiter wie ein Beweisstück.

»Nun, Zapfin?«, fragte jetzt auch der mit der Stirnglatze. »Für wann erwartet Ihr seine Rückkehr?«

Rosa saß in der Klemme, sie musste etwas sagen. Sofort. Denn erstens war Dorothea nicht auf dem Heimweg, und zweitens würde ihre Mutter, diese Wahrheitsfanatikerin, das ganz sicher gleich aufklären. Denk nach, Rosa, denk nach! Ihre Waden zitterten unter den ungeduldigen Blicken der Ratsleute, und der Puls dröhnte in ihren Ohren.

Das Blatt ist nur so gut wie sein Spieler, hörte Rosa wieder die Stimme ihres Vaters.

»Nun, ich weiß nicht, wie ich es vorbringen soll ...«

Mach jetzt keinen Fehler, Rosa, überleg, schnell!

Die Raben starrten sie ungeduldig an.

Wenn du keine Trümpfe in der Hand hast, dann tue so, als hättest du welche, hörte sie wieder ihren Vater, der zum Leidwesen der Mutter ein begnadeter Spieler gewesen war. Rosa überschlug ihre Möglichkeiten, und plötzlich wusste sie, was sie sagen musste. Es gab nur diesen einen Weg.

»Da mein Neffe noch nicht alleine nach Hause fahren kann, werde ich ihn holen. Meine Halbschwester wünscht es so, damit ihr armer Sohn nicht unter Heiden aufwachsen muss«, erklärte Rosa mit betont fester Stimme und hoffte, niemand würde ihr ansehen, dass sie bisher noch nicht einmal bis Fürth gekommen war oder auch nur bis vor die Tore der Stadt.

Einen Moment herrschte verblüfftes Schweigen, dann begann einer nach dem anderen zu lachen, immer lauter und lauter. »Die da holt das Kind?«, stöhnte der Schmerbäuchige und zeigte mit dem Finger auf Rosa. »Ausgerechnet die da?«

»Direkt aus Indien!« Der Spitzbärtige schlug sich auf die Schenkel. »Das muss ich meinem Vater erzählen. So ein lächerliches Ansinnen hat es unter seinem Vorsitz sicher nicht ein einziges Mal gegeben.«

»Dieses Frauenzimmer hält sich wohl für klug, aber ich versichere ihr, es ist ein Irrsinn zu glauben, dass sie ohne anständige Begleitung und Schutz auch nur bis vor die Stadttore kommen wird.« Ein bisher stummer Ratsherr brachte die anderen mit seiner lauten Stimme zum Schweigen.

Rosa betrachtete ihn neugierig. Er hatte ein ledern gegerbtes Gesicht mit einer großen Narbe über dem rechten Auge, was den Eindruck entstehen ließ, als würde er fortwährend fragend die Augenbrauen hochziehen.

»Mein seliger Vater, der verehrte Johann Sigismund Wurffbain, hat in seinem Reisetagebuch genauestens beschrieben, welche Strapazen ein Mannsbild auf dieser Reise zu erwarten hat. Undenkbar, dass ein Frauenzimmer das durchsteht.«

In Rosas Ohren hallte noch das Gelächter wider. Sie dachte an ihren Vater, der alles für sie getan hatte und dessen Lebenswerk sie jetzt verschleudern sollten. Niemals!

Sie setzte zu einer Erwiderung an, doch da griff ihre Mutter nach Rosas Arm, um sie zum Schweigen zu bringen. Doch diese schüttelte deren Hand ab. »Woher wollt Ihr wissen, dass ich scheitern werde? Der Erfolg meiner Mission steht allein in Gottes Hand, und er wird darüber entscheiden. Meine Schwester ist auch wohlbehalten in Indien angekommen! Es wäre also nur recht und billig, wenn Ihr meiner Mutter wenigstens zwei Jahre gebt, die ihr als Witwe mehr als zustehen. Wenn ich nach Ablauf der zwei Jahre mit meinem Neffen nicht vor Euch erscheine, dann …«

Diesmal lachten sie alle gleichzeitig, es dröhnte dumpf in Rosas Kopf, die weit aufgerissenen Münder kamen ihr vor wie gierige Schlünde. Die Doppelkinne wabbelten über den Spitzenkrägen, und in diesem Moment hasste Rosa sie alle miteinander von ganzem Herzen.

Plötzlich drang ein gequälter Laut an ihr Ohr, ihre Mutter. »Rosa!«, stöhnte sie drängend. »Mir ist nicht wohl!«

Rosa riss die Augen von den lachenden Raben los, um sich ihrer Mutter zuzuwenden, und konnte sie gerade noch auffangen.

»Mutter!«, rief sie, aber ihre Mutter war ohnmächtig.

Das Gelächter beruhigte sich.

»Seht nur, was diese verhexte Person ihrer Mutter mit ihrem Geschwätz angetan hat. Bringt die Zapfin nach draußen, fächelt ihr Luft zu!«, verlangte der Schmerbäuchige. »Wir werden uns beraten und Euch dann unsere Entscheidung verkünden.«

Ein Ratsdiener half Rosa dabei, ihre Mutter in den Flur zu schleppen. Sie legten sie auf eine der steinernen Bänke, die unter den hohen, schmalen Bogenfenstern standen. Hier kam eine leichte Brise herein, die sie der Mutter mit ihrer Überschürze zufächelte. Der Ratsdiener ging einen Becher Wasser holen.

Rosa fragte sich, warum ihre Mutter ohnmächtig geworden war. Noch nie hatte Rosa sie so hilflos gesehen, und sie dachte bei sich, dass es nicht schlecht wäre, wenn ihre Mutter bewusstlos bleiben würde, dann konnte sie die Lügen ihrer Tochter nicht aufdecken.

»Danke«, sagte Rosa und nahm den Becher vom zurückgekehrten Diener entgegen. Sie tauchte eine Ecke ihrer Überschürze in das Wasser und tupfte ihrer Mutter die Stirn ab. Ihre Mutter war für gewöhnlich von zäher Natur. Doch wie sie so dalag in ihrem besten Gewand mit der teuren Lochstickerei, die Wangen eingefallen und mit schwarzen Schatten unter den Augen, begriff Rosa plötzlich, dass nicht nur sie, sondern auch ihre Mutter unter dem Tod des Vaters gelitten hatte.

»Rosa!« Die Augen der Mutter blieben zu, aber ihre Stimme klang zornig. »Was fällt dir ein? Wie redest du mit dem Rat? Und vor allem, *was* redest du da?«

Immer noch blass im Gesicht, richtete sie sich auf, legte ihre Hand unter Rosas Kinn, sodass Rosa direkt in die graugrünen Augen ihrer Mutter sehen musste.

»Haltet Euch nicht selbst für klug!«, zitierte die Mutter aus der Bibel.

»Aber diese Spitzbuben wollen, dass wir Vaters Erbe verschleudern! Ja, mir kommt es geradeso vor, als wollten sie uns vernichten!«, erwiderte Rosa.

Ihre Mutter ließ das Kinn los, als hätte sie sich daran verbrannt. Sie schüttelte den Kopf so vehement, dass ihre weiße Haube ins Rutschen kam.

»Mutter, ich musste uns retten! Warum behandeln sie uns anders als die anderen?«

Ihre Mutter wurde wieder bleich und senkte die Augen. Rosa wusste, warum. Es war ihre Schuld, wie immer. Ganz allein nur ihre Schuld, denn sie war anders als die anderen.

»Das, mein Kind, ist eine lange Geschichte«, begann ihre Mutter langsam Wort für Wort hervorzupressen, beinahe so, als müsste sie daran ersticken. Rosa sah ihre Mutter überrascht an. Was für eine Geschichte sollte das sein?

In diesem Augenblick kam der Ratsdiener wieder auf sie zu und gebot ihnen, ihm zu folgen.

Rosas Herz hämmerte. Was würde jetzt geschehen?

Der Spitzbärtige stand auf, ein sardonisches Lächeln huschte über sein Gesicht, so kurz, dass Rosa nicht sicher war, ob sie es sich nicht nur eingebildet hatte. Dann verkündete er mit von Selbstgerechtigkeit triefender Stimme: »Wir, der Rat der Stadt Nürnberg, haben nunmehr folgenden Beschluss gefasst. Wir erlauben der Witwe des seligen Johannes Willibald Zapf, dass sie bis zur Ankunft des Enkelsohnes den Betrieb ohne Einschränkung weiterführen darf. Sollte dieser jedoch nicht auf den Tag genau von heute in spätestens zwei Jahren hier vor dem erlauchten Rat stehen, so erlischt jeder weitere Anspruch der Witwe auf die Fortführung des Gewerbes. Seine Locke behalten wir hier zum Vergleich. Beschlossen am fünfzehnten Juli 1697.«

»Aber …« Rosas Mutter versuchte, etwas zu sagen, wurde aber von einer ungnädigen Handbewegung des Spitzbärtigen unterbrochen, der wiederholte: »Wenn der besagte Enkel bis allerspätestens zum 15. Juli 1699 nicht hier erscheint.«

Rosa hoffte, dass man ihrer Mutter kein weiteres Wort erlauben würde.

»Aber …«, begann Rosas Mutter wieder, doch der Ratsherr, sichtlich an den Grenzen seiner Geduld angekommen, schlug mit der Faust auf den Tisch.

»Genug, Weib. Ihr seid entlassen!«

Beklommen folgte Rosa ihrer Mutter durch die langen Flure des Rathauses nach draußen, wo sich die feuchte Hitze, die ihnen entgegenschlug, sofort in ihre Kleider setzte, Haut und Haare durchdrang und jeden Schritt über den mittäglich ruhigen Hauptmarkt mühseliger werden ließ.

Bis sie zu Hause in der Mauergasse am Milchmarkt angelangt waren, fiel kein einziges Wort.

2. Kapitel

Schon als Rosa sich dem Haus näherte, konnte sie Tonis Stimme hören. Beim vertrauten Anblick ihres Elternhauses, in dem sie nun schon seit mehr als zehn Jahren wohnten, zog sich Rosas Brust zusammen. Vorher hatten sie im Haus ihrer Großeltern gelebt, das eines Nachts bis auf die Grundmauern abgebrannt war. Rosa war darüber nie so traurig gewesen wie ihre Mutter, denn sie hatte sich dort immer wie eine Aussätzige, wie nur geduldet gefühlt.

Doch dieses zweistöckige Fachwerkhaus mit dem Erdgeschoss aus rotem Sandstein, das war ihr Zuhause. Niemals würde sie es verkaufen – der Vater war so stolz darauf gewesen! Auch weil es ganz in der Nähe von Dürers Haus stand, den ihr Vater sehr bewundert hatte. Ihr Vater hatte eigentlich dessen Haus kaufen wollen, aber Dürers Erben hatten es vorgezogen, das Haus völlig herunterkommen zu lassen.

Toni zankte in der Küche, die sich neben der Druckereiwerkstatt im Erdgeschoss befand, gerade die Zwillinge aus, die ihrer Meinung nach die Karotten viel zu dick geschält hatten. Die drei standen um den Herd, auf dem über dem Feuer in einem Kupferkessel schon die Brühe für die Suppe köchelte und einen angenehmen Geruch verbreitete. Als Rosa und ihre Mutter hereinkamen, erstarrten alle drei und sahen erwartungsvoll zu ihnen her.

Dann lösten sich Eva und Maria und stürmten zu ihrer Mutter. »Und? Was hat der Rat entschieden?«, fragten sie wie aus einem Mund, und die Aufregung verlieh den beiden fast einen Hauch von Farbe in ihren sonst so blassen Gesichtern.

Die Mutter setzte sich auf die Holzbank, die unter dem winzigen Fenster neben dem langen, blank gescheuerten Tisch aus dunkler Eiche stand. »Toni, gib mir ein wenig Bier.«

Die Zwillinge platzierten sich rechts und links neben der Mutter. Trotz der jetzt unnatürlich geröteten Wangen fand Rosa, dass ihre Schwestern aussahen wie zwei Gerippe mit Hauben. Noch dazu schielte Maria, obwohl der Vater von einer Reise aus Italien einen merkwürdigen Apparat besorgt hatte, um ihr das Schielen abzugewöhnen. Er hatte aus ein paar walnussgroßen Silberblechen bestanden, die an einem Band befestigt waren und durch deren erbsengroße Löcher die arme Maria monatelang hatte schauen müssen, doch ohne jeden Erfolg.

Wie gut, dachte Rosa, dass wir wenigstens diese zwei Jahre beim Rat herausgeschunden haben. Zwei Jahre, in denen ihre Schwestern vielleicht endlich richtig gesund werden würden.

Aber was wurde nach den zwei Jahren? Wer würde diese beiden, die aufgrund ihrer ständigen Erkrankungen so viel jünger wirkten, als sie waren, schon heiraten? Und falls doch ein Wunder geschähe und eine von beiden würde sich verehelichen, wie würde sie eine Schwangerschaft und die Geburt überstehen? Und selbst wenn, wer konnte wissen, ob sie jemals Söhne gebären würden?

Nein, Rosa musste dafür sorgen, dass der Betrieb weiterlaufen konnte, allein schon, damit ihre Schwestern und ihre Mutter zu essen hatten und ein Dach über dem Kopf.

Toni goss Bier aus dem dunkelblauen Krug in einen braunen Steingutbecher. Die Mutter beeilte sich, das stark schäumende Bier abzutrinken, bevor es überlaufen konnte, kippte den Becher dann in einem Zug hinunter und brach endlich das gespannte Schweigen.

»Nun, der Rat hat nach unserer Eingabe eine Gnadenfrist von zwei Jahren gewährt.«

Eva und Maria brachen in freudiges Jubeln aus, sprangen auf und tanzten durch die Küche, was die Pfannen und Töpfe, die an der Esse aufgehängt waren, in leise scheppernde Bewegungen versetzte. Dann stürmten sie zu Rosa und umtanzten sie.

»Hört auf damit! Setzt euch wieder hin, und seid still! Das ist kein Grund zur Freude. Eure unselige Schwester hat behauptet, sie würde innerhalb dieser beiden Jahre nach Indien reisen und euren Neffen Kaspar, Johannes' Enkel, nach Hause holen.«

Die Mutter seufzte und forderte Toni mit einem Kopfnicken auf, noch etwas nachzuschenken. Die Zwillinge hatten sich wieder hingesetzt, und alle zusammen starrten nun Rosa an.

»Und genau das werde ich tun! Ich werde es diesem ungerechten Rat zeigen! Wenn das der einzige Weg ist, um Vaters Werkstatt weiterführen zu können, dann muss und werde ich das schaffen. Es gibt kein Zurück mehr!«

Die Zwillinge verzogen ihre Münder. »Aber Rosa, wir wollen nicht, dass du weggehst. Ohne dich ist es so langweilig«, maulten sie, als ob sie nicht schon vierzehn Jahre alt wären.

»Sie wird nirgends hingehen«, Rosas Mutter schlug mit der Hand auf den Tisch, »denn das schickt sich nicht für eine Frau. Und wenn euch so langweilig ist, dann werden Toni und ich euch in der nächsten Zeit mit mehr Arbeit eindecken, als ihr euch das auch nur vorstellen könnt.«

»Aber Mutter. Ich *muss* diese Reise machen, nur dann bleiben uns diese zwei Jahre.«

»Dein Benehmen vor dem Rat war unmöglich. Rosa, wie oft habe ich dir schon gesagt, dass gerade du es mit der Wahrheit besonders genau nehmen sollst.« Die Mutter schüttelte den Kopf. Dabei hatte Rosa noch gar nicht widersprochen. »Gerade weil du mit diesem Zeichen geboren bist, solltest du dich umso mehr durch anständiges lutherisches Betragen hervortun statt durch teuflisches Lügen.«

»Was hat Rosa den Räten denn so Übles gesagt?«, wollte Toni wissen. Sie ging vom Tisch zurück zum Feuer, wo sie mit einem langen Holzlöffel in der Suppe rührte und einen kleinen Schluck probierte. Sie zwinkerte Rosa aufmunternd zu, und Rosa fühlte sich plötzlich besser. Ihre Mutter hatte eben nicht immer recht!

»Die Unselige hat behauptet, Dorothea wollte, dass sie käme, um Kaspar nach Hause zu holen.« Die Mutter bekreuzigte sich. »Das nennt man den Teufel versuchen. Jetzt bin ich sicher, dass ich meine Dorothea niemals mehr sehen werde.«

Meine Dorothea, dachte Rosa bitter. Dabei hatte der Vater Dorothea mit in die Ehe gebracht, und trotzdem war seine Tochter für die Mutter *ihre* Dorothea.

»Dein Vater hätte sie niemals diesem elenden Kaufmann zur Frau geben sollen. Hier wäre ihr Platz, hier bei mir.« Die Mutter schlug sich bei den letzten Worten auf die magere Brust. Rosa wurde jetzt erst klar, dass sie der Mutter noch zusätzlichen Kummer bereitet hatte. Ohne nachzudenken, schritt sie zu ihr hin, wollte ihr tröstend mit der Hand über den Arm streichen, doch die Mutter wich zurück und legte ihre Arme links und rechts um die Zwillinge. Wie eine Wand saßen die drei vor ihr.

Wie ähnlich sich die drei sahen, schoss es durch Rosas Kopf. Zum wiederholten Mal fragte sie sich, warum sie so völlig aus der Zapf'schen Art geschlagen war. Die drei hatten ein lang gezogenes Gesicht und ihre wenigen dünnen Haare die Farbe von nassem Sand. Drei fahlrosa und schmale Münder, deren hübsch geschwungene Oberlippen sich gerade missbilligend kräuselten. Vier graugrüne Augen starrten Rosa durchdringend an. Bei denen von Maria wusste man nie genau, wo sie hinsah.

»Alles, was zählt, ist das Ergebnis«, sagte Rosa und zitierte damit ihren Vater, der Machiavelli für den größten aller italienischen Staatsmänner gehalten hatte. Sie hoffte, damit ihre Mutter zu besänftigen.

Toni räusperte sich und fragte, ob denn heute nichts zu Mittag gegessen werden sollte, dann bat sie Eva und Maria, ihr dabei zu helfen, die Suppe aufzutragen.

»Wir haben diese zwei Jahre, Mutter. Ich werde Kaspar holen, und ihr werdet in dieser Zeit so viel Geld wie möglich sparen, für den Fall, dass ich nicht zurückkomme. Aber ich werde es schaffen. Also, Mutter, warum passt es dir nicht, dass wir gewonnen haben?«

»Wir haben nicht gewonnen, sondern gelogen, mein Kind, das ist ein großer Unterschied.«

Das war nun doch reichlich ungerecht, fand Rosa. »Ich habe für zwei Jahre unser Dach über dem Kopf gesichert. Außerdem«, sie zögerte, dann atmete sie tief durch, »außerdem habe ich nicht gelogen, denn ich werde losziehen und Kaspar nach Hause holen!«

Niemand sagte ein Wort.

»Aber Rosa, wer soll die Werkstatt leiten, wenn du weg bist?«, fragte Maria nach einer Weile und brach die eisige Stille. »Wer soll sich neue Kartenbilder ausdenken?«

»Das werdet ihr schon schaffen. Wir werden einen Vorrat anlegen. Und ich werde euch noch zwei neue Druckstöcke stechen, dann könnt ihr genug Kopien davon abnehmen. Das wird reichen.«

»Aber nur du kannst die Karten so gut entwerfen und stechen wie Vater«, mischte sich jetzt Eva ein.

Rosas Brust wurde enger, als sie die besorgten Blicke ihrer Schwestern auf sich fühlte. Die beiden waren wirklich nicht in der Lage, auch nur eine gerade Linie zu ziehen. Bei Maria machte es das Schielen unmöglich, und Eva hatte nicht genug Kraft, ihre Linien waren zu zittrig.

»Bis ich abreise, werden wir all das geregelt haben. Das verspreche ich euch.« Rosa versuchte, die Stimmen in ihrem Kopf zu ignorieren, Stimmen, die sie mit der höhnischen Stimme des Spitzbärtigen fragten, wie sie das denn überhaupt anstellen wollte. Stattdessen lächelte sie ihre Schwestern aufmunternd an, obwohl diese sie anstarrten, als hätte sie ihnen ihr Todesurteil verkündet.

Toni brachte den Suppenkessel und stellte ihn auf den Tisch. Die Zwillinge verteilten Tonschüsseln und Löffel.

Rosa betrachtete widerwillig ihre Gerstensuppe, sie hatte keinen Hunger. »Mutter, ich muss nach Indien fahren, der Rat hat es nun so festgelegt«, brach es aus ihr hervor. »Wie stehen wir denn da, wenn ich es nicht einmal versuche?«

Maria und Eva schlürften ihre Suppe, Toni sah Rosa fragend an.

»Du redest Unsinn, Kind.« Die Mutter legte ihren Löffel seufzend hin. »Die Reise nach Indien dauert lang und ist gefährlich. Dein Vater hätte das niemals gutgeheißen.«

»Aber was sollen wir denn sonst tun? An den elenden Martin Löffelholtz verkaufen? Der war dem Vater immer schon ein Dorn im Auge! Jedes Mal, wenn der Vater eine neue Idee hatte, hat der Löffelholtz sie schnell kopiert und billiger verkauft. Nein, der Vater hätte gewollt, dass wir das, was er aufgebaut hat, weiterführen. Niemals hätte er seine Werkstatt an den Löffelholtz verschleudert!«

Die Mutter seufzte wieder. »Dein Vater, Gott hab ihn selig, war ein Spieler und Verschwender. Ich weiß nicht, welchen Narren er ausgerechnet an dir gefressen hatte …«

Rosa sah unwillkürlich auf ihre behandschuhte linke Hand. Ihr sechster Finger war kalt geworden … Unmöglich, ihre Mutter log nie. Sie war die Einzige, die Rosa noch nie bei einer Lüge erwischt hatte. Alle anderen, auch der Vater, Toni und die Zwillinge logen, ja, bisweilen sogar die Pfarrer in der Kirche. Und manchmal war es sehr schwer herauszufinden, welcher Teil der Rede gelogen war und was es zu bedeuten hatte. Nur bei ihrer Mutter hatte der sechste Finger noch nie reagiert. Warum also jetzt?

Denn es war die reine Wahrheit, dass der Vater Rosa vor allen anderen bevorzugt hatte. Er war davon überzeugt gewesen, dass dieser elende Finger eine Laune der Natur war und keinesfalls ein Zeichen des Teufels.

»Komm her, meine Tochter«, hatte er oft zu ihr gesagt und dann mit ihr zusammen das Blumenbuch der Sibylla Merian studiert. Die hatte er dermaßen verehrt, dass er Rosa und Dorothea jeweils einen Namen von ihr gegeben hatte. »Schau, Rosa«, hatte er beim Durchblättern des Buches erklärt und auf all die zarten Raupen und Kokons gezeigt. »In der Natur gibt es so viele Kuriositäten, und deine Hand ist auch nur eine davon. Gräme dich nicht, sieh es als etwas ganz Besonderes.«

Warum tat ihre Mutter den Vater als Spieler ab, obwohl er ihnen dieses wunderschöne Haus gekauft und sich so liebevoll um sie gekümmert hatte? »Es ist nicht recht, so über den Vater zu reden.«

»Es ist nur die Wahrheit.« Die Mutter senkte ihren Blick auf ihre Schale, griff wieder nach dem Löffel und aß etwas von der Suppe.

Warum spüre ich dann meinen sechsten Finger?, fragte sich Rosa. Wenn sie nicht damals mit Dorothea immer und immer wieder ausprobiert hätte, was es mit diesem seltsamen Eiskaltwerden ihres sechsten Fingers auf sich hatte, dann würde sie jetzt zum ersten Mal daran zweifeln, dass er wirklich die Fähigkeit hatte, anzuzeigen, ob jemand log. Denn es war vollkommen unmöglich, dass ihre Mutter etwas anderes sagte als die Wahrheit.

»Ich bin sicher, der Vater hätte gewollt, dass ich es versuche. Dorothea hat es auch geschafft.«

»Aber sie war nicht allein.«

»Wo ist denn überhaupt dieses Indien?«, fragte Maria.

»Bei den Heiden am anderen Ende der Welt«, warf Toni ein, bevor Rosa etwas sagen konnte.

»Weiter als Fürth?«, fragte Eva.

»Ja, viel weiter.«

»Weiter als Augsburg?«

Rosa lächelte. »Ich werde es euch auf der Karte zeigen, die beim Vater in der Werkstatt hängt.«

»Und was machen diese Heiden? Sind die gefährlich?«, fragte Maria. »Gibt es da Menschenfresser?«

»Das sind Ungläubige, die eine Frau, wenn sie zur Witwe wird, bei lebendigem Leibe verbrennen«, ließ sich Toni vernehmen, die sich dann mit dem Löffel in der Hand bekreuzigte. Dabei tropfte Suppe auf den Tisch, was die Mutter mit einem missbilligenden Blick quittierte. »Schweig still, Toni«, zischte sie, »was redest du da? Du machst den beiden Angst.«

»Wenn der Mann von Dorothea stirbt, wird Dorothea dann auch verbrannt?«, wollte Eva mit weit aufgerissenen Augen wissen.

Die Mutter warf Rosa einen vernichtenden Blick zu. »Da siehst du, was du angerichtet hast.«

Toni stand auf und begann, die Tonschalen abzuräumen. Sie brummelte vor sich hin. »Das hat der Herr Pfarrer bei der Messe erzählt, als sie letzten Sonntag Geld für die Mission gesammelt haben«, trumpfte sie auf.

Rosa wusste, dass Toni recht hatte, denn von diesen Witwenverbrennungen hatte Dorothea in ihrem letzten Brief berichtet, und Rosa hatte ihn so oft gelesen, dass sie ihn beinahe auswendig konnte.

Dieser Brief war mittlerweile aber auch schon wieder zwei Jahre alt.

Ein mulmiges Gefühl breitete sich in Rosas Bauch aus, wenn sie daran dachte, wie Dorothea ihr die Reise nach Indien beschrieben hatte. Ihre Halbschwester hatte ausführlich von den Strapazen auf dem Schiff erzählt, wo die Frauen sich immer verborgen halten mussten und es, abgesehen von schlechtem Essen und Stürmen, nichts als brutale Matrosen, Dreck, Flöhe, Kakerlaken und Ratten gab. Auch wenn der Gedanke sehr schmerzhaft war, musste sie sich eingestehen, dass ihre Mutter recht haben könnte. Es war völlig undenkbar, so eine weite Reise ganz allein zu machen.

Schweigend kratzten sie ihre Teller aus, die Mutter sprach das Dankgebet, dann half Rosa Toni beim Aufräumen und Abspülen. Dabei vermied sie es geschickt, den Handschuh an der linken Hand nass zu machen. Sie zog den Handschuh niemals aus, nicht einmal nachts.

Toni wollte jedes Detail der Ratssitzung wissen, und besonders neugierig war sie darauf, was der Spitzbärtige gesagt und wie die Mutter darauf reagiert hatte. Als Rosa bei der Ohnmacht ihrer Mutter angelangt war, murmelte Toni empörte Kommentare vor sich hin. »Die Ärmste! Dieser spitzbärtige Dobkatz ist und bleibt ein elender Lump. Ganz anders als sein großartiger Vater.«

»Warum sagst du das? Kennst du die Familie?«, fragte Rosa.

Toni schüttelte den Kopf. »Nein, nicht näher. Aber den Vater, den alten Gregor Johannes Dobkatz, den kennt man, weil er sich für die Armen der Gemeinde immer starkgemacht hat. Allerdings wurde über ihn auch gemunkelt, er schaue gern zu tief ins Glas und sei den Weibern nicht abgeneigt.« Toni stemmte die rechte Hand in ihre Hüfte und strich mit dem Zeigefinger der linken Hand nachdenklich über ihre Lippen. »Hmm. Ich weiß nicht, ob der überhaupt noch lebt. Andererseits, ich erinnere mich an keine Beerdigung, und da hätte der junge Dobkatz es sicher an nichts fehlen lassen. Auch wenn er sonst ein ganz anderes Kaliber ist als sein Vater. Hält sich für was Besseres, das weiß ich von der Isabella, der jüngsten Kusine meiner Schwägerin. Sie hat einmal im Dobkatz'schen Haus als Köchin gearbeitet. Nichts hat dem jungen Herrn gepasst, nur getriezt hat er sie, weil sie dem Alten angeblich schöne Augen gemacht hat, und danach hat der junge Dobkatz dann dafür gesorgt, dass nur noch Männer in seinem Haus arbeiten. Das ist doch nicht normal, oder? Ich mein, wer hätte je von einem guten Koch gehört?« Toni lachte.

»Aber darum ist er doch noch lange kein Lump.«

Toni hörte abrupt auf zu lachen und schüttelte den Kopf, während sie die Teller wegräumte. »Man munkelt so mancherlei über die ach so edlen Ratsherren.«

»Jetzt ist es aber genug!«

Toni und Rosa drehten sich um wie beim Stehlen erwischte Gaunerinnen und sahen direkt in das Gesicht von Rosas Mutter. Sie war bleich wie ein Laken. »Ihr solltet nicht so über die Leute herziehen und euch lieber auf eure Arbeit konzentrieren!«

Toni zuckte mit den Schultern und beauftragte dann die Zwillinge, Holz für ein Feuer zu schichten, weil sie heute noch waschen wollte, obwohl gar kein Waschtag war. Toni war der Ansicht, dass man die Wäsche des Verstorbenen spätestens eine Woche nach der Beerdigung reinigen sollte, damit er die Hausbewohner nicht mit nächtlichem Spuken bestrafte.

Rosa hatte Toni auch dabei beobachtet, wie sie gleich nach dem Tod ihres Vaters die Spiegel verhängt und dreimal auf alle Fässer geklopft hatte. Ja, auch am Mehlkasten und sogar am heiligen Apothekerschrank der Mutter hatte sie heftig gerüttelt, um den Geist des Toten zu verscheuchen.

Rosas Mutter hatte das als Aberglauben abgetan, aber Toni war überzeugt davon, dass man dem Geist des Toten so den Übergang in eine bessere Welt erleichtern würde.

Rosa hoffte, dass ihr Vater längst im Paradies angelangt war und er sich dort wohlfühlte. Sie war überzeugt davon, in seinem Sinn gehandelt zu haben, als sie sich gegen dieses empörende Unrecht gewehrt hatte. Doch je länger sie darüber nachdachte, desto klarer wurde ihr, dass er es niemals gutgeheißen hätte, wenn sie alleine nach Indien reiste. Schließlich hatte er immer zu verhindern gewusst, dass Rosa die Stadtmauern von Nürnberg verließ. Nur hier sei sie sicher und nur in seiner Begleitung, so hatte er behauptet. Aber er war tot, nie wieder würde er sie begleiten können.

Rosa hörte das widerwärtige Lachen des Rates aufbranden. Das soll mein Antrieb sein, dachte sie, wir werden noch sehen, wer zuletzt lacht. Ich werde einen Weg finden. Ich muss.

Wenn ich so abergläubisch wie Toni wäre, dachte sie, dann würde ich jetzt nach einem Zeichen Ausschau halten, das mir anzeigt, ob meine Reise unter einem guten Stern steht oder nicht. Würde schauen, ob eine Spinne am Abend meinen Weg kreuzt oder plötzlich ein Hufeisen vom Himmel fällt oder ich über ein vierblättriges Kleeblatt stolpere.

Aber sie war nicht abergläubisch.

3. Kapitel

Rosa spürte, dass an Schlaf nicht zu denken war, deshalb stand sie auf und wanderte hinunter zur Pegnitz, wo es um diese Zeit vollkommen einsam war.

Wenn ihre Mutter gewusst hätte, dass sie nachts das Haus verließ, dann hätte es Prügel gesetzt. Denn ihre Mutter war davon überzeugt, dass sich nur Huren und Vagabunden in der Dunkelheit herumtrieben. Und in dieser Angelegenheit war sie sich ausnahmsweise einmal einig mit Rosas Vater gewesen.

Das war eines der wenigen Verbote, über die sich Rosa schon lange hinwegsetzte. Sie liebte es, nachts durch die Gassen hinunter zur Pegnitz zu gehen. Nur wenn alles in einem nebelhaften Grauschwarz versank und niemand sie anstarrte, nur dann gehörte Nürnberg ihr, konnte sie wirklich frei atmen. Noch niemals war sie erwischt worden.

Die acht schreienden Nachtwächter kontrollierten zwar die Gassen, schenkten aber dem Fluss nur wenig Beachtung, denn hier war die Feuergefahr nicht so groß. Außerdem wurde der Ein- und Ausfluss der Pegnitz von den acht Nachtwächtern auf den Schoßgattern kontrolliert, die stündlich ihr Hornsignal gaben.

Wie so oft wirkte auch heute Nacht der im Mondlicht seidig dahinströmende Fluss beruhigend auf ihr Gemüt. Anders als bei Tage konnte man nicht sehen, wie viel Unrat darin herumschwamm, und es stank auch viel weniger, weil die Gerber nachts nicht arbeiteten.

Sie zog ihre Holzschuhe aus, schwang die Beine über die steinerne Brüstung, setzte sich darauf, zupfte den Rock mit der Schürze wieder zurecht und warf einen Stein, der sich in ihren Schuh verirrt hatte, in den Fluss, wo er im Dunkel verschwand.

Rosa war ganz sicher, dass es einen Grund geben musste, warum der Rat so dermaßen ungnädig zu ihrer Mutter gewesen war. Es konnte doch nicht nur an ihrem Hexenfinger liegen, oder etwa doch? Die Begründung, die die Ratsmitglieder vorgebracht hatten, war nur vorgeschoben und geradezu lächerlich gewesen. Drahtzieher gab es schließlich noch sehr viel mehr als Spielkartendrucker in der Stadt, und deren Witwen wurden nicht gezwungen, die Werkstätten zu schließen.

Rosas Blick fiel auf ihre ungleichen Hände. War ihnen diese Missbildung so unheimlich, dass man sie loswerden wollte? Dabei waren sie in Nürnberg doch alle stolz darauf, sich vom katholischen Aberglauben abgekehrt und für das reformatorisch Aufgeklärte entschieden zu haben. Und nun schien selbst der Rat zu glauben, sie wäre verhext. Vor allem diesem Dobkatz war sie ein Dorn im Auge. Aber warum?

Sie sah sich verstohlen um, hörte zwar einen Nachtwächter die elfte Stunde ausrufen, konnte aber sonst niemanden entdecken und zog mit ihrer rechten Hand die purpurfarbenen Handschuhe unter ihrem Brusttuch hervor. Sogar im fahlen Licht des Halbmonds konnte sie sehen, wie schön dieses letzte Geschenk ihres Vaters war. Unwillkürlich hob sie sie hoch und bettete ihre Wange in das geschmeidige Leder. Es fühlte sich angenehm kühl an in dieser stickigen Nacht.

Sie würde den linken davon jetzt anziehen, auch wenn es ihr merkwürdig vorkam, die verunstaltete linke Hand mit so etwas Elegantem zu umhüllen. Sie zupfte an jeder einzelnen Fingerkuppe des abgenutzten braunen Handschuhs, den sie momentan trug, bis alle Lederfinger locker waren, und zerrte ihn schließlich ungeduldig herunter.

Da lag sie in ihrem Schoß, diese verfluchte Hand, jeder Finger kleiner und zarter als die der rechten Hand. Mit rosigen Nägeln und Halbmonden, so klar erkennbar wie die weiße Sichel, die sich heute Abend im Wasser der Pegnitz spiegelte. Nur dass es links keine fünf waren, sondern sechs. Zwei kleine Finger, wo Gott nur einen vorgesehen hatte. Sie würde sich an diesen Anblick niemals gewöhnen, nie! Rosa hasste es, diesen Finger anzusehen, und trug ständig einen Handschuh, der so gefertigt war, dass beide kleinen Finger in einem Fingerling stecken konnten.

Und wegen dieser neuen Handschuhe war ihr Vater gestorben! Er hatte ihr eine Freude bereiten wollen, als er von einem befreundeten venezianischen Kaufmann, Giuseppe Baldessarini, hörte, er hätte einen der Erlanger Handschuhmacher mit neuartig weichem Leder in allen Farben des Regenbogens beliefert. Ihrem Vater gefiel der Gedanke, dass seine Tochter statt des groblederen braunen Handschuhs einen weichen purpurfarbenen tragen würde. Und deshalb hatte er beim besten Handschuhmacher von Christian-Erlang, bei dem Hugenotten Jean-Pierre Verdier, diese Spezialhandschuhe für sie anfertigen lassen. Auf dem Rückweg war er dann unglücklich vom Pferd gestürzt und auf der Stelle tot gewesen.

Rosa packte den alten Handschuh und schleuderte ihn weit übers Wasser. Sie wunderte sich, kein Platschen zu hören, und entdeckte den Handschuh, der an einem vorbeitreibenden dicken Ast hängen geblieben war und dort wie eine dunkle Frucht in den bleich aufscheinenden Zweigen baumelte, bevor er mit einem sanften Gurgeln ertrank.

Während sie den neuen Handschuh anlegte, wusste sie auf einmal ganz sicher, wie der Vater auf ihren Plan reagiert hätte. Auch er hätte alles auf eine Karte gesetzt. Unwillkürlich lächelte Rosa.

Auch wenn du glaubst, du verlierst, gib nie auf, niemals! Ein Blatt ist immer nur so schlecht wie sein Spieler! Rosa schwang ihre Beine zurück zum Pfad, schlüpfte in ihre Schuhe und wanderte am Fluss entlang. Sie hatte keine Angst, überfallen zu werden, denn in der Stadt kursierten die wildesten Gerüchte darüber, was für Gräuel sich in ihrem Handschuh verbargen. Niemand würde es riskieren, sie anzufassen. Die Einzige, die den Hexenfinger jemals berührt hatte, war ihre Halbschwester gewesen. Dorothea.

Rosa seufzte und blieb unwillkürlich stehen, lehnte sich erneut über die Brüstung und starrte aufs Wasser. Sie griff nach dem Medaillon. »Sing mir was«, hatte sie Dorothea ständig angebettelt, woraufhin Dorothea dann ein völlig verrücktes Lied erfand, mit Worten, die es gar nicht gab. Am allerliebsten hatte Rosa die Geschichten von den sieben Eiern gehört. In jedem Ei war etwas anderes: In einem lebte der Mut, in einem anderen wohnte eine kleine Maus, ein krummer Nagel, ein Wort, das traurig war, weil es nur Wort hieß und nicht wunderbar, in einem Ei wuchs ein kratziger Bart, im nächsten ein verzauberter Kicherriese sowie ein Tanzfuß mit sechs Zehen und schließlich eine böse Zunge, die heiraten wollte.

Damals hatte sie auch zum ersten Mal bemerkt, welche Fähigkeiten in ihrem Finger verborgen waren. Sie hatten ein Spiel daraus gemacht, bei dem Dorothea etwas behauptete und Rosa mittels ihres Fingers herausfinden musste, ob es wahr oder falsch war.

Doch das war schon lange her. Ob Dorothea ihrem Sohn Kaspar wohl von ihr und ihrem Finger erzählt hatte? Rosa setzte sich wieder auf die Brüstung und öffnete das Medaillon, dann erst fiel ihr ein, dass der Rat ja die Locke ihres Neffen behalten hatte. Sie klappte es wieder zu.

Schon oft hatte sie sich gefragt, wie ihr Neffe wohl aussah, und sie verwünschte Christian Balderius, den Mann ihrer Schwester, denn nur wegen ihm war Dorothea seit nunmehr neun Jahren in Masulipatnam, wo er im Auftrag der Ostindischen Kompanie eine Faktorei aufbauen sollte. Neun endlos lange Jahre! Rosa konnte sich kaum noch daran erinnern, wie Dorotheas Stimme geklungen hatte.

Plötzlich legten bange Fragen einen engen Ring um Rosas Brust. Angenommen, sie würde es nach Indien schaffen – was wäre, wenn Dorothea ihr den Neffen gar nicht mitgeben wollte, oder noch viel schlimmer, wenn ihre Schwester bei der Geburt eines weiteren Kindes gestorben, ihr Schwager neu verheiratet war und er Kaspar nicht herausrücken würde? Der lachende Ratsherr tauchte wieder vor ihrem inneren Auge auf.

Aber vielleicht, so beruhigte sie sich selbst, wollte ihre Schwester ja unbedingt, dass Kaspar in Nürnberg unter Christen aufwachsen sollte, und hatte bisher nur keine Vorstellung davon gehabt, wie er sicher nach Hause kommen konnte. Nach Hause. Der Nachtwächter rief die dritte Stunde aus. Sie musste zurück.

Zu Hause angekommen, schlüpfte sie durch die Haustür in die Küche, sah nach der Glut im Herd und stieg hoch zu ihrer Schlafstatt, die sie mit Eva und Maria teilte. Sie schlüpfte aus ihren Kleidern und behielt nur noch ihr Hemd und den linken Handschuh an, der ihre missgestaltete Hand verbarg. Dann bettete sie sich auf den mit frischem Heu gefüllten Leinensack.

Vom Lager ihrer Schwestern drang ein leises Stöhnen. Rosa setzte sich auf und sah zu ihnen hinüber. Das Stöhnen wurde stärker. Rosa stand auf und schlich zum Bett ihrer Schwestern. Das Stöhnen kam von Eva. Rosa fand, ihre Schwester sah aus wie eine Tote, so bleich, und mit den geschlossenen Augen wirkte ihr Gesicht eingefallen und das struppige Haar so, als wäre es von Mäusen angefressen.

Rosa strich über Evas Stirn, sah nach Maria, die etwas fülliger war als Eva, was aber nichts anderes hieß, als dass zwischen ihren Knochen und der Haut wenigstens etwas Fleisch war. Beklommen tappte Rosa zurück zu ihrem Lager. Nicht auszudenken, was mit ihnen geschehen würde, wenn man sie aus dem Haus und auf die Straße treiben würde. Sie musste es einfach schaffen. *Wenn das Blatt schlecht war, durfte man bluffen. Oder eine Karte aus dem Ärmel ziehen …*

Ein Lächeln zog über ihr Gesicht, als sie sich an die Zeit erinnerte, als ihr der Vater beigebracht hatte, wie man falschspielt. Natürlich hatte er nicht im Ernst daran gedacht, dass sie jemals mit Fremden spielen würde.

Eine Karte aus dem Ärmel ziehen … Sie legte sich auf die Seite, bettete ihr Gesicht in den purpurnen Handschuh. Und auch über das Verlieren hatte ihr der Vater etwas beigebracht. Er hatte mit ihr immer wieder das Kartenwerk »Theatrum Orbis Terrarum« von Abraham Ortelius betrachtet und sie auf ein Zitat von Cicero hingewiesen, das sich unter der Weltkarte befand: »Denn was kann dem an menschlichen Dingen groß erscheinen, dem die ganze Ewigkeit und die Größe des ganzen Kosmos bekannt ist?«

»Daran musst du immer denken«, hatte er gesagt, »besonders dann, wenn du verlierst. Du musst dir darüber klar sein, dass du nur ein winziges unbedeutendes Nichts in diesem ganzen Universum bist. Kein Grund also, beim Verlieren großes Aufhebens zu machen.«

»Und woran soll ich beim Gewinnen denken?«, war Rosas Erwiderung darauf gewesen, immer in freudiger Erwartung seiner Antwort, die stets die gleiche blieb.

»Beim Gewinnen denkst du nur an eins, nämlich daran, dass es nichts Wichtigeres gibt als das!« Dabei hatte er so gelacht, dass Rosa seine Zahnlücken weit hinten im Mund hatte sehen können.

Ihr war, als wäre das Lachen mit ihm zusammen gestorben. Der Handschuh war alles, was ihr von ihm geblieben war. Sie sog den Geruch des neuen Leders tief ein.

Das neue Leder, die Weltkarte des Ortelius, Indien. Schiffe.

Rosa setzte sich mit einem Ruck auf. Ihre Schwester war mit dem Schiff nach Indien gefahren, einem Schiff der Vereinigten Ostindischen Kompanie, für die Dorotheas Mann arbeitete. Er war Kaufmann. Ihr Vater hatte die Handschuhe gekauft, weil er von Baldessarini gehört hatte, dass er buntes Leder nach Erlangen gebracht hatte. Und Baldessarini war ein venezianischer Kaufmann, der mit Nürnberg Handel trieb. Venedig lag am Meer, das hatte sie von ihrem Vater gelernt. Es musste dort also einen großen Hafen geben, und bestimmt gab es Schiffe, die von dort nach Indien segelten.

Baldessarini, dachte sie immer wieder, Baldessarini. Ich werde ihn fragen. Und schließlich fiel sie in einen langen und traumlosen Schlaf.

4. Kapitel

»Raihana!« Noch immer fiel es mir schwer zu begreifen, dass ich damit gemeint war. Es bedeutete »Sklavin Mohammeds«, und nichts anderes war ich: Sklavin. Ich verfluchte den Tag, an dem mir mein Leben gestohlen wurde. Aber ich würde es mir zurückholen.

»Ja!«, rief ich zurück, konnte mich aber noch nicht vom Anblick dieses seltsam schönen Flusses losreißen. Sie nannten ihn Narmada; er durchschnitt grünblau, weiß und schwarz schimmernden Marmor, der sich im Wasser widerspiegelte. Doch was mich am meisten entzückte, war dieser eigenartige Glanz, der von seinem Wasser ausging.

Neeraja und Saida, die Hindusklavinnen, hatten mir eine alte Geschichte erzählt, nach der der heiligste Fluss der Hindus, der Ganges, sich jedes Jahr einmal als schwarze Frau verkleide, um ein reinigendes Bad im Fluss Narmada zu nehmen. Was für ein Kinderglaube, dass man sich durch ein Bad im Fluss von allem reinigen könnte!

Ganz in der Nähe unseres Lagers wurde der Narmada zu einem reißenden Wasserfall. Das Rauschen und Krachen und Tosen des Wassers war deutlich zu hören und vibrierte leise durch meinen Körper. Dorthin wollte ich und auf meiner Duduk spielen. Eins werden mit der Landschaft, nicht, um zu vergessen, was war, sondern um mich spielend zu erinnern, erinnern an das Land meiner Mutter und an ihn, meinen über alles geliebten Sohn.

»Raihana!« Die Mahaldar persönlich rief nach mir. Die Vorsteherin des Harems glaubte, dass ich heilerische Fähigkeiten hatte. Und das war von großem Vorteil für mich, denn seit ich ihre Rückenschmerzen wegmassiert hatte, musste ich keine grobe Arbeit mehr machen.

»Raihana!« Diesen Tonfall kannte ich. Ich sollte mich beeilen.

Wahrscheinlich hatte eine der Lieblingsfrauen von Aurangzeb Kopfschmerzen, was mich nicht wunderte. Wir waren seit dreißig Tagen in glühender Hitze unterwegs nach Dekkan, wo, so wurde im Harem jedenfalls getuschelt, Aurangzebs Anwesenheit erforderlich war, um die Aufständischen vor Ort in Schach zu halten.

Für mich war das Unterwegssein wie ein Geschenk, das mich von der Eintönigkeit des Harems befreite, doch für die anderen Frauen des Harems war es nur eine Strapaze. Denn es bedeutete, dass der Großmogul seinen gesamten Hofstaat auf Elefanten, Pferde und Kamele verpacken ließ, und alle mussten mitreisen.

Bevor wir losgezogen waren, warteten wir auf die Prognosen der Astrologen, die den besten Tag für den Aufbruch bestimmen sollten, sich aber nicht einigen konnten. Die Mahaldar hatte uns kichernd erzählt, die Astrologen hätten sich erst dann geeinigt, als Aurangzeb drohte, sie seinen Elefanten zum Spielen vorzuwerfen.

Als es dann endlich losging, bestrich der Mogul einen Fisch mit Joghurt, was unserer Reise Glück bringen sollte. Danach bestieg er seinen mit rotem Samt und Gold geschmückten Elefanten und seine zwanzig Amire die ihrigen.

Weil ich durch einen Schlitz in der Tür dem Aufbruch zugeschaut hatte, sah ich, dass vor dem Mogulherrscher Diener mit Kamelen ritten, die weiße Tücher trugen. Weiß war hier die Farbe der Trauer.

Als ich dazu die Mahaldar befragte, erklärte sie mir, dass damit die Leichen am Wegrand, egal, ob es Menschen oder verendete Tiere waren, bedeckt wurden. Die Mahaldar war so stolz auf ihre Position im Harem des Großmoguls, dass sie mir voller Begeisterung alles erzählte, was ich wissen wollte. Da waren die Wasserträger, die den Weg benetzten, um zu verhindern, dass Staub aufgewirbelt wurde, der den Herrscher der Gläubigen beschmutzen konnte. Es seien bestimmt 35 000 Pferde und mehr als 10 000 Fußsoldaten, die unseren Zug begleiten würden, außerdem Offiziere, eine Armee von Handwerkern und Wasserträgern, Dienern und Sklaven.

Ich versuchte ihr nicht zu zeigen, wie sehr mich dieser Bericht enttäuschte. Ich hatte gehofft, diese Reise würde mir endlich die Gelegenheit zur Flucht geben. Seit dem Tod meines Sohnes hatte ich nur noch den einen Wunsch, diese Welt zu verlassen und in meine Heimat zurückzukehren. Aber ich achtete sehr darauf, das niemanden spüren zu lassen. Auch wenn es nicht einfach war. Denn ich durfte nicht einmal meine Flöte spielen, weil Aurangzeb Musik hasste. Die Älteren im Harem beklagten sich hinter vorgehaltener Hand darüber, denn früher, unter seinem Vorgänger, war viel mehr gefeiert worden. Es hatte Alkohol und Wasserpfeifen gegeben, und die Musikanten waren gefördert worden. Warum auch nicht, flüsterten die Konkubinen, es gäbe keine Zeile im Koran, nach der Musik verboten sei. Und manchmal ließ sich dann die Mahaldar auch dazu bewegen, ein kleines, leises Fest mit Musikern zu arrangieren.

»Raihana!« Bestimmt hatte Fatima wieder Kopfschmerzen. Auch wenn die kaiserlichen Damen in reich geschmückten

Sänften, den sogenannten Howdas, auf den weiblichen Elefanten reisen dürfen, so werden sie doch genauso durchgeschüttelt wie die nachfolgenden Hofdamen auf den Kamelen.

Ich schritt durch die Frauenzelte über die weichen roten Pashmina-Teppiche mit dem eingewebten blauen Blütenknospenmuster und beeilte mich, zur Mahaldar zu kommen.

»Raihana, wo warst du schon wieder? Dein Platz ist hier, bei deiner Herrin!«

Damit meinte die Mahaldar sich selbst. Sie ohrfeigte mich mit so viel Wucht, dass ihre schweren Perlenohrringe dabei ins Pendeln kamen. »Merk dir das! Fatima braucht ein Fußbad und eine Massage.«

Fatima, zart wie eine Gazelle, lag bleich auf einem Bett aus Teppichen und dicken Seidenkissen in den Farben des Sonnenuntergangs. Ihr Lager war mit durchsichtig schimmernden Gazeschleiern verhüllt, die sich im Luftzug leicht bewegten. Die sanfte Brise wurde von drei Sklavinnen erzeugt, die mit großen Palmwedeln auf und ab fächelten.

Fatima stöhnte. Eigentlich sollte ich ihr nicht helfen, denn sie war die hinterhältigste der vier Frauen von Aurangzeb.

Ich trat vorsichtig zu ihr und nahm ihre mit Türkisen und Rubinen reich geschmückte Hand.

»Ich sehe wieder nur Sandstürme in meinem linken Auge ...«, flüsterte sie.

Da wusste ich, was ich für sie tun konnte – keineswegs Fußbäder! Ich hob den Kopf der vierten Frau von ihrem goldenen Kissen und bettete ihn auf meinen Schoß, wie es meine Mutter immer getan hatte. Dann strich ich ihre Stirn mit meiner flachen Hand nach außen aus, drückte fest auf ihre ausgedünnten Augenbrauen und strich auch diese aus.

»Das ist gut«, flüsterte sie. »Das ist sehr gut, Raihana, mach weiter, hör ja nicht auf.«

Danach umfasste ich ihren Nacken und versuchte, ihn behutsam zu lockern, was mir so gut gelang, dass Fatima einschlief.

Die Mahaldar, die kurz darauf vorbeikam, nickte mir mit einem breiten Lächeln zu. Ihr Grinsen erschreckte mich mittlerweile nicht mehr, denn ich hatte mich an ihre schwarzen Zähne gewöhnt, die sie durch das Kauen von Betelnüssen färbte, weil sie es für schön hielt. Obwohl ihr Körper gewaltige Ausmaße hatte, bewegte sie sich schnell und lautlos wie ein Gepard. Nichts entging ihr, sie wusste um jede Sünde, die im Harem begangen wurde, und je nachdem, wie hoch man in ihrer Gunst stand, wurde das dem Nazir, dem Aufseher des Harems, gemeldet oder auch nicht.

Sie war sehr besorgt um das Wohlergehen aller ihr anvertrauten Damen, und seit sie die Leitung des Harems innehatte, war es nicht einmal zu einem verdächtigen Todesfall gekommen, nicht einmal bei den neugeborenen Knaben. Und die hatten in einem Harem, das hatte ich in den letzten sechzehn Jahren gelernt, keine lange Überlebenschance, wenn es mehrere Favoritinnen mit Söhnen gab. Denn es war der Mogul selbst, der seinen Nachfolger bestimmte, nicht wie in anderen Königreichen, wo der Erstgeborene dem Vater auf den Thron folgt wie der Mond der Sonne.

Jede Haremsdame wollte die Mutter des zukünftigen Kaisers sein, denn nur dann war man die wahre Kaiserin, man hatte mehr Macht als eine Ehefrau. Wenn Aurangzeb seine Mutter besuchte, dann erwies er ihr seine Ehrerbietung nach der alten Sitte des Dschingis Khan, indem er sich sogar vor ihr verneigte!

Ich hätte auf meinen Sohn besser aufpassen müssen. Nun, mit sechsundzwanzig Jahren, bestand keine große Gefahr mehr, dass ich den besonderen Gefallen des Herrschers erregen würde. Nicht, nachdem mein Haar in der Nacht seines Todes weiß geworden war. Nicht, nachdem der Glanz meiner Augen erloschen war und meine einst so vollen Lippen nur mehr einer spröden Eidechsenschwanzhülle glichen.

Vor allem aber würde ich sein Missfallen erregen, weil ich noch immer Christin war, ganz egal, welchen Namen sie mir gegeben hatten. Aurangzeb wurde von Tag zu Tag frommer, trug mittlerweile nur noch weiße Gewänder ohne Silber- und Goldbesatz, ganz wie ein Priester. Wein war streng verboten, ebenso die Huqqa, die Wasserpfeife.

Die Mahaldar stand noch immer vor mir und betrachtete mich.

»Wenn mich jetzt niemand mehr braucht, bitte ich um Eure Erlaubnis für einen Spaziergang zum Fluss.«

Die Mahaldar schüttelte ihr glänzend schwarz geöltes Haar. »Unmöglich.«

»Ich weiß, aber ich vermisse den Gang durch unsere Gärten schmerzlich.«

»Den vermissen wir alle.« Sie seufzte und fuhr sich mit dem Handrücken über die Stirn.

Ich versuchte es anders. »Ich bilde mir ein, dass ich am Fluss einige Heilkräuter gesehen habe.« Seit ich den Status einer Heilerin hatte, genoss ich viel mehr Freiheiten als früher. »Einige davon könnten Fatima gegen ihre Kopfschmerzen helfen.«

Sie zögerte, dann gab sie sich einen Ruck.

»Raihana, unser Herrscher erwartet heute Abend Besuch. Bis zum Sonnenuntergang musst du zurück in den Frauengemächern sein. Ich gebe dir Beshir Aga zur Begleitung mit. Ich möchte nicht, dass unsere Gäste umherstreifende Frauen sehen. Und wage es ja nicht, deine Burka auch nur anzuheben! Beshir wird dir beim Kräuterschneiden helfen.«

Ich verneigte mich vor der Mahaldar und murmelte meinen ergebensten Dank.

Beshir Aga war der Eunuch, den ich am liebsten um mich hatte. Seine Haut war tiefschwarz und schimmerte bläulich, und obwohl er groß und stark war wie ein Hüne, wirkte er feingliedrig und leicht. Als Kind hatte man ihn aus Abessinien entführt, so wie die meisten Eunuchen des Mogulreichs. Ich hatte ihn noch niemals mit einem Lächeln auf dem Gesicht gesehen. Und dafür liebte ich ihn, es war eine wunderbare Abwechslung zu dem verlogenen Gekicher im Harem. Wenige Minuten später stand er vor mir und verbeugte sich, der Schweiß auf seiner Stirn ließ diese glänzen wie schwarzes Metall. Eine Verbeugung vor mir wäre zehn Jahre zuvor noch undenkbar gewesen, damals, als ich noch eine einfache Sklavin war, ein Nichts, nachdem mein Sohn tot war. Ermordet von den kichernden Heuchlerinnen, von denen man keiner einzigen trauen durfte. Es war eine Ehre, dass die Mahaldar ihn mir zur Begleitung gab, denn auch sie bevorzugte Beshir und arbeitete daran, dass er irgendwann einmal Nazir werden würde.

Ich legte das schwarze, zeltartige Gewand mit dem Gitter vor den Augen an und hatte wie üblich sofort das Gefühl, ersticken zu müssen. Dabei war es nun schon deutlich kühler als noch vor ein paar Stunden.

Beshir führte mich durch die Zeltgänge nach draußen. Wir gingen stumm und genossen die Stille, die es im Harem niemals gab. Immer tuschelte, schwätzte oder lachte jemand, rieb sich eine mit Öl ein, wusch sich eine andere die Haare oder raspelte ihre Füße, bemalte sich mit Henna, küssten sich zwei, schlugen Prinzessinnen ihre Eunuchen, streichelten sich drei Verliebte. Man war niemals allein, und es war niemals still.

Und so schwiegen wir.

Ich hatte meine Duduk dabei. Diese Flöte war nach dem Tod meines Kindes mein kostbarster Besitz. Auch wenn ich, solange wir unterwegs waren, nicht spielen konnte, so genügte allein die Berührung ihres samtigen Aprikosenholzes, um mich zu beruhigen. Ich konnte in dem großen Zeltlager nicht spielen, weil immer die Gefahr bestand, dass Aurangzeb mich hören könnte. Nur im Palast in Agra war ich sicher gewesen.

Aber hier, unter dem Dröhnen des Wasserfalls, würde sich die Melodie im Rauschen des Wassers verlieren. Beshir Aga würde nichts verraten, ihm gefiel der Klang meines Spiels, es erinnerte ihn an die Flöten der Hirten in seiner Heimat.

Wir schritten zügig an den Söldnern vorbei, die das rote Zeltlager außen bewachten, an den Lagern der Tierhalter und den Weiden der Küchenkamele und der über fünfzig Milchkühe. Niemand schenkte uns viel Beachtung.

Je näher wir dem Wasserfall kamen, desto karger war der Boden, und ich bezweifelte, dass ich etwas anderes als struppiges, hartes Gras finden würde. Aber die Mahaldar vertraute mir. Wenn ich behauptete, ich hätte mich wegen der Kräuter getäuscht, würde sie nicht weiter nachfragen.

Das Rauschen und Tosen wurde lauter, dann hatten wir es geschafft. Wir näherten uns der steilen Kante des Flussufers, von der man den Wasserfall sehen konnte. Ein Nebelschleier aus silbern schimmernden Perlen schwebte zu uns empor. Durchfeuchtete unsere Kleider, benetzte die Haut und versetzte mich in einen Zustand von Euphorie. Ich konnte nicht nur verstehen, sondern mit meinem Körper spüren, warum die Hindus diesen Fluss für heilig hielten.

Beshir tänzelte unruhig von einem Fuß auf den anderen.

»Was ist?«, fragte ich. Er würde doch wohl noch nicht zurückwollen?

»Ich möchte etwas tun, was ich seit sehr langer Zeit nicht mehr getan habe. Doch das ist in Gegenwart einer Frau nicht möglich, nicht einmal, wenn es nur jemand wie du ist.« Seine Stimme klang belegt.

»Tu's! Auch ich werde etwas Verbotenes tun und Flöte spielen.« Dass ich die Burka ablegen wollte, behielt ich lieber für mich.

»Dann würden wir also beide etwas Verbotenes tun.« Er sprach langsam, als koste ihn jedes Wort Überwindung. »Unmöglich.« Er schüttelte so vehement den Kopf, dass sein Turban ins Schwanken kam.

»Was soll schon passieren?«

»Es könnte uns jemand dabei erwischen. Und das wäre eine Schande für die Mahaldar.«

Ich sah mich um. »Das ist lächerlich. Es ist vollkommen flach hier oben, wir sehen jeden von Weitem, der sich uns nähert.«

»Das stimmt.« Beshir Aga begann, neben dem Wasserfall hinunterzuklettern. »Schau nicht her, und ruf mich sofort, wenn jemand kommt.«

Ich trat an den Rand der Schlucht und sah ihm dabei zu, wie er geschmeidig die schroffen Felsen hinabkletterte, sich, unten angekommen, aus seinen Pajamahosen schälte, Jama und Weste auszog und sich unter das herunterstürzende Wasser stellte. Ich bildete mir ein, so etwas wie ein Lachen zu hören, und das stimmte mich glücklich.

Ich zog die Burka vom Kopf, holte meine Duduk aus dem Gürtel meiner Pajamahose und begann zu spielen. Erst nur ein paar Fingerübungen, dann eine langsame Melodie, und der dunkle, warme, klagende Ton meiner Duduk vermischte sich, wie ich es mir gewünscht hatte, mit dem tosenden Wasser zu einem kraftvollen Lied. Ich war nicht länger Raihana, wurde eins mit den Tönen und vergaß alles um mich herum, vergaß Zeit und Ort und …

»Was machst du da?«

Ich fuhr zusammen, sah entsetzt hoch zu dem Mann, der auf einem Pferd saß, das mit rotem und goldenem Zaumzeug geschmückt war. Er war offensichtlich ein Fürst, in goldenen Pajamahosen, einem blauen Hemd mit goldbrokatener Weste. Auf seinem Turban befand sich eine Agraffe aus Elfenbein, die einen Pfau darstellte, dessen Federn mit blauen und grünen Edelsteinen besetzt waren.

Ich versteckte die Duduk sofort, zerrte mir die Burka über und starrte auf den Boden.

Warum war der Mann allein?

Und wo blieb Beshir Aga?

»Antworte mir. Wer bist du? Warum bist du ohne Begleitung hier?«

»Ich bin Raihana.« Fieberhaft überlegte ich, ob es besser wäre, Beshir gar nicht zu erwähnen und ihm so die Möglichkeit zur Flucht zu geben oder einen Grund zu erfinden, warum er dort hinuntergeklettert war und mich allein gelassen hatte.

»Dein Lied hat mir gut gefallen. Wem gehörst du, Raihana?«

»Ich gehöre niemandem, doch ich lebe im Harem von Aurangzeb.«

Der Fürst betrachtete mich eingehend, dann trat er dem

schwarzen Pferd in die Flanken und ritt davon. Geradewegs auf das Lager von Aurangzeb zu.

»Beshir, komm sofort hoch, wir müssen zum Lager zurück!« Ich gab mir alle Mühe, gegen den Lärm anzuschreien, aber es dauerte sehr lange, bis er mich hörte.

Ich sammelte in der Zwischenzeit irgendwelche Blätter, von denen ich hoffte, dass keine giftigen dabei waren. Die wollte ich dann später der Mahaldar zeigen.

Als Beshir oben angekommen war, waren seine Gesichtszüge gelöst, seine Augen glänzten, und sein Mund war beinahe zu so etwas wie einem Lächeln verzogen. Es tat mir sehr leid, aber ich musste ihm trotzdem von dem Fremden erzählen.

Sofort arbeiteten die verbissenen Muskeln in seinem Gesicht wieder. Er mahlte die Zähne aufeinander.

»Das wird uns den Kopf kosten.«

»Wir behaupten, ein dringendes Bedürfnis hätte dich gezwungen, kurz das Weite zu suchen. Ich bin unwichtig, keine Favoritin oder Prinzessin oder eine der Hauptfrauen. Die wären ja auch niemals nur mit einem Eunuchen ausgegangen.«

Wir schritten schnell und schweigend zurück, doch diesmal war unser Schweigen voller Angst. Hoffentlich war der Fürst keiner der Verwandten von Aurangzeb. Vor denen musste der Großmogul grausam deutlich machen, wie stark der Fürst auf dem Pfauenthron war. Und selbst ein schwacher Fürst würde ungehorsame Frauen niemals dulden.

Die roten Zelte sahen im Licht des Sonnenuntergangs aus wie ein großes Feuer, das nur darauf wartete, uns zu verschlingen.

5. Kapitel

Rosa lief die Treppe nach unten, wo die Küche und die Werkstatt des Vaters untergebracht waren. Dort entfachte Toni schon das Feuer im Herd für die Milch zum Haferbrei, den sie alle zum Frühstück aßen.

»Hier!« Toni warf Rosa ein Körbchen zu. »Geh und pflücke uns ein paar Himbeeren an der hinteren Stadtmauer. Die sind heuer zu früh dran, deshalb hat sie noch keiner entdeckt.« Sie wischte sich mit dem Unterarm über ihre feuchte Stirn. »Es wird sehr heiß heute! Beeil dich, deine Mutter wird gleich unten sein.«

Nur zu gern floh Rosa aus der stickigen Küche, denn unterwegs konnte sie über ihren Plan nachdenken. Sie ging Richtung Vestnertor, über den Milchmarkt, sie wusste genau, welche Stelle Toni meinte, sodass ihre Füße den Weg wie von allein fanden.

Die Weltkarte! Der Vater hatte ihr immer wieder gezeigt, wohin er seine Spielkarten verkaufte. Welche Reise sie von Nürnberg aus in die ganze Welt antraten. Und Baldessarini nahm auf dem Rückweg die Spielkarten des Vaters nach Venedig mit, von wo sie mit dem Schiff noch weiter bis nach Spanien transportiert wurden. Wenn sie also mit ihm mitreisen konnte, dann wäre ihr Weg bis nach Venedig einigermaßen sicher, denn der Kaufmann hatte zum Schutz vor den Räuberbanden unterwegs reichlich bewaffnete Söldner dabei. Er war einer der wenigen Kaufleute, der seine Waren den ganzen Weg noch selbst begleitete, darüber hatte der Vater einmal mit der Mutter gesprochen, die Baldessarini nicht ausstehen konnte. Die Mutter war der Meinung gewesen, Baldessarini sei ein Hurenbock und Spieler und kein guter Umgang für den Vater. Daraufhin hatte er den Baldessarini erst recht getroffen, denn ihr Vater hatte es gehasst, wenn man ihm Vorschriften machte. Aber wenn man ihn um etwas bat, dann erfüllte er einem fast jeden Wunsch. Rosa war es immer rätselhaft geblieben, warum das ihrer Mutter nicht auch aufgefallen war.

Die Mutter wäre also sicher dagegen, wenn Rosa ausgerechnet in Baldessarinis Tross reisen würde. Aber Rosa beschloss, in dieser Hinsicht ihrem Vater zu vertrauen.

Beflügelt von ihrem Plan hatte sie die Himbeeren im Nu abgepflückt und rannte geradezu nach Hause.

»Genau rechtzeitig«, stellte Toni fest, die schon dabei war, den Brei in die braunen Schüsseln mit dem blauen Muster zu verteilen.

Rosa setzte sich an den Tisch und begrüßte ihre Geschwister und die Mutter mit einem Kopfnicken. Die Mutter sprach ein Tischgebet, dann aßen sie schweigend. Die ganze Zeit drängte es Rosa, endlich von ihrem Plan zu berichten, aber sie wusste, ihre Mutter liebte es nicht, wenn beim Frühstück gesprochen wurde. Nur der Vater hatte es manchmal gewagt, die andächtige Stille zu unterbrechen, was ihm aber vernichtende Blicke der Mutter eingebracht hatte. Wie es überhaupt dazu gekommen war, dass ihre Mutter und er zueinandergefunden hatten, war Rosa immer ein Rätsel geblieben.

Denn ihre Mutter Ursula entstammte einer alteingesessenen Nürnberger Apothekerfamilie, während ihr Vater in erster Generation als Kartenmacher in Nürnberg ansässig war.

Und anders als ihre strenggläubige Mutter war er ein Hallodri, ein Spieler eben, der mit seinen gewagten Spieleinsätzen der Mutter schon viele graue Haare verursacht hatte.

»Du gibst uns, Herr«, beendete die Mutter, als alle aufgegessen hatten, das Frühstück mit einem Dankgebet, »durch Speis und Trank Gesundheit, Kraft und Leben. So nehmen wir mit Lob und Dank das, was du jetzt gegeben.«

»Amen«, fiel jeder ein, und Rosa war froh, dass sie jetzt endlich reden durfte.

Toni begann den Tisch abzuräumen, Eva und Maria halfen ihr und alberten dabei, leise miteinander tuschelnd, herum.

»Mutter, ich weiß, wie ich nach Indien kommen kann!«, platzte Rosa geradezu heraus.

»Unsinn!« Ihre Mutter schüttelte den Kopf.

»Nein, Mutter, ich werde ins Pellerhaus gehen und dort fragen, wo ich den Baldessarini finden kann. Der soll mich nach Venedig mitnehmen, und von dort buche ich eine Überfahrt nach Indien.«

Ihre Mutter sah zum ersten Mal heute auf, und Rosa war erschrocken darüber, wie tief die graugrünen Augen in den schwarzen Höhlen lagen.

»Was für ein Unsinn! Du stellst dir das so einfach vor. Glaubst du wirklich, es wäre so leicht, nach Indien zu reisen? Das hat nur dein Vater zu verantworten. Er hat dafür gesorgt, dass du verzärtelt wurdest, und seine Liebe hat dich hochmütig gemacht.«

Rosa schluckte und versuchte, ihren heftigen Zorn zu unterdrücken.

»Und wie soll Kaspar denn sonst nach Hause kommen?«

Ihre Mutter seufzte tief. »Das wird nicht geschehen. Uns bleiben zwei Jahre, und dann ist alles aus. Wir müssen diese zwei Jahre nutzen, um so viel Geld wie möglich zu verdienen. Wir müssen die Schulden deines Vaters bezahlen und die Zwillinge verheiraten. Deshalb brauchen wir dich hier, denn deine Schwestern sind bei Weitem nicht so begabt wie du. Aber ich fürchte, das wird nicht so einfach gehen, denn deine Lüge hat uns in eine ganz abscheuliche Situation gebracht. Du wirst also verschwinden müssen, denn so lautet die Entscheidung des Rates.

Ich denke, ich weiß, wie wir es anstellen werden. Wir behaupten, du seiest weggefahren. In Wahrheit aber verstecken wir dich die zwei Jahre in der Werkstatt. So kannst du dort weiter arbeiten, ohne dass dich jemand sieht.«

Rosa musste sich beherrschen, um nicht mit der Faust auf den Tisch zu schlagen. »Das ist, bei allem Respekt, Mutter, Unsinn, denn ohne diese meine Lüge hätten sie uns doch sofort aus dem Haus geworfen und alles längst an den Löffelholtz verschleudert.« Rosa stampfte so fest auf die Holzplanken, dass kleine Staubwölkchen emporstieben. Eingesperrt, sie! »Verstecken im Haus? Mutter, wir haben eine Abmachung mit dem Rat getroffen. Mit dem Rat. Niemand hintergeht den Rat. Jeder wird wissen, dass ich hier bin. Willst du allen Ernstes, dass man zwei Jahre lang mit den Fingern auf uns zeigt, die Zapfs, die ein großes Maul haben und keine Courage?«

»Wie redest du denn mit deiner Mutter?« Toni hörte auf, die Messingkanne zu polieren, und wischte die Hände an ihren breiten Hüften ab.

»Es tut mir leid, Mutter, aber warum sollte ich das nicht schaffen? Dorothea ist auch bis nach Indien gekommen.«

»In Begleitung ihres Mannes!«

»Ich bin kein Kind mehr, und ich habe einen Plan. Ich

werde mich einer Reisegesellschaft anschließen. Baldessarini wird mich bestimmt mitnehmen. Schließlich waren Vater und er Freunde.«

Ihre Mutter schüttelte müde den Kopf. »Dieser Gauner wird dich nur für Geld mitnehmen. Und wer soll dann neue Druckstöcke stechen? Sollen wir hier verhungern?« Ihre Mutter betrachtete sie prüfend. »Und außerdem, Kind, dein Vater ist noch keine Woche tot und du …«

Rosa blickte an sich herunter, bemerkte erst jetzt, dass sie vergessen hatte, ihr schwarzes Überkleid anzulegen, und auch ihre blonden Haare waren nicht bedeckt. Sie sah nicht aus, als ob sie in Trauer wäre, schlimmer noch, sie sah nicht besser aus als eine vom fahrenden Gewerbe. Das Blut schoss ihr in die Wangen. Sie war heute Morgen so von ihrem Einfall begeistert gewesen, dass sie keinen Gedanken an ihr Äußeres verschwendet hatte.

»Das tut mir leid.« Rosa stürmte die knarzende Stiege hinauf, streifte das dunkle Kleid über ihr helles Unterkleid, und während sie ein schwarzes Tuch um ihr Haar legte, dachte sie plötzlich wieder daran, dass sie zwar nachts am Fluss keine Angst hatte, aber noch nicht einmal vor den Toren Nürnbergs gewesen war.

Verunsichert stieg Rosa die Stufen hinab, suchte den Blick ihrer Mutter, aber die hatte sich schon zu Eva und Maria gewendet und schimpfte die beiden aus, weil sie ihre Zöpfe so schlampig geflochten hatten.

Rosa gab sich einen Ruck. »Ich werde jetzt den Baldessarini aufsuchen. Und wenn er mich mitnimmt, dann werde ich losziehen und Kaspar holen!«

Niemand beachtete sie, gerade so, als hätte sie nichts gesagt. Nur Toni nickte ihr aufmunternd zu, und so machte sich

Rosa mit gemischten Gefühlen auf den Weg zum Pellerhaus am Egidienplatz.

Was, wenn Baldessarini sie genauso auslachen würde wie die Männer vom Rat? Und was, wenn er sie wirklich mitnehmen würde? Wie würde es in Venedig weitergehen? Rosa schob den Gedanken weit von sich. Wenn sie erst einmal dort war, würde sie einen Weg finden. Sie scheute sich vor keiner Arbeit und wäre sie auch noch so hart.

Rosa war schon oft an diesem Gebäude vorbeigelaufen, aber sie hätte nie daran gedacht, dass sie einmal hineingehen würde. Allein.

Seit die Egidienkirche gegenüber vom Pellerhaus vor zwei Jahren abgebrannt war, wirkte es noch prächtiger.

Egal, Rosa, du willst nach Indien, ermahnte sie sich, da wirst du doch nicht schon hier scheitern, nur weil das Haus dich einschüchtert.

Reichlich stockend erklärte sie dem Bedienten am Eingang, wen sie suchte. Er wies sie unter neugierigen Blicken an, durch den gepflasterten Innenhof zum hinteren Haus zu gehen und sich dort nach rechts zu wenden und in den ersten Stock zu steigen.

Rosa bestaunte die Säulenbögen, die den großen Hof umsäumten, bewunderte das mehrstöckige Hinterhaus. Es war selten in Nürnberg, dass die Hinterhäuser genauso reich geschmückt waren wie die vorderen.

Die üppigen Fresken, Blumengirlanden, Engel und Früchte im Treppenaufgang entzückten sie so, dass sie darüber ihre Aufregung vergaß und einmal sogar stehen blieb, um mit ihrem Finger über das Gesicht eines besonders freundlich lächelnden pausbäckigen Engels zu streichen.

»Bring mir Glück!«, flüsterte sie.

Endlich war sie an dem Zimmer angelangt, wo sie Baldessarini finden sollte. Sie klopfte zaghaft an die Tür und war überrascht, als ihr kurz darauf schon geöffnet wurde.

Drei Männer standen ihr gegenüber. Gleich drei.

Rosas Herz klopfte deutlich schneller.

Ein kleiner Mann in prächtigen Kleidern aus golddurchwirktem Brokatstoff und mit vielen Spitzenrüschen am Ärmel sah zu ihr hoch. Das war sicher Baldessarini, der Kaufmann aus Venedig, denn bei dem anderen in düsterem Schwarz handelte es sich um den Spitzbärtigen aus dem Rat, den sie nie vergessen würde, weil er zum ersten Mal laut gesagt hatte, was alle anderen nur zu tuscheln wagten: dass sie ein teuflischer Krüppel war. Seinen Namen hatte sie von Toni erfahren: Georg Heinrich Dobkatz, der Weiberfeind.

Und dann stand dort noch ein Priester. Allerdings konnte das keiner aus Nürnberg sein, denn die trugen nicht solche merkwürdigen Hüte. Nein, das war ganz offensichtlich ein Katholik. Was hatte der in Nürnberg zu suchen, vor allem, was hatte einer vom Rat mit so einem Katholischen zu schaffen?

Alle drei starrten sie an. Der Venezianer nestelte an seinen Spitzen herum, Dobkatz funkelte wütend, nur der Priester schenkte ihr ein freundliches Lächeln.

Jetzt nicht aufgeben, dachte Rosa. Jetzt alles auf eine Karte setzen.

»Ich wollte Euch nicht inkommodieren«, begann sie.

»Was wollt Ihr denn hier?«, herrschte Dobkatz sie an. »Ich wähnte Euch schon halb in Indien?« Er lachte meckernd.

»Dobkatz, was redet Ihr, was seid Ihr für ein Kavalier.« Der Venezianer deutete eine galante Verbeugung an, die Rosas Aufmerksamkeit erst richtig auf seine Kleidung lenkte.

Über der weiten Kniehose trug er einen ebenfalls knielangen, dunkelblauen Justaucorps mit goldenen, ziselierten Schmuckknöpfen und weiten Ärmeln, darunter ein mit Rüschen verziertes Hemd, weiße Seidenstrümpfe und Schuhe aus weich glänzendem Leder. Statt eines Kragens hatte er ein samtiges Halstuch umgelegt, dessen Zipfel in das oberste Knopfloch des Justaucorps gesteckt waren, sein langes Haar war gepudert und zu einem Zopf zusammengefasst.

Rosa musste sich dennoch ein Lächeln verkneifen, denn der Kaufmann war ein kleiner, wohlgenährter Mann, der doch nur lächerlich pompös wirkte.

»Allora, setzen wir uns.« Der Venezianer zeigte galant auf die schweren Stühle aus dunklem Holz mit dunkelgrünen Samtpolstern, die um einen ovalen Tisch gruppiert waren. Zögernd folgte Rosa seiner Einladung und nahm Platz. Dobkatz und der Priester folgten eher widerwillig und setzten sich ebenfalls. Dann klatschte der Venezianer in die Hände, was einen reglos in der Ecke stehenden Bedienten, den Rosa gar nicht bemerkt hatte, zum Leben erweckte.

»Vino!«, befahl der Kaufmann. Der Bediente verschwand in einem Nebenraum, brachte dann auf einem Silbertablett vier Gläser und eine Kristallkaraffe, in der sich das Licht funkelnd brach, und verteilte den roten Wein.

»Salute!«, rief der Kaufmann und prostete ihnen zu.

Jetzt erst entdeckte Rosa, wie aufwendig die Wände rundherum mit geschnitzten Kassetten vom Boden bis zur Decke vertäfelt waren. Der Anblick von so viel Luxus machte sie zu einer elenden Bittstellerin, und ihr Mut schrumpfte zu einem feigen Klumpen in ihrem Bauch.

»Also, was kann ich für Euch tun?«, fragte Baldessarini.

»Ich … ich …« stotterte Rosa, dann gab sie sich einen Ruck. »Nun, Ihr wart ein Freund meines verstorbenen Vaters …«

Dobkatz zischte leise etwas vor sich hin, das Rosa nicht verstehen konnte.

»… und deshalb wollte ich Euch fragen, ob Ihr mich nicht nach Venedig mitnehmen könntet.«

Baldessarini und Dobkatz wechselten einen Blick, und dann lachten sie, ähnlich, wie die Raben im Rat gelacht hatten. Rosa fühlte, wie Zorn heiß durch ihren Körper brandete. »Was ist an meiner Frage so zum Lachen?«

»Nun, ich bin Kaufmann und habe keinen Kutschenbetrieb.«

Rosa schoss das Blut in die Wangen. »Das weiß ich, aber habt Ihr nicht vielleicht dennoch einen Platz für mich?«

Dobkatz mischte sich ein. »Baldessarini, nun seid nicht so ungalant. Ich hätte da einen höchst praktikablen Vorschlag für Euch.«

Baldessarini nickte auffordernd.

Dobkatz fuhr daraufhin breit grinsend fort: »Ihr könntet sie doch in ein Fass stecken – was ist schließlich ein Fass mehr oder weniger.«

Alle drei mussten so lachen, dass sie sich am Wein verschluckten.

»Aber«, keuchte Dobkatz, »denkt daran, das Fass gut zu verschließen, auf dass sie Euch unterwegs nicht mit ihrem Mundwerk plagt.«

Rosa sprang so ungestüm auf, dass ihr Stuhl auf den Boden krachte. Keine Sekunde länger würde sie sich das anhören. Ihr Vater war tot. Ihre Familie stand kurz vor dem Ruin. Warum verhielt sich dieser Dobkatz so dermaßen unverschämt?

Sie stürmte zur Tür, rannte die Treppe hinunter, übersah in

ihrem Zorn eine Stufe und flog in hohem Bogen die restlichen Stufen hinab, wo sie so unglücklich aufkam, dass sie nach Luft schnappen musste. Sie blieb reglos liegen, hätte gern geweint, konnte es aber nicht, weil das Stechen in ihrem Knöchel jedes andere Gefühl überdeckte. Danke, Engel, dachte sie, danke.

Jemand kam leise die Stufen herab.

Nicht das auch noch, dachte Rosa. Nach ihrem lächerlichen Abgang sollte keiner der drei Männer sie so hilflos sehen. In einem Fass!

Sie griff nach dem Geländer, um sich hochzuziehen, schaffte es auch, aber als sie den linken Fuß aufsetzen wollte, durchfuhr ein messerscharfer Schmerz ihr Bein. Sie biss die Zähne zusammen und humpelte die Treppe weiter nach unten. Jetzt liefen ihr doch Tränen übers Gesicht, Schmerz, Empörung und Hass brandeten durch ihren Körper.

»Wartet, ich werde Euch helfen!«

»Geht lieber zurück zu Euren witzigen Freunden. Mein Fuß geht Euch nichts an.«

»Es geht Euch zwar auch nichts an, aber ich sage es trotzdem: Diese Männer sind nicht meine Freunde.« Die Worte des Priesters klangen so schneidend, dass Rosa stehen blieb. Er bückte sich zu ihrem Knöchel, betastete ihn überraschend sanft. Dann wandte er seinen Blick aus der Hocke zu ihr hoch. Eisgrüne Augen funkelten sie an.

»Euer Fuß ist jetzt schon stark geschwollen. Ich werde Euch nach Hause bringen.« Der Priester erhob sich mit Schwung und hatte Rosa so schnell auf seine unvermutet starken Arme genommen, dass sie nicht mehr protestieren konnte. Er trat in den Hof des Pellerhauses, wo nun trotz der Hitze viel mehr Treiben herrschte als bei ihrer Ankunft. Karren wurden fluchend be- und entladen, Fässer unter lautem Getöse über die Pflastersteine gerollt.

Auf seinen Armen war sie dem Gesicht des Katholiken viel näher, zu nahe … Es kam ihr nicht richtig vor.

»Lasst mich runter. Augenblicklich!«, verlangte sie und konnte trotzdem nicht anders, als ihm ins Gesicht zu starren.

Die dunkelblauen Schatten auf seinen Wangen betonten das eigentümliche Rot seines üppigen Mundes. Rot wie Zwetschgen, dachte Rosa unwillkürlich und biss sich auf ihre Lippen. Ihre Mutter würde sie umbringen.

»Es ist meine Christenpflicht, Euch nach Hause zu bringen.«

Von wegen Christenpflicht, dachte Rosa. »Ich bitte Euch, lasst mich runter, wenn Ihr wirklich ein Christ seid. Es geht nicht, dass Ihr mich hier herumtragt.«

Der Priester grinste sie an. »Euch in dem Zustand humpeln zu lassen wäre nicht nur unchristlich, sondern auch ungalant.«

Rosa begann zu strampeln, doch er verstärkte nur seinen Griff und presste sie enger an sich. Gerade als Rosa empört schreien wollte, fiel ihr auf, dass man sie anstierte.

Eine eigentümliche Stille legte sich über den Hof, alle erstarrten für einen Moment und gafften sie an.

Er kann nichts von meinem Hexenfinger wissen, sonst würde er das nicht tun, überlegte Rosa. Sie schloss kurz die Augen, um die Blicke nicht mehr auf sich zu fühlen.

Der Katholik zuckte mit den Schultern und warf einen abfälligen Blick auf die glotzenden Arbeiter.

»Das bin ich gewohnt – in Nürnberg mögen sie keine Katholiken. Ich kann nur hoffen, dass ich nicht eines Tages tot auf dem Hauptmarkt zusammenbreche. Die wären imstande, mich dort wie einen Mörder verrotten zu lassen.« Er lachte hell auf und beschleunigte seinen Schritt Richtung Dürerhaus.

Rosas Herz raste bei der Vorstellung, was ihre Mutter dazu sagen würde, dass ihre Hexentochter sich von einem Katholischen nach Hause tragen ließ.

»Lasst mich endlich runter. Ihr habt genug Barmherzigkeit für den ganzen Rest der Woche geübt. Woher wisst Ihr überhaupt, wohin Ihr gehen müsst?«

»Dobkatz erwähnte es, bevor Ihr kamt. Was wisst Ihr über Baldessarini und Dobkatz?«, fragte er und beugte sich so tief über Rosa, dass sie seinen Geruch einatmen konnte. Eine Mischung aus Lavendel, Holz und Lederfett.

»Warum fragt Ihr mich das? Lasst mich lieber augenblicklich runter, sonst schreie ich.«

Der Priester ging noch schneller und machte keine Anstalten, sie abzusetzen. Schweißperlen tropften von der Stirn in seine dunklen Augenbrauen.

»Ihr solltet Euch von den beiden fernhalten«, keuchte er. »Keiner von beiden ist das, was man einen Ehrenmann nennen könnte.«

»Aber Ihr vielleicht, einer, der wie taub auf Bitten einer Frau reagiert?«, fragte Rosa.

»Natürlich, ich bin schließlich Priester.« Während er das sagte, stahl sich ein Lächeln auf sein Gesicht und machte es zu Rosas großem Ärger irgendwie anziehend.

Doch ihr sechster Finger wurde kalt. Dieser Ehrenmann log also auch.

»Und wie nennt man Euch?«, fragte sie.

»Johann Basilius Martin Scheidegger – und Ihr?«

Ihr Finger wurde schneidend kalt.

»Rosa«, begann sie, doch da unterbrach er sie schon wieder.

»Und Ihr wollt also nach Indien?«, fragte der Priester weiter.

Rosa suchte in seinem schmalen Gesicht nach diesem verächtlichen Grinsen, das jeder Mann gehabt hatte, der von ihrem Plan gehört hatte. Aber sein Gesichtsausdruck war völlig ernst.

Sie nickte.

»Ihr werdet Eure Gründe haben, aber wieso wollt Ihr über Venedig reisen? Über Amsterdam wäret Ihr doch viel schneller.«

Sie zuckte mit den Schultern. »Weil ich dachte, ich käme mit Baldessarini dorthin, aber nun brauche ich ja offensichtlich einen neuen Plan.«

»Ihr seid also nicht davon abzubringen?«

»Der Rat hat nur unter einer Bedingung eingewilligt, uns die Werkstatt meines Vaters weiterführen zu lassen, nämlich der, dass ich einen männlichen Erben herschaffe.«

»Warum geht Ihr und Eure Familie nicht einfach fort aus Nürnberg?« Er sah hinüber zur Sebalduskirche, als wäre es nur eine Ansammlung hässlicher Steine.

»Weil wir große Schulden haben und es meiner Mutter das Herz brechen würde, und weil es mir das Herz brechen würde, das Haus meines Vaters zu verkaufen. Das hier ist unsere Heimat. Wo sollten wir denn hin, wovon sollten wir leben? Meine Schwestern sind schwach, meine Mutter abgearbeitet – sie würden es nicht überleben.« Und, dachte Rosa, was sonst kann ich, die Frau mit dem teuflischen Zeichen, anderes tun, als das Lebenswerk meines Vaters zu bewahren? Für mich kann es kein anderes Leben geben.

Der Priester senkte seinen Kopf ganz nah zu ihr hin. Sein Lächeln war so warm, und gleichzeitig schwebte noch etwas anderes darin, das Rosa nicht einordnen konnte. Niemand hatte sie je so angesehen. Seine Augen wirkten gar nicht mehr eisig, sondern wie durchglüht. »Nicht viele Menschen denken zuerst an ihre Familie und dann an sich. Wie kommt es, dass Ihr so wenig Angst habt?«

»Aber ich habe Angst.« Die Worte waren ihr entwichen, bevor sie darüber nachgedacht hatte. »Ich habe sogar schreckliche Angst, weil ich nichts weiß von der Welt.«

Der Katholik beugte sich noch tiefer und lächelte. »Ich glaube, du weißt längst alles, was du wissen musst.«

Dann fügte er mit heiserer Stimme, beinahe widerwillig hinzu: »Gott beschütze dich.«

Rosa konnte seinem merkwürdigen Blick nicht länger standhalten und sah zu ihrem Zuhause hinter dem Brunnen auf der anderen Seite.

»Wir sind da«, stellte sie erleichtert fest.

Er betrachtete das Haus, schnalzte anerkennend mit der Zunge, öffnete die Tür, trug sie hinein und setzte sie vorsichtig auf der Bank in der Küche ab.

»Rosa, was ist hier los?«

»Eure Tochter ist verletzt, deshalb habe ich mir erlaubt, sie nach Hause zu tragen. Ich hoffe sehr, dass Euch das recht war.«

»Wie können wir uns erkenntlich zeigen?«, fragte ihre Mutter den Priester ohne eine Begrüßung in einem sehr hochnäsigen Ton, und die Blicke, die sie Rosa zuwarf, waren voll kochender Empörung.

Sie hat recht, dachte Rosa, das Ganze war ganz und gar unmöglich.

»Gar nicht, danke, ich bin ein Diener Gottes.«

Rosas Finger begann wieder zu pochen und sich abzukühlen.

»Einen Imbiss vielleicht?«, fragte Toni, die gerade einen Wäschekorb hereinschleppte.

Ihre Mutter warf Toni einen missbilligenden Blick zu, was sowohl Rosa als auch der Priester bemerkten.

»Nein, aber habt vielen Dank«, wehrte er daher auch sofort ab. »Ich werde mich auf den Weg machen zu meinem Quartier in der Deutsch-Kommende.«

»Wir danken Euch«, brummelte die Mutter.

Der Priester drehte sich zu Rosa um. »Passt auf Euch auf, und denkt an das, was ich Euch über die beiden gesagt habe.« Mit diesen Worten schlenderte er davon, ohne sich noch einmal zu Rosa umzudrehen.

»Also, was in Gottes Namen bringt meine Tochter dazu, sich von einem Katholischen nach Hause tragen zu lassen?«

Rosa deutete auf ihren Fuß. »Ich bin gestürzt.«

»Haben sie dich bei Baldessarini rausgeworfen? Hab ich's dir nicht gleich gesagt? Was kann man erwarten von einem Mann, der ein elender Kaufmann ist? Die leben doch davon, dass andere sich die Hände schmutzig machen. Streck dein Bein aus!«

Die Mutter betastete den Knöchel viel weniger sanft, als es der Priester getan hatte, und drehte den Fuß hin und her, was Rosa zusammenzucken ließ. Sie biss sich auf die Lippen.

»Toni, setz Wasser für einen Tee auf.« Die Mutter ging zu ihrem Apothekerschrank hinüber, suchte nach dem Messlöffel.

»Und auf deinen Knöchel geben wir Stellaria media.« Die Mutter hatte den Löffel gefunden und kramte weiter in dem alten Apothekerschrank, den sie zur Hochzeit von ihren Eltern bekommen hatte und den niemand je anrühren durfte. Nicht einmal der Vater hatte gewagt daranzugehen. Natürlich hatte der Schrank, der auf gestauchten Holzkugelfüßen stand und über zahlreiche Schübe verfügte, eine große Anziehungskraft auf Rosa und ihre Schwestern ausgeübt. Vor allem die Intarsienarbeiten aus Elfenbein und rotem Holz und die bemalten Vordertüren hatten es ihnen angetan. Man konnte einen Klostergarten erkennen und zahlreiche Nonnen, außerdem eine Waage und einen Mörser sowie einen Brunnen und Krankenbetten. Dorothea hatte sich über diesen Klostergarten die abenteuerlichsten Geschichten für Rosa ausgedacht.

Rosa beobachtete ihre Mutter dabei, wie sie kritisch an den getrockneten Ringelblumenblüten schnüffelte, sie dann in den Mörser gab, etwas zerkleinerte und dann mit dem kochenden Wasser zu einem Tee übergoss und dann die Vogelmierensalbe anrührte. Jedes Mal, wenn ihre Mutter sich mit dem Apothekerschrank und seinem Inhalt beschäftigte, wirkte sie auf einmal glücklich, ganz anders als sonst.

Rosa fragte sich, wie schon so oft, warum ihre Mutter den Kartenmacher Zapf geheiratet hatte statt eines Apothekers. Rosa hatte ihre Großeltern nie kennengelernt, weil die beiden bald nach ihrer Geburt gestorben waren, aus Gram, so wurde im Viertel geflüstert. Gram, weil Gott sie doppelt bestraft hatte, denn zuerst wurde Rosa mit dem Hexenfinger geboren, dann brannte eines Nachts die Apotheke ab.

Toni reichte ihr den Tee, und ihre Mutter bestrich den Knöchel mit der kühlenden Paste. Als diese vor ihr kniete, hätte sich Rosa gern nach vorne gebeugt und ihren Kopf an den ihren geschmiegt, aber sie wusste, die Geste würde nicht gut aufgenommen werden, denn ihre Mutter wich jeder Berührung von ihr aus.

Eva und Maria kamen vom Hauptmarkt zurück und bestürmten Rosa zu erzählen, was genau passiert war. Sie hatten schon von dem Katholischen mit der blonden Frau im Arm gehört und wollten alles ganz genau wissen.

Rosa, die wegen des Umschlags noch eine Weile ruhig sitzen bleiben sollte, tat ihnen den Gefallen und schmückte ihre Geschichte recht drastisch aus.

Im Nachhinein fand sie den Witz von Dobkatz mit dem Fass sogar beinahe lustig.

Und weil die beiden so andächtig zuhörten und immer noch mehr wissen wollten, übertrieb sie die Schmerzen, in der Hoffnung, dass man ihr das Abenteuer mit dem Priester dann eher verzeihen würde. Erst als sie auch damit fertig war, bemerkte sie, dass Toni und ihre Mutter ebenfalls zugehört hatten.

Ihre Mutter kam näher. »Rosa Sibylla, hat der Dobkatz das mit dem Fass wirklich zu dir gesagt? Und bist du deshalb weggelaufen und gestürzt?«

Rosa nickte.

Ihre Mutter wandte sich zu ihrem Schrank, kramte darin herum, als würde sie etwas suchen, aber Rosa gewann den Eindruck, dass sie sich fassen wollte, Zeit brauchte.

Die Mutter drehte sich schließlich wieder zu ihr, wischte sich mit der Überschürze über die Stirn. »Was für ein merkwürdiges Zusammentreffen«, murmelte sie, »Dobkatz, der Venezianer und ein Priester. Das muss ein Abgesandter des Teufels sein.«

»Nein«, widersprach Rosa. »Das glaube ich nicht.«

»Du weißt auch nichts von der Welt, meine Tochter. Rein gar nichts. Und das ist ganz allein die Schuld deines Vaters, der dich, warum auch immer, umhegt hat wie eine kostbare Pflanze!«

Rosas Finger wurde eiskalt. Aber wieso? Die Mutter hatte

ja recht. Der Vater hatte immer großes Aufhebens um sie gemacht. Sie hielt sich den Finger zur Kühlung an ihren pochenden Knöchel.

»Wo, hast du gesagt, wohnt dieser Baldessarini? Morgen werde ich dich selbst dorthin begleiten. Ich werde dem elenden Dobkatz und seiner Sippe ein für alle Mal das Maul stopfen.«

Alle sahen sich verblüfft an. Noch niemals hatte Rosa ihre Mutter solche Worte benutzen hören.

Ursula rieb sich verlegen die Augenbrauen und zuckte dann mit den Schultern. »Auch wenn ich große Zweifel habe, dass du meinen Enkel aus Indien nach Hause bringen wirst, so glaube ich nun auch nicht länger, dass es eine andere Möglichkeit gibt, als dass du nach Indien fährst.«

Rosa schluckte. Natürlich hatte sie gewollt, dass ihre Mutter ihren Plan unterstützte, aber diese plötzliche Wandlung war ihr unheimlich. Was genau hatte ihre Mutter dazu bewogen, ihre Meinung zu ändern?

Sie suchte Tonis Blick. Toni zuckte mit den Schultern, als wollte sie sagen, frag mich nicht, sie wird schon wissen, was sie tut.

6. Kapitel

Ich roch es, ohne den Deckel der Schüssel hochzuheben: Karpfen.

Wie oft hatte ich Karl schon gesagt, dass ich Karpfen verabscheute, und wenn heute hundertmal Freitag war.

Ich verabscheute ihn ganz genauso wie sie.

Zuerst war ich enttäuscht, als sie höchst lebendig vor uns gestanden hatte, anstatt tot zu sein wie der Karpfen hier auf dem Tisch. Doch dann wurde mir klar, dass sich Gott eben für eine andere Strafe entschieden hatte, und ich bewunderte seine Weisheit in dieser Angelegenheit.

Er hatte ihr den Kartenmacher genommen. Hatte ihr Bastarde geschenkt, anstelle von Kindern, und ihr zu diesem Gesicht verholfen, das nun endlich nichts mehr mit meinen Erinnerungen zu tun hatte. Das weiche Polster ihrer Lippen war nur noch eine mit dem Messer geritzte Linie in einem mageren Gesicht von müder Farbe. Ihre graugrünen Augen – für mich, ich musste es mir zu meiner Schande eingestehen, einmal schöner als der Himmel selbst – lagen in tiefen, dunklen Höhlen wie zerdrückte Häufchen verwelkter Blätter.

Ihre Hexentochter war ganz anders, eine Wölfin im blonden Schafspelz, genau so eine, wie sie der Alte früher am liebsten hatte. Samtig, füllig, strahlend. Er hat nie verstanden, was unter der weichen Hülle der Weiber verborgen ist. Krätze, Verrat und Verderben.

Gerade als ich nachsehen wollte, wo der Vater denn blieb, kam er endlich, mit diesem immer noch rüstigen Schritt. Er setzte sich zu mir an den Tisch, faltete seine Serviette auf und breitete sie über seine knochigen Knie, dann erst nahm er mich wahr, nickte mir zu und schmatzte in freudiger Erwartung auf das Mittagessen.

Er sprach das Gebet mit fester Stimme, wie er das stets getan hatte, und ich konnte nicht anders, als seine Haltung zu bewundern. Obwohl er die siebzig überschritten hatte, war sein Verstand noch so klar wie der meine.

Leider hatte er auch schon davon gehört, der Rat habe zugestimmt, ein junges Weib nach Indien zu schicken, um einen Erben nach Hause zu bringen. Ein Thema, das ich gern vermieden hätte, denn es würde ihn mit Sicherheit beschäftigen.

»Der Karpfen schmeckt modrig. Warum schickt ihr dieses junge Weib nach Indien? Ihr hättet sie mir überlassen sollen.« Er grinste. »Ich hätte ihr leicht zwei Kinder gemacht in den zwei Jahren.« Er wischte den Mund und nahm einen großen Schluck Bier aus dem Humpen, den Karl bereitgestellt hatte.

»Vater, bitte!«

»Das war ein Scherz, Sohn. Du solltest dir einen Funken Humor zulegen, sonst wirst du eines Tages noch gar zu unerträglich. Mir ist klar, dass es einen leiblichen Erben braucht und keinen Bastard. Doch es scheint mir, dass der Rat der Stadt sie so in den sicheren Tod schickt.«

Er hatte recht, zwei Jahre, um nach Indien zu fahren und den Neffen zu holen – auch mein reiseerfahrener Freund Wurffbain hielt das für vollkommen unmöglich. Und für den Fall, dass es ein Wunder geben sollte, hatte ich vorgesorgt.

»Ich verstehe auch nicht, warum die arme Frau nicht einfach weitermachen durfte, so wie die anderen Witwen in unserer Stadt. Wir können stolz darauf sein, dass wir Nürnberger uns um unsere Witwen und Waisen kümmern. Dieser Karpfen ist ungenießbar.« Trotzdem schob er sich noch einen Bissen in den Mund.

Ich spürte, wie mir der Schweiß ausbrach. Wie konnte ich ihm unsere Entscheidung erklären?

»Vater, wir reden von der Zapfin, geborene Ursula Dorothea Huttenbeck, die Tochter des Apothekers Huttenbeck, der die ›Goldene Kanne‹ gehabt hat.«

Mein Vater lief blau an. »Der verdammte Karpfen«, keuchte er. Ich sprang auf, ging um den Tisch und klopfte ihm auf den Rücken.

»Lass das!« Er keuchte immer noch, atmete aber wieder ruhiger. »Ich muss mich hinlegen, mir ist übel.« Er stand auf und schritt zur Tür.

Das ist gut, dann brauche ich dazu nichts mehr zu sagen, dachte ich, doch er blieb am Türrahmen stehen, lehnte sich schnaufend an und fragte dann: »Und wie heißt die Tochter, die ihr nach Indien geschickt habt?«

»Rosa Sibylla.«

»So.« Er drehte sich wieder um und schlurfte davon, viel weniger rüstig als gerade eben noch. Vielleicht wurde er nun doch langsam wunderlich.

7. Kapitel

Rosa starrte auf den Kalender, den sie sich aus der Werkstatt des Vaters geholt hatte, und ihr Herz krampfte sich zusammen. Es waren schon zwei Wochen vergangen, seit sie mit ihrer Mutter beim Rat gewesen war.

Zwei kostbare Wochen, in denen sie und ihre Mutter beinahe täglich im Pellerhaus vorgesprochen hatten, um mit Baldessarini zu reden, aber sie wurden nicht einmal eingelassen. Es hieß, er sei auf die Leipziger Messe gereist, würde aber in Bälde zurückerwartet.

In Bälde! Wann das wohl sein würde?

Rosa hatte ständig einen Druck auf der Brust und Kribbeln in den Beinen, sie wollte aufbrechen. Sie musste endlich weg von Nürnberg. Sie hatte sich vorgenommen, sich eben allein auf den Weg zu machen, wenn der Kaufmann nicht bis zum Ende der Woche zurück sein würde. Sie hielt es nicht mehr aus, dass Toni und ihre Mutter bei jedem Besuch auf dem Markt hämisch gefragt wurden, ob Rosa denn schon in Indien sei. Und wenn die beiden das verneinten, dann schüttelten sich die Marktweiber vor lauter Lachen.

Rosa hasste sie alle, die nichts davon wussten, wie es war, mit einem Hexenfinger geboren zu werden, wie es war, ausgestoßen zu sein.

Und heute Morgen war zu allem Überfluss der elende Löffelholtz schon wieder da gewesen und hatte die lächerliche Summe von dreißig Silbertalern für die Werkstatt des Vaters geboten. Die Mutter hatte ihn hinausgeworfen und ihm verboten, in den nächsten zwei Jahren jemals wieder den Fuß über ihre Schwelle zu setzen.

Immer wieder war Rosa in den letzten Tagen mit ihren Fingern auf der Landkarte an Afrika entlang bis nach Indien gefahren. Es war ein so weiter Weg, und sie saß hier und hatte keine Vorstellung davon, wie sie am schnellsten nach Amsterdam oder Venedig kommen sollte. Vierzehn Tage von siebenhundertdreißig Tagen waren schon in der Hitze dieses schrecklichen Sommers dahingeschmolzen.

Immerhin hatte sie trotz des noch leicht geschwollenen Knöchels die letzten Aufträge, die ihr Vater vor seinem Tod angenommen hatte, ausgeführt und weitere Druckstöcke vorbereitet. Es waren zwei Quartette mit Wissensfragen zur Nürnberger Geschichte und zwei Spielkartensets mit Vögeln und Pflanzen, die sie in Anlehnung an die Radierungen von Sibylla Merian angefertigt hatte.

Rosa packte die Quartette in dickes Papier, um sie später, wenn die Sonne etwas weniger heiß brennen würde, auszuliefern.

Seit Tagen überlegte sie, wie sie noch zu Geld kommen konnte. Sie hatte sogar schon darüber nachgedacht, ob sie zu den reichen Frauen der Stadt hingehen und ihnen anbieten sollte, ihr Porträt in Kupfer zu stechen. Vielleicht würde sie so noch den einen oder anderen Taler zusammenbringen. Aber was war, wenn man sie schon an der Tür abweisen würde? Wer würde schon ein Bildnis haben wollen, das von einer Hexenhand gemalt worden war?

Ja, wenn man den Vater damals in der Malerakademie aufgenommen hätte, dann hätte man ihr vielleicht eine Chance gegeben. Aber ihr Vater war abgelehnt worden, obwohl sogar der Kurfürst von Malinburg ein Porträt bei ihm bestellt hatte.

In diesem Augenblick wurde so heftig an die Tür geklopft, dass Rosa zusammenzuckte. Wer konnte das sein?

»Geh schon und halte keine Maulaffen feil!«, befahl ihre Mutter, die eben in die Küche gekommen war.

Wenige Minuten später führte Toni den Venezianer herein, der von einem weiteren, ebenfalls prächtig gekleideten Mann begleitet wurde. Er war jünger als Rosa, aber größer als Baldessarini.

Rosas Herz klopfte schneller. Was hatte das zu bedeuten?

Baldessarini deutete eine Verbeugung an und wandte sich an ihre Mutter.

»Mi dispiace molto, was vor zehn Tagen im Haus meines Freundes geschehen ist. Ich möchte das aus der Welt schaffen. Ich wäre schon früher gekommen, aber die Messe in Leipzig wird immer wichtiger. Manche behaupten sogar, Nürnberg werde bald gänzlich an Bedeutung verloren haben. Aber verzeiht, ich will Euch nicht langweilen. Nun, Eure Tochter hat vor ein paar Tagen ein wenig überreagiert. Die Jugend! Ihr Mann war ein guter Freund des Hauses, und da möchten wir natürlich gern helfen.«

Rosa fand, ihre Schwestern glotzten geradezu peinlich auf die beiden Männer, aber dann wurde ihr klar, dass sie nicht sehr viel anders dastand und die beiden genauso fassungslos anstarrte. Was hatte den Mann bewogen, seine Meinung zu ändern?

»Wollt Ihr Euch nicht setzen und etwas trinken?«, fragte sie und zeigte auf die Bank.

Baldessarini griff sich einen Schemel, der andere tat es ihm nach. Sie setzten sich.

Dann wandte er sich an den jüngeren Mann.

»Giacomo«, sagte Baldessarini und zeigte mit weit ausladenden Armbewegungen auf Rosa. »Hier siehst du deine Reisegefährtin für die nächsten Wochen: Rosa Sibylla Zapf. Für zwei Fass Karten verhelfen wir ihr zu einer Reisegelegenheit nach Venedig. Für den Proviant muss sie selbst aufkommen und ihn bei sich führen. Allerdings haben wir nur noch einen Platz auf einem der Transportkarren, neben dem Kutscher, zu bieten.«

Nur das Stechen im Knöchel hinderte Rosa daran, wie besessen durchs Zimmer zu tanzen. Jetzt konnte sie es schaffen! Sie hatte sich ausgerechnet, dass, wenn sie bis November auf einem Schiff nach Indien wäre, sie genug Zeit haben würde, um Kaspar zu finden und rechtzeitig zurück zu sein. Sie warf ihrer Mutter einen triumphierenden Blick zu.

»Wann geht es los, was brauche ich alles, und wer ist Tschackomoh?«

»Rosa!« Der Blick ihrer Mutter war vernichtend, und Rosa versuchte, sich zu beruhigen, aber es gelang ihr nur schlecht.

»Das sind eine Menge Fragen auf einmal. Giacomo Luigi Pirandello di Lontano, das ist mein jüngster Schwager, ein Bruder meiner Frau und mein Juniorkompagnon.«

Rosa betrachtete den schwarzhaarigen Giacomo genauer. Er trug ebenfalls Kniehosen und einen langen Rock, doch die Stoffe schimmerten hellgrau und waren sehr viel dünner als die von seinem Schwager, ohne eingewebte Goldfäden, und die Knöpfe waren nicht aus Gold, sondern aus einem weißen, geschnitzten Material, das Rosa noch nie gesehen hatte. Trotzdem wirkte Giacomo sehr viel edler als der Kaufmann.

»Werdet Ihr meiner Tochter dann auch dabei helfen, ein Schiff zu finden, das sie mit nach Indien nimmt?«, fragte ihre Mutter, die jetzt ihre Fassung wieder zurückgewonnen hatte.

»Naturalmente, Signora. Ich habe gute Beziehungen in Venedig, und in der Serenissima gibt es so viele Schiffe …«

Rosas sechster Finger wurde kalt. Was sollte das denn wieder bedeuten? Unbestreitbar gab es im Hafen von Venedig viele Schiffe, das wusste sogar sie. Also sprach der Venezianer darin die reine Wahrheit.

»Kann ich mich darauf verlassen?«, fragte ihre Mutter.

»Bei meiner Ehre!« Der Venezianer war empört.

Rosas Finger blieb eiskalt.

Baldessarini war also, wie der Priester gesagt hatte, kein Ehrenmann. Wenn er aber kein Ehrenmann war, warum hatte er dann seine Meinung geändert?

Verzweifelt überlegte Rosa, was ihr der Finger klarmachen wollte.

Was war denn überhaupt ein Ehrenmann?

Einer, der beim Kartenspielen niemals schummelte? Oder einer, der keine Schulden machte und nie log? Dann war ihr Vater auch kein Ehrenmann gewesen, denn das alles hatte er von Zeit zu Zeit getan. Außerdem, wie sollte sie sonst nach Venedig kommen? Wenn es bedeutete, sich diesem pompösen kleinen Mann, der kein Ehrenmann war, auszuliefern, dann würde sie das eben tun müssen.

Ein Lächeln zuckte über Rosas Gesicht. Sie würde auf der Hut sein. *Wenn du weißt, dass der andere falschspielt, hast du den Sieg schon in der Tasche*, hatte ihr Vater immer wieder gesagt.

Giacomo schaute fragend von einem zum anderen und ratterte dann einige italienische Sätze herunter, bis ihn Baldessarini anwies, Deutsch zu sprechen.

»Kannst du so gut Karten spielen wie dein Vater?«

Rosa zögerte einen Moment, schließlich hatte sie nur mit ihrem Vater gespielt und niemals mit jemand anderem, aber wenn ihre Reise davon abhing, dann musste das genügen. »Ja, mein Vater hätte gesagt, gut wie der Teufel.« Sie sah ihrer Mutter direkt ins Gesicht, weil sie wusste, was die davon halten würde.

»Der Teufel ist eine Frau, sagt man in Italien.« Giacomo nickte dazu, kraulte sich sein milchbärtiges Kinn und besprach sich auf Italienisch mit seinem Schwager, der sich dann an ihre Mutter wandte.

»Dieci giorni, in zehn Tagen, muss ich aufbrechen, damit ich rechtzeitig in Venedig bin, um meine Tochter zu verloben.« Er straffte seine Schultern etwas, als wäre er sehr stolz auf sich. »Meine Giulia Isabella heiratet den Enkel eines Dogen.«

Noch zehn Tage! Rosa stöhnte. Weitere zehn Tage, bis es endlich losging. Andererseits, waren zehn Tage genug Zeit, um noch ein paar Kupferstiche zu fertigen, Papier und Kleister zu bestellen und ihre Schwestern zum hundertsten Mal einzuweisen? Und woher sollte sie das Geld für Proviant nehmen? Gab es noch etwas, das sie verkaufen konnte? Ihr Kopf platzte beinahe von all den Fragen, die beantwortet werden mussten.

»Ich gratuliere zu der Verlobung«, sagte ihre Mutter. »Man ist immer stolz, wenn sich die Töchter mit einem Mann aus guter Familie vermählen.« Sie stand auf und trat auf Baldessarini zu. »Als Vater, geben Sie mir Ihre Hand darauf, dass Sie meine Tochter heil nach Venedig bringen.«

»Signora, ich schwöre, bei meinem Leben!« Der Venezianer ergriff die raue Hand ihrer Mutter und führte sie zum Mund, ohne sie mit den Lippen zu berühren. »Ich schwöre!«, wiederholte er und lächelte ihre Mutter an.

Der Hexenfinger an Rosas linker Hand wurde so kalt und starr, dass Rosa nicht einmal mehr das vordere Gelenk umbiegen konnte. Sie hielt ihn mit der rechten Hand umklammert in der Hoffnung, dass er sich endlich beruhigen würde, und starrte auf den Boden.

»Gibt es jemanden, der uns sagen kann, was meine Tochter alles benötigt?«

Baldessarini lächelte wieder. »Naturalmente, Signora. Giacomo wird Euch genauestens instruieren.«

»Wäre es nicht doch besser, wenn eine andere Weibsperson meine Tochter begleiten würde?«

»Wollt Ihr schon wieder meine Ehre beleidigen?« Die Backen des Venezianers blähten sich angriffslustig.

Giacomo kicherte, was seinen Schwager dazu brachte, ihn unsanft anzurempeln.

»Natürlich nicht.«

»Außerdem ist nicht genug Platz in unserem Tross. Es tut mir leid.«

Rosas Finger beruhigte sich wieder. Sie atmete auf. Was war nur los in letzter Zeit? Früher hatte ihr Finger doch nur äußerst selten reagiert. Vielleicht war es gar nicht mehr so, dass ihr Finger kalt wurde, wenn jemand log. Vielleicht hatte es mittlerweile etwas ganz anderes zu bedeuten. Oder einfach gar nichts.

»Nun, wenn das so ist, dann bringe ich meine Tochter in zehn Tagen zum Pellerhaus.«

»Con piacere, es wird mir eine Freude sein. Aber, Signorina Rosa, es wird nicht leicht werden.« Er wandte sich ihrer Mutter zu und ergänzte: »Und ich hoffe nicht, dass Eure Tochter zu den Wehleidigen oder gar Zänkischen gehört. Morgen wird mein Schwager Giacomo persönlich zu Euch kommen, die Fässer abholen und meine Anweisungen übergeben.« Giacomo nickte dazu und deutete eine Verbeugung an.

»Noch eins.« Baldessarini sprach wieder direkt zu Rosas Mutter: »Wenn die Signorina Rosa krank werden sollte oder gar sterben, was Gott verhüten möge, dann erwartet nicht, dass wir deswegen anhalten oder zurückreisen. In diesem Falle erhaltet Ihr einen Brief von mir persönlich, in dem Euch alles erklärt wird.«

Rosa war überrascht, als ihre Mutter sich plötzlich so gerade aufrichtete, dass sie größer wurde als der Venezianer. »Meine Tochter, Signore Giuseppe Baldessarini, wird nicht sterben!« Ihre Augen funkelten wie das Wasser der Pegnitz in der Sonne. »Nicht auf dieser Reise. Nicht, wenn es noch irgendeine Gerechtigkeit gibt auf dieser Welt.« Damit wandte sich ihre Mutter zur Tür, und den Venezianern blieb nichts anderes übrig, als ihr zu folgen.

Als die Mutter wieder zurück in die Küche kam, schüttelte sie den Kopf.

»Mir ist nicht wohl bei dem Gedanken, dich alleine mit diesen ... diesen Tagedieben ziehen zu lassen, die ihr Geld nicht mit ihrer Hände Arbeit, sondern auf Kosten ehrlicher Handwerker verdienen. Aber was sonst, was denn sonst ...«

8. Kapitel

In dieser Nacht wälzte sich Rosa hin und her, ohne Schlaf zu finden. Sie schwitzte unablässig, weil es unerträglich heiß war und sie sich immer wieder fragte, wie sie noch zu Geld kommen könnte.

Am liebsten wäre sie wie sonst hinunter zur Pegnitz gelaufen, aber der Knöchel tat ihr immer noch zu weh. Trotzdem, dachte sie, ich kann nicht schlafen und nicht länger hier liegen, ich werde in die Werkstatt gehen. Jemand musste die Fässer mit den Karten für den Venezianer vorbereiten, und ihre Mutter war schon mehr als genug damit beschäftigt, sich um den Proviant und Rosas Kleidung zu kümmern.

Rosa humpelte die Stiege hinab in die Werkstatt des Vaters, in der sie sich ihm immer noch nah fühlte. Durch die kleinen Scheiben kam etwas Mondlicht herein, das die Druckstöcke in fahles Licht tauchte. Rosa setzte sich an das große Schreibpult, an dem ihr Vater seine Entwürfe gezeichnet hatte. Zusammen mit ihr und Dorothea hatte er hier die Schedel'sche Weltchronik und das Welttheater des Ortelius studiert, ihnen das Blumenbuch der Sibylla Merian gezeigt und so ihre Aufmerksamkeit für die kleinen Details geweckt.

Und wann immer seine Töchter ihn bei der Arbeit gestört hatten, niemals war er ungeduldig oder laut geworden wie der Goldschmied von gegenüber.

Rosa legte ihren Kopf auf den Tisch und bildete sich ein, ihren Vater zu riechen. Sein leises, warmes Lachen zu hören, wenn eine von ihnen etwas gesagt hatte, das ihn überraschte.

Sie richtete sich auf und ließ ihren Blick durch die halbdunkle Werkstatt wandern, über das Regal mit seinen vielen Büchern, vor die er eine Weltkarte gehängt hatte. Dort drüben war der Tisch, an dem das Papier geschnitten wurde. Darauf lag die riesige Schere, deren Klingen halb so lang waren wie Rosas Beine und die sie auch jetzt kaum an den Holzgriffen zu halten vermochte. In der Ecke stand das Leimfass mit schwarz gefärbtem Knochenleim, in das Rosa als Dreijährige hineingefallen und erst in letzter Sekunde von Toni gerettet worden war. Zwei Jahre später hatte sie dann die drei Lagen Papier zusammenkleben dürfen. Das war eine wichtige Aufgabe, denn die Rückseite der Karte musste ganz dicht sein, nichts von der Vorderseite durfte hindurchschimmern, sonst waren die Karten unbrauchbar.

Aber am liebsten hatte sie als kleines Mädchen die fertig gedruckten Karten nachkoloriert, jedenfalls so lange, bis der Vater ihr gezeigt hatte, wie man einen Holzdruck anfertigt.

Doch als sie dann erkennen musste, wie stümperhaft ihr erster Versuch, ein Kartenbild in den Druckstock zu schneiden, war, hatte sie voller Zorn ihr erstes Bild zerfetzt, was ihren Vater aber nur zu einem milden Kopfschütteln veranlasst hatte. Geduld, meine Tochter, Geduld, das ist das ganze Geheimnis – und Übung.

Und jetzt, wo war er jetzt?

Nicht hier.

Nicht in Nürnberg.

Nirgends.

Alles, was von ihm geblieben war, war in diesem Raum.

Rosa griff nach dem Kartenspiel mit den Heiligen, das für die Mutter die reinste Blasphemie war, sich aber in ganz Europa verkauft hatte wie gepökelte Heringe im großen Krieg.

In ganz Europa.

Sie atmete tief durch. Indien war so weit weg. Was, wenn sie niemals mehr zurückfinden würde, ihr Neffe oder sie selbst gar stürbe? Oder, das Allerschlimmste für ihre Mutter und die Schwestern, wenn sie auf dem Rückweg stürbe und ihr kleiner Neffe ganz allein wäre, ohne zu wissen, wo er hinmusste? Oder wenn Dorothea ihn ihr nicht mitgeben würde?

Ja, und was wäre, wenn dir morgen der Kopf abfaulte, Rosa, oder wenn die Sonne nie mehr aufginge? Beinahe konnte sie ihren Vater lachen hören.

Es gibt immer mehr als eine Möglichkeit, hatte ihr Vater gesagt, *aber wenn du zweifelst, wenn du an* dir *zweifelst, dann hast du schon verloren.*

Sie wollte nicht verlieren. Nicht dieses Spiel.

Sie legte die Karten ab, bettete den Kopf auf ihre Arme und schlief mit den Gedanken an ihren Vater ein.

Rosa erwachte erst, als sie in der Dämmerung unsanft wach gerüttelt wurde.

»Was hast du hier unten zu suchen?«, fragte ihre Mutter.

Rosa rieb sich kräftig die Augen und hoffte so, die restlichen Traumbilder zu verscheuchen. Sie war auf einem großen Segelschiff gewesen, war die Takelage nach oben geklettert, immer auf der Flucht vor jemandem, hatte sich dann in den Ausguck gerettet, aber just als sie dachte, sie wäre in Sicherheit, war ihr Verfolger plötzlich auch im Ausguck. Und nun endlich erkannte sie ihn – es war der Spitzbärtige in den Kleidern von Baldessarini. Er versuchte, sie hinabzustoßen.

Zum Glück hatte die Mutter sie geweckt, bevor sie ins Meer gestürzt war. Ein schaumig tobendes Meer, das von oben ausgesehen hatte wie ineinander verdrehte, sich selbst verschlingende, kämpfende Schlangenungeheuer.

»Ich war in Venedig«, stammelte Rosa, die nur langsam zu sich kam.

Die Mutter schüttelte den Kopf, fühlte die Stirn von Rosa. »Aber was redest du da. Nein, du hast kein Fieber. Zeig mal den Knöchel.«

Rosa hob ihr Bein und streckte ihrer Mutter den Fuß entgegen, doch dabei musste sie ständig an den Spitzbärtigen denken.

»Es sieht schon viel besser aus als die letzten Tage.« Die Mutter war zufrieden. »Heute werden wir noch etwas Arnika darauf geben, dann wird der Fuß endgültig abschwellen. Wenn diese Hitze nicht wäre, wäre er schon lange wieder normal. Wir wollen jetzt frühstücken. Es gibt noch vieles vorzubereiten für deine Reise.«

Rosa, die von ihrem Traum immer noch benommen war und sich nichts mehr wünschte, als dass die Mutter sie in die Arme nehmen würde, bildete sich ein, dass ihre Mutter ihrem Blick absichtlich auswich und sich nur allzu gern Toni zuwandte. »Ist die Milch für den Brei schon warm?«, fragte sie, dann drehte sie ihren Kopf und rief freundlich nach oben: »Eva! Maria!«

Rosa stand da wie gelähmt. Sie hatte so gehofft, dass ihr Einsatz, um die Familie zu retten, sie etwas enger zusammenrücken lassen würde, aber die Fürsorge der Mutter galt auch jetzt nicht ihr, sondern den anderen. Und letztlich war ihr Einverständnis zu der Reise nach Indien auch nur *dieser* Fürsorge zuzuschreiben. Ihre Mutter hatte Angst, dass sie alles verlieren und auf der Straße landen würden, aber das bedeutete noch lange nicht, dass sie ihre verhexte Erstgeborene für dieses Opfer mehr liebte.

»Eva! Maria!«, wiederholte Toni, die den Brei fertig hatte und auf dem Tisch in die Schüsseln verteilte.

Maria kam allein die Stiege herunter. »Eva fühlt sich nicht recht wohl«, wisperte sie und schielte noch auffälliger als sonst.

»Warum flüsterst du?«, fragte die Mutter und stand auf.

»Ich hab Halsweh«, krächzte Maria, »und Eva auch, aber die kann gar nichts mehr sagen.«

Die Mutter sprang auf und rannte die Stufen nach oben, war aber schnell wieder zurück.

»Toni, setz Wasser auf, die beiden haben sich den Hals verkühlt.« Sie stöhnte. »Wie sie das bei der Hitze angestellt haben, ist mir ein Rätsel.«

Rosa hatte den Verdacht, es war ihrer Mutter sehr recht, dass sie in ihren Kräutern herumsuchen und ihr ausweichen konnte.

»Verbascum thapsus«, murmelte die Mutter vor sich hin, »die Königskerz' lindert den Halsschmerz.«

Rosa stocherte in ihrem Brei und fragte sich, was man wohl in Indien zum Frühstück aß. Gebratene Elefanten … Rosa musste gegen ihren Willen lächeln. Nein, Dorothea hatte in ihrem Brief von all den süßen Früchten erzählt, die es dort gab. Aber sie hatte auch erzählt, wie schmutzig alles war und dass Menschen auf der Straße starben, schlimmer als Hunde, die keiner haben will.

Rosa stellte sich vor, ihr Neffe müsse Dorothea sehr ähnlich sein, denn ihre Schwester hatte ihn als gut gelauntes Kind beschrieben, das immerzu Essen in sich hineinstopfte.

Und wenn er gar nicht fortwollte von seiner Mutter, gar nicht mitgehen mit einer Tante, die er gar nicht kannte?

Ich werde hinfahren und es herausfinden, dachte Rosa. Sie kratzte die Schüssel aus und machte sich daran, zusammen mit Toni abzuspülen.

Sie hatten gerade erst angefangen, als es an der Haustür klopfte.

Es war Giacomo, der mit einem Bedienten und Karren gekommen war, um die zwei Fass Karten mitzunehmen. Rosa wollte ihn gleich in die Werkstatt des Vaters führen, aber so weit kam es gar nicht. Als Giacomo Rosa erblickte, legte er die Finger an die Lippen, dann verbeugte er sich tief, berührte seine Brust, als hätte er schreckliches Herzklopfen, umtänzelte Rosa, als sei sie eine Sonne, unter deren Strahlen er aufblühen würde, während Toni diesen Auftritt misstrauisch beäugte.

Er ging weiter zum Tisch, wo noch Marias unberührter Teller mit Brei stand, rieb sich den Bauch und sog seine Wangen ein und schielte flehentlich auf den Brei, sodass er wie ein verhungerter Bettler wirkte, was zusammen mit seiner eleganten Kleidung grotesk aussah.

Jetzt mussten Toni und Rosa schallend lachen, und sie gaben ihm einen Löffel, um zu sehen, ob er den Teller leer essen würde. Giacomo setzte sich aber nicht einfach so, sondern verbeugte sich viele Male und nahm erst dann umständlich auf dem Stuhl Platz.

Rosa und Toni sahen sich an.

»Warum benimmt er sich so merkwürdig?«, fragte Toni.

Rosa zuckte mit den Schultern.

»Reichlich jung, dieser Milchbart, für einen Kompagnon«, befand Toni und musterte Rosa scharf. »Er gefällt dir …«

Rosa schüttelte den Kopf. Was Toni sich da wieder einbildete. Dieser Milchbart könnte ihr jüngerer Bruder sein.

Toni ignorierte Rosas Kopfschütteln und flüsterte: »Unter allen Torheiten ist die erste Liebe die, die den Weibern den meisten Kummer bereitet. Einer wie der und eine wie du – das wäre wie ein Pfau und eine Amsel im selben Nest.« Toni verdrehte vielsagend die Augen.

Die Mutter kam wieder die Stiege herunter und beobachtete den Venezianer am Küchentisch, der den Brei so schnell in sich hineinschaufelte, als wäre er wirklich kurz vor dem Verhungern.

Rosa staunte nicht schlecht. Als Giacomo bemerkte, dass die Mutter gekommen war, sprang er auf und verbeugte sich, als wäre sie eine Gräfin.

Ihre Mutter winkte ungeduldig ab. »Esst ruhig zu Ende! Es freut mich zu sehen, dass Ihr eine einfache Speise zu schätzen wisst.«

Rosa hielt ihrer Mutter das Stück Papier hin. »Er hat die Liste mitgebracht.«

Die Mutter griff danach. »Mach du die Fässer mit den Karten fertig. Ich kümmere mich um alles andere.«

Rosa begab sich unverzüglich in die Werkstatt ihres Vaters, wo sie in der Nacht schon das erste Fass fast fertig gepackt hatte. Es machte sie immer wieder stolz, dass die Karten ihres Vaters in die ganze Welt exportiert wurden. Er hatte es mit der Qualität seines Papiers erklärt, das seine Karten haltbarer machte als andere. Dafür hatte er lange an der Beschaffenheit des Leims getüftelt, der die drei Lagen Papier für die Ewigkeit zusammenhalten sollte.

Rosa aber glaubte, sein Erfolg lag in der Feinheit seiner Kupferstiche. Sie waren dermaßen exakt und detailliert, dass sogar einige Fürsten angesichts seiner Spielkarten ein Porträt bei ihm bestellt hatten.

In das erste Fass hatte sie die exotischen Spiele ihres Vaters gepackt. Die mit den Tieren – Elefanten, Reiher, Leoparden und Affen – und die mit den Königen. Außerdem auch welche von denen, die er heimlich hergestellt hatte, immer dann, wenn die Mutter außer Haus war: das Kartenspiel mit Heiligen und eines mit den sieben Todsünden. Für das zweite Fass hatte Baldessarini ganz gewöhnliche Karten bestellt. Die Karten mit lateinischen, deutschen und französischen Farben, also Becher, Schwerter, Keulen und Münzen, dann Herz, Eichel, Schelle und Blatt. Und schließlich Treff, also Kreuz, Pik, Herz und Karo.

Während sie die französischen Kartenspiele in das Fass sortierte, bewunderte Rosa wie schon so oft die Damenkarten.

Warum wohl im französischen Blatt eine Dame abgebildet war, nicht aber im lateinischen oder deutschen? Die hatten zwar neben den zehn nummerierten auch drei Bildkarten, aber das waren der König mit Ober- und Unteroffizieren, beziehungsweise Könige mit Rittern und Knappen.

Sie hatte ihren Vater mehrfach dazu befragt. Wenn er übel gelaunt gewesen war, dann hatte er behauptet, das sei nur ein Trick seiner schärfsten Konkurrenten gewesen, der elenden französischen Kartenmacher in Rouen und Lyon, um davon abzulenken, dass sie mit der Reduzierung auf die zwei Farben Rot und Schwarz – also Karo und Herz, Treff und Pik – viel Geld bei der Herstellung sparten.

Wenn er besserer Stimmung war, dann zitierte er aus »Der Schule der Frauen«, einem Theaterstück von Molière, den er sehr verehrt hatte: *Doch da ein Weib uns zufällt, wie's das Los bestimmt, muss man es halten, sag ich, wie beim Würfelspiel: Wenn die von uns gewünschte Zahl nicht fallen will, versuche man mit Umsicht und Gelassenheit, wie man den Zufall meistert durch geschicktes Spiel.*

Das war zwar keine Antwort auf ihre Frage, aber sie hatte es geliebt, wenn ihr Vater ins Zitieren kam. Dann richtete er, der den ganzen Tag gebückt über seinen Tischen arbeitete, sich auf und deklamierte in einem so dramatischen Tonfall, dass es Rosa Gänseschauer über den Rücken jagte. Außerdem hatte er meistens noch etwas über das Leben des jeweiligen Schriftstellers erzählt. Und obwohl der Vater die Franzosen wegen der starken Konkurrenz nicht mochte, bewunderte er Molière wegen seines scharfzüngigen Humors.

Rosa erinnerte sich daran, wie er einmal der Mutter vorgeschlagen hatte, jeden Tag gleich nach dem Tischgebet etwas aus dem »Tartuffe« vorzulesen, was ihre Mutter empört zurückwies, da könnten sie auch gleich das Gebet ganz weglassen, wenn es dann mit gottlosen Komödien weiterginge. Und ihr Vater fügte sich ihrer Mutter wie so oft, doch in seiner Werkstatt hatte er Rosa hin und wieder etwas vorgelesen und sie gefragt, wie sie darüber dachte.

Nachdenklich schritt Rosa zu dem Regal mit der Weltkarte hinüber. Sie würde einige Bücher mitnehmen, dann wäre es ein bisschen so, als würde der Vater mit ihr sprechen.

Doch da standen so viele Bücher ...von Molière, Baltasar Gracián, Grimmelshausen, Shakespeare und von Marcus Valerius Martialis, von Platon und Horaz, Hoffmannswaldau ...

Sie würde sich einige aussuchen, und den Rest konnte ihre Mutter zu Geld machen. Das war zwar eine gute Idee, aber Rosa seufzte trotzdem, denn es hätte ihrem Vater nicht gefallen. Andererseits interessierte sich ihre Mutter nicht für diese Art von Büchern. Einzig das Kräuterbuch des Frankfurter Stadtarztes Adam Lonitzer und ein Buch der heiligen Hildegard von Bingen hatte sie ihre Mutter einmal lesen sehen – und natürlich die Bibel.

Rosa griff nach einem Band Molière, dann noch einen und noch einen und legte sie auf den Tisch. Oder doch lieber etwas von Platon? Sie zog »Das Gastmahl« heraus. Wie sollte sie angesichts der vielen Bücher wissen, welches die richtigen für ihre Reise waren?

Dann werde ich eben das Schicksal entscheiden lassen, dachte sie, und mit der verdammten linken Hand, ohne hinzuschauen, ein Buch herausnehmen. Sie schloss die Augen und griff zu.

»Bist du fertig?«, fragte ihre Mutter, die unbemerkt hereingekommen war. Rosa zuckte mit dem Buch in der Hand zusammen und trat unwillkürlich einen Schritt zur Seite, als wäre sie bei etwas Unrechtem ertappt worden. Dabei kam sie mit der Hand an die schon dort abgelegten Bücher, und alle fielen polternd zu Boden. Das kommt also dabei heraus, wenn ich meine Hexenhand befrage, dachte sie und kniete sich hin, um die Bücher aufzuheben.

»Porca miseria!« Hinter der Mutter drängte sich Giacomo vorbei, der neben Rosa in die Knie ging und sich daranmachte, ihr beim Aufheben der Bücher zu helfen. Er kam ihr so nah, dass Rosa glaubte, ein würziges Parfüm zu riechen, das sie schwach an Lebkuchen erinnerte.

Die Mutter schüttelte den Kopf. »Signore di Lontano, das ist keine Arbeit für einen Mann.«

Giacomo widersprach und half Rosa weiter beim Aufklauben der Bücher.

»Rosa, was hattest du überhaupt mit den Büchern zu schaffen, sind denn die Fässer schon fertig gepackt?«, mahnte ihre Mutter.

»Ecco«, flüsterte Giacomo, der immer noch neben Rosa auf dem Boden kniete, und reichte ihr eines der Bücher. »Du heißt doch Rosa?«

Sie nickte überrascht. Bisher hatte er sie immer gesiezt. »Dann liegt in diesem Buch hier ein Papier für dich«, wisperte er. Er klappte es zusammen und reichte es Rosa.

Wollte er damit sagen, er hätte ihr einen Brief geschrieben?

Aus welchem Grund sollte er?

Ausgerechnet ihr?

Und wieso bedurfte es eines Briefes? Was gab es denn, das er ihr nicht von Angesicht zu Angesicht sagen konnte?

Es musste etwas sein, zu dem ihm der Mut fehlte.

»Rosa, wie oft soll ich dich noch fragen?« Ihre Mutter unterbrach ihren Gedankenfluss abrupt.

Rosa hielt das Buch von Giacomo umklammert, richtete sich auf. »Alles ist fertig, Mutter, Giacomo kann alles mitnehmen.«

Am liebsten wäre sie davongerannt, um sofort den Brief zu lesen, aber das hätte merkwürdig ausgesehen, also blieb sie ruhig stehen.

»Bene!« Giacomo nickte ihrer Mutter zu. »Dann bringe ich die Fässer jetzt zu meinem Schwager. Ich freue mich«, er drehte sich wieder zu Rosa, »dass du uns begleiten wirst. Wir sehen uns dann.« Mit diesen Worten schritt er zu dem kleinen Fenster, streckte den Kopf hinaus, legte die Finger an den Mund, pfiff durchdringend, drehte sich dann wieder um und grinste. »Meine Knechte kommen sofort. Gehabt Euch wohl!« Er zwinkerte Rosa zu und verließ dann die Werkstatt.

Gleich darauf polterte es an der Tür, die Knechte wurden von Toni hereingelassen, griffen sich die Fässer und schleppten sie nach draußen.

Rosa brachte nur ein kurzes »Ade« hervor und stürmte die

Stiege empor. Diesmal spürte sie ihren Knöchel gar nicht mehr, so aufgeregt war sie. In ihrer Kammer setzte sie sich auf ihre Betttruhe, um sich zu fassen, bevor sie den Brief las. Ihr Blick fiel auf ihren purpurnen Handschuh. Unmöglich. Giacomo hatte sich bestimmt einen Scherz erlaubt, so wie er auch ohne ein Wort den Brei vertilgt hatte, einfach nur aus Spaß an der Komödie.

Mit bebenden Fingern klappte sie das Buch auf. Es war der Gracián, in dem der Zettel steckte. Sie entfaltete das Blatt und begann zu lesen.

»*Meine geliebte Rosa Sibylla* …«

Als sie die Schrift ihres Vaters erkannte, konnte Rosa nicht weiterlesen, weil ihr die Luft zum Atmen fehlte. Ihr Herz schlug noch heftiger als vorhin auf der Treppe, und die Wände des Zimmers begannen sich um sie zu drehen. Ihre Augen flogen über den unverhofften Fund.

Meine geliebte Rosa Sibylla,
mit der Wahrheit ist es so eine Sache, bisher habe ich es mit dem großen Gracián gehalten und, ohne zu lügen, nicht alle Wahrheiten gesagt. »Denn man kann nicht alle Wahrheiten sagen. Die einen nicht unserer selbst wegen, die anderen nicht des anderen wegen.« Ja, so schreibt der große Gracián, aber was hilft es? Was hilft es mir?

Immer wenn ich Dich anschaue, gerate ich in große Zweifel, ob es nicht doch Dein Recht wäre, alles zu erfahren.

Die nächsten Worte waren fast bis zur Unkenntlichkeit durchgestrichen, doch Rosa vermochte noch zu lesen

Aber dann wieder fürchte ich Deine Mutter …

Der darauffolgende Satz war wieder deutlich, obwohl des Vaters Schrift immer krakeliger wurde, gerade so, als hätte er es eilig gehabt.

Denn Du bist ja kein Mensch von finsterer Gemütsart, Du stempelst nicht alles zum Verbrechen, Du wirst kein Verdammungsurteil über jene aussprechen, die Du liebst. Du hast ein edles Gemüt und bist in der Lage, eine Entschuldigung zu finden. Doch es liegt eben nicht allein in meiner Hand

An dieser Stelle brach der Brief ab.

Rosa las den Brief noch zweimal, weil die Buchstaben teilweise vor ihren Augen verschwammen und sie ihren Sinn nicht erfassen konnte.

Dieser Brief warf mehr Fragen auf, als er beantwortete. Warum hatte der Vater ihr überhaupt geschrieben? Und was hatte er sagen wollen? Einem Impuls folgend, sprang Rosa von der Bettstatt. Sie musste die Mutter sogleich mit diesem Brief konfrontieren. Warum hatte er geschrieben: ›*fürchte ich Deine Mutter*‹ und wieder durchgestrichen? Hatte ihre Mutter irgendeine finstere Macht über ihn gehabt, und wenn ja, welche?

Rosa raffte ihren Rock und humpelte nach unten in die Küche, wo sie ihre Mutter mit den Zwillingen fand. Sie war gerade dabei, den beiden Mädchen eine bräunliche Tinktur in den Hals zu träufeln, was die beiden nur mit viel Wehklagen über sich ergehen ließen.

»Das brennt! Das schmeckt widerlich, lass mich, so schlimm ist es gar nicht!«, riefen sie abwechselnd, und ihre Mutter flüsterte nur »Schschschsch«, als sollten die beiden jetzt zu Bett gehen. Diese freundliche, warmherzige Beschwichtigung, die die Mutter so zu ihr noch nie gesagt hatte, schnitt Rosa ins Herz. Und dann tupfte die Mutter den beiden auch noch die Stirn ab, als wären es kostbare Reliquien.

»Mutter, sieh mal, was ich da gefunden habe.« Rosa reichte ihr den Brief.

»Noch eine von seinen vielen Schuldverschreibungen?«, fragte ihre Mutter, nur mäßig interessiert.

Doch dann, als ihre Augen erfassten, was auf dem Papier stand, ließ sie sich neben den Zwillingen auf die Holzbank sinken, ihr Mund, der schwerfällig die Worte mitlas, nur mehr ein schmaler Strich im aschgrauen Gesicht. »Der Elende, dieser Elende.«

»Man soll doch nicht fluchen«, ließ sich Maria krächzend vernehmen, und Eva kicherte, bis das Kichern zu einem Husten wurde.

»Haltet den Mund!«, fuhr die Mutter die beiden an, dann stand sie auf, zerknüllte das Blatt Papier und warf es in den Zinkeimer zu den Holzspänen.

»Da siehst du, wes Geistes Kind dein Vater war. Ein Aufrührer, einer, der nicht davor zurückschreckt, seinem … Kind Lügen aufzutischen.«

»Aber …«

»Was aber? Dein Vater war ein Herumtreiber, ein Abenteurer, ein Spieler, ein … Fantast! Es wäre besser für dich, zu vergessen, dass du diesen Brief jemals gesehen hast.«

Rosa stürzte zu dem Eimer, holte das Papierknäuel und steckte es in ihr Mieder, zog es dann aber wieder heraus, funkelte ihre Mutter herausfordernd an und schob es, noch kleiner zusammengeknüllt, in ihren purpurnen Handschuh. »Das werde ich niemals! Nie. Denn ich werde herausfinden, was er mir sagen wollte, egal, ob du mir dabei hilfst oder nicht.«

Ihre Mutter stand auf und baute sich vor Rosa auf, sodass

die Tochter gezwungen war, in deren graugrüne Augen zu blicken. Grundlose Teiche, die sie herabzuziehen schienen.

»Es gibt vieles auf der Welt, von dem du dir nicht die mindeste Vorstellung machen kannst.«

»Und wenn ich dir deinen Enkel bringe, wirst du mir dann verraten, was der Vater gemeint hat?«

Ihre Mutter versuchte ein Lächeln, was Rosa noch mehr erboste als ihre Starrheit. »Es gibt nichts zu erklären. Dein Vater war ein Lügner. Du zwingst mich, diese Dinge auszusprechen, noch bevor dein Vater einen Monat im Grab liegt, Gott hab ihn selig. Er war kein übler Mann, aber ein Lügner und Spieler. Und nun solltest du deine Reisetruhe säubern und mit Lavendel ausstreuen.«

Das war das Letzte, wonach Rosa der Sinn stand.

Sie rannte aus der Küche auf die Straße, hinunter zum Fluss, und ignorierte das Stechen in ihrem Knöchel. Plötzlich konnte sie verstehen, warum manche Männer Raufhändel anfangen. Sie hätte nur zu gern jemanden geschlagen, jemandem wehgetan, schlimm wehgetan.

Völlig außer Atem, nass von Schweiß fand sie sich am Fluss wieder. Jetzt, in der Mittagssonne, funkelte das Wasser silbern wie Messerspitzen, stach in ihre Augen, und es stank entsetzlich nach Gerbsäure und Exkrementen. Ein Schweinekopf schwamm gerade an ihr vorbei und schien sie höhnisch anzustarren.

»Vater!«, brach es aus ihr heraus. »Was wolltest du mir damit bloß sagen?«

Rosa zog den Brief aus ihrem Handschuh, widerstand der Versuchung, ihn in die Pegnitz zu werfen, entfaltete ihn stattdessen und las erneut.

Meine geliebte Rosa Sibylla …

Tränen liefen ihr übers Gesicht. Er war tot, sie würde ihn nie mehr fragen können. Nie, nie mehr.

In Indien werde ich nicht nur Kaspar holen, ich werde auch mit Dorothea reden und herausfinden, was Vater mir hat sagen wollen, beschloss sie. Sie beugte sich vor und versuchte, etwas Wasser aufzufangen, aber durch die große Hitze führte die Pegnitz weniger Wasser. Sie richtete sich wieder auf. Es war höchste Zeit, ihre Truhe zu packen. Doch vorher würde sie die Werkstatt ihres Vaters durchsuchen, vielleicht hatte er den Brief zu Ende geschrieben und die vollendete Version davon an einen Ort gelegt, den die Mutter niemals näher anschauen würde, wo nur Rosa ihn finden konnte. Irgendwo zwischen den Entwürfen für neue Spiele.

Glücklich über ihren Einfall, schritt sie langsam über den Hauptmarkt, am Rathaus und der Sebalduskirche vorbei zurück in die Werkstatt ihres Vaters. Als sie dort anlangte, verließen Toni und ihre Mutter gerade das Haus zum Einkaufen.

»Deine Schwestern schlafen«, erklärte ihre Mutter, als wäre Rosa nicht gerade eben aus dem Haus gerannt, wie von Furien getrieben. »Eva hat jetzt auch noch Fieber bekommen. Kümmere du dich um die Bügelwäsche, Toni hat sie schon mit Lavendelwasser eingesprüht.«

Rosa war erleichtert, denn so hatte sie freie Bahn, um die Werkstatt ihres Vaters auf den Kopf zu stellen und in jeder Ecke, jeder Lade nach einem Brief an sie zu suchen.

Toni nickte ihr freundlich zu.

»Also?«, fragte ihre Mutter.

»Ich kümmere mich darum, ade.« Rosa konnte es kaum erwarten, endlich in die Werkstatt zu kommen.

Die beiden Frauen wandten sich ab und liefen hinab zum Hauptmarkt.

Rosa begann ihre Suche im Bücherregal. Sie schüttelte jedes Buch aus, dabei wirbelte sie jede Menge Staub auf, aber außer einer Schuldverschreibung fiel aus keinem Buch auch nur ein kleines Fetzchen Papier.

Dann nahm sie sich die Laden unter dem langen Tisch vor, wo ihr Vater die Skizzen und Entwürfe für neue Kartenspiele aufbewahrt hatte. Unter einigen Blumenkarten, über die sie mit ihm darin einig gewesen war, dass sie nicht fein genug ausgeführt waren, um in Serie zu gehen, fand sie zu ihrem großen Erstaunen den Papierabzug, den sie von ihrem ersten, unglaublich grob geschnitzten Holzdruck gemacht hatte und von dem sie geglaubt hatte, er sei längst verrottet.

Er aber hatte ihn aufbewahrt.

Ein Lächeln zog über ihr Gesicht, und ihr Fund bestärkte Rosa darin, dass er diesen Brief zu Ende geschrieben haben musste.

Doch sie fand nur noch weitere Skizzen und einige fein ausgeführte Stiche, die sie noch nie gesehen hatte. Ungeduldig zog sie die Lade heraus und schüttete ihren Inhalt auf den Tisch, aber es gab keinen Brief, und die Lade hatte auch kein Geheimversteck.

Rosa seufzte enttäuscht und sortierte die Skizzen und Entwürfe wieder in die Lade. Als sie zu den Stichen kam, hielt sie inne.

Was waren denn das für merkwürdige Bilder? Auf den ersten Blick sahen sie aus wie Spielkarten, doch auf den zweiten Blick wurde Rosa klar, dass das nicht sein konnte, denn es fehlte jedwede Zahl. Und es konnte auch kein Entwurf für ein Wissensspiel sein, denn auf diesen Bildern stand keine Information, nichts. Nachdenklich nahm sie den ersten Stich in die Hand. Er zeigte eine Nachtszene, ein brennendes Haus.

Rosa beugte sich tiefer darüber, um die Details besser erkennen zu können. Es war ein Haus mit einem Geschäft im Erdgeschoss, dessen Tür rechts und links von zwei großen Fenstern flankiert wurde. Über der Tür, direkt unter dem mittig angebrachten Chörlein, hing ein fein geschmiedetes Schild. Rosa kniff ihre Augen zusammen, um zu erkennen, was auf dem Schild stand. »Apotheke zur Goldenen Kanne«.

Das war die Apotheke, die ihren Großeltern gehört hatte und ein paar Jahre nach ihrer Geburt ausgebrannt war.

Aber warum hatte ihr Vater das als Kupferstich gestochen? Es war ein schreckliches Bild, das die Wucht des Feuers nur allzu deutlich zeigte: Der obere Stock war schon fast ganz ausgebrannt, Flammen hatten das Dach bereits weggefressen, die Luft war erfüllt von Asche und Funken.

Keine Menschenseele war auf dem Bild zu sehen, nur eine kleine Katze, die links von der Apotheke ihren Schwanz leckte.

Rosa legte das Bild zurück und griff nach dem nächsten. In dessen Mittelpunkt war ein brennender Handschuh zu erkennen, aber irgendetwas war merkwürdig daran. Als ihr klar wurde, was es war, rann ein Schauder über ihren Rücken, und all ihre Härchen stellten sich auf: Der Handschuh hatte sechs Finger.

Der brennende Handschuh war umgeben von sieben Wappen, die alle einen geteilten Schild zeigten, vorne den schwarzen, rotbezungten halben Adler und rechts die schrägen Balken, rot und weiß. Siebenmal das Stadtwappen von Nürnberg. Was das wohl zu bedeuten hatte?

Wieder waren keine Menschen zu sehen, lediglich drei Tiere. In der linken unteren Ecke des Bildes war ein Walfisch, aus dem eine Wasserfontäne nach oben spritzte. Auf der Fontäne schwamm ein Zeichen. Es erinnerte Rosa an einen Orden, denn es setzte sich zusammen aus einem Malteserkreuz, zwischen dessen offenen Enden sich stilisierte Lilien befanden, und einem Ring mit einer weißen Taube. Und in der linken Ecke schlich eine Katze mit einer weißen Taube im Maul aus dem Bild.

Rosa hatte nicht die geringste Ahnung, warum ihr Vater diese Bilder gestochen hatte, und ihr Anblick verstörte sie mehr, als es der begonnene Brief getan hatte.

Oder war das vielleicht nur eine Auftragsarbeit, von der er ihr nichts erzählt hatte? Das war gut möglich. Sie wusste zum Beispiel, dass der Vater einmal ein unanständiges Kartenspiel mit nackten Weibern darauf für einen Hohenzollern-Prinzen gestaltet hatte, an dem er nur dann arbeitete, wenn seine Töchter schon im Bett waren. Rosa hatte es nie gesehen, nur davon gehört, als ihn die Mutter empört zur Rede stellte. Es hatte ihm Spaß gemacht, kleine Geheimnisse zu haben.

Aber warum hatte der Handschuh sechs Finger? Niemand wusste, wie ihre Missbildung aussah. Und warum brannte der Handschuh? War es Ausdruck seiner Verachtung?

Nein, diese Art Gedanken waren des Vaters nicht würdig. Er hatte sie geliebt.

Mit Schwung schob Rosa die Lade mit ihrer Hüfte wieder zurück unter den Tisch. Sie sah sich in der Werkstatt um. Wo hätte sie sonst noch nach einem Brief suchen sollen?

»Rosa?« Ihre Mutter rief nach ihr. Sie waren schon wieder zurück, und sie hatte noch kein Stück von der Wäsche gebügelt, sondern war im Gegenteil über und über voller Staub.

»Rosa, was hast du getrieben? Wenn du nicht einmal so einen einfachen Auftrag wie Wäsche bügeln ausführen kannst, wie willst du es da jemals bis nach Indien schaffen?«

Ihre Mutter stürmte mit rotem Kopf herein.

»Es tut mir leid.« Rosa ging ihr entgegen, um ihr den Wind aus den Segeln zu nehmen.

»Was hattest du hier zu suchen? Dein Vater ist tot. Wir müssen weitermachen und haben keine Zeit zu vertrödeln.«

Ja, dachte Rosa, Mutter hat recht, ich habe keine Zeit zu vertrödeln. Ich sollte mich lieber beeilen, damit ich so schnell wie möglich zu Dorothea komme und so vielleicht erfahre, was mir hier niemand verraten will. Außerdem waren schon kostbare drei Wochen von den siebenhundertdreißig Tagen vergangen, die ihr der Rat zugebilligt hatte.

Nichts ersehnte sie mehr, als endlich Abschied von Nürnberg nehmen zu können.

9. Kapitel

»Auf die Reise!« Ich hob mein Glas und stieß mit Baldessarini an.

»Auf uns, auf unseren Reichtum«, prostete er mir zu.

Wir tranken beide große Schlucke.

»Seid Ihr auch sicher, dass er vertrauenswürdig ist?«

Baldessarini riss seine Augen weit auf. »Warum denn nicht?«

»Weil er ein katholischer Priester ist.«

»Ihr treibt Handel mit mir, und auch ich bin Katholik.«

»Ich weiß nicht recht, irgendetwas an ihm gefällt mir nicht.«

»Ihr seid ein elender Schwarzseher, Dobkatz. Nehmt Euch ein Beispiel an Eurem Vater. Der wusste sein ganzes Leben lang, wie man es genießt.«

»Auch er wird langsam wunderlich, und er würde unseren Plan nicht gutheißen.«

»Nun denn, er ist ein alter Mann. Ihm ist entgangen, dass Nürnberg und Venedig an Bedeutung verloren haben. Durch die Westindienfahrer hat sich alles verändert. Wir müssen neue Wege finden, um als Kaufleute im Geschäft zu bleiben. Und der Sklavenhandel für die Neue Welt wird die Menschheit und natürlich auch uns nach vorne bringen.« Baldessarini hob sein Glas, drehte und wendete es so, dass sich das Licht im Kristall funkelnd brach. »Mir gefällt der Gedanke, dass ein Mann Gottes sich persönlich um unsere Sklaven kümmern wird. Er wird aus den Heiden sogar Christen machen, bevor wir sie verkaufen. Dann sind sie mehr wert.«

»Ich glaube, das ist es, was mir nicht gefällt. Hätte ein Mann Gottes nicht mehr Abscheu zeigen müssen bei unserem Plan?«

Baldessarinis Lachen schüttelte seinen ganzen Körper und brachte den Rotwein zum Überschwappen.

»Dobkatz, Ihr seid nicht nur ein elender Schwarzseher, Ihr seid im tiefsten Inneren auch noch ein Romantiker. Glaubt Ihr, jeder Priester wäre wie Jesus mit seinen Jüngern? Seht sie Euch doch an, die Jesuiten in Mexiko oder in Goa. Wenn die Schwarzen dort nicht brav sind, geht es ihnen an den Kragen. Und man hört sogar von Mönchen, die behaupten, dass das Zölibat nicht für schwarze Weiber gelte, sondern der Akt mit ihnen vielmehr als Mission gezählt werden dürfe.« Baldessarini grinste und hielt sein Weinglas an den Mund, bis die Hälfte in seine Kehle geflossen war. »Nur schade, dass ich das meiner Caterina nicht auch so verkaufen kann.«

»Und wenn unser Plan misslingt?«

Baldessarini richtete sich ungehalten auf. »Hat schon jemals einer unserer Pläne nicht funktioniert?«

Leider fiel mir sofort die Kleine aus Erlangen ein, von deren Ende ich Baldessarini nie etwas erzählt hatte, um ihn nicht nervös zu machen. Und obwohl ich wusste, dass Baldessarini meine Zweifel hasste, konnte ich es nicht lassen, ihn noch einmal zu fragen. »Und das Weib mit dem Hexenfinger?«

Baldessarini verzog seinen Mund. »Na ja, mein lieber Freund, wenn sie wirklich eine Hexe wäre, könnte es natürlich sein, dass unser Plan misslingt. Aber …«, er schlürfte genüsslich den letzten Rest Wein aus seinem Glas, »… es ist doch ganz klar, dass nur wir wirklich einen Pakt mit dem Teufel geschlossen haben.«

Er kicherte, als hätte er einen Witz gemacht, dabei war es uns beiden blutiger Ernst.

»Und was wäre daran auch schlecht? Dobkatz, jetzt schaut nicht immer so griesgrämig. Steht nicht schon in der Bibel, Gott hilft denen, die sich selbst helfen? Und jetzt lasst uns hinübergehen – mir ist nach einer ordentlichen Portion Fleisch.«

Er hievte sich hoch und bedeutete mir, ihm zu folgen. Manchmal wunderte es mich geradezu, dass unter seinem dicken Bauch kein Bocksbein zum Vorschein kam. Der Unterschied zwischen uns lag darin, dass er genoss, was er tat. Ich aber wurde nur von den Furien der Vergangenheit getrieben, ohne jede Freude an meinem Tun. Und so folgte ich ihm ohne jeden Appetit.

10. Kapitel

Je näher wir dem Lager kamen, desto mehr wirkten die Fackeln, die rund um das rote Zeltlager angezündet worden waren, wie Lichter am Eingang zur Hölle.

Beshir und ich hatten vereinbart, zu behaupten, er wäre einem dringenden Bedürfnis gefolgt, und ich hätte mich übergeben müssen und nur aus diesem Grund die Burka abgenommen.

Kaum hatten wir das Frauenzelt an der Ostseite des Lagers erreicht, brach ein Tumult über uns herein.

Die Mahaldar stand vor mir, die Arme auf ihre stattlichen Hüften gestützt. Die vier Frauen des Großmoguls und zehn Prinzessinnen umstanden sie und starrten mich an.

»Raihana, was hast du getan? Der Herrscher der Gläubigen will dich sehen, und er ist nicht in guter Stimmung. Er ist geradezu außer sich.«

»Er wird sie köpfen!«, kreischte Saida.

»Nein, man wird mich köpfen«, stöhnte die Mahaldar, »weil ich erlaubt habe, dass du mit nur einem Eunuchen draußen spazieren gehst. Weil ich dir vertraut habe, Beshir!«

Sie warf Beshir einen vernichtenden Blick zu.

Beshir setzte an, etwas zu erklären, aber sie unterbrach ihn sofort mit einem barschen: »Still jetzt!«

»Raihana ist doch nur eine Sklavin. Warum solltest du da geköpft werden?«, wandte Fatima ein.

»Aber sie ist eine ganz besondere Sklavin, eine mit Heilkräften. Nur deshalb habe ich diesen Spaziergang erlaubt. Weh mir, das wird mich jetzt den Kopf kosten.«

Die Frauen starrten die Mahaldar entsetzt an, dann warfen sie mir böse Blicke zu, jeder einzelne ein Dolch durch mein Herz. Die meisten mochten und achteten die Mahaldar.

»Ich werde sagen«, schlug ich also vor, »ich hätte mich unerlaubt entfernt ...«

»Dann wirst du den Elefanten zum Tottrampeln vorgeworfen«, meinte Neeraja.

»Jetzt müssen wir sie erst mal herrichten, denn so kann sie nicht zum Herrscher.« Die Mahaldar klatschte in die Hände, woraufhin ich zu einer schon mit warmem Wasser gefüllten Wanne geführt wurde. Dort wurden mir die Kleider vom Leib gerissen. Ich konnte gerade noch meine Duduk retten, dann wurde ich in das nach Rosen duftende Bad gesetzt. Saida kämmte und ölte mein Haar, dann flocht sie blaugoldene Bänder hinein.

»Wenn ich geköpft werden soll, wozu dann das alles?«

»In meinem Harem ist jede eine Blume des Lichts«, brüstete sich die Mahaldar, »eine Freude des Propheten. Auch die Todgeweihten.«

Ich wurde abgetrocknet, dann bekam ich neue, hauchdünne, parfümierte Pajamas, ein enges seidenes Leibchen in dunklem Purpur und darüber einen zarten Schleier, über den ein weiterer Schleier mit eingewebtem Blütenmuster gelegt wurde, verziert mit rosa schimmernden Perlen und funkelnden Glassteinen.

»Sie bleibt trotzdem eine scheußliche Krähe«, stellte Fatima fest. »Ihre Füße sind viel zu groß, und dieses kranke weiße Haar ...«

Die anderen lachten hämisch.

»Du bist nur neidisch, weil der Herrscher schon seit Monaten nicht mehr nach dir verlangt hat«, stellte die Mahaldar fest.

»Es gibt für euch alle keinen Grund zum Neid, wenn er doch nur wütend auf mich ist.« Ich ergriff meine Duduk und verbarg sie hinten in meinem Hosenbund. Niemand wagte es, sich mir zu widersetzen. Die letzte Sklavin, die versucht hatte, mir das Einzige zu rauben, was mir noch geblieben war, hatte heute eine schiefe Nase.

Saida stellte weiche, hellrosafarbene Lederpantoffeln mit einer juwelengeschmückten, aufgebogenen Spitze vor mich hin. Ich schlüpfte hinein.

»Und was wird mit Beshir?«, fragte ich.

»Man verlangt nach dir.«

Mir wurde der Schmuck angelegt. Goldene Armreife und ein Goldring, dessen riesige Rosette aus Opalen und Rubinen zwei weitere Finger unter sich begrub, außerdem Ohrgehänge, große goldene Elefanten, deren mächtiges Gewicht meine Ohrläppchen herunterzogen.

Die Mahaldar nickte endlich zufrieden. Sie selbst verhüllte sich vollständig mit einem Schleier, blaugrau und zart wie gesponnene Luft, dann machten wir uns auf den Weg zum Herrscher.

»Aber ...«, stotterte ich, und nun begann mein Herz doch deutlich schneller zu schlagen, denn es war nicht üblich, dass die Frauen des Harems die Frauengemächer verließen, es sei denn zu einem Spaziergang im Garten. In aller Regel kam der Herrscher zu ihnen.

Das verhieß in der Tat nichts Gutes.

Wir schritten direkt zu der großen Plattform in der Mitte des Zeltlagers, dem Mahtabi, wo der Herrscher der Gläubigen seine männlichen Besucher zu empfangen pflegte.

Ich starrte auf den Boden. Wie würde mein Vergehen bestraft werden? Nicht nur, dass ich die Burka abgelegt hatte, nein, ich hatte auch noch Musik gespielt, ja schlimmer noch, eine Melodie. Die einzige »Musik«, die Aurangzeb gestattete, waren die Kesselpauken, die während der Reise den Herrscher ankündigten.

Und Aurangzeb war kein Mann, dessen Geboten man sich ungestraft widersetzte, hatte er doch selbst seinen Vater in die Verbannung geschickt und seine drei Brüder ermordet.

Ich war sicher, dass ich den heutigen Abend nicht überleben würde, doch ich wollte mich nicht kampflos ergeben.

Die Mahaldar schlüpfte aus ihren Schuhen und verbeugte sich dreimal tief zum Taslim, dabei berührte der rechte Handrücken den Boden und dann die Stirn. Aurangzeb lehnte es ab, dass man den Boden direkt vor ihm küsste, weil er fand, diese Ehre gebühre nur Allah allein.

»Verzeiht diesen Unwürdigen. Ihr habt uns rufen lassen …«

Aurangzeb winkte uns näher zu sich heran. Neben ihm saß der fremde Fürst, der mich am Fluss erwischt hatte. Es war ein ganz außergewöhnliches Zeichen von Freundschaft, eine unglaubliche Ehre, dass der Fremde beim Kaiser sitzen durfte. Alle anderen mussten stehen.

Meine Knie begannen zu zittern. Aurangzeb würde ein Exempel statuieren müssen, um vor diesem wichtigen Fremden nicht als Weichling dazustehen, der sich von seinen Frauen demütigen ließ.

Die beiden saßen an einem viereckigen, geschnitzten Tischchen aus weißem Elfenbein, das Männer bei der Gepardenjagd zeigte.

»Raihana«, sagte Aurangzeb, und die Belustigung in seiner Stimme jagte mir Angstschauer über den Rücken, »wie mir mein Freund und Schwager Khan Bahadur Ammar Karim berichtet hat, fand er dich ohne Burka beim Flötespielen vor, allein.«

Ein Raunen und Wispern ging durch den gesamten Hofstaat, und erst jetzt begriff ich das ganze Ausmaß meiner Verfehlung.

»Nun, weil mein Freund ein sentimentaler Mann ist, dem der Klang deiner Flöte das Herz betört hat, wollte er dich kaufen. Doch ich wünsche nicht, dass eine solche Frau den Harem meiner Schwester beschmutzt. Also, um Khan Bahadur Ammar dennoch eine Freude zu bereiten, darfst du entscheiden …« Aurangzeb schwieg einen Moment und fuhr dann mit lauter Stimme fort: »Wer soll sterben, du oder Beshir Aga?«

Der fremde Fürst hustete.

Mir wurde schwindelig. Was für ein teuflischer Mann!

Ich sah Beshirs Gesicht vor mir, als er von dem Wasserfall wieder emporgestiegen war. Glücklich wie ein Kind. Trotzdem wollte ich leben. Aber was konnte ich sagen, was konnte ich tun, um auch Beshirs Leben zu retten?

»Nun, Raihana?«

Könnte ich vorgeben, sterben zu wollen, um Beshirs Leben zu retten, und dann fliehen? Lächerlich, ich käme vielleicht aus dem Lager, aber noch bevor ich den Fluss erreichte, hätten mich die Soldaten gefangen.

»Dort wo ich herkomme«, begann ich, »sagen wir, wer die Wahrheit spricht, braucht ein Pferd, um zu fliehen.«

»Was erlaubst du dir – antworte gefälligst!«

»Nun gut.« Ich holte tief Luft. »Warum muss überhaupt einer von uns sterben? Welches Verbrechen haben wir begangen, dass wir so grausam bestraft werden sollen?«

Die Mahaldar neben mir sog erschrocken die Luft ein.

Der fremde Fürst lachte. Aurangzeb presste die Lippen zusammen, dann sprach er sehr leise und zwang damit alle, die hören wollten, was er sagte, die Luft anzuhalten.

»Du hast keine Wahl getroffen, deshalb werdet ihr beide hingerichtet. Ich allein entscheide über Leben und Tod.«

Nur das Wedeln der Pfauenfedern durchschnitt die drückende Stille.

»Ihr werdet beide bei Sonnenaufgang geköpft. Zuerst Beshir, dann du. Die Mahaldar bürgt mit ihrem Kopf dafür, dass euch bis dahin nichts geschieht. Und jetzt wollen wir speisen.«

Wir waren entlassen.

»Ich hätte diesen Spaziergang niemals erlauben dürfen.« Die Mahaldar flüsterte unentwegt vor sich hin, während wir von Wachen zurück zu den Frauenzelten begleitet wurden.

»Du hättest dich nicht so respektlos verhalten dürfen. Hast du denn in all den Jahren nichts gelernt?« Die Mahaldar schwitzte sehr stark, und während ich noch gar nicht begreifen konnte, dass mein Leben zu Ende sein sollte, konnte ich doch umso besser verstehen, was für die Mahaldar auf dem Spiel stand. Wenn es mir gelingen würde, zu fliehen, dann würde ihr Kopf rollen. Und selbst wenn nicht, ihre Stellung war angreifbar geworden, die Frauen würden ihr nicht mehr gehorchen.

Man empfing uns neugierig. Die Mahaldar berichtete, was passiert war, danach brach lauter Jubel los. Die Frauen klatschten in die Hände und beratschlagten, wie sie sich für dieses Fest schmücken wollten.

Das war nichts Persönliches. Eine Hinrichtung war ein großes Ereignis, ein Fest, ganz egal, wer hingerichtet wurde. Da nahm es nicht einmal Aurangzeb so ganz genau mit dem Wein.

Als ich das erste Mal verkauft worden war, hatte ich versucht, Freundinnen zu finden, aber ich hatte gelernt, dass es unmöglich war. Leidenschaftliche Küsse, gemeinsames Spiel, ja, das schon, aber in einem Harem konnte es das, was ich unter einer bedingungslosen Freundschaft verstand, nicht geben. Wahre Freundschaft gibt es nur dort, wo die Menschen frei sind.

Schließlich sorgte die Mahaldar für Ruhe und schickte alle fort.

»Du dummes, dummes Ding«, sagte sie. Sie klang geradezu bekümmert, was ich darauf zurückführte, dass meine Schande ihre Stellung im Harem schwer erschüttert hatte.

Zwei bewaffnete Eunuchen kamen herein.

»Kommt mit!«

Die Mahaldar fletschte ihre schwarzen Zähne, verschränkte die Arme vor ihrem Busen und baute sich zu ihrer Furcht einflößenden Größe auf. »Wohin? Wer wagt es, Mahaldar etwas zu befehlen?«

»Alamgir, der Herrscher selbst hat angeordnet, dass die beiden zum Tode Verurteilten in einem besonderen Zelt untergebracht werden sollen.«

»Du meinst, in einem besonders gut bewachten Zelt?«

Der Eunuch, der ihrem Blick nicht standhalten konnte, nickte mit gesenktem Kopf.

»Wie viele Wachen?«

»Zehn.«

»Wie viele davon Frauen?«

»Keine.«

»Gut, dann werde ich mitkommen. Geht voran.« Die Mahaldar reichte mir meine Burka und legte selbst auch eine an.

Während wir den Wachen folgten und ich das Raunen vernahm, das uns begleitete wie eine schwache Brise, wurde mir plötzlich bewusst, dass dieser mein Kopf, der immer noch reich geschmückt auf meinem Hals saß, dort morgen nicht mehr sein würde.

Nein! Man hatte mir doch schon alles geraubt, meine Freiheit, meine Würde, mein Kind – und jetzt auch noch mein Leben? Niemals!

Die Wachen blieben vor einem kleinen Zelt stehen, das östlich vom Küchenzelt lag und in dem sich sonst die Vorkoster aufhielten.

Einer der Eunuchen hielt die Stoffbahn, die den Eingang verschloss, hoch und bedeutete uns mit einem Blick, dort hineinzugehen.

Hier gab es keine weichen Pashmina-Teppiche, hier lagen dünne harte Kelims in trüben Herbstfarben auf dem Boden. Es gab keine Kissen, nur ein paar Puffs, dicke, runde Lederhocker, und ein kleines, rundes Tischchen. Das Zelt hatte keine Fenster, nicht mal einen Lüftungsschlitz.

Die Mahaldar bestellte Tee für uns, dann ließ sie sich auf einen der Lederhocker fallen und stöhnte.

»Du dummes Ding, warum hast du nicht einfach Beshirs Tod bestimmt? Warum hast du den Herrscher mit deiner frechen Rede beleidigt?«

»Wie hätte ich weiterleben können mit dem Gedanken, dass ich den Tod von Beshir verursacht habe, der nicht das Mindeste verbrochen hat?«

»Ich verstehe euch Christen nicht. Warum hängt ihr so am Leben? Habt ihr denn nicht auch ein Paradies, das euch im Jenseits erwartet?«

Beshir trat ein und verneigte sich tief vor der Mahaldar.

»Ich habe dir Schande gebracht. Mein Tod ist gerechtfertigt.«

»Unsinn!« Ich trat zu ihm.

Er funkelte mich wütend an. »Du weißt nichts über diese Welt.«

»Ich hätte dich also töten lassen sollen?«

»Es hätte dir als Frau und vor allem als Sklavin angestanden, deinen Fehler einzugestehen und sterben zu *wollen*!« Er flüsterte, aber mit so einer Verachtung, dass ich mich wie zurückgeschleudert fühlte.

»Und nun werden wir beide sterben.« Seine Stimme war jetzt wieder lauter, und er klang sehr befriedigt.

Dieser Mann war als Kind entführt, seiner Männlichkeit beraubt worden, und dennoch hielt er all dieses Unrecht für berechtigt. Ich hatte unser gemeinsames Schweigen falsch eingeschätzt. Es gab keine Freundschaft im Harem.

Plötzlich hörten wir Menschen schreien, Fußgetrappel, unruhiges Pferdegewieher. Unwillkürlich traten wir näher zum Zelteingang, und geradeso, als hätte man das draußen bemerkt, traten zwei bewaffnete Eunuchen in das Zelt und stellten sich vor den Eingang, ihre Schwerter gezückt, als ob sie sich gleich auf uns stürzen wollten.

Endlich konnte ich verstehen, was draußen gerufen wurde. »Feuer! Feuer!«, schrien sie.

Die Mahaldar und ich sahen uns an.

Jemand rief nach den Eunuchen im Zelt. Sie rannten hinaus.

Und genau in diesem Augenblick durchschnitt ein Säbel die Rückwand des Zeltes, und vor uns stand der fremde Fürst, Khan Bahadur Ammar Karim.

»Zur Hölle mit Aurangzeb!«, rief er und unterstrich seine

Rede mit einem kräftigen Schwertstoß in die Luft. Er zeigte auf zwei schwarze Pferde, die mit schlichten Sätteln hinter ihm bereitstanden.

Diesmal würde ich niemandes Leben zu retten versuchen, sondern nur noch an mein eigenes denken. Ich zögerte keine Sekunde und schritt auf das Pferd zu.

Draußen war überall qualmender Rauch, der mich sofort zum Husten brachte.

»Los, los!«, befahl Khan Bahadur Ammar. »Eunuch, was ist mit dir?«

Beshir fiel wieder vor der Mahaldar auf die Knie. »Geh du, ich bleibe hier.«

Die Mahaldar ging auf ihn zu, zerrte ihn hoch. »Du musst gehen, sonst bist du tot. Und das wäre auch mein Tod. Mir wird nichts geschehen.« Sie zögerte, wandte sich dann an den Fürsten. »Nicht, wenn Ihr mir einen Schlag mit Eurem Säbel versetzt. Bitte verletzt mich so, dass ich das Bewusstsein verliere.«

Der Fremde schüttelte den Kopf. »Beeilt euch, wir haben nicht viel Zeit, das Feuer wird bald gelöscht sein, und dann wird man unsere Flucht bemerken. Und Aurangzeb wird ein ganzes Heer hinter uns herschicken.«

»Dann werde ich es tun.« Das war ich der Mahaldar schuldig. Der Gedanke, nach all diesen Jahren endlich aus Aurangzebs Harem zu entkommen, war so ungeheuerlich, dass ich ihn noch nicht fassen konnte – nur eins wusste ich, dafür würde ich alles tun.

Ich ergriff den gewaltigen silbernen Säbel von Khan Bahadur Ammar, dann schlug ich der Mahaldar zuerst zögerlich, dann heftiger auf die Schulter, zerschnitt ihren Schleier, verletzte ihre Beine und ganz zum Schluss ihren Kopf. Ich hoffte, dass sie nicht für immer entstellt wäre und dass diese Wunden zu ihrem Schutz genügen würden.

»Es tut mir leid«, stammelte ich, »es tut mir so leid.«

Beshir, der mit Entsetzen beobachtet hatte, wie ich die Mahaldar angriff, bückte sich zu ihr, flüsterte ihr etwas ins Ohr, dann wandte er sich mir zu, in seinen Augen war blanker Hass.

Sie wimmerte etwas, das ich nicht verstehen konnte. Ich wollte mich auch zu ihr hinunterbeugen, da packte mich der Fürst und schleifte mich zum Pferd. »Los jetzt, Eunuch, sonst reiten wir ohne dich!«

Beshir konnte sich nicht von der Mahaldar abwenden. Er sah zu ihr, dann zu mir, dem Pferd und wieder zu der Mahaldar.

»Geh«, stöhnte sie, »jetzt geh endlich, du abessinischer Dummkopf, du verdammter Nichtsnutz, du elende Kreatur!«

Dann brach die Mahaldar zusammen und verlor das Bewusstsein.

Beshir verneigte sich vor ihr, sagte etwas in seiner Heimatsprache, dann sprang er leichtfüßig zu dem Pferd und stieg auf. Er saß aufrecht im Sattel wie ein Fürst, als wäre er dort geboren.

»Schnell!«

Ich war schon oft geritten, wenn ich die Prinzessinnen zur Jagd begleitet hatte. Diese waren natürlich auf Elefanten unterwegs, wir andern Frauen manchmal auf Pferden, was viel angenehmer als die sonst üblichen Kamele war, denn sie rochen besser, und auf ihren Rücken wurde man nicht so stark hin und her geschaukelt.

Jetzt allerdings war es schwer, einfach davonzupreschen, denn die Dunkelheit war von schwarzem Rauch erfüllt, und die Zelte waren mit Keilen im Boden verspannt. Man musste sehr genau schauen, wo man hinritt.

Noch herrschte große Verwirrung, weil Bahadur Ammar an vielen Stellen Feuer gelegt hatte, und es grenzte an ein Wunder, dass in dieser trockenen Jahreszeit nicht schon alles lichterloh brannte.

Als wir das Lager hinter uns gelassen hatten, galoppierte der Fremde davon, so schnell, dass wir ihm kaum folgen konnten. Ich trat dem Pferd in die Flanken, um aufzuholen.

»Warum habt Ihr das getan?«, rief ich dem Fürsten zu. »Das wird Krieg geben. Niemand vergreift sich an Aurangzebs Harem, ganz egal wie unwichtig die betreffende Frau ist.«

Khan Bahadur Ammar lachte über das ganze Gesicht und trieb sein Pferd weiter an. Wir ritten den Fluss entlang, aber nach Osten.

»Es war deine Duduk, die mich auf die Idee gebracht hat.«

»Welche Idee?« Ich keuchte mehr, als ich sprach, der Schweiß lief mir in Strömen über den Körper. Ich fragte mich, wie lange die Pferde dieses Tempo durchhalten würden.

»Wir wollten ihn in einen Hinterhalt locken. Meine Aufgabe war es, einen Zwischenfall zu provozieren. Schneller! Wir müssen unbedingt noch vor dem Morgengrauen am Treffpunkt sein. Du warst großartig. Es hat mir gefallen, was du zu Aurangzeb gesagt hast: ›Wer die Wahrheit sagt, braucht ein Pferd zum Fliehen‹.« Er lachte schon wieder.

Meine Duduk hat ihn auf die Idee gebracht? Was sollte das denn heißen? Dieser Hinterhalt hatte nicht das Geringste mit mir oder meiner Duduk zu tun.

»Aber er hat gesagt, Ihr seid sein Schwager.«

»Dieser Mann hat seine drei Brüder getötet, meine erste Frau Amatulkarim hat einen davon sehr geliebt, sie ist voller

Hass, und wir alle im Dekkan wünschen uns nichts mehr als seinen Tod. Freiheit von diesem erpresserischen Räuber!«

»Dann lasst Ihr uns frei?« Frei sein ... eine unfassbare Vorstellung! Eine gewaltige Woge der Freude brandete durch meinen Körper. Niemandes Sklavin. Herrscherin über mich selbst.

Khan Bahadur Ammar lachte noch mehr. »Keinesfalls. Eine wie du fehlt mir noch. Mein Harem kann sich der Tatsache rühmen, dass ich eine Frau oder Sklavin aus fast jeder Region der Erde besitze. Ihr seid die Perlen in meiner Krone, und ich liebe die Abwechslung. Du wirst für mich auf der Duduk spielen, und wenn wir uns lieben, wie es der Prophet vorgesehen hat, dann wirst du mich immer an diesen Triumph über Aurangzeb erinnern.«

»Und was ist mit Beshir?«

»Er hat sich als unfähig erwiesen und wird dafür bezahlen.«

»Warum habt Ihr ihn dann mitgenommen?«

»Für den Harem; meine Frauen lieben es, schöne Eunuchen zu quälen.«

Mein Befreier war also auch nur ein hinterhältiger Mann, oder, wie meine Mutter gesagt hätte: ›Dem Wolf entronnen, bin ich dem Bären in die Klauen geraten‹.

Hinter uns lag Aurangzebs Heer, vor mir das der Aufständischen ... Welche Alternative hatte ich? Ich konnte mit dem Pferd im Galopp auf die Flusskante zureiten und mich in die Tiefe stürzen, in diesen wunderschönen Fluss Narmada, eins werden mit dem Wasser und alles hinter mir lassen. Aber machte der Tod wirklich frei? War er nicht einfach nur das Ende von allem?

Noch während ich diesen sinnlosen Gedanken nachhing, verließen wir das Ufer des Flusses und preschten ins Landesinnere. Die Landschaft veränderte sich, es wurde grüner, Bäume säumten unseren Weg. Der Duft von reifen Mangos und Jasmin stieg mir in die Nase.

Nein! Ich würde zur Favoritin von Khan Bahadur Ammar Karim aufsteigen, ihn mit meiner Duduk behexen, noch einen Sohn gebären und die Macht an mich reißen … wenn wir denn jemals lebend dort ankamen. Aurangzebs Heer war stark, er hatte bisher noch jeden Aufstand niedergeschlagen. Und ich bildete mir ein, schon das Getrappel von Pferden hinter uns zu hören.

11. Kapitel

Rosa fühlte sich elend. Ihre Haut war trocken wie Pergament, ihr Haar strohig und ihr Körper nur mehr ein müder Haufen Knochen. Sie hockte wie jeden Tag in den letzten vier Wochen vorne neben dem Kutscher auf dem Karren und hoffte, dass sie bald an ihrem heutigen Lagerplatz hinter dem Brenner ankämen.

Sie waren von Nürnberg nach Augsburg, von dort über Landsberg, Mittenwald und Scharnitz nach Innsbruck gereist und hatten gerade den Brenner überquert. Am Brenner hatten sie in dem elenden Gasthaus an der Zollstation nur kurz haltgemacht, weil Baldessarini fand, sie hätten schon genug Zeit vertrödelt.

Rosa war froh darüber, denn die steinernen Riesen rechts und links machten ihr Angst. Das Atmen fiel ihr schwer, gerade so, als würden die Berge mit ihrem Gewicht direkt auf ihre Brust drücken. Je eher sie dieses karge Gebirge hinter sich ließen, desto besser. Es war ihr vollkommen unverständlich, wie Menschen es überhaupt geschafft hatten, sich hier anzusiedeln, denn permanent krachten Gesteinsbrocken herab, so als wollten die Geister der Berge sie dafür bestrafen und wieder vertreiben.

Sie sehnte sich, wie so oft in den letzten vier Wochen, zurück nach Hause. Nach einem freundlichen Wort von Toni, nach dem Gekichere ihrer Schwestern, ja sogar nach dem üblen Geschwätz der Mägde auf dem Markt und einem strengen

Blick ihrer Mutter. Wenn die Sonne Stunde um Stunde auf sie niederbrannte und die Pferde auf den ausgetrockneten Wegen dermaßen viel Staub aufwirbelten, dass sie kaum etwas sehen, geschweige denn atmen konnte, dann hätte sie sich am liebsten irgendwo verkrochen und ihre Augen geschlossen.

Dabei hatte sie zuerst jeden Baum, jeden Fels, jeden Hügel, jede Burg und jede Stadt mit Neugier bestaunt. Aber nach zehn Tagen war ihr all das gleichgültig, sie interessierte nur noch, ob die Fahrt durch einen kühlen Wald ging oder über staubige Felder. Ob der Weg viele Schlaglöcher hatte, die mit den mitgeführten Reisigbündeln aufgefüllt werden mussten, denn dann war es ihre Aufgabe, abzusteigen und dem Kutscher dabei zu helfen. Und je mehr Löcher, desto länger brauchten sie, dabei konnte Rosa es kaum erwarten weiterzukommen. Am liebsten wäre sie die Nächte durchgefahren, um schneller ans Ziel zu gelangen, doch niemand außer ihr schien diesen Wunsch zu haben.

Die Tage waren, so öde sie sich auch dahinschleppten, noch viel erträglicher als die Abende, wenn die Männer sich Bier oder Wein fassweise in die Kehle schütteten und mit den Wirtsmägden herumschmusten. Dann blieb Rosa für sich.

In den Wirtshäusern sollte sie zwar eigentlich mit all den betrunkenen Reisenden auf einem Lager aus Stroh schlafen, aber das war ihr angesichts der nächtlichen Geräusche unmöglich. Es wurde so herzhaft gefurzt und geschnarcht, als ob Wölfe in die Flucht getrieben werden sollten. Wann immer es möglich war, packte Rosa ihren wollenen Umhang, den sie als Decke verwendete, verließ das Lager und suchte sich einen Platz unter freiem Himmel, wo sie die angenehme Luft genoss und in den Nachthimmel starrte.

Manchmal, wenn sie so dalag, wünschte sie sich Giacomo

zu sich, weil er der Einzige war, der ab und zu das Wort an sie richtete und mit ihr scherzte. Er versuchte, ihr Italienisch beizubringen, und ließ sich von ihr im Gegenzug Kartenspiele erklären.

Doch er kam nie nachts. Wahrscheinlich wusste er gar nicht, dass Rosa draußen schlief, denn er und Baldessarini nächtigten stets in einer speziell hergerichteten Kammer, wo sich Diener um Wasser und saubere Wäsche kümmerten.

So blieb sie also allein, und wenn sie bei einem wolkenlos klaren Himmel das Sternbild des Sirius erkennen konnte, fiel ihr wieder ein, was Toni mit unheilschwangerer Stimme beim Abschied gesagt hatte: »Wenn einer an den Hundstagen auf Reisen geht, kommt er gemeiniglich ungesund wieder nach Haus oder erleidet am Leib und seinen Sachen Schaden.« Und dann hatte Toni verlangt, dass Rosa beim Abschied rückwärts durch die Tür gehen sollte, was ihre Mutter für Blödsinn erklärt und verboten hatte.

Wenn Rosa daran dachte, erinnerte sie sich auch an die letzte Begegnung mit ihrer Mutter.

Diese hatte ihr einen stärkenden Reisetrunk aus Ingwer, Rosmarin und Johannisbeersaft gereicht und den Tobiassegen für sie gesprochen:

»Möge Gott dich behüten über Feld und durch Wald vor aller Not, Hunger und Durst, vor bösem Gelüst, vor Hitze und Frost. Gott behüte dich vor dem Tode, ob du schlafest oder wachest, im Wald oder unter Dach. Gesegnet sei dein Weg über Straße und Steg, vornen und hinten.«

Rosa hatte gehofft, dass die Mutter sie nach dem Segen dieses eine Mal umarmen würde. Es war ja vielleicht ein Abschied auf immer. Doch nicht einmal in diesem Moment war die Mutter ihr nahe gekommen.

Nicht einmal da.

Die Zwillinge hatten unablässig geschluchzt und ständig gefragt, ob sie auch ganz bestimmt zurückkommen würde, und Toni hatte sich verstohlen Tränen aus den Augenwinkeln getupft. Nur ihre Mutter schien völlig ungerührt. Beinahe, als ob sie erleichtert war, Rosa aus dem Weg geschafft zu haben.

War das wirklich nur wegen ihres Hexenfingers? Oder hatte es etwas mit dem Brief zu tun, den ihr Vater ihr hatte schreiben wollen?

Rosa hätte es nie für möglich gehalten, dass Reisen so ermüdend war. Und je länger sie unterwegs war, desto mehr graute ihr davor, sich später in Venedig allein zurechtfinden zu müssen, wo sie nicht einmal die Sprache verstand. Deshalb gab sie sich große Mühe, alles, was sie von Giacomo lernte, auch zu behalten.

Einmal abends in einem der lauten, verrußten und stickigen Gasthäuser hatte Rosa gehört, wie sich die drei gemieteten Söldner, die den Trupp begleiteten, darüber unterhielten, wie sehr der Baldessarini seinen Schwager hasste, was Rosa erstaunt hatte, denn wann immer sie die beiden zusammen erlebte, benahmen sie sich wie Brüder. Überhaupt mussten sich die Söldner geirrt haben, niemand konnte Giacomo hassen. Er war immer gut gelaunt und hatte für jeden ein freundliches Wort. Mittlerweile ertappte sich Rosa immer häufiger dabei, dass sie regelrecht auf ihn wartete.

Zu Beginn der Reise war ihr jedes Mal heiß und unbehaglich geworden, wenn er zu ihr geritten kam, weil sie dann an ihren Irrtum wegen des Briefes erinnert wurde. Den Brief hatte sie in einen winzigen Lederbeutel in ein Mieder eingenäht, damit er ihr auf der Reise nicht abhandenkam. Sie las ihn jeden Abend, auch wenn sie ihn schon auswendig konnte. Es beruhigte sie, die Schrift ihres Vaters zu sehen.

Natürlich wusste Giacomo von der ganzen Briefsache nichts, und das war auch gut so, denn jetzt, da sie ihn besser kannte, war ihr klar, dass es Giacomo nicht im Traum einfallen würde, sich ernsthaft mit einer wie ihr einzulassen.

Obwohl er sich seines Standes sehr bewusst war, gefiel er ihr jeden Tag besser. Der milchbärtige Italiener fand dauernd einen Grund zum Lachen, er lachte über knorrige Bäume am Wegrand, die aussahen wie bucklige alte Männer, und er äffte für Rosa Baldessarinis ungnädiges Schnaufen nach. Er freute sich, wenn die Sonne rot aufging, und er zählte, wie oft der Kuckuck rief, wenn man ihn hören konnte. Und er strahlte wie ein Kind, wenn es mehr als zwanzig Mal war, denn so oft wie der Kuckuck rief, so alt wurde man. Das jedenfalls hätte ihm seine Amme erzählt, eine starke Germanin, wie er nicht müde wurde zu beteuern. Überhaupt redete er unablässig, auch beim Kartenspielen. Das genoss Rosa besonders, denn sonst richtete niemand das Wort an sie. Nie.

Am liebsten hatte es Rosa, wenn Giacomo von seinen Schwestern im Palast in Venedig erzählte: »Unser Palast ist aus dem Meer emporgewachsen, als ein Geschenk von Neptun selbst. Er hat weiße Säulen wie ein griechischer Tempel und ist mit starken Löwen und Fensterbildern aus dem bunten Glas von der Insel Murano versehen. Überall blitzen die goldenen Ornamente in der Sonne.« So hatte er geschwärmt. Venedig sei die einzige Stadt der Welt, in der das Meer die Unendlichkeit des Himmels und der Himmel die Unendlichkeit des Meeres habe. Das konnte sich Rosa beim besten Willen nicht vorstellen, und als sie neugierig nachgefragt hatte, wie er das denn meine, hatte er nur wieder gelacht und gemeint, das würde sie schon sehen, wenn sie erst dort wären.

Und so konnte sie es kaum erwarten, endlich in Venedig anzukommen.

Giacomo war genauso perfekt darin, seine drei Schwestern nachzumachen wie Baldessarini, deshalb war Rosa sicher, sie würde die drei erkennen, sollte sie ihnen in Venedig begegnen. Sie hatte den Eindruck gewonnen, dass ihm Caterina, die Frau von Baldessarini, am liebsten war, weil er nur voller Bewunderung von ihr sprach.

Doch je mehr er erzählte, desto mehr wunderte sich Rosa. Es kam ihr komisch vor, dass Baldessarini im Palast der Familie seiner Frau wohnte. In Nürnberg zogen die Frauen für gewöhnlich bei ihrer Hochzeit in die Wohnung des Mannes. Dieser Gedanke hatte sie zum Lächeln gebracht, denn ausgerechnet ihre Eltern hatten da eine Ausnahme gebildet, jedenfalls bis die Apotheke ihrer Großeltern abgebrannt war. Erst danach waren auch sie in ein Haus gezogen, das ihr Vater gekauft hatte.

Rosa fand es höchst merkwürdig von Caterina, dass diese in ihrem Palast nur hässliche Dienerinnen beschäftigte, um ihren Mann nicht in Versuchung zu führen. Giacomo nannte das Klugheit, Rosa nannte das bei sich billige Eifersucht.

»Dich hätte sie niemals eingestellt«, hatte Giacomo grinsend erklärt und auf Rosas Haube gezeigt. »Denn für deine blonden Haare würde sie töten. Alle Venezianerinnen träumen davon, blond zu sein. Sie schmieren sich Bleichmittel auf ihr Haar und setzen sich damit stundenlang auf die Dächer ihrer Paläste in die Sonne. Aber nachdem ich dein Haar gesehen habe, kann ich sagen, sie hätten sich die Mühe sparen können, denn eine Venezianerin wird allenfalls grünblond.«

Rosa wusste nicht, was sie dazu sagen sollte, aber es schmeichelte ihr, dass Giacomo ihre Haare so genau betrachtet hatte.

Als er aber dann erzählte, seine Schwester habe ihn als Aufpasser für Baldessarini mitgeschickt, konnte Rosa sich kaum noch länger zurückhalten. Das erschien ihr abscheulich, und es wurde nicht besser dadurch, dass dieser blutjunge Giacomo offensichtlich auch noch alles Geld verwaltete, das Caterina in den Handel ihres wesentlich älteren Mannes gesteckt hatte. Es hatte Rosa viel Kraft gekostet, ihre Empörung für sich zu behalten. Dass ein Mann wie Baldessarini sich diese Bevormundung gefallen ließ, wunderte sie – ihr Vater hätte sich das verbeten.

Doch sie hatte sich offenkundig nicht gut genug im Griff gehabt. Giacomo hatte ihr Unbehagen bemerkt, über sie gelacht und gemeint, Caterina hätte all ihr Geld von einer reichen Tante geerbt, und es sei doch sehr gescheit von ihr, es lieber der Kontrolle eines Blutsverwandten zu unterstellen als dem angeheirateten Ehemann, von dem man ja nie wisse …

Manchmal kam Baldessarini und beobachtete sie beide beim Kartenspielen, ohne je mitzuspielen. Er klopfte seinem Schwager wohlwollend auf die Schulter, wenn er wieder einmal gegen Rosa verloren hatte, und sagte dann immer: »Glück in der Liebe, Pech im Spiel«, was Giacomo die Augen verdrehen ließ. »Weder noch, werter Schwager, weder noch!«

Rosa hatte das Gefühl, dass sich auch Giacomo in ihrer Gesellschaft mehr und mehr zu Hause fühlte, deshalb wunderte sie sich, dass er nicht öfter zu ihr kam. Den ganzen Tag wartete sie auf ihn, und wenn er sich nicht zeigte, dann erschien ihr plötzlich alles vollkommen sinnlos, und durch ihren Magen zog ein merkwürdig wehes, leeres Gefühl, sogar dann, wenn sie reichlich gegessen hatte.

Doch sie verbot es sich, darüber weiter zu grübeln, und versuchte stattdessen, ihr Italienisch zu verbessern. Sie konnte bislang nur so viel, dass sie in Venedig nicht verhungert wäre. Wie man Brot, Käse, Fleisch und Gemüse kaufte, wie man sich begrüßte und verabschiedete, nach dem Befinden fragte – mehr hatte sie noch nicht gelernt.

»Buona sera!« Giacomo kam herangeritten und wedelte wie immer übertrieben mit seinem großen, flachen Hut, an dessen leicht aufgebogener Krempe eine Fasanenfeder lustig zitterte.

»Buona sera!«, gab Rosa zurück. Plötzlich fühlte sie sich gar nicht mehr so müde und elend. Ihr Herz klopfte etwas schneller, als sie zu ihm aufsah.

»Und wie gefällt dir diese Aussicht?«, fragte er und deutete auf das vor ihnen liegende Eisacktal.

»Sie macht mir Angst.« Die Worte waren Rosa entschlüpft, bevor sie nachgedacht hatte. »Alles ist so wild zerklüftet, all diese entwurzelten Tannen, die herumliegen. Und die Felsen sind so nah und verdunkeln alles.«

Er nickte. »Das verstehe ich gut, diese schroffen Berge sind wirklich zum Greifen nah. Wenn du Weite sehen willst, dann musst du direkt in den Himmel schauen. Wie sagt der Italiener zum Himmel?«

»Il Cielo«, antwortete Rosa, die ebenfalls in den blauen Himmel sah und wirklich für einen Moment alles andere vergaß.

»Dieser Weg wird noch viel steiniger und enger. An einigen Stellen werden wir sogar alle absteigen müssen. Deshalb, glaube ich, ist heute der Tag, an dem du lernen solltest, wie man flucht, das hilft manchmal.«

»Ein anständiger Mensch flucht nicht«, entrüstete sie sich.

»Certamente, Signorina bella, aber wenn du in Venedig ernst genommen werden willst, dann musst du lernen, wie ein Marktweib zu fluchen, oder willst du überall draufzahlen?«

»Nein«, sagte Rosa, war aber in Gedanken ganz woanders. Sie fand, Giacomo sah gar nicht mehr wie ein Milchbart aus, jetzt, wo er so dunkle Schatten im Gesicht hatte wie der katholische Priester. Wenn er beim Sprechen seine vollen Lippen bewegte, hatte Rosa gar keine Lust, auch etwas zu sagen, dann wollte sie nur diesen Lippen zusehen.

»Also das Schlimmste und deshalb das Allerbeste ist, wenn du zu dem anderen sagst, dass seine Familie ein Haufen nichtswürdiger Trottel ist: Mortaccci tuoi!«

Rosa wiederholte: »Mohrtatschi tuoih!«

Giacomo klatschte in die Hände, was durch die Zügel, die er hielt, merkwürdig gedämpft klang. »Brava! Gutes Mädchen. Jetzt lernen wir einen Fluch für viele Gelegenheiten: Porca miseria!«

Das war zum Glück einfach. Rosa wiederholte es noch einmal, dann wurde ihr klar, was sie da eigentlich tat. Sie fluchte! Würde sie auch in den Bach springen, der sich unterhalb des Pfades hinzog, wenn Giacomo das vorschlüge?

»Und was bedeutet das?«, fragte sie.

Giacomo grinste. »So etwas wie ›schmutziges Schwein‹. Und jetzt etwas sehr Schlimmes, das sagst du nur, wenn etwas ganz Schreckliches passiert: Porca Madonna, cazzo, che palle, puttana vecchia.«

Rosa, die schon gelernt hatte, dass Madonna die heilige Maria war, schüttelte den Kopf. »Das ist Gotteslästerung!«

Giacomo zuckte mit den Schultern. »Unsinn, das benutzt man doch nur, um dem anderen klarzumachen, dass er es nicht mit einem Trottel zu hat.«

»Ich glaube nicht, dass meine Mutter das gutheißen würde.«

Giacomo drehte und wendete seinen Hals, spähte über seinen Rücken, ohne auch nur für einen Moment das Gleichgewicht zu verlieren. »Und wo ist diese deine Mamma jetzt?«

»In Nürnberg.« Rosa unterdrückte ein Lächeln. »Aber darum geht es doch nicht. Man muss auch dann anständig sein, wenn man nicht dafür bestraft wird. So etwas nennt man Moral.«

»Also ich nenne das Dummheit!«, mischte sich Baldessarini ein, dessen Näherkommen Rosa gar nicht bemerkt hatte.

»Dummheit!«, wiederholte Baldessarini.

Rosa merkte, wie ihr das Blut in den Kopf schoss. »Als weit gereister Mann habt Ihr eine andere Sicht der Dinge. Aber ich glaube, es ist gut, wenn man bestimmte Gesetze einhält, auch wenn gerade kein Büttel oder Priester in der Nähe ist, um das zu überprüfen.«

»Gut gesprochen!« Giacomo schnalzte anerkennend mit der Zunge.

»Unsinn.« Baldessarini blieb gelassen, aber seine Stimme klang hart. »Man sollte immer das tun, was der Moment erfordert, und sich keineswegs von moralischen Zwängen an dem hindern lassen, was man begehrt.«

»Dann hat Caterina dich also ganz richtig eingeschätzt, wie mir scheint.« Giacomo blieb ungewohnt ernst.

Baldessarini preschte wortlos davon.

Giacomo hatte die Zähne fest zusammengebissen, als wollte er verhindern, dass ihm etwas Unpassendes entschlüpfte.

Die Pferde hatten ihren Schritt verlangsamt, weil der Weg steil bergab ging und steiniger geworden war.

»Porca Madonna, cazzo, che palle, puttana vecchia«, ließ sich Giacomo dann doch vernehmen, und Rosa fand, dass dieser Fluch eigentlich wie Musik klang.

»Grundgütiger!«, rief sie dann aus, als ihr Wagen heftig ins Rutschen kam und sie beinahe heruntergefallen wäre.

»Porca miseria!«, kam es von Giacomo, der ihre Bemühungen mit einem Grinsen verfolgte. »Ich glaube, ich sollte dich nicht länger ablenken, dieser Weg erfordert unser aller Aufmerksamkeit. Immerhin ist es kühl hier, nicht?«

»Hmm.« Das war aber auch das einzig Angenehme an diesem Pfad, dachte Rosa. Es gab nur vereinzelt zähes Gras, das einen Weg durch die schroffen Felsen gefunden hatte, und die Tannen ragten schwarz und spitz in den Himmel, von Weitem erinnerten sie Rosa an abgebrannte Scheunen.

»Gleich erreichen wir einen guten Platz. Ein Plateau. Dort werden Giuseppe und ich für unser Abendessen sorgen.« Giacomo zeigte auf seine Flinte, die wie immer über seiner Schulter hing. »Früher gab es hier ein Gasthaus, aber seit die Wirtsleute bei einem Überfall ermordet worden sind, behaupten die Leute im Tal, dass es dort spukt, und deshalb will es keiner mehr übernehmen. Wir lagern dort über Nacht – du kannst dann mit den anderen Brennholz für ein großes Feuer sammeln.«

Er quetschte sich mit seinem Pferd an dem Wagen vorbei und galoppierte zügig weiter nach vorne. Rosa blickte ihm nach und fragte sich, wie er dieses Tempo bei dem schmalen Weg halten konnte, ohne abzustürzen.

Plötzlich fiel ein Schatten auf Giacomo. Sie blickte nach oben und erkannte einen Vogel mit breiten Schwingen, der völlig unbewegt in der Luft schwebte. Ein Adler! Ein Adler bedeutete Glück, das wusste sie von ihrem Vater. Als sie das Kartenspiel mit den Vögeln gedruckt hatten, hatte er ihr von dem Sieg verheißenden Zeichen erzählt, das sein Urgroßvater mit vielen anderen vor über hundert Jahren, am dreißigsten Oktober 1593, in Zittau gesehen hatte: einen riesigen zweiköpfigen Adler am Himmel, auf den man mit glühenden Pfeilen schoss, ohne dass er verletzt wurde. Einen Monat später war dann die Nachricht vom Sieg Kaiser Rudolfs II. über die Türken gekommen.

Toni, die gehört hatte, wie der Vater ihr diese Geschichte erzählte, hatte dann gemeint, es gäbe keine zweiköpfigen Adler, die seien nur trunksüchtigen Männerhirnen entsprungen. Richtig sei vielmehr, dass der Adler Glück bringe, nur dann nicht, wenn er von links geflogen käme.

Rosa sah wieder zum Himmel. Der Adler zog Kreise vor einem sich schon leicht rosa verfärbenden Himmel. Was Toni wohl dazu sagen würde? Sie seufzte.

Endlich erreichten sie den Rast- und Lagerplatz für die Nacht. Schon von Weitem hatte Rosa das eingestürzte Haus erkennen können, weil es sich schwarz verrußt vom Berg abhob.

Dahinter verbreiterte sich der Weg unvermutet, als ob ein Riese den Felsen platt gedrückt hätte, und von hier hatte man einen großartigen Ausblick auf das gesamte Tal. Rosa stieg vom Wagen ab und ignorierte das Zittern in ihren Beinen, das mit jedem Tag der Reise weniger wurde. Dann tätschelte sie zärtlich die beiden Pferde. Es war ihre Aufgabe, die beiden am Abend mit Stroh abzureiben und mit ausreichend Hafer und Wasser zu versorgen.

Schüsse knallten. Rosa hoffte, dass Giacomo und Baldessarini erfolgreich wären, denn bei der Aussicht auf ein Stück am Spieß gebratenes Fleisch lief ihr das Wasser im Mund zusammen. Der Proviant, den sie von zu Hause mitgenommen hatte, war zwar gut haltbar, aber auch sehr eintönig: getrocknetes Fladenbrot, gepökelter Fisch und gedörrtes Obst, eine

Spezialität von Toni. In den Wirtshäusern hatte sie das abends immer noch um Suppe mit Brot und morgens mit Brei ergänzt.

Sie band die Pferde zusammen mit den anderen an einen umgefallenen Baumstamm und machte sich dann daran, beim Feuerholzsammeln mitzuhelfen. Keine leichte Aufgabe, denn es lag nicht das kleinste Stückchen Holz herum. Schließlich schnitt sie einfach Zweige von den wenigen Bäumen, die sie dann zum Lager zurückschleppte.

Endlich kamen die Venezianer von der Jagd zurück. Doch von einem prächtigen Hirsch war nichts zu sehen, nur vier schmächtige Hasen baumelten über Giacomos Schultern. Trotzdem, ein kleines Stückchen Fleisch würde für sie bestimmt abfallen, dafür würde Giacomo schon sorgen.

Das Feuer qualmte stark, weil die Äste noch zu frisch gewesen waren, und als die Hasen auf Rosten darübergelegt wurden, witzelten die Männer, die Hasen würden eher geräuchert als gebraten. Einige behaupteten, an diesem unheilvollen Ort würde kein Feuer mehr anständig brennen, weil die Geister böse hineinfurzten, das Feuer zum Qualmen brachten und so verhinderten, dass es loderte.

Für Rosa rochen die brennenden Tannenzweige würzig, und als das Fett der Hasen leise zischend ins Feuer tropfte, wurde ihr Hunger noch größer. Neben den Hasen hatte man einen Dreifuß errichtet, an dessen Ketten ein Topf mit Suppe köchelte, die nach Speck, Petersilie und Sellerie duftete.

Die beiden Kaufmänner hatten verlangt, Rosa solle sich, solange sie über den Brenner reisten und kein Gasthaus in der Nähe war, so unsichtbar wie möglich machen, um keine Unruhe unter den Männern auszulösen. Sie saß deshalb abends nie lange am Feuer, sondern suchte bald in einiger Entfernung ihr Lager auf. An diesem Abend schien es ihr, als würde es ewig dauern, bis das Essen fertig war. Die Zwillinge kamen ihr in den Sinn, die selten Appetit hatten, die sollte man auf so eine Reise schicken! Seit Rosa unterwegs war, wurde sie nie richtig satt. Sie schob sich eine getrocknete Apfelscheibe in den Mund und kaute lustlos darauf herum.

»Porca miseria«, fiel ihr ein; manchmal war es vielleicht doch eine Erleichterung zu fluchen. Sie versuchte, sich vorzustellen, ob es etwas gäbe, bei dem ihrer Mutter ein Fluch über die Lippen käme, aber ihr fiel beim besten Willen nichts ein. Vielleicht, wenn sie Kaspar nicht mitbringen und sie alles verlieren würden? Rosa seufzte. Und wenn ich es rechtzeitig schaffe, wird sie mich dann in die Arme nehmen? Einmal nur?

In diesem Augenblick begann Baldessarini, die Hasen vom Feuer zu nehmen. Beim Zerteilen des Fleisches blitzte sein langes Messer in der Dämmerung silbern auf. Der Duft des gebratenen Fleisches brachte Rosa dazu, sich nach vorne zu drängen. Diesmal wollte sie auch ein Stück, ein nicht zu kleines. Eigentlich sogar eine große Portion.

Da reichte ihr Giacomo auch schon einen Schlegel und wünschte ihr freundlich lächelnd eine gute Nacht.

Sie nickte ihm zu und machte sich dann auf zu ihrem Lager, um den Schlegel dort mit etwas Fladenbrot zu essen. Dabei dachte sie an Dorothea. Ob deren Reise an der Seite ihres Ehemannes angenehmer gewesen war? Es kam Rosa so vor, als würde jeder Tag, den sie unterwegs waren, nur dazu dienen, ihr klarzumachen, wie unmöglich ihr Vorhaben war. Selbst wenn sie in Masulipatnam ankam, wie sollte sie dort ihre Schwester finden? Ihre einzige Hoffnung bestand darin, dass es dort vielleicht europäische Priester gab, die ihr weiterhelfen konnten.

Aber wie würde Dorothea überhaupt reagieren, wenn Rosa plötzlich vor ihrer Tür aufkreuzte? Würde sie ihr das Kind anvertrauen – und was würde Dorotheas Mann dazu sagen?

Der Schlegel hatte kaum Fleisch, deshalb nagte Rosa die Knochen blitzblank ab und wünschte sich, es wäre noch mehr da. Um den Hunger etwas zu dämpfen, steckte sie sich stattdessen eine weitere getrocknete Apfelscheibe in den Mund und legte sich zum Schlafen nieder.

Ihr letzter Gedanke war, dass seit dem 15. Juli schon acht Wochen vergangen waren, und sie war noch nicht mal in der Nähe eines Hafens angekommen. Sie hatte keinen Zweifel, dass man ihre Mutter sofort in den Schuldturm werfen würde, wenn sie nicht rechtzeitig zurückkehrte. Und das würden ihre Schwestern nicht überleben.

12. Kapitel

Rosa erwachte von aufeinanderkrachenden Steinen und lautem Pferdewiehern.

Steinschlag! Davor hatte Giacomo sie gewarnt. Sie sprang auf, schlüpfte in ihre Schuhe und versuchte herauszufinden, von wo die Geräusche gekommen waren. Der Mond war zwar nur eine schmale Sichel, doch ihre Augen gewöhnten sich schnell an die Dunkelheit. Hoffentlich war niemand verletzt worden!

Doch bevor sie mehr als drei Schritte gehen konnte, hörte sie schon Männer schreien, dann das Aufeinanderklirren von Degen und Pistolenschüsse.

Sie erstarrte.

Was jetzt? Weglaufen, ganz klar weglaufen! Aber was war mit all ihren Sachen? Lauf weg, lauf endlich weg, Rosa!, tönte es in ihrem Kopf. Du musst es nach Indien schaffen, los, hau endlich ab!

Aber wohin sie auch schaute, es gab kaum Bäume, die Schutz geboten hätten. Nichts als nackter Felsen um sie herum. Wohin also?

Rosa, los jetzt, sieh zu, dass du Land gewinnst!, mahnte erneut ihre innere Stimme.

Sie warf ihren Umhang über und stürmte davon. Rannte den Weg zurück, den Berg hinauf, nach oben, von wo sie gekommen waren, denn die andere Richtung war von den Kämpfenden blockiert.

Sie lief, so schnell sie konnte, und weil sie sich auf den Boden konzentrierte, um nicht zu stürzen, sah sie ihn zu spät. Eine riesige, schwarze Gestalt. Sie bremste ab, als sie erkannte, dass es ein großer Mann mit einem zotteligen Bart war, drehte sich keuchend um, zurück zu den anderen, aber auch dieser Weg war jetzt versperrt. Beide Männer kamen näher.

Rosa sah sich um, rechts neben ihr war die nackte Felswand, und links lauerte der Abgrund. Nein, sie würde nicht springen, sie würde kämpfen. Sie zwang sich, langsamer zu atmen.

»Ola!«, sagte der Räuber, der von unten kam, und schwang dabei ein langläufiges Gewehr, als wäre es eine Keule, mit der er Rosa gleich den Schädel einschlagen würde.

»Schau an, schau an, was für ein Täubchen ist uns denn da zugeflattert!«, brüllte der Bärtige am oberen Weg.

»Na, mit der werden wir noch viel Freude haben, bevor wir sie über die Klippe springen lassen.«

Nein, dachte Rosa verzweifelt, nein, das werdet ihr nicht. Ich werde ihnen sagen, dass ich eine Hexe bin, die sie verfluchen wird, fuhr es ihr durch den Kopf. Sie begann, mit zitternden Fingern den Handschuh der linken Hand abzustreifen, doch bevor sie es geschafft hatte, packte sie einer an den Haaren und riss sie zu sich hin. Er roch nach Mist und Tabak und altem Schweiß. Rosa weigerte sich nachzugeben, aber der Schmerz in ihren Haarwurzeln breitete sich über den ganzen Kopf aus, brannte entsetzlich.

»Ich zuerst!«, geiferte der, der von unten gekommen war.

»Kommt nicht infrage, für mich nur erste Ware.« Der obere Kerl stieß den anderen mit seinem Gewehr weg.

Ja, dachte Rosa, ja, schlagt euch! Sie würde jeden unaufmerksamen Moment nutzen. Ihr Herz raste, ihre Füße wollten nichts als weglaufen.

»Schon gut, Kalle, schon gut. Ich lasse dir den Vortritt.«

Der von unten gekommen war, trat ihr so fest in den Hintern, dass sie nach vorne aufs Gesicht gefallen wäre, wenn der andere sie nicht aufgefangen hätte.

»Schau mal, sie ist ganz wild auf mich!«, brüllte der Bärtige, lachte und presste seine Arme wie ein Schraubstock um sie. Rosas Rippen wurden zusammengequetscht, sie konnte nicht mehr atmen. Die Knöpfe seiner Joppe und die Gürtelschnalle bohrten sich durch das Leinen ihrer Kleider. Sein Atem stank, als käme er aus dem Hintern einer Kuh.

Diesem elenden Drecksack würde sie sich nicht ergeben.

»Nehmt euch in Acht ...«, begann sie, doch da biss der Mann in ihre Brust. Fest wie ein Tier. Der Schmerz raste von der Brust durch ihren ganzen Körper, sie heulte auf, wand sich, trat und spuckte, Tränen liefen ihr über die Wangen.

»Wer hat dir erlaubt zu reden?« Der Mann keuchte vor lauter Anstrengung, sie festzuhalten. »Halt's Maul, und mach die Beine breit!«

Er warf sie auf den Boden und sich gleich auf sie drauf. Etwas entsetzlich Spitzes bohrte sich in ihren Rücken, dann, als er auf ihr aufprallte, hörte sie ein Knacken. Ihr Herz raste, und sie konnte nur an eines denken, wie sie ihn von sich runterbringen und dann töten würde. Hass brandete durch ihren Körper und verdrängte den Schmerz.

Hass. Hass. Hass.

Doch der Kerl lag wie eine Grabplatte aus Stein auf ihr.

Der andere Mann grölte. »Hey, lass noch was von der Kleinen für mich übrig!«

Der Mann auf ihr hielt sie an der Kehle fest, während er sich an seinen Beinkleidern zu schaffen machte.

Rosa drehte und wendete sich, zappelte und versuchte, trotz seines Würgegriffs zu schreien, was den Mann dazu brachte, ihr eine harte Ohrfeige zu geben. Sie schnappte nach Luft, und ihr wurde schlecht. Sie würgte.

»Spei mich ja nicht voll!« Der Mann schlug ihr noch einmal ins Gesicht.

»Ich verfluche dich!«, stammelte sie. »Ich verfluche dich und deine Nachkommen, ich verfluche dich …« Sie versuchte, ihre jetzt nackte linke Hand vor seine Augen zu bringen, aber der andere Mann, der immer noch danebenstand, trat ihr so kräftig auf den Arm, als würde er ihn auf der Erde zermalmen wollen.

Ihr wurde fast schwarz vor Augen. Sie spürte etwas widerlich Schleimiges an ihrem Innenschenkel, was den Mann zu ärgern schien, denn er ruckte ihr sein Knie zwischen die Schenkel, als wären sie noch nicht weit genug offen, dann atmete er schneller.

»Wir sollten dieser Hexe den Schädel lieber gleich einschlagen, so wie's vereinbart war«, keuchte er.

»Aber ich hab sie gern lebend, ich mag's, wenn sie schreien«, sagte er andere. »Jetzt beeil dich, Mann, wir haben nicht den ganzen Tag Zeit!«

Rosa bekam keine Luft mehr. Etwas spießte sie auf, glühendes Eisen schob sich geradewegs in sie hinein, schnitt sie in zwei Teile. Unsäglicher Schmerz erfüllte sie, höllischer Schmerz.

In diesem Augenblick brach der Mann über ihr zusammen, verdrehte die Augen und wurde weggezerrt. Der andere, der neben ihr gestanden hatte, war verschwunden.

Giacomo beugte sich über sie. »Diese Dreckskerle.« Rosa war sich nicht sicher, was Traum und was Wirklichkeit war.

Giacomo versuchte, ihren Kopf auf seinen Arm zu betten, aber als Rosa entsetzlich stöhnte, ließ er es sein.

»Wir haben sie fast alle erledigt. Bleib ganz ruhig liegen! Beweg dich nicht! Alles wird gut. Ich komme wieder – der eine ist mir entwischt.«

»Porca Madonna miseria«, flüsterte Rosa, die ihre Augen nicht mehr aufmachen konnte. Sie tastete nach seiner Jacke, um sich an ihm festzuhalten, erwischte einen der Knöpfe und umklammerte ihn. Giacomo festhalten, für immer festhalten.

»Das hast du gut gesagt!«

Sie glaubte, ein Lächeln in seiner Stimme zu hören. Er versuchte, sich aufzurichten und ihre Hand vom Knopf zu lösen. »Hab keine Angst.«

Da krachte ein Schuss aus nächster Nähe, und Giacomo brach über ihr zusammen, etwas Warmes floss über ihren Körper. Schritte näherten sich.

Rosa zuckte zusammen. Weg, nur weg. Aber sie hatte nicht einmal die Kraft, ihre Augen zu öffnen, und wusste nicht, ob sie noch die Kraft für einen weiteren Atemzug hatte.

»Die sind hin«, sagte eine fröhlich klingende Stimme, dann trat jemand Giacomo in die Seite. Ein neuer Schwall Blut ergoss sich über Rosa. Nicht atmen. Stell dich tot.

»Aber das Weib ist noch warm ... So sind sie mir am liebsten. Still und fügsam. Los, hilf mir, den Kerl runterzuziehen!«

Keuchen, Gestank. Giacomo wurde etwas zur Seite gezerrt.

»Hör auf damit! Reiß ihr lieber das Medaillon ab, zum Beweis dafür, dass wir unseren Auftrag erledigt haben!« Die dünne Silberkette wurde ihr vom Hals gerissen. Eine gierige Hand umspannte ihren Hals.

»Sie ist wirklich noch warm.«

Rosa hielt die Luft an, jetzt nur keine Regung zeigen, dachte sie. Ich bin tot. Tot.

»Vergiss es! Unser Auftrag ist erledigt. Die Blonde und der bartlose Venezianer sind hin. Mit dem Moos kannst du dir in Bozen das ganze Hurenhaus kaufen. Sehen wir lieber zu, dass wir Land gewinnen.«

»Warum nicht, mich juckt's schon den ganzen Tag.«

»Hör sofort auf!«

Gürtelschnallenklirren. Handgemenge.

»Sieh mal hier. Sieh dir das an, diese Hand. Das Weib ist eine Hexe.«

Ja, dachte Rosa, und diese Hexe wird sich an euch rächen! Und das Letzte, was sie spürte, war ein warmes, beruhigendes Glühen, das sich von ihrem sechsten Finger hin zu ihrem Herzen über ihren ganzen Körper ausbreitete.

13. Kapitel

Rosa fühlte, wie die Sonne auf ihren schmerzenden Körper niederbrannte. Ihr war schwindelig und übel. Ein leises Geräusch ließ sie zusammenzucken.

Was war das?

Ein Picken?

Auf ihr lastete etwas, schwer wie ein Fass. Sehr schwer. Es dauerte einen Moment, bis der Schmerz in ihrem Leib sie daran erinnerte, was passiert war. Aber was war das auf ihrem Körper? Lag sie in einem Grab? Im Grab spürt man die Sonne nicht, beruhigte sie sich.

Picken.

Das Gewicht auf ihr roch metallisch und süßlich. Sie musste sich davon befreien, wollte sich aufsetzen, die Augen aufmachen. Sehen.

Picken. Flügelrauschen. Krächzen.

Sie wollte sehen, aber es war unmöglich. Ihr linkes Augenlid ließ sich nicht bewegen, das rechte rührte sich nicht, die Lider waren fest miteinander verklebt.

Picken.

Sie musste unbedingt wissen, was um sie herum passierte. Sie versuchte, ihren linken Arm zu heben, doch der Schmerz brachte ihr Herz zum Rasen. Sie versuchte es mit dem rechten. Ja, der ließ sich bewegen, er gehorchte ihrem Befehl. Beim Anheben stachen tausend Messer durch ihre Brust, aber sie würde es schaffen, sie musste es schaffen. Mit der Hand erreichte sie ihr rechtes Auge. Ihre Wimpern fühlten sich an, als wären sie mit Harz beträufelt und zu Klumpen getrocknet. Sie begann daran zu reiben.

Rascheln. Wieder das Picken.

Sie rieb und rieb. Da endlich. Die Klumpen zerbröselten. Sie schaffte es zu blinzeln. Sah direkt auf die Taille eines Mannes, der quer auf ihr lag. Seine ursprünglich grauseidene Kniehose war dunkelbraun von getrocknetem Blut.

Rosa drehte ihren Kopf unter Schmerzen zur Seite, hin zu dem Picken.

Silbrig schimmernde Schwungfedern raschelten.

Der Geierschnabel mit dem bartähnlichen Federbüschel an der Unterseite hackte zu.

Giacomos Augenhöhlen waren beinahe leer.

Ein Schwall Galle schoss hoch, verätzte Rosas Mund. Sie musste sich aufsetzen, aber sie konnte es nicht, verschluckte sich an der bitteren Flüssigkeit, versuchte, trotzdem zu atmen, röchelte, wedelte mit der rechten Hand zu dem Bartgeier hin, aber der drehte nur seinen federgeschmückten Kopf und starrte sie mit rotgeränderten Augen durchdringend an.

»Geier sind durchaus nützlich«, hörte sie ihren Vater sagen, während sie die Vogelkarten kolorierten.

Nützlich.

Ein Keuchen brach sich durch ihren Körper.

Sie war am Leben.

Sie lebte. Giacomo war tot. Nützlich.

Sie tastete nach einem Stein und warf ihn mit letzter Kraft zu dem Geier hin, was ihn lediglich zu einem gelassenen Flügelschlagen veranlasste.

Sie musste Giacomo beerdigen, seinen ganzen Leichnam und nicht nur das, was die Geier von ihm übrig ließen.

Rosa packte noch einen Stein, warf mit mehr Kraft, mit unendlicher Wut. Plötzlich war es das Wichtigste auf der Welt, diesen Geier zu verscheuchen, das Einzige, was noch zählte. Da fiel ihr Blick auf den Degen, der neben ihrem Körper lag, Giacomos Degen. Sie tastete danach, konnte ihn kaum umgreifen, feuerte sich selbst an: Los, Rosa, das schaffst du! Sie versuchte, den Schmerz zu ignorieren, hob den Arm und schlug nach dem Geier, wieder und wieder, bis er aufgab und endlich seine Schwingen ausbreitete und davonflog.

Ihr Arm fiel erschöpft auf die steinige Erde. Ihr Körper zitterte, jedes Zittern stach in ihrem Oberkörper. Ihr Mund war völlig trocken und schmeckte bitter.

Und jetzt, Rosa, was jetzt?

Du darfst nicht einschlafen. Du musst etwas trinken. Du musst Giacomo beschützen, dazu musst du aufstehen. Sie begann mit der rechten Hand Giacomo von sich zu schieben. Zuerst bewegte sich gar nichts. Sie biss die Zähne zusammen, ließ all ihren Zorn in die rechte Hand fließen, da ein Stückchen, ein kleines Stückchen und noch eins und wieder eins.

Endlich. Giacomo lag neben ihr.

Jetzt konnte sie versuchen, aufzustehen.

Sie drehte sich auf die rechte Seite. Rasender Schmerz in ihrem unteren Rücken. Egal, sie musste jetzt aufstehen. Ihre Augen tasteten den Grund ab, auf den sie sich gleich stellen würde. Da lag ein seltsam kleiner Stein, nein, kein Stein, das war einer der weißen, geschnitzten Knöpfe von Giacomos Jacke, ein kleiner Elefant. Sie nahm ihn und steckte ihn in ihr Mieder wie eine Kostbarkeit. Dann setzte sie den ersten Fuß auf. Ein glühendes Ziehen durchfuhr ihre Innenschenkel, ihr wurde schwarz vor Augen, sie musste sich schwer atmend wieder hinlegen.

Nachdem sich ihre Atemzüge beruhigt hatten, versuchte sie es erneut. Aber jedes Mal, wenn sie die Füße aufsetzte, passierte das Gleiche. Schließlich griff sie nach Giacomos Degen, verwendete ihn als Stütze. Aber sie haben es nicht geschafft, dachte sie. Ich lebe. Und das bedeutet, dass sie sterben werden, wenn ich sie kriege. Und ich werde sie kriegen!

Ihre linke Hand hing leblos herunter, als würde sie nicht zu ihrem Körper gehören. Sie humpelte ein Stück weiter in die Richtung zum Lager.

Dort lagen der Kutscher, die Diener – alle tot. Auch einige tote Räuber. Ein Festschmaus für die Bartgeier. Es war unmöglich, sie alle zu verscheuchen. Keine Spur von Baldessarini oder den Söldnern. Ob sie es geschafft hatten zu fliehen? Und wenn ja, warum waren sie nicht zurückgekommen, um nach Verletzten oder Überlebenden zu suchen? Nein, sie mussten entführt worden sein, um Lösegeld zu erpressen.

Die Wagen, die Pferde, das Gepäck. Alles war weg. Hatte denn niemand diesen Überfall überlebt außer ihr? Warum waren die Räuber derartig grausam gewesen? Hätte es nicht gereicht, ihnen alles wegzunehmen?

Plötzlich sackte sie in sich zusammen. Der Degen fiel ihr aus der Hand, weil sie versuchte, sich mit der rechten Hand abzustützen. Doch sie schaffte es nicht, landete unsanft auf ihren Knien und fiel nach vorne auf die Steine.

Als Rosa das nächste Mal zu sich kam, brannte die Sonne wie Feuer auf ihren entblößten Beinen. Als hielte man eine Kerze an ihre Wunden. Sie drehte sich auf den Rücken, obwohl sie vor lauter Schmerz kaum atmen konnte.

Mücken schwirrten um sie herum, aber unter das Summen der Mücken mischte sich noch etwas anderes, ein Rasseln. Sie hielt den Atem an, um das Geräusch besser hören zu können – nichts. Sie versuchte, sich aufzusetzen, das Rasseln kam wieder, es kam aus ihrer Brust.

Das Aufsetzen war unmöglich, in ihrem Rücken stach es, als würde jemand Dolche durch ihre Rippen bohren. Ihr Kopf fiel zurück.

Unwillkürlich starrte sie mit dem rechten Auge, das nicht vollkommen zugeschwollen war, in den Himmel, der sich gleißend blau über ihr wölbte, ohne eine Wolke. Geblendet schloss Rosa ihr Auge wieder. Hundstage … Tonis besorgter Kommentar zu ihrer Abreise dröhnte durch ihren Kopf: ›Wann einer an den Hundstagen auf Reisen geht, kommt er gemeiniglich ungesund wieder nach Haus oder erleidet am Leib und seinen Sachen Schaden.‹ Und wenn ich rückwärts durch die Tür gegangen wäre, dachte Rosa zusammenhanglos, dann wäre mein Vater nicht vom Pferd gefallen.

Nicht bewegen. Wenn ich ganz still daliege, dann ist der Schmerz nur ein Traum, dachte sie. Dann bleibt der Schmerz auf der Erde, und ich schwebe davon. Fliege nach Hause, wo der Vater auf mein Kommen wartet. Rosas aufgeplatzte Lippen verzogen sich zu einem Lächeln.

Sie sah sich mit ausgebreiteten Armen über die schneebedeckten Alpen fliegen. Es war ganz leicht, staunte sie, so leicht, der Wind schmiegte ihre zerfetzten Röcke eng an ihren Körper, umschmeichelte ihren geschundenen Leib, löste ihr Haar, trug sie wie auf einem unsichtbaren Teppich aus Luft, der nach süßem Klee und Rosen, nach gemähtem Gras und Honig duftete. Sie atmete diesen Geruch tief ein. Nichts tat jetzt mehr weh, nichts rasselte. Da waren nur Wind und Stille. Sie flog immer schneller nach Hause, ihr Zuhause, das in diesem Licht verborgen war, einer schimmernden, sich schneller und schneller drehenden Sonne.

Jemand packte sie, zerrte sie von der Sonne weg.

»Nein«, stöhnte Rosa. Sie wollte da nicht weg. »Nein!«

»Carlo, bring Wasser! Wenn wir uns nicht beeilen, dann stirbt uns die Kleine. Sie ist völlig ausgetrocknet.«

Rosa stürzte ab, zurück auf die Erde, ihr Köper wurde schwer von Schmerz. »Nein.«

Dann wurde ihr Gesicht plötzlich kalt, nass und kalt.

»Carlo, jetzt steh hier nicht rum und halte Maulaffen feil, sondern mach dich nützlich! Bring Verbandszeug her, und Wasser, wir brauchen mehr Wasser. Der Fluss da unten ist voll davon, also steh hier nicht rum!« Etwas klatschte ein paar Mal.

Die Geier, dachte Rosa, die Geier sind zurück und schlagen ihre Flügel zusammen. Rosa versuchte, sich vom Klatschen wegzubewegen, aber da war ein Hindernis.

»Schschsch«, flüsterte eine Stimme in ihr Ohr. »Wär doch schade um dich. Du bist doch ganz offensichtlich etwas Besonderes ...«

Obwohl Rosa die Worte hören konnte, verstand sie nicht, was sie bedeuten sollten.

»Oder willst du den Halunken, die dir das angetan haben, die Genugtuung geben und jetzt wegsterben?« Die Stimme brabbelte immer weiter.

Eine Frau, das war eine Frauenstimme.

Rosa blinzelte. Direkt über ihr lächelte sie ein dunkel gegerbtes Gesicht an. Die Frau griff unter Rosas Kopf und bettete ihn auf ihren Schoß. Sie war dabei so behutsam, dass Rosa keinen Schmerz spürte und verwundert wahrnahm, wie angenehm sich das anfühlte. Geborgen. Sie wollte etwas sagen, aber sie brachte keinen Ton hervor.

Die Frau wiegte Rosas Kopf leicht hin und her. Dabei klingelten die vielen Silber- und Goldketten und -reife, die die Frau um den Hals und an ihren Armen trug.

Rosa schloss ihr Auge wieder. Dieses Klimpern und Klingeln, wie von Feen. Ob das zu ihrem Traum von dem Licht dazugehörte?

Doch dann hörte sie eine andere Stimme, eine Männerstimme. Sie zuckte zusammen. Weg, sie musste sofort hier weg. Kein Traum, das war kein Traum.

Hufgeklapper und Geratter. Steinschlag. Brüllende Männer. Peitschen. Schüsse.

»Schsch, du bist in Sicherheit«, flüsterte die Frau und betupfte Rosas Lippen mit etwas Feuchtem.

Unwillkürlich leckte Rosa darüber. Die Frau wiederholte die Geste und murmelte, begleitet von dem leisen Klingeln ihres Schmucks, dabei unablässig vor sich hin: »Gut, Achtschigges, gut machst du das. Dann wollen wir doch mal sehen, ob du auch schon trinken kannst.« Die Frau hielt einen Lederschlauch an Rosas Lippen.

Wasser tropfte in Rosas Mund. Zuerst hatte Rosa große Mühe zu schlucken, weil ihre Kehle derart ausgetrocknet war, aber mit jedem Wassertropfen, den sie hinunterbrachte, ging es leichter.

»Shad lav, gut!«

Rosa trank, bis sie nicht mehr konnte. Das erschöpfte sie so, dass sie wieder einschlief. Aber sie wurde unsanft geweckt.

»Du solltest nicht schlafen, du musst wach bleiben und noch viel, viel, viel mehr trinken, sonst stirbst du, Achtschigges.«

Rosa stöhnte. »Müde«, krächzte sie, »so müde.«

»Ich weiß, ich weiß ... meine Kleine. Aber wenn Gott gewollt hätte, dass du stirbst, dann hätte er mich nicht zu dir geschickt. Ich werde dir eine Geschichte erzählen, eine ganz wunderbare Geschichte aus dem Land meines Volkes. Aus Armenien. Die Geschichte von der Sonnenjungfrau Arevhat und dem Drachenprinzen. Doch zuerst trinkst du noch ein bisschen.«

Rosa wollte nichts mehr trinken, und sie wollte auch keine Geschichte hören, sie wollte einfach nur schlafen. Doch der Lederschlauch wurde wieder in ihren Mund gezwungen, und wenn sie nicht ersticken wollte, dann musste sie schlucken. Dann wurde ihr Kopf getätschelt, und eine raue Stimme begann zu erzählen.

»Es war einmal ein König, der hatte keine Kinder und war darüber sehr traurig. Eines Tages sah er eine Schlange mit ihren Kindern, und das machte ihn noch trauriger, und es ging ihm nicht mehr aus dem Kopf. Gott, sagte er, du behandelst mich schlechter als eine Schlange, dabei gebe ich mir alle Mühe, ein guter und gerechter König zu sein.«

Rosa lauschte unwillkürlich, weil die Stimme sich wohltuend über das Stechen in ihren Rippen legte und sie zum Wegdämmern brachte. Aber die Frau verhinderte jedes Mal, dass sie wirklich einschlief, und zwang sie, etwas zu trinken. Rosa verlor jedes Zeitgefühl, es schien ihr ewig so hin und her zu gehen. Und als die Armenierin sagte:

»Drei Äpfel fielen vom Himmel, einer für den Erzähler dieser Geschichte, einer für den Zuhörer und einer für den, der die Worte des Erzählers beachtet. Und jetzt, Achtschigges, hast du genug getrunken und darfst schlafen.« Da hätte Rosa nicht sagen können, wie viele Geschichten sie ihr erzählt hatte.

14. Kapitel

Wasser tropfte unablässig auf Rosas Augenlider, trommelte auf ihre Wangen, sammelte sich in ihrer Halsgrube, suchte sich dann den Weg nach rechts oder links, wo es in den Fetzen ihrer Kleidung versickerte.

Dort, wo der Platzregen auf die Straße traf, klang er wie ein Salvenfeuer, vermischte sich mit dem Knirschen und Ächzen des Karrens, auf dem Rosa lag. Mit jeder Umdrehung der Räder wurde ihr Leib hin und her gerüttelt, jede Umdrehung war ein Dolchstoß in ihren Rücken. Nur ihr Kopf war noch immer weich in den Schoß der klimpernden Frau gebettet.

Rosa öffnete ihr rechtes Auge und konnte nur blinzeln, weil die Regentropfen unentwegt durch ein Loch in der Plane platschten. Unwillkürlich hatte sie auch ihr linkes Auge bewegt, sie freute sich, dass es sich auch ein wenig öffnen ließ. Allerdings noch nicht so weit, dass sie viel sehen konnte.

Wozu auch? Rosa schloss ihre Augen. Sollte der Regen sie doch fortspülen, weit, weit fort.

Die Frau summte eine sehr traurige Melodie, die Rosa seltsam fremd vorkam, anders als alles, was sie je gehört hatte. Trotzdem fühlte sie sich getröstet.

»Du musst dich etwas bewegen, Achtschigges«, flüsterte die Frau. »Du darfst jetzt nicht aufgeben«, fügte sie hinzu und summte dann wieder weiter.

Rosa ignorierte ihre Worte und lauschte dem Summen,

hoffte, wieder einzuschlafen, doch plötzlich wurde ihr sechster Finger erst warm, dann heiß, als würde ein Feuer in ihm brennen. Sie umfasste ihn mit ihrer rechten Hand, um ihn zu kühlen, zu beruhigen, und war entsetzt, als sie die nackte Haut fühlte. Ihr Handschuh war weg! Jeder konnte ihren Hexenfinger sehen, jeder!

Sie hob den Kopf und versuchte, sich trotz ihrer Schmerzen aufzusetzen. Wenn die Frau den Finger sah, würde sie sie vom Karren werfen.

»Gut, versuch es!«, ermunterte sie die Frau. »Höchste Zeit. Du hast jetzt drei Tage fast nur geschlafen, und alle deine Wunden beginnen zu heilen. Du wirst sogar wieder schön sein. Aber du musst deinem Körper dabei helfen.«

Sie half Rosa, sich aufzusetzen, sodass sie beide durch das offene Ende des Verdecks nach draußen sehen konnten.

Sie durchfuhren eine weite Ebene, an deren Ende schneebedeckte Berge aufragten. Ein paar Wagenlängen entfernt strömte ein eisgrüner Fluss parallel zum Weg. Auf der anderen Seite des Flusses erkannte Rosa Weinstöcke, deren üppige Traubenbüschel vom Regen nass waren und goldgelb in der eben durchbrechenden Sonne schimmerten.

»Sieh mal.« Die Frau deutete schräg hinter Rosa. Rosa drehte sich sehr langsam um, konnte kaum atmen, weil diese Bewegung das Stechen in ihrem Rücken verstärkte. Doch als sie es geschafft hatte, schnappte sie überrascht nach Luft. Ein prächtiger Regenbogen überspannte die weite Ebene.

»Ein gutes Omen«, stellte die Frau fest und nickte, was ihren Schmuck zum Klingeln brachte.

Omen … Rosa umklammerte ihren sechsten Finger, der von allen für ein schlechtes Omen gehalten wurde. Die Frau bemerkte ihre Bemühungen und grinste breit, sagte aber nichts. Rosa versteckte den immer noch warmen Hexenfinger weiter in der Hand und musterte die fremde Frau ausgiebig.

Auch wenn deren Kleider jetzt triefend nass vom Regen herabhingen, beeindruckte Rosa, was sie sah. Die Frau trug eine prächtige taillierte, dunkelblaue Überjacke, die von den Schultern bis zur Taille und von der Taille bis zu den Oberschenkeln reich mit roten Perlstickereien und silbernen Metallplättchen verziert war. Unter der Jacke bauschte sich ein dunklerer Rock, unter dem ein weiterer Rock mit einer breiten, stickereiverzierten Passe hervorlugte. Um den Kopf hatte sie ein weißes, gehäkeltes Tuch geschlungen, das ihr schwarz wie Rabenfedern glänzendes Haar nicht ganz verdeckte. Die Haut dieser Frau wies keine tiefen Falten auf, aber sie erinnerte Rosa an sehr altes, stark beanspruchtes Leder. Dunkle, eng an der gewaltigen Nase stehende Augen, die von den üppigen Brauen beinahe erdrückt wurden, schienen Rosa spöttisch zu betrachten. Der blasse, schmale Mund gab den Blick auf wenige bräunliche Zähne frei. Der Hals und die Handgelenke waren mit Silber- und Goldreifen bedeckt, und die Ohrläppchen wurden von den schweren goldenen Ringen darin in die Länge gezogen.

Sie selbst hingegen sah erbärmlich aus. Ihre Kleider waren nur mehr Fetzen, und ihr Körper war über und über mit rotem Brei bedeckt. Was war das, getrocknetes Blut? Ihr linker Arm war bis zum Handgelenk bandagiert und mit einem Stock geschient.

»Warum tun Sie das alles für mich? Wer sind Sie überhaupt? Und wohin fahren wir?« Rosa zeigte auf den Mann, der den Esel, der den Karren zog, beständig vorantrieb.

»Es geht dir also besser, shad lav«, stellte die Frau fest.

»Aber das sind viele Fragen auf einmal. Ich bin Siranush Gargarian, und wie ist dein Name?«

»Rosa«, murmelte Rosa müde, während sie über diese Worte nachdachte. Besser, ha! Ja, es ging ihr besser, was für ein Witz. Aber die Frau hatte recht, immerhin lebte sie.

Doch dann fiel ihr Giacomo ein. Tränen schossen Rosa in die Augen. Sie hatte ihn den Geiern überlassen.

»Nananana … Achtschigges, Rosa, diese Heulerei ist nicht gut.«

Rosa warf der Frau einen wütenden Blick zu, was wusste die schon? Aber als ihre Augen sich begegneten, schrumpfte Rosas Zorn. Noch nie hatte sie in den Augen einer Frau so einen Schmerz gesehen, nicht einmal in den Augen ihrer Mutter, als der Vater gestorben war. Doch bei allem Leid war da noch etwas anderes, ein Funkeln. Was hatte die Frau gesagt, wie ihr Name war … Es hatte sich wie Siranusch angehört, ein seltsamer Name.

Der Karren schwankte gefährlich an der Kante eines großen Talkessels entlang. Rosa musste ihre Hexenhand freigeben und sich mit der rechten Hand am Karren festhalten, wenn sie nicht aufs Gesicht fallen wollte.

Siranush betrachtete nun offen Rosas Missbildung und lächelte.

»Glaub mir, wenn du dich hoffentlich bald ausgeheult hast, wirst du es verstehen. Es gibt weniges, was wirklich zählt, und das sind das Überleben, die Familie und das Geld natürlich.«

»Was ist mit …«, Rosa zögerte, »… mit den Toten am Berg geschehen?«

Die Frau zuckte die Achseln, was die Armreife leise zum Klingen brachte. »Die Geier haben sie gefressen. Es waren zu viele für Carlo und mich. Wir mussten entscheiden, ob wir dich retten oder die Toten begraben wollen.«

Rosa schlug die rechte Hand vors Gesicht, befühlte ihre Augen und dachte schaudernd an Giacomo und den Geier.

Aber diese Geier fraßen keine Knochen, nur Aas. Sie würde zurückkommen und seine Knochen begraben. Und sie musste in Venedig Giacomos Schwester aufsuchen, ihr davon erzählen, wie ihr Bruder gestorben war.

»Warum er und nicht ich?« Die Worte waren ihr lauter entschlüpft, als sie es gewollt hatte.

»Dafür wird es einen Grund geben, du wirst eine Aufgabe haben. Gott ist groß.«

Gott? Rosa hätte am liebsten ausgespuckt. Ja, es hieß, Gottes Pläne seien unergründlich, aber warum ließ er eine Verhexte wie sie am Leben?

Siranush klatschte in die Hände. »Schluss jetzt mit diesem Unfug. Was hattest du überhaupt bei diesen Leuten zu suchen? Warst du die Geliebte von dem jungen, hübschen Kerl?« Die Frau grinste jetzt breit und fuhr sich obszön mit der Zunge über ihre Lippen. Rosa hätte sie am liebsten geschlagen und beschimpft, doch alles, was sie herausbrachte, war ein ersticktes »Nein«.

»Dann verstehe ich, dass du dich grämst. Man sollte die guten Gelegenheiten nicht verschwenden. Nie. Man weiß ja nie, was Gott an der nächsten Ecke für uns vorgesehen hat.« Jetzt lachte die Frau, so breit, dass Rosa ihre wenigen Zähne bewundern konnte.

»Oder, Carlo?«, brüllte die Frau nach vorn zu dem Mann auf dem Kutschbock, der sich daraufhin umdrehte und zurückbrüllte: »Was immer du willst, Siranush, was immer du willst. Du weißt, ich gehöre ganz dir!«

Rosa vergaß ihren Zorn augenblicklich, als sie das Gesicht des Mannes sah. Eine Seite war überwuchert von dicken, trockenen, schuppigen Hautplatten, unter denen ein winziges Auge hervorstarrte, die andere Seite zeigte normale Haut, und dieses Auge wirkte dreimal so groß wie das zwischen den Hautplatten. Der Mann lächelte, allerdings nur mit einer Hälfte des Mundes, weil sich die Seite mit den Hautplatten kaum bewegte.

Unwillkürlich fasste Rosa mit der Rechten an ihre Hexenhand. Die konnte sie wenigstens verstecken. Es musste entsetzlich sein, immer und dauernd von allen angestarrt zu werden.

Carlo winkte und drehte sich wieder um.

Rosa schwindelte es. In ihrem Kopf drehte sich alles, Baldessarini, der Räuber auf ihrem Leib, der Regenbogen, ihr Vater, Giacomo, die Geier, dieses Monstergesicht, ihre Hand, der lachende Ratsherr, ihre Mutter ... Sie sank zurück auf den Karrenboden. Wie lächerlich sie war. Da hatte sie behauptet, ihren Neffen aus Indien nach Hause zu holen, und jetzt lag sie hier, ein dreckiger, schmerzender Haufen Knochen und Fleisch, geschändet, ohne Kleider und ohne Geld.

Wie hatte sie glauben können, dass ausgerechnet sie das schaffen würde? Sie hatte nicht die geringste Ahnung, was aus ihr werden, geschweige denn, wie sie nach Indien kommen sollte.

Die Frau hatte sich über sie gebeugt, wischte kopfschüttelnd Rosas Tränen ab und bettete ihren Kopf wieder auf ihren Schoß.

»So schlimm sieht Carlo nun auch wieder nicht aus«, murmelte sie. »Diese ständige Heulerei ist nicht gut für dich, Achtschigges.« Sie kramte in der Tasche ihrer Jacke.

»Schau mal, das hier habe ich unter dir gefunden. Es muss irgendwo herausgefallen sein.« Die Frau reichte ihr einen kleinen Lederbeutel. Rosa erkannte ihn sofort. Der Beutel mit dem Brief ihres Vaters. *Meine geliebte Rosa Sibylla …*

Sie weinte noch heftiger, was Siranush zum Kopfschütteln brachte.

»Dann werfen wir das besser weg.« Die Frau machte Anstalten, ihr den Brief abzunehmen, aber Rosa hätte sich eher ermorden lassen, als das Einzige, was von ihren Sachen übrig geblieben war, herzugeben. Sie stieß die Frau vor die Brust, so fest sie konnte. Die sah überrascht auf, dann grinste sie zufrieden.

Rosa beruhigte sich.

Der Brief ihres Vaters. Gleich morgen würde sie ihn wieder an ihr Mieder annähen. Ihn zu verlieren würde den Erfolg ihrer Reise gefährden. Das durfte nicht geschehen.

Diese merkwürdige Frau hatte recht, sie war nur deshalb noch am Leben, weil sie ihre Aufgabe erfüllen sollte.

»Ich kann die Schrift deiner Sprache nicht lesen, deshalb weiß ich nicht, was drinsteht. Ein Liebesbrief?«

Rosas Mundwinkel verzogen sich zu einem Lächeln. »In gewisser Weise, ja.« Sie straffte sich, soweit das mit den Schmerzen im Rücken ging. »Also, jetzt sag mir, warum du mich gerettet hast.« Sie gab es auf, die Frau zu siezen.

»›Tu was Gutes, und wirf es ins Wasser‹, sagen wir in Armenien.« Die Frau grinste jetzt sehr breit. »Und als ich deine Hand gesehen habe, dachte ich, du würdest ganz gut zu uns passen.« Sie deutete mit ihrem Kopf zu Carlo.

»Das verstehe ich nicht.«

»Wir treten auf Jahrmärkten auf, er als Monster …«

Rosa unterbrach die Frau mitten im Satz und hielt ihr die

Hexenhand vors Gesicht. »Niemals werde ich meine elende Hand zur Schau stellen. Eher sterbe ich!«

Die Frau lächelte beruhigend. »Schschsch, nicht so aufregen, das ist nicht gut für deine Heilung.«

»Und welche Scheußlichkeit stellst du aus?«, zischte Rosa empört. »Zwei Köpfe hast du ja nicht. Bist du dann vielleicht die Frau mit den Elefantenbeinen?«

»Nichts dergleichen.« Siranush biss sich auf die Lippen, und ihre dunklen Augen blitzten. »Ich verkaufe Terra armena.« Und nach einem winzigen Zögern fügte sie noch hinzu: »Der verdankst du im Übrigen auch dein Leben.«

Rosa schluckte, sie benahm sich unmöglich. Siranush hatte ihr das Leben gerettet, dafür sollte sie dankbar sein oder wenigstens freundlich.

»Was ist Terra armena?«, fragte sie, um möglichst schnell von ihrer Gemeinheit mit den hässlichen Elefantenbeinen abzulenken. Rosa wusste, dass Terra das lateinische Wort für Erde war, aber von Terra armena hatte sie noch nie gehört.

»Terra armena ist Heilerde, manche nennen sie auch Bolus armenicus.«

Diesen Namen hatte Rosa von ihrer Mutter schon mal gehört. Hatte sie nicht den Umschlag für ihren Knöchel damit gemacht?

»Es ist nicht nur irgendeine Heilerde, wie die von der Insel Lemnos aus der östlichen Ägäis oder die aus Sinob vom Schwarzen Meer.« Siranush redete lauter und lauter, so als ob sie diesen Vortrag schon oft gehalten hätte. »Unsere Erde ist rot wie Blut, und weil sie so einzigartig und kostbar ist, wird sie nicht lose gehandelt wie irgendeine Erde.« Siranush kramte in einer Kiste, die hinter ihr stand, und zog einen Beutel hervor, der ganz aus goldenen Fäden gewebt und mit vielen

Türkisen und Silberperlen verziert war. Ganz ähnlich wie die Stickereien auf Siranushs Jacke. Sie öffnete die dicke Kordel, die mit goldenen Perlen geschmückt war. »Schau her, kleine Gadu.«

Siranush hielt Rosa eine dicke dunkelrote Münze entgegen. Als Rosa sie in die Hand nahm, setzte sich sofort roter Staub an den Rillen ihrer Fingerkuppen ab.

»Unsere Erde wird zu Talern gepresst und mit einem Siegel versehen, um sie zu schützen, denn es gibt so viele Betrüger, die irgendeinen Dreck als Terra armena verkaufen.«

Rosa gab den Taler zurück. Sie wusste nicht, was sie sagen sollte. Siranush war offensichtlich unendlich stolz auf diese Erde.

»Und wie hat sie mir das Leben gerettet?«

»Nun, du hattest am ganzen Körper offene Wunden, als wir dich gefunden haben, an einigen hatten auch schon die Geier herumgepickt. Mücken saßen darauf, du warst vollständig ausgetrocknet und hattest Fieber. Ich habe die Erde mit Bergquellwasser angerührt, auf deine Verletzungen geschmiert und dir tropfenweise Wasser eingeflößt.«

»Warum hast du mich nicht einfach sterben lassen?«

»Ich habe deinen Finger gesehen und mir gedacht, Gott hat diese besondere, schöne Frau ganz sicher nur gemacht, damit Siranush sie findet. Ich denke, wir werden einen großartigen Auftritt haben, Carlo, du und ich, und sehr viel Geld verdienen. Und Geld, Achtschigges, Geld ist das Wichtigste!« Siranushs Augen leuchteten auf, als sie über Geld sprach, und sie berührte dabei ihren Schmuck, wie um sich zu vergewissern, dass er noch da war. Dann legte sie den Taler zurück in den Beutel, verschloss diesen und deponierte ihn wieder in der Truhe.

»Carlo, lass uns einen schönen Platz für die Nacht suchen!«, rief sie dem Mann mit dem schrecklichen Gesicht zu, dann zwinkerte sie Rosa an.

»Du wirst dich schon an ihn gewöhnen, Carlo ist der beste Mann, nein, was sage ich, der beste Mensch, den ich jemals getroffen habe. Und glaub mir, ich bin sehr, sehr weit herumgekommen.« Sie fiel ein wenig in sich zusammen und seufzte, als wäre sie sehr müde vom vielen Reisen. Dann aber reckte sie ihre Schultern wieder.

»Heute Abend musst du ein paar Schritte gehen. Wir werden dir dabei helfen.« Siranush kletterte nach vorne zu Carlo und überließ Rosa ihren Gedanken.

Sie starrte über die weite Ebene und versuchte, aus dieser Siranush schlau zu werden. Ja, diese seltsame Frau hatte sie gerettet, angeblich, weil sie ihr nützlich sein konnte. Das behauptete sie jedenfalls. Aber Rosa konnte nicht glauben, dass Siranush sie ohne ihren Hexenfinger eiskalt hätte sterben lassen. So behutsam hatte Siranush sich um Rosa gekümmert und sie versorgt, so ganz anders, als ihre Mutter das getan hätte. Doch jetzt darüber zu grübeln, warum ihre Mutter sie nicht wirklich lieben konnte, war vollkommen unsinnig. Rosa, ermahnte sie sich, du musst nach vorne blicken, dorthin, wo der Erbe deines Vaters lebt. Nach Indien. Und dazu brauchte sie Geld. Viel Geld. Vielleicht war es wirklich das Beste, wenn sie noch eine Weile mit den beiden herumziehen konnte.

Der Karren bog in einen schmalen Pfad ein, der von der Straße wegführte. Er war noch holpriger als die Hauptstraße, und Rosa wurde stärker durchgeschüttelt.

»Wir sind gleich da!«, rief Siranush zu ihr nach hinten.

Der Weg war rechts und links von Apfelbäumen gesäumt,

deren Äste sich unter der Last der vielen noch grünen Früchte der Erde zuneigten.

Äpfel. Rosa dachte daran, wie köstlich es war, in reife, rotbackige Äpfel zu beißen, das frische und süße Fruchtfleisch zu zerkauen, erinnerte sich, wie es im ganzen Haus duftete, wenn Toni einen ihrer Apfelkuchen gebacken hatte, und irgendwie kamen ihr auch noch drei goldene Äpfel in den Sinn.

Ihr Bauch fühlte sich so leer an wie die Apfelkiste im Hochsommer, der Speichel floss in ihrem Mund zusammen. Erstaunt stellte sie fest, dass sie Hunger hatte, dabei hatte sie gedacht, nach dem Anblick von Giacomos leeren Augenhöhlen nie wieder etwas essen zu können.

Der Karren hielt an. Sie befanden sich an einem kleinen Teich, der mit weiß blühenden Blumen bedeckt war und von dem ihnen das Quaken Hunderter Frösche entgegenschallte. Es roch modrig und süß nach Fallobst.

Carlo sprang ab und bereitete unter einem knorrigen alten Apfelbaum, der nur wenige holzige Früchte trug, ein Lager. Siranush schleppte eine Plane herbei und einen Kochtopf, Messer und Löffel sowie verschiedene Gemüse, die Rosa noch nie gesehen hatte.

Rosa zog sich bis zum hinteren Ende des Karrens und schaffte es, ihre Beine über den Rand zu hieven. Das Stechen im Rücken war so unerträglich, dass sie in Schweiß ausbrach und ihr schwarz vor Augen wurde. Sie zwang sich, tief durchzuatmen. Dann rutschte sie immer weiter vor, bis ihre nackten Fußspitzen den weichen Grund berührten. Jetzt, dachte sie, bei drei stehe ich auf. Sie zählte bis drei und verlagerte ihr Gewicht auf die Füße.

In den Innenschenkeln flammte brennender Schmerz auf, ihre Unterschenkel zitterten und gaben sofort nach. Rosa stürzte zu Boden, und weil der linke Arm noch bandagiert war, konnte sie sich nur rechts abstützen. Doch zu spät. Ihr Gesicht landete mit einem lauten Platschen in dem matschigen Gras. Sofort hob Rosa den Kopf, weil ihre Nasenlöcher von der weichen Erde verstopft wurden.

Bravo, gratulierte sie sich. Ganz hervorragend.

Schon wieder wollten Tränen aufsteigen, aber das kam nicht infrage. Sie biss sich auf die Zunge. Siranush hielt sie sowieso schon für eine Heulsuse.

»Pis bebek! Was hast du gemacht?« Siranush hockte sich neben Rosa und half ihr, sich aufzusetzen. »Ich habe dir gesagt, wir helfen dir. Warum hast du nicht gewartet? Jetzt schau dich an, wie du aussiehst.«

Carlos missgebildeter Kopf tauchte hinter dem von Siranush auf. Rosa versuchte, ihre Abscheu zu unterdrücken, aber es gelang ihr nicht, sie zuckte vor ihm zurück. »Tut mir leid«, flüsterte sie und wusste selbst nicht, ob sie ihren Gehversuch oder Carlos Gesicht meinte.

»Sie sollte im Teich baden«, schlug Carlo vor, sah durch Rosa hindurch und wandte sich nur an Siranush.

»Ein guter Vorschlag, und, Carlo, wo wir schon dabei sind, baden wir auch.«

»Zuerst die Kleine, und wenn die beim Feuer trocknet, dann nehmen wir ein Bad.« Carlo gluckste dabei vergnügt vor sich hin.

»Kannst du dich ausziehen?«, fragte Siranush.

Rosas Wangen wurden heiß. Toni war der einzige Mensch, der sie, seit sie eine Frau geworden war, unbekleidet gesehen hatte, dann, wenn sie heißes Wasser für Rosas Bad brachte. Und selbst da hatte Rosa immer ein Tuch um den Leib geschlungen.

»Ich brauche nicht zu baden.« Rosa fand sich selbst ziemlich kindisch. Ihre Kleider waren zerfetzt, an vielen Stellen schimmerte ihre Haut hindurch, und die war übersät mit getrockneten Blutflecken, Heilerde und jetzt auch noch mit Matsch. Ihr Haar war vollständig verfilzt und stank nach Erbrochenem.

»Ich glaube, sie geniert sich, die Kleine«, rief Siranush zu Carlo hinüber, der noch ein paar Holzscheite auf das Feuer legte.

»Dann gehen wir eben mit gutem Beispiel voran!«, gab Carlo zurück und riss sich das Hemd vom Leibe. Siranush tat es ihm gleich, ja, die beiden gerieten in einen Wettstreit darüber, wer schneller im Wasser war.

Rosa saß immer noch auf dem lehmigen Gras und konnte nicht anders, als die beiden zu beobachten. Aber auf keinen Fall würde sie sich ausziehen, im Gegenteil, sie wünschte sich Decken, um sich zu verhüllen. Nach dem, was die Kerle ihr am Brenner angetan hatten, wollte Rosa Männer nicht einmal in ihrer Nähe wissen.

Nachdenklich betrachtete sie Carlo. Seine Entstellung im Gesicht war so hässlich, dass sie Rosas Mitleid weckte. Doch als Carlo sich pfeifend auszog, entdeckte sie zu ihrem großen Erstaunen, dass die Haut seines Körpers glatt und straff über kräftigen Muskeln lag und im Licht des Sonnenuntergangs bronzefarben schimmerte. Sie kauerte sich unwillkürlich noch mehr zusammen und war froh, als er von ihr weg, zum Wasser hin rannte und sich kopfüber hineinstürzte.

Siranush rief ihm lachend Worte zu, die Rosa nicht verstand, und entkleidete sich voller Würde. Rosa war verblüfft, als sie sah, wie zart Siranush ohne ihre dicken Kleider wirkte. Sie hatte die schmale Taille eines jungen Mädchens. Ihr kleiner, fester Busen wirkte weiß und jungfräulich über den kräftigen, schwarz behaarten Beinen. Siranush schien doch um einiges jünger zu sein, als sie gedacht hatte. Unwillkürlich verglich Rosa sich in Gedanken mit ihr.

Ihr eigener Busen war viel üppiger, und weil sie vorsichtig unter ihr Hemd gelugt hatte, wusste sie, dass sich die Bisswunde entzündet hatte und eine Brust schwarz verfärbt war. Ihre Taille war lange nicht so schmal wie die von Siranush, außerdem voller Kratzer und rund um den Nabel voll grüngelber Flecken. Ihren Hintern hatte sie seit dem Überfall nicht betrachten können, aber ihre von Prellungen und Blutergüssen verformten kräftigen Beine.

Rosa wünschte sich, all das wäre auch unter einem Fell von schwarzen Haaren verdeckt, stattdessen blitzten spärliche Härchen durch die löchrigen Fetzen, die einmal ihre Kleider gewesen waren, in der Sonne golden auf, so als ob sie sich über den geschundenen Leib lustig machen wollten.

Dann drehte Siranush ihr den Rücken zu. Rosa sog unwillkürlich Luft durch die Zähne, als sie Siranushs Rücken sah. Großflächige Narbenfelder, wie von Brandwunden, zogen sich von den Schulterblättern bis zur Hüfte, und in diesen rosaweißgelb schimmernden Hautverwerfungen waren noch andere Narben, wie von Einstichen.

Die Armenierin musste entsetzliche Schmerzen gehabt haben. Rosa fragte sich, wie alt diese Narben sein mochten und wie sie wohl entstanden waren. Rosa war froh, dass Siranush gerade mit Carlo herumturtelte, denn sie hätte nicht einfach darüber hinweggehen können. Die beiden schwammen wie Fische, sie tauchten umeinander, spritzten sich voll und quietschten dabei ausgelassen. Dann rannte Siranush aus dem Wasser, und weil sie ihre Armreife und Ketten anbehalten hatte, klingelte es bei jedem Schritt. Sie holte eine Seife, mit der die beiden sich gegenseitig einseiften. Ihre Stimmen wurden nun ruhiger, dann verstummten sie ganz, nur das leise Klingeln von Siranushs Schmuck war noch zu hören, dann stärkeres Klingeln, schließlich heftiger werdendes Atmen, immer hemmungsloser, bis Siranush einen leisen Schrei ausstieß, der von Carlo mit einem Aufstöhnen beantwortet wurde.

Rosa wurde übel davon, es erinnerte sie an den Überfall und machte sie vollkommen starr.

Siranush und Carlo tauchten kichernd und mit nassen Haaren vor ihr auf. Auf ihren Körpern schimmerten die Wassertropfen in den letzten Strahlen der Abendsonne wie rosa Perlen.

»Na«, sagte Siranush. »Hast du es dir überlegt?«

Obwohl Rosa so gern all den Dreck und die Spuren der Männer abgewaschen hätte, brachte sie nur ein ersticktes »Nein« heraus und biss sich dann auf die Lippen, um nur ja nicht schon wieder zu heulen.

Carlo, der seine Haare trocken schüttelte, hörte plötzlich damit auf und sah zu den beiden hin.

»Siranush, lass sie in Ruhe – sie braucht eben noch etwas Zeit.«

»Außerdem kann ich nicht schwimmen.« Rosa gab sich Mühe, ihre Stimme fest klingen zu lassen.

Carlo und Siranush sahen sich an, dann kam Siranush näher und redete ruhig, aber bestimmt auf Rosa ein.

»Achtschigges, ich war grob. Ich glaube, ich verstehe dich sehr gut.«

Rosa sah sofort die schrecklichen Narben auf Siranushs Rücken vor sich.

»Sieh, es wird gleich vollkommen dunkel sein. Ich bin sicher, dass dir ein Bad guttun würde. Und mach dir keine Sorgen wegen Carlo, den schicken wir weg, Holz sammeln. Es hat keinen Sinn, an dem Leid, das geschehen ist, festzuhalten. Du solltest es von dir abwaschen, und ich werde dir dabei helfen.«

Siranushs Stimme, die wie immer von dem sanften Klingeln ihres Schmucks begleitet wurde, beruhigte Rosa.

»Carlo, zieh dich endlich an, und komm erst wieder, wenn du eine ordentliche Menge Holz für unser Feuer gefunden hast.«

»Zu Befehl, zu Befehl, Euer Gnaden.« Carlo tänzelte zum Karren, zog sich rasch an und verließ die beiden.

»Also, was meinst du?« Siranush watete in den Teich und streckte Rosa ihre Hände entgegen.

Der Teich war nur noch eine dunkle Fläche. Niemand außer Siranush war zu sehen. Rosa fühlte sich innerlich zerrissen, einerseits sehnte sie sich wirklich danach, alles von sich zu waschen, andererseits hatte sie Angst.

Siranush kam wieder aus dem Wasser, ging zu Rosa und half ihr wortlos, sich zu entkleiden, und Rosa ließ es mit einem Seufzer geschehen.

»Aber ich kann nicht aufstehen.«

»Das macht nichts, ich werde dich stützen, und im Wasser wirst du kein Gewicht mehr spüren. Aber wir sollten uns etwas beeilen, sonst fressen uns die Mücken noch auf.« Zögernd begann Rosa, sich aufzurichten.

»Gut machst du das.«

Rosa stützte sich schwer auf Siranush und humpelte zum Teich. Bei jedem Schritt stach es in ihren Innenschenkeln und im Rücken, aber sie biss die Zähne zusammen. Als sie das lauwarme Wasser an ihren Beinen fühlte, wusste sie, dass es richtig gewesen war. Obwohl ein paar wunde Stellen an ihrem Körper brannten, fühlte sich der Teich wie eine weiche Decke an, die sie einhüllte, sie trug. Tränen stiegen ihr in die Augen, als sie plötzlich die Dreckskerle wieder vor sich sah und ihr klar wurde, dass sie nun keine Jungfrau mehr war.

»Was ist denn? Hast du Schmerzen?«, fragte Siranush, als sie das unterdrückte Schütteln in Rosas Körper bemerkte.

Rosa schüttelte den Kopf, aber dann brach es doch schluchzend aus ihr heraus.

»Schsch, schsch.« Siranush legte die Arme um sie und wiegte Rosa wie ein Neugeborenes hin und her. »Es ist schade, dass es so passiert ist, aber du bist so schön, es wird andere geben. Und das wird schöner sein, als du es dir jetzt vorstellen kannst. Und einer wird so verrückt nach dir sein, dass er dich trotzdem heiraten wird.« Sie kicherte leise. »In Armenien sagen wir: Auch schmutziges Wasser löscht Feuer.«

»Ich bin also wie schmutziges Wasser«, sagte Rosa tonlos und löste sich aus Siranushs Umarmung. Was ihre Mutter wohl dazu sagen würde, wenn sie es wüsste? Rosa nahm sich vor, dafür zu sorgen, dass sie diese Schande niemals erfahren sollte.

»Na ja, Kindchen, für einige Trottel ist das bestimmt so. Doch die wirklich guten Kerle werden dich nicht einmal danach fragen. Für die zählt nur, wer du bist. Gräme dich nicht über etwas, das du nicht ändern kannst. Und jetzt komm wieder her. Wir sind noch nicht fertig.«

Siranush begann Rosas Haare einzuseifen und reichte Rosa dann die nach Lavendel duftende Seife. »Französische, aus der Provence – lass sie bloß nicht fallen!«

Schweigend schrubbte sich Rosa damit ab und versuchte, sich zu beruhigen.

»Jetzt den Kopf nach hinten beugen, damit ich dir alles wieder ausspülen kann.«

Rosa hatte zwar Angst, tat aber, was Siranush vorgeschlagen hatte, und genoss es, als ihr Haar sich strahlenförmig auf dem Wasser ausbreitete und ihre Kopfhaut vom Wasser sanft umspült wurde.

»Gut.« Siranush schnalzte zufrieden mit der Zunge. »Und jetzt sollten wir machen, dass wir rauskommen – ich höre Carlo pfeifen. Komm, stütz dich auf mich.«

Gemeinsam wateten sie zum Ufer, wo Siranush Rosa ein Handtuch reichte, sich selbst abtrocknete und dann aus dem Karren Kleider holte. Frische Unterkleider für sich und für Rosa einen Unterrock, eine Bluse und eine gehäkelte weiße Jacke. Die Kleider waren Rosa viel zu eng, aber sie war froh, ihre alten los zu sein.

Mittlerweile war es vollkommen dunkel geworden, nur das Lagerfeuer, das Carlo mit dem gesammelten Holz entfachte, erhellte die drei. Über dem Feuer baute er einen Dreifuß auf, in dem er Suppe zuzubereiten begann.

Mücken schwirrten um sie herum. Ihr Surren vermischte sich mit Rosas Gedanken. Sie fühlte sich nun, da sie sich gewaschen hatte, zwar sauber, aber immer noch beschmutzt, wie eine Puppe, die man in den Dreck geworfen hat.

Wie viel Zeit war überhaupt vergangen, konnte sie es noch nach Indien und wieder zurück schaffen? Würden diese Schmerzen in ihren Beinen jemals wieder aufhören? Sie starrte in die knisternden Flammen und versuchte, sich zu beruhigen. Gebetsmühlenhaft murmelte sie immer und immer wieder vor sich hin: »Du lebst, und solange du lebst, gibt es Hoffnung, deine Aufgabe rechtzeitig zu erledigen.«

Carlo hatte in der Zwischenzeit die Suppe fertig gekocht,

verteilte sie auf drei Schalen und reichte Rosa eine davon. Dazu gab es merkwürdige Teiglappen.

»Lavash«, erklärte Siranush, als sie Rosas erstaunten Blick bemerkte. »Armenisches Brot – tunke es in die Suppe.« Sie faltete ihre Hände, verneigte sich kurz vor der Schale und sagte: »Mit Gott.« Dann begannen sie alle, zu essen.

Rosa staunte nicht schlecht, wie Siranush dabei schlürfte und schmatzte. Und bei Carlo tropfte Suppe aus dem Mundwinkel, der auch mit diesen trockenen Hautplatten überzogen war. Doch das schien niemand außer ihr zu bemerken. Rosa war so gierig, dass sie sich den Mund am heißen Eintopf verbrannte. Er schmeckte würzig, nach geräuchertem Speck und Zwiebeln und brannte im Mund, doch Rosa fand, es war das Köstlichste, was sie gegessen hatte, seit sie von zu Hause aufgebrochen war.

Nach dem Essen rülpste Siranush zufrieden, rieb die Schüsseln mit Lavash aus, das sie dann auch noch verschlang.

Während Carlo das Geschirr im Teich wusch, begann Siranush, ernst mit Rosa zu reden.

»Also, meine Kleine, wie ich dir schon gesagt habe, wir sind fahrende Gesellen und brauchen jeden Kreuzer. Keinesfalls können wir es uns leisten, weitere Münder zu stopfen. Sei froh, dass du diesen Hexenfinger hast. Damit können wir eine großartige Vorstellung hinlegen, mir schwebt da schon etwas vor …«

In Rosa zog sich alles zusammen. »Ich werde diesen Finger nicht herzeigen, niemals. Eher sterbe ich.«

»Kindchen, damit aufzutreten ist immer noch besser, denn als Hure zu arbeiten.«

Rosa schluckte. Als Hure! Sie dachte an ihre Mutter und die Männer, die sie geschändet hatten. Lieber sterben, als das für Geld zu tun.

»Wie kommst du darauf, dass ich als Hure arbeiten würde!«, empörte sie sich.

»Mit großen Worten kann man nicht Pilaf kochen, man braucht dazu Butter und Reis. Glaub mir, mein Täubchen, wenn du nichts zu fressen hast, ändert sich alles.«

»Nie!«

»Dann hältst du dich also für was Besseres? Du würdest also lieber verhungern, als zu arbeiten?«

»Ich könnte mich als Magd verdingen.«

»Da kannst du auch gleich als Hure arbeiten.« Siranush verzog belustigt die Mundwinkel. »So, wie du bald wieder aussehen wirst, besteigt dich jeder, ob du willst oder nicht. Und gleich der Erste wird dir ein Kind machen. Also?«

Ein Kind! Daran hatte sie noch nicht einen Gedanken verschwendet. Was, wenn der Dreckskerl sie geschwängert hätte? Rosa wurde übel.

Siranush sah, dass es sie würgte, und nickte verstehend. »Ein übler Gedanke, aber ich glaube, dein Körper war so zugerichtet, dass er nicht empfangen hat.«

Sie tätschelte Rosas Hexenfinger. »Also?«

»Ich will nicht angeglotzt werden, so wie Carlo!«

»Dann sag mir, was du kannst. Womit kannst du Geld verdienen?«

»Mit Spielkarten!«

Über Siranushs Gesicht ging ein Leuchten. »Du kannst wahrsagen?«

»Ich kann Karten herstellen, malen, in Kupfer stechen, drucken, alles ...«

»Unsinn. Das war in deinem früheren Leben, jetzt gehörst du mir, und wir leben auf der Straße.«

Nein, dachte Rosa, nein, ich gehöre niemandem, nur mir

selbst. Sie griff nach dem Brief ihres Vaters, den sie vor dem Baden unter der Plane versteckt hatte, und stopfte ihn in ihre Bluse zurück. Sie gehörte niemandem, aber sie brauchte Siranushs Hilfe, jedenfalls bis sie wieder ganz gesund war, und sie brauchte Geld.

»Ich werde dir golddurchwebte Seidenkleider besorgen, die deinen Busen emporpressen, werde deine blonden Haare mit Perlen und Edelsteinen schmücken, und in deinem Schoß wird dein zartes Hexenhändchen liegen. Die Kerle werden sabbernd vor dir niederknien.«

»Da hat sie recht.« Carlo kam amüsiert von irgendwo aus der Dunkelheit.

»Du nicht, Carlo, du nicht.« Siranushs Schmuck klimperte wütend. »Das muss dir klar sein, sonst verlasse ich dich. Und denk daran, was du warst, als ich dich gefunden habe. Ein Nichts!« Das Letzte spuckte Siranush beinahe heraus. »Stell dir vor, du, als Prinzessin zurechtgemacht, sitzt neben Carlo, dem Monster, das wird die Leute haufenweise zu uns treiben.«

Rosa schüttelte sich. »Nein.«

Siranush warf einen Ast ins ersterbende Feuer.

»Nein ist keine Antwort für Siranush. Eine Katze mit Handschuhen fängt keine Mäuse!«

»Mschetsu koch!« Carlo trat hinter Siranush und umarmte sie.

»Ich bin nicht stur wie die Menschen aus Musch – ich habe nur einen starken Willen«, sagte Siranush.

»Das weiß ich, aber vielleicht ist dieses Ding hier noch zu schwach, um zu arbeiten. Lassen wir ihr Zeit.«

Rosa war gespannt, was Siranush jetzt antworten würde.

Siranush stöhnte. »Karmir kove kaschin tschi pochi!«

»Was bedeutet das?«, fragte Rosa.

»Die rote Kuh wird ihre Farbe nie ändern«, erklärte Carlo und lachte. »Sie meint damit, dass ich ein Trottel bin und das auch für immer bleiben werde.«

Siranush klatschte in ihre Hände. »Das stimmt, also, Rosa, ich habe es entschieden: Wenn du nichts anderes kannst, dann wirst du deine Hand zeigen. Und jetzt gehen wir schlafen. Du kannst hier bleiben, dann musst du nicht aufstehen. Wir schlafen auf dem Karren.« Sie stand auf und zog Carlo mit sich fort.

Rosa starrte ins Feuer. Irgendetwas ging durch ihren Kopf, etwas, worüber sie gerade gesprochen hatten. Da war etwas gewesen, was Siranush gefallen hatte, aber was?

Seit die beiden gegangen waren, quakten die Frösche jetzt nur noch vereinzelt, dafür surrten immer mehr Mücken um Rosa herum. Sie zog die Plane enger an ihren Körper und fragte sich, warum Siranush gar nicht wissen wollte, woher sie gekommen war und wohin sie wollte. Das Einzige, was sie interessierte, war, Rosas Missbildung zu Geld zu machen.

Rosa versuchte, ihren linken Arm zu bewegen. Siranush hatte den Verband und den Ast, mit dem sie den Arm geschient hatte, vor dem Baden abgenommen und nicht wieder angelegt. Rosa konnte ihn bewegen, aber so ganz gehorchte er ihr noch nicht. Sie befühlte ihren Hexenfinger. Wenn du den nicht hättest, wärst du immer noch in Nürnberg, ertönte eine Stimme in ihrem Kopf. Wärst schon verheiratet, hättest längst Söhne, und vor allem hätte der Vater dann niemals diesen Unfall gehabt. Sie quetschte den Finger fest zusammen. Und es war der Finger, der sie dazu gebracht hatte, dem Rat zu widersprechen, denn sein Kaltwerden zeigte ihr, dass einer von ihnen log, so wie auch Baldessarini, der »Ehrenmann«, gelogen hatte. Sogar ihre Mutter war vor einer Lüge nicht zurückgeschreckt.

Der Schrei einer Eule beendete das Quaken der Frösche.

Als sie wieder und wieder rief, erinnerte sich Rosa an Giacomo, wie er begierig dem Kuckuck gelauscht hatte, um zu erfahren, wie alt er noch werden würde.

Plötzlich stand ihr der Überfall genau vor Augen. »Die Hexe und der Bartlose sind tot, unser Auftrag ist erfüllt«, hatte einer der Elenden gesagt. Welcher Auftrag und von wem?

Ich werde es herausfinden, schwor sich Rosa. Ich werde die Dreckskerle kriegen, die Giacomo getötet haben. Ihr Finger wurde warm. Warum? Das war neulich auch schon passiert, und sie konnte sich keinen Reim darauf machen. Kalt wurde er, wenn jemand log ... Das war doch so etwas wie wahrsagen?

Wahrsagen, das würde Siranush gefallen. Rosa setzte sich auf. Das war es. Sie konnte doch als Wahrsagerin auftreten. Nicht eine, die in die Zukunft sehen konnte, sondern eine, die wusste, ob jemand log. Die Leute mussten zu ihr kommen, und dann durften sie erst eine Frage zur Probe stellen, um sich zu vergewissern, dass sie wirklich die Wahrheit wusste. Zum Beispiel konnten sie ihren Namen sagen. Wenn ihr Finger kalt wurde, dann war klar, dass derjenige log.

Rosa hielt es keine Minute länger aus. Sie versuchte, sich aufzurichten, kam langsam auf die Knie, dann probierte sie aufzustehen, wartete mit angehaltenem Atem, ob der reißende Schmerz in den Innenschenkeln wiederkäme. Ja. Trotzdem versuchte sie mit zusammengebissenen Zähnen, vorwärts zu kommen. Nach vier Schritten hin zum Wagen klappte sie wieder zusammen.

»Porca miseria!«, entschlüpfte es ihr. Dann wurde ihr klar, was sie gerade gesagt hatte. Giacomo!

»Was ist denn hier draußen los?« Siranush kroch aus dem Wagen. Sie trug nichts als ein Hemd und natürlich ihre Armreife und Ketten.

»Ich weiß, wie ich Geld verdienen kann!«, erklärte Rosa.

»Und da musst du so einen Lärm machen?«

»Ja!«

Siranush ließ sich neben Rosa fallen. Die Eule schrie wieder.

Siranush lauschte. »Wenn du das Herz einer Eule bei dir trägst, wirst du unbesiegbar im Kartenspiel. Und jetzt lass hören!«

Rosa erklärte Siranush ihren Plan. Zu ihrer großen Überraschung schien es für Siranush vollkommen normal zu sein, dass Rosas Finger über so eine Gabe verfügte. Denn sie verlangte nicht einmal eine Kostprobe ihres Könnens.

»Nicht übel, nicht übel, aber das müssen wir noch ein bisschen ausarbeiten. Schlaf jetzt, wir werden morgen weiter darüber reden.« Siranush erhob sich und ging unter dem typischen Geklingel und Geklimper ihres Schmuckes zurück zum Karren.

Rosa wusste, jetzt würde sie endlich schlafen können.

15. Kapitel

Nie hätte ich geglaubt, dass es mich mit so viel Glück erfüllen würde, an die Haustür des Spielkartenmachers zu klopfen.

Und es war nicht einmal meine Idee, sondern die meines Vaters. Nachdem ich ihm erzählt hatte, die Hexentochter der Zapfin sei bei einem Raubüberfall auf Baldessarinis Trupp getötet worden, war er der Meinung, man sollte der Mutter unverzüglich kondolieren. Er hatte seinen Sonntagsstaat angelegt und mich gezwungen, das Gleiche zu tun.

»Aber so werden wir an einem gewöhnlichen Montag in der Stadt Aufsehen erregen. Es wird Gerüchte geben, das ist nicht gut.« Ich hatte den Vater angefleht, doch der wollte davon nichts hören. Das geböte der Anstand. Immerhin sei das Ganze meine Schuld.

Natürlich konnte er nicht wissen, wie recht er damit hatte, trotzdem trat mir kalter Schweiß auf die Stirn, und ich verlangte von ihm, das sofort zurückzunehmen. Die Entscheidung des Rates, das Weiterführen der Werkstatt davon abhängig zu machen, ob die Hexentochter zum vereinbarten Termin den Enkel von Indien nach Hause bringen würde, hatte ich ja nicht allein gefällt. Glücklicherweise.

Trotzdem, meinte er, es sei meine Pflicht gewesen, das zu verhindern. Man hätte der Witwe erlauben sollen weiterzumachen, wie den anderen auch.

Und als ich meine Verwunderung über seine mir vollkommen unverständliche Aufregung zum Ausdruck brachte, blaffte er mich auch noch an und meinte, jeder in Nürnberg wisse schließlich, dass die Huttenbeck und ich einmal so gut wie verlobt gewesen seien. Man könnte mir also rachsüchtige Motive unterstellen, und das sei für einen Nürnberger Ratsherrn einfach nicht tragbar.

Und allein deshalb standen wir hier und klopften an eine Tür, deren Schwelle ich niemals hatte übertreten wollen.

Ein altes Weibsbild mit einer Schürze über dem braunen Rock und einem weißen Tuch um die Haare öffnete, musterte uns, verzog verächtlich ihre Mundwinkel und warf die Tür schweigend ins Schloss.

Vater und ich sahen uns an. Unsere langen Gehröcke flatterten im viel zu kalten Oktoberwind wie Flügel, die sich auf den Heimweg machen wollten. Diese Art der Behandlung waren wir nicht gewohnt, und es genierte mich der Gedanke, dass jemand diese Unverschämtheit beobachtet haben könnte.

Trotz der Kälte schäumte ein Blutschwall durch meine Adern, ich hämmerte gegen die Tür. »Wenn Ihr nicht augenblicklich öffnet, dann werden wir mit dem Büttel wiederkommen.«

»Mäßige dich, Sohn! Wir sind hier, um in einem Trauerfall zu kondolieren.«

Immerhin wurde die Tür jetzt wieder geöffnet, und diesmal stand *sie* vor uns, nacktschneckenbleich im Gesicht, die Hände vor der mageren Brust verschränkt wie eine Absperrung.

»Was wollt Ihr hier? Ich habe nicht um Euren Besuch gebeten.«

Der Vater neigte den Kopf und zog den Hut von seinem kahlen Schädel, als wäre die Schlampe eine Gräfin, und säuselte in bester Manier: »Der Anstand gebietet es uns.«

»Anstand!«, keuchte sie und stützte sich mit einer Hand an der Fachwerkmauer ab. »Als hättet Ihr Anstand!«

»Mäßigt Euch lieber – wir sind gekommen, um unser Beileid auszusprechen.«

Hinter Ursula tauchte das Weibsbild mit der Schürze wieder auf. »Warum denn jetzt Euer Beileid?«, rief sie über die Schulter von Ursula. »Unser Meister ist doch schon so lange tot. Wollt Ihr uns verspotten?«

Der Vater trat einen Schritt zurück und starrte mich an. Dann versetzte er mir einen leichten Schlag auf den Arm. »Was ist hier los?«, fragte er mich wütend. »Warum weiß die Frau nichts von Rosas Tod?«

»Hat Baldessarini Euch denn nicht geschrieben?«, wandte ich mich an das Weib, damit der Vater nicht glaubte, ich wüsste mehr als die Zapfin.

Die beiden Frauen tauschten einen Blick. Ursula räusperte sich, dann rang sie sich mit heiserer Stimme eine Frage ab:

»Was … was hätt' mir der Venezianer denn schreiben müssen?«

»Dass die Rosa tot ist«, erklärte der Vater, und er klang aufrichtig betrübt. »Sie wurde zusammen mit vielen anderen von Räubern am Brenner ermordet. Wir sind gekommen, um Euch unser Beileid auszusprechen.«

Ich war dankbar, dass er diese Worte gesagt hatte, ich hätte meine Freude über den Tod des Bastards nicht wirklich unterdrücken können.

Die beiden Frauen fielen sich in die Arme und verschwanden wortlos im Haus. Ohne ein »Vergelt's Gott!«.

Mir schien, es war an der Zeit, wieder den Löffelholtz vorbeizuschicken, und diesmal sollte er ihnen nur noch zwanzig Silbertaler anbieten.

16. Kapitel

Lange hatte Rosa mit Siranush darüber gestritten, wie ihr Auftritt aussehen sollte. Rosa wollte auf keinen Fall selbst auftreten und schlug vor, sie könnte stattdessen in einer Art Kiste sitzen und Siranush mit Klopfzeichen anzeigen, ob jemand log oder nicht. Aber davon war Siranush durch nichts zu überzeugen. »Das wäre die totale Vergeudung deiner Schönheit!«, behauptete sie, und Carlo hatte ihr recht gegeben. »Wir zeigen ihnen erst mich, das teuflische Scheusal«, an der Stelle hatte er seinen Kopf gedreht und Rosas Blick auf seine trockenen Hautverwachsungen gelenkt, »... und dann kommst du, der Engel der Wahrheit.«

»Das ist gut, Carlo, sehr gut!« Siranush war begeistert und klatschte in die Hände. »Engel der Wahrheit! Carlo, du bist wunderbar. Wir werden dich als Teufel der Lüge zeigen und sie als Engel der Wahrheit.«

Je gesünder Rosa wurde, desto mehr begann sie, sich darüber zu ärgern, wenn Siranush über ihren Kopf hinwegredete, als wäre sie höchstens zehn Jahre alt und keine erwachsene Frau. Sie hatte angedroht, sich zu verweigern, was die beiden nur mit einem müden Lächeln kommentierten.

»Achtschigges«, wurde Siranush nicht müde ihr zu erklären, »zwing mich nicht, dich vom Wagen zu werfen. Ich würde das nur ungern tun. Du musst jetzt endlich etwas zu unserem Unterhalt beitragen – wir haben dich den ganzen Weg vom Brenner bis hierher durchgefüttert und aufgepäppelt.«

Ja, hatte Rosa hämisch gedacht, weil ihr mich benutzen wollt für dieses elende Gewerbe. Und dann hatte sie wieder voller Entsetzen nachgerechnet, wie viel Zeit vergangen war, seit sie von zu Hause aufgebrochen war. Mindestens elf Wochen war sie nun schon unterwegs, hatte schon siebenundsiebzig Tage verplempert. Und jetzt sollte sie noch mehr Zeit damit verbringen, auf Jahrmärkten aufzutreten? Bei der ersten Gelegenheit musste sie davonlaufen, auch wenn Siranush ihr das Leben gerettet hatte. Wenn Rosa ihren Neffen nicht rechtzeitig nach Nürnberg brachte, dann bedeutete das den sicheren Tod für ihre Familie.

In Klausen wurde Rosa neu eingekleidet, mit Stoffen, die sie noch nie am Leib getragen hatte. Seide und Damast, wunderbar leicht und schillernd. Alles in verschiedenen Blautönen, da war Siranush sehr bestimmt gewesen. »Das erinnert die Leute an die Jungfrau Maria, das macht dich noch glaubwürdiger. Und über dein goldenes Haar legen wir einen hauchzarten Schleier aus weißer Spitze.«

Das Kleid war ein vorn offenes Mantelkleid, bestehend aus einem Mieder mit einem gebauschten Rock, der über einem Reifrock getragen wurde. Noch nie hatte Rosa so ein Gestell angelegt, und sie fand, es war noch schlimmer als das Mieder, eine einzige Qual. Das Hinsetzen musste sehr langsam vonstattengehen, um die Reifen nicht zu verbiegen.

Ihr Dekolleté war in Rosas Augen unfassbar weit ausgeschnitten, denn es schloss ihre schneeweißen Schultern mit ein, war herzförmig gearbeitet und wurde nur von der herauslugenden Hemdspitze eingefasst. Das Mantelkleid hatte Pagodenärmel, die das dunkelblau schillernde Innenfutter sichtbar machten. Der Rock wurde in Hüfthöhe nach hinten eingeschlagen und bauschte sich dort voluminös über einer Einlage.

Carlo und Siranush waren begeistert von dem Ergebnis, doch obwohl Rosa die Stoffe wunderschön fand, kam sie sich vor wie eine teuer ausgestattete Puppe. Erst nachdem sie den Lederbeutel mit dem Brief ihres Vaters und Giacomos Knopf in das neue Mieder eingenäht hatte, fühlte sie sich wohler.

Außerdem gelang es ihr durchzusetzen, dass sie Handschuhe tragen durfte. Dabei war ihr Carlo unerwartet zu Hilfe gekommen. Zu einem Engel der Wahrheit passte ein Hexenfinger nicht wirklich gut, hatte er behauptet und damit die Armenierin überzeugt.

Als Rosa die Handschuhe zum ersten Mal anlegte, stiegen ihr Tränen in die Augen, weil sie an die purpurfarbenen denken musste, und damit auch an ihren Vater.

Als Siranush ihre Tränen bemerkte, wollte sie wissen, was diese unschuldigen Handschuhe aus feinem Glacéleder denn nun schon wieder verbrochen hätten. Rosa hatte nur mit den Schultern gezuckt und versucht, sich zu beruhigen. Eines Tages würde sie Siranush die ganze Geschichte erzählen …

Jetzt stand Rosa auf der Messe in Bozen und sollte der Engel der Wahrheit sein. Ihre Beine zitterten leicht, aber nur von der Last der Kleider. Der Bruch ihres Steißbeines war schon beinahe völlig ausgeheilt, aber sie litt noch immer unter diesen Schmerzen in den Innenschenkeln, und ihr linkes Handgelenk war weiterhin geschwollen. Doch als sie ihr Gesicht am Morgen im Waschwasser betrachtete, fand Rosa, dass sie fast wieder wie früher aussah.

Siranush hatte ihren Karren in ein Podest verwandelt, auf dem Rosa und Carlo jetzt standen, links Carlo, dessen hässliche Verwachsungen noch durch ein nachtschwarzes Kostüm betont wurden, in das ein künstlicher Buckel eingearbeitet war. Er klammerte sich an einen Stock, als ob er keinen Schritt ohne ihn gehen könnte. Hin und wieder zwinkerte er Rosa aufmunternd zu, die neben ihm als Engel der Wahrheit so schön wirkte, dass die Leute scharenweise stehen blieben – was Siranush entzückte. Carlo hatte die Idee gehabt, sie könnten so tun, als wäre Rosa stumm, so blieb das Anpreisen, Anlocken und Verkaufen Siranushs Sache.

Von dort oben hatte Rosa den Überblick über all die vielen Stände, die es hier gab. Der Kornplatz war zwar viel kleiner als der Hauptmarkt in Nürnberg, aber trotzdem kam es ihr so vor, als wären in Bozen viel mehr Menschen unterwegs als bei ihr zu Hause. Es roch auch etwas anders: Da war der Safran aus der Lombardei, den sie von Nürnberg natürlich kannte, aber da gab es auch Baumöl vom Gardasee, und es duftete süß nach den vollreifen aus Venedig kommenden Früchten, die den Weg nach Nürnberg nicht geschafft hätten, wie Pfirsiche, Mirabellen, Feigen und Granatäpfel, Zuckermelonen und Trauben. Es roch nach Anis und Pfeffer, Zimt und Oregano, Thymian und Minze. Die Stände mit deutschem Wachs, Fellen und Pelzen waren von Menschentrauben umlagert, ebenso wie die mit Messinstrumenten aus Nürnberg. Überall wurden Preise verhandelt, wurde gebrüllt, gelacht und mit Bechern klirrend angestoßen. Das Gemisch aus italienischen und deutschen Sprachfetzen wurde von einer Musik aus Tiergeräuschen, rhythmischen Schlägen auf Metall und knirschenden Wagenrädern noch verstärkt.

Mittlerweile standen Dutzende von Menschen vor dem Karren und starrten Rosa und Carlo an. Siranush räusperte sich, und dann wurde ihre Stimme unüberhörbar laut, hell wie eine Glocke.

»Verehrteste Leute, was Ihr hier seht, ist ein Wunder Gottes! Shad lav! So ungewöhnlich, dass ich es selbst kaum glauben konnte, als ich den beiden zum ersten Mal begegnet bin. Es war genau am Tag der Geburt unseres Herrn, dass ich die beiden fand. Ein Schneesturm zog über mein Land, das weit, weit entfernt in Osten liegt. Es ist das Land der Steine. Armenien.

Ich suchte Schutz in einer Höhle im Berg des Ararat. Ihr wisst, Leute, der Ararat ist der heilige Berg, an dem die Arche Noah gestrandet ist. Und so wie Noah dort die Taube erblickte, so erblickte ich diese beiden, damals noch kleine Kindlein, von denen ein seltsames Licht ausging. Ich nahm sie bei mir auf, und als die Jahre ins Land gingen, sah ich, was Gott mir da geschenkt hatte. Dieser ist zwar hässlich wie der Teufel selbst, doch ein Beschützer jener Heiligen hier, die da rein ist wie der Engel der Wahrheit. Beide sind stumm, sodass sie nur durch mich zu Euch sprechen können. Doch sie haben Euch viel zu sagen. Denn …« Siranushs Stimme wurde noch voller und lauter und schwang sich über den gesamten Kornplatz. »… dieser Engel des Lichts und der Wahrheit weiß, wer von Euch lügt und wer nicht. Sie ist unbestechlich wie Justitia selbst. Wollt Ihr wissen, ob Euer Mann die Wahrheit sagt, wenn er behauptet, er täte Euch lieben, dann bringt ihn her und zwingt ihn, vor dem Engel zu sprechen. Für zehn Kreuzer dürft Ihr eine Frage stellen, um den Engel zu prüfen, und dann stellt Ihr die Frage, die Euch wichtig ist. Aber überlegt Euch gut, was Ihr wissen wollt! Denkt daran: Wer unreife Trauben isst, dem verzieht es den Mund.«

Es brach ein Handgemenge aus, weil dermaßen viele Leute herbeiströmten, dass der Karren ins Wanken kam. Rosa musste sich an Carlo festhalten, der sie beruhigend ansah.

»Einer nach dem anderen, Leute, wir sind den ganzen Tag da, also nur die Ruhe. Der Engel der Wahrheit braucht Achtung, sonst kann er nicht arbeiten. Gut, also dann, Ihr seid die Erste.«

Mit einem bangen Gefühl im Bauch beobachtete Rosa, wie eine feiste Frau, die nach frischem Brot roch, auf den Karren kletterte. Sie baute sich mit verschränkten Armen vor Rosa auf und musterte neugierig die Schnürung von deren blausilbernem Mieder, dann schüttelte sie ihren Kopf.

»Die da hat doch keine Ahnung!«, kreischte sie, was von der Menge mit lautem Johlen aufgenommen wurde.

»Also, fragen wir sie. Aber Ihr haltet's Maul«, wandte sie sich an die Menge. »Bin ich die Frau vom Schmied in der Wangergasse?«, fragte die dicke Frau. Rosas Finger wurde sofort kalt. Sie schüttelte also den Kopf, und Siranush übersetzte: »Nein, das bist du nicht!«

»Das stimmt, aber das ist ja nicht schwer. Jetzt beantwortet mir die wichtige Frage.« Die Frau wandte sich wieder an die Menge und feixte. »Also, verratet mir, schläft mein Mann mit einer anderen?«

Die Menge johlte und pfiff.

Rosa warf Siranush einen hilflosen Blick zu, solche Fragen konnte sie nicht beantworten.

»Du hast diesen Engel der Wahrheit nicht verstanden«, rettete Siranush sofort die Situation. »Wenn du das wissen willst, musst du deinen Mann herbringen und ihn selbst diese

Frage beantworten lassen. Nur wenn dieser Engel seine Stimme hört, kann er ein Urteil sprechen.«

Murren in der Menge, Buhrufe. »Betrug!«, schrie einer.

»Das passt Euch nicht? Nun dann geht nach Hause, Leute! Schert Euch weg.«

Ein kräftiger Mann mit gewaltigen Muskeln an den Armen drängte sich vor und zerrte eine wesentlich kleinere Frau hinter sich her auf den Karren.

»Nein, nein. Wir wollen mit dem Engel reden. Ein schändliches Tratschmaul hat meiner Frau den Floh ins Ohr gesetzt, dass ich ins Hurenhaus gehe.« Der Mann wurde plötzlich blutrot. »Aber ich war noch nie im Hurenhaus!«

Rosas Finger blieb normal. Sie nickte also Siranush zu, die der Frau bestätigte, dass dieser Mann ihr immer treu gewesen sei.

Aber die Frau war nicht überzeugt. »Er hat Euch Geld dafür gegeben, damit Ihr mir diese Antwort gebt«, flüsterte sie, dann lauter, »Betrug, das hier ist alles Betrug!«

Der Mann wurde schon wieder rot im Gesicht und wollte seine Frau vom Karren zerren.

Siranush blieb sehr ruhig. »Niemand betrügt hier, passt auf, was Ihr sagt! Nun, dann sagt doch etwas, das nur Ihr wisst, und fragt den Engel, ob es stimmt oder nicht.«

Unsicher trat die Frau von einem Fuß auf den anderen. »Die ist wirklich stumm, oder?«, fragte sie Siranush.

»Der Engel der Wahrheit ist stumm wie die Fische, die Bäume und die Schnecken. Gott ist mein Zeuge!«

Ein Grinsen glitt über das Gesicht der eifersüchtigen Frau, sie trat nah an Rosa hin und flüsterte so leise in ihr Ohr, dass es niemand außer Rosa hören konnte: »Am Abend meiner Hochzeit war ich noch Jungfrau.«

Rosas Finger reagierte sofort, also schüttelte sie den Kopf.

»Nein«, übersetzte Siranush, »was immer Ihr gesagt habt, es war eine Lüge.«

Die Augen der Frau wurden groß, sie biss sich auf die Lippen. »Aber das ist …«, flüsterte sie vor sich hin, »das ist nicht möglich … niemand …«

»Wollt Ihr damit sagen, Ihr glaubt jetzt, dass der Engel die Wahrheit spricht?«, hakte Siranush nach und wandte sich mit salbungsvoll ausgebreiteten Armen wie eine Priesterin an die Menge, die atemlos lauschte.

Die Frau nickte stumm.

»Ihr nehmt also die Beleidigung dieses Engels wieder zurück, ja?« Siranush deutete bei dem Wort Engel auf Rosas Gesicht und zeigte dabei einen derart beleidigten Gesichtsausdruck, dass Rosa Mühe hatte, ernst zu bleiben.

»Ja, kein Zweifel.« Die Frau zog ihre Schultern vor und zurück, gab sich dann aber endlich einen Ruck. »Dieser Engel ist echt.« Und weil alle sehen konnten, wie widerwillig ihr das über die Lippen gekommen war, wirkte es umso überzeugender. Rosa atmete erleichtert auf.

Der Mann küsste seine Frau mit einem lauten Schmatz, was das Publikum zu Anfeuerungsrufen verleitete: »Gib's ihr, mal ordentlich ran, mach's ihr gleich hier! Soll ich dir helfen?« Da wurde der Mann wieder rot, lachte wie befreit, packte seine Frau und trug sie auf seinen mächtigen Armen durch die Menge.

Siranush klatschte in die Hände und lud die Nächsten ein, hochzukommen.

Nachdem die Masse den Engel der Wahrheit jetzt angenommen hatte, musste Rosa den ganzen Tag ohne Pause »Wahr« oder »Falsch« sagen. Am meisten verdiente Siranush an den Eifersüchtigen.

Als der Markt am Abend geschlossen wurde, rieb sich Siranush freudig die Hände, sodass ihr Schmuck klirrte. Der Beutel an ihrem Gürtel war prallvoll mit Münzen.

»Wunderbar, wunderbar! Hast du Geld, bist du Herr, hast du keins, bist du Knecht.«

Sie hängte mit Carlo die Plane für die Nacht über den Karren und zerrte die Truhen, in denen sie ihren Besitz verstaut hatten, unter dem Wagen hervor. »So viel verdient, ohne ein einziges Stückchen Terra armena verkaufen zu müssen. Ihr werdet sehen, in drei Tagen wissen es dreie, nach drei Tagen weiß es die ganze Welt: Unser Engel spricht lautere Wahrheit. Jetzt raus aus deinem Kostüm, Engel.«

»Ich habe Hunger«, sagte Carlo, der sich von seinem Buckelkostüm befreien wollte.

»Schsch, nein, du nicht, das geht nicht, die Leute müssen dich immer mit dem Buckel sehen. Solange wir hier sind, müsst ihr beide stumm bleiben, sonst halten uns alle für Betrüger, und das können wir uns nicht leisten.«

»Das hat sie sich ja gut ausgedacht«, flüsterte Carlo Rosa zu. »Sie hat uns unsere Stimme einfach weggenommen.«

Rosa musste über Carlo lachen, obwohl sie völlig erschöpft war. Ihre Stummheit war schließlich seine Idee gewesen.

Sie war froh, dass sie ihr unbequemes Kleid endlich ausziehen durfte.

»Vorsichtig, du zerreißt ja alles! Denk daran, was es gekostet hat, Achtschigges!« Siranush brummelte und grummelte und legte das Kleid behutsam in eine eigens dafür gekaufte Truhe.

»Ihr bleibt hier, ich besorge uns etwas Schmackhaftes zu essen und zu trinken. Wacht gut über alles! Auf diesen Messen wimmelt es nur so von Dieben und Gesindel.«

Carlo beugte sich zu Siranush und flüsterte ihr etwas ins Ohr, was Rosa nicht verstehen konnte, aber Siranush war wütend. »Nein, ein für alle Mal! Wir können nicht in ein Gasthaus gehen, wenn ihr Stumme seid, das haltet ihr nicht durch. Diese Messe dauert vierzehn Tage; sobald wir die Tore von Bozen hinter uns gelassen haben, könnt ihr wieder so viel plappern, wie ihr wollt.«

Carlo murrte vor sich hin, während Rosa sich nur im Hemd einfach längs auf den Karren fallen ließ. Ihre Beine schmerzten, obwohl sie ab mittags auf einem Schemel hatte sitzen dürfen. Sie hatte früher auch schon in der Werkstatt ihres Vaters den ganzen Tag gearbeitet, aber das war in einem ruhigen Zimmer gewesen, unterbrochen von Brotzeiten und Mittagessen. Sie hätte sich jetzt gern das Gesicht gewaschen, es kam ihr vor, als müsste es schmutzig sein von all dem Anstarren und von den schrecklichen Fragen.

Besonders berührt hatte sie eine junge Frau, die alt wie eine Greisin gewirkt hatte, weil sie sich so vorsichtig bewegte, als wäre ihr Körper eine einzige Wunde. Sie hatte keine Probefrage gestellt, sondern nur eines wissen wollen. Ob das Kind in ihrem Bauch endlich ein Junge wäre?

Rosas Finger war kalt geworden, aber ganz anders als sonst, wenn jemand log. Ihr Finger war wie tot, vollkommen gefühllos geworden. Und obwohl Rosa das noch nie erlebt hatte, war sie sicher, dass dieses Kind bereits tot war, aber konnte sie das sagen? Sie hatte blitzschnell überlegt, was sie tun sollte, und sich dann dafür entschieden, mit »ja« zu antworten, damit die junge alte Frau wenigstens so lange, bis das Kind tot geboren würde, ein paar glückliche Tage verbringen konnte. Und als sie gesehen hatte, mit wie viel mehr Elan die Frau vom Karren gestiegen war, da war sie froh gewesen über ihre Entscheidung.

Unwillkürlich betrachtete Rosa ihre nackte Hexenhand, ihrem hässlichen Finger war die viele Arbeit nicht anzumerken, aber ihr Handgelenk war immer noch geschwollen. Sie hoffte, dass sie so schnell wie möglich zu Geld kommen würde, um sich endlich wieder einen Handschuh leisten zu können. Die Glacéhandschuhe durfte sie nur bei ihren Auftritten anziehen, damit sie nicht schmutzig wurden. Verstohlen betrachtete sie Carlos entstelltes Gesicht und fragte sich wieder einmal, wie er es aushielt, von allen wie ein Monster behandelt zu werden.

Als ob Carlo ihren Blick gespürt hätte, kam er näher und legte den Arm um sie. »Ist gut gelaufen, nicht?«, wisperte er. Sie entzog sich seiner freundlichen Umarmung, weil ihr die Nähe eines Mannes, sogar die eines so freundlichen Mannes wie Carlo, immer noch Schweißausbrüche verursachte. Carlo nahm es ihr nicht übel, blieb dort, wo er war, und zog ein Stück Weidenholz aus seiner Hosentasche. Wann immer er ein wenig Zeit hatte, schnitzte er Flöten, die seltsam traurig klangen, wenn er darauf spielte.

Rosa hätte ihn gern über Siranush ausgefragt, aber sie wusste nicht, wie sie das am klügsten anstellen sollte. Sie hätte zu gern gewusst, wo sich die beiden kennengelernt hatten und was es mit den Narben auf Siranushs Rücken auf sich hatte.

Der Markt leerte sich mehr und mehr, und Rosa hatte den Eindruck, dass sie die Einzigen waren, die nicht ins Wirtshaus gingen, sondern auf dem Karren blieben.

»Hier, ich bin zurück. Riecht mal, was ich zur Feier des Tages Gutes gekauft habe!« Siranush wedelte mit einer großen Servierplatte vor ihnen hin und her. Es duftete nach knusprig gebratenem Hühnchen, frischem Brot und würziger Soße.

»Tu das hierhin!«, kommandierte Siranush einen Jungen, der ihr beim Tragen geholfen hatte. Der stellte zwei Krüge mit Wein ab und hielt die Hand auf, in die Siranush ein paar Groschen legte. Der Junge lächelte, überrascht von Siranushs Großzügigkeit, und stürmte davon.

Unter Siranushs Anweisungen wurde auf dem Karren eine Tafel improvisiert, zu der es neben dem Hühnchen noch gebackene Bohnen und Trauben gab.

Rosa machte sich über das Hühnchen her, als hätte sie schon monatelang gehungert, und ihr kam es so vor, als wäre dieses saftige mit Petersilie und Zitrone gefüllte Huhn geradewegs aus dem Paradies auf ihren Karren gefallen. Niemand sprach.

Rosa trank große Schlucke von dem Wein, tunkte mit einem traurigen Seufzer das letzte Stück Brot in die sahnige Soße und steckte es in den Mund.

»Das war das Beste, was ich je in meinem Leben gegessen habe.«

»Das kommt von der Arbeit. Aber sprich leiser, damit dich keiner hört.« Siranush leckte sich die Finger ab und schmatzte zufrieden.

»Noch Wein?«, fragte sie und goss Rosa noch einen Becher voll.

Carlo hielt ihr seinen Becher unter den Krug, aber Siranush schüttelte den Kopf. »Du wirst zum Tier, wenn du trinkst. Und das können wir hier nicht riskieren. Rosa, dein Handgelenk ist immer noch geschwollen – wir sollten dir noch mal einen Umschlag mit armenischer Heilerde darum wickeln. Carlo, räum das Geschirr weg, und bring mir einen Taler von meiner Erde, Wasser und einen sauberen Lappen.«

Carlo verbeugte sich leicht und flüsterte: »Deines Weibes Dorf soll auch dein Dorf sein.«

Siranush lachte und warf Carlo durch die Luft einen Kuss zu. »Kindskopf.«

Rosa fühlte sich sonderbar leicht, fand alles zum Lachen: Carlo, wie er die verlangten Sachen heranbrachte, Siranushs klimpernden Schmuck, ihre Rolle als Engel der Wahrheit. Sie trank ihren Becher aus und hielt Siranush ihre Hexenhand hin, einfach so.

Siranush untersuchte das Gelenk, so, wie es auch ihre Mutter getan hätte, aber gleichzeitig massierte sie die geschwollene Haut, und als sie zuerst behutsam die kühle Erde und dann den Verband darüberlegte, fühlte sich Rosa wie ein kleines Mädchen. Und plötzlich war sie ganz sicher, dass Siranush Kinder gehabt haben musste. Die Narben fielen ihr wieder ein. »Danke.« Rosa bemühte sich, so lautlos wie möglich zu sprechen, und dann setzte sie an, Siranush nach diesen Narben zu fragen, doch sie kam ihr mit einer Frage zuvor.

»Weißt du, warum diese unsere Erde so gut ist?«, fragte sie.

Rosa schüttelte den Kopf. Carlo setzte sich neben Siranush und legte dann seinen Kopf in ihren Schoß, und Siranush streichelte ihn wie ein Kätzchen.

»Man erzählt sich, dass Gott die Armenier vergessen hatte, als er die fruchtbare Erde auf die verschiedenen Orte der Welt verteilte. Da riefen die Armenier und klagten: ›Gott, Gott, Du hast uns vergessen!‹ Gott nahm den Sack mit Erde und schüttelte ihn aus, aber es waren nur noch Steine übrig, und so wurden die Steine die Heimat der Armenier. Und durch die Gnade des Windes und der Sonne und des Regens wurde aus diesen Steinen nach und nach unsere Heilerde, die Terra armena.«

Carlo war eingeschlafen, und auch Rosa war sehr müde.

»Das ist aber eine sehr traurige Geschichte«, wisperte sie.

Siranush zuckte mit den Schultern. »Weinen und Lachen sind Geschwister …«

Wie ein Echo zu ihren letzten Worten hörten sie draußen jemanden lachen.

Männer.

Rosa und Siranush grinsten sich an.

Rosa wollte sich gerade niederlegen, als die Männer aufhörten zu lachen und sich lautstark unterhielten.

Ihr wurde kalt, eine Gänsehaut lief über ihren Rücken, sie erstarrte und konnte nicht anders, als der Stimme zu lauschen. Es war der Dreckskerl, der die Weiber am liebsten dann bestieg, wenn sie halb tot waren. Hass strömte durch ihren Körper, befeuerte ihre Muskeln. Sie zitterte und wünschte sich ein Gewehr, mit dem sie hinausstürmen und den Kerl abknallen könnte wie einen toll gewordenen Hund.

»Was ist mit dir?«, fragte Siranush.

»Ich kenne diese Männer.« Rosa erstickte fast an ihren Worten. Nein, sie kannte die nicht, sie wusste nur, wozu sie fähig waren.

Siranush legte ihr die Hand auf den Arm und nickte ihr zu. »Das waren die, die dich so zugerichtet haben?«

»Ich muss …«

»Jetzt kannst du gar nichts tun.« Siranush legte beschwörend ihren Zeigefinger an die Lippen.

»Doch! Ich muss wissen, wie der Mann aussieht, ich habe ihn nur gehört … und was ist …« Rosa schlug sich die Hand vor die Stirn. »Was ist, wenn er mich morgen auf dem Karren erkennt? Er hat mich gesehen, es war zwar schon dunkel, aber sie hatten Fackeln, und er weiß auch von meiner Hexenhand. Wenn er mich findet, dann wird er alles tun, um mich zu töten.«

Rosa schluckte, denn ihr war wieder eingefallen, was der andere gesagt hatte: Sie hatten ihren Auftrag erfüllt und deshalb genug Geld fürs Hurenhaus.

»Sie sollten mich und Giacomo aus dem Weg räumen. Aber ich lebe noch!«

Siranush sprach beinahe tonlos. »Dann sollten wir diesen Mann töten.« Sie sah Rosa fest in die Augen, griff in ihren Ärmel und zog einen Dolch heraus, dessen Griff reich mit Steinen besetzt war, die das schwache Licht der kleinen Laterne im Karren auffingen und widerspiegelten.

Rosa, die eben noch hinauslaufen und den Mann hatte erschießen wollen, fühlte sich angesichts von Siranushs Dolch auf einmal sehr unbehaglich. Der Gedanke, diesen Dolch in das Herz eines Menschen zu stoßen oder jemandem die Kehle durchzuschneiden, schien ihr jetzt, während sie im Karren saß, völlig undenkbar. Ein leichter Würgreiz schnürte ihr die Kehle zu.

Denk an Giacomo, denk daran, wie die Geier seine Augen gefressen haben!, mahnte sie sich. Siranush hatte recht – sie hatten den Tod verdient!

Die Männer draußen lachten schon wieder, offensichtlich urinierte der eine der beiden lustige Bilder in den Staub.

»Wenn das ihr Auftrag war«, Siranush klang sehr ernst, »dann wird man den an sie gezahlten Lohn wieder zurückfordern, sobald herauskommt, dass du am Leben bist, und das wird die beiden nicht sonderlich glücklich stimmen. Komm ihnen zuvor, töte sie!«

»Aber dann bin ich nicht besser als diese Männer!«

»Es ist besser, am Leben zu sein als tot.« Siranush lachte, aber sie klang schrecklich bitter, und das erinnerte Rosa an die Narben auf Siranushs Rücken.

»Was willst du denn sonst tun? Sie etwa dem Büttel übergeben?« Siranush spuckte aus. »Du denkst, der Richter glaubt einer wie dir, die in der Welt herumzieht, ohne Papiere oder Verwandte? Glaubst du das im Ernst?«

Als ihr Siranush den Dolch reichte, zögerte Rosa, doch dann griff sie danach. Unerwartet schwer und kalt, zwang er ihre Hand zum festeren Zugreifen.

»Damaszenerstahl.«

Aus dem stolzen Ton der Armenierin schloss Rosa, dass dieser Stahl etwas ganz Besonderes sein musste.

»Tu's jetzt gleich! Denk nicht zu viel darüber nach!«

»Warum?«

»Wenn du zu lange zögerst, wird dein Mitleid siegen. Gott hilft denen, die sich selbst helfen. Denk daran, was der Mann dir angetan hat, denk daran, was er den anderen angetan hat. Tu es, bevor er dich tötet!«

Beklommen hob Rosa ihren Arm, spürte dabei noch immer leichten Schmerz im Rücken. Sie zielte mit dem Dolch in einer festen Stoßbewegung auf Siranushs Brust.

Diese setzte sich auf, und ihre Stimme klang zornig: »Lächerlich! So tötest du nicht einmal eine Katze.«

Plötzlich wurde Rosa klar, dass sie die Männer nicht mehr hören konnte. Sie rutschte nach vorne und lugte vorsichtig aus dem Spalt der Plane. Das hätte sie vorhin schon tun sollen, anstatt wie ein ängstliches Kaninchen zu erstarren.

Aber draußen war es dunkel, und sie konnte nicht mal mehr einen Schatten ausmachen.

»Porca miseria!«, fluchte sie. »Jetzt weiß ich immer noch nicht, wie er aussieht. Ich muss hinter ihm her. Ich glaube, sie sind rüber zum Gasthof am Kornmarkt gegangen.«

»Das klingt logisch, ich komme mit.«

Rosa gab den Dolch zurück und schlüpfte aus dem Karren. Siranush verstaute die Waffe wieder in ihrem Ärmel und folgte ihr.

Sie waren noch keine drei Schritte gegangen, als plötzlich die Glocken zu läuten begannen.

Rosa zuckte zusammen. »Was ist das? Was bedeutet das?«

Siranush legte stirnrunzelnd den Finger an die Lippen. »Vergiss nicht, du bist stumm. Das ist nur das Hussaus-Läuten.«

Rosa hob fragend ihre linke Hand, wagte es aber nicht zu sprechen.

»Hier in Bozen läuten um neun Uhr abends die Glocken, danach dürfen die Wirte nichts mehr ausschenken, und man darf nicht mehr ohne Licht auf die Straße gehen. Wenn wir weiter hier herumlaufen wollen, dann brauchen wir eine Laterne oder eine Fackel. Lass uns zurückgehen.«

Jetzt musste Rosa reden. »Nein, wir sollten das Wirtshaus beobachten. Wenn es nichts mehr zu trinken gibt, wird er doch gleich wieder herauskommen.«

»Schschschschsch! Vielleicht übernachtet er in der Wirtsstube.«

»Aber der Gedanke, dass er in Bozen ist und ich nicht weiß, wie er aussieht ...«

»Du hättest ihn sofort töten sollen. Gott hat ihn direkt vor deine Nase geführt, und du hast gezögert. Jetzt lass uns gehen. Wenn uns jemand ohne Licht sieht, könnte uns das die Konzession kosten.«

Schweigend eilten die beiden zurück zum Karren, wo Carlo schon auf sie wartete.

»Wo wart ihr?«, schimpfte er. »Das könnt ihr doch nicht machen. Ihr solltet nachts nicht alleine durch die Straßen gehen.«

»Ein schwarzer Hund wird nie weiß«, stöhnte Siranush, »wie konnte ich nur glauben, dass ihr beide es schaffen würdet, zwei Wochen lang stumm zu bleiben.«

Rosa und Carlo warfen sich einen Blick zu. Siranush klang selten so ungehalten.

»Aber …«, begann Rosa, »… wie hätte ich dir das mit den Männern erklären sollen, ohne zu reden?«

»Shad lav, es ist gut. Wir werden das ändern, in Trient werdet ihr nicht mehr stumm sein, aber die nächsten Tage müsst ihr einfach durchhalten. Glaubt ihr, dass ihr das schafft?«

Die beiden nickten.

»Gut. Carlo, hör mir zu. Es gibt einen Mann, der nach Rosas Leben trachtet. Wir sollten darauf gefasst sein, dass er plötzlich am Karren auftaucht. Bitte sei bewaffnet und habe ein Auge auf sie.«

Carlo nickte und zwinkerte Rosa zu.

Rosa neigte ergeben den Kopf. Aber in ihrem Innersten brodelte es. Wie sollte sie ab jetzt als Engel der Wahrheit auf dem Karren stehen, wenn dieser Mörder jederzeit auftauchen konnte? Hätte sie wirklich mit dem Dolch aus dem Karren springen und ihm die Kehle durchschneiden sollen? Und was hätten sie dann mit der Leiche gemacht? Außerdem war da ja noch ein zweiter Mann dabei gewesen, dessen Stimme ihr nicht bekannt vorgekommen war.

Verstohlen beobachtete sie Siranush, die sich bis auf ihr Hemd und ihren Schmuck entkleidete und die Überkleider sorgfältig ablegte. Nie hatte Rosa bislang bemerkt, dass Siranush einen Dolch im Ärmel trug, und wieder dachte sie an die Narben auf ihrem Rücken. Aber sie wollte Siranush nicht verärgern, indem sie erneut sprach, also legte sie sich hin und versuchte zu schlafen.

17. Kapitel

Schweißgebadet erwachte Rosa, setzte sich auf und sah sich verwirrt auf dem Karren um. In ihrem Traum war sie ein Pferd gewesen, ein abgemagertes Pferd, das geschlachtet werden sollte … Allerdings hatte sie zwei Köpfe gehabt, einer hatte ausgesehen wie ihr richtiger Kopf, der andere wie der eines Mannes. Sie wusste sicher, dass sie diesen Mann schon einmal irgendwo gesehen hatte, aber wo? Wer war dieser Mann gewesen? Sie war panisch davongaloppiert, um nicht geschlachtet zu werden, und dabei war sie in einem grünen Moor gelandet, das sie schmatzend verschlang. Sie war aufgewacht, als der grüne Brei braun geworden und sie daran erstickt war.

»Achtschigges, du hast nur geträumt; hier bist du in Sicherheit. Alles, alles wird wieder gut … du wirst schon sehen.« Siranush setzte sich hinter Rosa, sodass sich Rosa an sie anlehnen konnte. »Für deine Seele wäre es gut gewesen, diese Männer zu töten. Ich bin sicher, wir werden sie wiedersehen, dann versprich mir, dass du nicht mehr zögerst.«

Rosa fand es sehr beruhigend, Siranush hinter sich zu wissen, und wollte gern, dass sie einfach weiterredete.

»Ich war nicht immer so hart. Aber ich habe gelernt, dass es nicht gut ist, zu lange zu zögern. Ich …«, Siranush sog tief die Luft ein, »… hatte auch einmal eine Tochter, und weil sie schon bei ihrer Geburt im Sommer so wunderschön blond war, haben wir sie Sonnenjungfrau genannt, Arevhat. Wir lebten friedlich in einem Dorf in der Nähe des Sevansees, der so groß ist, dass wir ihn ›das kleine Meer‹ nannten. Wir verdienten unser Geld damit, Heilerde zu suchen und zu verkaufen. Mein Mann hatte das Privileg, sie zu Münzen zu pressen. Arevhat blieb mein einziges Kind, doch sie war so schön und von heiterer Wesensart, dass auch mein Mann zufrieden war und sogar meine Schwiegermutter.

Bis Arevhat elf Jahre und ich siebenundzwanzig Jahre alt war, lebten wir, wenn auch nicht in Wohlstand, so doch in Frieden, was für Armenien ungewöhnlich ist, denn bis 1639 stritten die Türken und die Perser um unser Land. Erst dann haben sie sich darauf geeinigt, dass Westarmenien der Türkei gehört und Ostarmenien den Persern.« Siranush pausierte kurz, klopfte sich dann mit der Faust auf die Brust. »Aber in Wahrheit gehört Armenien nur den Armeniern.

Eines Tages kam ein Trupp von fünf Reitern in unser Dorf. Sie erzählten uns, der Großwesir des Großmoguls selbst habe sie geschickt, denn die Terra armena hätte der Lieblingsfrau des Moguls einen so guten Dienst erwiesen, als diese mit siecher Verdauung daniederlag. Und deshalb hätte der Leibarzt ihnen befohlen, gleich mehrere Fässer davon zu kaufen.

Meinem Mann waren die Gesetze der Gastfreundschaft heilig, weshalb er die Männer zu uns zum Mahl hereinbat. Und weil er sich auf das gute Geschäft freute, sollte es ein Festmahl werden.

Mir kam diese Geschichte merkwürdig vor, denn die Erde gab es ja auch auf dem Markt in Etschmiadsin – da hätten sie nicht so weit zu reiten brauchen.

Die Männer taten freundlich und nahmen unsere Einladung an. Sie warfen mit Goldstücken nur so um sich und streichelten Pischki, unsere Katze. Doch die wollte sich von ihnen nicht streicheln lassen und lief weg, geradewegs in den See hinein, und schwamm, als ob sie ihr weißes Fell von dem Schmutz der Fremden reinigen wollte.«

Rosa starrte Siranush ungläubig an. »Jetzt erzählst du mir doch ein Märchen. Katzen können nicht schwimmen!«

»Doch, Van-Katzen können schwimmen, sie lieben es sogar. Sie sind eben ganz besondere Wesen, sie haben auch ein blaues Auge und eines aus Bernstein.

Nachdem ich das beobachtet hatte, war ich noch sicherer, dass die Männer uns belogen, aber es stand mir nicht an, mich meinem Mann zu widersetzen. Also haben wir Frauen, ganz wie es bei uns Sitte ist, unser Haupt bedeckt und die Fremden mit allem bedient, was unsere Vorräte hergaben: Lammfleisch mit Joghurtsoße, mit Käse gefüllte Teigtäschchen, in Öl gekochte Okraschoten und Rosinen. Nach dem Mahl reichten wir Wasserschalen und Kaffee, dann ließen wir die Männer allein.

Meine Schwiegermutter spekulierte darauf, dass diese Männer gekommen waren, weil sie von Arevhats weißer Haut und ihrem blonden Haar gehört hatten, und ein Heirats-Angebot machen wollten. Aber so eine wichtige Angelegenheit ohne einen Vermittler zu tun wäre sehr ungewöhnlich gewesen.

Nach dem Essen begaben sich die Männer ins Dorf, von wo sie erst spät in der Nacht reichlich betrunken wiederkamen.

Mittlerweile war auch mein Mann beunruhigt. Diese Männer hatten etwas Kriegerisches. Was, wenn sie unser Dorf nur ausspionierten, die Vorhut einer ganzen Bande waren?

Als ich mich nachts erleichtern musste, hörte ich, wie sich

die Männer unterhielten. Sie waren auf der Suche nach Sklavinnen für den Harem des Großmoguls, und sie hatten tatsächlich von Arevhats außergewöhnlicher Schönheit gehört.

Ich weckte meinen Mann, um ihm davon zu erzählen, doch er wollte mir nicht glauben und meinte allen Ernstes: ›Nicht jede Wolke bringt Regen.‹«

Siranush hielt kurz inne und seufzte. »Nun, es mag sein, dass nicht jede Wolke Regen bringt, und doch war das genau der Augenblick, in dem ich sie hätte töten sollen, allesamt. Aber ich tat es nicht, und deshalb musste ich den folgenden Tag erleben.

Sie wollten uns Arevhat abkaufen, das war durchaus üblich, doch wir wollten unsere einzige Tochter nicht verkaufen, schon gar nicht für den Harem des Großmoguls. Wir Armenier sind die wahren Christen, und unser Gott erlaubt diese Vielweiberei nicht.

Als wir uns weigerten, zeigten die Männer ihr wahres Gesicht. Sie erschlugen meinen Mann wie einen räudigen Hund, vergewaltigten erst meine Schwiegermutter und dann mich, sperrten uns in das Haus ein und zündeten es an. Arevhat aber nahmen sie mit.

Mir gelang es, mich aus dem brennenden Haus zu befreien. Den Preis, den ich dafür bezahlt habe, hast du auf meinem Rücken gesehen. Doch es war zu spät. Arevhat war weg, ich bin ihr gefolgt, erst zu Fuß, später zu Pferd bis zum Palast des Großmoguls. Ich war fest entschlossen, meine Tochter dort herauszuholen …«

Siranush schwieg so lange, dass Rosa schon dachte, sie wäre vielleicht eingeschlafen. Da fuhr diese fort: »Ich habe sie nicht mehr wiedergesehen.« Siranushs Stimme hatte zu zittern begonnen, doch dann holte sie tief Luft und sagte mit gewohnt kräftiger Stimme: »Und das, obwohl ich den verfluchten Eunuchen dermaßen viel Geld in die Hosen geschoben habe, dass ihnen eigentlich Schwänze aus Gold hätten wachsen müssen.« Sie kicherte.

Rosa war nicht ganz klar, was genau Eunuchen waren, nahm aber an, dass es Wachen sein mussten. Sie wusste nicht, was sie sagen sollte. Siranush hatte alles verloren, was sie geliebt hatte, und doch hatte sie es geschafft weiterzuleben, konnte sogar wieder kichern.

»Du siehst also, Achtschigges, es ist immer besser, zu früh zu handeln als zu spät. Und die Männer, die dir das angetan haben, gehören in die Hölle. Die Kerle, die meine Tochter raubten, habe ich alle erwischt, jeden einzelnen. Ich habe sie erst zu Eunuchen gemacht und ihnen dann die Kehle durchgeschnitten. Ihr Blut hat die Erde getränkt, shad lav! Und jetzt schlaf endlich, damit du den Leuten morgen früh verraten kannst, ob sie lügen.«

Unwillkürlich griff Rosa an ihren Hexenfinger, der sich während Siranushs Erzählung kein einziges Mal gerührt hatte.

»Gute Nacht«, murmelte Rosa, zögerte einen Moment, dann setzte sie sich auf, rutschte zu Siranush hin und küsste deren ledrige Wangen rechts und links, was sie bei ihrer eigenen Mutter niemals gewagt hätte.

Siranush starrte sie verblüfft an, dann ging ein Lächeln über ihr Gesicht. »Du bist nicht Arevhat und wirst es niemals sein können, aber auch du bist meine Tochter. Und jetzt schlaf!«

Rosa war froh, dass Siranush sofort die winzige Laterne löschte, denn ihre Augen schwammen in Tränen, was Siranush sicher nur wieder zu einem Kopfschütteln veranlasst hätte. Im Dunklen dachte sie an ihre Aufgabe. An ihren Plan, Kaspar nach Hause zu holen. Nach allem, was Siranush ihr gerade erzählt hatte, erschien es ihr vollkommen unmöglich, die Armenierin einfach bei nächster Gelegenheit zu verlassen. Rosa musste mit ihr darüber reden. Vielleicht hatte Siranush ja eine Idee, wie sie die verlorene Zeit wieder einholen konnte.

Was wohl ihr Vater zu Siranushs Geschichte gesagt hätte? Was für ein merkwürdiges Land dieses Armenien doch war. Rosa konnte sich nicht vorstellen, dass ein solches Unrecht in Nürnberg überhaupt passieren konnte. Da wären die fünf Reiter vielleicht gar nicht erst in die Stadt hineingelassen worden. Und dann stellte sich Rosa vor, wie es wäre, wenn der ehrwürdige Rat der Stadt Nürnberg einen Harem hätte, und dieser Gedanke ließ sie mit einem Lächeln auf den Lippen einschlafen.

18. Kapitel

In den nächsten Tagen war Rosa ständig angespannt, weil sie fürchtete, einer der Räuber würde sie erkennen und ihr dann auflauern. Zwar hatte Carlo ihr versichert, dass es niemand riskieren würde, sie auf offener Straße zu töten, doch das änderte nichts an ihrer Angst.

Aber nachdem über eine Woche nichts passiert war, sondern stattdessen nur Kunden kamen, die wissen wollten, ob ihre Mitmenschen sie betrogen oder nicht, begann sie sich etwas zu entspannen. Mittlerweile fand sie es auch nicht mehr so schlimm, herausgeputzt als Engel der Wahrheit auf dem Karren zu sitzen. Nicht mal die Prozedur, mit der ihr Haar auftoupiert und hochgesteckt und mit glitzernden Kämmen verziert wurde, machte ihr noch etwas aus. Sie fand es nur weiterhin komisch, dass Carlo sie frisierte und nicht Siranush. Die fand, Carlo sei für derlei Dinge begabter als sie selbst. Und wenn Rosa in Carlos gesunder Gesichtshälfte das Lächeln sah, mit dem er seine Arbeit abschließend begutachtete, und später die beeindruckten Blicke der Leute auf sich spürte, dann wusste sie, dass Siranush einmal mehr recht behalten hatte.

Seit zwei Tagen war es endlich kühler geworden, ein heftiger Wind hatte die sonst so drückend über Bozen klebenden Wolken beiseitegeschoben, und nun leuchtete der Himmel in einem strahlenden Türkisblau über ihnen.

Nachdem Siranush ihr die Geschichte von Arevhat anvertraut hatte, fasste sich Rosa ein Herz und erzählte Siranush flüsternd, warum sie nach Indien unterwegs war. Die Armenierin hatte sie zu ihrem Plan beglückwünscht, denn Familie sei das Wichtigste im Leben und es gäbe nichts Wichtigeres.

»Außer Gold vielleicht!«, hatte Carlo, ebenfalls flüsternd, eingeworfen und auf die vielen Armreife und Ketten von Siranush gezeigt.

Die hatte nur den Kopf geschüttelt. »Gold steht erst an zweiter Stelle. Wenn du aber keine Familie mehr hast, was bleibt dir dann noch? Natürlich ist man ohne Geld ein Niemand. Doch verwechsle nie erste und zweite Stelle, Carlo!«

»Dann sind wir also deine Familie?« Carlos halber Mund grinste spöttisch.

»Was willst du damit sagen?«

»Du hast uns so lieb, dass du uns gar kein Geld gibst.«

Rosa musste grinsen, denn Siranush ließ niemanden auch nur in die Nähe ihres mittlerweile prallvollen zweiten Beutels.

»Du Unverschämter!« Siranush schlug mit ihrem Arm gegen Carlos Brust, wobei ihre Armreife aufgeregt hin und her klimperten. »Wer kleidet dich, wer nährt dich, wer wärmt dich, und wer gibt dir ein Dach über dem Kopf?«

»Du.« Carlo packte Siranush und wirbelte sie einmal um sich herum. »Aber was ist, wenn dir morgen ein anderer besser gefällt? Dann wirst du dich um den kümmern. Und was wird dann aus mir?«

»Einen Hässlicheren als dich gibt's gar nicht, also rede kein dummes Zeug. Wenn ich dir Geld gebe, trägst du's ins Wirtshaus, und da darfst du hier nicht hin, weil du stumm bleiben sollst. Das kommt erst wieder infrage, wenn wir in Trient angekommen sind.«

»Und Rosa?« Carlo ließ nicht locker.

»Rosa will nach Indien, da benötigt sie dermaßen viel Geld, soll sie froh sein, wenn ich's für sie zusammenhalte. Und jetzt hoch auf den Karren!«

Heute waren die Bauern aus dem Umland gekommen, weil Geflügelmarkt war, sodass noch mehr Menschen als sonst zwischen den Ständen herumstreunten.

Rosa war schon völlig erschöpft, als sie am Nachmittag ein leises Heulen wahrnahm. Es wurde lauter und lauter, breitete sich über dem Markt aus, kam näher und näher, und dann erkannte Rosa das Wehgeschrei von Klageweibern, die mit einem kleinen Sarg über den Markt zogen, geradewegs auf sie zu.

»Vielleicht wollen sie wissen, ob ihr Kind in den Himmel oder in die Hölle kommt«, flüsterte ihr Carlo breit grinsend hinter vorgehaltener Hand zu, was Siranush mit einem bösen Blick quittierte.

Doch Rosa wusste sofort, wer in diesem Sarg lag und wer die Frau war, die da tief verschleiert zu ihr wollte. Es war die junge Frau, die sich wie eine Greisin bewegt hatte und die sich jetzt, umgeben von zwanzig Klageweibern, den Weg zu ihr bahnte.

»Was zur Hölle ...«, murmelte Siranush und flüsterte Carlo zu, »... mach den Karren bereit! Das hier sieht so aus, als müssten wir vielleicht rasch das Weite suchen.«

Carlo erhob sich, stieg vom Karren und legte dem Pferd das Geschirr an.

Rosa überlegte verzweifelt, was sie tun sollte. Sie hatte so sehr gehofft, dass das Kind erst tot geboren werden würde, wenn sie längst die Stadt verlassen hatten. Sie hätte die Frau nicht anlügen sollen.

Das Klagen der Weiber hatte das lärmende Treiben der

Messe fast ganz zum Erliegen gebracht, eine erwartungsvolle Stille breitete sich aus. Der Trauerzug kam direkt vor dem Engel der Wahrheit zum Stehen.

»Die da«, die junge Greisin deutete mit ausgestrecktem Zeigefinger auf Rosa, »die da hat meinen Sohn verhext!«

Rosa zuckte zusammen. Dass man sie der Lüge bezichtigen würde, ja, das hatte sie erwartet, aber nicht so eine Anklage.

Die Frau war rot im Gesicht vor Zorn. »Ich war bei dieser Hexe da, weil ich, Gott sei mir gnädig, wissen wollte, ob er diesmal geruhen würde, mir einen Sohn zu schenken, was dieses Weib bejaht hat. Aber dann hat sie mein Kind im Bauch in ein Mädchen verhext, und deshalb ist es gestorben.« Die anderen Weiber brachen in Klagen aus.

»So ein Unsinn!«, ließ sich Siranush vernehmen. »Warum sollte dieser Engel des Lichts und der Wahrheit so etwas Böses tun?«

»Weil sie die Seele des Kindes als Tribut an den Teufel zahlen muss! Denn, Leute«, die Frau wandte sich an die Masse und brüllte geradezu, »niemand außer Gott kann sagen, ob jemand lügt oder nicht, oder ist es nicht so?«

Die Angst krampfte Rosas Herz zusammen, trotzdem verstand sie die Frau. Die Enttäuschung hatte all deren Gefühle in Wut verwandelt.

Siranushs Augen flehten Rosa an, ruhig und gelassen zu bleiben. »Da habt Ihr recht«, predigte sie, »nur Gott kann das. Doch Gott ist groß und lässt uns immer wieder an Wundern teilhaben.« Siranushs ruhige und bestimmte Worte verfehlten ihre Wirkung nicht. Zustimmendes Gemurmel breitete sich über dem Markt aus.

Rosa bewunderte Siranush, aber die hatte auch keinen Hexenfinger, und plötzlich fiel ihr die Mutter ein, die ihr immer und immer wieder eingebläut hatte, besonders sie müsse stets die Wahrheit sagen.

»Von wegen Wunder!«, rief da eine Stimme, die Rosa unter Millionen Menschen wiedererkannt hätte. Sie suchte hektisch mit den Augen die Person, die diese Worte geäußert hatte, ihr Herz, das ohnehin schon aufgeregt gepocht hatte, begann zu rasen, und ihre Haut wurde feucht.

»Von wegen Wunder, lasst Euch nicht einlullen! Das Weib da ist eine Hexe, und ich werde es beweisen. Lasst mich zu Ihr. Lasst mich durch.«

Die Klageweiber bildeten eine Gasse und ließen den Mann hindurchgehen.

Als Siranush ihn erspäht hatte, lachte sie. »Da bin ich gespannt, was uns dieser ausgesucht feine und kluge Edelmann zu sagen hat! Vielleicht ist er gar ein Hexenjäger unserer heiligen Kirche. Doch wenn ich ihn so recht betrachte, dann sieht er mir eher nach einem Wilderer aus!« Sie erzielte einige Lacher, weil das Äußere des Räubers wirklich sehr unheilig wirkte. Wams, Hemd und Hose waren voller Wein und Schmutzflecken, er trug einen langen, verfilzten Bart und verbreitete einen unangenehmen Geruch.

»Reiß dich zusammen, du siehst schuldig aus«, wisperte Siranush Rosa zu. Deren Beine zitterten, plötzlich spürte sie wieder alle Wunden, die der Dreckskerl ihr zugefügt hatte, den Druck von Giacomo auf ihrem Leib, hörte den Geier picken. Plötzlich wünschte sie sich den Dolch, und dieses Mal würde sie zustoßen, tief in das Herz dieses Kerls.

»Ich sage Euch, dieser Engel der Wahrheit ist eine Metze des Satans, und ich werde es beweisen. Sie trägt sein Zeichen an ihrem Leib! Doch Ihr müsst sie halten, sonst reitet sie auf ihrem Besen davon.«

Das Publikum murmelte aufgeregt miteinander. Man war sich nicht ganz einig, was zu tun sei, doch dann rief die Mutter des toten Kindes: »Ja, helft einer verwaisten Mutter, rächt mein Kind!«

»Verdammt auch, wir müssen weg!« Siranush war dicht an Rosa herangetreten. »Steh auf, wirf dem Dreckskerl den Schemel ins Gesicht, und dann setz dich auf den Hintern. Carlo wird sofort lospreschen, es wird Unruhe geben, man wird uns nicht durchlassen wollen. Also halte dich gut fest, aber sag kein Wort. Sag um Gottes willen kein Wort!«

Rosa tat, was Siranush ihr befohlen hatte. Mit großer Lust schleuderte sie den Schemel in das Gesicht des Bärtigen. Und sie saß noch nicht ganz, da fuhr der Wagen schon mit einem kräftigen Ruck an. Sie wurde nach hinten geschleudert, konnte sich noch an einer Planenstange festhalten, aber dann ging es nur langsam durch das Marktgewimmel. Ihre Flucht wurde ihnen natürlich als Schuldeingeständnis ausgelegt, weshalb jetzt Rufe nach dem Büttel laut wurden.

»Schneller, schneller, schneller!«, kommandierte Siranush, was Carlo mit einem Brummen kommentierte.

Sie hatten schon mehrere Stände umfahren und näherten sich den Stadtmauern und dem Tor. Rosa atmete erleichtert aus. Wenn nicht noch jemand auf die Idee käme, das Stadttor zu verschließen, und das war am Markttag eher unwahrscheinlich, hatten sie es gleich geschafft.

»Nicht so trödeln, schneller!«

Sie rasten über das holprige Pflaster aus Bozen hinaus und dann am Fluss, neben der Etsch, entlang. Rosa glaubte sie schon in Sicherheit, als lautes Pferdegetrappel hinter ihnen ihre Hoffnung zunichtemachte. Sie und Siranush sahen sich an.

»Wir müssen ihn in einen Hinterhalt locken. Ich glaube

nicht, dass gleich die ganze Kavallerie ausgerückt ist, nur weil einer behauptet hat, du seiest eine Hexe. Er wird alleine sein, schließlich hat er eine Rechnung mit dir offen. Carlo, lass uns den Teufelssteig benutzen.«

Der Reiter kam schnell näher.

»Schade, dass wir keine Flinte haben«, sagte Siranush. »Ich würde ihn mit Vergnügen abknallen.«

Wie ein Echo zu ihren Worten zischte eine Kugel an Rosas Bein vorbei.

»Flach hinlegen!«, kommandierte Siranush.

Sie legten sich platt auf den Karren, ein weiterer Schuss pfiff über ihre Köpfe hinweg. »Gut so, verschieß nur all dein Pulver«, murmelte Siranush.

Wie konnte sie angesichts dieser Lage so ruhig bleiben, fragte sich Rosa, die am ganzen Körper bebte und erwartete, dass der nächste Schuss sie niederstrecken würde. Doch der nächste Schuss ging hoch über ihre Köpfe.

»Nicht so einfach, sauber zu zielen, wenn man dabei galoppiert.« Siranush griff nach Rosas Hand. »Wie auch immer das ausgeht, versprich mir eins …« In diesem Augenblick brach der Karren unter ihnen zusammen.

»Verdammt!« Rosa und Siranush wurden zur Seite geworfen, ebenso die beiden Truhen, die auf dem Karren untergebracht waren. Sie kippten ganz hinunter und zerschellten am Boden.

Carlo war abgesprungen und schirrte das sich wild aufbäumende Pferd ab, und er benötigte seine ganze Körperkraft, um es zu bändigen. Währenddessen kletterten Rosa und Siranush vom schief hängenden Karren herab.

»Beeilung, Carlo, gib Rosa das Pferd! Rosa, reite so schnell du kannst – wir halten den Kerl auf.«

»Halt«, grölte ihr Verfolger. »Ihr sollt stehen bleiben.«

Carlo und Siranush halfen Rosa auf das ungesattelte Pferd. Diese verfluchte den Reifrock und wünschte, sie hätte Hosen an – und wüsste, wie man reitet.

Wieder ein Schuss.

Siranush zuckte zusammen.

Vom Rücken des Pferdes aus konnte Rosa den dunklen Fleck sehen, der sich auf dem Rücken der Armenierin ausbreitete.

»Nein!« Rosa schrie auf und versuchte, wieder abzusteigen.

»Bitte, Achtschigges, ich hab dich nicht zusammengeflickt, damit du jetzt aufgibst. Geh, geh und hole deinen Neffen, zeig's dem verdammten Rat in Nürnberg, und rette deine Familie! Verschwinde, mach schon!«

Siranush brach zusammen. Carlo stützte sie und heulte dann auf wie ein verwundeter Wolf.

Der Verfolger legte an, musste Pulver nachfüllen, Rosa sah zu ihm hin. Sollte er doch schießen, ihr Leben war so oder so verflucht.

Da hörte sie Siranush flüstern. »Sei meine Tochter!«

Der Verfolger legte an. Rosa liefen die Tränen herab. Sei meine Tochter ... Was meinte Siranush damit?

»Carlo«, stammelte Siranush, »tu doch was!«

Der Verfolger legte seinen Zeigefinger um den Hahn, korrigierte nach, zog durch.

Carlo schlug dem Pferd mit der einen Hand mit voller Kraft auf die Flanke, während er Siranush mit der anderen Hand stützte. Das Tier machte einen Satz zur Seite, der Schuss knallte ins Leere, dorthin, wo Rosa eben noch gewesen war.

Rosa konnte sich auf dem nervösen Pferd nur schwer festhalten und versuchte es zu beruhigen. »In jedermanns Herz schlummert ein Löwe …«, Siranush war kaum noch zu verstehen, »… und jetzt verschwinde endlich. Carlo und ich werden es auch ohne dich schaffen.« Blut tropfte aus ihrem Mundwinkel. Sie schloss die Augen.

Carlo schluchzte laut, legte Siranush behutsam auf den Boden, zog den Dolch aus ihrem Ärmel und aus seiner Lederscheide, wandte sich schließlich zu dem Verfolger um, stürmte auf ihn zu, und dieser, weil er noch mit Nachladen beschäftigt war, sah ihn zu spät. Carlo schlug ihn zu Boden und rammte ihm das Messer mitten ins Herz. Dann wischte er das Messer an den Kleidern des Mannes ab, rannte zurück zu Rosa, steckte den Dolch wieder in die Lederscheide und reichte ihn ihr hoch. Rosa beugte sich ihm entgegen und nahm es an sich.

»Du hast gehört, was Siranush gesagt hat: Sei ihre Tochter, sei eine Löwin! Und jetzt reite los! Verschwinde!«

Er kniete sich neben Siranush, bettete sie in seine Arme und wiegte sie hin und her wie ein krankes Kind.

Tränenblind schob sich Rosa den Dolch in das Mieder ihres ›Engel der Wahrheit‹-Kostüms und klammerte sich an der Mähne des Pferdes fest. Alles, was Siranush ihr erzählt hatte, aber mehr noch das, was die Armenierin für sie getan hatte, lastete auf ihr, machte ihr Herz so schwer, dass sie kaum noch atmen konnte. Doch dann dachte sie an Siranushs letzte Worte und an ihre Aufgabe, und so ritt sie davon, erst langsam, dann immer schneller und schneller.

19. Kapitel

Rosa wusste kaum, wie sie sich auf dem Pferd halten sollte, am liebsten hätte sie angehalten und den Unterrock mit den Reifen ausgezogen, aber sie wusste nicht, wie sie das Tier zum Stehen bringen konnte. Ihre Augen waren blind von Tränen, ihre Nase zugeschwollen, weshalb sie durch den Mund atmen musste. Das Haar war von der Flucht und dem starken Wind aufgelöst und hing ihr wirr ins Gesicht, was es noch schwieriger machte zu sehen, wohin sie ritt.

Was soll jetzt werden?, dachte Rosa. Ich hätte bei Siranush bleiben sollen. Hätte ihr helfen müssen, so wie sie mir. Ich muss zurück!

Sie zog die Zügel leicht an und gab beruhigende Laute von sich. Doch das Pferd reagierte nicht, sondern trabte immer weiter, als wüsste es, wo es hinwollte.

Rosa zerrte stärker an den Zügeln und gab sich alle Mühe, trotz des Reifrocks ihre Knie in die Flanken des Pferdes zu pressen. Und tatsächlich, das Tier verlangsamte seinen Trab. Rosa nahm die Zügel noch enger, bis es zum Stehen kam.

Wenn ich jetzt abspringe, um den Reifrock auszuziehen, komme ich nie wieder hoch, sagte sie sich und beschloss, den Rock auf dem Pferderücken auszuziehen und dann zurückzureiten. Sie arbeitete sich unter die Schichten ihres Kleides vor, bis sie an dem Band angelangt war, das den Reifrock zusammenhielt, und löste es. Dann hob sie ein Bein über den Hals des Pferdes, damit beide Beine auf einer Seite waren.

Dazu benötigte sie mehrere Anläufe, denn der Stoff des Kleides lag tonnenschwer auf ihren Schenkeln. Als sie es endlich geschafft hatte, schob sie den Reifrock unter ihrem Po durch, dabei hielt sie, am ganzen Körper zitternd, die Zügel mit einer Hand fest. Endlich rutschte das Ding herunter, wurde aber sofort von dem kräftigen Wind erfasst und blähte sich zu einem abstrusen ballonartigen Gebilde auf, das durch die Luft wirbelte.

Verblüfft starrte Rosa diesem merkwürdigen Ballon hinterher, bis er in sich zusammenfiel und in ein Gebüsch am Wegrand stürzte. Sie wandte sich dem Pferdehals zu, und gerade als sie die Zügel wieder in der Hand hielt, hörte sie merkwürdiges Brummen und Summen: Hunderte von Wespen entstiegen dem Gebüsch, aufgescheucht durch den abgestürzten Reifrock. Sie flogen und schwirrten geradewegs auf Rosa und das Pferd zu. Das Pferd machte einen Satz, der Rosa fast zu Fall gebracht hätte. Sie schaffte es eben noch, sich an der Mähne festzukrallen, bevor es losgaloppierte, als wäre der Teufel selbst hinter ihm her. Doch die Wespen blieben dicht hinter ihnen, ihr Brummen vermischte sich mit den klappernden Hufen, dem Schnauben des Pferdes und Rosas verzweifeltem Bemühen, das Pferd zu beruhigen.

Das Pferd raste weiter weg von Bozen, immer weiter. Rosas Beine schafften es nicht mehr, sich an die schweißnassen Flanken zu pressen, ihre Hände vermochten die Zügel kaum noch zu halten. Das Pferd rannte wie von Sinnen über den holprigen Steingrund.

Plötzlich strauchelte es, galoppierte weiter, doch Rosa kam ins Ungleichgewicht und stürzte vom Pferd, das wie befreit noch schneller weiterstürmte.

Sie spürte den Aufprall, der durch ihr Mantelkleid etwas abgefangen und gemildert wurde. Es war gar nicht so schlimm, ich kann sogar wieder aufstehen, dachte sie und setzte sich auf. Das Brummen kam näher, eine dunkle Wolke hüllte sie ein, dann spürte sie, wie sich viele kleine scharfe Nadeln in ihr Gesicht bohrten, danach verschwamm alles um sie herum.

Jemand schüttete ihr eiskaltes Wasser ins Gesicht. Wieder und wieder.

»Porca Madonna«, sagte einer, und ein anderer fügte auf Deutsch hinzu: »Diese Biester haben ihr Gesicht übel zugerichtet!«

Rosa versuchte, ihre Augen aufzuschlagen, aber das war nicht möglich. Ihr Herz begann zu rasen. Sie war doch nicht etwa von dem Sturz blind geworden? Ihre gesamte Rückseite schmerzte, aber das war nicht so schlimm wie das Gefühl in ihrem Gesicht, das brannte und spannte. Sie befühlte ihre Augen: Völlig zugeschwollen, aber ganz anders als nach dem Überfall am Brenner. Alles war heiß und klopfte und drückte auf ihre Augäpfel. Und jetzt stand da jemand, den sie nicht sehen konnte.

»Wer seid Ihr?«, fragte sie.

»Der grüne Mann vom Teufelsjoch«, antwortete eine männliche Stimme, die ihr bekannt vorkam, doch sie ging im dröhnenden Gelächter mehrerer Männer unter.

Rosa versteifte sich. Männer, denen sie ausgeliefert war, die sie anstarren konnten! Sie griff nach ihrer linken Hand. Das Leder des Handschuhs fühlte sich verschrammt an, doch die einzelnen Finger waren noch intakt. Dann tastete sie nach ihrem Rock, er bedeckte ihre Beine. Sie würde eher sterben, als noch einmal einen Mann über sich zu ertragen.

»Wer seid Ihr?«, fragte sie erneut und legte alle Kraft hinein.

»Wir sind Flößer und haben gesehen, wie dein Pferd auf dem Damm durchgegangen und du gestürzt bist. Wir haben gewettet, ob du noch lebst, und daher mussten wir von unseren Flößen steigen und nachschauen.«

Die Männer lachten. Rosa spürte, wie sich Angst heiß in ihrem Körper ausbreitete. Reiß dich zusammen!, befahl sie sich.

»Und jetzt, wo Ihr's wisst, wollt Ihr mich so liegen lassen?«

Betretenes Schweigen. »Na ja, was sollen wir tun? Wir müssen unser Holz heute noch weiter nach Sacco bringen«, sagte die Stimme, die ihr wieder bekannt vorkam.

»Wo sind wir jetzt, und wo ist Sacco?«

»Wir sind nahe bei Branzoll, südlich von Bozen, und von dort flößen wir das Holz über Sacco und Parona bis nach Verona.«

»Seht Ihr nicht, dass ich wie blind bin? Wie soll ich denn hier weg?«

»Sind nur Wespenstiche, das schwillt wieder ab«, beteuerte ein anderer.

»Und bis dahin wollt Ihr eine arme Frau hier liegen lassen? Was seid Ihr denn für Christen?«

»Wenn das Holz nicht rechtzeitig in Verona ist, kriegen wir mächtigen Ärger.«

»Und wenn Ihr mich hier verrecken lasst, kriegt Ihr Ärger mit Gott!« Rosa wunderte sich selbst, woher ihr die Worte kamen, aber sie wollte auf keinen Fall hier zurückgelassen werden.

Die Männer schienen sich mit Blicken zu verständigen, denn sie wurden stumm und gingen ein Stück weg von ihr, wo sie dann laut und heftig miteinander stritten. Rosas Herz zog sich zusammen, es erschien ihr wie eine Ewigkeit, bis die Männer wieder näher herankamen.

»Wir nehmen dich mit nach Sacco, dort übernehmen die veronesischen Flößer unser Floß. Von dort an musst du dir selbst helfen.«

»Ich danke Euch.«

Ohne jede Vorwarnung wurde Rosa von zwei Männern gepackt und hochgehoben. »Die ist ja leichter als Luft«, rief der eine. »Was hast du erwartet? Wie ein Baumstamm sieht sie ja nicht gerade aus!«, spottete ein anderer.

Der Mann ging jetzt schwankend, als ob er betrunken wäre, doch dann wurde Rosa klar, dass sie schon auf dem Floß angekommen waren. Dort wurde sie auf würzige, nach frischem Holz duftende Baumstämme gelegt.

Sie hörte das Plätschern der Etsch, und weil sie nichts sehen konnte, lauschte sie den Stimmen der Männer, dem Glucksen und Schwappen des Wassers, atmete den Holzduft ein, und schließlich schlief sie darüber ein.

Sie wurde wach, weil das Floß ins Schleudern kam. Hastig krallte sie sich am Holz fest und schlug ihre Augen auf. Es war früher Morgen, die Sonne erhob sich gerade über den Bergen und verlieh der grünen Etsch einen rosafarbenen Schimmer.

Rosa berührte ihre Augen, sie waren so weit abgeschwollen, dass sie die Lider wieder öffnen konnte, noch nicht ganz, aber genug, um etwas zu sehen. Sie hatte einen ganzen Tag verschlafen!

»Porca Madonna miseria«, fluchten die Männer plötzlich. Das Floß war in einen Strudel geraten und erforderte die Aufmerksamkeit aller. Rosa beobachtete, wie geschickt die vier Männer vorne und die drei hinten mit ihren Stöcken das große Floß durch den Strudel manövrierten. Es war mehr als sechzig Fuß lang und bestand aus sechs Lagen aneinandergebundener Baumstämme.

Das eisgrüne Wasser der Etsch blitzte in der Sonne wie mit Silber besprenkelt. Diese Farbe erinnerte sie an etwas, aber an was?

Rosa wartete, bis die Männer das Floß durch den Strudel gebracht hatten, dann wandte sie sich an den einen Mann, der ihr bekannt vorkam.

»Wann werden wir Sacco erreichen?«, fragte sie.

Der Mann lachte. »Das hast du sauber hingekriegt. Du hast so fest geschlafen, dass wir es nicht übers Herz brachten, dich vom Floß zu werfen.«

»Aber hast du nicht gesagt, dass die Flößer dort wechseln würden? Wenn ich mich nicht täusche, dann bist du doch in Branzoll schon dabei gewesen, oder?«

»Und das weißt du, obwohl du nichts sehen konntest?«

»Deine Stimme kam mir bekannt vor.«

»Die Flößer, die von Verona raufkamen, hatten einen Mann zu wenig dabei, deshalb bin ich mitgekommen.« Der Mann zögerte. »Das sind alles raue Burschen, und ich wollte sichergehen, dass du heil in Verona ankommst ... weil ...« Er wurde flammend rot. Und da erinnerte sich Rosa endlich, woher sie den Mann kannte. Eigentlich hätte sie ihn gleich an seinen muskulösen Armen erkennen können.

Es war der Mann, dessen Frau hatte wissen wollen, ob er ins Hurenhaus ginge. Die Frau, die nicht als Jungfrau in ihre Ehe gegangen war.

Rosa hoffte inständig, dass der Mann nicht fragen würde, was seine Frau ihr ins Ohr geflüstert hatte.

»Du hast mein Weib endlich zum Schweigen gebracht, deshalb wollte ich dir helfen. Wenn ich aber gewusst hätte, dass du gar nicht stumm bist, wie das behauptet wurde, hätte ich's mir vielleicht überlegt. War denn alles Lüge, auch das mit der Wahrheit?«

»Nein, das nicht. Ich …« Rosa überlegte, was sie Überzeugendes sagen könnte. »Meine Zunge ist wie gelähmt, wenn ich vor vielen Menschen sprechen soll, deshalb hat Siranush für mich gesprochen. Ich danke dir.«

»Es dauert nicht mehr lange, wir sind schon fast in Verona. Was wirst du dann da machen?«

»Ich muss nach Venedig.«

»Die Etsch wird hinter Verona zu flach für dieses Floß … Du musst dich nach einem anderen Weg umsehen.«

»Das werde ich.«

»Du siehst ein wenig … wild aus …« Schon wieder überzog Röte das Gesicht des Mannes.

Rosa schaute an sich herunter. Ihr ›Engel der Wahrheit‹-Kostüm hing schmutzig und teilweise vom Sturz zerrissen um ihren Körper, ihre blonden Haare waren grau von Staub.

»Ich meinte eher dein Gesicht.« Der Mann grinste.

Rosa befühlte ihre Wangen, Beule neben Beule. Sie brauchte einen Spiegel! Doch das seltsam grüne Wasser der Etsch war zu bewegt, um sich darin betrachten zu können. Plötzlich wusste sie, wo sie so ein Grün schon gesehen hatte: Der katholische Priester hatte genau solche Augen gehabt.

»Was ich dir sagen wollte, ist, dass du aussiehst, als hättest du die Beulenpest!«, erklärte der Mann weiter. »Es wird nahezu unmöglich werden, jemanden zu finden, der dich mit diesem Gesicht mitnimmt.«

Rosa ballte ihre Fäuste. Sie musste weiterkommen, jeder Tag zählte. Ihre Kehle wurde eng. Sie musste doch ihren Neffen nach Hause bringen. Und sie wollte Giacomos Tod rächen. Und was war mit Siranush und Carlo? Lebte Siranush noch? Würde man Carlo wegen Mordes hängen?

Plötzlich wurde der Mann vor ihr erneut so rot, als hätte man ihn mit Karmesin übergossen. »Nun, ich könnte dir helfen. Ein Vetter der Frau meines Bruders könnte dich nach Venedig mitnehmen, wenn ich ein gutes Wort für dich einlege. Er ist im Kaperngeschäft und bringt Fässer nach Venedig.«

Mittlerweile strömte das Wasser der Etsch wieder ruhiger dahin, und die anderen Flößer gesellten sich wieder zu ihnen. Sie übergossen den Mann mit reichlich Spott.

»Rot wie'n Fass Rotwein ... eine Birne wie'n Haufen Kirschen ... Pass nur auf, dass dein herrschsüchtiges Weib dich so nicht sieht ...« Sie wieherten und schubsten sich gegenseitig, sodass einer beinahe ins Wasser gefallen wäre, wenn ihn die anderen nicht festgehalten hätten.

Als sie sich endlich wieder beruhigt hatten, fragte Rosa: »Und unter welchen Umständen würdest du ein gutes Wort für mich einlegen?«

Das brachte seine Kumpanen wieder zum Lachen.

»Na, was schon, du zeigst ihm dein Pfläumchen, da werden die guten Worte nur so sprudeln.«

»Darüber reden wir später, wenn wir in Verona und diese Tiere los sind.« Er wandte sich an die anderen Männer. »Und ihr Schwätzer, wenn ihr jetzt nicht sofort euer Maul haltet, werde ich dafür sorgen, dass es euch für immer offen steht. Also, hat noch einer was zu sagen?« Der Mann ballte seine Fäuste, was seine beachtlichen Armmuskeln zu kanonenkugelgroßen Bällen anschwellen ließ.

Daraufhin wurden die Stimmen der Männer leiser, und Rosa verstand nur noch einzelne Wortfetzen, die im Lachen der Männer untergingen.

»Beruhig dich, Mann … war doch nur'n Ulk … Der ist aus dem Sarntal, da sind sie so … die lachen nur einmal im Jahr.«

Und dann waren sie alle beschäftigt, das Floß durch die Brücken Veronas zu steuern.

Erst nachdem die Männer die Hölzer in Verona abgeliefert hatten und entlohnt worden waren, wandte der Flößer Rosa wieder seine Aufmerksamkeit zu. Es war Mittag, und über allem lag eine schläfrige Hitze, die sich nach der Fahrt auf der kühlen Etsch wie eine Betäubung auf Rosa legte.

»Du hast bestimmt Hunger?«

»Ja, wie ein Bär und ein Wolf zusammen.« Rosa fühlte sich plötzlich ganz schwach. Sie hatte vor zwei Tagen das letzte Mal etwas zu sich genommen. »Aber ich habe kein Geld.«

»Ich lade dich ein. Wir gehen zu meinem Bruder, der macht die besten Makkaroni von ganz Verona. Gehen wir dort entlang.«

Rosa folgte dem Mann, der am Fluss entlang lief, dann nach rechts abbog und sich in dem Gewirr der Sträßchen gut auszukennen schien. Er ging so schnell, dass Rosa Mühe hatte, ihm zu folgen.

»Ich bin dir jetzt schon zu großem Dank verpflichtet. Ohne dich würde ich bestimmt immer noch auf dem Damm neben der Etsch liegen.«

Der Mann blieb stehen, drehte sich um und wurde wieder rot. »Als ich gemerkt habe, dass du nicht stumm bist, da habe ich dich nur aus einem einzigen, sehr eigennützigen Grund gerettet. Ich will wissen, was meine Frau dir ins Ohr geflüstert hat. Aber wir sind gleich da. Lass uns beim Essen darüber reden.«

Rosa versuchte, sich nicht anmerken zu lassen, wie sehr sie sein Anliegen bestürzte. Was konnte sie ihm sagen? Durfte sie ihm die Wahrheit verraten? Auf sie machte der Mann den

Eindruck, als liebte er seine Frau wirklich. Es würde ihm bestimmt das Herz brechen, wenn er die Wahrheit erführe. Wenn sie nur mehr über die beiden wüsste …

Er klopfte an die Tür eines freundlich und sauber aussehenden Gasthauses, die sofort von innen geöffnet wurde. Eine Frau mit gewaltigem Busen umarmte ihn und überschüttete ihn dann mit einem Schwall italienischer Worte. Doch als sie Rosa bemerkte, hörte sie abrupt damit auf, stemmte ihre dicken Arme in die Taille, musterte Rosa von oben bis unten und stellte in scharfem Ton Fragen an den Flößer.

Anscheinend konnte er diese zur Zufriedenheit der Frau beantworten, denn sie wurden hineingebeten und durften sich setzen.

»Meine Schwägerin Luisa«, erklärte er. »Sie stammt aus Sizilien und hat ein gnadenloses Temperament. Aber mein Bruder liebt so was, findet, die Weiber aus dem Sarntal seien nicht feurig genug für ihn. Ich habe ihr gesagt, du seiest eine deutsche Fürstin, die wir vor bösen Räubern gerettet haben, und jetzt schaut sie, ob sie ein paar Kleider für dich übrig hat.« Er grinste.

Rosas Gedanken kreisten nur darum, was sie sagen sollte, wenn er sie nach seiner Frau fragte. Wenn sie nur wüsste, ob die beiden Kinder hatten, dann könnte sie behaupten, seine Frau hätte nach diesen gefragt.

Ein junges Mädchen brachte Becher und einen Tonkrug mit rotem Wein, den Rosa gierig trank. Er schmeckte so gut nach Johannisbeeren, Kirschen und Nüssen, dass Rosa verblüfft gleich noch einen großen Schluck nahm.

»Kommt auch aus Sizilien …«, sagte der Mann, der seinen Becher schon ausgetrunken hatte und sich den Mund am Ärmel abwischte.

Sie könnte behaupten, die Frau hätte erklärt, sie würde ihren Mann nicht lieben, und das hatte sie als Lüge erkannt. Aber würde er ihr das glauben?

Luisa stand vor ihnen, redete auf sie beide ein, nahm Rosa dann am Arm und zerrte sie in eine winzige Kammer neben der Küche, wo sie ein dunkelgraues Leinenkleid und eine weiße Haube ausgebreitet hatte. Außerdem hatte sie Kamm und Bürste und einen silbernen Handspiegel bereitgelegt. Gerade brachte das junge Mädchen noch eine Porzellanschüssel mit gewärmtem Wasser, ein Handtuch und Seife. Rosa fehlten die Worte, so gerührt war sie ob dieser unerwarteten Fürsorge. Sie hatte Tränen in den Augen und konnte nur »Grazie, grazie« stammeln. Dann ließen die beiden sie allein.

Rosa nahm den Spiegel und schaute nun doch mit ängstlichem Zögern nur sehr langsam hinein. Beinahe hätte sie ihn fallen gelassen, denn ihr Gesicht sah ähnlich grauenhaft aus wie das von Carlo. Überall waren Schwellungen, die sich rund um die Einstiche rotgelb verfärbt hatten. Ihre Augen wirkten winzig, weil die Stiche in den Augenbrauen und Schläfen immer noch am stärksten geschwollen waren. Sie hätte dringend die Ringelblumensalbe ihrer Mutter gebraucht oder armenische Erde. Ihre Nase sah aus wie die einer alten Erdhexe, vor allem, weil auf einer Nasenseite mehr Stiche waren als auf der anderen. Das einzig Tröstliche war ihr Mund. Ihre Lippen waren unversehrt geblieben und schimmerten beinahe unanständig rosa.

Genug! Sie lebte. Rosa schaufelte sich Wasser ins Gesicht und wusch sich gründlich, dann kämmte sie den Unrat aus ihrem strähnigen Haar und versuchte es mit den vier glitzernden Kämmen, die sie noch hatte, so aufzustecken, dass es unter die Haube passte. Dann streifte sie die Reste ihres ›Engel der Wahrheit‹-Kleides ab, nur Hemd und Mieder behielt sie und die reichlich ramponierten Handschuhe. Sie überprüfte, ob das Lederbeutelchen mit dem Brief und dem Knopf noch fest angenäht war, überlegte, wo sie den Dolch am besten verwahren konnte, fand dann aber den Platz im Mieder doch am passendsten.

Schließlich schlüpfte sie in die Schuhe aus Goldbrokat, was alles zusammen eine merkwürdige Zusammenstellung ergab. Doch das frische Leinen fühlte sich angenehm kühl an und roch sauber. Und mit der Haube fühlte sie sich wieder wie eine anständige Frau.

Mittlerweile war ihr schwindelig vor Hunger, auch weil sie den Wein so schnell getrunken hatte. Als sie zum Tisch zurückkam, standen die noch brutzelnden Makkaroni schon bereit, daneben lag duftendes Weißbrot, so flaumig weich, wie sie es noch nie gegessen hatte. Es schmeckte viel besser als das Lavash-Brot der letzten Wochen.

Der Mann hatte seine Portion schon fast aufgegessen und sah sie erwartungsvoll an. »Und jetzt verrate es mir.«

Rosa schaufelte ein paar Makkaroni in sich hinein.

Gib ihm eine gute Antwort, der Mann hat es verdient. Ja, so wie die Frau mit dem toten Kind, wisperten die Stimmen in ihrem Kopf durcheinander. Ohne deine Lüge wäre der Wegelagerer nicht auf dich aufmerksam geworden, niemand hätte »Hexe« geschrien, und du würdest friedlich neben Siranush liegen und schlafen. Stattdessen ist Siranush tot.

Der Mann sah sie erwartungsvoll an.

Nein, sag's ihm nicht.

»Glaubst du, dass deine Frau Geheimnisse vor dir hat?«

Der Mann wurde wieder rot, und Rosa dachte, wie elend

es sein musste, wenn es einem nie gelang, seine Gefühle zu verbergen.

»Nein«, behauptete er, aber Rosa hätte auch ohne ihren sechsten Finger gewusst, dass er log. Auf einmal wusste sie, was sie ihm sagen konnte.

»Und damit liegst du richtig. Denn das war es, was sie gesagt und was ich als Lüge überführt habe: Ich betrüge meinen Mann. Sie betrügt dich nicht, hat es nie und liebt dich. Und ihr solltet mit eurem gegenseitigen Misstrauen nicht alles zerstören.«

Der Mann sagte nichts, stürzte stattdessen einen großen Becher Wein hinunter, und dann grinste er. Goss nach, trank wieder, dann seufzte er tief und schlug mit der Faust auf den Tisch.

»Du hast recht. Ich bin ein verliebter Trottel. Und jetzt bringe ich dich zu meinem Bruder, der wird dich nach Venedig mitnehmen, wo er eine Ladung Kapern zu dem Fondaco dei Tedeschi bringen muss.«

Rosa aß hastig ihren Teller leer, dann verabschiedete sie sich von Luisa und folgte dem Mann zu seinem Bruder, der ihr zerstochenes Gesicht zwar misstrauisch musterte, sich dann aber doch überreden ließ, sie mitzunehmen.

20. Kapitel

Das also war Venedig.

Rosa atmete das Parfum aus Salzwasser, Fisch, Unrat, gebrannten Mandeln, feuchtem Holz und verfaulenden Zitronen tief ein und war für einen Moment stolz, dass sie es trotz des Überfalls bewerkstelligt hatte, hierherzukommen.

Sie lauschte der Sinfonie aus Möwenjammern, Wasserplätschern und klappernden Füßen, die in Holzschuhen über die Rialtobrücke tappten, dem kreischenden Singsang der Händler und jenem seltsam klingenden Wind, der, vom Meer kommend, um die Paläste strich und dort zu einem Murmeln wurde, sanft wie das weit entfernte Echo eines Geschichtenerzählers.

Das also war Venedig. Wenn sie es so weit gebracht hatte, würde sie es auch nach Indien schaffen!

Sie stand vor dem Fondaco dei Tedeschi, am Fuße der Rialtobrücke, wo die deutschen Kaufleute auf Anordnung der Stadt Venedig einen eigenen Palast hatten, in dem ihre Waren gewogen, bewertet und kontrolliert wurden.

Hinter dem Fondaco ragte der Turm einer Kirche empor, San Bartolomeo, wie ihr der Bruder des Flößers verraten hatte.

Das Pellerhaus in Nürnberg war eine armselige Angelegenheit im Vergleich zu der Pracht, die sie hier an jedem Palast bewundern konnte, überall Bögen, die auf Bögen standen, Muster, Ornamente, goldene Verzierungen – und mittendrin saß sie auf einer Treppenstufe des Rialto, und niemand schenkte ihr Beachtung. Unter der Brücke fuhren schwer beladene Lastkähne, aber auch elegante schwarze Gondeln, deren spitze Enden in hochgezogenen, golden geschwungenen Verzierungen mündeten.

Sie hätte den ganzen Tag hier sitzen und schauen können, aber es war schon fast Abend, und sie wusste nicht, wo sie schlafen würde. Wie sie ohne Geld auf ein Schiff kommen sollte, war ihr auch noch vollkommen rätselhaft.

Im allerschlimmsten Fall könnte sie Siranushs Dolch verkaufen, doch viel lieber würde sie sich eine Arbeit suchen und ihre Überfahrt verdienen.

Man brauchte doch auf Schiffen sicher auch Köchinnen oder Mägde? Sie erinnerte sich nicht daran, was ihre Schwester dazu geschrieben hatte. Nur daran, wie schlecht Dorothea das Essen geschmeckt hatte.

Fürs Erste wollte sie herausfinden, wo die Familie von Giacomo lebte, denn sie hatte sich geschworen, den Knopf zurückzubringen und Giacomos Schwester zu erzählen, wie ihr Bruder gestorben war. Und dass er gezielt gemeuchelt worden sein musste. Sie konnte zwar nicht verstehen, warum man ihren Tod gewollt hatte, aber dass Baldessarini dahintersteckte und Giacomos Tod zu verantworten hatte, stand außer Frage. Sie erinnerte sich deutlich daran, wie klamm ihr Finger geworden war, als er damals in Nürnberg behauptet hatte, ein Ehrenmann zu sein, und sie hatte die Söldner darüber tuscheln hören, wie sehr Baldessarini seinen Schwager hasste.

Vielleicht konnte man ihr im Haus von Giacomos Familie helfen, wusste dort jemand, wie sie auf ein Schiff Richtung Indien gelangen konnte. Wenn seine Schwester nur halb so anständig war wie er, dann würde sie ihr weiterhelfen.

Rosa stand auf und fragte im Fondaco dei Tedeschi solange nach dem Palast von den Lontanos, bis sie jemanden fand, der ihr Auskunft geben konnte.

Offensichtlich war auch dieser Palast direkt am Canal Grande und mit einem Kahn sehr leicht vom Fondaco dei Tedeschi zu erreichen, doch zu Fuß musste sie durch ein Gewirr von Gassen, um dorthin zu gelangen.

Als Rosa Stunden später vor dem großen Palast stand, verließ sie der Mut. Er ruhte wirklich, wie Giacomo gesagt hatte, auf großen, schneeweißen Säulen und war wesentlich größer als die Paläste rechts und links daneben. Seine Fenster waren schimmernde Blumenbilder aus Glas, die Bögen der oberen Etagen waren mit gold und blau schimmernden Bändern bemalt, und über der Tür thronte, in Stein gehauen, das gewaltige Wappen der Lontanos: ein Löwe auf einem Schild mit gekreuzten Degen und Eicheln in einem gezackten Herz.

Sie konnte doch nicht einfach in diesen prächtigen Palast gehen und ihren ungeheuerlichen Verdacht gegen Caterinas Ehemann äußern …

Während Rosa unschlüssig auf den Stufen des Palastes stand, wurde es ständig dunkler.

Wenn sie doch wenigstens nicht so krank aussehen und edlere Gewänder trüge, dachte sie, dann würde man ihr mehr Gehör schenken. Jetzt sei nicht so feige, Rosa, forderte sie sich schließlich selbst auf. Giacomo hat dein Leben gerettet, also geh endlich hinein.

Sie klopfte an die unter dem pompösen Wappen merkwürdig klein wirkende Tür des Palastes.

Ihr wurde sofort geöffnet, beinahe, als hätte sie jemand von innen beobachtet.

»Si?« Eine schlampig in Schwarz gekleidete Alte musterte sie, und als Rosa nichts antwortete, schlug sie ihr prompt die Tür vor der Nase zu.

Verblüfft starrte Rosa die Tür an. Sie hatte erwartet, dass ihr ein hochnäsiger Diener in prächtiger Livree öffnete. Überhaupt hätte sie einen Dolmetscher mitbringen sollen, denn ihr dürftiges Italienisch reichte bei Weitem nicht aus, um Caterina zu berichten, was passiert war. Weil Giacomo so gut Deutsch gesprochen hatte, war sie davon ausgegangen, dass jeder im Palast seiner Familie sie verstehen würde.

Sie musste also zurück zum Fondaco dei Tedeschi, dort einen Übersetzer auftreiben und zurückkommen. Aber wie sie das ohne Geld bewerkstelligen sollte, war ihr ein Rätsel.

Rosa wandte der Tür den Rücken zu und stieg müde die Treppen hinunter. Hatte Giacomo nicht von einer alten Amme erzählt, die Germanin gewesen sei? Konnten vielleicht doch alle Kinder Deutsch sprechen?

Sie musste es einfach noch einmal probieren. Diesmal würde sie sagen: Sono un'amica di Giacomo, ich bin eine Freundin von Giacomo und habe etwas für seine Schwester Caterina, ho qualchosa per sua sorella Caterina. Das klang schon in ihren Ohren lächerlich, aber sie musste es versuchen.

Sie klopfte wieder und stammelte ihren italienischen Satz vor der Alten, die ihr gerade wieder die Tür vor der Nase zuschlagen wollte, als jemand hinter ihr die Treppe heraufkam.

»Cosa c'è?«, fragte eine jungenhafte Stimme.

Als Rosa sich umdrehte, machte ihr Herz einen kleinen Sprung. Der junge Mann sah aus wie ein kleiner Giacomo. Er war höchstens zehn Jahre alt, gekleidet in samtene Kniehosen und eine schwarz-rote, lange Jacke.

»Sprichst du Deutsch?«, fragte sie voller Hoffnung, und als der Knabe nickte, flehte sie ihn an.

»Ich bitte dich eindringlich, lass mich mit Caterina di Lontano sprechen, ich habe eine wichtige Nachricht für sie ... von Giacomo.«

»Onkel Giacomo ist doch tot.«

»Ich weiß. Ich war dabei, als er starb.«

»Nun, es wird Mama freuen, endlich mehr über seinen Tod zu erfahren. Kommt mit. Ich bin übrigens Paolo Gustavo Eduardo Baldessarini di Lontano, und wie nennt man Euch?« Der Junge sprach fließendes Deutsch und reichte ihr galant seinen zarten Arm.

Rosa starrte ihn fassungslos an. »Ich bin Rosa Sibylla Zapf. Wie kommt es, dass du so gut Deutsch sprichst?«

»Mein Vater wollte es so. Wir sind Kaufleute. Kaufmänner sollten viele Sprachen sprechen, damit sie nicht von anderen Händlern reingelegt werden. Ich spreche auch Französisch, aber nicht ganz so gut.« Der Junge grinste und sah dabei Giacomo dermaßen ähnlich, dass Rosa beinahe angefangen hätte, zu weinen.

»Wer ist denn dein Vater?«

»Giuseppe Baldessarini.«

»Und wo ist er?« Schäm dich, Rosa, ein Kind auszuhorchen!

»Er ist beim Senat.«

Er war also nicht tot, sondern hatte den Überfall überlebt!

»Papa ist zum neuen Botschafter für Frankreich gewählt worden, aber er will das nicht machen, weil man da so viel Geld braucht. Die Leute sagen, allein für eine kurze Reise zum Papst braucht man zweitausendfünfhundert Dukaten, und Botschafter muss man für drei Jahre bleiben! Dabei ist

Papa in den Bergen von Banditen total ausgeraubt worden, und Mama will ihm kein Geld geben, weil er nicht gut genug auf Giacomo aufgepasst hat.«

Während Paolo pausenlos vor sich hin plapperte, folgte ihm Rosa, ohne sich um die erstaunten Blicke der Diener im Haus zu scheren.

Innen wirkte der Palast unfassbar riesig. Rosa hatte in ihrem ganzen Leben noch nie so weitläufige Räume gesehen. Die Wände und die Decke waren mit Gemälden und goldenen Blättern und Blüten bedeckt, an einer Wand prangte eine römische Frauen-Gottheit aus purem Gold, die mindestens zweimal so hoch und so breit war wie Rosa. Daneben befand sich eine Treppe aus rosa Marmor, die so breit war wie das ganze Haus ihrer Eltern in Nürnberg.

Paolo schritt die Stufen nach oben, und Rosa wunderte sich langsam, dass niemand sie aufhielt oder fragte, wer sie sei. Anscheinend genügte es, wenn dieser Knabe sich ihrer annahm.

Endlich gelangten sie an eine kleine Tür.

»Hier schläft Mama tagsüber, wenn sie erschöpft ist. Ich gehe vor und sehe nach, ob sie Euch empfangen kann.« Paolo verbeugte sich vor Rosa und klopfte an die weiß lackierte Tür, die mit zarten gemalten Blumenranken verziert war.

Drinnen hörte sie eine scharfe Stimme, die deutlich von der sanften des Jungen zu unterscheiden war.

Schließlich wurde die Tür aufgerissen, und Rosa zuckte unwillkürlich zurück, denn vor ihr stand die unansehnlichste Frau, die sie jemals gesehen hatte.

Mund und Nase lagen viel zu eng beieinander, beinahe als hätte ein Gigant dieses Gesicht zusammengequetscht. Es wirkte wie eine Schweineschnauze, über der die hellbraunen

Augäpfel weit aus den Augenhöhlen hervorquollen. Das prächtige Gewand der Frau lenkte davon nicht ab, sondern unterstrich noch ihre Hässlichkeit. Sie trug ein Mantelkleid, das vorne offen war, der Stoff bauschte sich üppig über zahlreiche Unterkleider, die Ärmel bestanden aus übereinanderfallenden Spitzenkaskaden, die von seidenen Bändern und Schleifen gehalten wurden. Dabei war der kleine Kragen aus Spitze das einzig Helle an diesem Kleid, das in so dunklem Purpur gefärbt war, dass Rosa es auf den ersten Blick für Schwarz gehalten hatte.

»Mortacci tuoi!«, kreischte sie und entblößte dabei die wenigen Zähne. »Giacomo, mio …«

»Mamma!« Paolo zupfte an dem raschelnden Stoff. Er flüsterte ihr ein paar Worte zu, die Rosa nicht verstand, dann zog er Rosa mit sich ins Zimmer hinein.

Beklommen blickte sich Rosa in dem Raum um, dessen Wände mit grünseidener Tapete bespannt waren, die oben und unten von breiten, vergoldeten Stuckleisten eingefasst wurde. An diesen Wänden hingen große goldgerahmte Gemälde, auf denen nur nackte Frauen zu sehen waren, im Bade, im Bett, bei der Toilette.

Über dem Kamin aus weißem und schwarzem Marmor befand sich ein gewaltiger Spiegel, wiederum goldgerahmt. Die Stühle waren mit dem gleichen grünen Stoff bezogen wie die Wände und das Holz golden lackiert. Jeder einzelne der vier Stühle hätte leicht zwei Menschen Platz geboten. Sie waren um einen runden Tisch gruppiert, dessen Oberfläche aus einem türkis schimmernden Mosaik bestand, das eine Elefantenjagd darstellte. Die Tischplatte stand auf vier Stoßzähnen, in die merkwürdige Zeichen geschnitzt waren. Über dem Tisch hing ein Lüster, groß wie ein Mühlenrad, dessen Kristallanhänger das wenige Licht des dämmernden Abends einfingen und in glitzernde Reflexe verwandelten.

Unter dem Fenster, das mit roten Samtdraperien geschmückt war, befand sich ein Ruhebett mit einer Kopfstütze, auf dem die Mutter des Knaben offensichtlich gerade gelegen hatte.

Rosa fragte sich, wie Caterina es ertrug, an diesem Spiegel vorbeizugehen und sich selbst zu sehen. Würde man sich nicht unwillkürlich mit all den Schönheiten auf den Gemälden vergleichen?

Paolo führte seine Mutter zu dem Bett, dann bot er Rosa einen Stuhl an. Sich selbst holte er einen der dick gepolsterten Schemel, die an der Wand unter den Bildern standen, und setzte sich zu Rosas Füßen.

»Meine Mutter möchte, dass Ihr Eure Haube abnehmt.«

Rosa war sich nicht sicher, ob sie das richtig verstanden hatte.

Der Knabe nickte und presste dabei bestätigend seine Lippen zusammen.

Rosa nahm die Haube ab, fragte sich, was das mit Giacomo zu tun haben sollte.

Die hässliche Frau klatschte begeistert in ihre mit Ringen reich geschmückten Hände, ein Wortschwall ergoss sich über den Jungen.

Rosa verstand, dass er mehrfach mit »No«, also »Nein«, antwortete, aber seine Mutter blieb unerbittlich.

Schließlich wandte sich Paolo wieder an Rosa. Seine dunklen Augen wirkten wie große Löcher in seinem blassen Gesicht.

»Meine Mutter sagt, sie kann Euch nicht vertrauen. Laut

meinem Vater hat niemand den Überfall überlebt. Sie möchte wissen, ob Ihr bereit seid, einen Beweis für Eure Aufrichtigkeit zu liefern.«

Und erst in diesem Moment, als sie die Augen des Jungen betrachtete, wurde Rosa klar, was sie im Begriff war, zu tun. Sie wollte allen Ernstes dieses freundliche, unbefangene Kind übersetzen lassen, dass sie seinen Vater für einen Mörder hielt. Oder was genau wollte sie der Contessa sagen? Sie hatte nicht einmal einen Beweis für ihren Verdacht. Nun, zunächst konnte sie ihr erzählen, wie Giacomo gestorben war.

»Aber will deine Mutter denn nicht zuerst wissen, was ich ihr zu sagen habe?«

Der Knabe schluckte. »Nein, sie will zuerst einen Beweis für Eure Aufrichtigkeit.«

Rosa griff sich ins Mieder und holte den Knopf von Giacomos Jacke aus dem Lederbeutelchen heraus, betrachtete ihn kurz, legte ihn auf ihre Handfläche und neigte sich zu Caterina.

Die griff danach, hielt ihn sich vor die Augen, als ob sie kurzsichtig wäre, dann verzerrte sich ihr Mund, ihr fliehendes Kinn begann zu zittern, doch ihre Augen blieben trocken. Sie flüsterte ihrem Sohn etwas zu, der seufzte.

»Sie sagt, Ihr könnt den Knopf überall gefunden haben.« Er zögerte einen Moment und wisperte beinahe tonlos und hastig: »Aber ich glaube Euch, solche Knöpfe hatte nur mein Onkel, und sie wurden mit Feenhaaren an seiner Jacke angenäht.« Dann lächelte er sie so ernst an, dass Rosa ihn am liebsten in den Arm genommen hätte. Er erinnerte sie plötzlich an Eva und Maria, und sie wünschte, die beiden könnten diesen prächtigen Palast sehen. Hoffentlich waren sie wohlauf. Im Winter ging es ihnen immer viel schlechter als im

Sommer. Lag vielleicht schon der erste Schnee zu Hause in Nürnberg?

Sie seufzte tief.

Erst die zaghafte Berührung des Knaben an ihrem Arm brachte Rosa zurück zur Contessa.

»Was würde deine Mutter denn von meiner Aufrichtigkeit überzeugen?«

Paolo wurde sehr blass. »Sie ... sie ... sie möchte ...« Er sah zu seiner Mutter, die Rosa mit einem lauernden Blick ansah und dem Jungen dann sehr bestimmt zunickte.

»Dein Haar. Scusi, ich wollte sagen, Ihr Haar.«

Rosa griff sich unwillkürlich an ihren Kopf, fühlte ihr weiches, lockiges Haar, das ebenso zu ihr gehörte wie ihr Hexenfinger. Allerdings war ihr Haar schön.

»Wie viel Haar?«

Der Junge starrte auf seine silbernen Schuhschnallen. »Alles.«

Rosa sprang auf und schritt zum Spiegel über dem Kamin, aus dem ihr das eigene, immer noch hässlich verschwollene Gesicht mit den verkrusteten Einstichstellen entgegenstarrte. Sie versuchte, sich vorzustellen, wie sie ohne ein einziges Haar auf dem Kopf aussehen würde. Grauenhaft.

Plötzlich erinnerte sie sich an Giacomos Worte: ›*Für deine blonden Haare würde sie töten. Alle Venezianerinnen träumen davon, blond zu sein.*‹

Was hatte sie noch außer ihrem Haar? Nichts. Sie brauchte Geld. Sie warf einen Blick auf die Contessa, die gierig Rosas Haare betrachtete.

Ich kann ihr mein Haar nicht als Vertrauensbeweis anbieten, dachte sie, trotz allem, was mit Giacomo passiert ist. Ich muss daran denken weiterzukommen. Er hat gesagt, Venezianerinnen würden für mein Haar töten. Dann verlange ich nicht nur einen, sondern drei venezianische Golddukaten dafür.

»Sag deiner Mutter, zum Zeichen meines Vertrauens werde ich ihr mein Haar verkaufen. Ich verlange drei Goldzecchinen dafür. Und ihre Unterstützung bei meiner Weiterreise.«

Rosa seufzte. Sie musste es tun, für ihren Neffen, für ihre Mutter und die Zwillinge. Es gab Hauben, es würde wieder wachsen, versuchte sie sich zu beruhigen. Es war nur ihr Haar, nicht ihr Leben, von dem sie sich trennen musste. Und mit Caterinas Hilfe würde sie auch sicher schneller vorwärtskommen.

Rosa ging zurück zu ihrem Stuhl und dachte bei sich, dass diese Caterina nicht im Ernst glauben konnte, blondes Haar ließe sie besser aussehen. Ihr elfenbeinfarbener Teint würde, umgeben von Blond, krankhaft gelb wirken.

Der Junge übersetzte, und es gab einen heftigen Wortwechsel.

Schließlich nickte Caterina und lächelte Rosa zu, sprang aber dabei schon auf. Giacomos Knopf fiel dabei zu Boden, wo er achtlos liegen blieb.

Dann klingelte sie mit einer Glocke, die Tote zum Leben erweckt hätte, und ließ eine ganze Litanei von Befehlen in stakkatoartigem Tempo auf die eilig heranstürzenden Dienern herabprasseln, von der Rosa kein einziges Wort verstand.

Plötzlich wurde ihr Hexenfinger kalt. Sie schüttelte ihre Hand, um sie zu beruhigen. Was sollte das?

Der Junge sah zu seiner Mutter, dann wieder zu Rosa.

»Man wird Euch ein Bad bereiten, das Haar zunächst waschen, dann abschneiden. Danach wird sie Euch das Gold aushändigen, mit Euch über Giacomo reden und alles tun, um Eure Weiterreise zu beschleunigen.«

Ihr Finger wurde wieder wärmer, Rosa beruhigte sich.

Der Junge bückte sich nach dem Knopf. »Darf ich den haben?«

Obwohl Rosa ihn gern behalten hätte, rührte seine schüchterne Frage sie so, dass sie ihm zunickte.

»Seit Onkel Giacomo gestorben ist, hat mir niemand mehr eine Geschichte erzählt.«

»Dein Onkel war ein außerordentlich tapferer Mann. Er hat mir das Leben gerettet.«

»Was ist denn geschehen?«

Rosa räusperte sich, um Zeit zu gewinnen, weil sie nicht einschätzen konnte, was dieser Junge schon von der Welt wusste.

In diesem Moment kam die Alte, die ihr vorhin die Tür vor der Nase zugeschlagen hatte, packte sie am Arm und führte sie aus dem prächtigen Zimmer zu einer Tür im Flur, die unter einer Tapete versteckt war.

»Aber …« Rosa wollte nicht ohne Paolo mit der Alten mitgehen und wehrte sich.

Paolo wollte zu ihr, doch er wurde von seiner Mutter scharf zurechtgewiesen. Dann klatschte die Contessa wieder in ihre Hände und trieb alle zu größerer Eile an. Daraufhin stürzten noch andere Mägde auf Rosa zu und halfen der Alten, sie aus dem Zimmer zu schaffen.

Warum behandelte man sie dermaßen grob? Plötzlich befielen Rosa große Zweifel, ob sie richtig gehandelt hatte.

Vom Flur führte eine Treppe viele Stufen nach unten, dann ging es durch einen dunklen Korridor in ein Zimmer, das Rosa an die Küche zu Hause erinnerte, aber viel größer war.

Hier befand sich ein Badezuber, in dem schon Wasser dampfte.

Ich werde mich vor dieser ganzen Horde von Weibern nicht ausziehen, dachte Rosa, auch nicht für tausend Zecchinen.

Nachdem sie Caterina gesehen hatte, konnte sie nun zwar verstehen, warum sie nur hässliche Dienerinnen einstellte, aber es war ein merkwürdiges Gefühl, von lauter missgestalteten Frauen umgeben zu sein. Es fühlte sich ganz anders an, als in Carlos entstelltes Gesicht zu schauen. Carlos gesunde Gesichtshälfte hatte so viel Wärme ausgestrahlt. Diese Weiber hier wirkten bösartig.

Rosa fragte sich, ob man bösartig wurde, weil man hässlich war, oder ob es daran lag, dass sie alle zusammen in diesem Haus arbeiten mussten. Oder lag es an ihrer Herrin? Rosa hätte gern gewusst, warum Giacomo seine Schwester so gerngehabt hatte. Für sie sah es nicht so aus, als ob Caterina sehr um ihn trauern würde.

Jedenfalls würde sie nicht zulassen, dass diese Frauen ihren vom Sturz noch malträtierten Körper betrachteten, geschweige denn ihren Hexenfinger entdeckten. Sie konnte sich sehr gut vorstellen, dass man sie kurzerhand ertränken würde, wie eine Katze. Das waren schließlich Katholische, und die glaubten noch viel mehr an Hexerei als der Rat in Nürnberg.

Doch ihre Ängste erwiesen sich als unbegründet, denn man ließ ihr die Handschuhe, brachte ihr ein weißes Tuch und gebot ihr, sich zu entkleiden und damit einzuhüllen, bevor sie in den Zuber stieg.

Danach galt alles Interesse nur noch ihren Haaren. Es wurde eingeseift, gespült und eingeseift und wieder gespült. Das Wasser, in dem Rosa lag, war längst eiskalt geworden, und immer noch wurde an dem Haar gearbeitet. Endlich durfte sie aus dem Zuber steigen – sie zitterte vor Kälte. Ihr Haar wurde abgetrocknet, dann bedeutete man ihr, sich wieder anzuziehen.

Rosa zitterte jetzt noch stärker und schaffte es kaum, ihr Mieder anzulegen. Außerdem waren ihre Handschuhe nass, trotzdem wollte sie sie auf keinen Fall ausziehen.

Man führte sie in einen Nebenraum, der ein kleines Fenster hatte.

Der einfache Holzschemel, auf den sie sich setzen musste, stand so, dass sie aus dem Fenster schauen konnte, was aber keineswegs eine Freundlichkeit der hässlichen Weiber war, wie Rosa sofort bemerkte. Im Gegenteil, es war die einzige Wand, an der kein Spiegel befestigt war. Man wollte verhindern, dass sie sah, was passieren würde. Rosa versuchte, sich mit dem Gedanken an das Gold zu beruhigen. Egal, wie sie nachher aussehen würde, sie hätte Geld und würde weiterkommen!

Das Fenster stand offen und zeigte auf den Canal. Was Rosa nur daran erkannte, dass sich die Laternen der vorbeigleitenden Gondeln im Wasser spiegelten.

Kaum hatte sie Platz genommen, wurde ein Scheren schwingender Barbier hereingeführt, dessen freundliche Begrüßung für Rosa eine Wohltat war. Er hatte einen prallen Trommelbauch und sah aus wie ein Mann, der gern viel trinkt. Seine Nase war rot und voller geplatzter Äderchen, seine Lippen waren feucht, und um seinen Mund hatten sich vom ständigen Lächeln Falten eingegraben. Er redete in einem schönen

Singsang, während er sich an Rosas Haaren zu schaffen machte. Zweimal fragte er die Alte, als könnte er nicht glauben, was sie da von ihm verlangte.

Warum gebärdet sich der Mann so, fragte sich Rosa, was haben diese elenden Weiber ihm gesagt? Sie verfluchte sich dafür, dass sie nicht mehr Italienisch gelernt hatte. Dann begann er kopfschüttelnd, Strähne für Strähne von Rosas Kopf abzuschneiden, so dicht an der Kopfhaut, dass nur winziger Flaum stehen blieb. Das fühlte Rosa, als sie beim ersten Schnitt ihren Kopf abtastete. Die Haare fielen nicht auf den Boden, sondern wurden von den Dienerinnen vorher aufgefangen und in einen seidenen Beutel gestopft.

Rosa kam es so vor, als würde man Strähne für Strähne ihr ganzes Leben auslöschen, und selbst der Gedanke an das Gold verhinderte nicht, dass ihr Tränen in die Augen stiegen.

Sie versuchte, sich zu trösten. Ihr Haar würde ja wieder wachsen, und wenn sie ihren Neffen in spätestens acht Monaten zum ersten Mal sehen würde, dann wäre es … sie schluchzte, dann wäre es höchstens halb so lang wie ihr kleiner Finger. Das letzte Mal war ihr schönes Haar lange vor der Geburt ihrer Schwestern geschnitten worden. Also vor über vierzehn Jahren.

Der Friseur gab ein paar beruhigende Schmatzlaute von sich, als wäre sie ein störrischer Esel.

Rosa stellte sich vor, wie ihre Mutter sie ansehen würde, wenn sie ohne Haare nach Nürnberg zurückkäme, und es schnürte ihr das Herz zusammen, weil sie die Frage, ob ihre Mutter sie dann vielleicht zum ersten Mal tröstend in ihre Arme schließen würde, nicht mit einem Ja beantworten konnte.

Sie dachte daran, wie liebevoll Siranush von dem blonden Haar ihrer Tochter gesprochen hatte. Arevhat, die Sonnenjungfrau. Rosa betastete ihren Schädel – nur mehr zarter Flaum. Sie weinte jetzt hemmungslos. Es war ihr egal, ob Siranush sie für eine Heulsuse gehalten hätte.

Der Barbier hielt kurz inne und meinte dann mit einem Seufzen: »Se uno xe scarognà ghe piove sul cuło anca se el xe sentà.«

Die Weiber lachten und kicherten, was Rosa noch elender machte. Wenn sie nur eine Ahnung hätte, was der Mann gesagt hatte.

Der Barbier war fertig und kippte etwas Wohlriechendes über Rosas Flaum aus. Die Weiber verschwanden mit dem Haarbeutel, kamen alsbald wieder und reichten ihn dem Barbier zusammen mit einer Silberzecchine.

Rosa nutzte die Gelegenheit, sich in einem der zahlreichen Spiegel anzuschauen. Sie wischte sich die Tränen ab, um sich besser sehen zu können.

Es war grauenhaft. Ihr Kopf war wie kahl, weil ihr Haar so hell war, und sie wirkte verletzlich wie ein nacktes Huhn. Ihre Augen erschienen plötzlich riesig. Niemand sollte sie so sehen, sie war nackter als damals im See mit Siranush. Die Contessa muss mir meine Haube zurückgeben, dachte sie.

Rosa straffte ihre Schultern. Jetzt war es zu spät zu lamentieren. Zumindest würde sie die Contessa klug für ihre Zwecke benutzen, um vorwärtszukommen.

Sie zog die Nase hoch und atmete tief durch. Das Gold! Sie sah sich nach den Dienstboten um, um ihnen zu signalisieren, dass sie vor ihrem Gespräch mit der Contessa unbedingt ihre Haube aufsetzen wollte.

Doch bevor sie noch etwas sagen konnte, kam die Alte auf sie zu, packte sie am Arm und zog sie zu der Tür, an der man gerade den Barbier verabschiedet hatte.

Rosa schüttelte den Kopf, nein, das hatten diese Weiber falsch verstanden, das war die falsche Tür. Jetzt würde die Schwester von Giacomo ihr Versprechen erfüllen!

Die Alte schrie laut nach den anderen Weibern, die sofort herbeistürzten und ihr halfen, Rosa zur Tür zu zerren.

Sie kämpfte. »Sei eine Löwin«, hatte Siranush gesagt, »sei eine Löwin.« Das werde ich mir nicht gefallen lassen, schwor sich Rosa. Sie wand und wehrte sich, aber die Weiber hingen an ihr wie Pech. Fuß um Fuß zogen und zerrten sie Rosa zur Tür, und schließlich stießen sie sie ganz hinaus, mit so viel Schwung, dass Rosa beinahe in den Canal Grande gefallen wäre, der direkt vor der Tür vorbeiführte.

»Porca Madonna miseria!« Rosa fluchte, so laut sie konnte. Wut schäumte durch ihre Adern wie kochende Milch. So leicht würden die sie nicht los. Sie stürmte um den Palast herum zur Straßenseite und hämmerte dort laut rufend gegen die Tür, so fest sie konnte. »Mein Geld, ich verlange mein Geld, auf der Stelle!«, schrie sie immer und immer wieder. Und weil sie so wütend war, hallte ihre Stimme durch das ganze Viertel.

Da, ein Fenster in den oberen Etagen öffnete sich. Rosa sah hoch, glaubte für einen Moment, die Contessa hätte es sich anders überlegt. Doch da klatschte Flüssigkeit auf ihren nackten Schädel, und so wie es stank, war es kein Wasser und auch kein Bier, sondern Urin.

Blanker Hass wallte durch ihren Körper. Wenn sie doch nur eine Granate gehabt hätte oder eine Kanone, sie hätte den Palast in Schutt und Asche gelegt, auf der Stelle.

Stattdessen taumelte sie zum Kanal. Selbst das Brackwasser im Canal Grande war besser als das, was man über sie gekippt hatte.

Sie kniete sich an die Mole und schöpfte sich Wasser über den Kopf.

Plötzlich sah sie im Augenwinkel eine Bewegung, drehte den Kopf und entdeckte eine Gondel, die sich beinahe geräuschlos genähert hatte. Rosa sprang auf – niemand sollte sie so sehen! – und suchte Schutz an der nächsten Mauerecke.

Die Gondel legte an der Mole des Palastes an, Stimmengewirr, dann rannte ein Diener mit einer Fackel herbei. Neugierig lugte Rosa um die Ecke.

Als Erster stieg Baldessarini aus, den sie sofort an seiner gedrungenen Gestalt und den prächtigen Kleidern erkannte. Doch ihm folgte noch jemand, und wenn der Diener ihm nicht ins Gesicht geleuchtet hätte, dann hätte sie den Mann niemals erkannt. Dieses Kinn mit der Einkerbung und dem herzförmig geschwungenen Mund. Doch hier trug er kein Priestergewand, sondern einen prächtigen Umhang aus silbern schimmernder Seide über Kniehosen und weißen Strümpfen. Seine Schnallenschuhe blitzten im Dunkel bei jedem Schritt auf. Neben Baldessarini sah er aus wie ein Hüne.

Was hatte der Priester hier zu suchen, ausgerechnet mit diesem »Ehrenmann« Baldessarini, und warum war er kein Priester mehr?

Die beiden sprachen kurz miteinander und schüttelten sich dann die Hände wie alte Freunde. Baldessarini ging von der Mole direkt zum Palast, der Priester stieg wieder in das Boot ein. Der Gondoliere legte sofort ab, die Gondel entfernte sich schnell und verschmolz mit der Dunkelheit.

Diese miesen venezianischen Lumpen, dachte Rosa und hasste sie von ganzem Herzen. Die skrupellose Contessa hatte genau den richtigen Halunken geheiratet.

Noch wärmte unbändiger Zorn Rosas Herz, doch ihr Kopf war nass und fühlte sich schon so kalt an, als hätte man ihn mit Eisumschlägen umwickelt. Sie stank und musste irgendwie diese Nacht überstehen. Sie zitterte jetzt am ganzen Körper, ihre Kleider waren feucht, und von den Kanälen stieg zusätzlich klamme Nässe auf.

Sie würde zum Fondaco dei Tedeschi zurückgehen und dort ... dort ... dort ... was denn dort? Rosa seufzte, so wie sie aussah und roch, würde sich kein Mensch ihrer annehmen. Trotzdem, das war der einzige Ort, wo sie wenigstens sicher sein konnte, jemanden zu finden, der Deutsch sprechen konnte.

Sie versuchte, sich zu erinnern, von wo sie gekommen war, und lief die Gasse in diese Richtung.

Das Kopfsteinpflaster drückte sich unangenehm durch die ledernen Sohlen ihrer Goldbrokatschuhe. Ständig trat sie in weichen Unrat, und es erforderte große Mühe, das Ausrutschen zu verhindern. Immer wieder musste sie sich an den eng beieinander stehenden Häusern abstützen, um nicht zu fallen.

Katzen strichen um ihre Beine und maunzten kläglich. So fühle ich mich, dachte Rosa, genau so, allein, verlassen und hungrig. Die Gasse mündete in einen Platz.

Dort musste es ein. Sie sah sich um.

Aber das hier war auf keinen Fall der Fondaco dei Tedeschi. Die Häuser waren viel kleiner und standen gedrängter als die neben dem Fondaco.

Dann werde ich diesmal rechts weitergehen, überlegte Rosa und landete schließlich in einer Sackgasse.

Sie lief wieder zurück bis zu dem Platz, aber merkwürdigerweise stand dort auf einmal ein kleiner Neptunbrunnen in der Mitte. War das wirklich der gleiche Platz?

Rosa war erschöpft, ihr Bauch ein schmerzender, leerer Sack, der knurrende Geräusche von sich gab. Sie schritt auf den Brunnen zu, um etwas zu trinken.

Da, plötzlich, ein Geräusch. Sie war nicht allein in der Dunkelheit. Sie trat näher an den Brunnen. Da war es wieder, beinahe unhörbar. Sie sah sich verstohlen um, konnte aber niemanden sehen, dann beugte sie sich zum Brunnen und benetzte ihren Mund mit Wasser. Da war es schon wieder. Sie richtete sich auf, versuchte, in der Dunkelheit etwas zu erkennen, aber da bewegte sich nichts.

Doch dann hörte sie vorsichtiges leises Tappen. Ihre Nackenhaare sträubten sich. Sie musste hier weg, dorthin, wo mehr Menschen waren.

Rosa rannte rutschend und fluchend, bis sie endlich an einen breiten Kanal kam. Hier flanierten viele Menschen, darunter auch Frauen in gelben Umhängen mit schwindelerregend hohen Schuhen, die Rosa an Stelzen erinnerten.

Sie kauerte sich auf die Stufe einer steinernen Brücke, die über den Kanal hinüberführte, und versuchte, ruhiger zu atmen. Von dem Steinboden stieg unangenehme Kälte auf, die Rosa spürte, obwohl sie vom Laufen erhitzt war. Wo sollte sie die Nacht verbringen?

Eine Frau mit Stelzenschuhen ging über die Brücke und trat beiläufig nach ihr, als ob sie sehen wollte, ob Rosa noch lebte.

»Mortacci tuoi!«, schrie Rosa, was die Frau in dem Umhang aus gelber Spitze nur zu einem Kopfschütteln brachte und in Rosa den Wunsch weckte, ihr den Umhang zu entreißen und sie im Kanal zu ertränken.

Doch sie blieb erschöpft sitzen. Ihre Beine zitterten noch von der wilden Flucht, und sie hatte Hunger. Und sie hatte keine Vorstellung davon, wie es weitergehen sollte.

21. Kapitel

Streitende Frauenstimmen und lautes Möwengeschrei rissen Rosa am nächsten Morgen aus einem traumlosen und tiefen Schlaf. Sie war tatsächlich auf der steinernen Brücke eingeschlafen.

Als sie nach ihrem Haar tastete, um es in Ordnung zu bringen, erschrak sie, denn sie fühlte nur die kalte Haut ihres Kopfes unter ihren Fingerspitzen. Unwillkürlich duckte sie sich.

Kahl und mit schmutzigen Kleidern saß sie mitten in Venedig, ohne auch nur einen Groschen. Ihr Magen knurrte laut, und alle Glieder taten ihr weh.

Sie stand auf und sah sich vorsichtig um, erwartete, dass sich sofort ein Büttel auf sie stürzen würde, wie das in Nürnberg ganz sicher der Fall wäre. Fremde Bettler wurden sofort bemerkt und aus der Stadt gejagt.

Doch kein Mensch schenkte ihr auch nur die geringste Beachtung, denn auf der Gasse herrschte hektische Betriebsamkeit. Weiber luden Fisch von Booten auf Karren um. Dabei hatten sie Mühe, die vom grauen Himmel herabschießenden Möwen zu vertreiben, die sich die Leckerbissen nicht entgehen lassen wollten.

Es roch nicht nur nach den feuchten Fischernetzen, sondern auch nach süßem frischem Brot. Rosa lief das Wasser im Mund zusammen, und sie wünschte sich sehnlichst einen Bissen von diesem Brot. Oder einen Haferbrei von Toni mit duftenden Himbeeren …

Plötzlich durchfuhr Rosa ein schrecklicher Gedanke wie ein Blitz. Wie konnte sie so sicher sein, dass ihre Schwestern und ihre Mutter wohlauf waren und genug zu essen hatten? Und selbst wenn das jetzt noch so war, sollte sie, Rosa, es nicht bald auf ein Schiff schaffen, das nach Indien fuhr, dann würde sie nicht mehr in der Zweijahresfrist zurückkommen, und ihre Familie würde alles verlieren, was ihr Vater aufgebaut hatte.

Rosa raffte sich trotz ihrer verspannten Glieder auf und machte sich auf die Suche nach einem Brunnen. Sie wagte es nicht, die Weiber mit den Karren anzusprechen, aus Angst, ihr merkwürdiges Äußeres würde dazu führen, dass man sie wegjagte. Sie trug noch immer die völlig verschmutzten Schuhe aus Goldbrokat, was zusammen mit dem ruinierten Leinenkleid der Wirtin aus Verona, den mittlerweile grauschwarzen Handschuhen und ihrem rasierten Kopf, zu dem auch noch das zerstochene Gesicht gehörte, so wirkte, als hätte sie sich all das zusammengestohlen.

Weil ihr das deutlich vor Augen stand, sah Rosa beständig auf den Boden und versuchte, sich unsichtbar zu machen. Nach einer Weile, als sie merkte, dass allenfalls ihr kahler Kopf den Passanten einen flüchtigen Blick wert war, schritt sie schneller aus, auch wenn sie nicht wusste, wohin sie ging. Die Richtung schien jedoch eine gute Wahl zu sein, denn je länger sie lief, desto lauter wurde es.

Sie bog um die Ecke, von der all der Trubel zu kommen schien, und war verblüfft. Denn sie erkannte die Brücke auf der anderen Seite, es war die Rialtobrücke. Und, Rosa jubelte, am Fuße der Rialtobrücke war der Fondaco dei Tedeschi. Jetzt hatte sie doch ein Ziel.

Sie beeilte sich, über die Brücke auf die andere Seite zu

kommen, was angesichts des Menschenstroms, der sich unablässig an den Händlern vorbei über die Brücke bewegte, nicht einfach war.

Endlich hatte sie den Fondaco erreicht, die Tore waren geöffnet, sodass Rosa einfach eintreten konnte.

»Scher dich weg!« Ein groß gewachsener Mann in einer grüngoldenen Uniform und mit einem langen Spieß trat auf sie zu.

»Aber so hört mir doch zu, ich bitte Euch!«

»Nichts da, Schlampe, scher dich augenblicklich weg, sonst hol ich die Polizia!«

Mehrere Passanten waren stehen geblieben und gafften Rosa und die Wache in Erwartung einer Szene an.

»Aber gestern war ich auch hier und …« Rosas Stimme erstarb, als der Wachmann den Spieß in ihre Richtung hob.

»Daran könnte ich mich erinnern, Kahlköpfige kommen hier nicht so oft vorbei!« Der Wachmann brach in lautes Gelächter aus.

»Fahrt zur Hölle!«, murmelte Rosa und ging weiter, als hätte sie noch ein anderes Ziel.

Die Passanten zerstreuten sich enttäuscht, einige rannten hinter Rosa her, um mit den Fingern auf ihre Glatze zu zeigen.

Rosa lief schneller, um sie abzuschütteln, aber weil sie erschöpft und hungrig war, verlangsamte sie ihr Tempo bald wieder und hoffte, dass es den Gaffern langweilig werden würde.

Sie war auf einem Platz mit einem Brunnen gelandet. Gierig trank sie daraus und wusch sich dann das Gesicht, dabei vermied sie es, sich im stehenden Wasser anzuschauen.

Jetzt fühlte sie sich zwar etwas frischer, aber der Hunger war noch stärker als vorher.

Sie brauchte einen Plan. Einen guten Plan.

Und wie so oft, wenn sie nicht weiterwusste, fragte sie sich, was wohl ihr Vater getan hätte.

Rosas Augen füllten sich mit Tränen. Ihr Vater wäre entsetzt, wenn er sie so sehen könnte. Trotzdem würde er sie umarmen und trösten. Sie schniefte; für ihn musste sie stark sein. Wenn sie sein Erbe retten wollte, dann durfte sie jetzt nicht heulen, sie musste handeln, alles auf eine Karte setzen.

Sie musste endlich zum Hafen und sehen, ob sie dort auf einem Schiff anheuern konnte. Wenn es kein Schiff nach Indien gab, dann würde sie eben auf einem anheuern, das nach Spanien oder zu den Kapverden fuhr, und dort dann nach einem weiteren Schiff Ausschau halten.

Doch vorher schneide ich einen Fetzen von meinem Unterrock ab und wickle ihn mir um den Kopf, dachte Rosa, damit ich wenigstens halbwegs anständig aussehe. Wenn ich das nur als Allererstes heute Morgen getan hätte.

So ausgestattet, fragte sie wenig später Passanten nach »il porto«, dem Hafen. Doch erst nach Stunden kam sie dort an. Immer wieder hatte sie die Richtungsangaben falsch verstanden und war irregegangen, aber nun hatte sie es geschafft.

An den Kais lagen drei sehr große und zwei kleinere Segelschiffe, auf denen lebhaftes Treiben herrschte.

Ihr Herz schlug schneller. Auf so ein Schiff musste sie, koste es, was es wolle.

Ihr Hunger war auf einmal wie weggeblasen. Sie schritt schneller aus. Fast am Ziel! Der Lärm um sie herum, der vom Be- und Entladen der Schiffe kam, von den rumpelnden Karren, den kreischenden Möwen und schreienden Männern, wurde zu einem Rauschen, das nur noch von ihrem Herzschlag übertönt wurde. Dort waren die Schiffe, und auf einem davon war ein Platz für sie.

Es kümmerte sie nicht, dass sie angepöbelt und geschubst wurde, sie musste auf eines der Schiffe!

Zuerst wollte ihr niemand Auskunft geben. Was denn ein Weib der Bestimmungshafen anginge? Weiber hätten an Bord nichts zu suchen. Die brächten nichts als Unglück. Oder ob sie vielleicht einen Liebsten hätte? Doch das wurde unter viel Gelächter für unmöglich erklärt, bei ihrem Anblick würde jeder Matrose an Bord flüchten.

Doch Rosa nahm all diese Witze, das Grölen und Lachen mit stoischer Ruhe hin, denn es ging ihr nur darum zu erfahren, wohin die Schiffe unterwegs waren.

Das erste Schiff fuhr nach Alexandria, das zweite steuerte Kreta an. Ein drittes segelte nach Gallipoli, das vierte nach Zypern. Das fünfte aber hatte einen schweren Sturm nur gerade eben überstanden und sollte im Hafen von Venedig gründlich überholt werden.

Und was für Rosa das Allerschlimmste war, bei Sonnenaufgang hatte ein großes Schiff den Hafen Richtung Lissabon und Kapverden verlassen.

Bei Sonnenaufgang.

Wenn sie doch nur gestern Abend schon zum Hafen … Wenn, wenn, wenn.

Rosa starrte auf die Schiffe und wollte nicht glauben, was sie erfahren hatte. Das war doch unmöglich, ganz und gar unmöglich. Ihr war schwindelig. Suchend schaute sie sich im Hafen um. Unfassbar, dass alle diese Schiffe nach Osten unterwegs waren. Nicht ein einziges steuerte nach Westen.

Ihre Beine fühlten sich an, als wären sie aus Brei, und in ihrem Kopf drehte sich alles. Sie taumelte zum Geländer einer Brücke und hielt sich an dem kalten Eisen fest.

Was man nicht ändern kann, muss man ertragen, hatte ihr Vater gesagt, wenn sie sich über ihren Hexenfinger beklagte, aber das hier war nicht auszuhalten.

Ich brauche etwas zu essen, um klar denken zu können, dachte Rosa. Aber sie hatte nichts, was sie zu Geld machen konnte, nur Siranushs Dolch, doch den würde sie niemals verkaufen.

Neben der Brücke waren Wirtshäuser, die sich vor den Palästen armselig ausnahmen. *Il Papagallo* hieß die nächste Spelunke und sah alles andere als einladend aus. Es war mehr eine Hütte als ein Haus. Nur ein paar roh zusammengehämmerte Bretter mit einem Holzdach, in den Fenstern war kein Glas, sodass Rosa sich ein gutes Bild von dem Lärm drinnen machen konnte.

Wenn ich ein Mann wäre, könnte ich einfach hineingehen und Karten spielen, dachte sie. Vielleicht sollte ich es trotzdem wagen? Doch ein Blick durch das Fenster zeigte ihr, dass sich außer Männern nur leicht bekleidete Huren drinnen aufhielten.

Nein, dort konnte sie nicht reingehen. Allein der Gedanke, dass ein Mann sie antatschen könnte, brachte sie zum Würgen.

Ihr leerer Bauch verkrampfte sich.

In Nürnberg hätte es den einen oder anderen Baum mit Äpfeln oder Birnen gegeben, aber Venedig war eine Stadt ohne Bäume. Jedenfalls hatte Rosa noch keinen einzigen Obstbaum entdecken können. Doch bevor sie verhungerte und damit das Leben ihrer Familie aufs Spiel setzte, musste sie sich etwas zu essen besorgen, sogar, wenn sie dafür stehlen musste. Überall am Hafen gab es doch kleine Stände mit Obst und Gemüse. Ein paar Trauben oder Möhren, ganz egal, irgendwas.

Rosa lief zum nächsten Obstkarren. Die Frau dahinter trug ein löchriges Kleid, hustete fortwährend und stillte ein Kind, das sie im rechten Arm hielt. Als Rosa sich dem Karren auch nur ein wenig näherte, warf die Frau ihr misstrauische Blicke zu, die Rosa dazu brachten, sich zu schämen und schnell weiterzugehen.

Mittlerweile hatte die Sonne die grauen Wolken verdrängt und die Kanäle in prächtig glitzernde Straßen verwandelt. Das Licht stach in Rosas müde Augen, und sie musste diese mit der Hand abschirmen, um überhaupt etwas sehen zu können.

Dort hinten neben der kleinen Statue auf dem Platz war ein großer Stand mit nur einem alten Mütterchen, das dösend hinter dem Karren auf einem Hocker saß.

Schon von Weitem stieg Rosa der süße Duft der aufgeschnittenen Zuckermelonen in die Nase. Diesmal würde sie zuschlagen.

Langsam schritt sie näher, immer in der Hoffnung, dass die Alte weiterdösen würde.

Jetzt, Rosa, jetzt nimmst du ein Büschel Trauben und läufst los.

In dem Augenblick, als Rosa die Trauben berührte, begann ein heiseres Bellen, und wenige Sekunden später umtanzte ein schwarzbrauner, zotteliger Hund Rosas Beine. Die Alte war davon erwacht.

»Piacere?«, fragte sie, und Rosa spürte, wie ihr Gesicht rot wurde wie Kirschen. Sie hasste den Hund in diesem Moment nicht weniger als sich selbst. Zur Alten hin schüttelte sie bedauernd den Kopf und versuchte weiterzugehen, doch der Hund sprang und kläffte mit gefletschten Zähnen so gefährlich um sie herum, dass sie sich nicht traute.

Schließlich hatte die Alte ein Einsehen. »Rocco!«, rief sie, »Rocco, vieni qui! Basta, Rocco, basta.«

Rosa rannte weg von dem Karren, stürmte zum nächsten Platz, der ihr genauso fremd und unbekannt erschien wie alles in dieser Stadt. Zitternd setzte sie sich an den Rand eines Brunnens.

Ihr Blick fiel auf den Fisch aus dunklem Stein, aus dessen Maul voll grüner Algen Wasser in das Becken tropfte. Sie würde jedenfalls nicht verdursten. Nein, das wohl nicht, dachte sie und brach in Tränen aus.

22. Kapitel

»Und warum sollte der Löffelholtz nicht das Haus von der Zapfin kaufen?« Ich legte, mühsam beherrscht, mein Silberbesteck auf den Teller. Der Alte wurde langsam zu einer Plage. Er war nicht mehr im Rat. Ich war nun im Rat. Doch das hielt ihn nicht davon ab, sich andauernd in meine Angelegenheiten und die der Stadt einzumischen.

Mein Vater zündete sich bedächtig eine Pfeife an, winkte Karl, damit er die Reste der Bratwürste mit Sauerkraut abräumen und noch ein Bier bringen sollte.

»Die Zapfin ist hoch verschuldet. Ich werde sie in den Schuldturm werfen lassen, denn schließlich wird, wie wir ja wissen, ihre Tochter niemals mehr aus Indien heimkehren.«

Der Alte zog an seiner Pfeife und stieß ein paar Wolken in die Luft, bevor er mir endlich antwortete:

»Zuallererst solltest du, mein Sohn, dafür sorgen, dass du richtig informiert wirst, und zum Zweiten habe ich dir schon einmal gesagt, man könnte es als Akt der Rache ansehen, wenn du sie so behandelst.«

Rache, was wusste ausgerechnet der Alte schon von Rache oder gar von Liebe?

»Was willst du damit sagen?«

»Nun, ich habe einen alten Freund, der in Bozen am Handelsgericht arbeitet und mir hin und wieder die Freude eines Briefes macht. In seinem letzten Brief schreibt er von einem seltsamen Rechtsfall, den sie gerade erst in Bozen verhandelt haben: Eine vom fahrenden Gewerbe wurde erschossen, und ihr Mörder, der selbst ebenfalls schwer verletzt wurde, behauptete, das sei ein Versehen gewesen, denn er hätte eine blonde Hexe aus Nürnberg töten wollen, eine mit sechs Fingern statt mit fünf. Eine, die mehr Leben hätte als eine Katze und mit dem Teufel im Bunde sei. Doch die sei entkommen. Allerdings war der Mann nicht sehr vertrauenswürdig und starb kurze Zeit später ebenfalls an seinen Verletzungen, die ihm der Beischläfer der Vagabundin beigebracht hatte. Auch jener wurde festgenommen und sollte wegen Mordes aufgehängt werden, allerdings konnte er fliehen. Nun, das wirft zum einen ein schlechtes Licht auf die Gerichtsbarkeit in Bozen …« Er zog kräftig an seiner Pfeife und fuhr fort: »… und zum anderen klingt es ganz so, als würde die Tochter der Zapfin noch leben. Oder glaubst du, es gibt so viele Blonde mit einer Hexenhand aus Nürnberg?«

»Geschwätz, nichts als Geschwätz!« Trotzdem wurde mir der Kragen eng. Wenn das wahr wäre … Unmöglich. Baldessarini hatte doch zum Beweis ihre Kette bekommen.

»Ganz wie du meinst, mein Sohn. Aber ich denke, du solltest die Weiber in Ruhe lassen, bis die zwei Jahre um sind. Das lässt dich besser aussehen, dich *und* mich.«

»Ich mache jetzt ein paar Schritte.« Bevor ich noch jemandem an die Gurgel gehe, fügte ich in Gedanken hinzu, stand auf, stürmte in den Flur, nahm dort meinen Umhang und verließ das Haus.

Ich würde Wege finden, den Weibern das Leben zur Hölle zu machen, ohne dass der Alte es mitbekäme. Wut loderte durch meinen Körper und verlangte dringend nach einer Entladung.

Ich schritt schneller aus, meinem Ziel entgegen.

23. Kapitel

Rosa hatte nun schon fünf Nächte auf der Straße geschlafen und nur das gegessen, was andere weggeworfen hatten. Sie fühlte sich fiebrig und mutlos.

Wie jeden Tag galt ihr erster Besuch dem Hafen, um zu sehen, ob neue Schiffe gekommen waren. Sie schleppte sich in die Nähe der Wirtshäuser. Am liebsten zum *Il Papagallo*, denn einmal hatte ein Matrose ihr dort einen Gigliato hingeworfen, als sie im strömenden Regen eingedöst war. Damit hatte sie sich dann ein Brot gekauft. Doch das schien schon ewig her, sie fühlte sich nur noch schmutzig und leer.

Immer öfter kamen ihr die mahnenden Worte ihrer Mutter in den Sinn, ja, es war wahnwitziger Hochmut gewesen, zu glauben, sie würde eine so weite Reise hin und zurück ohne Weiteres durchstehen.

Eine Gruppe Seeleute blieb vor dem *Papagallo* stehen.

»Morgen sollen die Holländer da sein, dann werden wir ja sehen. Meine Wette gilt noch«, erklärte ein kleiner, schlaksiger Junge, kaum älter als Rosas Schwestern.

Ein dickbäuchiger Glatzkopf lachte meckernd und klopfte dem Jungen so stark auf die Schulter, dass der ins Torkeln kam. »Ich hab noch nie 'ne Wette verloren.«

Der Junge grinste verschmitzt. »Ich auch nicht.«

»Los, Männer, an die Fässer und an die Karten!«

Diesen grinsenden Jüngling, den würde ich doch sofort besiegen, dachte Rosa. Die sich so sicher fühlen, sind am dämlichsten.

Sie seufzte. Als Mann könnte sie einfach mitgehen und die Männer beim Kartenspielen ausnehmen. Aber dort drin waren nur Huren, und mit denen spielten die Männer keine Kartenspiele.

Sie sah an ihrem zerlöcherten, schmutzigen Kleid herunter und dachte an ihren kahlen Schädel, und mit einem Mal kam Rosa ein Gedanke. *Wenn man die Karten nicht ändern kann, darf man es zur Not mit einem Trick versuchen …*

Mit einem weiten Hemd, Hosen und einer Mütze konnte sie vielleicht als Junge durchgehen. Sie hatte nichts mehr zu verlieren und vor allem keine Zeit mehr. Sie musste zu Geld kommen, um eine Schiffspassage bezahlen oder jemanden bestechen zu können, wenn es denn so weit war und endlich ein Schiff Richtung Westen aufkreuzte.

Durchs Fenster sah sie, wie der Junge unter dem gemeinen Gelächter der anderen Männer gerade schon die erste Runde verloren hatte und jetzt mit hängenden Schultern dasaß.

Er erinnerte sie an Paolo. Der war ihr anständig vorgekommen, so wie Giacomo. Vielleicht würde er ihr helfen, wenn sie ihm vor dem widerwärtigen Palazzo auflauern und mit ihm reden würde. Sie brauchte nur gerade so viel, dass sie ein paar Männerkleider kaufen konnte und noch genug übrig hätte für einen ersten Spieleinsatz. Dann könnte sie es mit denen da drin aufnehmen. Und Paolo wollte doch sicher immer noch wissen, wie Giacomo gestorben war …

Fünf Stunden später stand Rosa mit zitternden Gliedern und außer Atem vor dem Palazzo di Lontano. Sie hockte sich an das Ende der Gasse, von wo aus sie den Palast gut im Auge behalten konnte. Bei Einbruch der Dunkelheit saß sie immer noch dort. Die Augen fielen ihr ständig zu, ihre Beine waren mittlerweile taub, und in ihrem geschorenen Kopf klopfte und pochte es. Jetzt einen Lindenblütentee von Mutter und einen heißen Bettstein von Toni. Ein Bett. Ein Schlaflied. Sie summte ein paar Takte, aber das tat ihr in den Ohren weh.

»Was macht Ihr hier?«

»Giacomo?« Das war seine Stimme! Aber nein, das bilde ich mir ein, dachte Rosa. Es muss Fieber sein.

Doch dann trat eine Gestalt näher heran.

»Ich bin Paolo, nicht Giacomo. Sagt, warum hockt Ihr hier?«

Rosa blinzelte, kniff die Augen zusammen. Natürlich, das war er. Was hatte sie noch von ihm gewollt?

»Geld. Gib mir Geld. Deine Mutter hat mich betrogen.«

»Es war gemein, Euch das schöne Haar wegzunehmen und dann wegzujagen. Ich möchte gern wissen, wie Onkel Giacomo gestorben ist. Ob er noch etwas gesagt hat … etwas über mich vielleicht?«

»Gib mir Geld, nur dann rede ich. Ich glaube den Lontanos kein Wort mehr. Deine Familie lügt, wenn sie den Mund aufmacht.« Das Reden strengte sie an. Sie wollte nur noch schlafen, einfach nur schlafen.

Paolo stampfte empört mit seinen Füßen auf. »Ich lüge nicht!«

»Dann schaff mir Geld herbei.«

»Ich habe keines. Mama hat das Geld. Aber …«, er zögerte, »… ich könnte etwas aus dem Palast holen, und wir verkaufen es dann.«

»Jetzt?« Rosa erfüllte allein der Gedanke, irgendwohin gehen zu müssen, mit Abscheu. Sie konnte nicht mehr gehen. Keinen Schritt. »Wird dich denn niemand vermissen?«

»Nein, Papa ist nach Hause gekommen, da lässt Mama immer ein Festmahl servieren, und weil wir nicht genug Diener haben, sind dann alle im Speisesaal beschäftigt und keiner im Kinderzimmer. Und deshalb …«

Paolo plapperte immer weiter, sein Plappern war so beruhigend, Rosas Augen fielen zu.

»Du bist müde«, sagte er plötzlich verwundert und fiel ins Du, als wäre Rosa seine Schwester. »Ich zeige dir einen Platz, wo du schlafen kannst. Und morgen früh bringe ich etwas sehr Wertvolles aus dem Palast mit, und dann gehen wir und verkaufen es. Komm mit, es ist nicht weit entfernt.«

Rosa schleppte sich hinter dem Jungen her, fragte sich, ob es nicht ein schwerer Fehler war, dem Kind von zwei solchen Verbrechern zu trauen, doch sie war zu erschöpft, um zu protestieren.

An einer langen Mole, an der viele Boote und Gondeln vertäut waren, machte Giacomo halt.

»Wir sind da.« Er deutete auf eine etwas breitere Gondel mit einem Baldachin am hinteren Ende. »Das gehört uns, es liegt hier, weil es ausgebessert werden muss.«

»Heißt das, es wird untergehen, während ich schlafe?«

Paolo lachte. »Nein, es ist dicht. Aber unser Wappen auf dem Baldachin ist völlig verblichen und muss neu gemacht werden.« Er nahm seinen schwarzen Umhang ab und reichte ihn ihr. »Deine Decke«, sagte er, und Rosa legte sich hin und schlief ein, kaum dass sie die Decke über sich gebreitet hatte.

24. Kapitel

Strömender Regen, der sich in der Gondel sammelte, durchnässte Rosa und weckte sie auf. Sie fühlte sich nicht mehr so fiebrig wie die letzten Tage, sondern hatte im Gegenteil den Eindruck, endlich wieder klar denken zu können. Sie sah an ihren zerfetzten, schmutzigen Kleidern herunter und konnte es kaum erwarten, in frische zu schlüpfen.

Rosa richtete sich auf und sah über den Gondelrand. Bei diesem Wetter lief niemand freiwillig draußen herum.

Selbst wenn Paolo nicht kommt, dann habe ich wenigstens besser geschlafen als die letzten Nächte, dachte sie. Das muss ich ausnutzen und mir etwas überlegen. Ich könnte die Gondel stehlen und verkaufen oder mir aus dem Baldachin einen Umhang machen. Der Gedanke, das Wappen der Lontanos zu missbrauchen, erfüllte sie mit großer Genugtuung.

In diesem Augenblick tauchte Paolo mit einem Sack über dem Rücken an der Mole auf. Vollkommen durchnässt begrüßte er sie, half ihr beim Aussteigen und reichte ihr mit einem strahlenden Lächeln zwei süße Teilchen, die Rosa in zwei Bissen verschlang und die sie noch hungriger machten als zuvor. Er holte noch zwei aus dem Sack.

»Ich hab auch Äpfel und Trauben, und ich habe zwei von den goldenen Tellern aus dem Damenzimmer genommen, die benutzt Mama sowieso niemals.«

»Und wo sollen wir das verkaufen?«, nuschelte Rosa mit vollem Mund. »Schließlich ist es gestohlen.«

Paolo wurde rot im Gesicht. »Ich weiß einen Laden, da können wir hin.«

»Aha.« Rosa, die gerade krachend in einen Apfel gebissen hatte, musterte Paolo von oben bis unten. »Wie oft hast du denn schon Sachen aus eurem Palast verkauft?«

»Nur selten.« Paolo starrte Rosa trotzig an und biss sich in die Lippen.

Was für eine Familie, dachte Rosa, doch dann fragte eine hämische Stimme sie: Was kümmert dich das, denk nur daran, wie sie dich betrogen haben. Sieh lieber zu, dass du so viel wie möglich herausschlägst.

Als sie sich auf den Weg machten, fühlte Rosa sich seltsam leicht. Mit dem Geld würde sie Männerkleider kaufen und mit dem Rest dann so lange falschspielen, bis sie das Geld für die Überfahrt zusammenhätte. Und weil ihr Vater so ein guter Lehrer gewesen war, würde das nicht lange dauern.

Paolo führte sie zu einem Geschäft mit einer verwitterten, früher einmal grün gestrichenen Ladentür, hinter deren schmutzigem Fenster es dunkel in einen schmalen Schlauch hineinging. In dem Raum war nur eine Ladentheke, hinter der ein zusammengeschrumpfter alter Mann lehnte. Er lächelte sie freundlich an, obwohl sich schnell Pfützen unter ihnen bildeten.

Paolo legte die goldenen Teller auf die Theke, woraufhin der Mann diese betastete, ja sogar hineinbiss, eine Waage aus den hinteren Räumen holte und, wie es Rosa vorkam, ewig brauchte, bis er mit einem Angebot aufwartete.

Schließlich wollte er ihnen zwei Golddukaten geben, wogegen Paolo heftig protestierte. Es ging eine Weile hin und her, bis man sich auf drei Dukaten einigte.

Als der Alte bemerkte, dass Paolo die Dukaten sogleich an Rosa weitergab, brach ein weiterer Wortschwall aus ihm hervor, den Rosa nicht verstehen konnte.

»Er fragt, ob er dir mit etwas dienen kann, ich denke …«, Paolo lächelte verschmitzt, »er würde dir gern etwas verkaufen, damit die Dukaten wieder zu ihm zurückkehren.«

»Wenn er Männerkleider für mich hat, könnten wir ins Geschäft kommen.«

»Männerkleider?« Paolo schüttelte den Kopf so heftig, dass Wassertropfen aus seinen Haaren bis zu Rosa hinspritzten. »Sind die Frauen in Norimberga alle so verrückt wie du?«

Nein, dachte Rosa, ganz sicher nicht, nur die mit einem Hexenfinger.

Der Alte hatte ihren Disput neugierig beobachtet und räusperte sich jetzt erwartungsvoll.

Paolo sah Rosa noch einmal an, sie nickte ihm zu, dann übersetzte er, woraufhin der Alte in den hinteren Räumen verschwand und kurze Zeit später zurückkam, so bepackt mit Kleidern, dass er wie ein wandelnder Kleiderhaufen wirkte.

Männerhosen, Hemden, Jacken, Mützen, Strümpfe, Gürtel, Schuhe.

Sie waren schon etwas abgetragen und rochen modrig, aber Rosa fand, das war genau das, was sie brauchte. Alles andere hätte in einem Wirtshaus verdächtig ausgesehen.

»Frag ihn, wo ich das ungestört anprobieren kann, und sag ihm, was mir passt, kaufe ich.«

Nachdem Paolo übersetzt hatte, führte der Alte Rosa nach hinten in eine Kammer, die anders als der kahle Vorraum vollgestellt war mit Gerümpel, Kleidern, Bettzeug, Töpfen, Kochlöffeln und zerfledderten Büchern. Er wies ihr einen Winkel mit einem beinahe blinden Spiegel voll schwarzer Schlieren zu, legte die Kleider vor sie hin und schloss die Tür beim Hinausgehen.

Sie begann sich zu entkleiden. Als sie zu ihrem Mieder kam, war sie unsicher, ob sie es anbehalten sollte oder nicht. Besser nicht, ihr Hemd konnte zerreißen, und sie würde zum Gespött der Männer werden. Aber dann brauchte sie etwas, um ihren Busen einzuschnüren. Sie versuchte es mit einem weißen Schal, der über einem klapprigen Stuhl hing, wickelte ihn mehrfach fest um ihre Brust, dann zog sie das Hemd darüber. Sie wirkte dicker, aber man sah nichts mehr von ihrem Busen. Gut. Sie beschloss, den Lederbeutel in den Gürtel einzunähen, und der Dolch musste in eine Schlaufe hinten in der Hose. Ohne den würde sie nirgends mehr hingehen. Sie musste auch Nähzeug kaufen. Dann band sie mit dem Gürtel die Hose fest und fand sie erstaunlich bequem. Schließlich zog sie Strümpfe und Schuhe über, die ungewohnt klotzig waren. Sie machte ein paar Schritte. Männer gingen breitbeinig. Sie steckte eine Hand in die Hosentasche und zwang sich zu einem festen Schritt. Dann stülpte sie eine Mütze über ihren kahlen Schädel.

Während sie ihre Verkleidung vervollständigte, musste sie an den Priester denken, und sie fragte sich, ob die katholische Tracht oder der silbern schimmernde Umhang eines Edelmannes seine Verkleidung war. Oder war er in Wirklichkeit noch jemand anders?

Sie griff sich noch einen Umhang und zwei Paar Handschuhe, zog sich eines gleich an und steckte die anderen ein, dann warf sie einen prüfenden Blick in den Spiegel und war verblüfft über das, was ihr da entgegenblickte. Ein sehr junger, etwas ramponierter Bursche, aber ganz ohne Zweifel ein junger Mann. Sie verließ den Raum und trat wieder zu dem Alten und Paolo.

»Das ist unnatürlich, ein Weib in Hosen«, erklärte Paolo.

»Das ist egal, frag, was mich diese Gewänder kosten, und lass uns gehen!«

Der Alte verlangte einen Dukaten zurück, was Rosa wie Wucher vorkam, aber sie hatte ja noch zwei als Spieleinsatz und endlich saubere Kleider.

Der Regen hatte aufgehört und die Sonne schon alle Pfützen getrocknet, als sie wieder aus dem Laden des Alten traten, und die Luft roch wie frisch gewaschen.

Während Paolo sie auf dem schnellsten Weg zum Hafen führte, erzählte Rosa ihm, wie heldenhaft Giacomo gestorben war, allerdings war sie in Gedanken schon bei den Kartentricks, die ihr Vater ihr beigebracht hatte. Sie konnte es kaum erwarten, an Geld zu kommen.

25. Kapitel

Schon als sie sich dem Hafen näherten, entdeckte Rosa zwei prächtige Segelschiffe, die weit draußen ankerten und viel größer waren als alle anderen, die sie bisher gesehen hatte. Paolo erklärte ihr stolz, das seien die Segelschiffe der Vereinigten Ostindischen Kompanie, mit denen auch sein Vater Handel betrieb. Das größere sei die *Amalberga von Gent* und das kleinere die *Vrouwe Elisabeth*.

Rosa konnte sich kaum sattsehen an den vergoldeten Holzschnitzereien der Wappen, die am hinteren Ende des Schiffes angebracht waren und in der Sonne aufblitzten: zwei Löwen, umgeben von geschnitzten Wimpeln und Girlanden.

Jetzt, dachte sie, jetzt komme ich endlich von dieser Stadt aus Lügen und Steinen weg!

»Ich muss auf eins dieser Schiffe.«

»Dann meldest du dich am besten dort drüben bei dem Profos.« Paolo zeigte mit dem Finger auf einen kräftigen, bartlosen Mann, der an der Mole an einem kleinen Pult stand. Kniehose, Wams und Jacke waren in schlichtem Schwarz, auf dem der weiße kleine Spitzenkragen geradezu blendend hell wirkte. Seine schmalen Lippen bewegten sich konzentriert, während er eine Liste mit einem Federkiel durchging und Haken machte.

Rosa hätte ihm bei dem hektischen Treiben, das am Kai herrschte, niemals Beachtung geschenkt.

»Aber«, fuhr Paolo fort, »ich dachte, du wolltest mit Spielkarten zu Geld kommen?«

Rosa starrte auf die Kisten und Truhen, Tonnen und Fässer, die mit kleinen Booten zu den Segelschiffen gebracht wurden, die weiter draußen ankerten. Sie wollte, sie *musste* auf so ein Boot.

»Paolo, jetzt sind diese Schiffe hier, ich muss also direkt anheuern, denn die werden hier nicht liegen bleiben, bis ich genug Geld für die Überfahrt verdient habe, oder doch?«

Paolo lächelte. »Ja, das Liegen im Hafen kostet viel Geld. Darüber schimpft Papa auch immer, weil er findet, dass die Matrosen beim Ladunglöschen viel zu langsam sind.«

Seeleute und Soldaten liefen herum, riefen sich Sprüche zu, Rosa erkannte italienische, aber auch spanische und französische Sprachfetzen.

»Paolo, ich muss es versuchen! Ich danke dir für deine Hilfe. Für alles.«

Rosa klopfte auf Paolos Arm und ging dann zielstrebig zu dem Mann an dem Pult, der leise vor sich hinmurmelte, während er etwas aufschrieb. Es klang wie »Zweetüsend Heringe, oucht Fass Pökelfleisch«.

Plötzlich verließ Rosa aller Mut. Was sollte sie dem Mann sagen?

Der Mann sah auf und redete sie in dieser Sprache an, die so ähnlich wie Deutsch klang, aber doch ganz anders war.

»Ich möchte auf dem Schiff arbeiten …«, begann Rosa und räusperte sich sofort, weil ihre Stimme vor lauter Aufregung dermaßen piepsig klang, »… ich suche Arbeit.«

Der Mann sah sie durchdringend an, dann antwortete er auf Deutsch mit leichtem Singsang. »Da bist du zu spät. Wir haben die Mannschaft in Amsterdam komplett aufgenommen, und noch ist uns keiner verreckt.« Er lachte, als wäre das ein guter Witz. »Was genau könntest du überhaupt an Bord für uns tun?«

Rosa hoffte, die Hitze in ihrem Gesicht bedeutete nicht, dass sie knallrot geworden war, denn sie hatte nicht die mindeste Ahnung, was *genau* für Aufgaben auf einem Schiff anstanden. Doch dann fiel ihr etwas ein – essen mussten alle. »Kochen, ich kann kochen.«

»Der Schiffskoch ist mit seinem Jungen vollauf zufrieden.«

»Aber ich bin besonders gut.« Rosa versuchte prahlerisch wie ein Mann dazustehen und klopfte sich auf die Brust.

Das schien den Mann zu amüsieren.

»Wie viel Mal hast du schon auf einem Schiff angeheuert?«

»Oft!«, behauptete Rosa.

»So, so. Darf man fragen, auf welchen?«

Verdammt. Los, los, Rosa, willst du auf eines der Schiffe oder nicht? Schiffe heißen nach Frauen oder Herrschern, also sag was.

»Der *Rosa* und der *Sibylla*.«

Die Augen des Mannes weiteten sich. »Auf der *Santa Rosa*?«

Sie nickte.

»Und von der *Sibylla* hab ich noch nie gehört, wo ist die gefahren?«

»Die ist vor China untergegangen«, stieß Rosa hastig hervor.

»Ach, und du bist dann bis hierher geschwommen?«

Porca Madonna miseria, was jetzt?

»Hohoho«, lachte Rosa und gab sich Mühe, kehlig tief zu klingen, »natürlich nicht! Ich wurde von Fischern an der Küste gerettet und bin dann mit dem nächsten Schiff zurück.«

»Und wie hieß dieses Schiff?«

»Das war die … äh …«

Der Mann schlug auf das Pult, so fest, dass sein Tintenfass hochsprang. »Du bist ein unglaublicher Lügner! Es gab nie eine *Sibylla*! Und ich selbst bin auf der *Santa Rosa* gefahren, und glaub mir, auch wenn wir auf jedem unserer Schiffe hundertsechzig Besatzungsmitglieder haben und achtzig Soldaten, ich kenne jeden einzelnen von ihnen!«

»Aber ich *muss* auf eines dieser Schiffe.«

Der Mann zuckte mit den Schultern. »Das hättest du dir früher überlegen müssen. Schiffsjungen werden bei uns für zehn Jahre verpflichtet! Aber Lügner und Aufschneider brauchen wir nicht. Wir sind nicht wie Engländer, die ihre *press gangs* überall herumschicken und jedes Kroppzeug auf ihren Schiffen arbeiten lassen. Wir von der Vereinigten Ostindischen Kompanie mustern unsere Leute gründlich. Und erst nach der zweiten Musterung lesen wir euch die Regeln vor, an die ihr euch zu halten habt, und nur wenn ihr sie versteht, dürft ihr den Treueid auf die Kompanie schwören. Danach erst fahrt ihr bei der VOC mit. Merk dir das, und verschwinde jetzt!«

Rosa trat zur Seite und stolperte über eine Kiste, die hinter ihrem Rücken abgestellt worden war, was den Mann noch zu einem hohnlächelnden Kommentar verleitete: »Und solche Tölpel wie du kommen bei uns nicht mal durch die erste Musterung.«

Wut schäumte durch Rosas Körper. Natürlich war es übereilt von ihr gewesen, es einfach zu versuchen. Wieder einmal hatte sie nicht lange genug nachgedacht, bevor sie sich auf den Weg gemacht hatte. Aber das gab dem Mann nicht das Recht, sie dermaßen von oben herab zu behandeln.

Sie musste auf eines der Schiffe, und sei es als blinder Passagier. Obwohl, die, so hatte sie gehört, wurden ins Meer geworfen – vielleicht doch keine so gute Idee.

Verdammt, sie musste auf eins der Schiffe! Sie brauchte einen Plan. Es war wirklich höchst lächerlich zu glauben, dass alles so einfach wäre. Nichts war einfach gewesen bisher – warum also jetzt?

Wenn die ganze Mannschaft schon angeheuert war, dann musste sie jemanden finden, der ihr seinen Platz überließ. Aber wer würde das tun? Andererseits, wenn so viele Leute an Bord waren, würde doch niemand so einen Austausch bemerken.

Sie könnte also in eine Spelunke gehen und mit jemandem um den Platz im Schiff spielen. Gnadenlos falschspielen.

Doch wer wäre so dumm und würde um seine Arbeit spielen? Nur jemand, der nicht wirklich aufs Schiff wollte. Vielleicht einer der Söldner, von denen die Rede gewesen war? Vielleicht wurden ja nur die Besatzungsmitglieder so gut ausgesucht und vereidigt. Während Rosa nachdachte, steuerten ihre Füße schon die Spelunke an, um deretwillen sie sich die Männerkleider angezogen hatte.

In diesem Augenblick wurde die Tür vom *Papagallo* innen aufgestoßen und ein junger Mann in hohem Bogen hinausgeschleudert, der zusammengekrümmt liegen blieb. Derjenige, der das getan hatte, ballte drohend seine Fäuste und brüllte italienische Flüche und Worte, die Rosa nicht kannte. Sie beugte sich zu dem Mann, den man vor ihre Füße geschleudert hatte. Sein Gesicht war jetzt schon blau und geschwollen wie von Schlägen oder Tritten. Der Mann stöhnte, als ob er schreckliche Schmerzen hätte. Ständig stolperten Männer über die Beine des Verletzten, weil sie ein Hindernis auf dem

Weg in die Kneipe waren. Rosa zog und zerrte den schweren Körper etwas zur Seite, dann hockte sie sich wieder neben ihn.

»Terra armena oder Ringelblumensalbe«, murmelte sie vor sich hin und riss ein Stück Stoff von ihrem neuen Leinenhemd ab, um eine stark blutende Wunde am Handgelenk zu verbinden.

Während sie das Tuch festband, fragte sie sich, ob ihr Verhalten Manns genug war. Hätte sie nicht vielleicht dem Verletzten eher einen Tritt geben, verächtlich lachen und weitergehen sollen, statt niederzusinken und ihn zu versorgen?

Der Mann drehte sein Gesicht voll zu ihr hin.

»Danke«, stammelte er, dann schloss er die Augen.

Rosa überlegte, was sie nun tun sollte. Am liebsten wäre sie weggelaufen. Sie brauchte einen Platz auf dem Schiff und konnte sich jetzt keine Samariterdienste leisten.

Aber dann dachte sie daran, wie Siranush sich um sie gekümmert hatte. Wo wäre sie denn, wenn die damals weggeschaut hätte? Tot am Brenner, vertrocknet und von den Geiern verspeist. Nein, sie konnte den Mann nicht liegen lassen, zumal einer seiner Füße seltsam verdreht zu sein schien.

»Wo wohnt Ihr denn, wo soll ich Euch hinbringen lassen?«, fragte sie ihn.

Der Mann versuchte zu antworten, aber seine Stimme war sehr schwach.

»Nirgends«, verstand Rosa, »Schiff«, dann: »Er wird sauer sein.« Dann verstummte der Mann, spuckte Blut und murmelte: »Muss aufs Schiff.«

»Welches Schiff?«, fragte sie nach.

»*Amalberga*. Der Doktor wartet schon.«

Wollte er damit sagen, der Arzt wusste schon, dass er verletzt war? Nein, das konnte nicht sein.

»Ich verstehe Euch nicht.«

Der Junge winkte Rosa, dass sie näher zu seinem Gesicht kommen sollte.

»Bring mich auf die *Ama*! Ich bin der Gehilfe vom Doktor, der kann mir helfen«, keuchte er.

Als Rosa endlich verstand, was der Junge ihr sagen wollte, begann in blitzartiger Geschwindigkeit ein Plan Gestalt anzunehmen. Das war die Chance, auf die sie seit Wochen gewartet hatte, und sie musste sie nutzen. Schnell.

Sie würde ihn nicht zurück aufs Schiff bringen, sondern an seiner Stelle hingehen. Der Bursche hier war gar nicht in der Lage zu arbeiten, viel zu schwer verletzt, beruhigte Rosa ihr Gewissen.

Sie versuchte, es dem Verletzten so bequem wie möglich zu machen. Dann fragte sie jeden Mann, der in die Kneipe wollte, ob er ein Boot hatte, mit dem er sie zur *Amalberga von Gent* übersetzen könnte.

Es dauerte lange, bis sie einen fand, der bereit war, seinen Besuch in der Kneipe zu verschieben. Und sie musste ihm die beiden Dukaten, die sie von dem Kaufmann bekommen hatte, versprechen.

Je näher sie mit der kleinen Schaluppe dem gewaltigen Segelschiff kamen, desto größer erschien es Rosa. Dass so ein gewaltiger Rumpf aus Holz überhaupt schwimmen konnte? Von Deck hingen Strickleitern herab, an denen man nach oben kletterte. Rosa schauderte, als sie sich vorstellte, dass sie ausrutschen und ins Meer fallen würde, und sie bewunderte, mit welcher Geschicklichkeit die Matrosen von den anderen Booten mit Lasten auf dem Rücken emporklommen.

Als sie endlich das obere Deck betrat, staunte sie noch mehr. Hunderte von Menschen wimmelten herum, Segel wurden aufgerollt und überprüft. Gerade fragte sie sich, wie man überhaupt in den Ausguck oben am Mast hinaufkam, ohne vorher herunterzufallen, als jemand einen Eimer Wasser auf ihre Füße kippte und sich königlich über ihr Zurückzucken amüsierte.

»Hier wird gearbeitet, was stehst du hier herum?«, feixte ein stämmiger junger Mann.

Wenn sie nur wüsste, wo sie jetzt hinmusste. Jeder schien zu wissen, was er tun sollte, man würde misstrauisch werden, wenn sie ihren Platz nicht kannte.

Ein zartes Bürschchen, noch kleiner als sie selbst, tauchte vor ihr auf.

»Wer bist du denn?«, fragte er und glotzte Rosa so neugierig an, dass sie Angst bekam, er würde entdecken, dass sie eine Frau war. Alles war so schnell gegangen, seit sie die Männerkleidung angelegt hatte, dass sie nicht einmal darüber nachgedacht hatte, wie sie heißen wollte.

»Ich bin Carlo, der Gehilfe vom Arzt.«

»Nein, das bist du nicht – der heißt Hermann und hat schwarzes Haar.«

Rosa wurde flau im Magen, all die süßen Teile, die Giacomo ihr mitgebracht hatte, rumorten mit einem Mal wie Steine.

»Ich, ja, ich bin sein Ersatz.«

»Wundert mich nicht. Hat er sich wieder mal geprügelt?«

Rosa nickte beklommen.

»Der Profos wollte ihn gar nicht an Land gehen lassen, weil er immer so viel säuft und sich dann wegen nichts mit jedem in die Haare kriegt. Aber der Schiffsarzt hat ein gutes Wort für ihn eingelegt.«

»Woher weißt du das alles?«, stammelte Rosa.

»Auf Deck bleibt nichts geheim.«

Weil der Junge so freundlich aussah, riskierte es Rosa, ihn zu fragen, wo die Kajüte vom Arzt denn sei.

»Na, hinter dem Großmast, das ist der mit dem Ausguck dran. Da wohnen auch der Kapitän, Passagiere und Offiziere. Das is' am Schiff wie an Land, die Edlen leben in Saus und Braus, wir Matrosen und Schiffsjungen hausen im Zwischendeck, alle zusammen.«

»Ist meine Jungfernfahrt«, sagte Rosa, und kaum hatte sie das Wort ausgesprochen, überkam sie die Erkenntnis, dass das zwar richtig war, aber sie selbst gar keine Jungfrau mehr war. Aber was kümmert mich das jetzt, dachte sie und sah an ihren schäbigen Männerkleidern herab, ich bringe Kaspar zurück, das ist alles, was zählt.

»Willem!« Eine harsche Stimme riss sie aus ihren Gedanken.

»Willem, steh nicht rum und halte Maulaffen feil, komm her!«

»Willem, das bin ich«, erklärte der Junge, bevor er sich umdrehte und verschwand.

Sie winkte dem Jungen nach, hielt dann aber mitten in der Bewegung inne – wahrscheinlich tat niemand an Bord so etwas Albernes – und ging in Richtung Großmast.

Hinter dem Großmast befanden sich ein paar Hütten, vor denen ein kleiner Mann in einer schwarz-weißen Uniform stand, der Rosa durchdringend musterte.

»Du bist offensichtlich neu an Bord.«

Rosa spürte, wie sie rot wurde. »Wie kommt Ihr darauf?«

Der Mann grinste sie jetzt freundlich an. »Weil man für gewöhnlich Haltung annimmt, wenn man vor dem Kapitän steht.«

Rosa hatte das Gefühl, noch röter zu werden. Was für eine Blamage! Wie nahm man denn Haltung an? Sie reckte sich etwas, sodass sie gerader vor dem Kapitän stand.

Der lachte jetzt schallend. »Das wirst du schon noch lernen. Also, wer bist du?«

»Carlo, der neue Gehilfe vom Arzt.« Rosa bemühte sich um eine feste Stimme.

»Eine weise Entscheidung von unserem Profos. Hermann war sowieso nur eine Plage! Dann geh und schau mal nach dem Arzt, der kann Hilfe brauchen.«

Der Kapitän wies auf die elendeste der Kajüten, drehte sich um und schlenderte pfeifend davon.

Sie klopfte an die Tür, aber es kam keine Antwort. Während sie noch unschlüssig davorstand, weil sie nicht wusste, ob sie einfach hineingehen sollte oder nicht, tippte ihr jemand auf die Schulter.

Sie fuhr herum.

»Willem, du hast mich erschreckt.«

»Dachte, du brauchst vielleicht Hilfe, wenn das deine Jungfernfahrt ist.« Willem lächelte. »Du schläfst nicht in der Kajüte, sondern dort drüben, in der Ecke von dem Vorbau, wo wir verarztet werden.« Er zeigte mit dem Finger nach draußen, zu einem noch windigeren Verschlag. »Dort werden die Drogen aufbewahrt, und du bewachst die.«

Rosa folgte dem Jungen zu der bezeichneten Ecke, die überdacht war, aber weit entfernt von der Abgeschlossenheit einer Kajüte.

»Stell deine Kiste dorthin. Und das ist deine Hängematte, jedenfalls hat da der Hermann geschlafen. Wir alle hoffen, du kannst mehr als er.«

»O ja, ganz bestimmt!«, antwortete Rosa und gab sich

Mühe, es überzeugend klingen zu lassen. »Was denn für 'ne Kiste?«, fragte sie.

»Na, deine Seekiste.«

»Ich … ich hab keine.«

Willem sah sie so ungläubig an, dass sie verzweifelt überlegte, wie sie eine glaubwürdige Erklärung dafür finden könnte.

»Ich, ich hab die vom Hermann gekauft«, stotterte sie hervor und hoffte, dass seine Kiste noch an Bord war.

Willem grinste. »Da hat er dich sicher mächtig übern Tisch gezogen. In seiner Kiste war nix von dem, was reingehört, sondern bloß lauter Rum-Buddeln. Oder hast du schon reingeschaut?«

Rosa schüttelte den Kopf und sah, dass Willems Blick unter die Hängematte glitt, wo sie dann eine Kiste ausmachen konnte.

Sie ging dorthin und schlug den Deckel zurück.

»Von außen sieht das Ding ja aus wie 'ne ordentliche Seekiste der Vereinigten Ostindischen Kompanie«, sagte Willem, »drinnen sein müsste eigentlich: eine Hose, ein wollenes Unterhemd, vier blaue und vier weiße Hemden, leinenes Unterzeug, fünf Paar Strümpfe, drei Paar Schuhe, ein Hut, drei Mützen, zwei Schlafmützen, ein Kopfkissen, eine Hängematte, eine Decke, Seife, ein Nähkasten, zwei Messer und eine Schere, zwei Becher und zwei Löffel und drei Kannen. Und natürlich ein paar extra Lebensmittel, Käse, Rauchfleisch, Sirup und Kuchen.«

Rosa hatte die Kiste durchsucht, und in der Tat hatte Willem ganz richtig vermutet, es gab nur noch das Geschirr, eine Decke, ein Paar Strümpfe und zwei Hemden.

»O Mann, das wird hart für dich. Wie viel hast du denn bezahlt?«

»Zu viel«, seufzte Rosa, weil sie nicht wusste, was sie sagen sollte, »viel zu viel.«

»Trotzdem hast du's gut.« Willem sah sich pfeifend um. »Ist zwar'n bisschen luftig, aber hier stinkt's wenigstens nicht so. Besuch mich mal im Zwischendeck, dann weißt du, was ich meine.«

Rosa hörte ärgerliches Rufen.

»O Mann, der Profos meint mich, ich muss weg.«

Willem rannte los, und Rosa lief zurück zu der Kajüte des Arztes und öffnete die Tür. Durch ein winziges Fenster fiel nur wenig Licht herein. Unter dem Fenster befand sich ein kleiner Tisch, auf dem eine Laterne stand. Rechts neben dem Fenster war eine Koje, auf der ein stöhnender Mann mit langen weißen Haaren lag. Er roch nach Schnaps und Schweiß und war entweder gestürzt oder hatte sich geprügelt. Kratzer über dem Gesicht, ein blaues Auge. Außerdem war er offensichtlich betrunken, was Rosa sofort als Vorteil erkannte. Wenn sie großes Glück hatte, würde er erst nach dem Auslaufen bemerken, dass Hermann nicht zurückgekommen war.

Deshalb hoffte sie, dass sie bald ausliefen und der Profos vom Kai nicht auf diesem Schiff war, sondern auf dem anderen, der *Vrouwe Elisabeth*.

Sie hätte dem Schiffsarzt gern eine kühle Kompresse aufgelegt, um ihn zu beruhigen und für sich einzunehmen, aber sie wusste nicht, wo sie Wasser finden konnte. Ob ihn eine Dosis Branntwein beruhigen würde? Sie überlegte kurz, ob es Ärger geben könnte, wenn sie seine Sachen nach Trinkbarem durchsuchte, dann entschied sie sich dagegen.

Der Arzt setzte sich auf und starrte Rosa an. Dabei hielt er sich stöhnend den Kopf.

»Wer bist du denn überhaupt?«

»Euer Gehilfe!« Rosa versuchte, empört auszusehen. »Ihr habt mich am Hafen angeheuert.«

Der Arzt kratzte sich am Schädel und schloss seine Augen. »Ich erinnere mich nicht an dein Gesicht, das muss von den Schlägen kommen. Aber du bist nicht der Gehilfe, den ich aus Amsterdam mitgebracht habe. Wo ist Hermann?«

»Er hat sich beide Beine gebrochen und konnte nicht zurückkommen. Eine üble Schlägerei.«

Der Arzt stöhnte. »Verdammt, der Profos wird sich ins Fäustchen lachen.« Er musterte Rosa abfällig. »Und jetzt hat er dich als Ersatz ausgewählt?«

Rosa überlegte blitzschnell. Was hatte der abfällige Blick zu bedeuten? Mochte der Arzt den Profos etwa nicht? Falls das der Mann vom Kai war, dann verstand sie ihn nur zu gut.

»Hast du denn irgendeine Ahnung von Krankenpflege oder Medizin?«

»Aber ja!« Rosa dachte an ihre Mutter und deren Apothekerschrank. Von ihr hatte sie einiges aufgeschnappt.

Er lehnte sich zurück an die Wand und stöhnte: »Mein Schädel!«

»Euer Gesicht sieht auch übel aus, Ihr könntet einen Umschlag mit Terra armena vertragen.« Rosa hoffte, dass ihr Vorschlag Eindruck machen würde.

»Ich ziehe es vor, Terra armena inwendig zu verabreichen, es ist zu teuer für Umschläge, und hier an Bord verwende ich es nur für die Offiziere. Aber lassen wir das, mir ist schwindelig, ich brauche Ruhe.« Er legte sich auf der schmalen Koje hin.

»Ich bin draußen, wenn Ihr mich braucht.« Rosa lief hinüber zu dem Vordach und betrachtete die Hängematte.

»Was hast du hier zu suchen?«, dröhnte eine Stimme hinter ihr.

Ohne sich umzudrehen, erkannte Rosa sofort den Mann vom Kai wieder. Als sie sich ihm dann widerwillig zuwendete, war sein Gesicht rot angelaufen, und er hatte die Fäuste wütend zusammengeballt.

Ich werde mir nichts anmerken lassen, dachte sie, ich werde mich einfach blöd stellen, als wäre ich sehr, sehr einfältig. »Ich bin der Gehilfe des Wundarztes.«

»Ach ja, und ich bin der Kaiser von China. Wenn du sein neuer Gehilfe bist, warum hast du dann versucht, bei mir als Schiffsjunge anzuheuern?«

»Ist meine erste Seereise«, Rosa gab sich Mühe, entrüstet auszusehen, »da muss man sich doch bei wem melden, oder nicht?«

»Wo ist der Arzt? Schaff ihn her.«

Rosa lief hinüber in die Kajüte des Arztes. »Der Mann, der die Leute anstellt, will Euch sehen. Los, los, reißt Euch zusammen! Wenn Ihr jetzt einen kranken Eindruck macht, dann wird er uns beide vom Schiff werfen.«

Der Arzt richtete sich auf. »Verdammt, meine Rippen. Komm her und hilf mir.«

Rosa trat zu ihm, der Arzt stützte sich schwer auf ihre Schultern, und so traten sie vor den Mann vom Kai.

»Gott zum Gruße, Profos. Was gibt's?«

Der Profos musterte den Arzt und schüttelte den Kopf. »Hättet Ihr Euch nicht bei besserer Gesundheit halten können? Das hier wird kein Spaziergang. Wir segeln auf Indien, da gibt es viel zu tun für den Wundarzt. Und was ist das für eine Geschichte mit diesem Dorftrottel? Wollt Ihr mir den allen Ernstes als Euren Gehilfen verkaufen? Wo habt Ihr den denn aufgegabelt?« Der Profos schürzte verächtlich die Lippen. »In einer üblen Spelunke sicherlich. Ich hätte ihn jedenfalls nicht angeheuert. Und wenn Ihr mir nicht auf der Stelle beweist, dass er zu etwas taugt, werfe ich ihn eigenhändig über Bord.«

Der Arzt seufzte, dann warf er Rosa einen verschwörerischen Blick zu. »Dieser Trottel kann sogar Latein!«

Rosas Knie wurden weich, der Profos würde sich die Gelegenheit, jemanden zu demütigen, sicher nicht entgehen lassen und das ganz bestimmt überprüfen.

Der Profos grinste hämisch. »Ach ja?«

Rosa straffte sich. Ihr fiel ein, was der Vater über das Verlieren gesagt hatte. Immer wieder hatte er den Satz von Cicero vorgelesen, der Satz, der auf der Weltkarte des Ortelius gestanden hatte, der einzige, den sie auf Lateinisch aufsagen konnte.

»Quid ei potest videri magnum in rebus humanis cui aeternitas omnis totiusque mundi nota sit magnitudo.«

Sie hoffte inbrünstig, dass sie es richtig gesagt hatte, und für den Fall, dass der Profos gar kein Latein konnte und sie nur triezen wollte, fügte sie noch hinzu:

»Denn was kann dem an menschlichen Dingen groß erscheinen, dem die ganze Ewigkeit und die Größe des ganzen Kontinents bekannt ist?«

»Reichlich große Worte für so einen Schwächling. Ich werde dich im Auge behalten.« Der Profos wandte sich wieder an den Arzt. »Und wenn Ihr morgen nicht bei besserer Gesundheit seid, dann verlasst Ihr das Schiff mitsamt Eurem Gehilfen. Wir tragen die Verantwortung für über zweihundert Mann an Bord und können uns keinerlei Ausfälle leisten. Dankt Gott, dass Ihr vor Jahren bei der Anmusterung Eure

Prüfung als opperchirurgijn meester in Amsterdam abgelegt habt, sonst hätte Euch nicht mal Euer Freund, der Kapitän, mitgenommen«.

Mit diesen Worten stampfte er davon.

»... dem die ganze Ewigkeit und die Größe des ganzen Kontinents bekannt ist ...«, wiederholte der Arzt, ließ sich auf seine Pritsche fallen und reichte Rosa die Hand. »Ich habe keine Ahnung, wo du herkommst, und der Profos hat dich auch nicht angeheuert, aber du hast es geschafft, ihn zu ärgern, das gefällt mir. Man nennt mich Wolfhardt, und dich?«

»Carlo«, stammelte Rosa.

»Cicero! Alle Achtung!« Der Arzt pfiff bewundernd.

Rosa wurde es heiß. »Dieser Satz ist der einzige, den ich kann. Ich habe ihn von meinem Vater gelernt. Und wenn ich nicht einmal diesen Satz Latein gekonnt hätte?«

»Dann hättest du halt irgendwas dahergesagt, der Profos hat keine Ahnung, vielleicht ist er deshalb so ungenießbar.« Wolfhardt lächelte. »Aber dein Vater scheint ein kluger Mann zu sein.« Er sah sie auffordernd an.

»Ja.« Rosa hätte beinahe erzählt, dass sie wegen ihm an Bord war und warum sie nach Indien wollte. Doch zum Glück wurde ihr noch rechtzeitig klar, dass sie sich damit verraten würde.

»Was bedeutet opperchirurgijn meester?«, fragte Rosa stattdessen.

Wolfhardt schnaubte verächtlich. »Das bedeutet Schiffschirurg, und die müssen bei der VOC eine Prüfung ablegen, die aber für einen echten Arzt lächerlich ist. Die Vereinigte Ostindische Kompanie will mit dieser Prüfung nur verhindern, dass sich die ganz elend schlechten Barbiere um den Posten bewerben. Die Seeleute verletzen sich ständig, klemmen sich Körperteile ein, die dann korrekt abgetrennt werden müssen, wenn sie am Leben bleiben wollen. Eigentlich müsste es hier auf dem Schiff noch einen zweiten Schiffschirurgen geben, aber den haben sie sich gespart. Du wirst also viel zu tun bekommen. Und weil wir ständig zusammenarbeiten, erlaube ich dir, Wolf zu mir zu sagen.«

Den Rest des Tages verbrachten sie damit, alles für die Arbeit des Schiffschirurgen einzurichten. Tatsächlich wurden die Patienten gleich neben Rosas Hängematte behandelt. In dem Verschlag dahinter waren das Verbandszeug und die Drogen untergebracht, die ständig gebraucht wurden.

Außerdem sah Rosa zu, wie Wolfhardt reichlich merkwürdige Instrumente aus Metall bereitlegte. Kleine und große Dolche mit scharfen Klingen, Hammer, Scheren und Zangen sowie Geräte, die aussahen, als könnte man damit etwas aushebeln. Bei der Vorstellung, mit ansehen zu müssen, wie damit eines Menschen Arm oder Bein abgetrennt wurde, bekam Rosa eine Gänsehaut.

Aber sie hatte nicht viel Zeit für solche Zimperlichkeiten, denn als sie mit den Vorbereitungen für die Sprechstunde fertig waren, musste Rosa den winzigen Garten gießen, der sich hinter dem Verschlag befand. Dann waren die direkt daneben gehaltenen Schweine, zwei Säue, zwölf Ferkel und die vierzig Hühner zu füttern.

Um sie herum herrschte rege Betriebsamkeit: Fässer mit Frischwasser wurden gebracht und im Unterdeck verstaut, Säcke mit Graupen, Erbsen, Mehl und Salz, Fässer mit Wein, Bier, Essig, Öl und Butter neben Hunderten von goldgelben Käselaibern unter Deck verstaut.

Niemand stand still, alle waren ständig in Bewegung, die Schiffsjungen mussten das Deck schrubben oder Taue spleißen. Der Geschützmeister hielt die Soldaten an, sich zu vergewissern, dass die Kanonen in Schussbereitschaft waren, der Profos kommandierte Trompeter und Trommler zum Wachwechsel und erteilte jedem, den er untätig fand, einen Rüffel. Matrosen prüften die Taue, kletterten an der Rahe entlang.

Der Arzt hatte sich nach den Vorbereitungen wieder in seine Kajüte begeben, weil er von der Schlägerei immer noch geschwächt war.

Rosa nutzte die Zeit, um sich mit dem Schiff vertraut zu machen, achtete aber darauf, dem Profos nicht unter die Augen zu kommen, was schier unmöglich zu sein schien, denn er war überall.

Als sie ganz unten im Bauch des Schiffes anlangte, stand er dort und zählte die Fässer mit Waren der VOC, den Proviant und die Munition. Als Rosa aufs Unterdeck flüchtete, das auch als Stauraum benutzt wurde, beriet er sich mit einem Schmied wegen der Ankerkette, an der einige Teile defekt waren.

Zum Glück war der Profos abgelenkt, und weil das Unterdeck unter dem Wasserspiegel lag und es dort dunkel und stickig war, entdeckte ihn Rosa, bevor sie ihm auffallen konnte. Mit Staunen sah sie, dass hier auch die achtzig Söldner schlafen mussten.

Darüber lagen noch zwei Decks: Auf dem Zwischendeck befand sich die Kombüse, wo der Proviantmeister mit dem Koch eine laute Auseinandersetzung führte. Und geradeso, als hätte der Profos magische Fähigkeiten, kam er auch schon herangestürzt und mischte sich ein. Rosa dämmerte langsam, was für eine Verantwortung auf dem Mann lastete.

Sie schlich sich zum Weinlager und betrachtete die mächtige Winde, die zum Ankerlichten gebraucht wurde und die, genauso wie der größte Teil der Matrosen, in diesem Zwischendeck untergebracht war.

Rosa suchte nach Willem, konnte ihn aber nicht finden. Obwohl ihr niemand Beachtung schenkte, traute sie sich nicht, jemanden nach ihm zu fragen.

Sie war froh, als sie endlich wieder auf dem Hauptdeck angelangt war, wo sich achtern die Kapitänskajüte befand, die Hütten der Offiziere und die der wenigen Passagiere, die zumeist im Auftrag der VOC reisten, sowie die Kajüte des Schiffsarztes.

Das also wird in den nächsten Monaten meine Behausung sein, dachte sie und erkannte plötzlich mit Schaudern, dass sie all diese vielen Meilen ja auch wieder zurückreisen würde. Mit einem Kind, für das sie dann sorgen musste.

Sie seufzte tief. Und ihr blieben nicht einmal mehr zweiundzwanzig Monate, um das zu schaffen.

Sie trat an die Reling und starrte in den blauen Himmel, vor dem die Paläste Venedigs beinahe golden hervortraten, dann fiel ihr Blick auf das schimmernde Wasser, wo sich Himmel und Paläste widerspiegelten.

Giacomos Worte kamen ihr in den Sinn: Venedig ist die einzige Stadt der Welt, in der das Meer die Unendlichkeit des Himmels und der Himmel die Unendlichkeit des Meeres hat.

Sie fand, er hatte unrecht. Ja, hier spiegelte eins das andere, aber das machte die Stadt nur zu einer Stein gewordenen Täuschung, einer schimmernden Lüge. Und sie war nicht nur deshalb froh, Venedig endlich zu verlassen.

26. Kapitel

Beshir hat mir heute eine neue Sklavin zugeteilt. Das war kein Grund zur Freude, denn seit wir hier angekommen sind, hatte er jede Gelegenheit genutzt, mir zu schaden. Obwohl er mittlerweile zum obersten Haremswächter aufgestiegen war, es ihm also viel besser ging als bei Aurangzeb, schien er mich zu hassen.

Er reagierte auf all meine Fragen nur mit Schweigen und sprach nur dann, wenn es unbedingt nötig war. Je mehr ich in ihn drang, desto stummer wurde er.

Seit zwölf Monden ging das nun schon so. Und seit zwölf Monden kämpfte Khan Ammar unablässig mit Aurangzeb. Ich aber kämpfte nicht mehr.

Nachdem Ammar mich in seinen Harem nach Orukal gebracht und seinen Frauen und Favoritinnen vorgestellt hatte, versuchte ich, es mir diesmal leichter zu machen. Ich wurde zu einer lächelnden, ab und zu sogar kichernden, allseits gut gelaunten Haremsdame, die, wann immer es jemand wollte, ihre Duduk herausholte und spielte. Eine gute Fassade, hinter der ich unablässig darüber nachdachte, wie ich entkommen könnte.

Ammar war es offensichtlich entgangen, dass ich früher nur eine Sklavin gewesen war, und so war ich als Konkubine und Musikerin eingeführt worden und hatte damit eine viel stärkere Position als in Aurangzebs Harem, vor allem, nachdem ich eine Zeit lang als neue Favoritin galt.

Ich lebte hier nun nicht mehr mit über dreitausend Frauen zusammengepfercht, sondern nur noch mit etwa hundert Frauen, was zur Folge hatte, dass sich alle noch besser kannten und es nahezu unmöglich war, sich zurückzuziehen, obwohl jede Frau einen eigenen winzigen Palast ihr Eigen nennen durfte. Khan Ammar Bahadur Karim hatte den Ehrgeiz, eine Frau jeder Nationalität in seinem Harem zu haben, trotzdem lernten alle schnell, sich miteinander zu verständigen. Und so strömten sie auch ohne Unterlass und ohne Einladung in mein kleines Reich, das wie der gesamte Palast in Orukal von Khan Ammar selbst entworfen worden war. Man merkte ihm zwar an, dass er sich mehr für Kunst und Musik interessierte als für die Kriegsführung, aber für mich war es trotzdem ein Gefängnis. Auch wenn es mein bisher schönstes war.

Zu meinem kleinen Palast gehörte sogar ein eigener Garten, abgetrennt nur durch ein luftiges Gitter aus Elfenbein, das aus Tausenden geschnitzter kleiner Lotusblumen bestand.

Eigentlich gehörte dieses Refugium mir ganz allein, doch es kamen ständig Besucherinnen und störten die friedliche Stille.

Meist saß ich am Brunnen, der in der Mitte des Gartens sein Wasser in ein blau gefliestes Becken ergoss, in dem echter Lotus wuchs. Dort, umgeben von grünen Hecken, Orangen- und Zitronenbäumchen, genoss ich den betäubenden Duft der Früchte und der rosa Blumen, die sich an hellblau gestrichenen Gittern emporrankten und in Blütenkaskaden auf die Terrasse aus weißem Marmor herabfielen.

Mein Reich war üppig ausgestattet mit bestickten Kashmiri-Kissen, Decken und Teppichen, die das Barfusslaufen zu einer Liebkosung machten. Die Muster reichten von Blumen bis zu Pfauen, und es gab sogar ein Teppichmuster, das mir selbst an trüben Tagen ein Lächeln entlockte. Es waren springende Makaken, Affen, die ihr Unwesen bei einem Dorffest trieben. All das wurde gekrönt von dem Anblick, den die Decke meines Raumes bot, eine hoch gewölbte Kuppel, die ganz und gar mit Silber ausgeschlagen war. Wenn ich abends auch nur eine einzige Kerze anzündete, war der Raum wie von Mondlicht durchflutet. Und wenn ich in diesem Licht auf meiner Duduk spielte, dann hatte ich beinahe ein Gefühl von zu Hause.

Aber nur beinahe. Ich vergaß niemals ganz, was mein Ziel war: Fliehen. Meine Eltern wiedersehen. Nur einmal noch.

Ammar ließ sich oft von mir auf der Duduk vorspielen, und er hatte auch mehrfach das Lager mit mir geteilt, aber als ich nicht schwanger wurde, verlor er das Interesse an mir. Trotzdem blieb meine Position im Harem stark, auch, weil ich mit dem Großmogul Aurangzeb das Bett geteilt hatte. Die anderen Frauen wollten von mir wissen, wie es denn um die Männlichkeit des Großmoguls bestellt gewesen sei – es war offensichtlich, dass sie mich um meine größere Erfahrung beneideten. Die meisten wurden als Jungfrauen in den Harem verkauft oder verschleppt und kannten nur ihren Besitzer.

Zuerst dachte ich daran, einfach etwas zu erfinden, nur um sie zu erheitern. Es hätte mir auch große Freude bereitet zu behaupten, Aurangzeb sei ein elender Schlappschwanz mit Hoden wie unreife Muskatnüsse. Doch obwohl ich schon so lange von meiner Mutter getrennt war, erinnerte ich mich daran, was sie mich gelehrt hatte: Lüge so, dass neben deiner Lüge die Wahrheit noch kauern kann! Und weil es mir so vorkam, als würde ich unser Wiedersehen verhindern, wenn ich gegen ihre Wünsche verstieß, gab ich vor, ich könne über Aurangzebs Liebeswünsche einfach nicht sprechen, weil sie so unappetitlich seien.

Zunächst waren sie gekränkt, doch dann behandelten sie mich mit mehr Respekt, achteten mein Geheimnis. Und ich wusste auch, warum. Jemand hatte von der Sache mit meinem Sohn gehört, und dann begannen die Frauen sich eine Geschichte darum herumzuspinnen. Eine Sklavin erzählte mir, was sie sich zuraunten: Sie behaupteten, dass Aurangzebs erste Frau meinen drei Monate alten Sohn, der schön wie die Sonne gewesen sei, in der Nacht mit einem Kissen erstickt hätte. Am nächsten Morgen noch hätte man die Abdrücke des Elefanten, der mit Perlen auf dem Kissen aufgestickt gewesen sei, auf der Wange des Kindes sehen können.

Ich wünschte, es wäre so gewesen. So friedlich. Doch mein Sohn, mein geliebtes Söhnchen, wurde vergiftet, und er war in langen, qualvollen Krämpfen und Zuckungen gestorben, war blau angelaufen und dann an meiner Brust zu einem starren Leichnam erkaltet.

Eine feingliedrige Frau mit Haaren in der leuchtenden Farbe der Herbstkürbisse aus Kavala wurde zu mir gebracht, eine Europäerin. An ihrer Hand hing ein Kind, das ebenfalls rothaarig war und blaue Augen hatte, wohl ihr Sohn. Er versetzte mir mit einem einfachen Blinken seiner Wimpern einen Stich mitten ins Herz. Mein Sohn wäre jetzt etwa genauso alt wie dieses Kind hier. Hass loderte durch meine Adern. Jetzt wusste ich, warum Beshir sie mir zugeteilt hatte: nur um mich zu quälen.

Die Frau hatte nichts von der Süße des Knaben, sondern war herb wie eine in Essig eingelegte Gurke, und sie war ganz offensichtlich eine Christin, denn sie trug ein silbernes Kreuz im Ausschnitt ihres Kurtis.

»Wie ist dein Name?«, fragte ich sie auf Arabisch und war überrascht, als sie mir ohne Zögern in holprigem Arabisch antwortete.

»Den kann hier sowieso keiner aussprechen!«

»Für diese respektlose Antwort könnte ich dich auspeitschen lassen.«

Sie zuckte nur mit den Schultern. Aber ihr Sohn umklammerte ängstlich ihre Beine.

»Nun, ich werde es nicht tun.«

Sie zuckte wieder mit den Schultern.

»Ich werde dir gar nichts tun.«

Die Frau hob ihren Blick, und ich konnte zum ersten Mal ihr Gesicht betrachten. Augen in der Farbe eines matten Monsunhimmels klagten mich an. Ihre grauen Wangen waren eingefallen, wodurch ihre Nase noch viel größer wirkte, was die Inderinnen ständig zum Kichern verleitete. Große Nasen und große Füße galten als hässlich.

Sie lachte spöttisch. »Ihr habt die Faktorei der VOC überfallen, meinen Mann getötet und uns hierher verschleppt. Das nennst du, mir nichts tun?«

Ich war versucht zu sagen: Aber das war doch nicht ich, wollte sagen, ich bin doch auch nicht aus freien Stücken hier, aber dann biss ich mir auf die Zunge. Welchen Trost würde ihr diese Antwort geben? Keinen. Nur weil man im selben Boot saß, spürte man noch lange nicht den gleichen Schmerz.

»Warum bin ich hier?«

Jetzt zuckte ich mit den Schultern.

»Warum habt ihr mich nicht auch gleich getötet? Zu was

kann ich hier schon nutze sein?« Sie sah sich in meinem kleinen Palast verächtlich um, als wollte sie gleich ausspucken.

»Wahrscheinlich brauchen die Leute um Khan Bahadur Ammar Geld«, gab ich zurück. »Sie werden versuchen, die VOC zu erpressen.«

Sie verdrehte ihre Augen. »Lächerlich! Wer sollte für uns etwas bezahlen. Eine Frau und ein Kind!«

»Die Europäer gelten bei den Moguln als etwas sentimental.« Ich konnte mir ein Grinsen nicht verkneifen.

»Die VOC wird keinen Finger krümmen, um uns hier rauszuholen.« Tränen liefen ihr über die Wangen. »Ihr habt meinen Mann ermordet, hinterrücks wie Feiglinge!«

»Die Heulerei solltest du dir gleich abgewöhnen, weinende Frauen werden nur bei Todesfällen geduldet. Im Harem hast du zu lächeln.«

»Ist mir gleichgültig.«

»Und was wird aus deinem Sohn, wenn dir etwas zustößt?«

Noch mehr Tränen kullerten ihre Wange herab.

»Mein Sohn sollte nach Hause, nach Deutschland, nach Nürnberg. Dort gehört er hin, zu seinem Großvater. Nach Hause.«

Nach Hause, sagte sie, die Ahnungslose. Meine Lippen kräuselten sich spöttisch, doch tief in meiner Brust zog sich etwas zusammen, wie zu einem Weinkrampf, aber diese Schwäche würde ich der neuen Sklavin nicht zeigen. Ich wollte nicht mehr schwach sein. Nie mehr.

Stattdessen forderte ich sie etwas gröber als nötig auf, meine Terrasse zu fegen.

Sie sah mich an, als hätte ich verlangt, dass sie ihre eigenen Exkremente aufessen soll, machte sich dann aber daran, den Besen zu suchen. Der Junge tappte hinter ihr her, rannte zum Brunnen und steckte seinen Kopf unter das Wasser. Dann zog er den Kopf wieder zurück, schüttelte sich wie eine Katze und gluckste begeistert. Er rief seine Mutter und führte ihr das Ganze noch einmal vor. Aber sie sah nicht zu ihm hin.

Sieh hin!, wollte ich rufen, sieh hin! Er kann morgen tot sein. Sieh hin und freue dich an ihm! Stattdessen schwieg ich.

Ich würde sie beschäftigt halten, um sie von ihrem Elend etwas abzulenken.

Ich beobachtete sie beim Fegen. Sie ging systematisch vor, durchdacht, anders als die anderen Sklavinnen, die den Blütenstaub und die abgefallenen Blätter immer nur von hier nach dort schoben.

Sie hatte die Statur einer großen, stattlichen Frau, aber ihre Knochen stachen hervor wie bei einer unterernährten heiligen Kuh. Ihr fülliges rotes Haar wirkte wie ein letztes Aufbäumen ihres Körpers, bevor er sich zum Verlöschen bereit machte.

Ich würde sie etwas aufpäppeln. Vielleicht war sie klug, vielleicht hatte sie etwas gelernt, das sie mir beibringen und mit dem sie mich von der endlosen Langeweile des Haremlebens befreien konnte.

»Kannst du lesen und schreiben?«

»Nicht Eure Schrift.«

Ich verkniff mir ein bitteres Lachen. Was war denn meine Schrift? Die heilige armenische Schrift? Die arabische? Die türkische?

»Also, welche?«

»Lateinische Schrift, die Buchstaben gelten auch im Englischen, Holländischen und Französischen oder Italienischen, aber natürlich verwenden sie andere Worte.«

»Gut, dann schlage ich vor, du unterrichtest mich in dieser Schrift und Sprache, dafür bringe ich dir und deinem Sohn die unsere bei.«

»Warum sollte ich das tun?«

»Möchtest du lieber Terrassen fegen, Nachttöpfe ausleeren oder Haare ölen?«

Es kostete sie sehr viel Überwindung. Sie nahm mehrere Anläufe, etwas zu sagen, begann damit, den Kopf zu schütteln, hielt inne, atmete tief durch, und schließlich entwich ihr etwas, das sich wie ein »Yia« anhörte und mich an meine Heimat erinnerte. In Armenien sagen wir »Ayo«, wenn wir ja meinen.

Ich wiederholte langsam »Yia«, was den bitteren Zug um ihren Mund für einen Moment verschwinden ließ und mich mit einem unbestimmten Gefühl von Hoffnung erfüllte.

27. Kapitel

Seit der Abfahrt aus Venedig waren zehn Tage vergangen, und Rosa hatte als Gehilfin des Schiffschirurgen alle Hände voll zu tun. Schon beim Auslaufen war der Fuß eines Söldners von einer Kanonenkugel so übel zerquetscht worden, dass er amputiert werden musste.

Zum Glück war Wolfhardt zu diesem Zeitpunkt wieder in der Lage, seinen Pflichten als Schiffsarzt nachzukommen.

Rosas Aufgabe war es dabei gewesen, den Verletzten mit Gin abzufüllen und ihm dann einen Stofffetzen in den Mund zu stopfen, damit er sich nicht aus Versehen die Zunge abbiss. Bei der eigentlichen Operation hatte sie den Söldner mit vier anderen Schiffsjungen festhalten müssen, aber nur so lange, bis der Unglückliche die Besinnung verlor und sich nicht länger gegen die Knochensäge wehrte. Danach hatte sie den Stumpf verbinden und den Soldaten pflegen müssen.

All das hatte ihr nichts ausgemacht, denn sie war froh, endlich der Gefahr entronnen zu sein, doch noch von Bord verwiesen zu werden.

Es war ihr wie eine Ewigkeit vorgekommen, bis das Schiff endlich Anstalten gemacht hatte, Venedig zu verlassen. Wolfhardt war sehr launisch und jammerte immer wieder nach Hermann, mit dem er offensichtlich ständig Saufgelage gefeiert hatte. Mal passte es ihm, dass Rosa sich viel um die Kranken kümmerte, mal ging sie ihm auf die Nerven, und weil Rosa nie wissen konnte, in welcher Stimmung er sich gerade befand, hatte sie ständig das Gefühl, auf einem Seil zu tanzen.

Am Tag der Abreise war ein Lotse an Bord gekommen, denn die Schiffe waren voll beladen und daher nur schwer durch den Hafen Venedigs steuerbar. Danach hatte der Krankentröster eine kurze Predigt vorgelesen, alle zusammen hatten einen Psalm angestimmt, und schließlich hielt der Kapitän eine langweilige Ansprache über Moral und Disziplin an Bord.

Rosa war allein bei der Erinnerung an ihr ungebührliches Verhalten dem Kapitän gegenüber ganz mulmig geworden. Zum Glück verbrachte der Kapitän, anders als sein Stellvertreter, der Erste Steuermann, die meiste Zeit in seiner Kajüte.

Nach der Ansprache des Kapitäns wurden die Ankerketten gelichtet, und unter feierlichem Salut waren die beiden Schiffe endlich ausgelaufen.

Seitdem hatten sie gute Fahrt gemacht, weil ein stetiger Wind ging, der auch für einen regen Wellengang sorgte. Der Wind verjagte alle Wolken, sodass jeden Tag eine starke Oktobersonne niederbrannte und für eine angenehme Wärme sorgte, die die feuchte Seeluft für Rosa gut erträglich machte.

Wolfhardt hatte ihr prophezeit, dass sie als Landratte seekrank werden würde, aber Rosa ging es prächtig. Das Stampfen und Schwanken des Schiffes schien sie zu beleben, und je stärker der Seegang, desto beschwingter fühlte sie sich.

Allerdings hatte sie große Angst, den Abort zu benutzen, der vorne am Bug zu beiden Seiten des Schiffsschnabels eingerichtet war. Dort befanden sich mehrere Abtritte, in der Art winziger Balkone mit einem Rost, der über der Bordwand hing. Ein langes Tau schleppte eine Quaste durchs Wasser, mit der man sich das Gesäß wieder säubern konnte.

Morgens bildeten sich dort lange Schlangen, und wehe dem, der zu lange brauchte. Rosa war klar, dass sie diesen Abtritt nicht benutzen konnte, ohne ihr Geschlecht zu verraten. Es gab zwar für jeden an Bord auch ein Urinal, ein kleines Gefäß aus Terrakotta, falls man erbrechen oder nachts urinieren musste, aber auch das war für Rosas Zwecke unbrauchbar.

Deshalb hatte sie sich eine kleine Schüssel besorgt, dazu hatte sie allerdings den Koch mit einer Dosis Veilchensirup aus dem Medizinschrank bestechen müssen. Denn Geschirr war Mangelware, weil nur für den Kapitän und seine Offiziere Geschirr benutzt wurde. Der Rest der Mannschaft aß aus dem großen Topf, in dem das Essen auch gekocht wurde. Meistens ein Eintopf aus Erbsen, Bohnen, Reis oder Graupen, manchmal verfeinert mit Pökelfleisch, Sauerkraut, Rosinen, Dörrpflaumen oder Stockfisch.

Nachdem die Gesundheit von Wolfhardt wieder völlig hergestellt war, begann er sich zu langweilen und trank so viel, dass er sich kaum den Kranken widmen konnte. An genau so einem Tag hatte er Rosa grob angefahren, weil sie sich dagegen verwahrt hatte, ihre Handschuhe auszuziehen.

Wolfhardt fand, sie müsste die Kranken mit der Hand berühren, weil das der Heilung förderlich sei. Rosa weigerte sich glattweg, voller Angst, er könnte ihr die Handschuhe einfach wegreißen. Er hatte es schließlich akzeptiert, aber fünf Tage nicht mit ihr gesprochen.

Weil ein einziger Schiffschirurg für so ein großes Schiff bei Weitem nicht ausreichte, vor allem nicht, wenn er ständig betrunken war, musste Rosa Wolfhardt nicht nur bei den Operationen zur Hand gehen, sondern auch selbstständig Arzneien austeilen. Er erwartete außerdem von ihr, dass sie lernte, welche Mittel bei welcher Krankheit heilend wirkten.

Jeden Abend fragte er sie ab, was Rosa viel Vergnügen bereitete, weil es sie von ihren sich ständig im Kreis drehenden Sorgen lenkte.

Sobald sie in ihrer Hängematte lag, dachte sie an ihre Schwestern, an ihre Mutter und an Toni. Fragte sich, ob die Druckstöcke zum Geldverdienen ausreichten, hoffte, dass alle gesund waren. Und wenn sie lange genug darüber gegrübelt hatte, drehten sich ihre Gedanken um Indien und das, was sie dort vorfinden würde.

Sie versuchte immer wieder, die Männer an Bord über Indien auszufragen, doch mit bescheidenem Erfolg. Sehr viel mehr, als dass das Essen gut sei und die Weiber wunderschön, hatte sie noch nicht herausfinden können.

Und schließlich wünschte sie sich, sie wäre schon auf der Rückreise. Wenn sie gekonnt hätte, dann hätte sie das Schiff geschoben, damit es schneller vorwärtskam.

Heute war Wolfhardt guter Dinge und nur leicht angetrunken, weshalb er sie die verschiedenen Abführmittel erläutern ließ. Das Scheißen war eins seiner Lieblingsthemen, denn seiner Meinung nach hielt nur eine ordentliche Verdauung den Körper gesund. Und weil die meisten Besatzungsmitglieder ständig an Verstopfung litten, waren Abführmittel für ihn absolut unverzichtbar.

»Diaprunus solutivus?«, fragte er.

Rosa suchte das Glas mit der Zubereitung, deutete darauf und ratterte ihre Antwort herunter: »Eine Zubereitung aus Pflaumen nach der Vorschrift des Antidotarium Nicolai. Wir haben nur die abführende Version, es gibt aber auch eine nichtabführende.«

Wolfhardt nickte und nahm einen Schluck Schnaps. »Diathacolicon Nicolai?«

»Eine abführende Latwerge aus Röhrenkassie, Tamarindenbaum, Senna, Rhabarber und Flohsamen.«

»Das genügt für heute, morgen reden wir über die Salben, die bei Quetschungen und Verbrennungen helfen.« Er hielt ihr die Flasche hin, und als sie den Kopf schüttelte, betrachtete er sie so lange, dass ihr ganz unwohl dabei wurde.

»Ich weiß nicht, irgendwas an dir stimmt nicht.«

»Ich sehe aus wie alle, das wird es sein.«

Rosa nahm sich vor, ihre Mütze tiefer ins Gesicht zu ziehen und den Kopf geneigter zu halten. In ihre kurzen Haare schmierte sie heimlich Öl, welches sie aus dem Medikamentenschränkchen entwendete, damit sie dunkler aussahen.

Wolfhardt seufzte. »Du hast recht. Kannst du eigentlich Karten spielen?«

Rosa nickte.

»Wie wär's dann mit einer Runde?«

»Ich habe keine.«

»Dann sieh zu, dass du welche besorgst.« Wolfhardts Stimmung kippte schon wieder, und Rosa wollte ihn gern bei Laune halten. Deshalb machte sie sich auf die Suche nach Willem und stieg hinab ins Zwischendeck, in dem es mittlerweile grauenhaft nach Urin, toten Ratten, saurem Erbrochenem und ungewaschenen Männern stank. Wieder war sie erleichtert, dass sie oben an Deck schlafen durfte.

Erst nachdem sich ihre Augen an das Halbdunkel gewöhnt hatten, erkannte sie Willem, der sich mit zwei anderen Schiffsjungen prügelte.

Rosa blieb stehen, fragte sich, ob sich ein Mann einmischen oder abwarten würde, und war froh über den Dolch in ihrer Hose.

»Leute, lasst ihn, zwei gegen einen, das ist feige!«

»Sollen wir gleich mit dir weitermachen?«

»Wohlan, wenn ihr euch traut.« Rosa richtete sich so groß auf, wie sie konnte, und hoffte, dass sie furchterregend aussah.

»Aber ich merke mir eure Gesichter, falls ihr dann mal die Hilfe vom Arzt braucht …«

Der eine der beiden stürmte auf sie zu und hieb ihr seine Faust fest ins Gesicht. »Lächerlich, du Großmaul! Das wagst du nicht.«

Aus Rosas Nase tropfte Blut, dumpfer Schmerz breitete sich in ihrem Gesicht aus.

»Was ist hier los?«

Die Stimme vom Profos. Sofort legte der Schläger seine Hand freundschaftlich um Rosas Nacken. »Ein Wort und du überlebst diese Nacht nicht«, zischte er, wandte sich dann dem Profos grinsend zu. »Ein Witz unter alten Freunden.«

Der Profos kam näher, betrachtete die Spuren des Schlages in Rosas Gesicht und befahl den dreien, sich sofort zu zerstreuen.

Rosa hatte das sardonische Zucken seines Mundes sehr deutlich gesehen. Es hatte ihm gefallen, dass sie verletzt worden war. Sie musste sich immer noch vor ihm in Acht nehmen. Das Blut rann unablässig aus ihrer Nase. Sie hielt den Kopf unwillkürlich hoch, um ihre Kleider nicht völlig zu verschmutzen. Doch dann senkte sie den Kopf abrupt wieder. Männer achteten nicht auf so etwas.

Willem stürzte zu ihr. »Tut mir leid, aber die beiden haben den letzten Kuchen aus meiner Kiste gestohlen. Das konnte ich nicht dulden.«

»Ist nicht so schlimm.« Insgeheim dachte sie, dass ihr die

Verletzung sogar ganz gelegen kam, denn je entstellter sie wirkte, desto weniger würde Wolfhardt darauf kommen, dass sie eine Frau war.

»Hast du Karten? Dann komm, gehen wir hoch und spielen eine Runde.«

Willem griff sich sein Kartenspiel, ein billiges französisches, wie Rosa sofort erkannte. Keins wie die, die ihr Vater gefertigt hatte. Das einzelne Blatt war sehr dünn, zeigte schon deutliche Gebrauchsspuren, und die Rückseite war gar nicht bedruckt.

Als sie an der Kajüte des Arztes angelangt waren, kam Wolf gerade heraus. Er warf einen Blick auf Rosas Gesicht, fluchte und holte aus dem Schrank, den er vorhin verschlossen hatte, eine Salbe heraus.

»Drück fest auf den Nasenflügel, das stoppt die Blutung! Was glaubst du, welches wäre hier das Mittel der Wahl?«, fragte er.

»Uguentum Apostoloru«, schlug Rosa vor, »eine Salbe des Avicenna aus zwölf heilenden Pflanzenextrakten.«

»Kein schlechter Vorschlag, aber ich denke, hier verwenden wir Emplastrum Vigonis.« Wolfhardt legte ein Pflaster auf ihre ebenfalls ramponierte Wange, dabei betrachtete er ihr Gesicht sehr genau.

»Ein von de Vigo, dem Leibarzt Papst Julius des Zweiten«, Rosa beeilte sich mit dem Reden, weil sie Wolfhardt ablenken wollte, »entwickeltes Pflaster aus Quecksilber, Fröschen, Regenwürmern und Schlangenfett.«

Willem schüttelte sich. »Gut, dass man nicht weiß, was ihr Doktoren einem da ins Gesicht schmiert!«

»Danke«, sagte Rosa und entzog sich dem Arzt. »Das genügt, es war nur ein Fausthieb.«

»Spielen wir jetzt oder nicht?«, fragte Willem und sah von einem zum anderen. »Und um was spielen wir?«

»Um Geld natürlich«, sagte Rosa, auch wenn sie nicht das mindeste Geld zum Verspielen hatte. Einen Teil ihrer Heuer würde sie erst am Kap der Guten Hoffnung bekommen. Den Rest in Kandy. Aber weil es den anderen genauso ging, konnte man die Schulden aufschreiben.

»Du solltest dich lieber hinlegen, damit die Blutung aufhört und du morgen in der Lage bist, mir zu helfen.«

Rosa zog die Nase hoch. »Spielen wir endlich.«

Sie hockten sich draußen vor die Hütte im Kreis auf die feuchten Planken. Rosa teilte den Stapel Karten in zwei Packen und fächerte sie ineinander, und zwar so schnell, dass Willem in laute Begeisterungslaute verfiel. Doch als er dann erkennen musste, dass der Arzt nicht die leiseste Ahnung von Tarock hatte, stöhnte er.

Rosa ignorierte alle seine Kommentare und erklärte Wolfhardt geduldig so lange die Spielregeln, bis er sie verstanden hatte.

Dann spielten sie um Kreuzer. Willems Laune verschlechterte sich zusehends, als Rosa ständig gewann.

»Das muss ja mit dem Teufel zugehen!«, schimpfte er.

»Selbstverständlich, denn alle Glücksspiele sind des Teufels und deshalb auf den Schiffen der Vereinigten Ostindischen Kompanie verboten«, ertönte die Stimme des Profos hinter ihnen so laut, dass alle drei zusammenzuckten.

Rosa wagte es kaum, den Blick zu heben, sie sprang auf, ebenso Willem. Wolfhardt blieb sitzen.

Der Profos streckte die Hand aus. »Her damit!«

Willem wurde bleich und hielt die Karten fest.

»Wer hat die mit an Bord gebracht?«

Alle drei sagten gleichzeitig: »Ich.«

Der Profos schüttelte den Kopf. »Also?«

»Das war ich, hab vergessen, das Zeug über Bord zu werfen, als ich eingestiegen bin, lag an meinem Zustand.« Wolfhardt nahm das Päckchen aus Willems Hand, trat an die Reling und warf sie achtlos weg.

Schweigend sahen sie zu, wie die Karten im starken Wind davonflatterten wie lose Federn.

»Niemand setzt sich hier über die Regeln der Kompanie hinweg, auch nicht der Arzt, und schon gar nicht einer, der seinen Platz erkauft hat und sich dann ständig volllaufen lässt.«

Der Profos sah vom Arzt zu Rosa, und sein Blick drückte einen solchen Abscheu aus, dass ihr ganz elend davon wurde. Was brachte ihn nur dermaßen gegen sie auf?

Er klatschte in die Hände. »Und dich, Schiffsjunge, will ich hier oben nicht mehr sehen, es sei denn, ich hätte es befohlen! Los, los, ab mit dir!«

Willem vermied es, Rosa in die Augen zu schauen, und rannte davon.

Der Profos stand noch immer vor ihnen, schien noch etwas sagen zu wollen, zuckte dann aber nur mit den Schultern und ging davon.

»Der arme Willem, jetzt ist er sein Kartenspiel los«, meinte Rosa und überlegte, wie sie ihm zu einem Ersatz verhelfen konnte. »Aber warum war der Profos so streng? Unten spielen doch alle, sobald sie freihaben, mit Würfeln oder Karten.«

»Natürlich, da kann die Kompanie so viele Regeln aufstellen, wie sie will, das werden sie nie schaffen. Nicht mal die Kirche hat es geschafft, den Menschen vom Spiel abzuhalten. Was mir wirklich Sorgen macht, ist, wie der Profos ständig um uns herumschleicht. Ich möchte mal wissen, was den umtreibt.«

»Ihm scheint die Art, wie du an Bord gekommen bist, nicht zu passen. Was meinte er damit, dass du dir den Platz erkauft hast?«

»Das war ein Geschäft zwischen dem Kapitän und mir. Ich habe in Kandy etwas zu erledigen. Wir kennen uns, seit meiner ersten China-Reise, da war er noch Erster Steuermann. Ich habe ihm damals mal einen Dienst erwiesen. Und dieser Profos hasst es, wenn er übergangen wird.«

Rosa betrachtete Wolfhardt neugierig und malte sich aus, wie Wolfhardt den Kapitän, dieses kleine Männlein, dramatisch vom Tode errettet hatte. Über diesen Gedanken hatte sie nicht alles gehört, was er gesagt hatte.

»... und weil auch der Kapitän keinen Platz herbeizaubern kann, der nicht vorhanden ist ...«

Rosa fiel ihm ins Wort und protestierte: »Aber eine der Passagierkabinen steht doch leer.«

Der Arzt presste missbilligend die Lippen zusammen. »Du solltest nicht überall herumschnüffeln. Auf den Kapverden steigt noch ein Missionar zu, den wir mitnehmen müssen.«

»Ein Katholik? An Bord dieses Holländers?«

»Nein, natürlich nicht, ein Lutheraner. Die Jesuiten werden ja schon von den Spaniern und Portugiesen durch die Welt gesegelt.« Wolfhardt hielt inne. »Kann ich ohne Unterbrechung fortfahren?«

Rosa nickte.

»Und um Platz für mich zu schaffen, hat der Kapitän kurzerhand den anderen Schiffsarzt hinausgeworfen. Der war ihm sowieso ein Dorn im Auge, weil er ständig mit dem Profos gemeinsame Sache gemacht und die Leute mit unnötigen Prozeduren geschunden hat.« Der Arzt grinste jetzt und sah beinahe glücklich aus.

»Deshalb schleicht er immer um uns herum?«

Wolfhardt nickte. »Aber es wird ihm nicht gelingen, uns eine Verfehlung nachzuweisen.«

»Was könnten wir denn Falsches tun?«

Wolfhardt sah ihr direkt in die Augen, sodass Rosa ganz verlegen wurde, obwohl sie nicht hätte sagen können, warum. Es war ein merkwürdiger Blick, eine Art staunendes Fragen.

Der Arzt räusperte sich, als wäre seine Stimme belegt, dann noch einmal, dann antwortete er: »Etwas Falsches tun ... nun ja, fluchen zum Beispiel. Er ist imstande und lässt dir den Arsch versohlen, wenn er dich dabei erwischt.«

»Aber ist Kartenspielen denn nicht viel schlimmer?«

»Ja, schon. Solange sich das im Unterdeck abspielt, wird es geduldet. Wir hätten uns nicht oben an Deck erwischen lassen dürfen. Doch wenn du es wagen solltest, dich über das Essen zu beklagen, dann gnade dir Gott.«

»Bis jetzt ist es essbar.« Rosa lachte unsicher, weil sie immer noch seinen forschenden Blick auf sich spürte. Sie warf einen Blick auf das seit Tagen stark bewegte Meer, das in der Abenddämmerung rotgolden schimmerte.

»Es wird dunkel, ich haue mich jetzt aufs Ohr«, erklärte sie, weil sie sich auf einmal befangen fühlte, so, als hätte sie etwas falsch gemacht.

»Gute Nacht.« Wolfhardt drehte sich um und verschwand in die Richtung seiner Kajüte.

Stunden später krachte etwas Nasses klatschend auf Rosa. Sie schnappte nach Luft. Das Wasser war eiskalt und lähmte ihren Körper, während ihr Herz anfing zu rasen.

Kupferrote, grün geränderte Blitze erhellten die tobende

Nacht. Kreischen, Ächzen, Heulen und Pfeifen erfüllte die Luft, vermischte sich mit den Schreien der Matrosen.

Rosa beeilte sich, aus der Hängematte zu kommen, die so stark hin und her schwankte, dass es kaum zu schaffen war. Schließlich gelang es ihr, sich am Vordach der Hütte festzuhalten und hinauszuspringen. Sie stürzte und schlitterte auf den glitschigen Planken bis zur Reling. Dort tosten hoch aufgetürmte Wogen über die Bordwand, leckten gierig an Rosa, wollten sie einsaugen, dem Ozean einverleiben, gleichzeitig knallten Regentropfen hart wie Hagelkörner von oben auf ihre Schultern. Das Stampfen und Schlingern des Schiffes machten es unmöglich aufzustehen. Die *Amalberga* lag gefährlich schief, ja, es sah für Rosa so aus, als würde sie gleich für immer im Meer versinken. Da, plötzlich richtete das Schiff sich unvermutet auf, nur um dann auf die andere Seite zu kippen. Rosa konnte sich nicht mehr halten und rutschte von der Reling zur Deckmitte.

Sie vernahm immer wieder Schreie der Matrosen, die sich in den Tauen kaum halten konnten. Die Sturmböen brüllten über die Kommandos der Offiziere hinweg, rissen an den Masten und den zusammengerollten Segeln.

Das überlebe ich nicht, dachte Rosa. Und wenn, dann werde ich mir in Zukunft die Hölle so vorstellen, diesen infernalischen Lärm, diese kalte Nässe.

In diesem Augenblick wurde ein Mensch neben sie geschleudert, der irgendwo heruntergestürzt sein musste. Sie kroch zu ihm hin. Er lebte. Doch der Geruch des Blutes, das aus seinem Körper strömte, verdrängte den des Salzwassers und des Regens. Sie kroch näher und bemerkte, dass der Mann etwas sagen wollte.

Rosa presste ihr Ohr an seinen Mund, um ihn besser zu

verstehen, aber wegen des Brausens des Meeres konnte sie nur sinnloses Stammeln ausmachen. Sie griff nach seiner Hand, ein lappiger Haufen gebrochener Knochen, ließ deshalb sofort wieder los, legte ihre Hand auf seinen Arm, wusste selbst, wie sinnlos das war, trotzdem flüsterte sie: »Schsch, alles wird wieder gut …«, so, als könnte er das bei dem Geheul hören.

Das Schiff neigte sich wieder auf die andere Seite, katapultierte sie und den Mann zur Bootskante, die tief im Wasser hing. Rosa klammerte sich an den glitschigen Planken fest, versuchte, den Mann zu halten, doch er wurde mit der nächsten heranbrandenden Welle fortgespült.

Ich muss mich an einen Mast anbinden, dachte Rosa, lange kann ich mich nicht mehr festhalten.

Das Schiff wurde plötzlich wie von Geisterhand emporgetrieben, krachte dann tief in ein Wellental, wo gewaltige Brecher das Schiff unter sich begruben, doch es richtete sich wie zum Trotz wieder auf.

Rosa schnappte nach Luft, bekam eine Ladung Salzwasser in den Mund, röchelte, wurde durch das Absacken in die Tiefe von der Reling weg hin zu ihrem Verschlag geschleudert, wo sie sich an ihrer Hängematte festhalten konnte. Allerdings nur wenige Augenblicke, dann löste diese sich durch die hereinbrechenden Fluten aus der Verankerung, und Rosa wurde wieder zum Spielball der Wellen. Ihre Arme wurden schwächer, ihre Hände waren klamm, sie konnte sich nicht länger festhalten, wurde über das Deck getrieben wie ein leeres Fass.

Ein Blitz erhellte das Deck, und Rosa bemerkte, dass seitlich von ihr dicke Taue lagen. Dorthin musste sie, sich mit denen festbinden. Sie kroch hinüber, griff nach einem Ende. In diesem Augenblick erfasste eine so große Woge ihren

Körper, dass sie dachte, sie müsste ertrinken. Sie arbeitete sich durch das Wasser. Luft, sie brauchte Luft. Sie strampelte, und da, ihr Kopf war frei, sie konnte atmen.

Einen Moment hielt sie inne. Was war das? Hatte sie Wasser in den Ohren?

Alles war plötzlich so still.

Das Wasser versickerte zu ihren Füßen. Das Schiff ächzte und stöhnte immer noch, aber das war wie Musik in Rosas Ohren, denn sie konnte es nur hören, weil das schreckliche Heulen des Windes aufgehört hatte.

Sie hatte ihren ersten Sturm überlebt und lächelte erleichtert. Ein gutes Omen! Ja, sie würde es nach Indien schaffen, ganz sicher!

Sie spürte mehr, als dass sie es sah, dass jemand vor ihr stand.

»Was sitzt du hier herum, anstatt dem Schiffsarzt zur Hand zu gehen, Nichtsnutz!« Der Profos hatte also den Sturm auch überlebt. Schade, dachte Rosa, wirklich schade.

Während sie zur Kajüte des Arztes schlitterte, hörte sie, wie der Profos die Leute herumkommandierte. Wahrscheinlich war es wirklich seine Aufgabe, aber die Art, wie er ihr nachging, war abstoßend.

Vor der Kajüte des Arztes wurde ihr klar, dass sie vollkommen durchnässt war. Würde man da nicht den Schal sehen, den sie sich um ihre Brust gebunden hatte? Hatte der Profos etwas bemerkt?

Da öffnete der Arzt die Tür. »Carlo, du lebst.« Wolfhardt umarmte Rosa. »Das ist eine gute Nachricht.«

Einen Moment lang kam es ihr so vor, als wäre ihr Vater wieder zurück und würde sie trösten.

Doch der Mann war nicht ihr Vater, sie spürte, wie die

Muskeln des Arztes flatterten, vielleicht war auch er noch angespannt von dem Sturm. Ganz unerwartet stieß er sie plötzlich von sich, drehte sich weg von ihr, bückte sich und kramte in seiner großen Kiste.

»Willst du nicht das klatschnasse Zeug ausziehen und dich in diese Decke wickeln? Meine chinesische Truhe ist mit Lack versiegelt und daher nahezu wasserdicht.«

Dankbar nahm Rosa die Decke und hängte sie sich um. Sie konnte sich nicht ausziehen, das war unmöglich.

»Komm, setz dich her. Das war dein erster Sturm, oder? Trink das!«

Er reichte Rosa einen kleinen funkelnden Becher.

»Aber der Profos …« Rosa griff mit triefend nassen Handschuhen nach dem Becher und hoffte, er würde nicht darauf bestehen, dass sie die nassen Lappen auszog.

»Trink.«

Wolfhart nickte, als Rosa endlich an dem Becher nippte. Es war Rum, der sie von innen wärmte. Nur dieses ein Mal, denn sie hatte sich fest vorgenommen, keinen Rum zu trinken, weil sie Angst hatte, im Rausch ihre Verkleidung preiszugeben.

»Den Toten können wir jetzt nicht mehr helfen, und die Verletzten wissen, wo sie hinmüssen. Auf keinen Fall sollten wir auf den Decks herumlaufen und die Aufräumarbeiten behindern. Wir müssen hier bleiben und warten.«

Rosa setzte sich so weit entfernt von der Laterne wie möglich, trotzdem starrte der Arzt sie an.

»Du hast an der Stirn eine Schramme, lass mal sehen.«

Er kam näher, betrachtete die Wunde. »Nur ein Kratzer.« Er strich mit seiner Hand über ihre Wange, dann noch einmal sehr sanft.

»Merkwürdig, du hast die Haut eines Mädchens«, sagte er mehr zu sich selbst als zu Rosa.

Rosa wurde jetzt erst klar, dass sie ihre Mütze nicht mehr trug und das Wasser den Dreck abgespült hatte, den sie sich sonst ins Gesicht schmierte.

Es wurde an der Tür geklopft.

»Da sind schon die Ersten – das wird eine lange Nacht heute.«

Rosa wusste nicht, wie sie mit der Decke arbeiten sollte. Der Arzt nahm kurzerhand ihren Gürtel und band die Decke über ihrer Hose damit fest. Die Zipfel verknotete er im Nacken. »Es wäre besser gewesen, du hättest das nasse Zeug zuerst ausgezogen!«

Rosa wusste, er war im Recht, aber es gab keine andere Lösung. Immerhin hatte der Rum sie etwas aufgewärmt. Auf dem Weg zu dem Verschlag mit den Medikamenten machte sie an Hermanns Kiste halt und sah nach. Alles war genauso nass wie das, was sie am Körper trug. Sie zog den rechten Handschuh aus und wrang ihn, so fest sie konnte, aus. Den linken ließ sie an ihrer Hand, weil die Verletzten in großer Zahl herbeiströmten.

Sie arbeiteten die ganze Nacht und brauchten fast die Hälfte aller Kerzen auf.

Viele Männer hatten Quetschungen, Prellungen und klaffende Fleischwunden von herabstürzenden Holzteilen. Auch Willem war schwer am Kopf verletzt worden. Das Schlimmste aber war die Wade des Schiffskochs, durch die sich ein Küchenmesser gebohrt hatte. Der Maat trug ihn voller Panik herbei, der Koch jedoch war bester Stimmung, die offensichtlich vom reichlichen Gin herrührte. Wolfhardt meinte zu Rosa, das sei Glück im Unglück, denn das Herausziehen des Messers würde großen Schmerz verursachen.

Erst gegen Mittag des folgenden Tages hatten sie alle Verletzten versorgt. Rosa sah immer wieder nach Willem, der noch kein Wort gesprochen hatte, seit er behandelt worden war. Er starrte sie nur mit flehenden Augen an, was in Rosa den Eindruck erweckte, er wollte ihr etwas sagen, doch er blieb stumm.

Tote gab es zwei zu beklagen, und drei weitere Männer waren über Bord gegangen.

Alle Frischwasservorräte waren verdorben, weil jemand die Luke nicht geschlossen hatte und so Salzwasser in die Fässer eingedrungen war. Diese Fahrlässigkeit wurde vom Profos mit Auspeitschen geahndet.

Die Toten wurden feierlich der See übergeben, und der Krankentröster sprach erst Gebete für die Verstorbenen, dann ein Dankesgebet für die Überlebenden. Zum Abschluss der kleinen Zeremonie gab der Kapitän eine Extrarunde Gin für die ganze Mannschaft aus.

Danach redeten alle davon, dass sie in zwei Tagen die Kapverden erreichen würden, doch – und das machte die Männer wütend – dort würde keiner an Land gehen dürfen. Allerdings kursierten Gerüchte darüber, dass der Kapitän den Huren im Hafen erlauben werde, für ein Schäferstündchen an Bord zu kommen.

28. Kapitel

Tatsächlich verbot der Kapitän der Besatzung, das Schiff auf den Kapverden zu verlassen, denn nur eine Sondergenehmigung hatte das Anlanden in Ribeira Grande auf Santiago überhaupt möglich gemacht. Die Portugiesen waren nicht erfreut darüber, dass ihre protestantischen Feinde anlegten, und der Kapitän fürchtete, dass die Männer in Raufhändel verwickelt würden.

Rosa konnte sich ein Grinsen nicht verkneifen, als sie hörte, dass die Huren deshalb nicht an Bord durften, weil der Kapitän Angst hatte, es könnten verkleidete Männer dabei sein, die das Schiff in ihren Besitz bringen wollten.

Alle Männer und Wachen waren, seit sie vor zwei Tagen in den Hafen eingelaufen waren, in höchster Alarmbereitschaft.

»Das ist schlecht, die Besatzung ist sehr unzufrieden. Und das ausgerechnet, bevor wir zum Kap der Guten Hoffnung aufbrechen.« Wolfhardt wandte sich Rosa zu, die, wie so oft in den letzten beiden Tagen, dabei war, das große Fort über dem Hafen anzustarren. Das Forte Real de Sao Filipe. Feindlich sah es aus, fand sie. Abweisend.

»Warum landen hier überhaupt so viele Schiffe, was gibt es denn hier?« Rosa zeigte auf die vielen Schiffe, die im Hafen ankerten und vom Wind hin und her geschüttelt wurden. »Diese Inseln sehen für mich vollkommen kahl aus.«

»Hier ist ein wichtiger Knotenpunkt im Sklavenhandel«,

erklärte Wolfhardt, und weil er schon wieder leicht angesäuselt war, stolperte seine Zunge über die S-Laute. »Hier landen die Schiffe mit den Sklaven aus Afrika an. Diese werden dann auf die Westindienfahrer verladen, die sie dann in die Kolonien bringen.«

Sklaven. Rosas Vater hatte sich immer gegen Sklavenhandel ausgesprochen. Ein Mensch sei keine Ware, nirgendwo im Neuen Testament oder in den Zehn Geboten stünde etwas davon, dass man seinesgleichen versklaven und ausnutzen dürfe. Und das, so wurde Rosa überrascht klar, war eine der wenigen Fragen, in denen er mit ihrer Mutter übereingestimmt hatte.

»Schau, dort drüben!« Der Arzt zeigte auf ein Schiff, das drei Plätze weiter ankerte, von dem gerade Hunderte von Menschen mit schwarzer Hautfarbe heruntergetrieben wurden wie Ochsen.

»Aber da sind auch Kinder dabei!«

Der Arzt zuckte mit den Schultern. »Je nachdem, wie kräftig und geschickt sie sind, bringen sie besonders viel Geld.«

Schaudernd dachte Rosa daran, was passieren würde, wenn sie ihre Reise nicht erfolgreich zu Ende brachte. Gewiss, ihre Schwestern und sie würden nicht als Sklavinnen verkauft werden, aber man würde sie aus Nürnberg jagen, und auch sie wären dann gezwungen, sich zu Gott weiß welchen Arbeiten zu verdingen.

»Die *Amalberga* nimmt keine Sklaven auf, warum also halten wir überhaupt hier, wenn es so schwierig ist?« Der Wind zerstreute ihre Worte und pfiff so laut um Rosas Ohren, dass sie ihre Frage lauter wiederholte.

»Weil wir frisches Wasser brauchen«, brüllte Wolfhardt zurück, »und weil weitere Söldner etwas an Bord bringen, das nach Kandy transportiert werden soll. Außerdem nehmen wir hier auch den Missionar auf. Es ist gut, einen Mann Gottes an Bord zu haben – man weiß ja nie, wie sich die Dinge entwickeln.«

»Und warum segeln wir nicht einfach an der Küste Afrikas entlang, da gibt es doch sicher auch Häfen, oder nicht?«

Der Arzt schüttelte den Kopf. »Es gibt nur wenige Städte, außerdem ist die Küste Afrikas sehr gefährlich. Ab hier sind der Kapitän und sein Steuermann wirklich gefordert, denn du musst in einer etwa dreihundert Seemeilen breiten Fahrrinne bleiben, um nicht in eine der berüchtigten Strömungen zu geraten, die dich direkt in einen Doldrum bringen können.«

»Doldrum?«

»Das sind Flauten rund um den Äquator, die sich so lange hinziehen können, dass die ganze Mannschaft verhungert, bevor ein Wind aufkommt.«

»Bei dem Wind, der hier den ganzen Tag über bläst, kann ich mir nicht vorstellen, dass es wirklich dermaßen windstill sein könnte. Hast du schon mal erlebt, dass die Mannschaft beinahe verhungert ist?«

Der Arzt sah auf das Gewimmel im Hafen und schüttelte den Kopf. »Nein, noch nie.«

Rosas Finger wurde zum ersten Mal seit langer Zeit eiskalt, doch sein finsterer Gesichtsausdruck hielt sie davon ab, nachzufragen, warum er sie belog.

Am Hafen lichtete sich das Getümmel, die Menschen machten Platz für einen Trupp Reiter, der etliche Kisten und Fässer auf einem Wagen zur Mole transportierte. Dort stemmte sich der Profos gegen den Wind und versuchte, die flatternde Liste in seiner Hand abzuhaken.

Immer wenn er nickte, rollten oder trugen die Männer die Waren über die bereitgelegten Planken an Bord, wo der Geschützmeister die Söldner in Empfang nahm und der Proviantmeister die Wasserfässer überprüfte.

Rosa hätte bei dem ganzen Trubel beinahe den Missionar übersehen. Nur mit einem Sack über der Schulter betrat er die Planken, die zur *Amalberga von Gent* hinaufführten.

Sie kniff die Augen zusammen, denn der Mann kam ihr bekannt vor. Gefährlich weit beugte sie sich über die Reling, um ihn besser betrachten zu können.

Kein Zweifel, sie kannte diesen großen, breitschultrigen Kerl, und je näher er herankam, desto sicherer wurde sie.

Er betrat das Schiff, als wäre es seins, nickte den Matrosen zu und schritt über das Deck, als wäre er der Erste Offizier. Er schien geradewegs auf sie zuzukommen.

Rosas Herz klopfte vor Entsetzen, als wäre sie gerannt. Ja, das waren dieselben eisgrünen Augen. Augen wie das Wasser der Etsch. Was, wenn diese Augen ihre Verkleidung durchschauen würden? Am liebsten hätte sie sich sofort ins Unterdeck geflüchtet, doch sie blieb wie gelähmt stehen.

Was hatte der katholische Priester hier zu suchen, noch dazu als evangelischer Missionar? Konnte man so einfach die Konfession wechseln wie seine Leibwäsche? Und was hatte der Mann in der Nacht bei Baldessarini zu suchen gehabt?

»Das ist mal ein erfreulicher Anblick.« Wolfhardt schob sein langes weißgraues Haar ordentlich hinter die Ohren, was vergeblich war, denn der Wind zerzauste es sofort wieder. Er zuckte mit den Achseln, richtete sich auf und schritt dem Missionar entgegen.

»Willkommen an Bord!«, sagte er, »ich bin der Schiffsarzt, Wolfhardt Leonberger.«

»Ich sehe mal nach, was unsere Patienten machen …«, murmelte Rosa und drehte sich zum Gehen, doch Wolfhardt hielt sie fest.

»Sei nicht so ein ungehobelter Klotz! Begrüße unseren Neuankömmling.«

Rosa starrte auf die Planken.

»Schüchtern, Euer Schiffsjunge, hä?« Mit einem kleinen Ächzen hievte der Missionar seinen Sack von den Schultern auf die Planken.

Rosa hätte am liebsten verächtlich auf den Boden gespuckt. Sie war nicht schüchtern, aber sie musste sich vor diesem Mann in Acht nehmen, diesem Lügner und Betrüger.

Und was war sie? Log sie nicht auch ständig? Auf einmal dämmerte ihr etwas Erfreuliches. Er konnte sie nicht verraten, ohne sich selbst als Betrüger bloßzustellen. Sie war also gar nicht in Gefahr. Wenn er sie als Frau enttarnen würde, konnte sie ihn als Jesuiten enttarnen.

Sie hob etwas mutiger den Blick und schaute in seine gletscherseegrünen Augen, was sie einen Moment vollkommen aus der Fassung brachte. Sie atmete schneller.

Der Missionar reichte ihr seine Hand. »Gott mit dir, Junge.« Er musterte sie gründlich, und Rosa war froh, dass sie ihren Busenschal fest umgewickelt und sich heute Morgen das Gesicht mit reichlich Bootsdreck eingeschmiert hatte.

»Du erinnerst mich an jemanden, den ich mal in Nürnberg getroffen habe. Dort scheint ein jeder Handschuhe zu tragen. Sag, hast du Verwandte da?«

Rosa erstarrte, er hatte sie erkannt. Ganz klar. Sie schüttelte den Kopf, weil sie keinen Ton herausgebracht hätte.

»Nun, andererseits …« Der Missionar rieb sich das Kinn

mit dem tiefen Grübchen darin und räusperte sich dann, bevor er fortfuhr. »… andererseits sind sich die Milchbärtigen doch alle ähnlich, glatt wie die Ärsche von Säuglingen.« Der Missionar zwinkerte dem Arzt zu. »Manch einem gefällt's!«

Wolfhardt wurde feuerrot im Gesicht. »Was erlaubt Ihr Euch?«

»Gar nichts, gar nichts, Gottes Wege sind eben unerforschlich …« Der Missionar verzog seinen schönen, vollen Mund zu einem dermaßen falschen Lächeln, dass Rosa nur mit Mühe ein Schütteln unterdrücken konnte. Dieser elende Heuchler!

Was ihn wohl auf dieses Schiff gebracht hatte?

Ob sie mit Wolfhardt darüber reden konnte? Eher nicht, denn dann würde der wissen wollen, woher sie den Missionar kannte.

Und Willem, der Einzige, dem sie an Bord noch vertrauen konnte, sprach immer noch nicht. Wolfhardt hatte sogar den Verdacht geäußert, dass Willem taub und stumm geworden sein könnte.

»In was für einer Mission seid Ihr eigentlich unterwegs?«, fragte Rosa, um von sich abzulenken, und bemühte sich um eine tiefe Männerstimme.

Der Missionar legte den Finger an seine Lippen. »Leider ist es mir nicht erlaubt, mich darüber zu äußern.«

»Ihr redet gerade so wie ein Jesuit!«, erwiderte Rosa kämpferisch.

»Was weißt du denn von den Jesuiten, mein Sohn?«, fragte der Missionar. Es schien ihr, als würde er sie jetzt anders betrachten. Er war auf der Hut.

»Nicht viel, nur dass sie gern in geheimer Mission des Heiligen Vaters unterwegs sind, sich als Retter in der Not gebärden und dabei so merkwürdige Kappen tragen.« Sollte er ruhig ins Schwitzen kommen.

»Ich habe noch nie gehört, dass das Heidenbekehren in aller Heimlichkeit vonstattengeht«, mischte sich Wolfhardt wieder ein.

Der Missionar grinste. »Da habt Ihr völlig recht. Aber meine Mission geht weit über das Heidenbekehren hinaus.«

Rosas Finger wurde kalt.

Interessant. Als er behauptet hatte, in geheimer Mission unterwegs zu sein, war nichts passiert, jetzt aber log er.

»Und ist Euer Name auch streng geheim?«, fragte Rosa und war gespannt, wie ihr Finger bei seiner Antwort reagieren würde.

»Mit Verlaub«, der Missionar verbeugte sich mit einem leichten Kratzfuß vor ihnen, »Johann Basilius Martin Scheidegger ist mein Name.«

Rosas Finger wurde noch kälter.

Definitiv nicht sein richtiger Name.

»Was soll das hier werden?« Der Profos war vom Land zurück und beäugte die Dreiergruppe misstrauisch, seine Lippen missbilligend zusammengepresst, dünn wie ein Stück Draht.

»Und Ihr seid?«, fragte der Missionar und streckte dem Profos mit einem Lächeln die Hand hin.

»Lorenz Löhner, Profos.« Der Profos ließ die hingestreckte Hand unbeachtet und schnaubte. »Missionare sind nichts anderes als faule Hunde, die auf Kosten der VOC eine Reise antreten. Das ist alles, was ich zu Eurer Zunft zu sagen habe. Beten statt arbeiten, mehr habt Ihr nicht zu bieten. Da lobe ich mir die Hugenotten, die wir für die VOC anno 1688 runter ans Kap der Guten Hoffnung gebracht haben.«

Rosa bewunderte, wie gelassen der Missionar die verschmähte Hand in die Soutane zurücksteckte und lächelte.

»Das glaube ich gern«, sagte der Missionar, »ein Katholik arbeitet zweihundertsechzig Tage im Jahr, ein Lutheraner zweihundertneunzig, nur die Hugenotten, die arbeiten dreihundertzehn Tage im Jahr.«

»Ihr habt die Seeleute vergessen, die arbeiten das ganze Jahr«, schnaubte der Profos und stampfte davon.

Der Mundwinkel des Missionars verzog sich spöttisch. »Er hat nicht unrecht, alle anderen an Bord arbeiten hart, nur der Pfaffe vertreibt sich mit Predigen die Zeit.«

»Ihr könnt Euch gern nützlich machen und meinem Gehilfen zur Hand gehen. Obwohl wir über zweihundert Mann sind, gibt es nur mich als einzigen Schiffschirurgen und meinen Gehilfen Carlo, das ist zu wenig.«

Nein, dachte Rosa, bloß nicht. Dann müsste sie ja noch mehr aufpassen, sich nicht zu verraten.

»Das werde ich gern tun, allerdings müsst Ihr mir genaue Anweisungen geben. Und jetzt werde ich meine Kajüte beziehen, wenn Ihr nichts dagegen habt.« Der Missionar deutete eine Verbeugung an, nahm den Sack vom Boden auf, warf ihn ächzend über die Schulter und schritt davon.

»Ein merkwürdiger Mann«, stellte Wolfhardt fest.

»Warum?«

»Er redet so wenig salbungsvolles Zeug, dass man ihn beinahe für einen falschen Priester halten könnte.« Wolfhardt schüttelte den Kopf und grinste Rosa an. »Das ist natürlich Unsinn, denn gerade die falschen übertreiben es zuweilen.«

»Fertig machen zum Auslaufen!«, ertönte der Ruf des Ersten Steuermanns, was alle Matrosen in Bewegung versetzte.

Diesmal gab es keine feierliche Verabschiedung oder Salutschüsse. Rosa staunte, wie schnell die Ankerkette mit der Winde klirrend hochgezogen und die Segel gesetzt waren. Und sofort nahm das Schiff unter dem gewohnten Stampfen und Knarren volle Fahrt auf.

29. Kapitel

Nachdem Rosa zwei Wochen lang ihre wenige freie Zeit damit verbracht hatte, darüber nachzudenken, wie sie den spitzen Bemerkungen des Missionars am besten aus dem Weg gehen konnte, beschloss sie, dass damit endlich Schluss sein müsse.

In den letzten Tagen war es ständig wärmer geworden, und der starke Wind hatte nachgelassen, sodass die *Amalberga von Gent* nur noch gemächlich vorwärtskam.

Rosas Leib war müde von der harten Arbeit, doch sie konnte nicht schlafen und lag wach in ihrer Hängematte, die sich kaum bewegte, weil das Schiff so träge dahinglitt. Sie hatte sich Carlos Namen ausgesucht, aber ihr Verhalten war seiner nicht würdig. Eine Löwin verhielt sich anders.

Der Gedanke versetzte sie in Unruhe. Sie sprang aus der Matte auf, sah sich um, aber es war, wie nachts meistens, niemand zu sehen. Nur die Nachtwachen saßen im Ausguck, die Mannschaft war unter Deck und ruhte sich aus.

Sie lief an die Reling und schaute aufs schwarze Wasser, das ruhig, beinahe glatt dalag, fast so wie das Wasser der Pegnitz an jenem Abend, kurz vor ihrer Abreise. Es kam ihr so vor, als müsste das viel länger her sein als nur vier Monate.

Sie betrachtete die wenigen Sterne, die durch die Wolken hindurchschimmerten. Es waren ganz andere Sternbilder als die, die sie von Nürnberg kannte.

»Beeindruckend, nicht?«

Sie zuckte zusammen.

Der Missionar war ohne jeden Laut herangekommen und hinter ihr stehen geblieben. »Diesen Geruch kenne ich«, sagte er und beugte sich unvermittelt näher zu ihrem Hals.

Rosas Herz klopfte schneller. Jetzt würde er sie enttarnen. Sei eine Löwin, lass dir nichts anmerken, mahnte sie sich. »Wie meint Ihr das, welcher Geruch?«, sagte sie laut.

»Riech doch mal!« Der Missionar zeigte mit einer weit ausholenden Geste auf das Wasser.

Rosa sog erleichtert die laue Meerluft durch ihre Nasenlöcher ein. »Alles wie immer.«

»Wie enttäuschend! Ich hätte gedacht, gerade du würdest den Unterschied merken.« Er war ein wenig in die Knie gegangen, sein Mund befand sich so nah an ihrem Ohr, dass sie sich einbildete, seine Bartstoppeln würden ihre Haut kitzeln.

Sie wich ihm aus. Warum duzte er sie, und warum kam er ihr so nah? Sie rückte ab von ihm.

Er richtete sich wieder auf, trat erneut sehr eng neben sie und wedelte mit seiner flachen Hand Luft heran.

»Es ist nicht mehr der frische Duft von Fisch, Tang und Salz. Über dem Wasser schwebt ein Geruch nach Brackwasser. Das ist ein schlechtes Zeichen.«

»Wofür?«

»Flauten.«

»Doldrums«, sagte Rosa. Da können Menschen verhungern, hatte Wolfhardt gesagt.

»Der Erste Steuermann scheint ein Idiot zu sein. Oder der Kapitän.«

»So, Ihr kennt Euch also besser aus als die beiden, ja?«, rutschte es Rosa heraus, da ihr sein gönnerhafter Ton auf die Nerven ging.

Der Missionar trat einen Schritt zur Seite und lachte leise.

Dieses Lachen ärgerte Rosa erst recht.

»Nein, nicht mit allem«, sagte er. »Aus dir zum Beispiel werde ich nicht schlau. Nimm dich in Acht vor dem Arzt. Mir scheint, er hat einen Narren an dir gefressen. Und das ist auch schon anderen aufgefallen.«

Rosa hoffte, ihr Finger würde kalt werden, als Zeichen dafür, dass der Missionar mal wieder log. Als nichts geschah, ärgerte sie sich. Wolfhardt war zwar ein Trunkenbold, aber sonst ein ordentlicher Mann, der sie bisher einwandfrei behandelt hatte.

»Aus dir werde ich auch nicht schlau!« Sie beschloss, ihn ebenfalls zu duzen.

Seine Reaktion war nur ein leises Lachen. »Nun, in der Tat, das geht mir selbst genauso!«, sagte er dann. Und darüber musste er schon wieder lachen.

»Was gibt es denn hier mitten in der Nacht so Lustiges? Tanzende Seejungfrauen?« Wolfhardt war unbemerkt herangekommen.

»Keine Jungfrauen weit und breit«, sagte der Missionar, »außer dieser hier neben mir.« Und dann fügte er ein lang gedehntes »Noch« hinzu und klopfte mit der Hand an die Reling, als sei das wirklich ein guter Witz.

Rosa war froh, dass es dunkel war und man nicht sehen konnte, wie ihr Gesicht rot anlief. Sie war keine Jungfrau mehr, aber das konnte er nicht wissen. Doch er hatte sie erkannt und machte sich einen Spaß daraus, sie zu quälen.

»Wollt Ihr damit schon wieder irgendwas andeuten?« Wolfhardt klang scharf.

»Nichts, rein gar nichts! Entschuldigt mich jetzt.«

Der Missionar entfernte sich.

»Ich habe dich gesucht. Willem hat eben sein erstes Wort gesprochen.« Wolfhardt lächelte. »Ich glaube, er wird wieder!«

»Dann gehen wir zu ihm«, schlug Rosa vor.

»Geh du allein, aber überanstrenge ihn nicht. Ich bleibe hier, ich brauche etwas frische Luft.«

Rosa stürmte nur allzu gerne davon.

Der Missionar war ein abscheulicher Mensch, er hatte Spaß daran, sie zu quälen.

Aber sie war nicht bereit, sich das gefallen zu lassen.

Als sie bei Willem angelangt war, hockte sie sich neben ihn. »Willem!«

Er schlug die Augen auf, und als er sie erkannte, verzog er den Mund zu einem Grinsen. »Carlo! Du siehst mies aus, du solltest dich 'ne Runde zu mir legen. Ist gar nicht so übel ...«

»Das würde dem Profos nicht schmecken.« Rosa musste ein paar Mal schlucken und versuchte dann, ihre Rührung wegzuräuspern.

»'n scharfer Hund das.« Willem schloss seine Augen wieder.

Rosa befühlte seine Stirn. Sie war kühl.

Als sie bemerkte, dass die anderen Verletzten sie beobachteten, versuchte sie, ihre Gefühle besser zu verbergen. Sie stand auf, schritt die Reihen durch, zupfte hier und da an einer Decke und murmelte freundliche Worte.

Dann ging sie zurück zu ihrer Hängematte, dabei musste sie die ganze Zeit an den Missionar denken. Er machte ihr Angst, und er machte sie neugierig, und sie verabscheute ihn. Ihr Leben in Nürnberg in der Werkstatt ihres Vaters hatte sie nicht auf so ein Gefühlswirrwarr vorbereitet, dachte Rosa. Sie warf sich in die Hängematte und starrte in den Himmel, der jetzt so voller Wolken war, dass man keine Sterne sehen konnte.

Sie war ungerecht – wie hätte ihr Vater denn ahnen können, dass sie einmal in Männerkleidern auf einem Schiff nach Indien fahren würde? Oder dass sie einen Lügner und Betrüger treffen würde, der sie durcheinanderbrachte. Sie fragte sich, ob ihre Mutter jemals den Vater durcheinandergebracht hatte oder ihr Schwager die Dorothea.

»Entschuldige …« Wolfhardt stand neben ihrer Hängematte und riss sie aus ihren Gedanken.

»Ich wollte dich nicht stören, aber der Profos behauptet, er braucht für den Waffenmeister jetzt sofort ein Abführmittel, weil der sich in Krämpfen winde.« Wolfhardt schloss die Tür auf.

Rosa stieg aus der Hängematte. »Ich zünde eine Kerze an und leuchte dir.«

Nachdem sie eine Kerze angezündet hatte, drängten sich ihr die Worte auf die Lippen, ohne dass sie sich bremsen konnte. »Hast du schon einmal geliebt?«, fragte sie Wolfhardt, in der Hoffnung, der alte Mann würde ihr etwas erzählen, doch kaum hatte sie es ausgesprochen, hatte sie auch schon Angst, weil Männer vielleicht niemals über so etwas redeten.

Wolfhardt ließ den Pott mit der Latwerge fallen.

»Das geht dich nichts an!«

Sie ging zu ihm und half ihm dabei, die Scherben aufzusammeln und von der Latwerge zu retten, was zu retten war.

»Warum fragst du mich das?« Wolfhardts Stimme klang seltsam belegt.

»Wen kann ich denn sonst fragen? Willem vielleicht?« Rosa lachte bei der Vorstellung, was ihr der Kindskopf darüber sagen würde. »Oder gar den Profos?« Der Gedanke, dass dieser gnadenlos gemeine Mann jemals so etwas wie Liebe gefühlt haben sollte, war so unvorstellbar komisch. Nein, eigentlich nicht komisch, vielmehr abstoßend.

Sie hatten das Chaos beseitigt und standen sich gegenüber.

»Mich darfst du das alles nicht fragen.«

»Warum nicht?«

Er ging einen Schritt weg von ihr.

»Weil ich immer nur die Falschen geliebt habe«, flüsterte er. »Und es scheint sich nicht viel geändert zu haben in meinem Leben.«

Das klang sehr tragisch, fand Rosa, und sie versuchte wirklich, sich das vorzustellen. Aber konnte man wirklich so alt werden und doch immer nur die Falschen lieben? Sie seufzte, denn ihr Finger verriet ihr, dass er die Wahrheit gesagt hatte, doch wie immer hatte ihr der Finger nichts sonst preisgegeben. Ihre Frage nach dem Warum nicht beantwortet.

Sie standen sich nun im Halbdunkel der Kammer wieder dicht gegenüber. Wolfhardt streckte seine Hand nach ihrem Gesicht aus, ließ sie dann abrupt fallen. Er nahm die Latwerge und reichte sie Rosa. »Bring das dem Profos, der wartet schon darauf. Es ist spät.«

Er stürmte unvermittelt an ihr vorbei nach draußen, wo er ganz offensichtlich mit jemandem zusammenstieß.

»Ver…!«, hörte sie und »Pass doch auf!« und »Was habt Ihr hier zu suchen?«

Sie folgte Wolfhardt, der mit dem Profos vor der Kammer stand. Beide hielten sich die Köpfe.

»Braucht jemand Hilfe?«, fragte Rosa. »Wir hätten da wunderbare Pflaster in der Art des …«

»Scher dich zum Teufel!«, brummte der Profos, und Wolfhardt fügte hinzu: »Verschwinde!«

Das fand Rosa jetzt doch reichlich unangemessen, außerdem befand sich ihre Hängematte ja vor der Kammer neben den Männern.

Also ging sie wieder zur Reling und starrte aufs Wasser, und jetzt, wo sie darauf achtete, konnte sie den Geruch wahrnehmen, von dem der Missionar gesprochen hatte.

Es roch abgestanden, das Meer war glatt wie ein straff gespanntes schwarzes Seidentuch, und das Schiff ächzte zwar noch, aber es stampfte nicht mehr auf und ab.

Sie kauerte sich mit dem Rücken an die Reling und sah zum Himmel, der sich nun schwarz und undurchdringlich über ihr wölbte.

Wie wohl der Himmel über Indien, wie Dorothea aussehen würde? Würden sie sich wiedererkennen? Ob sie schon ihren Brief bekommen hatte, der ihre Ankunft ankündigte? Würde Dorothea gar mit nach Hause kommen?

Der Griff ihres Dolchs drückte an Rosas Hintern. Sie zog ihn aus dem Hosenbund und betrachtete die Steine, die sogar das wenige Licht der Nacht auffingen und funkelten. Sie erinnerte sich an das leise Klirren von Siranushs Armreifen.

Schritte näherten sich. Eilig versteckte Rosa den Dolch wieder in ihrem Hosenbund. Als sie aufsah, erkannte sie den Missionar.

»Hast du keine Hängematte?«, fragte er und setzte sich ungefragt neben sie auf die Planken.

»Was geht dich das an?«, gab sie zurück und wünschte sich, er würde gehen.

»Nicht das Mindeste. Ich frage mich nur, was dich so umtreibt. Wie du ja weißt, ist nur ein gutes Gewissen ein weiches Ruhekissen. Gibt es etwas, das du dir vorzuwerfen hast?«

Rosa biss sich auf die Lippen. Viel lieber aber hätte sie ihn geohrfeigt. Was sollten diese Andeutungen? Und was für eine Unverschämtheit von ihm, sich als ihr Seelsorger aufzuspielen, wo er selbst doch der übelste Lügner von allen war.

Stimmen näherten sich. Der Kapitän und der Profos schlenderten heran.

»Was habt Ihr immer noch an Deck zu suchen?«, herrschte sie der Profos an.

Der Kapitän legte eine Hand auf dessen Arm.

»Es ist doch so eine schöne Nacht.« Er seufzte. »Eine viel zu schöne Nacht.«

»Kapitän«, der Missionar deutete eine Verbeugung an, »der junge Mann hier brauchte dringend seelischen Beistand.«

Rosas Finger wurde kalt, aber diesmal wunderte es sie nicht.

»In welcher Angelegenheit denn?«, fragte der Profos, und es war deutlich zu hören, dass er dem Missionar kein Wort glaubte.

Rosa war gespannt, was der Missionar antworten würde.

»Nun, das ist ein wenig delikat. Sagen wir so, dieser moralisch bemerkenswert gefestigte junge Mann hatte Sehnsucht nach seiner Geliebten und wollte meinen Rat zu gewissen fleischlichen Sünden.«

Ihr Finger wurde nicht kälter, das gab Rosa zu denken, denn der Missionar log doch, oder nicht?

»Das versteht jeder Mann an Bord, daran muss man sich erst gewöhnen«, sagte der Kapitän und tätschelte Rosa den Rücken, was ihr merkwürdig vorkam, weil er so klein und zart neben ihr wirkte und gar nicht wie der erste Mann an Bord.

Gewisse fleischliche Sünden ... Erst durch das Mitgefühl des Kapitäns verstand Rosa, was der Missionar damit hatte sagen wollen. Unfassbar! Sie musste alle Muskeln anspannen, um dem Lügner nicht in den Schritt zu treten. Ihn anzubrüllen. Dieser elende Mistkerl! Sie musste hier verschwinden.

»Ich danke Euch für Euren so wertvollen Rat«, stammelte sie und rannte davon.

Das Gelächter der Männer folgte ihr bis zur Hängematte, in die sie sich wütend warf.

Sollte der Lügner mich noch einmal so lächerlich machen, werde ich den Dolch rausholen und ihm seine Zunge abschneiden, schwor sie sich und starrte in die Nacht, bis ihr endlich die Augen zufielen.

30. Kapitel

Seit Wochen lag das Schiff wie ein verwesender Kadaver auf dem Wasser. Die Hitze dörrte alles und jeden aus.

Und es war Rosa vollkommen wahnsinnig vorgekommen, am heiligen Weihnachtstag »Stille Nacht, Heilige Nacht« zu singen, während ihr der Schweiß in die Augen tropfte und das Festessen danach lediglich aus einer Extraportion Gin bestand.

Der Missionar war vom Kapitän gezwungen worden, eine Weihnachtsansprache zu halten, die Rosa erstaunlich ergreifend fand, jedenfalls dafür, dass sie aus dem Mund eines notorischen Lügners kam.

Sie ging dem Missionar aus dem Weg und vermied es, sich allein auf Deck aufzuhalten. Das war nicht weiter schwer, denn auf der *Amalberga* war am Weihnachtsabend das Fleckfieber ausgebrochen und hatte schon sieben Matrosen den Tod gebracht.

Obwohl der Arzt alles tat, um die Erkrankten zu isolieren, damit sie die anderen nicht anstecken konnten, kamen jeden Tag neue hinzu. Zuerst verfärbte sich die Haut fleckig, dann stieg das Fieber unaufhaltsam an, viele bekamen trotz der Hitze Schüttelfrost und wurden bewusstlos. Bis jetzt hatten nur fünf Matrosen die Infektion überlebt. Alle anderen waren daran gestorben.

Das Wasser wurde bereits seit Tagen rationiert, man hatte

auf Deck sogar schon große Tücher aufgespannt, um eventuellen Morgentau aufzufangen.

Willem half Rosa, außerdem waren noch zwei Söldner zu ihrer Unterstützung abkommandiert worden. Aber sie konnten nicht viel tun. Jeder erhielt nur noch ein Achtel der normalen Wasserration, die brackig warm war und voll mit Würmern. Rosa filterte ihr Wasser durch ein Stück Stoff, und es schauderte sie, wenn sie daran dachte, wie die Matrosen es mit Todesverachtung ungefiltert hinunterstürzten. Auch das Essen musste rationiert werden, und weil alle Tiere geschlachtet und der Garten verdorrt war, gab es nur mehr verschimmelten Zwieback, Erbsbrei, die letzten Reste Sauerkraut und immer und immer wieder Graupensuppe.

Jetzt wurde Rosa auch klar, warum es verboten war, sich über das Essen zu beschweren. Hätte auch nur einer damit angefangen – eine Meuterei hätte sich in Windeseile ausgebreitet.

Die Chinarinde, die Wolfhardt mit sich geführt hatte, war längst verbraucht, und so war das Einzige, was sie für die Kranken tun konnten, sie zu kühlen und mit ihnen zu beten.

Rosa hatte den Einfall gehabt, eine Paste aus irgendwelchen Zutaten herzustellen, um damit dann den Kranken Hoffnung zu machen. Wolfhardt war von ihrem Vorschlag so begeistert gewesen, dass er zusammen mit ihr Heilerde und Kreide zu einer Paste vermischte, die sie den Kranken dann teelöffelweise verabreichten. Doch obwohl die Kranken die Paste voller Dankbarkeit zu sich nahmen, änderte sich ihr Befinden nur für kurze Zeit.

Die Stimmung war nicht nur schlecht, Rosa hatte den Eindruck, es würde schon die geringste Kleinigkeit genügen, um das Schiff in Brand zu versetzen. Sogar der Profos war so damit beschäftigt, seine Mannschaft im Zaum zu halten, dass er nicht mehr ständig hinter Rosa und Wolfhardt herspionieren konnte.

Die Hitze machte Rosa besonders zu schaffen. Bisher hatten ihre Handschuhe sie nie gestört, aber jetzt schwitzten ihre Hände so stark, dass sich durch die Reibung wunde Stellen gebildet hatten, die es ihr schwer machten, die Hände überhaupt zu bewegen.

Weil sie nicht viel für die Kranken tun konnte, setzte sie sich zu denen, die noch bei Bewusstsein waren, und spielte Karten mit ihnen. Wenn sie auch dazu zu schwach waren, dann erzählte sie ihnen die Geschichten, die sie von Dorothea gehört hatte. Zuerst hatte sie Angst gehabt, man würde dabei merken, dass sie eine Frau war, aber die Kranken hungerten so nach Zuwendung, dass sie sich schäbig vorgekommen wäre, sie ihnen zu verweigern. Und alle, die gesund wurden, waren einfach nur glücklich darüber, das Fleckfieber überlebt zu haben. Keiner von ihnen war bisher auf die Idee gekommen, ihr Verhalten irgendwie mütterlich oder weibisch zu nennen.

Sie betrachtete den jungen Matrosen, der vor ihr lag, sein Mund bläulich verfärbt. Er war tot, gestorben, während sie ihm die Geschichte von den sieben Eiern erzählt hatte. Sie schloss behutsam seine Augen und murmelte ein Gebet. Dann erhob sie sich, um Wolfhardt Bescheid zu sagen. Sie war froh, für ein paar Minuten dem infernalischen Gestank unter Deck entrinnen zu können.

Am Ende der Treppe oben an Deck wartete jemand auf sie. Der Missionar, unrasiert und hohlwangig. Er bekam noch weniger zu essen als die körperlich hart arbeitende Besatzung. Der Kapitän versuchte, so gerecht wie möglich zu sein.

»Du hast viel zu tun.« Er betrachtete sie forschend.

»Lasst mich durch, ich muss zum Arzt – wir haben schon wieder einen Toten zu beklagen.«

»Dann begleite ich dich.«

»Geht doch lieber da unten rein und gebt den Sterbenden christlichen Beistand, wie es Euer Beruf gebietet.«

»Wenn ich da runtergehe, bin ich in Kürze auch tot. Und das ist das Letzte, was ich will. Ich will leben.«

»Was für ein abgefeimter Mensch Ihr seid!«

»Oho … abgefeimt!«

»Lügner, Betrüger, selbstsüchtiges Ekel …«

Jetzt lachte er aus vollem Hals. Rosa hasste ihn und hätte ihm gern ordentlich eine runtergehauen, um ihn zum Schweigen zu bringen.

»Du hast mich durchschaut. Das ist es, was ich bin, aber wenn du dir deine Mitmenschen betrachtest – sind wir nicht alle so?«

»Nein!« Rosa war außer sich und verlangte danach, ihrer Empörung Luft zu machen. »Was für eine billige Behauptung!«

»Ja, ich vergaß, du bist natürlich eine Heilige, die Heilige mit den Handschuhen.«

Jetzt reichte es Rosa, sie schlug ihn fest ins Gesicht.

Überrascht packte der Missionar Rosas Arm und drückte ihn so fest, dass Rosa Angst bekam, er würde ihn brechen.

Er zog sie zu sich heran. »Du solltest langsam lernen, deine Mitmenschen so zu sehen, wie sie sind. Die meisten sind selbstsüchtige Lügner, etwas anderes zu erwarten ist nicht nur kindisch, es ist lächerlich.« Er ließ widerstrebend ihren Arm los und lächelte dann plötzlich. »Natürlich ist dieses Kindische an dir auch reizvoll, man lechzt geradezu danach, dich zu verderben.«

Rosa stürmte davon. Sie zitterte am ganzen Körper, und in ihren Ohren rauschte es. Kindisch! Sie! Die mit einem Hexenfinger auf die Welt gekommen war!

Sie rannte bis zur Reling und starrte auf die See, die gleißend glatt wie eine polierte Metallplatte in der Sonne schimmerte. Ruhig atmen, befahl sie sich – du wirst diesem Mann nie mehr zuhören.

Sie hörte Stimmen hinter sich. Das war ungewöhnlich, denn solange Flaute herrschte, war es geradezu unheimlich still auf dem oberen Deck.

Sie drehte sich um und erkannte Wolfhardt im Gespräch mit dem kleinen Männlein von Kapitän. Beide hatten ihre Stirn in steile Falten gelegt, doch Wolfhardt wirkte wesentlich düsterer als der Kapitän. Seine Schultern hingen herab, wie von Tonnen niedergedrückt, und sein Gesicht war grau von Schlafmangel.

Dieser Missionar war wirklich ein übler Mensch – von wegen alle waren selbstsüchtige Lügner. Wolfhardt arbeitete sich für die Gesundheit dieses Schiffes krumm und lahm! Natürlich logen alle Menschen von Zeit zu Zeit, aber es war sehr schwer zu beurteilen, warum. Sie logen nicht immer nur aus Selbstsucht. Sehr oft aus Liebe oder aus Rücksichtnahme.

Die beiden kamen direkt auf sie zu.

»Carlo, wie sieht es unter Deck aus?«

»Leider schlecht, gerade haben wir wieder einen verloren. Und es gibt noch zwei, um die es sehr schlecht bestellt ist.«

»Beim heiligen Neptun!« Sie traten neben Rosa an die Reling und starrten auf das wie tot daliegende Meer.

»Nach unseren Berechnungen müssten wir bald hier durch sein und wieder an Fahrt aufnehmen.« Der Kapitän stöhnte. »Aber wenn ich mir das so betrachte«, er zeigte mit dem ausgestreckten Arm auf den Horizont, »da hinten, seht ihr, das sieht nicht gut aus. Dort ballen sich die Wolken zusammen, das könnte zu einem üblen Taifun werden. Das ist das Letzte, was wir jetzt noch gebrauchen können. Die Mannschaft ist so geschwächt, ein Taifun würde uns das Genick brechen.«

Rosa starrte in die Richtung, in die der Kapitän gezeigt hatte. Tatsächlich, wenn sie die Augen zusammenkniff, konnte sie schwarze und weiße, sich ineinanderdrehende Wolken erkennen.

»Vielleicht zieht er vorbei«, meinte sie zaghaft.

»Vielleicht fällt Ostern dieses Jahr auf Pfingsten«, versuchte der Kapitän einen Scherz. »Nein, ich muss meine Männer für diesen Sturm bereit machen. Entschuldigt mich jetzt.«

Danach schallten die Befehle des Profos und des Geschützmeisters übers gesamte Schiff. Segel wurden fest eingerollt, die Verschnürung aller Ladungsteile wurde überprüft, und alles, was nicht richtig festgebunden werden konnte, wurde ins Unterdeck verbannt. Auch dort wurde alles überprüft, die Fässer mit dem wenigen Frischwasser wurden frisch mit Pech abgedichtet. Kurzum, das gesamte Schiff erwachte wie aus dem Tiefschlaf. Es war, als würde der kommende Sturm alle mit Hoffnung erfüllen.

Das Wasser begann sich zu kräuseln, die Wellen wurden höher, und die *Amalberga von Gent* bewegte sich wieder.

Niemand durfte mehr die Aborte benutzen. Wer trotzdem eine dringende Notdurft zu erledigen hatte, musste in die stinkende Bilge direkt über dem Schiffskiel steigen und sich dort erleichtern, wo sich das eindringende Sickerwasser mit dem Abwasser vom Deckreinigen und manchmal auch den Küchenabfällen vermischte. Alle Passagiere mussten in ihre Kajüten, und man empfahl ihnen, sich irgendwo anzubinden.

Der Wind wurde jede Minute stärker und schüttelte die *Amalberga* hin und her, als wäre sie nur eine kleine Schaluppe. Blitze zuckten in der Ferne über das Meer, aber nicht vertikal, wie Rosa das kannte, sondern quer über den Horizont. Der Himmel schimmerte grüngrau, und die Luft wirkte wie aufgeladen.

Rosa bekam langsam Angst. Konnte ein Sturm noch schlimmer sein als der, den sie schon überlebt hatte? Offensichtlich. Sie suchte Wolfhardt und fand ihn in seiner Kajüte, wo er in großer Eile alle wichtigen Medikamente, die er noch hatte, in seiner wasserdichten Lackkiste verstaute.

»Was ist denn ein Taifun?«, fragte sie.

»Ein Wirbelsturm, der so stark ist, dass er das gesamte Schiff mitnehmen und in die Luft reißen kann.«

»Hast du das schon einmal erlebt?«

»Ja, man kann Glück haben oder auch nicht. Sonst kann man eigentlich nichts tun.« Er murmelte so leise vor sich hin, dass Rosa ihn in dem heulenden Wind, der durch die Kajüte hindurchfegte, als wären da keine Wände, beinahe nicht gehört hätte.

»Und jetzt sollten wir nach den Kranken sehen, bevor der Sturm losbricht.«

In diesem Augenblick kam zu dem Heulen des Windes noch ein Donnern, als ob Steintürme einstürzen würden. Die Wellen wurden höher und brachten die *Amalberga* ins Kreiseln. Rosa beschloss, dass sie sich diesmal an einen der Masten anbinden würde. Sie suchte jedoch vergeblich nach einem Tau, bis ihr einfiel, dass die Matrosen auf Befehl vom Profos alle sicher verstaut hatten, damit diesmal keins über Bord gehen konnte.

Das Heulen ging in ein Kreischen über, und die Blitze kamen näher und näher, aber es regnete nicht. Gebannt starrte Rosa den Himmel an; das Grünliche hatte sich in gelbliche Schlieren verwandelt, die Wolken waren plustrig aufgetürmt, als wären es die schwarzfedrigen Daunenbetten des Teufels.

Es roch wieder nach Seetang und Fisch, die tobende Luft umhüllte Rosas Haut mit winzigen feuchten Kristallen, unwillkürlich leckte sie ihre Lippen ab. Salzig.

Steh hier nicht so rum, du dumme Gans, bring dich lieber in Sicherheit, bevor es noch schlimmer wird!, befahl sie sich.

In diesem Moment zuckte ein Blitz auf das Schiff herab, dann noch einer und noch einer. Dem letzten Blitz folgte ein Krachen. Rosa zuckte zusammen, was war das?

Einer der Masten war getroffen worden. Rosa war fassungslos angesichts der Kraft, mit der der Blitz ihn in der Mitte entzweigespalten hatte. Er stürzte auf das Deck herab.

Lautes Geschrei drang zu ihr, sie konnte Stimmen erkennen. Wolfhardt! Man verlangte nach dem Arzt. Sie rannte zu seiner Kajüte hinüber und trommelte an die Tür, dann erst fiel ihr ein, dass er ja nach unten hatte gehen wollen. Sie machte sich auf zur Treppe ins Unterdeck. Immer wieder wurde sie vom Schwanken des Schiffes beinahe hingeworfen. Ohrenbetäubender Donner krachte über dem Schiff, dann endlich fing es an zu regnen. Rosa dachte daran, wie gut es wäre, wenn man dieses Wasser auffangen könnte, klares, reines Wasser. Aber wie sollte das gehen?

Obwohl es weiter donnerte und blitzte, hatte sie viel weniger Angst als bei dem letzten Sturm, vielleicht, weil es taghell war.

Bevor sie die Treppe hinabkletterte, drehte sie sich noch einmal zum tobenden Meer um.

Was war das? Ein dreieckiger Keil, der sich um sich selbst drehte, raste auf sie zu.

Rosa konnte nicht anders, sie musste das anschauen, es war so kraftvoll, so anders als alles, was sie je gesehen hatte.

Jemand packte sie von hinten.

»Bist du irre? Was hast du hier draußen zu suchen?« Der Missionar schüttelte seinen Kopf und spritzte dabei viele Wassertropfen in Rosas Gesicht. Seine schwarze Kutte hing vollgesogen und schwer von seinen Schultern.

»Was ist das?« Rosa zeigte auf den Keil.

»Eine Windhose. Wenn uns die erwischt, dann fahren wir ins Himmelreich. Du solltest jetzt weg vom oberen Deck.«

»Aber man hat nach Wolfhardt verlangt.«

»Wenn der klug ist, bleibt er dort unten, jetzt kann man sowieso nichts machen.«

Das Schiff schlingerte und schleuderte Rosa gegen den Missionar.

»Da hast du's, komm mit in meine Kajüte. Die ist zwar auch nur eine Bruchbude, aber besser als nichts.«

Er packte Rosa und zerrte sie durch den niederprasselnden Regen hinter sich her. Rosa kam sich vor wie eine räudige Katze, die zum Abdecker geschleift wird. Doch sie wehrte sich nicht. Erstens war sie viel zu beschäftigt damit, das Gleichgewicht zu halten, denn jetzt waren die Planken glitschig, und das Schlingern des Schiffes brachte sie beide ständig ins Taumeln. Und zweitens wollte sie nicht unter Deck, wo es nicht nur erbärmlich stank, sondern auch noch die Fleckfieberkranken im Fieberwahn lagen. Alles war besser als das, sogar die Kajüte des Missionars.

Endlich gelangten sie dort an. Er riss die Tür auf und schubste Rosa hinein. Die Kajüte war genauso klein wie die von Wolfhardt. Es gab eine schmale Pritsche und einen winzigen Tisch mit Stuhl unter einem sehr kleinen Fenster, durch das man sonst auf das Deck und den Großmast sehen konnte. Jetzt klatschten Wassermassen herunter, und alles sah verschwommen aus.

»Am besten ziehst du deine nassen Sachen aus und legst dich auf die Koje.«

Er entledigte sich seines triefenden Talars, warf ihn zusammen mit seinem Hemd, das er ebenfalls auszog, auf den Boden, dann nahm er, nur noch mit der Kniehose bekleidet, auf die Pritsche Platz und lud sie mit einer Handbewegung dazu ein, sich neben ihn zu setzen.

Rosa vermied es, ihn anzusehen. Lieber würde sie sterben, als seiner Einladung zu folgen.

Aus den Augenwinkeln sah sie an seinem Hals etwas aufblitzen, eine Kette mit einem seltsamen Kreuz.

Sie hielt sich immer noch am Türrahmen fest und versuchte trotz des ständigen Stampfens und Schlingerns des Schiffes nicht umzufallen. Der Wind heulte durch alle Ritzen der Kajüte, langsam wurde ihr in den nassen Sachen kalt. Sie hatte am ganzen Körper eine Gänsehaut und begann zu zittern.

»Das ist dumm von dir, du solltest dich hinlegen und deine Kräfte sparen. Dich dem Sturm hingeben, statt dich dagegenzustemmen.«

Rosa fühlte, dass er recht hatte, aber das würde sie niemals zugeben. »Ich werde gehen«, sagte sie, konnte den Satz aber nicht mehr zu Ende sprechen, weil über ihnen ein gewaltiges Krachen zu hören war und dann ein Riesenschwall Wasser hereinbrach, der Rosa umriss. Sie kam hoch, hustete Salzwasser aus und schnappte nach Luft. Noch ein Schwall Wasser brach durch den Türrahmen, riss die Tür aus den Angeln und schleuderte sie gegen Rosa, die von dem Schlag zurück ins Wasser stürzte, wo sie hin und her getrieben wurde wie ein Stück Treibholz.

Der Priester sprang auf, watete zu Rosa und hievte sie aus dem Wasser zu sich auf die Koje. Sie hustete, keuchte und würgte, dabei klapperten ihre Zähne unablässig. Der Priester machte eine Bewegung zu ihr hin, zögerte, dann zog er Rosa in seine Arme und versuchte, sie zu beruhigen. Sie war viel zu schwach, um sich zu wehren, und ließ es geschehen. Schließlich lag Rosas Kopf so dicht an seiner Brust, dass sie trotz des wütenden Seegangs sein Herz schlagen hören konnte. Seine Wärme entspannte sie etwas, und das Zähneklappern wurde schwächer.

»Wir könnten sterben und sollten Frieden schließen«, sagte er, als sie wieder normal atmete.

»Sollten wir vorm Sterben dann nicht lieber beten und Frieden mit Gott schließen, besonders du als Missionar?« Rosa rang sich die Worte ab, damit er nicht etwa glauben sollte, nur weil sie in seinen Armen lag, hätte sich zwischen ihnen irgendetwas geändert.

Er lachte. »Du bist wirklich unglaublich! Wir sind im Auge des Taifuns, und du musst mir immer noch widersprechen.«

Sie richtete sich wieder auf, und obwohl ihr sofort schwindelig wurde, rückte sie ein Stück von ihm ab. Dabei fiel ihr Blick wieder auf die Kette, die er um den Hals trug. Jetzt erkannte sie, dass es ein Malteserkreuz mit Lilien drum herum war, und ganz unten baumelte eine weiße Taube. Es erinnerte sie an etwas, aber in ihrem Schädel wirbelte alles durcheinander. Die Tür musste sie am Kopf getroffen haben. Das Drehen wurde schneller und schneller. Kurz bevor sie umfiel, packte sie der Missionar, legte seine Arme fest um sie und murmelte: »Alles wird wieder gut, du wirst schon sehen«, immer und immer wieder, bis der Sturm nachließ und er selbst darüber einschlief.

Und so aneinandergekauert schliefen sie auf der Koje bis zum nächsten Morgen, und keiner von beiden bemerkte den Profos, der durch das Fenster in das Halbdunkel der Kajüte starrte und dabei entzückt vor sich hin lächelte.

31. Kapitel

Rosa erwachte von einem klirrenden Geräusch. Sie brauchte einen Augenblick, um sich zu erinnern, was passiert war. Sie lag im Arm des Missionars, der im Gegensatz zu ihr nur halb bekleidet war, dann sah sie, woher das Geräusch kam.

Vor ihnen stand der Erste Offizier mit zwei Männern, die Eisenketten trugen.

Sie rüttelte den Missionar wach, der sie verständnislos ansah. Als er den Ersten Offizier bemerkte, richtete er sich auf und bat darum, sein Hemd und den Talar anziehen zu dürfen, was ihm gestattet wurde.

Dann rief der Offizier noch zwei weitere Söldner, die Rosa packten und in Ketten legten, genauso verfuhren sie mit dem Missionar. Die Männer musterten sie mit derart großem Abscheu, dass Rosa sich vergewisserte, ob sie ihre Handschuhe angezogen hatte. Ja, sie waren wie immer an Ort und Stelle. Aber was war es dann?

»Ich nehme Euch in Gewahrsam, denn Ihr werdet der Sodomie beschuldigt. Darauf steht auf diesem Schiff, das unter der Flagge der VOC fährt, der Tod.«

»Aber …«, versuchte Rosa zu protestieren, doch sie wurde mit einem kurzen Zug an der Kette zum Schweigen gebracht.

»Gibt es nach dem Sturm nichts Wichtigeres zu tun, als völlig frei erfundenen Verdächtigungen nachzugehen?«, fragte der Missionar mit einer Ruhe in der Stimme, die Rosa aus tiefstem Herzen bewunderte. Angst legte sich über ihre Brust, und ihr Kopf fühlte sich an, als wäre er mit zähem Nebel angefüllt.

»Es gibt Zeugen, die Euch bei eindeutigen Handlungen beobachtet haben.«

Der Missionar lachte leise vor sich hin. »Ich bin ein Mann Gottes und würde mich nie einer derartigen Sünde schuldig machen. Nun denn, alles wird sich aufklären!«

Man trieb sie wie Vieh über das vom Sturm übel lädierte Deck zu der Kajüte des Kapitäns, vor der ihre Gerichtsverhandlung stattfinden sollte.

Doch dort erwartete sie nicht der Kapitän, sondern der Erste Steuermann, die Offiziere und der Profos, die ein paar Tische nebeneinandergestellt hatten, hinter denen sie mit starrem Blick saßen.

»Solange der Kapitän nicht bei Sinnen ist, habe ich das Kommando«, begann der Erste Steuermann. »Und es mag sein, dass unser Kapitän eher milde in solchen Dingen gestimmt ist, ich halte es für wenig zweckmäßig, solcherlei Verhalten an Bord zu dulden.«

Plötzlich fiel Rosa ein, wie gestern während des Sturms der Mast umgestürzt war und man nach Wolfhardt gerufen hatte. Wo war der überhaupt?

»Also, wollt Ihr ein Geständnis ablegen?«, fragte der Erste Steuermann.

»Ich verlange, dass wir vor ein ordentliches Gericht gestellt werden!«, erklärte der Missionar, und seine Stimme klang nicht mehr völlig unbeschwert.

»Das Gericht auf See ist der Kapitän, und das bin im Augenblick ich«, der Erste Steuermann schlug mit der Faust auf den Tisch, um seine Autorität zu untermauern, »und weil dieses Verhalten an Meuterei grenzt, wird es jetzt und hier festgehalten, gerichtet und bestraft.«

»Ich habe nichts zu gestehen.« Der Missionar hob seine Hände zum Himmel. »Gott ist mein Zeuge.«

Der Profos zog verächtlich die Mundwinkel herab. »Gott ist aber gerade nicht da!«, murmelte er so laut, dass Rosa es hören konnte.

»Die Zeugen sollen vortreten.«

Der Profos trat vor. »Das bin ich, Lorenz Löhner, und der Schiffsarzt Wolfhardt Leonberger.«

Rosa sah sich nach Wolfhardt um. Unmöglich, die beiden konnten doch nicht etwas gesehen haben, was nie geschehen war? Sie starrte Wolf an, er senkte seinen Blick sogleich zu Boden.

Das versetzte Rosa einen Stich. Was war hier los?

Einer der Offiziere schlug mit einem Hammer auf den Tisch und sagte mit salbungsvoller Stimme: »Der erste Zeuge trete vor, nenne seinen Namen und erzähle laut und deutlich, was er gesehen habe.«

Der Profos trat vor und begann: »Lorenz Löhner. Nachdem der Sturm ruhiger geworden war, bin ich meinen Aufgaben nachgekommen und habe das Deck kontrolliert. Und als ich am Großmast vorbeiging, sah ich durch das Kajütenfenster des Missionars Johann Basilius Martin Scheidegger etwas aufblitzen.

In der Annahme, es könnte nach dem gewaltigen Sturm jemand in Not sein, habe ich dann durch das Fenster in die Kajüte gespäht und dabei gesehen, wie dieser Mann hier«, er deutete mit ausgestrecktem Finger auf den Missionar, »seine Geschlechtsteile entblößt und in dem Jungen da versenkt hat.«

Rosa wurde übel. Sie starrte den Missionar an. Sie erinnerte sich an nichts mehr. Hatte er das wirklich getan, ihre Bewusstlosigkeit ausgenutzt?

Er warf ihr flehende Blicke zu und schüttelte vehement den Kopf.

Sie war vollkommen angezogen gewesen. Nein, er hatte sie nicht in dieser Weise angerührt.

»Und was habt Ihr dann getan?«

»Um nicht der üblen Nachrede beschuldigt zu werden, habe ich den Schiffschirurgen Wolfhardt Leonberger dazugeholt, damit er auch sähe, was ich sah.«

»Auch dieser Zeuge trete vor.«

Rosa konnte nicht glauben, dass Wolfhardt gegen sie aussagen würde. Immerhin wagte er es nicht, sie anzusehen. Wahrscheinlich hatte ihn der Profos zu einer Aussage erpresst.

»Nenne auch dieser Zeuge seinen Namen und erzähle frei heraus, was er gesehen hat.«

»Ich sah die beiden hier in inniger Umarmung auf der Koje liegen.«

»Konntet Ihr Genaueres erkennen?«

»Nein, dazu war es zu dunkel.«

»Habt Ihr Geschlechtsteile gesehen?«

Wolfhardt schüttelte den Kopf.

Immerhin, dachte Rosa, immerhin hat er noch einen Funken Anstand. Mit ihrem brummenden Schädel kam ihr das alles so seltsam unwirklich vor wie ein Traum, in dem man einer Narrenposse von Hans Sachs beiwohnt. Gleich würden alle applaudieren, und der Spuk wäre vorbei.

Der Profos stieß Wolfhardt aufmunternd an. »Na los doch«, zischte er.

»Hohes Gericht, ich habe weder das Glied von dem einen noch das des anderen gesehen.«

Wie auch, dachte Rosa, wie auch? Nein, das hier war kein Traum, auch kein Albtraum, den Männern war es entsetzlich ernst.

»Aber ich, ich habe es sehr deutlich gesehen.« Der Profos war eifrig aufgesprungen und meldete sich zu Wort.

»Welches Glied?«

»Alle beide, auch das aufgereckte von dem Jungen!« Der Profos leckte sich über die Lippen.

Rosa riss ihre Augen auf. Was wollte der Mann gesehen haben? Blitze zuckten hinter ihren Augen, und ihr wurde schwindelig. Mit entsetzlicher Klarheit dämmerte ihr, dass man ihr an den Kragen wollte.

Es wunderte sie, dass ihr Finger nur kühl, aber nicht eiskalt geworden war. Glaubte der Profos etwa, was er da sagte? Aber wie hätte er etwas sehen können, das nicht existierte?

Der Missionar begann aus vollem Halse zu lachen. Rosa warf ihm warnende Blicke zu. War ihm denn nicht klar, dass der Profos darüber noch schärfer werden würde?

»Hört sofort auf zu lachen«, der Erste Steuermann schlug wieder auf den Tisch, »sonst erhaltet Ihr wegen der Missachtung des hohen Gerichts vorweg fünfzig Peitschenhiebe auf den nackten Arsch!«

»Und was hätten wir denn getan mit den Aufgereckten?«, fragte der Missionar, als er aufgehört hatte zu lachen.

»Sie dem anderen in den Arsch geschoben!« Der Profos schaffte es, angewidert und bestimmt zugleich zu klingen.

Ein noch lauteres, bösartiges Raunen als vorhin breitete sich aus.

»Auf Sodomie an Bord steht der Tod!«, verkündete der Erste Steuermann mit lauter Stimme.

Der Tod für etwas, dessen sie nicht schuldig waren? Rosa

schüttelte den Kopf, um das Rauschen darin abzustellen, doch ihre Gedanken blieben wirr. Hatte sie das wirklich richtig verstanden?

»Kann der andere Zeuge das bestätigen?«, fragte einer der Offiziere.

Rosa versuchte, den Blick von Wolfhardt aufzufangen, aber er wollte sie noch immer nicht ansehen. Warum nicht? Was hatte sie ihm angetan? Nichts!

»Ich …«, begann Wolfhardt, »ich erinnere mich nicht.«

»Wart Ihr mal wieder betrunken?«, hakte der Erste Steuermann nach.

Wolfhardts ernstes Gesicht verzog sich zu einer bitteren Grimasse. »Dazu hatte ich keine Zeit, ich habe den Kapitän und andere Verletzte versorgt, die der Taifun übel mitgenommen hat.«

Langsam dämmerte Rosa, warum er sich so merkwürdig ihr gegenüber verhielt. Er war wütend darüber, weil sie ihn allein gelassen hatte, nicht zur Stelle gewesen war, aber deshalb musste er doch noch lange nicht gemeinsame Sache mit dem Profos machen. Oder hatte man ihn gezwungen?

»Über Bord mit den Sodomiten, über Bord mit ihnen!«, begannen die Matrosen, die sich um die Verhandlung geschart hatten, zu skandieren.

Warum, dachte Rosa, warum waren die nicht einfach froh, dass sie den Taifun überlebt hatten? Weil sie ausgehungert waren, gab sie sich die Antwort gleich selbst, und wütend, und deshalb waren die Männer unberechenbar.

Angst überschwemmte ihren Körper. Was konnten sie tun, um der Empörung der Massen Einhalt zu gebieten?

Was war schlimmer: Sodomie oder eine als Mann verkleidete Frau zu sein?

»Wenn Ihr gesteht, erspart Euch das die Folter!«, erklärte einer der Offiziere.

»Warum sollten wir etwas gestehen, was wir nicht getan haben?« Der Missionar klang zutiefst angewidert.

»Der Pfaffe ist das Allerschändlichste.« Völlig außer sich begann der Profos zu schreien: »Vielleicht ist er gar der Teufel selbst!«

Das Skandieren der Mannschaft wurde noch lauter: »Über Bord, über Bord!«

»Hier geht es nur darum, die Beschuldigten der Sodomie zu überführen.« Der Erste Steuermann versuchte, seinen Profos zu beruhigen.

»Und was passiert mit denen, die falsches Zeugnis ablegen wider andere?«, fragte Rosa, um Zeit zu gewinnen. Sie musste dem Wahnsinn hier unbedingt Einhalt gebieten, verhindern, dass die Empörung überkochte, und dazu gab es nur einen Weg. Sie musste ihre Verkleidung offenbaren.

»Auch darum geht es hier nicht. Also, wollt Ihr gestehen?«, fragte der Erste Steuermann.

Rosa nickte. Sie würde es tun, um den Missionar und sich zu retten. Es gab nur diesen Weg.

Der Missionar schüttelte den Kopf. »Niemand will hier gestehen!«

»Doch, ich gestehe.« Rosa sah die Männer der Reihe nach an, bis sie aufhörten »Über Bord mit den Sodomiten!« zu brüllen und Schweigen eintrat. Sie wartete, bis das Schweigen unerträglich wurde.

»Tu's nicht, tu's um Gottes willen nicht!«, schrie der Missionar plötzlich so laut, dass alle zusammenzuckten. »Tu's nicht!«, wiederholte er.

Rosa schüttelte den Kopf. Es war zu spät. »Es hat keine Sodomie stattgefunden«, sagte Rosa, räusperte sich und fuhr dann mit fester Stimme fort, »denn ich bin eine Frau.«

Wütender Tumult brach los, man stürzte zu ihr, riss an ihrer Mütze, am Hemd, bis Wolfhardt dem Ganzen Einhalt gebot.

»Bleibt, wo ihr seid.«

Der Profos war tiefdunkelrot im Gesicht. »Der Schamlose lügt, wenn er's Maul aufmacht, von Anfang an. Das will ich sehen, dass der eine Frau ist.«

Die anderen Offiziere lachten und flüsterten. »Wie er da aufgereckte Glieder gesehen haben will«, kicherten sie und stießen sich gegenseitig in die Rippen.

»Dann befehle ich dem Arzt, dass der den Jungen jetzt ausziehe und sich von seinem Geschlecht einwandfrei überzeuge.« Der Erste Steuermann schlug erneut mit dem Hammer auf den Tisch.

»Muss ich mich vor allen hier ausziehen?« Rosa konnte nicht glauben, dass man ihr das vorschlug. Man wollte sie demütigen.

»Nein! Das werde ich nicht tun.« Sie betrachtete die Männer und dachte daran, wie wütend sie gewesen waren, als die Huren auf den Kapverden nicht an Bord kommen durften. Sie alle hatten lange keine Frau mehr gesehen, geschweige denn berührt. Man würde sie mit Blicken vergewaltigen.

»Das musst du, damit kein Zweifel bleibt.«

Rosa schluckte. Das war widerwärtig. Das war infam. Vor all diesen Kerlen! Ihr Herz raste.

»Nein, das werde ich nicht tun. Ich werde mit dem Arzt in seine Kajüte gehen.«

»Das könnte dir so passen. Du hast dir das alles selbst eingebrockt, nun löffle die Suppe auch aus!« Der Profos war immer lauter geworden. »Ich glaube dir sowieso kein Wort, denn du bist nur ein elender Lügner.«

Die Offiziere nahmen ihr die Ketten ab. Rosa wand und wehrte sich. »Nicht hier, nicht vor all diesen Leuten.«

Aber die Offiziere hielten sie fest, und der Profos befahl Wolfhardt, sie auszuziehen. Er trat widerwillig zu ihr und zögerte.

»Das dauert mir zu lange!« Der Erste Steuermann nahm seinen Degen und schlitzte Rosas Hemd mit einem Ratsch auf. Rosa blieb wie angewurzelt stehen, wagte kaum zu atmen vor lauter Angst, der Degen könnte ihr den Bauch aufschlitzen.

»So geht das!«, sagte der Steuermann, als das Hemd in zwei Fetzen zerfiel. Die Mannschaft applaudierte ihm grölend.

»Halte still, und lass mich das machen!«, flüsterte Wolfhardt Rosa zu, die immer noch wie erstarrt war.

Er wickelte behutsam den Schal von ihrer Brust.

Rosa schloss die Augen, hörte aber, wie einige der Männer nach Luft schnappten. Sie legte die Hände vor die Brust und wünschte sich, sie wäre tot.

»Das reicht doch wohl, oder?«, unterbrach der Missionar jetzt mit donnernder Stimme das stumme Glotzen seiner Geschlechtsgenossen.

»Man hat schon Pferde vor der Apotheke kotzen sehen. Wir wollen ganz sichergehen, dass dieses Weib kein männliches Glied hat.« Es schien dem Steuermann richtig zu gefallen, seine Blicke über Rosas Körper gleiten lassen zu können.

Rosa wurde unter dem Johlen der Männer dazu gezwungen, auch aus ihrer Hose zu steigen und aus ihrer Leibwäsche, bis sie nackt vor den Männern stand. Sie zitterte am ganzen Leib und wünschte sie alle zur Hölle.

Wolfhardt meinte nach einem kurzen Blick auf Rosas Scham trocken: »Ich, als Arzt, kann beim besten Willen nichts auch nur entfernt Männliches entdecken.«

Die Offiziere lachten, die Matrosen murmelten aufgeregt.

Rosa fühlte sich einer Ohnmacht nahe, alles drehte sich vor ihren Augen, als wäre der Sturm zurück.

»Die Handschuhe, die Handschuhe müssen auch noch runter!«, bellte der Profos.

»Wozu denn das jetzt noch?«, fragte der Missionar. »Glaubt Ihr etwa, sie hat dort ihr Glied versteckt?«

Jetzt grölten alle vor Lachen, was den Profos dazu trieb, ihr selbst die Handschuhe runterzureißen. Rosa, die mit ihren Armen ihren nackten Leib bedeckte, versuchte verzweifelt, sich zu wehren, ohne sich zu entblößen, aber man ersparte ihr nicht einmal das. In ihr loderte Hass, und Scham schien sie von innen zu verbrennen. Als es der Profos geschafft hatte, die Handschuhe abzuziehen, sackte sie in sich zusammen.

»Was …« Der Profos schlug entsetzt die Hand vor den Mund. »Aber das ist ein Hexenfinger! Seht doch her, seht her, das Weib ist eine Hexe. Und jetzt frage ich euch, wie kann ein Mann der Kirche mit einer Hexe Unzucht treiben? Er muss der Teufel selbst sein. Also war das, was ich gesehen habe, Teufelswerk.«

Stille breitete sich aus. Wolfhardt rüttelte Rosa, damit sie zu Bewusstsein kam, reichte ihr sein Hemd und ihre Hose, doch sie wollte nicht aufstehen. Wozu noch, man hatte ihr alles genommen.

Schließlich zog ihr Wolfhardt sein Hemd an und zwang sie, ihre Hose hochzuziehen, dann reichte er ihr die Handschuhe und half ihr, sie anzulegen.

»Euer Profos ist verrückt! Erst will er deutlich gesehen haben, wie diese junge Frau ihr aufrechtes Geschlechtsteil in mich bohrt, und jetzt, wo sie gar keines hat, soll sie eine Hexe sein. Das schmeckt mir sehr nach übler Nachrede!« Die Stimme des Missionars bebte vor unterdrücktem Zorn.

»Der Missionar hat recht. Wir wollen doch hier nicht von Hexen und Teufeln reden. Wir haben eine Frau beim Lügen erwischt, das ist nichts wirklich Neues, oder?«, stimmte ihm Wolfhardt zu.

Die Offiziere grinsten sich an. »Da hat er recht.«

»Der Vollständigkeit halber und fürs Protokoll müssen wir jetzt noch wissen, wie dein wahrer Name lautet.«

Rosa konnte nichts sagen, und sie wollte nichts sagen. Wer sie war? Was für ein Witz. Sie war nur eine Frau, ein Nichts mit einem Hexenfinger.

»Sie wird schon noch reden!«, donnerte der Profos und sorgte dafür, dass sie in Ketten gelegt und mit dem Missionar zusammen in die Kajüte von Wolfhardt gesperrt wurde, während man draußen weiter über ihr Schicksal debattierte.

»Das hättest du nicht tun dürfen.« Der Missionar schüttelte den Kopf.

Rosa antwortete nicht. Wie hätte sie wissen können, dass diese Männer so grausam sein würden? Wie hätte sie ahnen können, dass die Wahrheit nicht genug war, ja alles noch schlimmer machte? Rosa lehnte sich mit dem Rücken an die Wand und schloss ihre Augen. »Mir ist so übel.«

»Das wundert mich nicht. Die Tür hat dich gestern ordentlich erwischt, und diese Schweine haben das Ihrige dazu getan.«

Wolfhardt kam herein und erzählte ihnen, was draußen vor sich ging. Der Profos hetze die ganze Mannschaft auf.

Behauptete, die langen Flauten, der Taifun, der Mastbruch, der den Kapitän verletzt hatte, das alles sei Rosas Schuld, die Schuld der verkleideten Hexe. Auch, dass nahezu alles verschimmelt und nichts mehr zu essen da sei.

Immerhin hatte der Erste Steuermann befohlen, dass jetzt, wo die *Amalberga* endlich wieder volle Fahrt aufnahm, erst einmal alle Sturmschäden beseitigt werden sollten, bevor man die Verhandlung weiterführen würde.

»Verhandlung!« Der Missionar spuckte das Wort verächtlich aus und sah Rosa auffordernd an.

Sie zuckte mit den Schultern. »Vielleicht bin ich ja eine Hexe?«, flüsterte sie. Hatte sie nicht schon vielen Menschen den Tod gebracht? Ihrem Vater, Giacomo, Siranush, und, wenn sie nicht rechtzeitig zurückkäme, auch ihren Schwestern.

»Es ist eine gottverdammte Schande, dass der Mast den Kapitän getroffen hat und er noch immer nicht aus seiner tiefen Ohnmacht erwacht ist. Er würde dem Reden des Profos Einhalt gebieten«, schimpfte Wolfhardt. »Aber dieser Erste Steuermann macht gemeinsame Sache mit ihm, und es gärt und brodelt vom Unterdeck nach oben. Die Mannschaft braucht einen Sündenbock für all die Entbehrungen, die sie zu leiden hatte.

Ich glaube, es wird eine Meuterei geben, wenn man euch beide nicht an die Rahe hängt oder über die Planken gehen lässt. Ihr müsst verschwinden, und zwar noch heute Nacht.«

»Das ist mir gleichgültig«, murmelte Rosa, »ich bin so müde.«

»Wolfhardt hat recht«, meinte der Missionar. »Rosa, wir müssen gehen, wir können hier nicht bleiben.«

»Ich werde sehen, was ich für euch tun kann«, sagte Wolfhardt. »Das wird diesem elenden Profos eine Lehre sein. Er hat mich gezwungen, seine Aussage zu stützen, indem er drohte, sonst vor dem Gericht der VOC am Kap der Guten Hoffnung zu behaupten, mein Suff hätte die halbe Mannschaft getötet.« Er seufzte. »Als Mann sollte ich wirklich mehr Mumm als Rum in den Knochen haben. Ich hab jedenfalls meine Lektion gelernt.«

Rosa war das egal. Was regten sich die beiden auf? Gott hatte ganz offensichtlich andere Pläne mit ihr, und sie würde nichts anderes mehr tun, als auf ihr Ende zu warten.

32. Kapitel

»Ihr müsst euch beeilen!« Kaum war die Sonne untergegangen, kam Wolfhardt in die Kajüte und schloss ihre Ketten auf. »Ihr müsst sofort das Schiff verlassen!«

»Das werden wir, doch vorher muss ich noch etwas aus dem Laderaum holen«, widersprach der Missionar.

Wolfhardt verdrehte die Augen. »Ihr müsst wahnsinnig sein! Dazu ist jetzt keine Zeit mehr.«

»Na gut, wenn ihr da absolut sicher seid, dann gehen wir.« Der Missionar wandte sich Rosa zu. »Komm!«

Rosa schüttelte den Kopf. »Geh allein – was brauchst du eine Hexe an Bord? Ich bleibe. Es ist doch zwecklos.«

»Unsinn. Es wäre Irrsinn zu bleiben«, mischte sich Wolfhardt ein. »Jeden Moment können die Männer kommen, ausgehungert und krank wie sie sind, um euch zu lynchen.«

»Es gibt nichts mehr, was sie lynchen können. Mir haben sie schon alles genommen.«

Der Missionar trat vor Rosa und schlug ihr ins Gesicht. »Jetzt ist es genug. Du hast eine Aufgabe zu erfüllen. Willst du nicht deinen Neffen aus Indien holen? Willst du dem elenden Profos in die Hände fallen?«

Der Schlag brannte und ließ Rosa nach Luft schnappen.

Der Arzt reichte ihr eine kleine Flasche. »Ich gebe dir meinen letzten Gin. Mehr konnte ich nirgends auftreiben, auch nicht für Gold.«

Rosa rieb sich ihre Wange und starrte den Missionar an.

»Warum hast du das getan?«

»Um dich daran zu erinnern, wer du bist. Reiß dich zusammen!«

Eine Löwin, dachte Rosa. Tränen stiegen ihr in die Augen. Waren all die Menschen, die ihr in der Vergangenheit geholfen hatten, gestorben, damit sie jetzt klein beigab?

»Aber die Mannschaft wird uns nachsetzen«, wandte sich der Missionar wieder an Wolfhardt.

»Ich werde die beiden anderen Schaluppen so beschädigen, dass sie euch nicht sofort verfolgen können. Ich behaupte einfach, das seien Sturmschäden. Und jetzt zögert nicht länger!«

»Rosa, willst du aufgeben?« Der Missionar wurde immer lauter, als Rosa nicht antwortete. »Herrgott noch mal, willst du deine Familie verraten? Willst du, dass der elende Dobkatz deine Mutter in den Schuldturm wirft?«

»Nein.« Rosa räusperte sich. Was fiel dem Kerl ein? Was wusste der schon, was wagte er es, sie anzuschreien, nach allem, was sie erlebt hatte! »Nein, das tue ich nicht.«

»Dann beweg deinen Hintern und komm endlich!«

Wolfhardt drängte sie zur Reling, wo Willem ihnen schon ungeduldig winkte.

»Unter Deck ist der Teufel los.« Willem tippte sich vielsagend an die Stirn. »Sie glauben jetzt, dass du eine Hexe bist. Der Profos erzählt, er hätte dich auf einem Besen ums Schiff fliegen sehen, und zwar zusammen mit diesem Teufel hier ...« Willem deutete grinsend auf den Missionar. »Und wenn die Boote beschädigt sind, wird ihn das nur bestätigen. Ich habe die kleinste der Schaluppen schon runtergelassen. Hier, nehmt das!« Er hielt ihnen eine Strickleiter hin. »Damit müsst ihr nach unten. Haltet euch gut fest!«

Rosa schauderte unwillkürlich. Die Seile der Strickleiter waren lächerlich dünn, doch dann zuckte sie mit den Schultern. Es war ihr gleichgültig, wie und wann sie sterben würde.

Der Missionar und Wolfhardt machten sich daran, das obere Ende der Leiter an der Reling zu befestigen.

»Ich werde zuerst ins Boot steigen, dann kann ich die Leiter von unten etwas festhalten, wenn du nachkommst«, schlug der Missionar vor.

»Ist mir egal«, murmelte Rosa.

Willem hatte große Mühe, das Tau festzuhalten, an dem die Schaluppe hing. »Macht schon!«

»Hier.« Der Missionar reichte Rosa seinen noch immer feuchten Talar. »Wirf ihn runter, wenn ich unten bin.«

Dann kletterte er über die Reling.

Wolfhardt sah sich besorgt um. »Warum ist keiner an Deck, wo ist die Wache?«

»Alle sind unten und hängen an den Lippen des Profos«, erklärte Willem.

»Ein schlechtes Zeichen. Verschwindet endlich!«

Rosa beugte sich über die Reling. Der Missionar wurde vom Wind hin und her geschleudert und hatte große Mühe, in die auf dem Wasser tanzende Schaluppe zu springen, die Willem zwar immer noch von oben festhielt, aber nicht wirklich dirigieren konnte.

Der Missionar sprang, verfehlte das Boot und landete klatschend im Wasser. Erst nach einer Ewigkeit, wie es Rosa vorkam, tauchte er prustend wieder auf und schwamm zu dem Boot hinüber. Dort versuchte er, sich über den Rand zu ziehen, aber es gelang ihm erst beim zehnten oder elften Versuch.

»Rosa!«, brüllte der Missionar von unten. »Rosa, komm endlich!«

»Wir sollten den Talar und den Sack an der Leine nach unten werfen«, meinte Willem, »sonst treibt der Wind die Sachen fort.«

»Mach's, aber mach schnell, und dann du, Rosa!«, befahl Wolfhardt.

Sie machte sich daran, über die Reling zu klettern, sah in die Gesichter der beiden Männer, die so viel riskierten, um ihr zu helfen, und plötzlich schämte sie sich. »Ich danke euch für eure Hilfe«, rief sie ihnen zu und sah dann nach unten, bevor sie sich auf die Strickleiter wagte, deren Ende der Missionar festhielt.

Der Wind zerrte an ihren Kleidern und spritzte Gischt in ihr Gesicht. Ihre Hände rutschten trotz der Handschuhe an den glitschigen Seilen immer wieder ab. Lange würde sie sich nicht halten können.

Plötzlich wurde Rosa noch mehr hin und her geschleudert – das untere Ende der Leiter hatte sich losgerissen.

»Hierher, Rosa, ich bin hier!« Die Stimme des Missionars drang nur in Fetzen an ihre Ohren. Der Wind übertönte alles.

Wie konnte er ernsthaft glauben, dass sie irgendetwas tun konnte, Herrin über diese Leiter war? Verzweifelt bemühte sie sich, das unter ihr schwankende Boot ausfindig zu machen.

»Spring!«, rief er.

Doch wohin? Sie sah nichts unter sich als bedrohlich hin und her schwappendes dunkles Meer.

»Ich bin genau unter dir!«

Rosa sprang von der Leiter und landete im Meer.

Erschrocken schnappte sie nach Luft, ein Schwall Salzwasser schwappte direkt in ihre Lungen. Sie röchelte, würgte, bekam keine Luft. Sie strampelte mit Armen und Beinen, um sich über Wasser zu halten.

»Hierher, hierher!«

Unmöglich, wie sollte das gehen?

Sie wurde nach unten gezogen, gepackt.

Das war es also, dachte sie. Das Ende.

33. Kapitel

Als Rosa ihre Augen öffnete, wurde sie von der Sonne geblendet. Sie blinzelte und hob die Hand schützend über ihre Augen. Plötzlich schwappte Wasser über ihr Gesicht und brachte mit der Kälte auch ihre Erinnerung zurück.

Ich bin also nicht tot, dachte sie. Jemand hatte sie aus dem Wasser gerettet.

Sie setzte sich auf, wurde hin und her geschaukelt und klammerte sich am Rand der Schaluppe fest, um das Gleichgewicht zu behalten.

»Gut, dass du endlich aufwachst, ich brauche deine Hilfe!«

Der Missionar deutete auf die Ruder und drehte ihr dann seine Handinnenflächen zu.

Rosa zuckte zusammen. Seine rechte Hand war voller Blasen, in der linken war schon das rohe Fleisch zu sehen. Es musste große Schmerzen verursachen, wenn die offene Hand mit dem Salzwasser in Berührung kam.

Wie lange er wohl schon gerudert hatte? Sie sah sich beklommen um. Nichts als Wasser. Nur Wasser.

Süßes Wasser, das war es, wonach ihr ausgetrockneter Körper verlangte, nach herrlich frischem, süßem Wasser. Sie musste sich sehr beherrschen, um nicht eine Handvoll Salzwasser zu trinken, aber das wäre das Ende. Aber war es das nicht sowieso? Wie sollten sie je an Land gelangen, ohne Karte und ohne Kompass? Wie sollten sie noch mehr Tage ohne Nahrung und Wasser auf dem Meer überstehen?

Über ihnen flog etwas. Ein Vogel.

Sie beugte sich vor und griff nach den Rudern. Dabei fiel ihr Blick auf die Kette mit dem Kreuz in seinem Ausschnitt, und wie schon beim ersten Mal löste der Anblick ein merkwürdiges Gefühl in ihr aus.

»Warum hast du mich gerettet?«, fragte sie und starrte weiter auf das Kreuz in der Hoffnung, dass ihr klar werden würde, was es zu bedeuten hatte.

»Ich wollte nicht verhungern und dachte, ich nehme mir einen kleinen Vorrat mit.« Der Missionar lächelte.

»Dann bist du also weder Jesuit noch Missionar, sondern schlicht und einfach Kannibale.«

Er nickte.

Das Schreien einer Möwe erinnerte sie wieder daran, wo sie jetzt waren. Allein mitten auf dem Meer.

»Ein gutes Zeichen!«, sagte der Missionar und deutete auf den Vogel.

»Warum?«

»Es bedeutet, dass Land in der Nähe ist.«

Rosa sah sich ungläubig um, überall nur das in der Sonne trügerisch funkelnde Meer, das sich in kleinen Wellen am Boot brach und beständig kalte, salzige Tropfen hineinsprühte.

»Wo soll da Land sein?«

»Es ist nah, riechst du das?«

»Was?«

Der Missionar griff hinter sich und wedelte mit einem rotbraunen, schlabberigen Busch mit merkwürdigen Blättern. Er verströmte einen intensiven Geruch nach Fisch.

»Es riecht nicht, es stinkt.«

»Da hast du recht.« Er grinste. »Dieser Seetang ist typisch

für die Kapregion. Das bedeutet, die Gewässer werden niedriger. Außerdem kann man ihn essen, wir werden also nicht zu Kannibalen werden müssen.«

Rosa betrachtete das Gewächs und schüttelte sich.

Der Missionar legte den Busch wieder hin und nickte mit dem Kopf zu den Rudern. »Also los, fang an zu rudern!«

»Woher wissen wir, wo wir hinrudern müssen?«

»Ich habe keine Ahnung, denn ich war noch nie schiffbrüchig vor der Küste Afrikas. Aber ich glaube, wir müssen nach Osten. Jetzt ist Mittag, also ist dort Süden.« Er zeigte auf die Sonne. »Dann rudern wir dorthin«, wieder wies er mit dem Finger in eine Richtung, was Rosa seltsam lächerlich vorkam, denn auch dort war nichts als Meer.

»Von meinem Vater«, widersprach sie nach einem kurzen Zögern, »weiß ich aber, dass die Sonne auf der Südhalbkugel im Norden zu sehen ist.«

Er griff sich an den Kopf. »Du hast recht. Dann müssen wir also dort entlang.« Er wies nun in die entgegengesetzte Richtung.

Egal, dachte Rosa, es war wichtig, etwas zu tun, um weiterzukommen.

Ihre Handschuhe waren vollständig durchnässt, deshalb zog sie sie nach einem kurzen Zögern aus und legte sie zum Trocknen in ihren Schoß. Er hatte ihn ja schon gesehen, den Hexenfinger.

»Aber ich fange erst mit dem Rudern an«, sagte Rosa, »wenn du mir deinen Namen verraten hast.«

»Luis.«

Ihr sechster Finger rührte sich nicht.

»Luis also. Und warum machst du so ein Geheimnis daraus? Nennst dich Johann Basilius Martin Scheidegger? Und warum bist du einmal ein Jesuit und dann wieder ein protestantischer Missionar?«

»Tauche die Ruder tiefer ins Wasser, so kommen wir nicht vorwärts.«

Rosa gab sich Mühe, die Ruder tiefer durchzuziehen, obwohl sie sich über seine Verweigerung ärgerte. Dabei presste sie unwillkürlich die Zähne zusammen und spannte ihre Muskeln an. Porca Madonna, war das schwer.

»Gut, und nicht nachlassen.« Luis betrachtete sie ernsthaft. »Ich glaube, du bist zäh genug, du wirst es schaffen. Dann werde ich jetzt eine Runde schlafen.«

Luis knäuelte seinen Talar zusammen und versuchte, ihn so hinzulegen, dass sein Kopf darauf liegen konnte.

Sie bemühte sich, ihren Atem dem Rhythmus des Ruderns anzupassen, weil sie dann mehr Kraft hatte. Immer wieder leckte sie über ihre spröden, aufgesprungenen Lippen, und sie hätte nicht sagen können, ob sie von der Gischt oder vom Schweiß so salzig schmeckten.

Trotz ihrer Anstrengungen kam es Rosa so vor, als würde sich das Boot nirgendwohin bewegen, die Wassermassen um sie herum sahen beständig gleich aus.

Immerhin war da der Vogel, der manchmal verschwand, dann aber plötzlich wieder angesegelt kam und kopfüber nach Fischen ins Wasser stieß.

Er sah ähnlich aus wie die Möwen in Venedig, allerdings war er nicht ganz weiß, sondern hatte schwarze Streifen an der Seite.

Luis gab im Schlaf seltsam wimmernde Töne von sich. Rosa fragte sich, welche Gespenster ihn in seinen Träumen heimsuchten, und hätte ihn gern beruhigt, doch sie konnte es nicht riskieren, die Ruder zu verlieren.

Ihre Hände schmerzten, an der rechten bildeten sich schnell Blasen. Rosa biss die Zähne zusammen und ruderte weiter. Sie wunderte sich, dass ihr sechster Finger dabei nicht im Weg war, sondern im Gegenteil, es kam ihr so vor, als wäre in der linken Hand viel mehr Kraft als in der rechten.

Während die Sonne auf ihren Kopf brannte, waren Rosas Füße eiskalt, weil sie in dem Wasser standen, das sich auf dem Boden des Bootes gesammelt hatte. Verbissen ruderte sie weiter. Sie würde es schaffen. Ihr Magen knurrte laut, ihre Zunge klebte trocken am Gaumen, aber sie wollte keinen Gin vergeuden, schließlich wusste sie nicht, wie lange es noch dauern würde, bis Land in Sicht käme. So ruderte sie unentwegt, hatte aber den Verdacht, dass der Wind alle ihre Bemühungen zunichtemachte.

Als es dunkel wurde, zog Rosa die Ruder schließlich ein und ließ das Boot treiben. Sie versuchte, ihre Schultern und Arme zu lockern, ohne das Boot zum Kentern zu bringen. Luis schlief immer noch. Vielleicht wäre es besser, ihn zu wecken, vielleicht konnte er sich anhand der hell leuchtenden Sterne, die über ihnen aufgegangen waren, orientieren?

Der Wind hatte sich mit dem Hereinbrechen der Nacht gelegt, sodass das Boot nur noch sanft auf dem Wasser schaukelte. Rosa konnte auf der nahezu glatten Wasseroberfläche sogar die Spiegelung der Sterne erkennen. Das Kreuz des Südens.

Luis' Kreuz! Plötzlich fiel ihr wieder ein, wo sie es schon einmal gesehen hatte. Auf den merkwürdigen Stichen ihres Vaters war ein solches Kreuz auf dem brennenden Handschuh gewesen. Was hatte ihr Vater damit sagen wollen?

»Luis!«, rief sie, und noch einmal: »Luis!« Sie musste wissen, was das zu bedeuten hatte. »Luis!« Er rührte sich nicht, und sie war zu müde, um ihn zu rütteln und zu wecken. Die Muskeln in ihren Armen brannten, und ihr Rücken lechzte nach einer Pause. Sie überlegte eine Weile, dann entschied sie, dass es in Ordnung wäre, sich auch hinzulegen, und obwohl es nass und unbequem war und sie große Angst davor hatte, sich dem Meer so schutzlos auszuliefern, schlief sie beinahe sofort ein.

34. Kapitel

Auch zwei Tage später wurde Rosa morgens wieder als Erste wach, und wie schon gestern und vorgestern ging gerade die Sonne rot über dem Meer auf.

Gestern hatte sie das noch als gutes Omen für ihre baldige Landung genommen, heute fand sie, dass der tiefrote Ball das Wasser in Blut verwandelte. Beim Hochsteigen der Sonne glitzerte das Meer kalt und kupfern, metallisch wie die Platten, die ihr Vater gestochen hatte. Danach wurde das Wasser wieder blasser, schließlich grau, und erst wenn die Sonne hoch oben am Himmel stand, mischte sich Blau in die Farbe des Wassers.

Rosas Kopf dröhnte und hämmerte bei jeder Bewegung, obwohl sie vorgestern noch mit Siranushs Dolch Fetzen von ihren Hemden abgeschnitten und um ihre Köpfe gewickelt hatten, um sich wenigstens etwas vor der Sonne zu schützen. Doch ihre Nasenrücken waren von der Sonne längst rot verbrannt, und die Haut schälte sich.

Der Wind wurde langsam stärker und brachte das Boot ins Wanken. Ich muss wieder losrudern, dachte sie und legte seufzend ihre wunden Hände an die Ruder. Das stach, als ob sie ihre Hände fest um einen Igel gedrückt hätte. Sie zuckte zurück. Es ging einfach nicht.

Mit einem lauten Schrei erwachte Luis und schreckte hoch. Der Kahn schwankte stark. Rosa hatte Mühe, die Ruder festzuhalten.

»Luis, beruhige dich!« Die schwarzen Bartschatten in seinem Gesicht verliehen ihm ein müdes und hageres Aussehen.

»Ich bin die Ruhe selbst. Ich könnte zwar einen Ochsen fressen und ein Fass Wein aussaufen, aber ich fühle mich wieder voller Kraft. Lass mich weiterrudern!«

»Du hast gerade geschrien, und zwar laut.«

»Ist das ein Wunder? Ich hatte Albträume, und die kommen sicher von meinem Magen, denn der ist leerer als leer. Schließlich hat der Profos dem Nichtstuer von Pfaffen die letzten Wochen über noch weniger zugestanden als dir.«

»Deine Hände sehen noch übler aus als meine, vielleicht sollte doch lieber ich weitermachen. Erzählst du mir jetzt, wo du herkommst und wohin du willst?«

»Warum warst du denn in Männerkleidern unterwegs?«

»Warum warst du als Missionar auf der *Amalberga*?«

»Touché!«

»Du sprichst Französisch?«

»Oui, Mademoiselle.« Jetzt neigte er höflich den Kopf. »Ich wüsste nicht, was ich dir sagen sollte. Wozu auch. Nimm mich einfach so, wie ich bin.«

Rosa keuchte vor Anstrengung. »Unsinn, jeder Mensch ist mehr als nur er selbst, ist immer auch seine Geschichte. Wenn man seine Geschichte nicht kennt, ist man nur ein halber Mensch. Und wie kann ich dich jemals kennen, wenn ich nicht mehr von dir weiß?«

Luis rutschte vorsichtig ein Stück näher. Die schwarzen Schatten in seinem Gesicht verwandelten sich so zurück in einzelne Bartstoppel. Das Grün seiner Augen hatte nichts Überschäumendes mehr, es wirkte wie vertrocknetes Gras.

»Du kannst es nicht lassen. Tag für Tag quälst du mich mit diesen Fragen. Zeitverschwendung! Ist doch völlig einerlei, wo ich herkomme – was zählt, ist das Jetzt.«

»*Jetzt* sitzen wir seit drei Tagen in diesem Boot.« Rosa rang sich ein Lächeln ab. »Und ich finde, es wäre genau jetzt an der Zeit, mir zu erklären, warum du mal als Jesuit, mal als Protestant kostümiert bist. Was von alldem bist du nun eigentlich?«

»Weißt du denn wirklich, wer du bist?«, gab er schnell zurück.

»Natürlich!« Rosa wischte sich den Schweiß mit dem Handrücken von der Stirn, damit er nicht in ihre Augen tropfte. »Ich bin Rosa Sibylla Zapf, Tochter des Spielkartenmachers Zapf, meine Mutter stammt aus einer alten Nürnberger Apothekerfamilie, ich habe eine Halbschwester, die mein Vater mit in die Ehe gebracht hat, und zwei jüngere Schwestern.«

Luis seufzte, dann gähnte er. »Rosa, du hast meine Frage nicht verstanden. Es ist egal, wer dein Vater ist – wer bist du? Was macht dieser elfte Finger mit dir?« Er gähnte noch einmal herzhaft. »Ich glaube nicht, dass du das weißt. Und jetzt rudere, was das Zeug hält.«

»Luis!«, widersprach Rosa, »es ist nicht egal, wer mein Vater ist, und ich weiß sehr wohl, wer ich bin. Ich bin Rosa ...« Sie brach ab. Plötzlich verstand sie, was Luis gemeint hatte. Wenn man sie fragte, wer sie sei, hatte sie immer geantwortet, sie sei die Tochter von ... Aber wer war sie darüber hinaus? Und nie hatte sie sich als Tochter ihrer Mutter betrachtet, sondern immer nur als die ihres Vaters.

Siranush fiel ihr ein. Die würde sich bestimmt niemals als Tochter von jemandem beschreiben, sondern einfach als Siranush. Aber was war mit Arevhat, Siranushs Tochter, wie würde die von sich sprechen?

Luis räusperte sich, beinahe so, als hätte ihr nachdenkliches Schweigen ihn ermutigt.

»Ich bin Jesuit und Protestant und deshalb nichts von beidem.« Er biss sich auf die Lippen, als hätte er damit schon zuviel gesagt.

»Beides?«

»Meine Eltern waren Hugenotten.« Er zeigte auf seine Halskette. »Die vier Lilien, die das Kreuz umgeben, zeigen die Verbundenheit der Hugenotten mit Frankreich, und weil jede Lilie drei Blätter hat, symbolisieren sie auch die zwölf Apostel. Die herabhängende Taube verkörpert den Heiligen Geist. Ich habe es von meiner Mutter an ihrem Todestag bekommen. Es war das Einzige, was mein Vater ihr jemals geschenkt hat.«

Das warf noch mehr Fragen für Rosa auf. Was hatte ihr Vater mit Hugenotten zu tun gehabt? Und Luis hatte gesagt, seine Eltern *waren* Hugenotten; hieß das, sie waren tot? Doch sie wagte nicht, etwas zu sagen, um ihn nicht vom Reden abzubringen, stattdessen nickte sie ihm aufmunternd zu.

»Hast du schon mal vom Edikt von Nantes gehört?«

Sie schüttelte den Kopf.

»Nun, es ist auch gleichgültig, denn es wurde von König Ludwig XIV. im Oktober 1685 wieder rückgängig gemacht, und die Hugenotten durften ihren Glauben nicht mehr ausüben. Glaube!« Er spuckte ins Wasser. »Die Geistlichen, die ihrem Glauben nicht abschwören wollten, wurden des Landes verwiesen, aber alle ihre Kinder, die älter als sieben Jahre waren, mussten zurückbleiben. Mein Vater war ein begnadeter Handschuhmacher und noch dazu ein Geistlicher, aber er war auch ein schwacher Mann, besessen vom rechten

Glauben. Der war ihm wichtiger als seine Familie, seine vier Kinder.

Meine zwei jüngeren Schwestern kamen in Lyon in ein Armenhaus, wo sie bald starben. Meine Lieblingsschwester, die gerade erst sechs geworden war, Marie-Christin, hat er mitgenommen. Ich allerdings war schon dreizehn, ein hoffnungsvoller Schüler, und hatte die Ehre, von den Jesuiten aufgenommen zu werden! Ehre!« Er spuckte wieder ins Meer und schwieg. Rosa hütete sich davor, ihn zu unterbrechen.

»Als man mir nach Jahren endlich eine kleine Besorgung anvertraute, bin ich geflüchtet, um nach meiner Familie zu suchen. Und weil mir die Jesuiten immerhin eines beigebracht haben, nämlich das Denken, fand ich schnell heraus, dass meine Eltern nach Erlangen gegangen waren.

Zuerst war es ihnen gut gegangen, jedenfalls bis meine Schwester, die sehr ungeschickt beim Nähen und Zuschneiden war, damit begann, im Safranhandel in Nürnberg zu arbeiten. Schon nach kurzer Zeit wurde sie vom Nürnberger Rat entlassen, weil der Oberste Losunger behauptete, sie sei unehrlich und hätte Safran gestohlen. Das verbreitete sich in Windeseile von Nürnberg bis nach Erlangen und danach kaufte niemand mehr bei meinen Eltern. Und wie ich herausfand, erzählte auch Baldessarini vernichtende Geschichten über meine Eltern und Marie-Christin. Ihre Handschuhe seien billiger Pfusch, aus minderwertigem Material, schlecht genäht, und meine Schwester eine Hure und Diebin. Und als ob das alles noch nicht genug gewesen wäre, ging ihr Haus eines Nachts in Flammen auf.« Luis' Stimme brach, und er wischte sich über die Augen.

Das brachte Rosa noch mehr ins Grübeln. Wenn ihr Vater

auf dem Bild mit dem brennenden Handschuh auf diese Ereignisse angespielt haben sollte, musste er davon gewusst haben. Doch woher, und was hatte ihn dazu bewogen, dieses Bild zu malen?

Rosa hätte gern etwas Tröstliches gesagt, war sich aber sicher, dass Luis auf keinen Fall ihr Mitleid wollte.

Dieser zuckte mit den Schultern, als hätte das alles nichts mit ihm zu tun, fuhr dann jedoch fort:

»Nur meine Schwester war zu Hause, weil sie krank war, alle anderen besuchten den Gottesdienst. Marie-Christin wurde von den Flammen im Schlaf überrascht, aber sie hat überlebt. Sie wurde schrecklich entstellt, was meinen Vater darin bestärkt hat, sich als Hiob zu betrachten.« Luis lächelte böse. »Hiob wurde in letzter Minute von Gott, dem Herrn, gerettet, mein Vater aber nicht. Meine Eltern starben elend im Siechhaus. Nur meine Schwester ist noch da, und für die werde ich sorgen. Gut sorgen!«

Rosa fehlten die Worte, und sie hätte gern ihre Hand auf seine gelegt, aber er sah dermaßen finster aus, dass sie sich nicht traute.

»Und was hast du nun davon, dass du das weißt?«, fragte er mürrisch.

Während Rosa noch überlegte, was sie antworten könnte, ohne ihn zu kränken, redete er schon weiter, als wäre ein Damm gebrochen.

»Glaube? Sentimentaler Mist, das alles. Es gibt nur einen Glauben, für den es sich lohnt zu sterben, und das ist der Glaube an sich selbst. Und jetzt sollten wir endlich darüber reden, wie wir am Kap der Guten Hoffnung Geld für eine Weiterfahrt verdienen können. Genug der Geschichten!«

Er schaufelte sich Wasser ins Gesicht, als ob er seine Rede

abwaschen wollte. Seine Bewegungen waren jedoch langsam, als würde ihm jeder Antrieb fehlen.

Rosa leckte über ihre aufgesprungenen Lippen. Sie brauchten unbedingt Wasser. Bald! Der Gin war schon seit gestern ausgetrunken.

»Reden wir über Geld.« Luis räusperte sich, um seiner vom Reden trockenen Kehle wieder einen Ton zu entlocken. »Hast du welches in deine Hose eingenäht?«

»Nein.«

»Macht nichts, für dich wird es einfach. Weiße Frauen sind sehr gesucht.« Er grinste sehr breit. »Du könntest am Kap als Hure arbeiten.«

»Würdest du das auch zu deiner Schwester sagen?« Rosa zitterte vor Zorn. Wie konnte er es wagen, so mit ihr zu sprechen? Gerade eben hatte sie noch so viel Mitgefühl für ihn gehabt, und schon zerstörte er wieder alles.

Er presste seine Lippen zusammen und flüsterte dann: »Meine Schwester ist entstellt, da zahlen die Kerle nicht mehr viel, aber du bist schön und blond.«

»Und du glaubst«, Rosa brachte vor lauter Wut kaum die Worte heraus, »weil ich es so dermaßen genossen habe, nackt vor einem Haufen Dreckskerle zu stehen, da wäre es mir egal, wohin sie mir ihre aufgereckten Glieder schieben, ja?« Sie hätte ihm gern eins mit den Ruderblättern übergezogen, stattdessen atmete sie tief durch und zog die Ruder schneller durchs Wasser.

Luis' Gesicht überzog sich mit flammender Röte, was Rosa mit großer Genugtuung erfüllte.

»Du hast recht, das war abscheulich von mir. Ich wollte dich kränken, weil du mich dazu gebracht hast, sentimental zu werden. Es tut mir leid.«

Rosa zuckte mit den Schultern. »Schon gut.« Immerhin hatte sie es ihm zu verdanken, dass sie am Leben war. »Aber sag so etwas nie wieder.«

»Was kannst du denn sonst noch?«, fragte er nach einer langen Pause.

Eine Menge, dachte Rosa, eine Menge, aber etwas hinderte sie daran, ihm vom Engel der Wahrheit zu erzählen. »Und was kannst du, außer Gottes Wort zu verdrehen?«

»Nichts, leider gar nichts. Ich denke, wir müssen ganz auf dich setzen, jedenfalls so lange, bis die *Amalberga* am Kap einläuft und ich mir holen kann, was mir zusteht.«

Ein Vogel schoss direkt neben dem Boot ins Wasser und tauchte mit einem zappelnden Fisch im Schnabel wieder auf. Luis sah über die Bordkante und rief Rosa zu: »Warte, da schwimmt etwas, hör auf zu rudern!« Er beugte sich vor und zog ein Büschel Seetang heraus. »Das ist gut, ich bin sicher, es kann nicht mehr weit sein. Und wenn wir Glück haben, bleibt der Wind so.« Er rutschte näher an Rosa heran, seine Hände umfassten ihre Schultern.

»Hast du nicht gehört, Rosa, wir werden es schaffen!«

Rosa spürte seine schweren Hände auf ihren Schultern und wusste nicht, wie sie darauf reagieren sollte, deshalb klammerte sie sich an die Ruder und ignorierte ihn.

»Rosa!« Seine Hand griff nach ihrem Kinn. Sie spürte die trockene, schuppige Haut der aufgerauten Handinnenfläche.

Überrascht ließ Rosa die Ruder los und sah ihm ins Gesicht. In diesem Augenblick krachte das rechte Ruder gegen etwas. Erschrocken fuhr sie zusammen, Luis schnappte sich das Ruder, kurz bevor es im Wasser versank.

»Was war das?«

»Hoffentlich einer der vielen Felsen, die vorm Kap unter der Meeresoberfläche versteckt liegen. Denn das würde bedeuten, wir sind schon ganz in der Nähe der Küste. Gib mir das andere Ruder, es kann nicht mehr weit sein!«

Rosa überließ ihm die Ruder nur allzu gern; die Blasen an der rechten Hand waren aufgebrochen und zu tiefen Fleischwunden geworden, und sogar links hatten sich große Blasen gebildet.

Sie lehnte sich zurück, merkte nun, da sie sich nicht mehr auf das Rudern konzentrierte, wie erschöpft sie war. Ihr Blick glitt suchend über das Meer. Eine Küstenlinie konnte sie nicht erkennen.

Doch ... dort drüben, was war das? Sie kniff die Augen zusammen, um deutlicher sehen zu können.

»Da, da ist etwas!«, rief sie. Sie zeigte mit dem Finger hinter Luis, er drehte sich um.

»Das sieht aus wie Felsen, und darauf ist eine Pinguinkolonie. Wir haben es geschafft!«

Pinguine? Davon hatte Rosa noch nie gehört, aber sie wusste jetzt schon, dass sie diese Tiere lieben würde. Tiere, Felsen – Land!

Luis drehte das Boot in die Richtung, in der die Felsen emporragten, und ruderte noch stärker. Doch das Boot sperrte sich, wollte nicht in diese Richtung.

»Verdammte Strömungen!«

Er arbeitete verbissen, und schließlich näherten sie sich dem Felsen, auf dem Rosa erst beim Herannahen seltsame Tiere erkennen konnte. Kleine putzige Tiere, die merkwürdige Arme hatten, mit denen sie flattern konnten. Manche stürzten sich von den Felsklippen kopfüber ins Wasser.

»Was sind denn das für Tiere? Vögel oder Fische?«

»Es sind Vögel, aber sie können nicht fliegen, dafür schwimmen sie so gut wie Fische.«

»Sie sind wunderschön.« Wahrscheinlich fände ich jetzt selbst Riesenspinnen oder Schlangen wunderschön, dachte Rosa.

In diesem Moment krachte das Boot unter ihnen auf einen Felsen, dessen Spitze sich durch das Boot bohrte.

»Ich kann nicht schwimmen!«, schrie Rosa, die mit Entsetzen sah, wie Wasser eindrang, schneller und schneller und schneller.

»Du musst ruhig bleiben, dann werde ich uns beide an Land bringen, hast du verstanden?«

»Ja«, schrie Rosa, aber die Entfernung zum Strand kam ihr noch unendlich vor. Wie wollte Luis das schaffen? Ihr Herz raste schlimmer als in der Nacht, als sie von Bord gegangen waren.

Das Boot wurde von der Brandung wieder gegen die Felsen unter der Wasseroberfläche geschleudert und zerbrach. Rosa klammerte sich an Luis. Sie atmete stoßweise, und ihre Muskeln zuckten unkontrolliert.

»Bleib verdammt noch mal ruhig!«, brüllte Luis. »Häng dich an meine Schultern, dann beweg dich nicht mehr, und mach deine Augen zu!«

Auf keinen Fall, dachte Rosa, egal wie das Wasser in den Augen brennt. Ich muss doch sehen, was hier vor sich geht. Sie krallte ihre wunden Finger in Luis' Schultern, der zu ihrem großen Erstaunen zügig im Wasser vorwärtskam.

Sie spürte an ihrem Bauch, an den Oberschenkeln, den Waden so etwas wie ein Streicheln, Kitzeln. Luis konnte das nicht sein, der schwamm Zug um Zug. »Was ist das?«

»Nur Seegras und Seetang: Das, was ich dir im Boot gezeigt habe. Es wächst hier, und das bedeutet, dass das Wasser immer seichter wird.« Ein Schwall Wasser schwappte in Luis' Mund, was ihn verstummen ließ. Er zog sich zusammen und hustete. Rosa konnte sich deshalb nicht länger an ihm festhalten, musste loslassen, strampelte mit den Beinen, die sich im Seetang verfingen.

»Ruhig bleiben, verdammt noch mal, ganz ruhig!«, rief Luis, als er wieder Luft holen konnte. Er schwamm zu ihr, packte sie und zog sie weiter.

Der Strand war immer noch weit entfernt, als Luis unvermittelt innehielt.

»Was ist?«, fragte Rosa.

»Fühl mal. Hier kann man stehen!«

Rosa tastete mit den Füßen den Untergrund ab. Weiche Pflanzen … und dann Sand.

»Ich stehe!«, jubelte sie. »Ich stehe! Wir haben es geschafft!«

Luis legte seine Arme um sie. »Das sollten wir feiern!« Er zog sie an sich, hob sie hoch und trug sie durch das seichte Wasser bis zum weiß leuchtenden breiten Sandstrand, wo er sie schwer atmend, aber strahlend herunterließ.

Es war so schnell gegangen, dass sie gar nicht protestieren konnte. Ihr Herz hämmerte immer noch, aber jetzt war sie glücklich, weil die Angst, im Wasser unterzugehen, endlich der Freude darüber gewichen war, Boden unter den Füßen zu spüren.

Luis' grüne Augen betrachteten sie, als sähe er sie zum ersten Mal. »Du bist trotz allem, was diese Reise dir angetan hat, immer noch so eine schöne Frau. Da könnte selbst ein Heiliger schwach werden.« Er beugte sich zu ihr, drückte einen sanften Kuss auf ihre spröden Lippen und zog sie an sich.

Rosa wich zurück und griff nach ihrem Dolch. Widerstrebende Gefühle durchstrudelten ihren Körper. Im Wasser hatte sie sich bereitwillig an ihn geklammert, und jetzt wich sie seiner harmlosen Berührung aus, als wäre er ein Wolf, der sie fressen wollte.

Er schüttelte den Kopf. »Du brauchst keine Angst zu haben«, begann er mit einem zärtlichen Lachen in der Stimme. »Ich würde dir niemals Gewalt antun.« Er wischte sich über die Stirn und grinste jetzt wieder so unverschämt wie immer. »Außerdem bin ich momentan sowieso viel zu schlapp dazu.« Er ließ sich auf den feinkörnigen Strand fallen und schloss seine Augen.

Rosa setzte sich neben ihn, streckte sich ebenfalls im Sand aus und genoss die weiche Wärme des Sandes, die sich ihrem Rücken anpasste wie ein Samtbett. Sog den lange vermissten Geruch nach Erde und süßen Blumen ein, der sich mit dem des Salzwassers vermischte, und schloss dann auch ihre Augen. Sie streckte ihre Arme weit aus und schob mit den Händen Sand zu kleinen Häufchen zusammen, immer und immer wieder. Sie war an Land.

Doch schon kurze Zeit später setzte sie sich mit einem Ruck auf und erhob sich. Der Wind war sehr viel stärker geworden und zerrte an ihren Kleidern. Sie musste herausfinden, wo sie waren. Lebten hier Menschen, die ihnen helfen konnten, oder waren sie in einer gottverdammten Einöde gelandet?

Ein Blick auf Luis überzeugte Rosa davon, dass er eingeschlafen war. Sie rannte mit dem Wind vom Strand landeinwärts, rannte, bis sie völlig außer Atem war. Obwohl sie wieder Erde unter den Füßen hatte, schwankte sie leicht, als wäre sie immer noch an Bord.

Schließlich gelangte sie an ein Dickicht aus hellgrünen röhrenförmigen Pflanzenstängeln mit dickfleischigen Blättern, daneben wuchsen gewaltige Kakteen, dahinter rot blühende Blumen, die vor einer weiten Ebene standen, deren Gras im Sonnenlicht verbrannt wirkte. Sonst war da nichts. Rein gar nichts.

Das Einzige, was essbar aussah, waren unzählige zierliche Vögel mit blassroten Bäuchen und smaragdgrünen Federn. Es waren so viele, dass Rosa sie trotz der lauten Brandung zwitschern hören konnte. Sie saßen auf den roten Blumen und bohrten ihre dünnen, geschwungenen Schnäbel in die Blüten wie Bienen ihren Rüssel.

Sie wanderte gegen den Wind zurück zu Luis, vorbei an den Röhrenpflanzen, deren Stängel milchweiße Flüssigkeit absonderten. Vielleicht konnte man das trinken? Sie griff nach ihrem Dolch, zögerte aber dann, die Stängel durchzuschneiden. Die erinnerten sie an Wolfsmilch, und vor der hatte ihre Mutter sie bei Spaziergängen im fränkischen Wald immer wieder gewarnt. Allerdings waren die Pflanzen, die ihre Mutter ihr gezeigt hatte, buschig gewesen mit vielen feinen zartgrünen Blättern.

Ihre Mutter. Rosa seufzte. Sie musste sehen, dass sie so schnell wie möglich von hier weiterkamen.

Luis schlief immer noch. Rosa war zwar erschöpft, aber auch aufgeregt und wollte alles erkunden.

Sie lief den Strand entlang, durch die kalte, schaumig weiße Brandung, entdeckte Vögel, die aussahen wie Reiher und Möwen. Am Strand lagen Algen, um die sie einen Bogen machte, und weil sie dabei ständig auf den Boden sah, entdeckte sie große Muscheln.

Muscheln! Die konnte man bestimmt essen. Sie sammelte,

so viele sie tragen konnte, in den Saum ihres Hemdes und lief wieder zurück zu Luis.

Plötzlich sah sie etwas am Horizont, und sie ließ vollkommen überrascht die Zipfel ihres Hemdes los. Die Muscheln fielen in den Sand. Rosa kniff die Augen zusammen, rieb sie und sah noch einmal hin. Weit entfernt im Dunst war ein Gebirgszug, über dem weiße Wolken hingen wie ein Sahnehäubchen.

Sie bückte sich und sammelte die schwarzen Muscheln wieder ein, dann rannte sie zu Luis, legte die Muscheln ab und rüttelte ihn.

»Wach auf, wach auf!«

Stöhnend setzte er sich auf. »Was gibt es denn so Wichtiges?«

»Komm mit!«

Rosa zog ihn hoch und stürmte mit ihm weiter vor bis zur Brandung und zeigte nach Süden.

Luis riss überrascht seine Augen auf und pfiff. »Das ist der Tafelberg, der da unter den Wolken liegt. Dann sind wir nicht allzu weit entfernt vom Kap der Guten Hoffnung. Wenn wir den Strand entlang in diese Richtung laufen, dann kommen wir dort an.«

»Dann gehen wir doch!«

»Ich habe Hunger, und was noch schlimmer ist, ich habe Durst.«

»Ich habe Muscheln gesammelt, die könnten wir essen.«

Luis pfiff noch begeisterter als gerade eben.

Sie liefen zurück, hockten sich in den feuchten Sand und öffneten die Muscheln mit Siranushs Dolch, was sehr schwierig war, denn die Ränder schnitten in ihre noch vom Rudern wunden Hände. Sie mussten sie eingraben und konnten dann erst die Dolchspitze zwischen die Schalen zwängen.

Gierig schlürften sie die Meeresfrüchte aus.

»Woher hast du eigentlich diesen Dolch?«, fragte Luis, nachdem sie schweigend gegessen hatten. Er betrachtete Rosa so aufmerksam, dass es ihr vorkam, als würden seine Augen ihre Haut streicheln.

»Ein Geschenk.« Sie hatte keine Lust, ihm die Geschichte von Siranush zu erzählen und sich wieder seinem Spott auszusetzen.

»Von einem Mann?«

Er sah sie fragend an, griff nach ihrer linken Hand und berührte ihren Hexenfinger. Rosa schnappte überrascht nach Luft und vergaß, was sie ihm hatte antworten wollen.

»Wie fühlt sich das für dich an?«

Sie entzog ihm ihre Hand und damit den Finger, den außer ihr nur ihre Schwester Dorothea jemals angefasst hatte.

»Das geht dich nichts an.« Sie stand auf. »Lass uns gehen!«

Er blieb sitzen. »Für mich fühlt er sich an wie jeder andere Finger.«

Sie ging einfach weiter. Diese Mal würde sie ihm nicht auf den Leim gehen. Sie drehte den Kopf und rief über die Schulter: »Hast du Angst, dass ich mit dem Finger als Hure weniger wert wäre?«

Er sprang auf und rannte hinter ihr her, blieb dann dicht vor ihr stehen und zwang sie so, stehen zu bleiben.

»Rosa, es tut mir wirklich leid, was ich im Boot gesagt habe. Bitte verzeih mir.« Er griff wieder nach ihrem sechsten Finger, führte ihn an seine Lippen und küsste ihn.

Rosa durchrieselten kalte Schauer. Sie wollte weglaufen, und sie wollte, dass er den Kuss wiederholte. Unwillkürlich sah sie sich um, aber es war niemand hier, nur ein paar Vögel und weiter draußen die Pinguine.

»Du bist etwas ganz Besonderes, das habe ich schon gewusst, als ich dich das erste Mal in Nürnberg gesehen habe. Aber ich habe doch all diese Pläne …«, murmelte er und küsste jetzt ihre Handinnenfläche bis hin zum Gelenk.

Rosa atmete schneller. Immer noch wusste sie nicht, was sie wirklich wollte. Er hob den Kopf und sah ihr in die Augen, sein Blick wieder lebendig schäumendes Grün, wild und beängstigend.

Rosa wich zurück. Er zuckte mit den Schultern. »Rosa, Rosa, Rosa«, flüsterte er so leise, dass sie es in der lauten Brandung und dem pfeifenden Wind kaum hören konnte. Dann legte er die Arme um sie und streichelte ihr sachte über den mittlerweile nicht mehr ganz kahlen Kopf, über das Kinn hin zum Hals und fuhr schließlich mit der Hand unter ihr Hemd und umfasste eine ihrer Brüste, als wäre sie zerbrechlich und kostbar.

Seine raue Hand kitzelte Rosa, löste in ihr den Wunsch aus, sich enger an ihn zu pressen, doch gleichzeitig wurde sie starr. Die Kerle vom Brenner drängten sich vor ihr inneres Auge, und obwohl Luis doch so vollkommen anders, so zärtlich war, stieg die Erinnerung an all die Schmerzen in ihr hoch und versteinerte jedes Gefühl. Sie wimmerte leise.

Er bemerkte es und ließ sie los.

»Es … ich …«, stammelte Rosa, und sie fühlte, wie sich ihre Augen mit Tränen füllten.

»Rosa, ich werde dich zu nichts zwingen. Niemals. Ich, nun, ich…« Er atmete stoßweise, wandte sich abrupt von ihr ab und schritt dann zügig landeinwärts.

Rosa sah ihm nach, wollte ihm folgen, doch sie blieb stehen, und ihr Blick fiel auf den Hexenfinger, den er geküsst hatte. Wie sich das für sie anfühlte, hatte er gefragt. Sie war völlig außerstande, diese einfache Frage zu beantworten.

35. Kapitel

Ich versank mit einem Fuß in dem abscheulichen Schnee, von dem Nürnberg schon den ganzen ungewöhnlich harten Winter über heimgesucht wurde, als mich Wurffbain aufhielt und zurück ins Rathaus nötigte.

Dort, im zugigen Flur, war es auch nicht viel besser als draußen. Dabei wollte ich nach dieser überlangen Sitzung nichts mehr als nach Hause und endlich die Eildepesche von Baldessarini lesen.

»Diese Ratssitzung war mehr als unerfreulich, nicht wahr«, meinte Wurffbain.

»Ja, da habt Ihr recht, mein Freund, aber so ist es eben. Jetzt gilt es zu reagieren. Wenn Nürnberg nicht mehr gefragt ist als Messestadt, dann müssen wir eben etwas dafür tun, damit wieder mehr Händler kommen.«

»Das ist leichter gesagt als getan.« Wurffbain seufzte vielsagend und machte mich damit rasend. Ich wollte nach Hause!

»Es wird so gehen wie mit dem Pegnesischen Blumenorden nach dem Tod vom seligen Sigismund von Birken, nämlich bergab.« Er sah mich beifallheischend an. »Und nun auch noch die Sache mit Sandrart. Es geht wirklich bergab mit Nürnberg.«

»Was hat denn dieser weibische Verein von literarischen Schmierfinken mit dem Handel der Stadt Nürnberg zu tun?« Wollte Wurffbain mal wieder darauf hinweisen, dass auch er aus schreibbegabter Familie stammte?

»Ich weiß nicht, warum Ihr die Pegnesier als weibisch abtut, wo von Birken doch allerhöchstens vierzehn Frauenzimmer aufgenommen hat, und ich muss sagen, gerade die von Greiffenberg …«

Ich konnte mir dieses Gefasel wirklich nicht länger anhören. »Worauf wollt Ihr eigentlich hinaus?«

»Nun, die Sache mit der Malerakademie von Sandrart, habt Ihr das nicht gehört?«

»Was denn?« Das *zum Kuckuck* verkniff ich mir nur knapp. Der Mann konnte einen aber auch verrückt machen.

»Nun, wie Ihr wisst, hat doch die Tochter vom seligen Sandrart, die Susanna Maria, in zweiter Ehe den Wolf Endter geehelicht.«

»Ich bitte Euch, Wurffbain, mein Vater wartet.«

»Das glaube ich Euch unbenommen, doch wo war ich? Also, die Susanna hat jetzt sechs Stieftöchter.«

»Wollt Ihr Euch etwa verehelichen?«

»Nein, nein.« Wurffbain lachte. »Ihr scherzt wohl, ich bin doch bereits in den besten Händen. Um es kurz zu machen …« Wurffbain sah mich erwartungsvoll an.

»Ja?« Manchmal wünschte ich mir das Temperament meines Vaters. Der hätte Wurffbain angeherrscht, dass er endlich zum Wesentlichen kommen solle, und das Gerede abgekürzt. Der stünde nicht hier im Zug mit feuchten Schuhen, sondern säße längst schon am Kamin vor einem prasselnden Feuer, die Pfeife im Mund.

»Die Töchter spielen am liebsten ein Wissensspiel mit Karten, welche sie beim seligen Zapf bestellt und nach seinem Tod erhalten haben. Angesteckt von deren Begeisterung, hat sich die Susanna dann all die Bilder angesehen, die der selige Zapf gestochen hat, und schlug vor, den Zapf nun doch posthum in die Malerakademie aufzunehmen. Und jetzt will sie die Witwe aufsuchen, um sich die restlichen Bilder anzuschauen.«

Unfasslich, dass allein der Name Zapf einen solchen Aufruhr in meinem Körper auslösen kann, immer noch. Ich muss mich vorsehen, dass Wurffbain nichts davon merkt.

»Seit wann entscheiden denn die Weiber darüber, wer in die Akademie aufgenommen wird? Und was ist das für ein Unsinn von wegen der Aufnahme posthum? Einen Spielkartendrucker! Wo kommen wir denn da hin? Ihr habt recht, es geht bergab mit Nürnberg.«

»Näheres weiß ich auch nicht, nur, dass die Susanna mit ihrer Freundin, der Eimmarttochter, darüber parliert hat. Deren Vater, Georg Christoph Eimmart, möchte in den Vorstand der Akademie und will sich lieb Kind machen mit so was.«

»Redet Ihr von dem Eimmart, der die Sternwarte auf der Vestnertorbastei gegründet hat? Der Mann ist angesehener Astronom – was kümmert der sich um den seligen Zapf?«

Wurffbain nickte.

»Ja, hat denn der vom Sternegucken ein Loch im Kopf?«, wetterte ich, während ich überlegte, was das Ganze wohl zu bedeuten hatte.

Wurffbain zuckte mit den Schultern. »Ist momentan nur Gerede, aber ich dachte, es sei für Euch von Interesse, weil Ihr doch ein Auge auf die Zapffamilie habt.«

»Ich danke Euch, Wurffbain.« Ich schlug ihm freundlich auf die Schulter, beglückwünschte mich, meine Ungeduld bezwungen zu haben, und wandte mich zum Gehen.

Der Brief von Baldessarini konnte warten. Ich hatte jetzt Wichtigeres zu tun. Ich musste sicherstellen, dass niemand in der Werkstatt vom Zapf eins dieser Bilder fand, und dazu fiel mir nur eine einzige, bewährte Methode ein. Wie günstig für mich, dass dieser März mit Abstand der scheußlichste seit Jahren war. Kein Mensch würde sich freiwillig nachts vor die Tür begeben.

Aber ich musste vorsichtig sein. Es wäre besser, wenn es diesmal keine Toten geben würde.

Andererseits, und der Gedanke gefiel mir ausnehmend gut, wäre das dann ja auch eine Sorge weniger für den Stadtsäckel von Nürnberg.

36. Kapitel

»Nein, tu das nicht!« Rosa konnte Luis gerade noch daran hindern, eine von den blassgrünen Röhren abzubrechen.

»Ich glaube, sie sind giftig.«

»Woher willst du das wissen?«

»Ich weiß es nicht, aber der weiße Saft erinnert mich an Wolfsmilch, und die ist giftig.«

Luis sah Rosa amüsiert an und schüttelte den Kopf. »Solche Pflanzen gibt es in Nürnberg nicht.«

»Tipp doch lieber nur vorsichtig mit einer Fingerspitze an eine dieser klebrigen Stellen und warte, was geschieht«, schlug Rosa vor.

Luis fasste mit dem Zeigefinger an einen weißen Klumpen. »Ich lebe noch!«, sagte er dann triumphierend, doch plötzlich verzog sich sein Gesicht schmerzhaft. »Das brennt ja wie Feuer.« Er rannte zum Meer, als ob der Teufel hinter ihm her sei, und hielt den Finger in das kalte Wasser der Brandung.

Rosa verkniff sich ein Lachen, schließlich würde auch sie alles tun, um an Wasser zu kommen. Luis hatte gehofft, dass die Pflanzen Wasser speicherten. Das bisschen Morgentau, das sie mit ihren Hemden aufgefangen hatten, reichte bei Weitem nicht aus, um ihren Durst zu stillen.

Sie waren in den letzten Tagen den Strand Richtung Süden gegangen, doch so schwach, wie sie mittlerweile waren, kamen sie nur langsam voran. Außerdem war der Strand felsiger geworden, und Rosa hatte Angst, dass sie es nicht schaffen würden, über die nächsten Felshaufen zu klettern. Sie beneidete jene seltsamen pelzigen Tiere, die wie eine Mischung aus Kaninchen und Wiesel aussahen, sich in der Sonne badeten und beim kleinsten Laut wie der Blitz in den Felsspalten verschwanden. So müsste man klettern können. Oder fliegen wie die Möwen, die über der Brandung gegen den Wind ankämpften.

Luis vermied es, auch nur in ihre Nähe zu kommen, und sprach jeden Tag weniger. Und wenn, dann redete er nur davon, wie er sich sein Gold von der *Amalberga* holen würde.

Als Rosa nachgefragt hatte, was er damit meine, hatte er nur den Kopf geschüttelt. Sie befürchtete, er könnte krank sein oder Fieber haben. Hoffentlich hatte ihm die Pflanze jetzt nicht den Rest gegeben.

Sie lief Luis entgegen. Er sah unter seinem schwarzen Bart sehr blass aus. »Vielleicht hätte ich die ganze Röhre aussaugen sollen, dann wäre ich jetzt von allem Übel erlöst.« Missmutig deutete er auf die Felsen, die sich vor dem klaren blauen Himmel schwarz auftürmten.

Wie ein Echo zu seinen Worten knallte ein Schuss durch die Luft.

Sie sahen sich verblüfft an.

Rosa klatschte in die Hände. »Das war ein Schuss, das heißt Menschen!«

»Aber vielleicht keine guten. Wir sollten uns lieber verstecken, bis wir wissen, mit wem wir es zu tun haben.«

»Unsinn, sie sind unsere einzige Rettung. Vielleicht haben sie etwas Trinkbares dabei?« Rosa sah sich um. »Der Schuss kam von dort. Ich gehe in diese Richtung.« Sie zeigte ins Landesinnere und marschierte los.

Luis folgte ihr seufzend. »Ich komme mit, aber nur zu deinem Schutz und gegen meine Überzeugung. Allerdings habt ihr Weiber ja manchmal auch recht.« Er zeigte ihr seinen Finger, der rot geschwollen war.

Wieder donnerte ein Schuss. »Es ist mehr rechts!«, rief Rosa und rannte los. »Hallo«, rief sie, »Hallo« und immer lauter: »Hallooooo!«.

Endlich sah sie zwei Männer in Lederhosen und weißen Hemden, die Flinten bei sich hatten.

»Es sind Europäer«, flüsterte sie und erstarrte. Die letzten Europäer mit Waffen hatte sie am Brenner gesehen.

»Dann sind die Chancen gut, dass wir uns verständigen können.«

Jetzt rief Luis und winkte. Die beiden Männer kamen zögernd näher, die Flinten in Schussbereitschaft.

»Und wenn das Banditen sind?«, flüsterte Rosa, die sich nah bei Luis hielt.

»Qui êtes-vous? D'où venez-vous?«, fragte der ältere der beiden Männer und starrte sie missbilligend von oben bis unten an.

Rosa versteckte ihren Hexenfinger sofort in ihrem Hemdärmel.

»Nous sommes des naufragés«, antwortete Luis.

Es klang wie Französisch, aber Rosa war nicht sicher.

Die beiden Männer sprachen miteinander, und der Ältere schüttelte immer wieder den Kopf.

»Sie glauben nicht, dass wir Schiffbrüchige sind. Sie vermuten, wir wären von Robben Island abgehauen«, flüsterte Luis ihr zu. »Das ist eine Gefängnisinsel vor dem Kap der Guten Hoffnung, wo sie die ganz üblen Verbrecher hinsperren.«

»Dann sage ihnen, dass wir anständige Menschen sind.«

»Wenn man uns anschaut, sieht es nicht gerade danach aus.« Luis zuckte mit den Schultern, und Rosa musste ihm recht geben. Ihre Kleider waren nur mehr Fetzen und ihre Haare immer noch extrem kurz für eine Frau.

»Ich frage mich nur«, murmelte Luis, »was Franzmänner am Kap zu suchen haben. Hier sind Holländer, Engländer und Portugiesen, aber Franzosen?«

»Vous êtes français? D'où êtes-vous originaire?«, wandte sich der Jüngere wieder an Luis und ließ Rosa vollkommen unbeachtet.

»De Lyon, mais ma famille a quitté la France«, antwortete Luis.

»Pourquoi?«

»Ça ne vous regarde pas!« Luis klang geradezu trotzig, fand Rosa.

Beide Männer waren nun näher gekommen. Am hinteren Gürtel des Älteren baumelten vier der flinken Tiere, die Rosa zwischen den Felsen gesehen hatte. Sie waren viel dicker als die Hasen, die Giacomo am Brenner geschossen hatte.

Der Gedanke an Giacomos Tod versetzte ihr immer noch einen Stich, trotzdem lief Rosa das Wasser im Mund zusammen, als sie sich die Tiere knusprig gebraten über einem Feuer vorstellte.

Der Ältere trat näher, betrachtete Rosas Haare, drehte sich zu dem Jüngeren und schüttelte den Kopf. Dabei blitzte in dem Ausschnitt seines nicht ganz zugeknöpften Leinenhemdes ein Kettenanhänger silbern auf.

»Er glaubt, man hätte dir den Kopf zur Strafe für ein schändliches Vergehen geschoren«, flüsterte Luis Rosa zu.

»Und ich glaube, das sind Hugenotten«, wisperte Rosa.

Luis sah sie verblüfft an. »Du könntest recht haben, was

sonst hätte Franzosen hierher verschlagen.« Er nestelte an seinem Hemd und zog seine Kette hervor.

Die beiden Männer starrten darauf, wechselten Blicke, sahen dann zu Luis und Rosa, kamen näher und zogen die beiden Schiffbrüchigen in ihre Arme, als wären sie lange vermisste Familienmitglieder.

Aufgeregt redeten sie so viel auf Luis ein, dass er erst später, als sie auf dem Karren unterwegs zur Farm der Hugenotten waren, dazu kam, alles für Rosa zu übersetzen. Die beiden Männer gehörten zur Familie du Plessis, die mit einhundertsechsundsechzig anderen Hugenotten 1688 auf Einladung der VOC nach Kapstadt gekommen waren. Die Holländer hatten ihnen die Überfahrt bezahlt, und dafür mussten die Franzosen sich verpflichten, mindestens fünf Jahre zu bleiben und Land anzubauen. Vor allem Wein sollten sie pflanzen – das hatten die Holländer selbst schon versucht, aber mit mäßigem Erfolg. Darüber hatte Luis ausgiebig mit den Männern gelacht. »Wer hätte je von holländischem Wein gehört!«

Die beiden Männer waren entzückt, Glaubensbrüder gefunden zu haben, die ihre kleine Gemeinde verstärken konnten. Außerdem war Herbst und die Weinlese in vollem Gang. Die Weinbauern konnten jede helfende Hand brauchen. So kam es den du Plessis gerade so vor, als wären Rosa und Luis von Gott gesandt worden.

»Und da ist noch etwas …« Luis sah Rosa mit einem merkwürdigen Lächeln an. »Sie glauben, dass wir verheiratet sind.«

»Du meinst, das hast du ihnen so erzählt?«

Er hob abwehrend die Hände. »Es war die einzige Möglichkeit, deinen Ruf zu retten. Und wo wir gerade bei deinem Ruf sind, ich glaube, du solltest deinen Finger mit irgendwas bedecken. Strenggläubige halten so etwas gern für eine Strafe Gottes.«

»Und du, für was hältst du es?«, flüsterte Rosa.

»Für nichts anderes als Pech!« Luis lachte jetzt so laut, dass die beiden Männer, die vorn auf dem Karren saßen, sich zu ihnen umdrehten.

»Vive les femmes!«, rief Luis erklärend, die beiden Männer nickten, lächelten und drehten sich wieder um.

37. Kapitel

Es kam ihr auch nach vierzehn Tagen immer noch merkwürdig vor, mit Luis das kleine Bett in dem Alkoven zu teilen. In den ersten Nächten war sie von dem vielen Wein, den man ihnen serviert hatte, und nach all den Strapazen sofort eingeschlafen und erst aufgewacht, als Luis längst aufgestanden war, um bei der Weinlese zu helfen.

Auch von ihr wurde erwartet, dass sie sich an den Arbeiten im Haushalt beteiligte. All ihre Tätigkeiten wurden genauestens begutachtet, und erst als sie Berge von Äpfeln und Karotten trotz der bandagierten linken Hand so dünn abgeschält hatte, dass man die Schale als Pergament hätte verwenden können, wurde sie akzeptiert. Ihre linke Hand hatte sie eingebunden, damit niemand ihren Hexenfinger sehen konnte.

Anfangs war sie zu geschwächt gewesen, um auch nur daran zu denken weiterzureisen, aber je kräftiger sie wurde, desto mehr drängte es sie, nach Kapstadt zu fahren und sich ein Schiff mit Kurs nach Indien zu suchen. Und seit Luis heute erfahren hatte, dass die *Amalberga von Gent* am Kap angekommen war, wirkte auch er so, als könnte er es kaum erwarten, von hier fortzugehen.

Weil Rosa ihn immer wieder gefragt hatte, was er denn um Gottes willen so dringend von der *Amalberga* holen musste, vertraute er es ihr eines Abends schließlich an: Es war Gold, das er bei einem Geschäft mit Baldessarini und Dobkatz verdient hatte. Aber mehr hatte er nicht verraten.

»Ich kann nicht schlafen«, flüsterte Rosa.

Luis antwortete nicht.

Kein Wunder, dachte sie, er hatte trotz seiner kaum verheilten Hände den ganzen Tag geholfen, die goldgelben Trauben zu ernten. Seinem Körper entströmte ein Duft nach Most und nach Lavendelseife, wie jene, die Siranush im Teich verwendet hatte.

Wie vertraut und wie fremd er ihr immer noch war.

Wenn er mit den anderen Männern fortging, konnte sie es kaum erwarten, bis er wieder zurück war. Und wenn er dann kam, musste sie den Impuls unterdrücken, zu ihm hinzulaufen und ihn zu umarmen.

Wenn sie alle zusammen im Haupthaus aßen, sehnte sie sich danach, dass er ihr einen besonderen Blick schenkte, und sie freute sich unbändig, wenn sie ihn dabei erwischte, wie er sie wohlwollend musterte.

Und wenn er dann abends ihre Hand nahm, bevor sie nach oben stiegen, pulsierte diese Berührung durch ihren ganzen Körper, erfüllte sie mit einem wohligen Gefühl, das wie Sonnenstrahlen durch ihren Leib jagte und ihr das Gefühl gab zu leuchten. Das also verstand man unter Glücklichsein.

Doch in der Kammer ließ Luis ihre Hand stets los, um ihr klarzumachen, dass er sie nur genommen hatte, um als Paar für die anderen glaubhaft zu erscheinen. Dann erlosch dieses Strahlen, und Enttäuschung breitete sich wie bitterer Geschmack in ihrem Mund aus.

Rosa nahm die Kerze von dem Nachttisch und hob sie an, um Luis in ihrem Schein besser betrachten zu können. Das Hemd hatte er achtlos auf den Boden geworfen. Seine Haut schimmerte wie poliert im Kerzenlicht, der Anhänger auf seiner breiten Brust hob und senkte sich regelmäßig mit seinen Atemzügen.

Sie behielt die Kerze in der linken Hand, legte die rechte auf seinen Bauch und fühlte die Wärme, die von seinem Körper aufstieg, die Muskelstränge unter der weichen Haut, tastete zu seiner Brust, strich über sein Gesicht, verharrte bei den Lippen. Sie erinnerte sich daran, wie er ihren Hexenfinger geküsst hatte, und spürte den dringenden Wunsch, ihre Lippen auf die seinen zu pressen. Sie beugte sich vor, hielt die Kerze dabei ungeschickt und sah zu ihrem Entsetzen, wie Wachs auf seinen Bauch tropfte.

»Ahh!« Er öffnete die Augen so schnell, dass sie es nicht mehr schaffte, die Kerze ab- und sich selbst schlafend zu stellen.

»Was tust du da?« Er setzte sich auf.

»Ich weiß auch nicht, ich …«, stotterte Rosa.

Er nahm ihr die Kerze aus der Hand und platzierte sie auf den Nachttisch.

»Ich glaube, ich weiß es.« Er zog sie an sich und küsste sie auf den Mund, dann sah er ihr in die Augen. »Das?«

Rosa nickte, zögerte, dann küsste sie ihn wieder.

Er wich ihr aus, hielt ihren Blick fest. »Bist du wirklich sicher, dass du das willst?«

»Ja, ganz sicher.«

Er lächelte, löschte die Kerze und zog sie fest in seine Arme. Rosa schmiegte sich an ihn, spürte, wie ihr Herz zu hämmern begann, ihr Atem schneller und schneller ging …

Aber jetzt machte ihr das keine Angst mehr.

38. Kapitel

Wer hätte gedacht, dass ich so lange brauchen würde, um in die Werkstatt hineinzukommen? Ich hatte mich kaum noch auf meine Aufgaben im Rat konzentrieren können, und sogar meinem Vater war schon aufgefallen, dass ich nicht ganz bei mir war. Aber heute, so schien es, war es endlich so weit. Gelobt war Gott, der die Gläubigen so zuverlässig in seiner Obhut versammelt.

Als ich um das Haus herumging, kam es mir so vor, als würde mir jemand folgen. Ständig hörte ich Schritte hinter mir, doch wenn ich mich umdrehte, war da niemand.

Die Tür zur Werkstatt war nicht verschlossen. Wie leichtsinnig diese Frauenzimmer waren! Jedermann könnte alles ausräumen.

Mit Entzücken betrachtete ich das ganze Papier und das viele Holz – es würde wunderbar brennen, und die Feuerwachen würden es erst bemerken, wenn es schon zu spät war, denn sie würden es bei diesem Wetter nicht so genau nehmen mit den Rundgängen.

Ich fürchtete nur, dass ich dieses Mal nicht zusehen konnte, ohne aufzufallen, es sei denn von der Sternwarte aus, aber die war zu dieser Zeit geschlossen. Obwohl, als Oberster Losunger sollte ich eigentlich auch dort Zugang haben.

Doch zunächst musste ich die Bilder finden, um sicherzustellen, dass sie als Erstes verbrannten. Wenn ich nur wüsste, wo der Elende sie versteckt hat. In den Büchern dort drüben neben der Weltkarte oder doch eher in der Lade von dem großen Tisch dort drüben? Ich schlich hinüber und öffnete die Lade. Unverschlossen, wie leichtsinnig! Ich warf alles, was drinnen war, auf den Boden, es waren sowieso nur gottlose Spielkartendrucke, Vögel, Affen und Tulpen. Nirgends eine Spur jener Bilder, die er mir hatte zukommen lassen.

»Suchst du das hier?«, fragte eine Stimme hinter mir, die ganz unverkennbar die ihre war.

Verdammt.

Ich drehte mich um. Da stand sie, die Hure. Warum war mir nicht aufgefallen, dass sie zu Hause geblieben war? Ich wurde langsam nachlässig. Sie wedelte mit den Bildern, die ihr Mann gemalt hatte, um mich zu erpressen.

»Was geht's dich an?«

»Das ist mein Haus.«

Sie sah aus wie ein Gespenst, bleich, das graue Haar wirr um den Kopf. Was für ein Glück, dass ich sie nicht geehelicht hatte. Da saß ich lieber noch dem Alten gegenüber als einer, die sich so gehen ließ. Und dann noch diese Hybris, von wegen das sei *ihr* Haus!

»Das Haus gehört nicht dir, sondern dem, der die Schulden bezahlt, die darauf lasten«, erklärte ich ihr.

»Und deshalb willst du es anzünden, oder was hat all das Papier am Boden zu bedeuten?«

Ich blieb um eine Antwort verlegen.

»Dobkatz«, ihre Stimme zitterte, »du tust mir unrecht, hast mir immer unrecht getan. Zwing mich nicht …«

»Du hast die Beine schon für den Kartenmacher breit gemacht, als du noch mit mir verlobt warst. Und mich hast du immer damit vertröstet, dass wir bis nach der Hochzeit warten sollen.«

Sie schüttelte ihr graues Medusenhaupt und stöhnte, als ob sie große Schmerzen hätte.

»Du hättest mir vertrauen müssen«, flüsterte sie mit heiserer Stimme.

»Ich dir!« Das wurde ja immer besser. Ich wollte ausspucken, doch mein Mund war wie ausgetrocknet.

»Und jetzt hast du auch noch meine Tochter in ihr Verderben geschickt.« Sie hustete. »Und damit uns alle.«

»Um den Bastard ist es nicht schade!«

»Ein Bastard?« Sie hatte die Frechheit, mich spöttisch anzugrinsen. »Mag sein, dass sie das ist. Doch wenn du wüsstest, wessen Bastard, du würdest dich schämen. Und die von dir so Verachtete hat mehr Mumm in den Knochen, als du jemals hattest.« Sie hustete wieder und flüsterte dann so leise, dass ich Mühe hatte, sie zu verstehen.

»Ich konnte ihr nie verzeihen, habe sie schändlich behandelt, obwohl das alles nur deine Schuld war. Deine, Dobkatz, hörst du! Deine! Nur mein seliger Zapf, der hatte ein größeres Herz als ich jemals, als jeder andere.«

Sie sah mich mit weit aufgerissenen Augen an, wollte noch etwas sagen, öffnete den Mund, doch dann brach sie stumm zusammen wie ein klappriger, kranker Gaul nach dem letzten Hieb vom Abdecker.

Das Läuten der Kirchenglocken brachte mich zur Besinnung. Jetzt konnte ich hier nichts mehr ausrichten, ohne entdeckt zu werden. Deshalb blieb mir nichts anderes übrig, als unverrichteter Dinge nach Hause zu gehen.

Und wie immer hatte es dieses Weib geschafft, mich außerordentlich wütend zu machen.

39. Kapitel

Mit Schaudern betrachtete Rosa die in vollkommener Dunkelheit daliegende *Amalberga von Gent*, und nur der Gedanke daran, wie sehr es Baldessarini treffen würde, wenn sie mit Luis zusammen das Gold des Venezianers stahl, hatte sie dazu gebracht, sich dem Schiff zu nähern.

»Schsch.« Luis legte den Finger an die Lippen und deutete auf den Wachmann, der dort stand, wo die Planken aufs Schiff führten. »Lock ihn her«, flüsterte er. »Liebste, zeig, was du kannst.« Er nickte ihr zu und versteckte sich hinter einer Ladung Fässer, die am Kai stand.

»Hey, du da oben, du siehst aus wie ein kräftiges Bürschchen!«, rief Rosa und versuchte, so liederlich wie möglich auf die Planken zu steigen. »Alle anderen beglücken die Huren in der Stadt, nur du musst Wache stehen. Ich kann das ändern, wenn du willst!«

Der Wachmann kam näher und machte wegwedelnde Armbewegungen. Rosa wackelte mit den Hüften und winkte ihn zu sich. Schließlich wurde es dem Wachmann zu bunt, und er stieg die Planken hinunter zum Kai, wo Luis hinter den Fässern hervorpreschte und ihn so heftig in den Nacken schlug, dass er wie ein gefällter Baum umstürzte.

Überrascht von seiner brutalen Vorgehensweise sog Rosa Luft ein, überprüfte hastig, ob der Wachmann noch atmete, und zerrte ihn zusammen mit Luis hinter die Fässer, damit er nicht gleich zu sehen war. Dann rannten sie aufs Schiff.

Voller Sehnsucht sah sie zur *Stella Maris* hinüber, die genau wie die *Amalberga* in tiefer Dunkelheit dalag. Die *Stella Maris* brachte weiße Elefanten für den Großmogul Aurangzeb nach Kolkata und würde auf dem Weg dorthin in Masulipatnam haltmachen. Und sie würde schon in fünf Tagen auslaufen, noch vor der *Amalberga*.

»Rosa?« Luis deutete mit dem Kopf zu den Luken. »Keine weiteren Wachen. Ganz schön leichtsinnig vom Kapitän!«

»Vielleicht hat die Mannschaft es einfach ausgenutzt, dass der Kapitän mit den Offizieren beim Kommandanten des Forts eingeladen worden ist. Gleiches Recht für alle«, flüsterte Rosa.

Sie schlichen zusammen nach unten. Obwohl das Schiff unbewacht zu sein schien, zitterte Rosa vor Angst, dass der Profos mit einer voll bewaffneten Mannschaft plötzlich vor ihr stehen, sie in einen Hinterhalt gelockt haben könnte.

»Schscht.« Luis legte den Zeigefinger an den Mund, dabei war Rosa nur über eine Stufe gestolpert. Sie dankte Gott, dass der Kapitän der Mannschaft der *Amalberga* endlich den ersehnten Landgang eingeräumt hatte. Aber um Mitternacht mussten alle wieder zurück sein, daher sollten sie sich beeilen.

»Da drüben ist es!« Luis deutete auf die Kisten, die hinter der Ankerwinde verstaut waren. Auf dem Weg dorthin huschten ein paar Ratten davon. Während der langen Flaute hatte es nicht eine mehr gegeben, dachte Rosa, alle waren verspeist worden. Wo kamen die denn jetzt wieder her?

Luis warf den Sack neben die Holzfässer und setzte das mitgebrachte Stemmeisen an. Krachend flog der Deckel zu Boden.

Rosa blieb am Eingang zum Unterdeck stehen.

»Ja!«, hörte sie Luis befriedigt seufzen. »Ja! Rosa, komm her! Wir müssen so viel mitnehmen, wie wir tragen können.«

Rosa verließ nur ungern ihre Position, lief zu ihm und konnte kaum glauben, was sie vor sich sah.

»Wenn uns die VOC erwischt, dann werden sie uns hängen.«

»Das gehört nicht der VOC, sondern mir.«

Luis lächelte so, dass Rosa seine Zähne in der Dunkelheit aufblitzen sah. »Ich habe das Geld, das Baldessarini und Dobkatz beim Safranhandel unrechtmäßig beiseitegeschafft haben, beim Sklavenhandel zu Gold gemacht. Die beiden Dummköpfe glauben wirklich, dass ich mit dem Gold wieder nach Afrika fahren und neue Sklaven kaufen würde, um sie noch reicher zu machen. Sie haben den dummen Jesuiten unterschätzt. Und deshalb gehört dieses Gold jetzt mir und meiner Schwester.«

Er klaubte die Münzen in die beiden Säcke, die sie mitgebracht hatten.

Sklavenhandel? Das musste sie falsch verstanden haben. Der Anblick der Kinder in Ketten auf den Kapverden drängte sich vor Rosas Augen.

»Wir dürfen nicht zu gierig sein, sonst schnappen sie uns, weil wir zu schwer zu tragen haben. Hier drin ist schon genug.« Er reichte ihr den weniger prallen Sack und füllte seinen mit klirrenden Münzen.

»Los, und jetzt nichts wie weg hier.«

Rosa nahm wie betäubt den Sack und hängte ihn sich über die Schulter. Er wog so viel wie ein Sack Mehl, nein, nicht wie Mehl, er wog so viel wie ein kleiner Mensch. Sklavenhandel! Das war abscheulich. Am liebsten hätte sie Luis den Sack vor die Füße geschleudert, aber das würde sie beide in Gefahr bringen.

»Los, Liebste, beeil dich.« Er überholte sie und stieg vor ihr die Treppe nach oben.

Rosa folgte ihm, doch plötzlich blieb er stehen. Sie duckte sich zur Seite und hoffte, dass man sie nicht sehen konnte.

»Na, wen haben wir denn da? Halt! Sofort stehen bleiben! Alarm! Wachen!«

Sie erkannte die Stimme des Profos, die abrupt abbrach, weil Luis ihn zu Boden geworfen hatte.

»Komm schnell!«, rief Luis Rosa zu. Sie rannte hinter ihm her, hinauf aufs Deck und hinüber zur Reling.

In diesem Augenblick feuerte jemand eine Flinte ab.

»Los, los, los, wir müssen schneller sein!«, keuchte Luis. Sie rannten, so schnell sie konnten, über die Landungsplanken. Die Goldstücke schepperten und drückten auf ihren Rücken.

Da fiel wieder ein Schuss, und Rosa hörte Luis aufschreien. »Verdammt, verdammt! Rosa, lauf, lauf, sieh zu, dass du Land gewinnst!«

Rosa blieb stehen, sah, wie Luis zusammenbrach, und stürzte zu ihm. »Komm, stütz dich auf mich, ich werde dich doch nicht liegen lassen.«

Blut strömte unter seiner Schulter hervor.

An Rosas Kopf zischte eine Kugel vorbei. Das musste sofort aufhören. Sie ließ ihren Sack fallen.

»Warte!«

»Keine Angst, ich laufe nicht weg.« Luis rang sich ein Grinsen ab.

Als der Profos gerade damit beschäftigt war, Pulver nachzuladen, schlich Rosa an ihn heran. Sie nutzte ihre Chance, griff nach Siranushs Dolch, umschlang von hinten seine Kehle und hielt den Dolch daran.

»Ein Mucks, und du bist tot.«

»Das wagst du nicht, Hexe.«

Rosa schluckte, riss sich zusammen und ritzte seine Kehle so, dass ein dünner Blutstrahl herausrann.

Der Profos begann zu zittern und wimmerte.

»Sei still, oder ich werde den Bocksbeinigen persönlich bitten, dich zu sich in die Hölle zu holen«, zischte sie.

Der Profos begann zu beten. Rosa hätte beinahe Mitleid mit ihm gehabt, doch sie erinnerte sich nur zu gut daran, wie er sie verleumdet und dann gezwungen hatte, sich vor allen auszuziehen.

Was sollte sie jetzt mit ihm machen? Ihm die Kehle durchzuschneiden, das vermochte sie nicht. Wenn sie ihn nur einsperrte, dann würde er laut rufen. Und ihn zu fesseln und zu knebeln, hatte sie keine Zeit mehr. Luis lag dort unten und verblutete womöglich.

Der Profos hatte aufgehört zu beten, nutzte es aus, dass sie ihren Griff etwas gelockert hatte, drehte sich um und sah ihr ins Gesicht.

»Weiche von mir, Satanas!«, flüsterte er fortwährend, und Rosa durchzuckte der Gedanke, ihm die Zunge herauszuschneiden. Das wäre für seine verleumderischen Worte eigentlich eine angemessene Strafe.

Er sah sich nach seinem Gewehr um. Rosa folgte seinem Blick und kickte es übers Deck, rannte hinterher und warf es über Bord. Der Profos war ihr gefolgt und stand jetzt wutschnaubend vor ihr, hatte sich wieder gefasst.

Rosa zögerte nun keine Sekunde mehr und rammte ihm das Messer in den Bauch, steckte den Dolch wieder ein und rannte zurück zu Luis, der immer noch stark blutete. Sie zwang ihn aufzustehen.

»Ich kann nicht.«

»Unsinn, du kannst!«, schimpfte sie. »Bist du ein Mann oder eine Memme?« Rosa zog ihn hoch, zerrte ihn weiter, musste aber dafür die Säcke mit dem Gold zurücklassen.

»Nicht – wir brauchen das Gold!«

»Ja, ja, jetzt schaffe ich dich zum Karren, dann hole ich die Säcke. Beeil dich, streng dich an!«

Sie spürte das warme Blut, das von seiner Schulter über ihre Seite tropfte, spürte, wie er immer schwächer wurde.

Bis zum Karren, sie mussten es wenigstens zum Karren schaffen. Den hatten sie von den du Plessis geliehen, um, wie sie behauptet hatten, eine wichtige Erledigung in der Stadt zu machen.

»Gut so, Luis, du schaffst es, wir werden es schaffen!«

Endlich, sie waren am Wagen.

»Ich kann dich nicht hochheben. Steig auf, ich bitte dich, Luis, steig auf!«

Luis!

Er war ohnmächtig geworden. Verdammt, verdammt, verdammt.

Rosa bückte sich, aber es war aussichtslos, ihn alleine in den Karren zu hieven. Was jetzt?

Erst mal die Säcke holen, vielleicht würde Luis bis dann wieder zu sich kommen.

Sie rannte zurück an die Stelle, wo Luis zusammengebrochen war, und griff nach dem Sack, den er getragen hatte. Unmöglich. Viel zu schwer. Was jetzt? Auf keinen Fall konnte sie ihn hier am Kai liegen lassen. Sie verknotete den Sack und trat ihn ins Wasser, hoffte, dass die Fische ihn nicht auffressen und ihn niemand bemerken würde, bevor sie ihn in den nächsten Tagen bergen konnten.

Dann raste sie zu ihrem Sack, den sie gut tragen konnte.

Am Karren angekommen, warf sie ihn hinein und bückte sich zu Luis.

»Luis, Luis, verzeih mir!«, murmelte sie, dann ohrfeigte sie ihn einmal, zweimal. »Komm schon, komm schon!«, flüsterte sie und schlug noch kräftiger ein drittes Mal zu.

Er blinzelte.

»Los, Luis, nur hier rauf, dann hast du's geschafft. Ich lenke den Karren alleine zurück.«

Rosa stieg auf den Karren, half ihm, zerrte ihn hoch und legte ihn neben den Goldsack. Schwer atmend kniete sie sich neben ihn. »Liebster, wir schaffen das!«

Aber er hatte die Augen schon wieder geschlossen und zitterte am ganzen Leib. Am liebsten hätte Rosa ihn mit ihrem Körper gewärmt, aber das war jetzt unmöglich.

Sie zog ihre Jacke aus und legte sie über ihn, schwang sich dann auf den Kutschbock und trieb die Pferde zu allergrößter Eile an. Es konnte nicht mehr lange dauern, und man würde entdecken, was geschehen war.

Wie gut, dachte sie, dass wir bei den Franzosen wohnen, dort wird uns keiner suchen.

40. Kapitel

Rosa saß neben Luis auf dem Bett. Er bewegte sich unruhig, seine Haut schimmerte feucht vom Fieber, und er murmelte beständig Unverständliches vor sich hin. Französisches mischte sich mit deutschen und italienischen Satzfetzen.

Sie tupfte seine heiße Stirn mit einem feuchten Lappen ab und stellte mit Entsetzen fest, dass er noch heißer glühte. Sie nahm seine Hand, hielt sie an ihre Wange und wünschte sich nichts mehr, als dass Luis wieder gesund werden würde, wünschte sich sein Grinsen zurück, seine Hände auf ihrem Gesicht, seinen Leib an ihrem.

Er durfte doch jetzt nicht sterben. Sie verfluchte das Gold, das ihn vielleicht das Leben kosten würde. Und der Gedanke daran, dass es mit Menschenhandel erworben worden war, erfüllte sie nur mit noch größerem Abscheu.

»Marie-Christin!«, flüsterte Luis und öffnete plötzlich seine Augen. Sie beugte sich zu ihm. »Ich bin Rosa.«

Er starrte sie an wie eine Fremde, doch dann durchzuckte ihn die Erkenntnis, wer sie war, und er lächelte. »Rosa, meine Rosa.« Er umklammerte mit beiden Händen ihre Hand. »Wo ist das Gold?«

»In Sicherheit, in Sicherheit«, beruhigte sie ihn.

Er entspannte sich etwas. »Damit können wir nach Hause fahren und dann heiraten.«

»Heiraten – du fieberst wirklich stark.« Rosa lächelte ihn an. Seine Augen klappten erschöpft wieder zu.

Er hatte noch nie vom Heiraten gesprochen, nicht nach ihrer ersten gemeinsamen Nacht und nicht, bevor sie zum Hafen aufgebrochen waren. Und als sie ihn nach ein paar Wochen gefragt hatte, was sie tun sollte, wenn sie schwanger würde, da hatte er sie wütend gefragt, ob sie glaube, dass er sie und seine Kinder jemals im Stich lassen, sich wie sein elender Vater verhalten würde.

Sie hatte ihn mit Küssen beschwichtigt, seine Antwort hatte sie beruhigt. Doch als er dann später davon zu reden begann, dass es sein Traum sei, auf einer Zuckerrohrplantage in der Karibik zu leben, hatte sie sich ausgeschlossen gefühlt. Denn wo sollte da ihr Platz sein? Sie gehörte nach Nürnberg.

Danach hatten sie nicht mehr darüber gesprochen, obwohl Rosa es versucht hatte. Luis war immer nur von dem Gedanken besessen gewesen, das Gold von der *Amalberga* zu holen.

Seit sie vom Hafen zurückgekommen waren, hatte sich sein Zustand ständig verschlechtert, obwohl er von einem Arzt betreut wurde. Dr. du Toit hatte die Kugel zwar entfernt, doch die Wunde hatte sich infiziert, und der Arzt war an den Grenzen seines Könnens angelangt. Man könne Luis' Heilung jetzt nur noch in Gottes Hand legen, und der meine es ja offensichtlich gut mit Luis, denn es sei ein Wunder, dass dieser nicht schon am Blutverlust gestorben sei.

Die Weinbauern waren sehr bestürzt über den brutalen Überfall, als den Rosa es ihnen ausführlich geschildert hatte. Es wären ihnen üble Banditen gefolgt, gleich nachdem sie ihr Geld abgeholt hätten. Obwohl Rosa den Überfall in den glühendsten Farben schilderte, bemerkte sie, dass einige der Hugenotten Zweifel an ihrer Geschichte und vor allem an der

Herkunft des Goldes hatten. Deshalb spendete sie von dem Gold eine große Menge für den Bau einer seit Langem ersehnten Kirche. Das Geld wurde von der Gemeinde mit Wohlwollen aufgenommen und zerstreute das Misstrauen. Täglich wurde für Luis gebetet.

Trotzdem fühlte sich Rosa nicht wohl in ihrer Haut. Sie konnte lediglich wenige französische Phrasen und kam sich nur geduldet vor, wusste auch in dem Versammlungsort der Hugenotten nie, wo sie sich hinstellen und was sie tun sollte, obwohl sie doch auch eine Protestantin war. Es gab keinen Altar, kein Kruzifix, nichts. Die Wände waren ohne jeden Schmuck, und die Fenster hatten durchsichtige Scheiben.

Sie hätte gern mit Luis darüber gesprochen, aber er war nur selten lange genug bei Bewusstsein. Außerdem quälten sie noch andere Gedanken, die jeden Tag drängender wurden.

Luis wälzte sich zur Seite. Rosa drehte seinen schweißnassen Körper, weil er nicht auf der verletzten Schulter liegen sollte. Sie wusch sein feuchtes Gesicht kalt ab und seufzte.

Was ihr beinahe das Herz zerriss, war die Tatsache, dass die *Stella Maris* morgen auslaufen würde. Und wer wusste schon, wann wieder ein Schiff kam, das nach Masulipatnam segelte?

Jedes Mal, wenn sie Luis die Stirn abtupfte, sah sie ihre Schwestern mager und hungrig vor sich. Sah, wie ihre Mutter ihnen die Stirn abwischte und sie alle die Tage zählten, bis Rosa endlich zurückkam.

Sie war bestürzt darüber, dass sie in den Armen von Luis manchmal vergessen hatte, warum sie überhaupt von Nürnberg weggegangen und was ihre Aufgabe war. Dabei war nun schon April, in drei Monaten war das erste Jahr ihrer

Frist abgelaufen, und sie war noch nicht einmal in Indien angekommen.

Luis zitterte unter einem Fieberschub. Sie deckte ihn wieder zu und legte sich neben ihn, um ihn zu wärmen.

»Du wirst wieder gesund, ganz sicher, du musst einfach gesund werden«, flüsterte sie zu seinem Rücken hin.

Aber er könnte sterben, und dann würde sie nie wieder jemand so unverschämt anlachen und mit rauer Stimme »Liebste« flüstern. Niemand würde ihren Hexenfinger küssen, bis ihr schwindelig wurde, und sie seine Lieblingsfrau nennen.

Tränen stiegen Rosa in die Augen, und sie klammerte sich fest an seinen heißen Körper. Nein, nein, jemand wie Luis starb nicht einfach!

Aber was war mit den Zwillingen, ihren schwachen und kränklichen Schwestern? Und was mit Toni? Auch wenn meine Mutter stark ist, dachte Rosa, der Tod ihrer Töchter und der Verlust ihrer Heimat, das wäre auch ihr Tod. Und hatte ihre Mutter nicht durch die unselige Hexentochter schon viel zu viel gelitten? Rosa wollte einmal, nur ein einziges Mal sehen, wie ihre Mutter sie anlächelte.

Aber hier in ihren Armen lag Luis, schwer verletzt, Luis, der sie liebte, so wie sie war, und sie so oft anlächelte, wie die Stunde Minuten hatte.

Morgen legte die *Stella Maris* ab. Morgen.

Rosa schluchzte auf und wischte sich dann entschlossen die Tränen ab.

Sie musste bei Luis bleiben. Sie liebte ihn. Er liebte sie. Und wenn sie bliebe, Luis gesund werden würde, aber leider monatelang kein Schiff nach Masulipatnam segelte?

Dann käme sie nicht mehr rechtzeitig zurück, und die Familie Zapf in Nürnberg wäre am Ende.

Sie wünschte sich, Siranush wäre hier und könnte ihr einen Rat geben. Was hätte sie gesagt? Mach, was dein Herz befiehlt, oder: Lass die, die du liebst, niemals im Stich.

Rosa beugte sich über Luis und küsste seine vom Fieber spröden Lippen.

»Ich liebe dich«, flüsterte sie. »Aber ich muss gehen. Verzeih mir, Liebster, verzeih.«

»Was sagst du da?« Luis drehte sich langsam zu Rosa um. »Du willst mich verlassen? Jetzt?«

Rosa schoss das Blut in die Wangen. »Luis, du weißt, was ich für dich empfinde, aber die *Stella Maris* läuft morgen aus.«

»So.«

Dieses »So« schnitt ihr mehr ins Herz als alles, was er sonst hätte sagen können. So war sie also, *so* eine, und *so* etwas wollte sie tun.

»Und das Gold?« Er zitterte vor Anstrengung. »Wirst du mit meinem Gold verschwinden, ja?« Sein Atem ging schnell und flach.

»Nein. Liebster, nein, natürlich nicht. Es ist in Sicherheit. Ich habe das Gold im Hafen versteckt.« Rosa schämte sich noch mehr. Nicht nur, dass sie ihn in so einem Moment verlassen wollte, nein, sie würde auch mit dem Gold aus dem leichteren Sack die Überfahrt bezahlen müssen, denn anderes Geld hatte sie nicht.

»Im Hafen?« Luis röchelte jetzt. »Wie das?«

»Ich konnte den Sack nicht tragen, deshalb habe ich ihn zugebunden und vom Kai ins Wasser gestoßen.«

Er lachte, aber es klang wie ein Husten.

»Liebster, ich hole meinen Neffen, danach werde ich wiederkommen und dich holen, und dann segeln wir zusammen zurück nach Europa.« Sie schmiegte sich an ihn, wollte ihn streicheln und beruhigen, aber er machte eine winzige Bewegung, wie um sie abzuschütteln.

»Lass das! Geh schon, und untersteh dich, hier noch mal aufzukreuzen! Ich brauche dich nicht.«

»Du bist nicht bei Sinnen.« Sie schob sich wieder näher zu ihm hin, was ihn erstarren ließ.

Er stöhnte. »Du bist auch nur eine elende Hexe, die andere benutzt, um voranzukommen.«

»Du weißt nicht, was du redest.« Er hätte nichts Schlimmeres sagen können. Hexe.

»O doch. Bleib hier oder geh, aber dann komm nicht wieder. Ich werde meinen Fehler nicht wiederholen.«

Erschöpft sank er in sich zusammen wie ohnmächtig.

Rosa stand auf und betrachtete ihn. Strich über sein Gesicht. Versuchte, sich zu beruhigen. Es war nur das Fieber, er hatte sie nicht kränken wollen, er hatte Angst zu sterben.

Und auch Rosa hatte Angst, er könnte sterben.

Aber die *Stella Maris* war ihre letzte Chance, es noch rechtzeitig zu schaffen.

41. Kapitel

Raihana, ich glaube, diesmal werde ich dich besiegen!« Sie zog lächelnd ihren Springer aus Ebenholz über das Schachbrett und schlug mit ihm meine Dame aus Elfenbein. Eine leichte Röte stieg in die Wangen meiner neuen Sklavin und belebte ihr sonst so blasses Gesicht.

»Dorothea ...« Ich war stolz, dass ich ihren Namen endlich richtig aussprechen konnte und sagte ihn gern. Alle anderen riefen sie einfach nur Do. »Ich glaube, du täuschst dich. Ich habe dich in eine Falle gelockt ... schau!« Ich streckte meine Hand aus, achtete darauf, die Figuren auf dem Schachbrett nicht mit meinem baumelnden Armschmuck umzuwerfen, und griff nach ihrem Springer.

In diesem Augenblick kam Kaspar hereingerannt, stürmte zum Schachbrett, schob die wenigen Figuren, die sich noch darauf befanden, hin und her, riss sich dann seinen Turban vom Kopf und nahm die im Kerzenlicht besonders schön funkelnde, reich mit Blattgold und Edelsteinen verzierte Figur des schwarzen Schahs auf einem schwarzen Elefanten, drehte sie begeistert hin und her, setzte sie übermütig auf seine rotblonden Locken, drehte sich dann um sich selbst und strahlte über das ganze Gesicht.

»Ich bin der König der Gläubigen!«, rief er, »Mama, mach doch mit, nur einmal!« Als Dorothea kraftlos den Kopf schüttelte, drehte der Junge sich wie ein Derwisch schneller und schneller, bis die Figur auf den Boden fiel, wo sie zerbrach.

Atemlos plumpste Kaspar auf das Kissenlager, auf das ich seine kranke Mutter gebettet hatte.

»Kaspar …«, wies ihn Dorothea sanft zurecht, doch ihre Augen schimmerten glücklich wie immer, wenn sie ihren Sohn betrachtete.

Obwohl Kaspar so rund geworden war, dass er vom ganzen Harem nur noch Kulthum Kaspari genannt wurde, was pausbäckiger Kaspar bedeutete, sprang er leichtfüßig wieder auf, hopste, immer noch außer Atem, zu mir und sprang dabei über die zerbrochene Elefantenfigur, ohne sie eines Blickes zu würdigen.

»Schau, Raihana, was mir Amatulkarim gezeigt hat.« Er tippte mit der rechten Fußspitze ein paar Mal auf den Boden, was die silbernen Glöckchen seiner Fußkettchen zum Klingeln brachte. Dabei geriet seine Zungenspitze zwischen seine Zähne, so sehr konzentrierte er sich darauf, mir zu zeigen, was die erste Frau von Khan Bahadur Ammar Karim ihm beigebracht hatte.

Nun tippte er mit links, setzte einige unbeholfene Schritte vorwärts und rückwärts und wackelte dann mit seinem dicken Hintern hin und her. Das sah in den goldgewirkten Pluderhosen mit dem darüber schwabbelnden Bauch aus wie eine groteske Parodie aller Haremstänze, und trotzdem schnürte mir seine Begeisterung den Hals zu. Am liebsten hätte ich ihn umarmt, an mich gedrückt, gehätschelt.

»Und?«, fragte er mich, als er mit einem Klatschen zum Ende gekommen war.

»Habibi, das war das Schönste, was ich jemals gesehen habe.«

»Und Mama, du?«

»Na ja«, murmelte seine Mutter, »für einen Jungen nicht so ganz das Richtige.«

Kaspar verzog sein Gesicht zu einer Grimasse. »Mama, du bist immer so langweilig. Amatulkarim hat gesagt, ich bin ihr tanzender Stern.«

»Und bestimmt hat sie dich auch wieder mit kandierten Nüssen und Honigfrüchten vollgestopft.« Dorothea keuchte vor Anstrengung.

Kaspar schmollte immer noch, ging aber neben seiner Mutter in die Knie und streichelte ihr über das dünne rote Haar. »Mama«, sagte er mit großem Ernst, »sie wollte mir nur eine Freude machen. Das war doch nett, oder?«

Dorothea nickte matt.

»Sie hat auch gesagt, dass ich für immer im Harem bleiben darf und ihr Habibi werden soll.«

»Das ist Unsinn«, mischte ich mich ein, »im Harem gibt es keine Männer.«

»Beshir Aga ist ein Mann.« Er war wieder aufgesprungen und stampfte mit seinem speckigen Fuß auf. »Ein großer, schwarzer Mann mit vielen Muskeln! So einer will ich auch werden. Raihana, wie wird man so schwarz und stark?«

Das brachte mich zum Lachen.

»Warum lachst du?« Kaspar stand vor mir, die Hände in seine runde Taille gestemmt, und funkelte mich an.

Ich biss mir auf die Lippen. »Nun, ein schwarzer Mann kannst du nicht werden.«

Enttäuscht verzog sich sein Mund nach unten.

»Es sei denn, du malst dich mit schwarzer Farbe an.«

»O ja!« Bevor ich ihn halten konnte, stürmte Kaspar davon.

Dorothea stützte sich auf und warf mir erschrockene Blicke zu. »Im Harem werden doch nur Eunuchen geduldet!«

Ich musste sofort mit Amatulkarim reden. Nicht dieses Kind!

Ich ging zu Dorothea hinüber, zwang sie, etwas Tee zu trinken, und strich ihr beruhigend über die mageren Schultern. Sie spuckte ihn sofort wieder aus und hustete.

Seit einem Monat ging das schon so, zuerst hatte ich den Verdacht gehegt, dass Beshir sie langsam vergiftete, um mir die einzige Freundin zu nehmen, die ich jemals gehabt hatte. Doch dann wurde mir klar, dass Dorothea vom Heimweh aufgefressen wurde, von der Sehnsucht nach ihrem Zuhause, und selbst ihr Sohn änderte nichts an dieser Auszehrung.

Wenn mein Söhnchen noch leben würde, ich wäre stark wie eine Löwin. Aber was maße ich mir an, ich bin Dorotheas Weg nicht in ihren Papooshs geschritten.

»Ich werde dafür sorgen, dass dein Sohn nicht entmannt wird. Aber dann muss er den Harem verlassen.«

Tränen liefen über Dorotheas Wange. »Natürlich muss er den Harem verlassen«, keuchte sie, »denn er wird nach Hause fahren, nach Nürnberg, und dort wird er ein noch besserer Spielkartenmacher werden als mein Vater.«

Ich musste mehrmals schlucken, bevor ich antworten konnte. Sollte ich sie etwa belügen und davon reden, dass wir den Harem verlassen würden? Obwohl ich längst wusste, durch welche Türen man nach draußen gelangen konnte, wäre es mir allein niemals gelungen zu fliehen. Als meine Freundschaft mit Dorothea zu wachsen begann, hatte ich gehofft, wir könnten es gemeinsam schaffen, aber sie war immer nur schwächer geworden. Und dann war da noch dieses unberechenbare Kind.

»Ja«, sagte ich trotzdem. Wir brauchten eine fähige Ärztin oder noch besser eine Wunderheilerin. Wenn Dorothea vollkommen gesund wäre, könnten wir es zusammen mit Kaspar schaffen. Aber ich hatte große Sorge, dass Dorothea niemals mehr gesund, ja schlimmer noch, dass sie bald sterben würde. Nur die Sorge um ihren Sohn hielt sie am Leben.

Unser Spiel und Kaspars Auftritt hatten Dorothea erschöpft, sie schloss die Augen. Ich deckte sie mit einem Kashmirschal zu und machte mich auf den Weg zu Khan Bahadurs erster Frau.

Schon von Weitem hörte ich Kaspar, wie er die Sklavinnen von Amatulkarim herumscheuchte. Eigentlich war auch er ein Sklave, aber niemand behandelte ihn so. Ich hatte sogar beobachtet, wie er Beshir ein heimliches Lächeln abringen konnte.

Die erste Frau von Khan Ammar bewohnte den größten Palast und verfügte über eine eigene Vorsteherin, die Mahaldar, die mich nicht ohne Weiteres zu ihr durchlassen wollte. Zwei Pagodas öffneten mir jedoch schließlich die Tür zu ihrem Reich.

Kaspar stand barfuß auf dem blau-goldenen Mosaikboden, nur in dünne Pajamas gekleidet, alles andere war nackt. Seine Haut war über und über mit einer schwarzen Substanz beschmiert, die aussah wie zerbröselte, in Wasser aufgelöste Kohle.

Um ihn herum standen Amatulkarim mit ihren Sklavinnen und schütteten sich aus vor Lachen.

Gut, dass seine Mutter ihn nicht sehen konnte.

Sobald das Lachen abebbte, goss er sich wieder schwarze Pampe über den Kopf verrieb sie auf seinem Körper und führte dann die Tanzschritte vor, die ihm Amatulkarim beigebracht hatte.

Ich näherte mich ihr und verneigte mich, so wie es der Respekt vor der ersten Frau des Khans gebot. Doch das war alles an Höflichkeitsgesten, was ich mir abringen konnte.

Ich trat zu ihr hin, atmete den süßen Duft von Rosenöl und Jasmin ein, mit dem ihre Kleider allzu reichlich parfümiert waren. Ich hielt den Blick gesenkt, doch er wurde magisch angezogen von dem Diamanten in ihrem Bauchnabel, der groß wie ein Taubenei war und in allen Regenbogenfarben funkelte.

Sie war die erste Frau, die es gewagt hatte, statt der Pajamas mit dem Choli darüber den bauchfreien Sari der Rajputenfrauen zu tragen.

»Dieser junge Tollpatsch hier hat seiner Mutter erzählt, du hättest Pläne, ihn für immer bei dir zu behalten?«

»Diese meine Pläne haben dich nicht zu interessieren, Raihana.«

Es war falsch von mir gewesen, ihr nur mit verhaltenen Höflichkeitsbezeigungen zu begegnen, ich hätte mich in den Staub zu ihren Füßen werfen sollen und schwärmen, wie schön sie sei, was nicht einmal gelogen wäre, denn sie war für eine alte Frau von vierzig Jahren, die sechs Kinder geboren hatte, in der Tat immer noch schön. Aber ich würde mich vor niemandem mehr niederwerfen.

»Natürlich, da hast du recht, ich dachte nur, du als Mutter könntest das Herz einer anderen Mutter verstehen …«

»Ich bin nicht nur Mutter«, sagte sie laut und richtete den Paluv ihres purpurfarbenen Seidensaris über den Schultern wieder gerade, »ich bin die Mutter des nächsten Khans, denn mein Sohn Jahangir ist sein auserkorener Liebling.«

Ich neigte den Kopf. »Jahangir ist unser aller Licht«, log ich. »Und wie ich höre, studiert er eifrig den Koran und schießt jetzt schon mit Pfeil und Bogen so gut wie sein Vater.«

Amatulkarim ließ sich zu einem Lächeln herab.

Ich nutzte ihr Wohlwollen und deutete auf Kulthum Kaspari. »Auch dieser Tollpatsch wird wachsen wie dein Sohn, das ist der Lauf der Welt, und dann sollte er den Harem verlassen.«

Das Lächeln verschwand sofort, und ihre Augen musterten mich abweisend.

»Ich wünsche, dass er bleibt und mich mit seinen Tollheiten erfreut. Seine Entmannung ist bereits mit Beshir und Khan Ammar Bahadur Karim besprochen, und die Astrologen haben den nächsten Neumond für günstig bestimmt. Seine Mutter kann froh sein über die Ehre, die ihrem Sohn erwiesen wird. Immerhin ist sie nur ...«, Amatulkarim holte Luft und zog ihren Mund zu einem verächtlichen Schnauben zusammen, »... deine Sklavin, also ein Niemand.«

Ich betrachtete den dicken Jungen, dessen schwarze Farbe jetzt mit viel Gekicher von den Sklavinnen wieder abgewaschen wurde. Sie kitzelten ihn, sodass er sich wand wie ein Fisch, doch sosehr er sich auch anstrengte, es gelang ihm nicht, ihren Händen zu entkommen.

Es kam nicht oft vor, dass Jungen aus dem Harem zu Eunuchen gemacht wurden; die meisten Eunuchen wurden als Kinder in Abessinien geraubt und dann entmannt. Nur wenige überlebten diese grauenhafte Prozedur. Niemand war danach mehr er selbst. Wie konnte Amatulkarim ernsthaft glauben, dass Kaspar, wenn er diese Amputation überlebte, noch zu irgendwelchen Tollheiten aufgelegt sein würde?

Auf keinen Fall konnte ich Dorothea das erzählen ... Vielleicht würde sie den nächsten Neumond nicht mehr erleben?

Plötzlich kreuzte sich Kaspars Blick mit meinem, und er hörte auf zu lachen, griff nach einem Tuch und kam zu mir gelaufen. »Was ist denn los? Ist etwas mit Mama?«, fragte er, und seine sonst so strahlenden Himmelaugen waren dunkel vor Sorge.

Ich schüttelte den Kopf.

Amatulkarim beugte sich zu ihm, gab ihm ein Küsschen auf die Stirn. »Du Verrückter, mein Habibi!«, und Kaspar ließ es sich, sofort wieder abgelenkt, lachend gefallen.

Ich wäre am liebsten aus dem Palast gerannt, weil ich das keine Sekunde länger anschauen konnte, aber ich beherrschte mich und schritt ruhig davon. Dabei war mein gesamter Körper in Aufruhr. Noch drei Wochen bis Neumond. Ich musste etwas tun. Aber was?

42. Kapitel

Nach über drei endlos langen Monaten, in denen Rosa ständig von ihrem doppelten Verrat an Luis gequält wurde, stieg sie unter einem schweren grauen Augusthimmel in Masulipatnam vom Schiff. Nicht nur, dass sie ihn todkrank zurückgelassen hatte, nein, sie hatte auch noch sein Gold genommen.

Sie hatte Luis einen langen Brief geschrieben und hoffte, wenn er erst wieder gesund wäre, würde er sie verstehen.

Danach hatte sie sich wie ein Dieb von dem Weingut weggeschlichen, um es noch rechtzeitig auf die *Stella Maris* zu schaffen.

Der Kapitän hatte sich erst geweigert, sie mitzunehmen, aber als sie bereit war, das Doppelte zu bezahlen, hatte er kurzerhand eine Offiziersfrau aufs nächste Schiff verfrachtet.

Nach der öden Überfahrt, die sie eingesperrt in einer Kajüte in der Gesellschaft von Johanna Maria Balgenziege, einer Missionarsfrau, verbringen musste, konnte Rosa sich nun nicht sattsehen an den vielen Menschen, die sich trotz der drückenden Hitze am Hafen tummelten.

Da gab es welche mit weißen Turbanen, Alte mit langen Bärten und kurzen Pluderhosen, glatt rasierte Männer mit langen Hemden über weiten Hosen, schwarze Männer, weiße Männer, Spanier und Engländer und endlich auch andere Frauen.

Viele trugen große, schwer mit Früchten beladene Körbe

auf dem hoch erhobenen Kopf. Dieses immense Gewicht stand in seltsamem Kontrast zu ihren zierlichen Körpern, die nur mit leichten, schillernden Stoffen verhüllt waren. Einige hatten einen dunklen Schleier über dem Kopf, andere nur einen transparenten über ihrem Haar. Wie Siranush trugen sie zahlreiche goldene und silberne Armreife und manche sogar funkelnde Steine in ihren Nasenflügeln.

Zwischen all diesen Menschen schoben sich Lasttiere hindurch sowie weiße Kühe, die niemandem zu gehören schienen.

Zusammen mit der Schwüle waberte Rosa der Duft nach Zimt, Anis und Früchten entgegen, doch diese angenehme Empfindung wurde, je weiter sie sich vom Meer weg in die Stadt hineinbegab, unter dem betäubenden Geruch nach Fäulnis begraben.

Sie rümpfte die Nase – woher kam dieser entsetzliche Gestank?

Nicht wirklich wichtig, entschied sie, es galt vielmehr, endlich zur Faktorei der VOC zu kommen, dorthin, wo ihre Schwester lebte.

Dorothea hatte in ihren Briefen geschrieben, die Faktorei läge ein wenig landeinwärts in Richtung von Vanaprashta.

Auf dem Schiff hatte ihr Johanna Maria Balgenziege ständig und immer wieder mit zirpender Stimme erklärt, wie sie sich verhalten musste, wenn sie in Masulipatnam an Land gegangen wäre.

»Du musst diesen indianischen Eingeborenen gleich klarmachen, dass du die Herrin bist, sonst tanzen sie dir auf der Nase herum!«, hatte sie behauptet und dann wieder Geschichten aus ihrem Leben als Missionarsfrau in Kandy erzählt. Ganz offensichtlich hatte sie es genossen, mehr als zwanzig Dienstboten herumkommandieren zu können. Ausführlich hatte sie sich darüber ausgelassen, dass man »diese Menschen« ständig antreiben müsse, um überhaupt jemals ein Ergebnis zu sehen.

Rosa hatte ihr widerwillig zugehört, aber alles war besser, als ständig an Luis denken zu müssen. Sogar ein Sturm wäre ihr verlockend erschienen, nur um dieses eintönige Einerlei zu unterbrechen. Doch es hatte weder Stürme noch Flauten noch Epidemien gegeben, und so war ihr nichts anderes übrig geblieben, als sich die endlosen Geschichten über ungehörige Dienstboten geduldig anzuhören.

Umso mehr genoss sie es, endlich am Ziel angekommen zu sein.

Sie musste nur noch ein Stück weiter in Richtung Vanaprashta, und dann würde sie ihre Schwester nach über zehn Jahren endlich wieder in die Arme schließen können.

Die Balgenziege hatte behauptet, als Europäerin könne sich Rosa nur im Palankin fortbewegen, alles andere sei nicht standesgemäß. Und weil Rosa keine Anstalten gemacht hatte, sich ihre Ratschläge zu Herzen zu nehmen, hatte Johanna Maria keine Ruhe gegeben, bis ihr Mann für Rosa im Hafen einen Dolmetscher aufgetrieben und dieser einen Palankin bestellt hatte.

Erst als auch das erledigt war, hatte Johanna sich weinend und schniefend von Rosa verabschiedet, als wäre diese ihre Tochter, die sie nun der Hölle überlassen müsste.

Der junge Dolmetscher hatte das Abschiedsdrama aus einiger Entfernung beobachtet, näherte sich jetzt Rosa und lächelte sie an.

»Nandi!«, sagte er und neigte ehrerbietig seinen Kopf, Rosa tat es ihm nach, ohne darüber nachzudenken.

Das brachte seine Mundwinkel zum Zucken. Die Balgenziege hatte sicher recht darin gehabt, dass Rosa keine Ahnung hatte, wie sie mit den Einwohnern dieses Landes umgehen sollte. Aber was konnte an Höflichkeit falsch sein?

»Gehen wir?«, fragte Nandi und deutete auf eine lange schmale Brücke, die von der Stadt, die auf einer Insel lag, zum Festland führte.

»Dort werden warten Palankin, hier nicht Platz«, erklärte er.

In diesem Augenblick fühlte Rosa, wie ein paar Wassertropfen auf ihr immer noch kaum daumenkurzes Haar fielen. Sie sah unwillkürlich in den grauen Himmel.

»Monsoon!«, sagte Nandi und lächelte wieder. Für Rosa klang es wie der Name für eine schöne Blume. Doch noch bevor sie nachfragen konnte, schüttete der Himmel das Wasser kesselweise über ihnen aus.

»Monsun?«, fragte Rosa zurück und war schon nass bis auf die Haut.

»Monsoon!«, bestätigte Nandi. »Wir gehen.«

Er nahm Rosas Gepäck, eine kleine Truhe mit ihren wenigen Habseligkeiten und Kleidern, die ihr die Balgenziege förmlich aufgedrängt hatte, und bahnte sich einen Weg durch die Menschenmassen, die gleichmütig im Regen ausharrten. Einige wenige hatten sich ein paar Palmblätter über den Kopf gelegt und feilschten in aller Ruhe weiter. Das Stimmengewirr enthielt viele verschiedene Sprachen, die Rosa vollkommen unbekannt waren. Es vermischte sich mit dem Prasseln des Regens, dem unablässigen Zwitschern von Vögeln und den seltsam fremden Schreien von Tieren.

Je näher sie der Brücke kamen, desto stärker wurde der Geruch nach Fäulnis, und dann erkannte Rosa, woher er stammte. Die lange Holzbrücke führte nicht über Wasser, sondern nur über endlose Schlammmassen, von denen der Gestank aufstieg.

Sie beeilten sich, die Brücke zu überqueren, dann erreichten sie ein kleines Wäldchen, wo die hohen Bäume ein wenig vor dem herabstürzenden Regen schützten. Aber die Kulis, die hier warteten, waren trotzdem vollkommen nass. Sie standen neben dem Palankin, und Rosa wunderte sich, warum sie nicht darunter Schutz vor dem Regen gesucht hatten.

Ein Palankin erwies sich als eine Art Diwan, drei Fuß breit und vielleicht sieben Fuß lang, weich gepolstert und mit vielen Kissen versehen. An seinen vier Ecken ragten lange Stäbe aus Bambusholz auf, die zu einem Gerüst miteinander verknüpft waren und über die Stoffbahnen aus Wachstuch hingen und so Schutz vor Regen und Sonne boten.

Die vier Männer standen daneben, ihre nassen nackten Schultern waren mit dicken Schwielen bedeckt, und Rosa fühlte sich unbehaglich bei dem Gedanken, dass die sie nun tragen mussten. Fragend sah sie Nandi an.

»Diese Männer gute Männer, schnell und sicher!« Nandi nickte den vieren zu. Sie legten sich dicke, ebenfalls durchweichte Kissen auf ihre Schultern und traten zu dem Traggestell aus Bambus, zwei Männer vorne, zwei hinten.

Rosa vergewisserte sich noch einmal, dass Nandi verstanden hatte, dass sie nach Vanaprashta in die Faktorei der VOC wollte, dann schlüpfte sie unter die Wachstuchplanen. Zwei weitere Männer trugen Rosas Reisetruhe.

Der Diwan war herrlich trocken und weich. Sie legte sich hin, hörte, wie Nandi ein Kommando gab, und wartete gespannt darauf, wie sich das anfühlen würde. Überrascht fand sie sich sanft hin und her geschaukelt. Und weil das Liegen auf dem Diwan so viel bequemer war als das in der winzigen Schiffskoje und weil das einlullende Trommeln des Monsuns ihre innere Unruhe besänftigte, döste Rosa schon nach kurzer Zeit ein.

»Da wir sind.« Nandi weckte Rosa durch den Vorhang. Der Regen hatte nachgelassen, und es war nichts zu hören als leises Tröpfeln, das laute Zwitschern und Singen von Vögeln, ab und zu ein weit entferntes Kreischen und Schreien.

Mit klopfendem Herzen schlug Rosa den Vorhang hoch und stieg aus. Sie wunderte sich, dass sich die Faktorei nicht im Zentrum der Stadt befand, sondern mitten im Grünen.

Neugierig sah sie sich um. Riesige ausladende Bäume mit lachsfarbenen und grünen Blättern und kleinen, weiß blühenden Blüten, die nach Lilien dufteten. Das waren Mangobäume, wie ihr Nandi erklärte. Daneben befanden sich Kokospalmen. Alles war nass vom Regen. Im Laub der Bäume hockten Vögel mit türkis schillerndem Gefieder und knallroten Schnäbeln. Neben den Bäumen befanden sich ein paar Ruinen. Schwarz verkohlte Mauerüberbleibsel, schon überwuchert von dichtem grünem Gebüsch.

Hier lebten keine Menschen mehr.

Rosa sah Nandi fragend an. Das konnte nicht sein!

Er hob bestätigend die Hände und sagte: »Memsahib, Sie wollen diese Adresse: Textilfaktorei Vereinigte Ostindische Kompanie in Vanaprashta!«

»Nein!« Rosa rannte näher zu den Ruinen, aber da waren nur verbrannte Überreste, sonst nichts, nichts, nichts. Sie drehte sich zu ihrem Dolmetscher und den Trägern um.

»Aber das ist ein Irrtum, das ist völlig unmöglich! Ich wollte zu der Familie von Christian Balderius, Kaufmann von der VOC in Vanaprashta.«

»Ist hier!«, beharrte Nandi, auch wenn sein Kopf dabei respektvoll gesenkt blieb.

»Aber das ist unmöglich …« Niemals, kein einziges Mal während ihrer Reise war es ihr in den Sinn gekommen, dass ihrer Schwester und deren Familie etwas zugestoßen sein könnte.

Plötzlich sah sie wieder die Bilder ihres Vaters vor sich, die brennende Apotheke, der brennende Handschuh.

Rosa starrte auf die Überreste eines steinernen Hauses, von dem man anhand der wenigen Mauern und Pfähle noch ahnen konnte, wie groß es gewesen sein musste.

Sie lief zu den Stützpfeilern, als könnte sie dort mehr herausfinden, verhedderte sich in den gierigen Schlingpflanzen, die hier so üppig gediehen, als böten ihnen die Ruinen überreichlich Nahrung. Ja, es wirkte fast, als hätten sie diese Mauern mit ihren alles umschlingenden Ranken erst zum Einstürzen gebracht.

Rosa rannte zur anderen Seite, zu einem der Pfähle, die wie anklagende schwarze Finger in die Luft ragten, Tränen liefen über ihr Gesicht, sie bekam keine Luft, das alles war ein Irrtum!

Sie schleppte sich zu einem kleinen Treppchen. Bilder stiegen empor, wie Dorothea hier gesessen haben musste, lachend, mit ihrem Neffen im Arm, wie beider Füße die Treppe berührt hatten – während sie auf ihrer Reise herumgetrödelt hatte, anstatt sich zu beeilen. Sie setzte sich, berührte mit den Händen das Treppchen – die Steine waren locker. Sie griff nach einem und roch tränenblind daran.

Nichts, natürlich nichts, nichts als Asche und Fäulnis und betäubend süße Blumen.

Sie sprang wieder auf. Wenn Dorothea nicht hier war, wo war sie dann? War sie … tot?

Nein!

Nein, ihre Schwester konnte nicht tot sein! Niemals!

Sie würde sie finden, egal, wo sie war!

Vielleicht war diese Faktorei erst abgebrannt, nachdem Dorothea mit ihrer Familie schon längst woandershin gezogen war. Ja, so musste es gewesen sein. Und wohin, das herauszufinden war jetzt ihre nächste Aufgabe.

Rosa hatte plötzlich das Gefühl, sich beeilen zu müssen, keinen Atemzug lang mehr warten zu können. Sie stürmte zurück zu den Trägern, die sie verstohlen beobachtet hatten. Nur Nandi war damit beschäftigt, sich den Inhalt ihrer Reisetruhe anzuschauen.

»Nandi!«

Er zuckte zusammen und drehte sich schuldbewusst um.

»Was machst du da, Nandi?« Rosa erkannte mit einem Mal, was hier los war. Man hatte sie in eine Falle gelockt, würde sie nun ausrauben und dann im Regenwald zurücklassen. Das hier waren nicht die Überreste der Faktorei, hierher lotste man Trottel wie sie. Dabei hatte sie den zarten dunklen Mann auf den ersten Blick gemocht. Hatte sie denn auf der ganzen Reise nichts gelernt?

Die anderen Träger standen wie angewurzelt und rührten sich nicht.

Rosa rannte zu Nandi hin, er schlug den Deckel der Truhe zu, drehte sich zu ihr um und kam ihr eilig entgegen.

»Nandi nur schauen, nicht stehlen.«

Rosa wollte ihn gerade scharf zur Rede stellen, als ihr Blick von einer Bewegung am Boden abgelenkt wurde.

Eine armdicke braune Schlange wand sich über den schmalen Pfad, und Nandi rannte geradewegs auf sie zu. Rosa blieb wie angewurzelt stehen, sie hatte noch nie so eine große Schlange gesehen.

»Memsahib!« Nandi kam schnell näher, gleich würde er auf das Tier treten.

Rosa löste sich aus ihrer Erstarrung, machte einen Schritt vorwärts und stieß Nandi mit voller Kraft zur Seite.

Wütend bäumte sich die Schlange auf, die Träger und Nandi schrien laut durcheinander.

Rosa hörte ein scharfes Zischen, dann durchfuhr ein stechender Schmerz ihren rechten Knöchel. Hitze flammte von der Stelle empor, ihr wurde schwindelig. Aus den Augenwinkeln sah sie noch, wie sich die braune Schlange hastig davonschlängelte.

Rosa taumelte. Nandi stützte sie, rief nach den Trägern, die ihm dabei halfen, Rosa zum Palankin zurückzubringen.

Rosa sah bunte Sterne vor ihren Augen, und ihr wurde schlecht, aber gleichzeitig blieb ihr Kopf merkwürdig klar. Sie nahm ganz genau auf, was um sie herum passierte. Nandi gab hektische Befehle, man hievte sie auf den Palankin, dessen Stoffbahnen offen blieben. Nandi riss einen Palmwedel von einer Palme und fächelte Rosa, neben ihr her laufend, damit Luft zu, während die Träger sich rennend fortbewegten.

Vor ihren Augen sah Rosa miteinander kämpfende Schlangen und dann zwei Kobras, die sich voller Verlangen anschauten. Die Kobras hatten Gesichter. Eine sah aus wie Luis, die andere wie sie selbst. Sie wusste, dass sie stöhnte, konnte aber nichts dagegen tun. Ihr war heiß, viel heißer als noch vorhin. Sie wünschte sich, dass der Regen wiederkäme und sie kühlen möge. Sie versuchte, ihre Augen zu öffnen, in den Himmel zu schauen, aber sie konnte sie nicht aufschlagen. Trotzdem kam es ihr so vor, als würde sie klarer sehen denn je: Über ihr war ein mottengrauer Himmel, durchbrochen vom saftigen Grün der Kokospalmen und Mangobäume, und hoch oben an diesem Himmel schwebten Adler, sie kreisten über ihr wie damals am Brenner über Giacomo. Ein gutes Omen, ein sehr gutes Omen. Und einer der Adler hatte eine Schlange im Schnabel. Dann stieg ein stummes Lachen in Rosa auf, mit dem sie in ein befreiendes Licht eintauchte, helles Licht, das sie jede noch so winzige Stelle ihrer Haut bewusst empfinden ließ, das den Schmerz, der mittlerweile von ihrem Knöchel hoch bis zu ihrem Oberschenkel ausstrahlte, intensivierte und ihm gleichzeitig die Spitze nahm. Nun lachte sie auch laut, denn es schien ihr, als könnte der Schmerz so ihren Körper verlassen.

Ihr Lachen schien Nandi zu noch größerer Eile anzuspornen, er trieb die Träger an. Rosa kam es so vor, als würden sie fliegen, ganz wie die Adler.

Vor einer dürftigen Hütte blieben sie schließlich stehen, man setzte den Palankin ab, half Rosa beim Aufstehen und schleppte sie in das dunkle Innere.

Sie konnte mit dem verletzten Bein nicht auftreten, es fühlte sich an, als wäre es zu einem Elefantenbein angeschwollen.

»Das ist Usha, sie wird dir helfen. Aber du musst ihr auch helfen!«, forderte Nandi sie auf.

Rosa erkannte jetzt den Umriss einer alten Frau, die einen schwarzen, merkwürdig gefalteten Turban trug. Dunkle Augen blitzten sie aus einem faltenzerfurchten, braun gegerbten Gesicht an.

Die alte Frau und Nandi unterhielten sich laut in einem Rhythmus, der klang, als ob Hölzer aufeinanderschlagen würden. Rosa fuhr zusammen, hielt sich die Ohren zu, taumelte von der schnellen Bewegung. Nandi und Usha traten zu ihr, stützten sie und legten sie auf eine geflochtene Matte, die auf dem erdigen Hüttenboden lag.

Die beiden zogen ihr die Kleider aus. Wie angenehm! Es war ihr doch so heiß, es war herrlich, die feuchte Luft direkt auf der Haut zu spüren. Als Letztes griffen sie nach ihren Handschuhen. Ein letzter Widerstand regte sich in Rosa, aber wozu? Sie würde sowieso verbrennen, sterben.

Nachdem Usha auch den Handschuh der linken Hand abgezogen hatte, verharrte sie kurz, dann gab sie Nandi scharfe Befehle und begann, mit lautem Singsang um Rosa herumzugehen.

Nandi kam mit einem schwarzen Huhn wieder herbeigestürzt, was die Heilerin mit einem Kopfschütteln quittierte.

Wie komisch die beiden sind, dachte Rosa, was für einen merkwürdigen Tanz führen die hier auf?

Nandi kam mit einem Ei zurück.

Ein Ei, das erinnerte Rosa an die Geschichte von den sieben Eiern, die ihr Dorothea immer erzählt hatte. Ein Ei! Dorothea! Sie würde ihre Schwester finden. Und Kaspar. Sie konnte jetzt nicht sterben.

Plötzlich loderte die Hitze überall auf in Rosas Körper, sogar in ihren Augen. Sie musste sie weit offen lassen, um nicht zu verbrennen. Luis, dachte sie, Luis.

Usha nahm das Ei und schrieb etwas darauf, dabei summte sie leise vor sich hin, etwas, das sich wie Ommm und Allah anhörte. Als sie fertig war, wies sie Nandi mit einer Handbewegung an, einen breiten dicken Stein neben Rosa zu stellen, und bedeutete ihr, dass sie sich darauf hocken sollte.

»Bitte nicht«, stöhnte Rosa, »mir ist so schlecht!«

»Musst du!« Nandi kniete sich neben sie, küsste die Hand mit den sechs Fingern und half ihr, das Gleichgewicht zu halten. Rosa musste sich vorbeugen, dann rollte Usha das Ei auf ihrem gebeugten Rücken hin und her und sprach fremde Worte.

»Was macht sie?«, flüsterte Rosa.

»Das sind heilige Verse, bedeuten: Herr, mir gib einen wahrhaftigen Eingang und wahrhaftigen Ausgang, gib mir Vollmacht und Hilfe.«

Das Rollen des Eis beruhigte Rosa, es fühlte sich fast so angenehm an wie eine Berührung von Luis' Hand.

Plötzlich hörte Usha damit auf und wies sie gestikulierend an, sich wieder auf die Matte zu legen. Dann hockte sich Usha vor den Stein, auf dem Rosa gerade eben noch gesessen hatte, und zerschlug das Ei, wobei sie wieder Worte, die Rosa nicht verstehen konnte, vor sich hin sang und murmelte.

Rosa kam es so vor, als wäre sie das Innere eines Ofens, ihr Blut flüssiges Metall, wie sie es beim Schmied gesehen hatte.

Usha und Nandi wandten sich ihr wieder zu und flüsterten. Usha holte einen Beutel aus ihrem dunklen Gewand und streute etwas daraus auf Rosa. Diese erkannte den Geruch, Sandelholz, und atmete ihn unwillkürlich tief ein. Jetzt konnte sie ihre Augen wieder schließen, das Letzte, worauf ihr Blick fiel, waren die zerbrochenen Schalen des Eis, und da war sie ganz sicher, dass sie Dorothea finden würde.

43. Kapitel

Rosa fand, das Bemerkenswerteste an Ushas Gesicht waren die Querfalten auf ihrer Nase zwischen den weit auseinander stehenden Augen.

Seit einiger Zeit schon war sie wieder bei Bewusstsein und beobachtete die alte Frau, die vollkommen ruhig neben ihr saß und sich nur hin und wieder ein dreieckiges Päckchen in den Mund steckte, das sie vorher mit unendlicher Geduld zusammengestellt hatte. Dazu beschnitt sie mit einer Schere, deren Griffe kunstvoll geschmiedete Vögel darstellten, ein grünes Blatt und entfernte dann mit dem spitz und scharf gefeilten Nagel ihres rechten Daumens die Mittelrippe. Auf das so vorbereitete Blatt strich sie verschiedene nach Nelken und Kardamom duftende Pulver, gab schließlich eine weiße Paste darauf und setzte in die Mitte von allem eine Nuss. Das so entstandene Päckchen hatte sich Usha in den Mund geschoben und schon bald etwas Rotes in eine für die armselige Hütte viel zu prächtige Schale aus Silber ausgespuckt.

Rosa konnte nicht sagen, wie lange sie hier in dieser Hütte schon lag. Tage, Stunden oder Monate?

Die Frau beugte sich über Rosa, und obwohl Rosa vorgab, weiter zu schlafen, rief Usha nach Nandi, der auch sofort hereinkam.

Nandi näherte sich Rosa mit gebeugtem Rücken.

»Bist du gewacht?«, fragte er.

»Ja.« Rosa schlug die Augen auf. »Und ich muss weiter,

ich muss Dorothea finden. Verstehst du, das ist meine Aufgabe!«

Nandi nickte. »Du Geschenk von der Göttin mit Gnade, hat sie dir ihren Finger der Weisheit geschenkt, und überlebst du den Biss von Kettenviper. Niemand das überlebt aus unserem Dorf. Usha sagt, du heiliges Geschenk der Göttin: eine Nagini, eine Schlangenprinzessin.«

Rosa war sich nicht sicher, ob sie das alles richtig verstanden hatte. Eine Heilige? Ein Geschenk der Götter? Ihr Hexenfinger?

»Werden Heilige denn von Schlangen gebissen?«, fragte Rosa und konnte sich ein Lächeln nicht verkneifen.

»Das nur weiß die Göttin. Aber du noch am Leben und gehabt hast Vision von Garuda und Kaliya.«

»Garuda und Kaliya?«

»Garuda ist Sonnenvogel, die Verkörperung von Vishnu, und Kaliya ist der böse Schlangenkönig, gegen den Krishna als Siebenjähriger gekämpft hat.«

Rosa erinnerte sich daran, dass sie tatsächlich an den Adler gedacht hatte, dann kroch eine Gänsehaut über ihren nackten Rücken. Sie hatte auch an dieses merkwürdige Kobrapaar gedacht, aber das waren doch nur Fieberhalluzinationen gewesen, nichts sonst. Sie wusste nicht, was sie sagen sollte.

Nandi nickte, als ob sie doch etwas gesagt hätte, und fuhr fort: »Dein Finger ist das Zeichen. Usha sagt, ist es unsere Aufgabe, dir bei allem zu helfen.«

»Ist Usha deine Mutter?«

Nandi lachte.

»Nein, sind meine Eltern lange tot. Die Jesuiten in Goa haben mich großgezogen.«

»Deshalb sprichst du meine Sprache?«

Nandi nickte.

»Und wer ist dann Usha?«

»Usha ist Heilerin, schon viele Hundert Jahre, und kann sie das Böse aus jedem herausziehen, der es will. Und spricht sie mit den Göttern.«

Rosa betrachtete die alte Frau, die mit gekreuzten Beinen vor ihr saß und lächelte.

Mehrere Hundert Jahre, dachte Rosa, das könnte beinahe wahr sein. Sie wünschte, Usha wäre bei den Hugenotten gewesen und hätte sich Luis' angenommen.

Usha reichte ihr eines der Päckchen, die sie zubereitet hatte.

Mit Schaudern dachte Rosa daran, dass Usha davon rot ausgespuckt hatte. »Was ist das?«

»Wir es nennen Supari. Es ist eine Betelnuss in einem Paan, einem Betelblatt.« Nandi zögerte einen Moment.

»Und du, wirst du auch davon essen?«, fragte Rosa.

Nandi schüttelte den Kopf. »Es ist eine Ehre, Betel geschenkt zu bekommen, ich bin dieser Ehre nicht wert.«

Rosa dankte Usha ehrerbietig, griff nach einem der Päckchen und schob es in ihren Mund.

»Man kaut nicht wirklich darauf herum, man schiebt es in die Backe und saugt daran.«

Kaum hatte Rosa es in den Mund gesteckt, stieg ihr Speichelfluss, und sie musste sofort ausspucken. Es schmeckte nach Gewürzen und frischem Pfeffer. Ungewöhnlich, aber nicht schlecht.

Usha und Nandi betrachteten sie neugierig. Rosa versuchte begeistert auszusehen und spuckte ausgiebig in den Napf.

Ihr Herz klopfte schneller, in ihrem Körper begann es

überall zu kribbeln, und sie wäre am liebsten aufgesprungen und herumgelaufen.

Sie spürte, wie sie immer zuversichtlicher wurde, es doch noch zu schaffen, ihren Neffen nach Nürnberg zurückzubringen.

Erst jetzt bemerkte Rosa, dass sie nur einen leichten Rock über ihrer Leibwäsche trug. Sie tastete nach dem eingenähten Dolch – alles war an seinem Platz.

»Nandi«, nuschelte sie, »wasch isch mit den Menschen passiert, die in dem Haus gewohnt haben, dort, wo mich die Schlange gebissen hat? Hat meine Schwester wirklich da gelebt?«

Seine Antwort war reichlich konfus, aber nachdem Rosa mehrfach ungläubig nachgefragt hatte, glaubte sie, verstanden zu haben, was passiert war:

Der Mogul dieser Provinz, Khan Bahadur Ammar Karim, hatte sich geärgert, weil die Faktorei die geforderten Steuern nicht zahlen wollte. Er befahl, diese niederzubrennen, um den Franzosen und Engländern zu demonstrieren, was passierte, wenn man sich ihm widersetzte. Der Chef der Faktorei wurde geköpft, die Frauen und Kinder wurden in Khan Bahadur Ammar Karims Harem nach Orukal verschleppt.

»Wie weit ist es dorthin?«, fragte Rosa.

»Mit ein paar guten Trägern sind es etwas mehr als zwei Wochen.«

Rosa sprang auf. »Dann lass uns sofort gehen!« Ihre Beine zitterten jedoch derart heftig, dass sie gezwungen war, sich wieder hinzusetzen.

Usha lächelte und schüttelte den Kopf. Sie spuckte in den Napf und sagte etwas zu Nandi, was Rosa nicht verstand.

»Usha sagt, du bist noch zu schwach. Wir müssen noch ein paar Tage warten.«

Rosa fragte sich, wie man sie für ein Geschenk der Göttin halten konnte, wenn sie zu schwach war, um aufzustehen, und es erschien ihr unerträglich, wieder zu warten.

»Wie kommen wir am schnellsten dorthin?«, fragte sie deshalb Nandi.

»Mit Pferden.«

»Dann besorge uns welche, nimm die besten, die du finden kannst. Frage Usha, was sie glaubt, wie lange ich noch hier herumsitzen muss.«

Usha nahm ihre Hände von den Knien und breitete ihre Arme aus, dann begann sie mit einem Singsang, der Rosa an einen Gottesdienst erinnerte.

»Nandi, bitte übersetze das für mich!«

»Das ist schwer, es ist aus dem Rigveda, einem sehr alten heiligen Buch.«

»Bitte!« Beinahe hätte Rosa noch angefügt: »Wenn dich die Nagini um etwas bittet …«, doch da begann er schon stockend seinen Vortrag.

»Warum machst du dir Sorgen? Vor wem du hast Angst? Wer dich kann töten?«

Rosa schluckte. Warum sagte Usha ausgerechnet so etwas? Wie konnte sie wissen, dass man versucht hatte, sie zu töten?

»Die Seele kann weder geboren werden noch sterben. Was gut war, was geschieht, geschieht auch gut. Was geschehen wird, wird auch gut geschehen. Was vergangen ist, darüber solltest du nicht nachdenken. Mach dir keine Sorgen über die Zukunft, es geschieht alles, wie es geschehen muss.«

Rosa nickte zum Zeichen, dass sie ihn verstanden hatte, aber sie fragte sich, warum Usha ausgerechnet diese Zeilen rezitiert hatte. Usha, oder wer auch immer das geschrieben hatte, hatte unrecht, machte es sich zu einfach.

Was wäre denn, dachte sie, wenn ich mich nicht aufgemacht hätte, um Dorotheas Sohn zu holen?

Sie musste plötzlich lächeln. Niemals hätte sie Luis kennengelernt oder Siranush. Nie hätte sie erlebt, dass jemand sie für etwas Besonderes hielt.

Oder hatte Usha damit sagen wollen, dass es eine Illusion war, zu glauben, Rosa hätte selbst entschieden, zu ihrer Reise aufzubrechen? Aber wenn alles vorherbestimmt war, dann konnte man auch den ganzen Tag in einem Erdloch verbringen, dachte Rosa. Nein, daran wollte sie nicht glauben! Und wenn sie nicht bald aufbrach, dann würde auch das wieder Folgen haben.

Rosa stand auf und bemerkte dabei, wie angeschwollen ihr rechtes Bein immer noch war. Ihr wurde schwindelig, und bevor sie drei Atemzüge gemacht hatte, war sie schon wieder auf den Boden gesunken.

Usha schüttelte amüsiert grinsend den Kopf und sagte dann ein paar unverständliche Sätze in Nandis Richtung.

»Wie lange?« Rosa hätte am liebsten geschrien.

»So lange, wie es dauert.« Nandi hob bedauernd die Hände. »Usha sagt, es hängt von dir ab. Deine Ungeduld wird beitragen zu, dass es viel länger dauert.«

Usha erhob sich leicht wie ein junges Mädchen und verließ die Hütte.

Ja, genau, dachte Rosa, ich werde verrückt, wenn ich nicht endlich los kann. Wenn ich nur wüsste, wie es Dorothea geht, und Kaspar. Wenn ich endlich mit ihr über diesen Brief reden könnte, den Vater angefangen hat. Wenn, wenn, wenn …

»Erzähl mir von diesem Harem in Orukal, Nandi, erzähl mir alles, was du weißt, um mir die Zeit zu verkürzen. Und dann besorge die besten Pferde, die du kriegen kannst.«

Nandi verbeugte sich.

»Die Missionare in Goa haben versucht, mir Abscheu vor dem Harem einzuflößen, aber …«, er grinste, »… das wäre gar nicht nötig gewesen. Welcher Mann würde schon gern so viele …«

»Nandi, das interessiert mich nicht. Ich will wissen, wie man Frauen, die dorthin verschleppt wurden, wieder herausbekommt.«

Nandi wurde bleich. »Es gibt für eine Frau nur einen Weg aus dem Harem …« Er stockte.

»Ja?«

»Als Leiche auf dem Weg zu ihrer Bestattung.«

Rosas Herz zog sich zusammen. »Das glaube ich nicht.«

»Moguln sehr grausam sind.«

»Moguln?«

»Die Mogule sind Nomaden, haben erobert in hundert Jahren ganz Indien. Glauben nur an einen einzigen Gott, an Allah. Aber glauben auch an Vielehe. Wir viele Götter haben in Indien, aber reicht uns eine Frau.« Er grinste plötzlich wieder und verdrehte die Augen.

»Allah?« Rosa erinnerte sich genau, dass Usha diesen Namen vor sich hin gemurmelt hatte, als sie das Ei zerschlug. »Usha glaubt an Allah?«

Nandi lachte. »Usha ist Heilerin, sie alles Rituale macht, wenn heilen können, und Ei von schwarze Huhn hat oft gehelft.«

»Dann wurden also schon viele mit dem Ei von einem Schlangenbiss gerettet?«

»Ja, aber nicht Biss von Kettenviper, das nur wenige überleben. Wenn Kettenviper, wir gehen zu Haupttempel in Masulipatnam und geben Umarmung zu Garudapfeiler.«

»Was ist das?«

»Das ist ein Pfeiler im Tempel, auf dem der Nagantanka, der Schlangentötervogel, dargestellt ist. Es ist ein Wesen mit Geierbeinen, Armen von Mensch, Schwingen und gebogter Nase wie Schnabel. Nagantanka kann Gift von Schlange herausziehen.«

»Und warum seid ihr mit mir nicht zum Tempel gelaufen?«

»Du ein Zeichen von Schlangengöttin. Usha wusste, du würdest am Leben bleiben, und wollte nur lindern deine Schmerzen und das gut mit dem Ei von schwarze Henne.«

Das Ei – Rosa musste wieder an ihre Schwester denken. Wenn eine Frau nur tot aus dem Harem kommen konnte, dann muss ich eben hinein, überlegte sie, und Dorothea dort herausholen. Mit einem Trick, mit Gewalt, mit List, irgendwie.

»Besorg Pferde, wir reiten zu diesem Harem. Und ich werde dort hineingehen.«

»Aber vielleicht kommst du nicht mehr raus.«

»Das werde ich!«

Vor Ushas Hütte war plötzlich Stimmengewirr zu hören.

»Was ist da los?«

»Schschsch.« Nandi trat zum Eingang und lauschte, dann kam er zurück, holte aus einem mit Elefanten verzierten dunklen Holzkasten einen Schleier und reichte ihn Rosa.

»Besuch!«

Rosa wurde jetzt erst klar, dass sie nur sehr dünn bekleidet war. Röte schoss ihr in die Wangen. Nandi half ihr mit großem Geschick, den dunklen Schleier umzulegen, und kaum hatten sie das geschafft, traten zwei junge Frauen ein.

Sie schleppten einen großen Stein mit sich, in den ein kunstvoll miteinander verschlungenes Schlangenpaar eingemeißelt worden war. Die Frauen starrten Rosa ganz unverhohlen an, dabei flüsterten sie miteinander.

»Sie bringen Nagakal«, flüsterte Nandi Rosa zu. »Stein ist Weihgeschenk für die große Schlange.«

»Ich verstehe nicht.«

»Die beiden opfern der großen Schlange, weil sie wünschen Sohn. Wollen, du berührst Stein mit Hand von linke Seite.«

Rosa trat zu dem Stein und legte ihre Hand darauf.

»Der ist ja nass!« Sie zog die Hand zurück und sah Nandi erstaunt an.

»Wenn Bildhauer fertig, wird Stein für sechs Monate in einen Teich gelegt, Element des Wassers soll ihn ertränken.«

Rosa grinste. »Du meinst, der Stein soll durchtränkt werden?«

Nandi nickte und erklärte weiter: »Nach Tränkung wird unter einen Pipa- oder Nimbabaum gestellt, dort in Wurzeln hausen die Schlangen und machen Wunschsohn.«

Rosa lächelte den Frauen zu und wünschte ihnen, dass sie für all diese Mühe wirklich mit der Geburt eines Sohnes belohnt würden.

Wie merkwürdig, dachte sie, dass diese Frauen, obwohl man hier an andere Götter glaubte, sich anders kleidete und andere Dinge aß, doch die gleichen Wünsche hatten wie die Europäerinnen. Denn warum war sie letzten Endes hier? Weil ihre Mutter keinen Sohn geboren hatte, und nur der zählte.

Die beiden Frauen tuschelten mit Usha, die aus dem hinteren Teil der Hütte nach vorne gekommen war. Sie überreichten ihr mit vielen Verbeugungen goldene Armreife.

»Du sie segnen«, flüsterte Nandi.

Rosa überlegte kurz. »Segnen?«, fragte sie. »Meinst du segnen wie ein Pfarrer?«

Nandi nickte. »Sie uns dann geben noch mehr Armreife.«

Rosa schüttelte den Kopf, was die Frauen dazu brachte, mit dem Tuscheln aufzuhören und sie entsetzt anzustarren.

»Ich tue es, aber ich will kein Geld dafür, das ist Unrecht.« Sie schritt zu den beiden und legte ihnen nacheinander die Hand auf den mit einem dünnen Seidenschleier bedeckten Scheitel. Weil ihr nichts Besseres einfiel, flüsterte sie das Vaterunser.

Die Frauen blieben starr, solange Rosa sprach, dann drängten sie Usha weitere Armreife auf und verließen mit dem Stein kichernd und tuschelnd die Hütte.

»Nandi, ich will das nicht!«

»Pferde teuer sind!« Er sah sie treuherzig aus seinen nussbraunen Augen an. »Die Reise auch teuer.«

»Ich bin keine Nagini, das ist Scharlatanerie!«

»Diese Wort nicht ich kenne.« Nandi zuckte mit den Schultern und sagte trotzdem etwas zu Usha, was diese zu einem breiten Lächeln veranlasste, so breit, dass Rosa zum ersten Mal ihre schwarzen Stummel im Mund sehen konnte. Die Alte gestikulierte eindringlich, während Nandi Rosa übersetzte, was sie sagte:

»Du sechs Finger hast, wo andere nur fünf. Menschen das freut, wünschen, dir Opfer zu bringen, für glücklich zu sein. Du Geschenk von Gott für Geschenk an Mensch.« Er holte tief Luft, sehr zufrieden mit seiner Übersetzung.

Usha überreichte Rosa alle zwanzig Goldreife, die die beiden Frauen ihr gegeben hatten.

Rosa nahm sie in die Hand. Sie wogen viel mehr als die, die Siranush getragen hatte.

Aber war das richtig? Von wegen Geschenk an Mensch. Die brachten ihr Geschenke! Mit einem hatte Usha allerdings recht. Dieser vermaledeite Finger war da.

Sie seufzte. Egal, was die beiden sagten, der Finger machte sie nicht zu einer Heiligen … aber … Nun gut, sie wusste nicht, wie viel Geld sie noch für die Befreiung aus dem Harem brauchen würde. Vielleicht musste sie jemanden bestechen? Oder brauchte gemietete Söldner? Und an diesem Geld klebte wenigstens kein Blut wie an dem von Luis.

44. Kapitel

Zwei Wochen später stand Rosa vor dem Palast des Khan Bahadur Ammar Karim. Ein gewaltiger Bau aus weißem Marmor, der sich weit vor der Stadt Orukal in den Himmel reckte. Sie bestaunte die vielen Kuppeln und Türmchen, die sich in dem dunkelblau schimmernden See, der den Palast umgab, widerspiegelten. Doch dann erinnerte sie sich daran, dass ihre Schwester und ihr Neffe hinter den Mauern dieses Märchenpalastes gefangen waren, und plötzlich erschien ihr der See nur ein Hindernis, das sie von ihnen trennte, plötzlich waren die weißen Türme nur dicke Mauern, die es zu überwinden galt.

Trotzdem, sie war endlich am Ziel angekommen. Rosa atmete tief durch. Sie fühlte sich stark und bereit und voller Zuversicht. Die Reise mit Nandi und Usha war so ganz anders gewesen als alle vorherigen Etappen. Nur der Gedanke an Luis hatte sie immer wieder in Unruhe versetzt. Sie sagte sich zwar ständig, dass er bei den Hugenotten gut aufgehoben war und überlebt hatte, besonders, wenn sie nachts sein unverschämtes Grinsen vor sich sah. Doch immer dann, wenn sie sich endlich damit beruhigt hatte, er sei doch längst noch nicht bereit zum Sterben, erinnerte sie sich daran, dass Giacomo auch noch nicht bereit gewesen war, zu sterben. Dieser Gedanke verstärkte ihre Ungeduld, und wenn sie sich dann ihre Schwester vorstellte, die zu Hurendiensten im Harem gezwungen wurde, dann wuchs ihr Drang, endlich etwas zu tun, ins Unermessliche und ließ sie alle unerbittlich vorwärtstreiben.

Sie waren durch die vom Monsun feuchte Hitze über grüne sanfte Hügel und an vielen Seen vorbeigeritten, und Rosa war trotz ihrer Anspannung immer wieder vom Anblick der Landschaft, den fremdartigen Tieren und Blumen fasziniert gewesen. Das laute und schrille Schreien der Makaken und Hanuman-Languren mischte sich mit dem Tröten der Elefanten und dem Summen der Insekten. Es gab fast vogelgroße Schmetterlinge, die sie hie und da an der Schulter gestreift und ihr zuerst Angst gemacht hatten. Und über allem lag der süße Duft nach Vanille, nach Jasmin und Rosen, der sich mit dem von verwesenden Blättern, Zimt, Limonen und Kuhdung vermischte.

Um ihre ständig steigende Rastlosigkeit im Zaum zu halten, fertigte Rosa jeden Abend kleine Skizzen von Tieren und Blumen an, damit sie ihren Schwestern zu Hause davon erzählen und vielleicht sogar ein paar Stiche anfertigen konnte.

Wann immer sie in einem Dorf angekommen waren, boten ihnen die Bewohner Essen und Lager an. Wenn sie dieses Angebot in jedem Dorf, das am Weg lag, angenommen hätten, dann wären sie heute noch weit entfernt vom Palast. Auch dass Usha und Nandi immer wieder darauf bestanden hatten, in aller Ruhe zu essen, weil das wichtig sei für die Seele, hatte Rosa oft sehr gereizt. Sie hätte auch gefastet, nur um schneller am Ziel anzukommen. Dabei hatte es ihr immer besser geschmeckt, je weiter sie sich von der Küste und dem ewigen Fischcurry entfernt hatten und ins Landesinnere vorgedrungen waren. Besonders gern mochte sie Elumichampazha Sadam, einen saftigen und scharfen Zitronenreis mit Erdnüssen, und Bisi Bele Huli Anna, ein Linsengericht mit Gemüse, Reis und Kokosnussfleisch. Auch den Geschmack des Chai-Tees, den Usha jeden Morgen aus frischem Ingwer, Zimtrinde, Gewürznelken, Kardamomkapseln, Süßholz, Milch und Teeblättern zubereitete, hatte sie lieb gewonnen. Wenn es nur nicht immer so lange gedauert hätte! Wenn man doch beim Reiten hätte kochen, essen und trinken können!

Doch nun hatten sie es trotz aller Verzögerungen geschafft.

Nachdem Rosa den Palast lange aufmerksam betrachtet hatte, nahm sie mit ihrem Trupp, wie jeden Abend, seit sie von Masulipatnam aufgebrochen waren, in einer der *cavatjis* Quartier. Es war eine Art Rasthaus für Reisende, in dem aber auch Gericht abgehalten wurde.

Nandi hatte ihr erklärt, dass das Wort *cavatjis* tamilischer Herkunft war und bedeutete: Platz, an dem sich vier Wege treffen.

Je länger sie unterwegs waren, desto öfter hatten dort schon Frauen auf die blonde Nagini gewartet und Rosa Opfer dargebracht, damit sie ihren Finger berühren durften. Zuerst war Rosa das unangenehm gewesen, doch mittlerweile hatte sie sich daran gewöhnt, und es begann ihr Freude zu machen.

Auch als sie am nächsten Morgen erwachte, hatten sich bereits Frauen versammelt, die sie berühren wollten. Sie schleppten große Silberplatten voller Speisen mit sich, reich dekoriert mit Jasmin und Lotosblumen, Opfer, wie ihr Nandi erklärt hatte, genau die gleichen Dinge, die die Frauen auch anderen Göttern opferten, um sie gnädig zu stimmen.

Doch heute wartete auch ein schwarzer Mann auf einem mit roten und goldenen Beschlägen geschmückten Schimmel auf sie, der von zwei Wachen in Uniform begleitet wurde. Misstrauisch musterte er Rosa und ihre Gefährten.

»Wer ist das?«, raunte Rosa Nandi zu.

»Ich nicht weiß, ich ihn werde fragen.«

Nandi schritt zu dem Reiter, verbeugte sich mehrfach, dann entspann sich ein lebhafter Wortwechsel zwischen den beiden. Die Frauen, die um Rosa herumstanden, zogen angesichts der Männer ihre Schleier über die Köpfe, rückten näher zusammen und begannen miteinander zu flüstern und zu kichern.

Der schwarze Reiter stieß ein paar scharfe Befehle aus, woraufhin die beiden Soldaten auf die Frauen zuritten und sie auseinandertrieben wie Vieh. Die Platten mit den liebevoll arrangierten Köstlichkeiten fielen zu Boden, und zwei ältere Frauen stürzten bei dem Versuch wegzulaufen auf die vom Monsun schlammige Erde und beschmutzten ihre Saris. Rosa rannte zu ihnen und half ihnen aufzustehen.

Voller Zorn wandte sie sich zu dem schwarzen Mann und brüllte: »Was fällt Euch ein? Warum gebt Ihr solche Befehle? Wer seid Ihr überhaupt?«

Mit einem Schlag verstummten alle, und es breitete sich eine unangenehme Art von Stille aus, sogar die Makaken schwiegen.

Nandi kam mit beschwichtigenden Gesten auf Rosa zugerannt. »So nicht sprechen Frau mit Leuten vom Palast.«

»Wer ist dieser Mann?«

»Das ist Beshir Aga«, flüsterte er, und seine Stimme war voller Ehrfurcht, »der oberste Eunuch im Harem von Khan Bahadur.«

»Was will er?«

»Er Euch überbringt eine Einladung.«

»In den Palast?«

»In den Harem.«

Rosa starrte den Reiter sprachlos an.

»Das verstehe ich nicht.« Sie sah vom Reiter zu den Frauen, die mit geneigten Köpfen und gebeugten Schultern in einiger Entfernung stehen geblieben waren. Dann zu Usha, die sie ermutigend angrinste.

»Als Haremsfrau?«

Nandi kicherte, sah aber sofort auf den schlammigen Boden, als wäre es ein Verbrechen zu lachen.

»Nein, die Frauen des Khan Bahadur von der Schlangenfrau gehört haben und deinen Segen wollen. Sie möchten großes Fest für dich und Usha feiern.«

Rosa spürte, wie ihr die Hitze ins Gesicht stieg. Sie musste stark an sich halten, um nicht begeistert in die Hände zu klatschen und sich um sich selbst zu drehen. Großartig!

»Nandi, aber werde ich dort auch wieder herauskommen?«

Nandi zuckte mit den Schultern. »Ihr seid Nagini, aber wenn der Khan ein Auge auf Euch wirft …«

Nach einem weiteren Blick auf den schwarzen Reiter begann Rosa auch unwillkürlich zu raunen. »Kann ich Bedingungen stellen?«

»Große Ehre, geladen zu werden in den Harem«, er zögerte, »aber versuchen.«

Gedanken rasten durch ihren Kopf. Wie konnte sie Dorothea und ihren Neffen dort herausschaffen, ohne dass es jemand bemerken würde? Sie hatte nur Siranushs Dolch, und der Harem war sicher gut bewacht. Denk, Rosa, denk ein bisschen schneller!

Der schwarze Reiter warf Nandi ein paar herrische Worte hin, und sein Schimmel tänzelte so ungestüm hin und her, dass die Pfeile in seinem Köcher zu klappern begannen.

»Beshir wird ungeduldig – was ich soll sagen?«

Es war sicher unmöglich, die beiden einfach aus dem Harem zu entführen, sie waren Eigentum des Khans, und der hatte eine ganze Armee zur Verfügung.

Verdammt, Rosa! Denk nicht daran, was unmöglich ist, sondern lieber an das, was möglich ist. *Bluffen*, hätte ihr Vater gesagt, *probier es mit Bluffen*. Einen Trick brauchte sie! Alle Kartentricks, die sie kannte, funktionierten durch Täuschung und Ablenkung. Täuschung ... Langsam dämmerte ihr eine Möglichkeit.

Wenn dein Gegner viel stärker ist als du, dann brauchst du ein Trojanisches Pferd, hatte ihr Vater gesagt. *Du lenkst die Menschen ab, und sie merken nicht, was du ihnen unterjubelst ...*

»Sag Beshir Aga, dass ich nicht allein kommen werde, sondern in Begleitung meiner Frauen. Frag ihn, wann ich kommen soll.«

Nandi nickte und übersetzte, allerdings redete er sehr lange, und was er sagte, brachte die Frauen wieder dazu zu kichern, was dem Haremswächter nicht gefiel. Doch dann antwortete er kurz, nickte bestätigend und preschte in scharfem Galopp davon.

Unwillkürlich atmete Rosa auf.

Die Frauen kamen näher und redeten aufgeregt miteinander.

»Nandi, sag ihnen, dass ich jetzt keine Zeit habe, sag ihnen, sie wären alle von mir gesegnet und dass sie nach Hause gehen sollen. Ich muss mit dir und Usha reden.«

Nandi scheuchte die Frauen mit ausladenden Armen weg, als wären es Hühner, und sah sie dann neugierig an.

»Wann werden wir erwartet?«

»Heute, wenn ist Sonne untergegangen.«

»Nandi, Usha, ich habe einen Plan.«

Die drei setzten sich eng zusammen, dann erzählte Rosa, was sie vorhatte.

»Du kommst mit mir, Nandi, und dann brauchen wir noch weitere Frauen, die uns begleiten.«

Nandi grinste breit. »Aber ich keine Frau bin.«

Rosa blieb ernst. »Das werden wir ändern.«

Nandi sprang erschrocken auf und hielt die Hände vor seinen Schritt.

»Nein, keine Angst!« Rosa lachte. »Wir verkleiden dich als Frau. Du musst für mich übersetzen, wie soll ich denn sonst mit den Frauen im Palast reden?«

Nandi setzte sich wieder, schüttelte aber die ganze Zeit den Kopf. »Man merken wird es sofort.«

»Werden sie uns denn durchsuchen?«, fragte Rosa.

»Nein, ich glaube nicht. ›Atithi devo bhava‹ – ein Gast ist wie ein Gott –, gegen das Gesetz von Gastfreundschaft zu verstoßen wäre explosive Beleidigung.«

»Gut.« Rosa verkniff sich ein Lächeln. Explosive Beleidigung.

Dann kann ich den Dolch von Siranush griffbereit halten, dachte Rosa, und so wird auch niemand bemerken, dass Nandi ein Mann ist. Aber Nandi schüttelte immer noch den Kopf.

»Wir werden mindestens fünf Frauen brauchen, die mitkommen.«

»Warum so viele?«, wollte Nandi wissen, nachdem er für Usha übersetzt hatte.

»Damit es nicht so auffällt, wenn nur drei von ihnen wieder mit herauskommen, zwei aber drinbleiben. Glaubst du, wir finden zwei, die uns helfen?«

Usha wandte sich an Nandi.

»Wir nicht verstehen«, übersetzte Nandi.

»Zwei der Frauen, die mit mir hineingehen, werde ich beim Hinausgehen durch meine Schwester Dorothea und Kaspar ersetzen. Es müssen also zwei andere Frauen zurückbleiben.«

Nandi riss seine Augen weit auf, übersetzte hastig, und Usha spuckte ihren ausgekauten Betelklumpen in die Schale.

»Diese Frauen«, stotterte Nandi, »werden gehen Tod.« Und er verdrehte die Augen und ließ den Kopf hängen, als ob man ihm die Kehle durchgeschnitten hätte.

Nein, dachte Rosa, das kann nicht der Preis dafür sein, dass ich Dorothea und Kaspar dort heraushole, oder vielleicht doch?

Nein, das war unmöglich. Ihr wurde heiß. Unfassbar, dass sie es auch nur eine Sekunde in Erwägung gezogen hatte. Wie grausam sie auf dieser Reise geworden war! Erst hatte sie Luis im Stich gelassen, und nun gingen ihr solche Gedanken durch den Kopf.

Ein heftiger Wortwechsel zwischen Usha und Nandi unterbrach ihre Grübeleien.

»Was ist?«, fragte sie Nandi.

»Usha sagt, dieser Plan sehr gefährlich. Wie wir finden Dorothea? Wie wir finden Kaspar? Ist er nicht zu alt für Harem? Aber sie sagt, ist auch Plan wie von echte Nagini, und sie kommt mit. Glaubt, niemand sie töten würde.«

Rosa wurde tiefrot. Bei der Vorstellung, dass Usha durch ihre Schuld sterben könnte, wurde ihr klar, dass sie das nicht tun konnte. Täuschen ja, aber keine Unschuldigen dem sicheren Tod preisgeben.

Was, wenn Usha recht hatte und Kaspar nicht im Harem war?

Egal, sie musste erst einmal dort hineinkommen. Konnte sie Ushas Angebot annehmen?

»Usha sagt, niemand kommen wird sonst mit in Harem, alle Angst, dort zu bleiben. Besser du annehmen ihr Angebot.« Usha nickte Rosa zu.

»Und warum hat Usha keine Angst?«

»Sie sagt, die ersten Schritte sind wertlos, wenn der Weg nicht zu Ende gegangen wird. Für sie die Freude über den gemeinsamen Weg stärker als die Angst.«

Und wie ich diesen Weg zu Ende gehen werde, dachte Rosa. Ich freue mich schon auf die Gesichter der schwarzen Raben, wenn ich ihnen meinen Neffen präsentiere.

Nandi zwinkerte Rosa zu, dann flüsterte er, als ob ihn Usha verstehen könnte. »Was Usha sagen, immer ist große Beeindruckung, aber sie auch gierig auf die vielen Betelpäckchen von Harem. Usha sicher, Usha ist Zauberin.«

Rosa musste zwar lächeln, aber sie konnte nicht glauben, dass Nandi recht hatte.

Sie schickte ihn fort mit dem Auftrag, für sie alle reich bestickte Seidensaris zu kaufen. Nachdem Rosa von ihrem Schlangenbiss genesen war, hatte sie sich von Usha zeigen lassen, wie man einen Sari anlegt, und seitdem wollte sie nichts anderes mehr tragen.

Zuerst hatte es ihr Schwierigkeiten bereitet, den ellenlangen Stoff richtig zusammenzufalten und den Paluv, das reich verzierte, mit Perlen bestickte Endstück, über den Schultern zu drapieren, aber mittlerweile war Rosa genauso schnell wie Usha, und sie kam sich im Sari elegant wie eine Prinzessin vor. Allerdings trug Rosa unter dem Sari immer noch eine leichte Hose, in die sie Siranushs Dolch eingenäht hatte. Damit fühlte sie sich sicher, und das Reiten war einfacher.

Bevor Nandi gehen konnte, schlug Usha noch vor, dass sie beide rote Saris als Zeichen der Kraft und der Lebensenergie tragen und nur Rosa einen blauen anlegen sollte. Denn Blau sei die Farbe von Indras Regenmantel. Und wenn Rosa Nandi richtig verstanden hatte, dann war Indra der Gott der Götter, er war die Schlange und der Zerschmetterer des Widerstandes. Das klang gut.

Während Rosa auf Nandis Rückkehr wartete, starrte sie auf den Palast und malte sich aus, wie das Wiedersehen mit Dorothea verlaufen würde. Und dann fiel ihr der Brief ihres Vaters wieder ein. Sie wünschte sich so sehr, dass Dorothea ihr weiterhelfen konnte.

Dann plötzlich fand sie sich selbst unerträglich. Wie konnte sie dasitzen und kostbare Zeit mit Grübeln vertrödeln? Sie sollte sich lieber vorbereiten, auch darauf, dass es zum Kampf kommen konnte.

Sie griff sich den Dolch von Siranush, trat zu einem der ausladenden Mangobäume und rammte ihn in den mächtigen Stamm.

Lächerlich! Sie schaffte es kaum, die Spitze der Klinge darin zu versenken, und ihr Handgelenk schmerzte schon. Sie zog die Waffe wieder heraus und versuchte es erneut, diesmal legte sie mehr Kraft in ihren Stoß.

Usha, die sie beobachtet hatte, schüttelte den Kopf, stand auf und stellte sich schützend vor den Baum.

Rosa verstand sofort, sie sollte diesem Mangobaum keine Verletzung zufügen. Gut, dann würde sie es anders versuchen. Sie machte sich auf die Suche, aber sie fand keine herumliegenden Äste. Schließlich hockte sie sich auf den Boden und rammte ihren Dolch in die vom Monsun weiche Erde. Sie übte verbissen daran, den Stoß mit mehr und mehr Wucht auszuführen und den Dolch mit ebenso viel Kraft rasch wieder herauszuziehen.

Es darf nichts schiefgehen, überlegte sie dabei. Wir brauchen schnelle und gute Pferde für unsere Flucht zurück nach Masulipatnam, und von dort müssen wir auf ein Schiff Richtung Kap der Guten Hoffnung.

Sie wog die Goldreife, die sie auf der Reise hierher von den Frauen als Opfergabe erhalten hatte, in ihrer Hand, nahm sie ab und legte sie zu den restlichen Goldstücken. Hoffentlich reichten diese Schätze für alle Ausgaben bis zurück ans Kap, wo sie Luis treffen und mitnehmen wollte. Sie hoffte, dass der Sack mit Gold noch unversehrt im Hafen liegen und ihnen die Überfahrt nach Europa sichern würde.

Es schien Rosa ewig zu dauern, bis Nandi endlich zurückkam. Während er einen Stapel hauchdünner Schleier auspackte, zwei rote Seidensaris, in die Lotosblumen eingewebt waren, und einen blauen, der reich mit silbernen Perlen und Edelsteinen besetzt war, sowie drei jeweils dazu passende Cholis, überlegte sie verzweifelt, wie sie es schaffen könnte, Dorothea und Kaspar aus dem Harem zu bringen. Wenn sie nur zu dritt waren, würde man doch viel genauer hinsehen, oder nicht? Und sie brauchte Nandi für den Rückweg.

Usha und er debattierten laut und heftig, dabei schüttelten sie die Köpfe. Schließlich endete ihr Gespräch damit, dass Usha ihren Mund zu einem zahnlosen Grinsen verzog und Nandi nur noch vor sich hin brummelte.

»Was ist?«, fragte Rosa.

»Nichts.« Nandi sah sie nicht an und brummelte weiter vor sich hin.

»Nandi, bitte, verrate mir, was du hast.«

»Unglück bringt, wenn Mann in Frauenkleidern.«

»Du willst nicht mitkommen?«

Er schüttelte den Kopf.

Rosa starrte ihn an. Was jetzt? Wie sollte sie ohne ihn herausfinden, wo ihre Schwester war? Sie brauchte ihn.

»Und wenn ich dir all dieses Gold gebe?« Rosa reichte ihm bangen Herzens alle Reife. Was, wenn er das Angebot annehmen würde?

Nandi betrachtete gierig den Schmuck. Doch dann ertönte Ushas Stimme aus dem Hintergrund, er zuckte zusammen, und obwohl sein Teint sehr dunkel war, hätte Rosa geschworen, dass ihm Schamesröte in die Wangen stieg.

Er schüttelte wieder den Kopf.

Ich muss ihn irgendwie anders kriegen, dachte Rosa. Ich muss ihn bei seiner Ehre packen!

»Ja, ein Mann sollte keine Frauenkleider tragen«, begann sie und brachte Nandi damit zu einem erleichterten Aufseufzen.

»Ein gewöhnlicher Mann kann das, was mir vorschwebt, auch nicht umsetzen, mein Plan funktioniert nur mit einem außergewöhnlich mutigen Mann. Nandi, ich verstehe, dass du zu jung und unerfahren bist, um etwas dermaßen Gefährliches zu wagen.«

Rosa stockte und fragte sich, mit welchem Recht sie den jungen Inder dermaßen manipulierte.

»Ich bin mutig!« Nandi protestierte, richtete sich auf und schlug sich die Hand vor die Brust.

Usha kicherte, und Rosa musste sich ein Lächeln verkneifen, weil Nandi so schmächtig war und wenig von einem strahlenden Helden hatte.

»Natürlich bist du das, aber eben noch nicht wie ein richtiger Mann, ein Krieger.« Rosa, Rosa, Rosa, du solltest dich schämen, meldete sich eine Stimme in ihrem Kopf, aber sie wurde von einer anderen übertönt, die immerzu sagte: Hol

Kaspar und Dorothea da raus, und dann endlich zurück nach Hause!

»Krieger nicht kämpft in Kleid von Frau.«

»Nein, natürlich nicht«, gab ihm Rosa recht, nur um dann hinzuzufügen: »Es sei denn, er braucht eine List, um seinen Feind zu besiegen. Einen übermächtigen Feind zum Beispiel.«

Nandi stöhnte und ließ sich auf den Boden der *cavatjis* fallen. Er streckte alle viere von sich und murmelte etwas vor sich hin.

Dann setzte er sich wieder auf, griff nach einem der Saris, wiegte den Kopf hin und her und sah Rosa an.

»Nagini gute Wortkraft hat. Noch besser als Usha.«

Usha sagte etwas, das Nandi sofort übersetzte. »Wir uns waschen und mit Öl parfümieren müssen, das auch noch!« Er stöhnte herzzerreißend. Rosa und Usha warfen sich einen Blick zu und grinsten. Dann machten sie sich daran, im nahe gelegenen Bach zu baden, sich zu schmücken und zu verkleiden. Weil Nandi so schmächtig war, fiel es unter den vielen Schleiern, die er umlegte, überhaupt nicht auf, dass er ein Mann war. Usha und er waren ganz verhüllt, nur Rosa zeigte ihr Gesicht, das nun wieder von ersten kurzen blonden Löckchen umrahmt wurde. Auch diesmal trug sie eine Hose unter dem Sari, in die sie den Dolch eingenäht hatte.

Als die Sonne sich rot dem Horizont zuneigte, hörten sie schon von Weitem Trommeln und Pferdehufgeklapper. Ein ganzer Zug Soldaten und Träger erschien, sie eskortierten drei blumengeschmückte Palankine, auf denen dicke Seidenkissen lagen.

Der vorderste Soldat redete kurz mit Nandi, dann wurde Rosa gebeten, auf dem prächtigsten Platz zu nehmen. Ihr Herz klopfte schneller, weil sie Angst hatte, Nandis Verkleidung könnte auffliegen. Er hatte dem Soldatenführer mit einer so unnatürlichen Piepsstimme geantwortet, dass die Soldaten neugierig geworden waren.

»Lass das, Nandi, sprich leise, aber nicht wie eine entmannte Maus!«, flüsterte sie ihm zu.

»Ich, ich … ja«, stammelte Nandi und setzte sich in den Palankin neben Rosa.

»Wie lange wird es dauern, bis wir im Harem sind?«

»Wenn die Sonne …«, begann Nandi, wieder piepsend.

»Porca Madonna, Nandi, rede leise, aber nicht so!«

Er räusperte sich. »Bei Einbruch der dunklen Heit wir ankommen.«

»Ich werde diesen Weg bis zum Ende gehen, und ich danke euch, dass ihr mir zur Seite steht, bitte sag das auch Usha.«

Nandi wandte sich zu dem dritten Palankin, in dem Usha thronte, und übersetzte.

Dann gab jemand ein Kommando, und die Palankine wurden verhüllt, hochgenommen und mit den vertrauten wiegenden Bewegungen zum Palast getragen. Aber dieses Mal war Rosa viel zu aufgeregt, um einzuschlafen. Sie blieb hellwach und versuchte, sich vorzustellen, wie sie ihre Schwester heute wiedersehen würde, aber die Angst war stärker als ihre Vorstellungskraft.

45. Kapitel

Ich hatte immer noch keine Ahnung, wie ich die in drei Tagen geplante Entmannung von Kulthum Kaspari noch verhindern konnte, doch mein Plan für Dorotheas Rettung schien aufzugehen.

Amatulkarim glaubte nämlich, sie selbst sei auf die Idee gekommen, die alte Heilerin mit der seltsamen Nagini in den Harem einzuladen. Dank unserem Habibi war es gelungen, ihr die Überzeugung einzuflößen, dass es ein großes Vergnügen sein müsste, die beiden im Harem zu empfangen.

Mir stand der Sinn nicht nach großen Feiern, ich hoffte nur, wenigstens eine der beiden würde Dorothea wieder gesund machen können. Man erzählte sich Wunderdinge über sie. Ich hatte die Mahaldar von Amatulkarim bestochen, damit sie die beiden später hierher führte.

Ich hörte die Tamburine, die Trommeln und die Sitar: Unsere Gäste waren angekommen und wurden feierlich empfangen.

Ich musste mich bewegen, um meiner Unruhe Herr zu werden. Was, wenn sie Dorothea nicht helfen konnten?

Der Duft von gegrilltem Lammfleisch und gebratenem Reis zog aus dem Garten von Amatulkarim in den meinen. Die Mischung von Musik und Stimmen, Gelächter und Kichern war so gewaltig, dass sogar Dorothea aus ihrem Dämmerschlaf erwachte.

»Was ist los?«, fragte sie so leise, dass ich mich neben ihr

Gesicht knien musste. Sie war glühend heiß. Ich tupfte ihre Stirn mit kaltem Wasser ab.

Kaspar rannte herein, warf eine der Bodenkerzen um und ließ sich neben seine Mutter plumpsen. »Mama, Mama, die Heilerinnen sind gekommen, und Amatulkarim ist sehr böse, weil sie keine Geschenke mitgebracht haben.«

Ich stellte die Kerze wieder auf. Sie hätten wenigstens irgendetwas mitbringen müssen, einen geweihten Stein, eine Blüte. Wie konnte man so dumm sein!

»Habibi, sag Amatulkarim, Beshir habe dir erzählt, eine Nagini würde nie Geschenke mitbringen, sondern nur welche empfangen. Lauf schnell, und sorge dafür, dass sie den Heilerinnen ihren Unmut nicht zeigt. Denke daran, sie können vielleicht deine Mutter gesund machen. Also beeile dich!«

Kaspar blieb einen Moment unschlüssig stehen, dann zupfte er an seinem orangen Festgewand, das ihm Amatulkarim zu diesem Fest geschenkt hatte und das reichlich stramm über seinen Fettpolstern saß.

»Und wenn ... was ist, wenn ...«

»Wenn was?«

»Mama doch stirbt?«

»Was?« Dorothea hatte ihre Augen wieder geschlossen.

Ich hockte mich neben sie.

»Du wirst sehen, sie werden dich gesund machen.« Ich warf Kaspar einen finsteren Blick zu, der ihn zum Schweigen bringen sollte, und fächelte seiner Mutter mit einem großen Fächer aus Pfauenfedern Luft zu. Meine Sklavinnen hatte ich alle weggeschickt, damit auch sie dem Fest beiwohnen konnten. Außerdem sollten die Heilerinnen sich später unbemerkt um Dorothea kümmern können.

»Wird Amatulkarim dann meine Mutter?«, fragte er unbeeindruckt von meinem bösen Blick.

Dieser Dummkopf ahnte überhaupt nicht, dass ihn die erste Frau von Khan Bahadur Ammar Karim nur zu ihrer Unterhaltung haben wollte, ja sogar bereit war, ihn kastrieren zu lassen, nur um noch länger Spaß an ihm zu haben. Keine Mutter würde das tun. Keine.

»Nein, Habibi, das wird sie ganz sicher nicht!« Und wenn es das Letzte wäre, wofür ich sorgen würde. »Und nun geh und sage ihr, was ich dir aufgetragen habe.«

»Auf keinen Fall will ich jedenfalls dich als Mutter!« Er stampfte mit seinem Fuß auf, was seine Fußglöckchen leise bimmeln ließ, und verschwand, wie immer rennend, aus meinem Palast.

»Er hat recht«, flüsterte Dorothea, »du bist sehr streng mit ihm.« Sie lächelte mit geschlossenen Augen. »Aber das ist gut so, ich bin froh darüber. Er sollte nach Hause, nach Nürnberg. Weißt du, dort essen wir an Weihnachten immer …«

Jemand räusperte sich in meinem Rücken. In dem Augenblick, in dem ich das Räuspern hörte, wusste ich, dass es nicht die Mahaldar mit den Heilerinnen war, sondern Beshir.

Ich drehte mich um. Er war prächtig herausgeputzt. Über seinem roten Pajama trug er einen mit Perlen besetzten Gürtel, aus dem ein silbernes Schwert mit einem elfenbeinernen, juwelengeschmückten Griff herausragte. Auf seinem weißen Turban befand sich eine Blütenbrosche aus grüner Jade, die mit Rubinen verziert war.

Beshir Aga grinste sehr breit. »Ich höre, du willst die Heilerinnen hier haben. Das werde ich nicht zulassen.«

»Ich habe dafür bezahlt.«

»Nicht genug.«

»Wie meinst du das?«

»Du hast den Tod des einzigen Menschen auf dem Gewissen, der mich und den ich geliebt habe.«

Mit einem Schlag wurde mir klar, dass all diese Ahnungen, die ich seit unserer Flucht gehabt hatte, wahr sein mussten. Er hatte die Mahaldar geliebt, Aurangzebs Haremswächterin. Sie, die uns den Spaziergang am Fluss Narmada erlaubt hatte und von der ich angenommen hatte, sie wollte mir eine Freude machen. Dabei hatte sie *ihm* diesen Ausflug gegönnt. Wo war nur mein Verstand gewesen?

»Das tut mir leid, auch wenn ich das niemals gewollt habe«, stammelte ich.

»Es ist nunmehr gleichgültig, denn der Schmerz hat mein Herz aufgefressen. Auch wenn sie dir nur ein verächtliches Schnauben wert war, für mich war sie alles, was ich hatte. Auch wir sind Menschen, und auch wir können lieben.« Seine Augen schimmerten feucht im Kerzenlicht, doch als ob das schon zu viel Gefühl gewesen wäre, drückte er seine breiten Schultern durch und wischte mit der unbewaffneten Hand über die Augen.

»Heute wirst du dafür bezahlen. Denn heute stirbt jemand, den du liebst. Heute ist … Neumond, es ist so weit.«

Er grinste breit. »Khultum Kaspari ist fällig. Oder was glaubst du, warum die Heilerinnen hier sind?«

Die Amputation. Von wegen Neumond! Dieses Datum hatten sie mir nur genannt, um mich in Sicherheit zu wiegen.

Wie hatte Amatulkarim es geschafft, mir den wahren Grund dieses Festes zu verschweigen? Wie lächerlich ich doch war. Ich hatte geglaubt, sie zu dieser Einladung bewogen zu haben, dabei war es genau anders herum.

Ich war sicher gewesen, noch drei Tage Zeit zu haben bis

zum Neumond. Aber sie hatten mich von Anfang an wegen des Datums belogen. Warum hatte ich mich bloß nicht gefragt, was das Festgewand von Kaspar zu bedeuten hatte?

»Aber warum?«

Ich hatte gesehen, wie Beshir dem Jungen zugelächelt hatte, ja, Kaspar hatte es sogar einige Male geschafft, Beshir zum Lachen zu bringen.

»Weil du ihn liebst. Ich habe lange auf meine Rache gewartet. Die da«, er deutete auf Dorothea, als wäre sie ein Haufen Abfall, »wird so oder so bald sterben. Er wird vielleicht nicht sterben, aber seine Unschuld wird er verlieren – so wie ich meine einzige Liebe verloren habe.«

»Aber es war doch nicht meine Schuld, dass wir die Mahaldar zurücklassen mussten.«

»Sie wurde trotz der Schläge, die du ihr versetzt hast, hingerichtet, weil sie uns dem Feind überließ. Aurangzeb war außer sich vor Wut nach unserer Flucht, das habe ich auf dem Markt erfahren. Er hat sie den Elefanten zum Tottrampeln vorgeworfen.« Beshir schnaufte verächtlich. »Als Aurangzeb dich vor die Wahl stellte, hättest du tapfer sein und deinen eigenen Tod wählen müssen. So aber hast du aus Feigheit unser aller Tod entschieden.«

Tod! Das brachte mich zurück zu Kaspar. Wo war er? Wie konnte ich seine Kastration noch verhindern?

Dorothea stöhnte so schwer, dass ich unwillkürlich zusammenzuckte. Wie viel von unserer Rede hatte sie verstanden?

»Kaspar!«, keuchte sie. Ich musste zu ihr, wandte mich ab von Beshir und kauerte mich neben sie. »Alles wird gut, alles, alles wird wieder gut. Du musst nur ein bisschen schlafen.«

Meine Gedanken rasten. Du musst klar denken, Arevhat, du musst ganz ruhig bleiben. Nicht jede Wolke bringt Regen.

Ein Geräusch ließ mich wieder auffahren.

Beshir stand direkt hinter mir und packte meinen Arm.

»Ich möchte, dass du dabei bist, ich möchte, dass du siehst, wie aus dem Knaben ein Eunuch wird.«

Ich riss meinen Arm los und sah zwischen Dorothea und ihm hin und her. Was konnte ich tun? Sollte ich mitgehen und versuchen, Kaspar irgendwie zu retten? Würde ich das allein schaffen? Oder würde ich versagen, zurückkommen und die einzige Freundin, die ich je hatte, tot vorfinden? Ganz bestimmt würde sie wollen, dass ich Kaspar vor diesem Schicksal bewahre. Aber wie? Ich musste Zeit gewinnen.

»Niemals! Ich kann Dorothea jetzt nicht allein lassen.«

Beshir zog einen Dolch aus seinem Gürtel. »Dann wird sie eben gleich sterben.«

»Nein!« Ich stellte mich vor Dorothea.

»Dann folge mir und zwar sofort. Es ist alles vorbereitet, wir haben nur auf die beiden Heilerinnen gewartet.«

Während ich ihm zu dem Raum folgte, wo die Kastration stattfinden sollte, schwirrten Gedanken durch meinen Kopf wie aufgescheuchte Wespen. Was war ich nur für eine elende Närrin gewesen. Ich war so auf Dorothea konzentriert gewesen, dass all meine Instinkte versagt hatten. Die Heilerinnen, von denen ich gedacht hatte, dass sie Dorothea gesund machen würden, konnten Kaspar den Tod bringen.

Ich sollte mich besser darauf konzentrieren, wo wir hingingen, denn wenn es eine Möglichkeit gäbe, Kaspar zu retten, dann musste ich sie nutzen, ihn wegschaffen, verstecken.

Wir näherten uns dem Badehaus der ersten Frau, bogen jedoch vorher in einen dunklen Korridor ab.

Wenn Beshir vor mir gehen würde, würde ich nicht einen Moment zögern und ihn mit meinem Schleier erwürgen. Diese Technik habe ich immer und immer wieder in meinem Garten an den Baumstämmen geübt. Man muss den Schleier verdrehen, sodass er zu einem festen Seil wird, und sich dann dem Opfer von hinten nähern, den Schal zu einer Schleife binden, über den Kopf werfen und sofort ohne jedes Zögern zuziehen.

Ich wusste nicht, ob Beshir mich dabei heimlich beobachtet hatte, denn wenn wir beide allein waren, ging er immer hinter oder neben mir, was mich nervös machte. Der einzige Grund, warum er es noch nicht gewagt hatte, mich töten zu lassen, lag darin, dass Khan Ammar mein Dudukspiel so schätzte und keine andere das so gut konnte wie ich.

Der Korridor endete vor einem mit Fackeln erleuchteten Raum, der von zwei Eunuchen bewacht wurde. Beshir nickte den beiden zu, sie beeilten sich, die schwere geschnitzte Holztür zu öffnen.

Kaspar saß auf einem Tisch, der mit einem weißen Tuch bedeckt war, und trank aus einem mit Rubinen geschmückten Becher, den eine Sklavin immer wieder neu füllte. Seine Wangen waren tiefrot, und seine Augen glänzten unnatürlich.

»Raihana, du siehst komisch aus«, kicherte er, »du hast zwei Köpfe und einen langen Schwanz, wie ein Pferd.« Er sprach Deutsch mit mir, weshalb ich nicht sicher war, ob ich ihn richtig verstanden hatte. In der letzten Zeit hatte er fast nur noch Hindi gesprochen, wie Amatulkarim.

Ich wollte zu ihm, verhindern, dass er noch mehr von dem Ma'jun trank, aber Beshir verstellte mir den Weg.

»Dein Platz ist hier.« Er schickte die Sklavinnen nach draußen und fesselte mich an eine der vier Säulen, die die Kuppel des Raumes trugen.

»Ich werde dafür sorgen, dass du mit dem Tode bestraft wirst. Du hast nicht das Recht, mich so zu behandeln.«

Er lächelte. »Amatulkarim und ich sind in allem einer Meinung. Sie will den Jungen, ich will dich leiden sehen. Das passt.«

»Raihana, komm doch her und spiel mit mir!« Kaspar lallte.

Beshir prüfte meine Fesseln, dann hockte er sich vor Kaspar auf den Boden.

»Habibi, mein Freund«, sagte er, »Raihana muss dort drüben bleiben, das ist ein geheimes Spiel zwischen ihr und mir. Ich hole jetzt zwei Frauen, die dich zu genau so einem Mann machen, wie ich einer bin, das willst du doch, oder?«

»Kaspar, lauf weg, lauf ganz schnell zu deiner Mutter! Versteck dich irgendwo.«

Kaspar kicherte und sah Beshir an. »Wollen wir Verstecken spielen?«

Beshir schüttelte den Kopf. »Nein, jetzt nicht, jetzt willst du ein starker Mann werden. Leg dich einfach hier hin, und sei tapfer!«

Er erhob sich und kam wieder zu mir. »Weil du deinen Mund nicht halten kannst, werde ich dir einen Knebel in den Mund stecken.« Er stopfte mir ein Tuch in den Mund und band ein weiteres darüber. Dann holte er unter dem Tisch noch eine Burka, schwarz wie die Nacht und mit winzigen Augengittern, hervor, die er mir überstülpte, und dann einriss, sodass er den Stoff über meinen gefesselten Händen drapieren konnte. Für einen Betrachter wäre ich nichts anderes als eine steif dastehende stumme Frau, die sich an die Säule lehnt und zuschaut.

Beshir nahm Kaspar den Becher ab, drückte den Jungen kurz an sich und legte ihn auf den Tisch. Dann rief er ein paar

Befehle, und vier kräftige Sklavinnen stürzten herein. Sie stellten sich an den Armen und Beinen von Kaspar hin, auf Beshirs Kommando hin packten sie die Knöchel von Händen und Füßen.

Ich musste etwas tun! Verzweifelt versuchte ich, die Stricke zu lockern, die mich an die Säule banden, schwitzte unter der Burka – gut, das würde die Fesseln geschmeidiger machen.

Beshir flüsterte mir im Vorbeigehen zu: »Und jetzt werde ich die Nagini und die Heilerin holen. Wenn du schön still bist, werde ich sie danach noch zu deiner Sklavin bringen. Es ist alles bereit.«

Vor sich hin pfeifend verließ er den Raum.

Nein! Ich bekam kaum Luft unter der Burka, trotzdem verdoppelte ich meine Anstrengungen.

46. Kapitel

Es war unmöglich. Vollkommen unmöglich. Rosa wurde ständig mutloser. Was hatte sie sich nur vorgestellt? Hunderte von zart verschleierten Frauen umschwirrten sie, außerdem unverschleierte Musikerinnen, Tänzerinnen, Dienerinnen und Äffchen.

Sie und ihre Begleitung waren am Tor von einer alten Frau ehrerbietig begrüßt worden und wurden nun von einer Reihe hochgewachsener, schwarzhäutiger Männer mit weißen Turbanen, die in gelbe Uniformen gewandet waren, zu einer Art Pavillon eskortiert. Er befand sich auf einem kleinen Hügel in einem Garten, der so hell mit Fackeln erleuchtet war, dass Rosa die zahllosen weiß blühenden Blumen beinahe so gut sehen konnte, als ob heller Tag wäre.

Der Weg dorthin war dick mit roten Rosenblättern bestreut worden, die einen intensiven Duft verströmten und Rosa das Gefühl gaben, auf einem Samtteppich zu wandeln.

Auf dem Hügel warteten vier Frauen auf sie, die mit noch mehr Schmuck behangen waren als all die anderen Frauen.

Usha und Nandi warfen sich vor den Frauen auf die Erde, was Rosa verblüffte, aber dann tat sie es ihnen nach und schielte, auf dem Boden liegend, zu Nandi hinüber, um nur ja nichts falsch zu machen.

Die Älteste der Frauen trat zu ihnen. Sie trug einen silberblau schimmernden Sari, und ihr Schleier war nur über die schwarzen Haare gelegt, sodass Rosa ihr Gesicht sehen konnte. Trotz der Zahnlücken und Fettpolster unter dem Kinn konnte Rosa sich vorstellen, wie schön diese Frau einmal gewesen sein musste. Die Frau breitete ihre dicken Arme aus, und es ergoss sich ein Wortschwall über sie. Hin und wieder unterbrach sie ihre Rede, um auf die anderen drei Frauen zu zeigen, die dann im Chor etwas wiederholten. Rosa schien das eine Ewigkeit zu dauern.

Wo war Dorothea, wie würde sie die bei den vielen Frauen jemals finden?

Und wo war Kaspar? Sie konnte kein einziges Kind entdecken. Sie versuchte immer wieder, einen Blick auf das Geschehen am Fuß des Hügels zu erhaschen, aber Nandi zischte ihr jedes Mal böse zu, wenn sie den Kopf anhob.

Endlich war die Frau mit ihrer Rede fertig und klatschte in die Hände. Sklavinnen stürzten heran und reichten ihnen feuchtheiße Tücher.

Nandi tupfte sich Hände und Gesicht damit ab, danach erhob er sich mit tief gebeugt bleibendem Kopf. Rosa beeilte sich, das Gleiche zu tun, dann folgten sie alle drei der Frau zu dicken Kissen, die etwas entfernt am Boden lagen, und setzten sich dort mit gekreuzten Beinen. Weitere Sklavinnen reichten ihnen goldene Becher mit Chai. Rosa trank hastig, denn ihre Kehle war trocken.

Erst als sie den Becher wieder absetzte, merkte sie, dass alle sie anstarrten.

»Niemals berühren Becher mit Lippen!«, zischte Nandi, der sich neben sie gesetzt hatte.

Beschämt blickte sie auf den Boden; das hatte ihr Nandi schon öfter gesagt, und immer wieder vergaß sie es. Man berührte das Trinkgefäß nicht mit den Lippen, sondern goss die

Flüssigkeit durch die Luft in den Mund, und man benutzte nie die linke Hand beim Essen. Sie war zu sehr damit beschäftigt gewesen, zu überlegen, wie sie Dorothea finden konnte. Sie musste sich besser zusammennehmen.

»Das ist Amatulkarim, die erste Frau von Khan Bahadur Ammar Karim«, flüsterte Nandi so leise, dass Rosa es in der musikgeschwängerten Luft kaum verstehen konnte.

»Was hat sie denn so lange erzählt?«

»Sie hat uns willkommen geheißen.« Nandi verstummte.

»Und das war alles?«

Nandi blieb stumm.

»Nandi!«

Amatulkarim stand auf und forderte sie alle drei mit großen Gesten auf, mit ihr zu kommen. Die Eskorte mit den schwarzen Männern begleitete sie und verhinderte so, dass sich weitere Frauen anschlossen.

»Nandi!«

Warum antwortete er nicht? Sollten sie eingesperrt werden? Würde man ihnen etwas antun? Was war denn los?

Nandi und Usha waren aufgestanden und folgten Amatulkarim, also schloss sich Rosa ihnen an. Aber wohin wurden sie nun geführt?

Rosa hatte erwartet, dass sie ein reichliches Mahl einnehmen würden und dann Frauen kämen, die von ihr gesegnet werden wollten. Ja, sie hatte gehofft, Dorothea würde unter ihnen sein. Warum aber wurden sie von dem eigentlichen Fest weggebracht?

»Nandi!« Rosa drängte sich dicht an ihren Übersetzer, der taub geworden zu sein schien. Am liebsten hätte sie geschrien und ihn geschüttelt, aber sie wollte nichts tun, was ihren Plan gefährden konnte.

Als sie sich dann in einem dunklen Korridor wiederfand, an dessen weit entferntem Ende ein Licht aufschimmerte, war Rosa sehr froh, den kalten Stahl von Siranushs Dolch in ihrem Rücken zu spüren. Der Gang schien endlos. Sie hielt es nicht mehr aus und griff nach Nandis Sari.

»Wenn du mir nicht augenblicklich sagst, was hier los ist, reiße ich dir den Rock herunter! Und du weißt, was das für Folgen haben wird.«

Nandi hüstelte. »Gleich wir sehen.«

Rosa fragte sich, was sie wohl sehen würden. Eine sterbenskranke Frau, die sich von ihnen Genesung erhoffte? Eine Geburt? Sie mussten dringend aus diesem Gebäude rauskommen und nach Dorothea und Kaspar suchen.

Vor dem Raum stand ein weiterer schwarzer Mann, noch größer als die von der Eskorte. Rosa erkannte ihn als denjenigen wieder, der am Morgen zu ihnen gekommen war. Beshir, hatte Nandi gesagt, war sein Name.

Er verbeugte sich tief vor Amatulkarim, danach ebenso ehrfürchtig vor Usha und ihr. Dann öffnete er die Tür und ließ sie ein.

Der Raum war nach dem dunklen Flur so hell von Fackeln erleuchtet, dass Rosa wie geblendet war und blinzeln musste. Immerhin sah sie, wie Amatulkarim zu einem etwa siebenjährigen Jungen stürzte, dessen Körper reichlich Fett angesetzt hatte. Der Junge schien nicht ganz bei sich zu sein und schwitzte stark. Er wurde von vier Frauen an seinen Gliedmaßen festgehalten.

Amatulkarim nahm dem Jungen den Turban ab und fächelte ihm damit Luft zu.

Er hatte rotblonde Haare, Haare wie Karotten.

Rosa erstarrte. Haare wie die ihrer Schwester! Sie versuchte, sich zu nähern, um einen Blick auf seine Augenfarbe zu erhaschen, aber der Junge blinzelte zu stark.

Plötzlich nahm sie eine Bewegung aus dem Augenwinkel wahr. An der Säule im Hintergrund stand eine vollständig verhüllte Frau, die sofort starr wurde, als Rosa sie anblickte.

Was, wenn das Kaspar wäre und diese Frau Dorothea?

Sie musste sich Gewissheit verschaffen und vor allem herausfinden, warum das Kind dort lag.

»Nandi, sag mir jetzt auf der Stelle, was wir hier machen.«

»Usha kastriert dieses Kind, und du gesund ihn machen.«

Kastrieren, das kannte Rosa nur von Tieren. Sie griff sich an den Hals. Es würgte sie. Das musste sie falsch verstanden haben. Aber dann fiel ihr wieder ein, wie sich Nandi geziert hatte, ihr zu antworten, und Ushas merkwürdiges Grinsen. Die beiden hatten genau gewusst, was hier passieren sollte.

Ganz egal, wer dieses Kind auch war, sie musste es davor bewahren, so misshandelt zu werden. Sie trat unaufgefordert zu dem Jungen, ignorierte das atemlose Entsetzen, das ihre Handlung auszulösen schien.

»Kaspar«, flüsterte sie, »Kaspar, erzähl mir was.« Sie legte die Hand auf seine Stirn, als wollte sie die Temperatur prüfen, dann spreizte sie ihren sechsten Finger ab und fuhr damit über die Stirn des Jungen. Plötzlich war Rosa sicher, dass man ihm Drogen gegeben hatte.

Rosa warf den Frauen, die den Jungen festhielten, böse Blicke zu.

»Nandi, sag ihnen, dass ich ihn nicht untersuchen kann, wenn er festgehalten wird.«

Nandi zögerte, und als er endlich redete, klang seine Stimme merkwürdig hohl. Immerhin wurde das Kind freigegeben.

Rosa musste den Jungen zum Sprechen bringen, aber wie konnte sie ihn wecken, ohne ihm wehzutun?

Dann erinnerte sie sich daran, dass Dorothea sehr kitzlig gewesen war, das brachte sie auf eine Idee. Sie begann, den einzigen lateinischen Satz, den sie kannte und der ihr schon die Überfahrt auf dem Schiff gesichert hatte, laut und monoton vor sich hin zu singen.

»Quid ei potest videri magnum in rebus humanis cui aeternitas omnis totiusque mundi nota sit magnitudo.«

Dazu ließ sie ihre Hände dramatisch über den Bauch des Kindes kreisen, vergewisserte sich mit einem Seitenblick, dass die anderen gebührend beeindruckt waren, schlug das orange Seidenhemd des Jungen zurück und steckte ihren sechsten Finger in dessen Nabel und kitzelte ihn.

Tatsächlich! Er begann zu lachen und schlug die Augen auf. Rosa erkannte, wie stark vergrößert seine Pupillen waren. »Mama, was machst du da?«, glaubte Rosa zu verstehen. Sie kitzelte ihn heftiger. Amatulkarim schüttelte den Kopf, Beshir baute sich drohend neben ihr auf, aber Rosa ließ sich nicht einschüchtern. Nicht jetzt.

Da sagte Usha etwas mit gebieterischer Stimme, was Amatulkarim dazu brachte, stehen zu bleiben und Beshir einen Befehl zu geben. Er trat wieder etwas zurück.

Der Junge richtete sich auf und blinzelte. »Wer bist du?«, fragte er, und jetzt war Rosa ganz sicher: Er sprach Deutsch.

»Und du, wer bist du?«, fragte sie und setzte sich nah zu ihm auf die Pritsche, damit ihr keines seiner Worte entgehen konnte.

»Habibi«, lachte der Junge, bei dem bi-bi verzog sich sein großer Mund zu einem herzzerreißend spitzen Mäulchen, und seine tiefblauen Augen spiegelten sein Lachen.

»Und wie heißt du weiter, Habibi?« Rosa versuchte, ruhig zu bleiben, obwohl sie den Jungen am liebsten an sich gepresst hätte und mit ihm weggelaufen wäre.

»Kaspar Johannes.« Seine Augen fielen wieder zu. Und sein heißer Kopf sank schwer an Rosas Schulter. Unwillkürlich legte sie die Arme um ihn, presste ihn an sich.

Kaspar! Das war Kaspar!

Tränen liefen ihr über die Wangen. Sie hatte ihn gefunden. Sie hatte ihn endlich gefunden.

Ihren Neffen.

Sie schluchzte heftiger, dadurch spürte sie Siranushs Dolch im Rücken, und sie wusste, was Siranush jetzt zu ihr gesagt hätte: Hör sofort auf damit! Heulen hilft nichts, du musst das Kind erst noch hier herausschaffen.

Amatulkarim und Beshir entrissen ihr den Jungen und schubsten sie von der Pritsche. Rosa fiel zu Boden.

Die vermummte Frau an der Säule bewegte sich, und das brachte Rosa endgültig wieder zu sich. Darunter musste sich ihre Schwester verbergen. »Dorothea?«, flüsterte sie in die Richtung der Säule.

Usha begann laut und monoton zu singen. Alle erstarrten.

Rosa suchte Ushas Blick. Wollte Usha den Jungen jetzt kastrieren? War das immer schon ihr Plan gewesen, war es nur ihr Verlangen nach vielen Betelpäckchen, das sie bewogen hatte mitzukommen? War das der Grund, warum Usha sofort einverstanden gewesen war, sie zu begleiten, und dann im Harem zu bleiben? Verdammt, wie viel hatte man Usha geboten? Konnte sie das überbieten?

»Nandi«, flüsterte sie, »bitte, ich flehe dich an, ich werde dich mit Gold überschütten, sag Usha, dass sie das nicht machen soll, sag ihr, ich gebe euch euer Gewicht in Gold.«

Voller Angst betrachtete Rosa ihren pausbäckigen Neffen, der so friedlich schlief und nicht wusste, was man ihm antun wollte.

»Sie nichts abschneiden«, erklärte Nandi leise. »Sie heilen Menschen, niemals verschneiden.«

Rosa starrte zu Usha, die immer noch und lauter und lauter schwadronierte, und es kam ihr so vor, als würde sie ihr zuzwinkern.

»Aber was redet sie denn da?«

»Jetzt nicht gute Zeit für Abschneiden, Astrologen haben gerechnet falsch. Sagt, Kind muss sein geleert. Noch warten.«

Rosa spürte weitere Tränen aufsteigen. Usha war auf ihrer Seite, dann gab es noch eine Chance.

Reiß dich zusammen, du musst jetzt endlich deinem Ruf als Nagini gerecht werden!

»Sag Usha, wir müssen allein sein mit dem Kind, sag, wir müssen Geisterzeremonie machen, verdammt, Nandi, mach!«

Nandi übersetzte, und Usha nickte Rosa zu, kam zu ihr her, machte eine Verbeugung, nahm Rosas Hand, und gemeinsam schritten sie zu dem Jungen. Sie schob Rosa auf die rechte Seite des Jungen und stellte sich selbst auf die linke und wandte Rosa ihr Gesicht zu. Dann griff sie nach den Händen von Rosa und hob sie empor, sodass sich eine Art Dach über dem Jungen bildete. Usha begann laut zu singen.

Amatulkarim wechselte mit dem großen Eunuchen Blicke, dann zuckte sie mit ihren massigen Schultern, klatschte in ihre schwer beringten Hände und gab Befehle.

Die vier Frauen, die Kaspars Gelenke gehalten hatten, verließen den Raum.

Gut, dachte Rosa, vier Frauen weniger. Nur noch Amatulkarim und Beshir.

Rosa beobachtete, wie missbilligend Beshir Usha bei ihren Beschwörungen musterte und dabei unruhig hin und her tänzelte. Doch dann schweifte sein Blick zu der vermummten Frau an der Säule, die er geradezu hasserfüllt anstarrte.

Diese Frau hatte Rosa fast schon wieder vergessen. Das musste Dorothea sein. Wer sonst sollte bei der Kastration des Kindes dabei sein? Rosas Herz klopfte schneller. Wenn das wahr wäre, wenn sie alle beide gefunden hätte ... Sie wäre gern zu der Frau hingegangen, aber Usha ließ ihre Hand nicht los, und, ganz so, als ob Beshir ihr Interesse gemerkt hätte, stellte er sich jetzt wie ein Hindernis vor die Frau.

Amatulkarim unterbrach Usha rüde, die sich das nicht gefallen ließ.

Nandi übersetzte diesmal sofort. »Amatulkarim will, dass wir essen und feiern, aber, sagt Usha, wir hier bleiben und Kind von Geistern befreien.«

Ja, das war ein genialer Schachzug!

Widerstrebend verließ Amatulkarim den Raum, und es blieben außer ihnen nur die vermummte Frau und Beshir zurück. Allerdings hatte Rosa die Wache vor der Tür gesehen.

Sie mussten hier raus, und zwar mit Kaspar, und sie musste herausfinden, wer diese Frau war.

»Nandi«, flüsterte sie, »wir müssen Beshir aus dem Weg räumen. Er wird nicht zulassen, dass wir mit Kaspar von hier verschwinden. Du lenkst ihn ab, ja?«

Nandi sah sie mit schreckerfüllten Augen an. »Beshir viel stark!«

Wenn Usha meine Hände nicht immer noch festhielte, dann würde ich dieser Memme jetzt einen Schlag auf die Schulter geben, dachte Rosa, wir haben keine Zeit!

Sie ließ die Hände von Usha los, Usha sang aber weiter.

»Jetzt mach schon, Nandi!«

Nandi tänzelte zu Beshir. Rosa war gespannt, was er tun würde, und griff in ihren Rockbund, holte den Dolch heraus, behielt ihn in der Hand und versteckte diese unter ihrem Schleier.

Nandi handelte so schnell und so unerwartet frech, dass Rosa überrascht nach Luft schnappte. Der junge Inder trat zu Beshir und zog dann dessen großes Schwert aus dem Gürtel.

Beshir reagierte eine Sekunde zu spät, wie gelähmt vor Verblüffung. Doch dann stürmte er zu Nandi, um ihm das Schwert zu entwinden, Nandi tänzelte jedoch durch das Zimmer. Schließlich warf sich Beshir mit einem weiten Sprung auf Nandi, dessen Schleier sich dabei löste.

Rosa zögerte keine Sekunde, hastete zu dem Eunuchen und setzte ihm den Dolch an die Kehle.

Beshir schob Rosa beiseite wie einen kleinen Hund, griff nach dem Schwert und holte weit aus, wie um Nandi den Kopf abzuschlagen.

Nein! Rosa rammte den Dolch in Beshirs Schulterblatt, um ihn an diesem Hieb zu hindern. Doch er bewegte den Arm weiter, als wäre es nur ein Kratzer gewesen. Rosa zog den Dolch heraus und stach erneut zu.

Diesmal hielt der Hüne in seiner Bewegung inne, sah erstaunt über seine Schulter, auf den Rücken, aus dem das Blut strömte. Dann sackte er zusammen.

»Nandi, wir müssen hier raus! Rede mit Usha, wir müssen Kaspar tragen. Und wir müssen noch die Wache draußen aus dem Weg räumen – nimm du Beshirs Schwert!«

Rosa zog den Dolch aus Beshirs Rücken, eine Fontäne Blut sprudelte hervor und besudelte ihren Sari. Sie wischte den

Dolch an seinem Hemd ab, behielt ihn aber vorsichtshalber in der Hand.

Er wird sterben, dachte sie fassungslos, ich habe einen Menschen getötet. Nicht denken, handeln!, rief sie sich dann wieder zur Ordnung. Los, los, los! Was war mit der Frau, die inmitten dieses Tumultes immer noch fast bewegungslos dastand, ohne sich zu bewegen?

Warum sprach sie nicht – war sie stumm?

Rosa trat zu ihr. »Ich weiß, du bist Dorothea, du musst es sein.«

Während sie redete, legte sie ihre Hand auf den Kopf der Frau. Ihr Herz raste, während sie sich nichts mehr wünschte, als dass es ihre Schwester wäre.

Sie hielt den Atem an und zog ihr die Burka mit einem Ruck über den Kopf.

Aber es war nicht Dorothea.

Rosa schluchzte auf.

Die weißblonde Frau war gefesselt und geknebelt und blitzte Rosa böse an. Rosa hätte sie sofort befreit, doch dieser wilde Blick ließ sie innehalten. Vielleicht konnte sie ihnen gefährlich werden. Zögernd nahm Rosa ihr den Knebel aus dem Mund, dann durchschnitt sie die Fesseln mit ihrem Dolch.

»Wer bist du? Warum hat man dich hierher gebracht?«

»Dorothea ist sehr krank«, flüsterte die Frau, zu Rosas Erstaunen auf Deutsch. »Sie braucht Eure Hilfe.«

»Kannst du mich zu ihr bringen?«

Die Frau warf einen langen Blick auf Rosas Dolch, dann nickte sie.

»Woher weiß ich, dass du nicht lügst?«

Die Frau lachte heiser und klang, als wäre sie schon hundert Jahre alt. Dabei konnte sie nicht älter als dreißig sein, dachte Rosa, der das alles viel zu langsam ging. Sie mussten sich beeilen, sie mussten hier raus, bevor man Beshirs Leiche entdecken würde.

»Kaspar könnte es bestätigen, aber sie haben ihn mit Ma'jun vollgepumpt. Du musst mir also vertrauen. Man nennt mich Raihana.«

»Gehen wir!«

Raihana deutete auf Beshirs Leiche. »Wir sollten ihn nicht so liegen lassen. Man wird ihn finden, und dann werden wir niemals von hier fliehen können.«

»Aber was …?«

Raihana stürzte zu Beshir, forderte Rosa auf, ihr zu helfen, dann schleiften sie ihn zur Säule, setzten ihn davor, Raihana band ihn mit seinem Gürtel an der Säule fest, wischte das Blut mit dem Knebel auf und stülpte ihm dann die Burka über den Kopf.

Usha trat zu Beshir, legte ihre Hand auf seinen Kopf und sagte ein paar Worte, von denen Rosa hoffte, dass sie irgendein Segen wären, der ihm das Sterben erleichtern würde.

Rosa nahm Kaspar, der viel schwerer war als alles, was sie je geschleppt hatte. Nandi half ihr dabei, ihn über die Schulter zu wuchten. Dann wandten sie sich zur Tür.

Raihana trat hinaus, sprach den Wachmann an, er drehte Nandi den Rücken zu, und Nandi stieß Beshirs Schwert tief hinein.

Sie zerrten die Wache in den Raum und legten sie unter den Tisch, auf dem Kaspar gelegen hatte.

Dann nahm Raihana eine der Fackeln, griff sich das Schwert der Wache und rannte vorneweg. Usha, Nandi und Rosa folgten ihr. Allerdings war Kaspar so schwer, dass Rosa in Sekunden außer Atem war. Schweiß rann ihr über den Rücken, und ihre Beine zitterten. Aber sie würde das Kind hier rausbringen!

Raihana führte sie sicher durch ein Gewirr von Gängen und Zimmern. Niemals hätte ich das allein gefunden, dachte Rosa, während sie mit ihrer schweren Last hinterherstolperte. Aus dem Garten drangen die Trommeln und Klänge der Sitarspielerinnen, die Glöckchen der Tänzerinnen, Gelächter und Stimmengewirr.

Alle schienen auf diesem Fest zu sein, das war gut für sie. Trotzdem hatte Rosa das Gefühl, sie wären viel zu langsam. Am liebsten hätte sie ständig »Schneller, schneller, schneller!« gerufen. Aber ihr Atem hätte nicht einmal für ein einziges »Schneller!« ausgereicht.

Wenn sie doch nur schon bei ihrer Schwester wären, wenn sie nur doch endlich bei Dorothea ankämen!

Raihana winkte sie durch eine Tür, hielt Rosa zurück und ließ alle anderen vorgehen. Rosa dachte, sie wollte ihr Kaspar abnehmen, doch sie gab ihr nur einen leichten Schubs zum Weiterlaufen und folgte ihr, nachdem sie den Riegel an der Tür vorgezogen hatte.

Lange werde ich ihn nicht mehr tragen können, dachte Rosa, deren Herz vor lauter Anstrengung bis in ihre Schädeldecke hinein hämmerte.

Plötzlich schlang sich etwas von hinten um ihren Hals und würgte sie. Sie stolperte, musste Kaspar loslassen, dann stürzten sie beide, und es wurde dunkel um Rosa.

47. Kapitel

Als Rosa wieder zu sich kam, stand Raihana über ihr und hielt ihr ein Schwert an die Kehle.

»Wer bist du?«, herrschte sie Rosa an.

»Was soll das? Ich bin Dorotheas Schwester, ich bin gekommen, sie zu befreien. Und statt kostbare Zeit zu vergeuden, sollten wir uns beeilen.« Rosa griff nach der Schwertspitze, um sie von ihrer Kehle zu wenden.

Aber Raihana hielt sie unerbittlich fest.

»Du bist eine Mörderin!«

»Ich musste Nandi retten.«

Raihana spuckte aus. »Nicht wegen Beshir.«

»Aber ... was meinst du dann?« Rosa war verzweifelt. Wenn sie etwas auf dieser Reise gelernt hatte, dann, dass man keine Zeit vergeuden sollte.

»Du hast ...«, Raihana drückte die Spitze in Rosas Kehle, »... meine Mutter getötet!« Sie drückte so fest, dass Rosas Haut angeritzt wurde.

»Unsinn!«

»Woher hast du dann diesen Dolch? Das Einzige, woran ich mich erinnern kann, ist, wie meine Mutter mir mit diesem Dolch eine Duduk geschnitzt hat. Niemals hätte sie ihn weggegeben. Er war ein Geschenk meines Vaters, und der hat ihn von seinem Vater. Also rede!«

»Dann ...« Blutstropfen rannen rechts und links an Rosas Hals herunter, und sie versuchte verzweifelt zu denken.

Siranushs Dolch. »Ihre Mutter«, hatte Raihana gesagt … aber das war unmöglich. Siranush hatte nur eine Tochter.

»Aber … dann bist du Arevhat?«

Raihana nahm das Schwert weg, bückte sich und zog Rosa hoch zu sich.

»Niemand hat mich je so genannt, nur meine Mutter.« Sie klang rau und drehte ihren Kopf weg.

»Ich schwöre dir, deine Mutter hat mir diesen Dolch geschenkt, sie hat mir das Leben gerettet.« Rosa überreichte Raihana den Dolch, und obwohl alles in ihr danach drängte, endlich Dorothea zu finden und den Harem zu verlassen, dachte sie an Siranush und sagte, so feierlich sie konnte:

»Er gehört jetzt dir, denn du bist Arevhat, die Tochter der Sonne, ihre Tochter. Ihre vielgeliebte Tochter, ihre einzige Tochter, ihre Löwin.«

Arevhat nahm den Dolch und legte ihn an ihre Wange. Tränen rannen über ihr Gesicht und verstärkten den sanften Glanz der Edelsteine.

Rosa legte ihre Arme um sie. »Du warst immer im Herzen von Siranush …«

Plötzlich knallte und knatterte es draußen. Rosa zuckte zusammen. Arevhat trat zurück, wischte ihr Gesicht trocken, steckte den Dolch an ihren Gürtel und lachte. »Das ist nur das Feuerwerk. Das ist gut, es sorgt für Ablenkung. Solange es dauert, wird niemand nach uns suchen. Komm, beeilen wir uns. Ich werde Kaspar ein Stück tragen.«

Wenn wir nur schon dort wären, dachte Rosa und folgte Arevhat, so schnell sie es vermochte.

Kurz bevor sie den Vorhang zu einem weiteren Raum öffnete, drehte sich Arevhat zu Rosa um. »Du darfst sie nicht aufregen. Sie ist sehr krank.«

Rosa versprach es, dann zog sie den schweren Stoff zur Seite, und sie betraten einen Raum, der Rosa leicht blendete, weil er so hellsilbern schimmerte.

Dann entdeckte sie auf einem Lager aus Kissen eine erbärmlich magere Gestalt. Nein, das war nicht ihre Schwester, ihre Dorothea. Nicht diese ganze Reise, nur um sie so vorzufinden! Rosas Kehle wurde eng.

Schwer atmend rannte sie zu ihrer Halbschwester, die so zart aussah wie ein neugeborenes Rehkitz. Rosa konnte sich nicht vorstellen, dass sie jemals wieder aufstehen würde.

»Dorothea«, flüsterte sie. »Dorothea, ich bin's, Rosa, ich bin gekommen, um dich nach Hause zu holen.«

Rosa fühlte die Hitze, die ihre Schwester ausstrahlte, und sah sich unwillkürlich nach Wasser um.

Usha und Nandi waren bei Kaspar sitzen geblieben, der sich im Schlaf hin und her wand.

Arevhat trat an Dorotheas Lager, eine goldene Schale voller Wasser in der einen Hand, ein Musselintuch in der anderen. Sie tupfte Dorotheas Stirn vorsichtig ab. »Wir haben deinen Habibi gerettet. Wir werden ihn nach Hause bringen.«

»Und dich ebenfalls«, fügte Rosa hastig hinzu.

Endlich schlug Dorothea ihre Augen auf.

»Ich fantasiere, Raihana, ich habe die Stimme von Rosa gehört. Und jetzt sehe ich mein kleines Schwesterchen sogar, Raihana – oder siehst du sie etwa auch?« Dorothea keuchte die Worte, dann lächelte sie. »Aber ihr Haar sieht komisch aus.«

Rosa legte ihre Hand in die von Dorothea. »Ich bin da, wirklich da. Fühl meinen Finger, du erinnerst dich an diesen sechsten Finger, ja?«

Rosa wünschte sich mehr als alles auf der Welt, dass sie wirklich Zauberkräfte hätte, dass sie eine Heilerin wäre, dass sie … da fiel ihr Usha ein.

Sie sprang auf. »Nandi, sag Usha, sie muss Dorothea retten, sie muss sie gesund machen, so wie mich nach dem Schlangenbiss.«

Nandi übersetzte. Usha trat näher zu Dorothea, hockte sich neben sie, hielt ihre Hand über deren Scheitel, ohne ihn zu berühren, dann erhob sie sich und schüttelte ganz leicht den Kopf.

»Nein«, Rosa schrie auf, »sie wird nicht sterben! Nicht jetzt.«

»Nein, das wird sie auch nicht«, stimmte Arevhat ihr zu. »Denn jetzt müssen wir fliehen, wir haben nicht mehr viel Zeit. Ich trage Dorothea, nimm du Kaspar!«

Arevhat beugte sich zu Dorothea und flüsterte ihr etwas zu, schließlich nickte diese ergeben und schloss erschöpft ihre Augen.

Arevhat wickelte Dorothea in einen breiten Schal und nahm sie auf die Arme wie ein Kind.

»Das Feuerwerk ist bald zu Ende, beeilt euch!«

Arevhat schritt so schnell aus, dass Rosa kaum hinterherkam. Kaspar lag schlafend und so schwer auf ihrer Schulter, dass sie sich wünschte, Luis wäre hier und könnte ihr den Jungen abnehmen.

Endlich blieb Arevhat vor einer Tür stehen, die für Rosa genauso aussah wie alle anderen. Schwer atmend legte Rosa Kaspar für einen Moment nieder.

»Seid still!«, mahnte Arevhat. »Dahinter liegt unsere Freiheit, also verderbt es nicht! Die Tür geht nach außen auf, aber dort befinden sich Wachen.«

Sie bat Nandi, mit tiefer Männerstimme zu behaupten, dass er einen Auftrag von Beshir zu erledigen hätte, und hämmerte dann gegen die Tür.

»Was für einen Auftrag? Und wer spricht denn da?«, wollte der äußere Wächter wissen.

»Sag, dein Name wäre Abraham«, hatte ihm Arevhat zugeflüstert.

»Ich bin Abraham, und wir brauchen Betelnachschub. Es ist der Wunsch von Amatulkarim. Es soll dein Schaden nicht sein«, hatte Nandi bekräftigt. »Von den Silberpagodas, die ich hier habe, sind einige für euch … Aber wir brauchen den Betel jetzt sofort.«

Die Tür wurde unwillig geöffnet, und ein Gesicht spähte zu ihnen in den Flur hinein.

Nandi und Arevhat zerrten den Mann nach drinnen, und obwohl er sich heftig wehrte, schafften sie es, ihn auf den Bauch zu legen und seine Hände auf dem Rücken zu fesseln. Usha hielt so lange die Tür einen Spalt offen.

»Wer hält draußen noch Wache?«, fragte Arevhat den Gefangenen und übersetzte danach für Rosa.

»Nur ich. Die anderen sind an den Gartenmauern verteilt, wegen des Festes.«

»Wehe dir, wenn du lügst!« Arevhat zischte schlimmer als ein Haufen Schlangen. »Ich werde dich finden und töten. Und die Nagini wird dich und deine Sippe verfluchen.«

Rosa mischte sich ein. »Ich weiß etwas Besseres. Frag ihn, und lass ihn noch einmal antworten. Mein Finger wird uns verraten, ob er lügt.«

Arevhat fragte die Wache noch einmal. Gespannt wartete Rosa, aber ihr Finger reagierte nicht. Sie nickte Arevhat zu. »Er hat die Wahrheit gesagt.«

Gemeinsam mit Nandi schleppten sie den Wächter in ein Nebenzimmer, wo sie ihn fesselten und knebelten. Dann hasteten sie zurück zur Tür, die Usha noch immer offen hielt, und schlüpften nach draußen.

Hier befand sich ein Garten mit einer weiteren Mauer, die sie noch hinter sich lassen mussten, um frei zu sein.

Rosa schaffte es nicht länger, Kaspar zu tragen, und bat Nandi um Hilfe. Arevhat hatte sich die stöhnende Dorothea über die Schultern gelegt wie eine Teppichrolle und trieb die Gruppe unerbittlich vorwärts.

»Wir müssen uns südlich halten, nur dann kommen wir dort heraus, wo die Brücke über den See führt. Und wir müssen draußen sein, bevor das Feuerwerk zu Ende ist. Danach wird man sofort bemerken, dass Kaspar weg und Beshir tot ist.«

Krachend explodierten weitere Feuerwerkskörper, die sie alle trotz ihrer Eile unwillkürlich in den Nachthimmel starren ließen. Jede Explosion für sich wurde zu einem Stern, und alle zusammen bildeten eine große Lotosblüte am Himmel. So etwas hatte Rosa noch nie zuvor gesehen, und es erfüllte sie mit Grauen, dass diese Schönheit nur dazu dienen sollte, Kaspars Kastration zu feiern.

»Los, weiter!«, kommandierte Arevhat. »Wir müssten es gleich geschafft haben.«

Sie erreichten eine winzige Tür, die hinter einem ausladenden Mangobaum verborgen war und von zwei weiteren Wachen flankiert wurde. Sie mussten die beiden niederstechen, denn sie begannen sofort laut zu schreien. Zum Glück gingen die Schreie im Lärm des Feuerwerks unter. Nandi und Usha fesselten und knebelten die Wachen und lehnten sie an den Stamm des Mangobaumes.

»Nach dem Lotos kommt nur noch das große Elefantenbild – jetzt oder nie!«, rief Arevhat und rannte los. »Über die Brücke! Wir müssen auf der anderen Seite sein, bevor das Feuerwerk zu Ende ist!«

Rosa kam die Brücke dreimal so lang vor wie der Weg von Nürnberg bis zum Brenner, und es war schwierig, Kaspar zusammen mit Nandi zu tragen. Sie zitterte am ganzen Leib. »Nandi, komm, schneller, schneller!« Auch Nandi keuchte, und das Schlusslicht bildete Usha, die ständig stehen blieb und nach Luft schnappte.

Während noch einmal zischend die Funken zum Himmel stoben, trieb sich Rosa zum Äußersten an.

Am Ende der Brücke standen Massen von Menschen, angelockt von dem Feuerwerk, das sich im See widerspiegelte.

Arevhat bahnte sich den Weg durch die Massen und ignorierte das aufgeregte Gemurmel. Schließlich kam auch sie nicht mehr vorwärts. »Nandi, sag den Leuten, dass Usha und die Nagini dringend zu einem Tempel müssen, weil die Sterne schlecht stehen, irgend so etwas.«

»Sie werden uns verraten, sie werden den Wachen sagen, wohin wir geflohen sind.« Rosa hatte Angst, gleich unter der Last ihres Neffen zusammenzubrechen.

»Nein«, Nandi schüttelte den Kopf, »sie alle hassen den Mogul und seine Wachen.«

Kaspar war aufgewacht. Er strampelte, weil er heruntergelassen werden wollte. Rosa ließ ihn mit einem dankbaren Aufseufzen herab.

»Mama?«, brüllte Kaspar. »Was ist hier los? Wo ist Mama? Warum sind wir nicht mehr bei Amatulkarim?«

»Sei still, Kaspar, sei still, deine Mutter ist hier.« Arevhat versuchte, ihn zu beruhigen, aber er war außer sich.

Die Menschen bildeten einen staunenden Halbkreis eng um die seltsame Truppe mit dem tobenden prächtig gekleideten Kind.

»Nandi, bring die Leute dazu, uns durchzulassen!«, rief Arevhat.

Doch noch bevor Nandi etwas sagen konnte, begann Usha mit einem seltsamen Singsang, was die Menschen dazu brachte, eine schmale Gasse freizugeben. Beklommen folgte Rosa den anderen in diesen schmalen Gang, der sich hinter ihnen wieder zu einer undurchdringlichen Menschenwand schloss.

Sie liefen und keuchten weiter, so schnell sie konnten, und näherten sich bald einem Mangowäldchen. Hier blieb Arevhat stehen und setzte Dorothea vorsichtig auf dem Boden ab.

Rosa ließ sich neben ihrer Schwester auf der Erde nieder und nahm sie in den Arm.

»Ihr müsst ohne mich weiter«, flüsterte Dorothea. »Ihr werdet es schaffen, wenn ihr mich hier zurücklasst.«

»Das kommt nicht infrage, wir gehen alle, oder wir sterben alle«, mischte sich Arevhat ein, die neben ihnen in die Knie gegangen war.

»Mama, was tun wir hier?« Kaspar schubste Rosa zur Seite und umschlang seine Mutter mit seinen dicken Armen.

»Das Richtige, mein Schatz, wir tun das Richtige«, murmelte Dorothea. »Deine Tante wird dich nach Hause zu deinem Großvater bringen.«

Kaspar warf sich auf den Boden. »Ich will nicht fort von hier.«

Rosa fragte sich, ob das die Nachwirkungen all der Drogen waren, die man ihm gegeben hatte, oder ob er immer so störrisch war.

»Wir brauchen ein Versteck und dann schnelle Pferde«, überlegte Rosa.

»Ich kenne eine Höhle, die ich beim Kräutersammeln entdeckt habe. Aber nein, das geht nicht, die kennt auch Beshir, der …« Arevhat unterbrach sich kopfschüttelnd. »Unsinn, Beshir ist tot. Also los, es ist noch ein kleines Stück bis zu einem Flüsschen, das in den See des Palastes mündet. Wenn wir dessen Lauf landeinwärts folgen, kommen wir zu einem Wasserfall, hinter dem die Höhle verborgen ist. Dort können wir fürs Erste bleiben. Dann sehen wir weiter. Aber wir müssen uns beeilen.«

48. Kapitel

Es war nicht leicht, Arevhat zu folgen, weil das Flüsschen von dichtem Gestrüpp umwuchert war, das in der Dunkelheit undurchdringlich zu sein schien. Ständig stolperte jemand oder blieb hängen.

Nandi ging voran und schlug mit einem Stock auf das Unterholz ein, um Schlangen aufzuscheuchen, dennoch hatte Rosa große Angst, jemand könnte gebissen werden.

Es dämmerte schon, als sie endlich beim Wasserfall angekommen waren. Die Höhle befand sich, wie Arevhat es gesagt hatte, hoch oben, direkt hinter dem Wasserfall. Man musste schon sehr genau hinschauen, um von unten den Eingang zu erkennen.

Die Vögel begannen lauter und lauter zu zirpen, zu zwitschern und zu pfeifen, und das Summen der Insekten schwoll zu einem beständigen Brausen an, das auch das Rauschen des Wasserfalls nicht völlig übertönen konnte.

Kaspar hatte die ganze Nacht unentwegt gequengelt, nach etwas Süßem, nach etwas Essbarem, nach einem Pferd, nach Amatulkarim, deren Name Rosa schon allein deshalb hasste, weil ihr klar wurde, wie sehr es ihre Schwester kränkte, dass Kaspar die erste Frau des Moguls zu vermissen schien.

Doch zum Glück war Dorothea die meiste Zeit ohne Bewusstsein.

»Hier hoch!« Arevhat zeigte auf Felsen, die es zu erklimmen galt, und gerade als sich Rosa fragte, wie Dorothea dort hinaufkommen sollte, legte Arevhat sich ihre Schwester über die Schultern und kletterte voran.

»Es ist glitschig, ihr müsst aufpassen!«, rief sie zu ihnen hinunter.

»Nandi, hilfst du Usha? Ich werde mich um Kaspar kümmern«, schlug Rosa vor und hoffte, dass sie es alle schnell schaffen würden. Sie bildete sich ein, in der Ferne schon das Getrappel näher kommender Pferde zu hören. »Beeilt euch!«

Nandi, der Usha gerade die Hand reichte, rutschte ab und stürzte ins Wasser.

Rosa rannte ans Ufer. »Nandi, Nandi, ist alles in Ordnung?«, rief sie, als sein Kopf endlich wieder auftauchte.

»Gut, bade ich gern am Morgen!« Er lachte und schwamm zurück zu dem Felsen, von dem er gestürzt war.

Arevhat war wieder nach unten geklettert und hatte Usha zur Höhle hinaufgeholfen, nun kam sie noch einmal und stützte den tropfnassen Nandi. Rosa sah mit Entsetzen, dass er am Rücken blutete. Hoffentlich war es kein tiefer Schnitt.

»Los, los, Kaspar, jetzt hoch mit dir!«

Kaspar begann zu klettern, stellte sich aber dermaßen tollpatschig dabei an, dass Rosa ihn schließlich anschrie: »Willst du, dass wir alle von den Elefanten totgetrampelt werden, willst du das? Nein? Dann mach, und beeile dich!«

»Aber ich weiß nicht, wo ich hintreten soll«, jammerte Kaspar, »und mir ist so schwindelig.«

Was für ein Dummkopf der Sohn ihrer Schwester war! Und dafür hatte sie all diese Strapazen auf sich genommen? Würde Kaspar nur eine entsetzliche Plage sein? Sie konnte sich überhaupt nicht vorstellen, wie er sich in Nürnberg zurechtfinden würde.

Sie seufzte, schalt sich für diese bösartigen Gedanken und

versuchte, ihm so gut es ging zu helfen. Weiter oben waren die Felsen nicht mehr so glitschig, sondern beinahe weich von dem grünen Moos, das auf ihnen wuchs.

Endlich hatten sie es geschafft.

In der Höhle war es dunkel und ein bisschen klamm, aber es gab genug Platz, sodass sich alle auf dem steinigen Boden hinlegen und ausruhen konnten. Usha kümmerte sich um Nandis Schrammen am Rücken, indem sie, lauter werdend, vor sich hin sang.

Arevhat hatte Dorotheas Kopf in ihren Schoß gelegt und strich ihr behutsam über die Stirn. Die innige Nähe der beiden versetzte Rosa einen Stich. Sie hockte sich zu ihnen.

Dorothea war wach. »Rosa, bitte.« Sie bedeutete Rosa, näher zu ihrem Gesicht zu kommen, weil sie nur flüstern konnte.

»Ich habe nie gedacht, dass ausgerechnet du hier auftauchen würdest, aber ich habe immer davon geträumt, dass Kaspar bei unserem Vater aufwachsen wird. Bring ihn nach Hause, versprich mir das!«

»Wir alle werden nach Nürnberg gehen, wir alle.«

Dorothea lächelte. »Auch wenn ich keinen Hexenfinger habe, so weiß ich doch, dass du gerade lügst. Ich bin zu krank, und jetzt, wo du hier bist, kann ich endlich gehen.«

»Unsinn, du musst mitkommen, du musst mit uns leben. Kaspar braucht dich!«

»Er hat jetzt dich«, Dorothea fuhr mit der Zunge über ihre schuppigen Lippen und sprach dann mühsam weiter, »und er hat dich, Raihana.«

Arevhat streichelte Dorotheas Hand. »Jetzt schlaf erst mal, ruhe dich aus.«

Dorothea schloss ihre Augen. Kaspar drängte sich an seine Mutter und wollte in ihren Arm. Aber Arevhat brachte ihn dazu, sich an sie anzulehnen und seine Mutter ruhen zu lassen.

»Und wie kommen wir von hier fort?«, fragte Rosa.

»Still!« Arevhat legte den Finger an die Lippen. »Ich höre Pferde.«

Rosa kroch auf allen vieren vor zum Rand der Höhle und sah nach unten.

Zehn Reiter in weißgoldenen Uniformen suchten das Ufer ab, schlugen mit ihren Schwertern wütend ins Unterholz, aber nicht, um Schlangen aufzuscheuchen, sondern um zu töten.

Rosa rann ein Schauer über den Rücken. Was, wenn die Männer ihre Fußspuren fanden und dann bemerkten, dass diese an den Felsen endeten?

Sie kroch zurück zu Arevhat und berichtete ihr, was sie gesehen hatte.

»Waren es weiß- oder schwarzhäutige Männer?«

»Weiße.«

»Gut.« Arevhat grinste erleichtert. »Dann sind wir hier in Sicherheit. Die Weißen sind die Krieger von Karim, die suchen nur den Kampf. Die schwarzen Eunuchen sind viel schlauer, und vor allem können sie Spuren lesen. Ich denke aber, Khan Bahadur Amir Karim ist wütend auf seine Eunuchen, weil wir ihnen entwischt sind. Deshalb hat er seine Soldaten geschickt. Die sind fantastisch darin, beim Galoppieren mit Pfeil und Bogen zu schießen, doch es ist unter ihrer Würde, vom Pferd abzusteigen.«

»Aber wir können doch nicht hier bleiben! Wir haben nichts zu essen und müssen so schnell wie möglich nach Masulipatnam und dort auf ein Schiff. Wenn ich mit Kaspar nicht rechtzeitig zurück bin, dann ist alles verloren.«

»Wir bleiben hier so lange, bis die Aufmerksamkeit des Khans sich auf andere Dinge richtet. Glaub mir, das dauert nicht lange. Die Mogulmänner sind alle wie Kaspar, leicht abzulenken und schnell gelangweilt, deshalb sind sie auch so grausam. Danach kaufen wir Pferde und reiten ans Meer. Und von dort fahren wir nach Hause.«

Rosa betrachtete Arevhat. »Und wo ist dein Zuhause?«

Arevhats Augen wurden glasig, dann wandte sie den Blick ab.

Rosa griff nach Arevhats Hand. »Deine Mutter Siranush hätte gesagt, euer Zuhause sei am Sewansee.« Und dann erzählte sie Arevhat, was sie von Siranush erfahren hatte über das Land der Steine, den Überfall und über die weißen Katzen, die schwimmen können.

»Dann werde ich eines Tages dorthin gehen und nach meinem Dorf suchen.« Arevhat räusperte sich. »Doch vorher werde ich Kaspar nach Hause begleiten, das habe ich Dorothea versprochen.«

Dorothea wimmerte leise, was Usha und Rosa sofort an ihre Seite brachte.

»Was ist denn?«, fragte Rosa.

Dorothea schlug ihre Augen auf, blickte sich verwirrt in der Höhle um, und als sie Rosa erkannte, lächelte sie.

»Ich habe geträumt, nur dummes Zeug geträumt.« Dorothea seufzte und nahm Rosas Hand.

Schockiert von der Hitze, die die Berührung ihrer Schwester verströmte, warf Rosa Usha einen verzweifelten Blick zu. Usha lächelte nur und streckte ihre Handflächen nach oben, als wollte sie sagen, da können wir Menschen nichts mehr tun.

»Rosa, du und Raihana, ihr beide werdet dafür sorgen, dass er in Nürnberg aufwächst und wie unser Vater Spielkarten …«

Ihr Vater! In diesem Augenblick fiel Rosa der Brief ihres Vaters wieder ein. Den hatte sie angesichts der wahnsinnigen Ereignisse im Palast vollkommen vergessen. Nun drängte sich der Brief jedoch quälend vor ihre Augen, und sie hasste sich dafür, aber sie konnte nicht anders, sie musste Dorothea fragen, ob sie etwas darüber wusste.

»Dorothea, bitte ...«, begann Rosa.

»Nicht, das ist zu anstrengend für sie«, mischte sich Arevhat ein.

»Schsch«, machte Dorothea, »streitet nicht! Ich kann nun endlich sterben, weil ich weiß, dass Kaspar dorthin zurückgehen wird, wo seine Wurzeln sind.« Sie hustete. »Raihana, Rosa, seid ihm Vater und Mutter. Ich bitte euch.«

»Das werden wir, Dorothea, bitte, ich muss noch etwas wissen ...«

Dorothea schloss ihre Augen. »Ich habe auch so viele Fragen und so wenige Antworten bekommen in diesem Leben.«

Rosa schämte sich, aber sie hatte ebenso große Angst, nie mehr eine Antwort zu bekommen, wenn sie jetzt nicht fragte.

»Weißt du etwas über ein Geheimnis? Vater hat mir einen Brief geschrieben ...« Unwillkürlich war Rosas Stimme lauter und drängender geworden.

»Still!« Arevhat schüttelte vehement den Kopf. Auch Usha drückte ihr Missfallen mit einem lauten Schmatzen aus.

Rosa stieg das Blut in den Kopf, weil sie genau wusste, wie selbstsüchtig es von ihr war, ihre sterbende Schwester mit Fragen zu quälen. Aber in ihr brannten die Fragen wie Feuer, wie sollte sie ohne eine Antwort weiterleben?

»Bitte«, flüsterte Rosa, »ich bitte dich inständig, Dorothea, wenn du etwas weißt über Vater und mich, dann bitte verrate es mir.«

Dorothea schloss ihre Augen und tätschelte Rosas Hand. »Schon immer warst du so ungeduldig. Ich denke nach, aber ich fühle mich so leer und gleichzeitig voll von Licht.«

Tränen tropften aus Rosas Augen auf Dorotheas Hand. »Verzeih, Dorothea, das war dumm von mir. Ich, ich ... alles, was ich dir sagen will, ist, dass du für mich immer die beste Schwester der Welt warst. Und ich schwöre dir bei meinem Leben, dass ich Kaspar gesund zurückbringen werde. Bitte vergib mir meine Fragen.«

Dorothea öffnete ihre Augen wieder und lächelte. »Rosa, es ist gut.« Sie seufzte tief und schloss ihre Lider wieder. »Rosa, du musst deine Mutter fragen, nur sie weiß es, denn das Geheimnis liegt in deinem Blut.«

Sie murmelte leise noch etwas vor sich hin, doch obwohl Rosa ihr Ohr an Dorotheas Mund gepresst hatte, konnte sie nichts mehr verstehen.

Dorothea atmete nicht mehr.

Ihre Schwester war tot.

Arevhat drängte Rosa laut schluchzend zur Seite und nahm Dorothea in ihre Arme, schaukelte sie hin und her, als wäre sie nur ein krankes Kind, das bald wieder gesund würde. Rosa sah den beiden zu. Zorn und Trauer kreisten durch ihren Körper und ließen sie wie betäubt auf dem Boden der Höhle hocken bleiben.

Das Geheimnis liegt in deinem Blut? Mutter fragen? Dorotheas letzte Worte wirbelten durch ihren Kopf und vermischten sich mit der Erkenntnis, dass sie nun auch ihre Schwester für immer verloren hatte.

Kaspar, der auch plötzlich zu verstehen schien, was passiert war, begann laut zu heulen.

Rosa stürzte zu ihm hin. »Schsch, sei still, oder willst du

uns alle verraten? Die Krieger des Moguls sind noch in der Nähe.«

»Ich will zurück in den Harem, ich will zu meiner Amatulkarim.«

Rosa war kurz davor, ihn zu ohrfeigen, ja, am liebsten hätte sie ihn verprügelt. Ihre Schwester war tot, und dieses Monster dachte nur an sich selbst.

Ach ja, Rosa, und wer hat gerade eine Sterbende mit rücksichtslosen Fragen gequält? Schau ihn dir an, versuch, ihm Gerechtigkeit angedeihen zu lassen. Wie soll ein Siebenjähriger wirklich verstehen, was geschehen ist?

Arevhat wurde vom Weinen so heftig geschüttelt, dass Usha sich neben sie setzte und sie in ihre Arme zog.

»Doro war die einzige Freundin, die ich je hatte«, schluchzte Arevhat. »Der einzige anständige Mensch, dem ich begegnet bin.«

Doro. Arevhats Worte wirkten wie Schläge in Rosas Gesicht. Sie fühlte sich entsetzlich. Ihre Lieblingsschwester war gerade gestorben, und sie war eifersüchtig, weil Arevhat und Dorothea befreundet gewesen waren, ja, sich vielleicht sogar geliebt hatten. Sie sollte sich darüber freuen, dass Dorothea im Harem nicht einsam gewesen war, stattdessen missgönnte sie Arevhat die Nähe zu ihrer Schwester. Und was noch schlimmer war, sie hatte Kaspar zwar gefunden, aber sie konnte den Sohn ihrer Schwester nicht leiden.

Sie betrachtete Kaspar, dessen Fettschichten unter seinem von Erde beschmutzten Festgewand vom Schluchzen hin und her schwabbelten. Noch ein einziges greinendes »Amatulkarim« aus seinem Mund, und sie würde ihn schlagen.

Nichts war so, wie Rosa es bei ihrem Aufbruch erwartet

hatte, und das machte ihr große Angst vor dem, was nun vor ihr lag: die Heimreise. Und sie stellte sich beklommen die Frage, ob Luis ihr mittlerweile vergeben hatte und gesund geworden war und was sie bei ihrer Ankunft in Nürnberg vorfinden würde.

49. Kapitel

Der Alte wurde immer wunderlicher. Jetzt wollte er im kältesten Winter, den Nürnberg je erlebt hatte, zum Christkindlesmarkt gehen. Sogar die Pegnitz war zugefroren. Niemand außer Narren und Kindern spazierte draußen herum.

»Warum denn das? Meine Füße sind gerade zum ersten Mal heute warm. Wir haben weder Kinder zu bescheren, noch stellen wir einen dieser neuartigen Bäume auf und brauchen also keine Springerle oder goldene Nüsse zum Dranhängen.«

»Das ist richtig, mein Sohn, aber wir sollten uns bei den Budenbesitzern zeigen, das ein oder andere kaufen, das macht sich gut.« In bester Stimmung warf der Alte sich seinen Dachsmantel sowie Schal und Mütze über und trabte voran.

»Mein Sohn, wir müssen reden.«

»Und warum hätten wir das nicht vor dem Kamin tun können?«

»Weil ich dir etwas zeigen möchte.«

Was konnte das schon sein? Auf dem Christkindlesmarkt gab es außer Lebkuchen, Honig und Spielzeug nur noch winterliche Kleidung zu kaufen, und von alldem benötigten sie nichts.

Wir stiegen in klirrender Kälte zum Hauptmarkt hinab. Dort angekommen, kaufte der Alte ein paar Lebkuchen mit Zuckerguss und schleppte mich dann zu einer Bude mit Handschuhen.

»Ich brauche keine Handschuhe«, protestierte ich.

Die junge Verkäuferin hatte ein entstelltes Antlitz, das anzusehen mich mit Schrecken erfüllte. Nur ihre Augen waren in dem mit dicken Narben verwulsteten Gesicht klar zu erkennen, und die starrten mich dermaßen hasserfüllt an, dass ich ihrem Blick nicht standhalten konnte.

Der Alte kaufte fünf Paar Handschuhe. Fünf!

»Was soll denn das?«, flüsterte ich ihm zu, als er Anstalten machte, noch ein sechstes Paar zu kaufen. Und er schäkerte mit dieser Missgeburt, als wäre er ein junger Stier und kein alter Mann. Doch sie ignorierte ihn geradezu und warf ihm nur stumm die Ware hin, sodass es nur seine weißen Atemwolken waren, die in den Himmel stiegen. Schließlich gelang es mir, ihn wegzuzerren. Mittlerweile waren meine Beine ab den Knien wie eingefroren, und meine Füße spürte ich gar nicht mehr.

»Warum tust du das?«

»Ich trage mich mit dem Gedanken, mich noch einmal zu verheiraten.«

Der alte Bock. Doch ich verkniff es mir, auf sein Alter anzuspielen. »Und warum so eine Hässliche?«

»Weil ich etwas gutmachen möchte.«

»Das verstehe ich nicht.«

»Du kennst sie.«

»Wie meinst du das?«

»Nun, das ist Marie-Christin, die Tochter der Verdiers aus Erlangen. Sie hat für dich Safran gesiegelt.«

Mir schoss das Blut in den Kopf, und ich begann trotz der Kälte, stark zu schwitzen. Ich hätte sie niemals erkannt. Als sie noch bei mir an der Safranwaage gearbeitet hatte, war sie ein Weib wie jedes andere gewesen.

»Sie hat den Brand schwer verletzt überlebt. Du kannst froh sein, dass sie lebt.«

»Was soll denn das? Was hätte ich denn mit dem Brand in Erlangen zu tun? Und warum willst du sie heiraten? Ein Samariter auf deine alten Tage? Oho, Angst vor Gott?«

»In gewisser Weise hast du recht.« Der Alte schlug mit den Armen um sich. »Lass uns wieder nach Hause gehen, diese Kälte bringt einen ja um.«

Nur allzu gern trat ich den Heimweg an.

»Aber zurück zu deiner Frage, ja, ich habe Angst vor Gott und meinem sündhaften Sohn. Ich weiß Bescheid: du zündelst fortwährend. Ich folge dir schon seit geraumer Zeit bei deinen nächtlichen Touren, und dein Wahn erfüllt mich mit Grauen. Aber ich bin dein Vater und kann dich deshalb natürlich nicht vor Gericht bringen. Sag mir, warum hast du das Haus ihrer Eltern in Erlangen angezündet?«

Warum, warum? Seine Worte schlugen in meinen Leib ein wie eine Ladung Hagelschrot.

Mein eigener Vater war mir hinterhergeschlichen und hatte monatelang nichts gesagt, mich nur beobachtet, wie ein Ameisenforscher sein Insekt. Also hatte ich mir die ständigen Schritte hinter mir doch nicht eingebildet. Immer schon war mir klar gewesen, dass er mir keinen Respekt entgegenbrachte, mich für einen Versager hielt, aber das schlug dem Fass den Boden aus. Wenn wir nicht immer noch mitten auf dem Weihnachtsmarkt gewesen wären, hätte ich ihn niedergeschlagen. So biss ich die Zähne zusammen, ballte die Fäuste in den Taschen meines Mantels und schritt schneller aus.

»Manchmal frage ich mich, ob es nicht besser gewesen wäre, wenn du doch die Zapfin geheiratet hättest.«

Ich spürte die Nägel in meinen Fäusten, so fest musste ich sie zusammendrücken, um ihn nicht doch noch zu schlagen.

»Aber du«, quetschte ich mühsam beherrscht zwischen meinen Zähnen hervor, »du hast mir doch die Augen geöffnet und mir verraten, dass sie schwanger ist. Du warst es, der mich vor ihr gewarnt hat, Monate bevor sie den Kartenmacher geheiratet hat.«

»Ja, und es war ein Fehler, mich einzumischen. Ein übler Fehler. Aber das ist mir erst klar geworden, als ich dich vor Monaten in der Werkstatt des Kartenmachers gesehen habe, wie du die Witwe leblos am Boden hast liegen lassen, wie ein Stück Abfall. Da erst habe ich verstanden, was mit dir passiert ist.«

»Was soll das heißen, was mit mir passiert ist?«

»Ich war mir sicher, du würdest dich noch fangen und irgendwann entdecken, was Weiber zu bieten haben. Aber du hast deinen Hass immer noch vergrößert, anstatt ihn zu vergessen. Und aus diesem Grund haben wir nun keinen Erben.«

»Willst du deshalb heiraten?« Jetzt verstand ich endlich, worauf er hinauswollte. Es ging hier nicht um mich und das, was ich getan hatte, sondern um einen Erben. »Glaubst du im Ernst, dir gelingt in deinem Alter noch ein Stammhalter?«

»Warum denn nicht?« Jetzt grinste er wieder wie ein Kind, das Sahne genascht hat. »Bei mir funktioniert alles noch einwandfrei. Da hat sich noch keine beschwert.«

Er ist dein Vater, sagte ich mir, dein Vater, einer der größten Ratsherren, die Nürnberg je gehabt hat. Du musst diesem Greis sein kindisches Geschwätz vergeben.

»Aber nein, du irrst dich. Es geht mir nicht nur um einen Erben, das wäre nur ein schöner Nebeneffekt. Ich will deine Schuld an Marie-Christin abtragen. Sie wird nie einen Mann finden, doch wenn sie mich heiratet, kann ich sie absichern. Ich werde ihr die Hälfte von dem vererben, was ich besitze.«

Er musste vollkommen verrückt geworden sein. Ich konnte schon den Hohn und Spott der Nürnberger Patrizier hören, wie sie hinter vorgehaltener Hand über den geilen alten Bock hechelten. Lächerlich, heiraten, um meine Schuld abzutragen. Das hatte er sich ausgedacht, um meine Zustimmung zu erpressen. »Und will sie dich denn?«

»Sie sagt, ich muss darüber mit ihrem Bruder reden, der ist aber noch auf dem Weg nach Nürnberg.«

Wir waren endlich wieder am Haus angekommen. Ich überreichte Karl meinen Mantel und setzte mich sofort vor den Kamin in der Stube. Ich zitterte am ganzen Leib, aber nicht mehr vor Kälte, sondern wegen dem, was ich gerade erfahren hatte. Was sollte ich tun?

50. Kapitel

Wenn ich gewusst hätte, wie meine neu gewonnene Freiheit aussehen würde, wäre ich dann im Harem geblieben?

Rosa schnarchte endlich leise, nachdem sie wieder einmal von Albträumen aufgeschreckt worden war, und Kaspar nuckelte trotz seiner sieben Jahre friedlich am Daumen. Wir waren zu dritt in eine winzige, dreckstarrende Kajüte mit einem höchstens apfelgroßen Guckloch gepfercht und durften nur zu bestimmten Zeiten die Kabine verlassen. Meistens nachts, wenn der Großteil der Mannschaft schlief.

Auch hier, auf diesem Schiff, war man nie allein, und es war niemals still. Was im Harem perlendes Gekicher, Rascheln und Flüstern gewesen war, waren nun ächzendes Holz, das Klatschen der Wellen an den Bug, Kommandoschreie, Männergelächter und das beständige Knattern der Segel im Wind.

Es hungerte mich nach etwas anderem, aber ich konnte nicht sagen, was es war. Meine Sehnsucht blieb merkwürdig unbestimmt, dabei hatte ich immer gedacht, es wäre die Freiheit, der all mein Verlangen galt.

Rosa fand, wir würden schnell vorankommen. Mir aber kam es quälend langsam vor, weil mir unentwegt entsetzlich übel war. Und wenn ich daran dachte, dass wir Doros Leichnam aus Angst vor unseren Verfolgern unbestattet in der Höhle zurücklassen mussten, wurde mir noch sehr viel schlechter. Kaspar und ich verbrachten sehr viel Zeit damit, uns zu übergeben. Der Schiffsarzt hatte behauptet, mit der Zeit würde sich der Körper an den Wellengang gewöhnen, aber darauf wartete ich jetzt schon seit vier Wochen. Meine Haut fühlte sich an wie getrocknete Kamelhaut und mein Haar wie ein toter Dornbusch.

Rosa war so anders als ihre sanfte Schwester, einen Tag voller Begeisterung, dann wieder voller Zweifel. Vielleicht war das der Grund, warum sie mich wie einen nützlichen Besen und nicht wie eine Freundin von Dorothea behandelte.

Sie sorgte sich nur darum, ob wir auch rechtzeitig in Nürnberg ankommen würden.

Ich hatte ernsthaft versucht zu verstehen, was denn daran so wichtig war. Absolut klar war natürlich, dass man den männlichen Erben sehen wollte, doch es war mir unverständlich, was ein paar Tage hin oder her daran ändern sollten, dass Kaspar der rechtmäßige und wahre Erbe war. Was änderte eine Woche oder ein Monat an dieser Tatsache? Der Großmogul in Nürnberg schien nicht verstanden zu haben, dass Zeit unendlich war und niemand Herr über die Zeit war – und vor allem, dass auch das Verrinnen von Zeit niemals etwas an den unumstößlichen Wahrheiten änderte.

Aber wenn ich Rosa richtig verstanden hatte, dann glaubten die Herrscher dieser Nürnberger Gläubigen, dass sie das Recht besaßen, die Wahrheit von der Zeit abhängig zu machen. Wie es schien, waren die Großmogule aus Dorotheas Heimat nicht sehr weise.

Mit der Zeit fand ich trotz meiner Übelkeit heraus, dass es nicht nur diese Merkwürdigkeit war, die Rosa quälte. Sie wurde noch von anderen düsteren Ahnungen geplagt.

Sie fragte sich immer wieder, was Dorothea mit dem Geheimnis ihres Blutes gemeint haben könnte. Manchmal starrte sie mich an, als ob ich mehr wissen müsste, aber Dorothea hatte mir nichts darüber erzählt. Sie hatte mir von ihrem Vater vorgeschwärmt, der sich nach dem frühen Tod ihrer Mutter so liebevoll um sie gekümmert hatte. Und auch ihre Stiefmutter hatte sie oft erwähnt, dabei brachte sie immer wieder ihre Verwunderung darüber zum Ausdruck, was wohl der Grund für ihren Vater gewesen war, sie zu heiraten. Rosas Mutter sei so vollkommen anders gewesen als ihr Vater. Dorothea vermutete, hierin läge vielleicht der Grund für deren leidenschaftliche Liebe. Denn dass sie leidenschaftlich gewesen sein musste, davon war Dorothea überzeugt, weil Rosas äußerst fromme Mutter schon vor der Hochzeit schwanger gewesen war. Aber würde es Rosa weiterbringen, wenn ich ihr das verriete? So wie ich Dorothea verstanden hatte, war es auch in Nürnberg die allergrößte Schande, nicht jungfräulich in die Ehe zu gehen.

Außerdem sorgte sich Rosa noch um einen Mann, der nicht ihr Mann war, ein Mann, dem sie sich hingegeben hatte, einfach so, ohne über den Preis dafür nachzudenken. Wie konnte Rosa ihm ihren Leib schenken und nun auf Liebe hoffen? Nicht einmal die dümmste Sklavin wäre so dämlich, das von einem Mann zu erwarten. Und wenn Rosa geradezu schwärmerisch von Liebe und Sehnsucht sprach, wollte ich sie anschreien, sie warnen. Liebe gab es nur dort, wo die Lust keine Rolle spielte. Liebe war zwischen Mutter und Kind, aber nicht einmal die war beidseitiger Natur. Wie viele Männer im Reich des Großmoguls hatten sich ihrer Mutter oder ihres Vaters entledigt, wenn sie ihnen im Weg standen. Vielleicht gab es Liebe manchmal zwischen Geschwistern, selten zwischen Freunden, aber niemals dort, wo Begehren eine Rolle spielte.

Aber fast immer, wenn ich zu dieser Rede anheben wollte, kam ein Schwall Übelkeit über mich.

Mir fehlten die Sklavinnen mit ihren nützlichen Handreichungen, und mir fehlte vor allem sauberes Wasser. Dieser Schmutz war unglaublich – wie konnten die Menschen das nur ertragen? Und das, was man auf diesem Schiff Essen nannte, war schlimmer als das, was man im Harem den Ratten überließ. Hier aß man verdorbene Speisen und machte sich nicht einmal die Mühe, ihren Geschmack mit Gewürzen zu verbessern. Doch all das waren nur die leiblichen Unannehmlichkeiten, die anscheinend der Preis für die Freiheit waren. Was mich allerdings wunderte, war, dass sich meine Seele nicht anders fühlte als vorher im Harem, was mich zu der Frage brachte, worin meine Freiheit denn nun eigentlich bestand. Gewiss, ich musste hier niemandem zu Diensten sein. Wenn der Kapitän mich hätte beschlafen wollen, so hätte ich ihm ins Gesicht spucken dürfen, ohne Folgen. Und ich konnte gehen, wohin ich wollte.

Aber in meinem Herzen konnte ich kein anderes Gefühl entdecken. Ich war nicht glücklicher oder auch nur wohler. Das mochte vielleicht auch daran liegen, dass ich beständig von Gedanken an Dorothea heimgesucht wurde und meine Trauer alles andere unter sich begrub. Manchmal wünschte ich, ich wäre bei ihrer Leiche geblieben und hätte dafür gesorgt, dass sie anständig beerdigt wird. Immerhin war ich froh, dass ich auch eine Christin war und es also sicher sein konnte, dass wir uns nach dem Tod wiedersehen würden. Wenn Doro nun eine Muslimin gewesen wäre oder eine Hindu, dann wäre unsere Trennung für immer.

Manchmal allerdings drängte sich mir der Gedanke auf, dass es unmöglich so viele verschiedene Himmel geben konnte. Von hier unten sah es jedenfalls aus, als gäbe es nur einen.

Darüber hätte ich gern mit Usha gesprochen, aber leider hatten sie und Nandi sich dafür entschieden, in Masulipatnam zu bleiben, und wir hatten tränenreich Abschied voneinander nehmen müssen.

Rosa hatte die beiden angefleht mitzukommen, aber sie sagten, sie könnten nicht in einem Land leben, in dem es keine Mangobäume gab.

Nandi hatte uns zugezwinkert und gemeint, das sei wieder eine typische Beeindruckung von Usha, denn eigentlich wollte sie damit nur sagen, dass sie nicht ohne ihre Betelpäckchen leben wolle.

Seine gute Laune fehlte uns allen. Vor allem Kaspar hätte jemanden gebraucht, der ihn hin und wieder aufheiterte. Weder Rosa noch ich waren dazu wirklich in der Lage.

Morgen sollten wir am Kap der Guten Hoffnung anlegen, weil der Wind günstig stand. Von dort würden wir zu den Französischen fahren und Luis abholen.

Doch nach allem, was mir Rosa erzählt hatte, glaubte ich nicht, dass er noch dort sein würde. Warum sollte er auf sie warten, wo es doch überall so viele schöne Frauen gab? Auch erweckte alles, was sie sonst über ihn erzählt hatte, in mir den Eindruck, dass er es nicht allzu lange an einem Ort aushielt.

»Amatulkarim!« Kaspar erwachte mit einem Schrei und begann zu weinen. Ich nahm ihn in meine Arme und versuchte, ihn zu trösten. Für ihn war die Flucht aus dem Harem nichts anderes als die Vertreibung aus dem Paradies. Er würde erst viel später begreifen, vor welchen Gräueln seine Tante ihn gerettet hatte.

Aber bis dahin musste er noch viel lernen, mein armer Habibi.

51. Kapitel

Rosa schwitzte unter den bösen Blicken mehr als unter der brütenden Hitze, die sie in Kapstadt empfangen hatte. Die vor der neu erbauten Kirche versammelten Weinbauern musterten Rosa, dann Arevhat und Kaspar, die beide in bunt schillernde Gewänder gekleidet waren, einige schüttelten die Köpfe.

»Du als sein Eheweib«, radebrechte Dr. du Toit in schlechtem elsässisch gefärbtem Deutsch, »hast vorgezogen, ihn todkrank hier zurückzulassen. Was hast du erwartet?« Dr. du Toit strafte Rosa mit verächtlichen Blicken.

»Aber er lebt?« Rosa spürte, dass man ihr nur allzu gern gesagt hätte, er wäre tot. In ihrem sechsten Finger, den sie seit ihrer Abreise aus Indien wieder in einem Handschuh versteckte, kribbelte es, aber er wurde nicht kalt. Die Hugenotten konnten es offensichtlich nicht mit ihrem Glauben vereinbaren, sie anzulügen.

»Was geht es dich an?«, fragte Dr. du Toit.

Arevhat mischte sich ein und versuchte sich mit dem wenigen Französisch, das ihr Dorothea neben Deutsch und Italienisch beigebracht hatte, verständlich zu machen.

»Es gab gute Gründe für Rosa, so zu handeln, denn Luis selbst hat sie fortgeschickt, um diesen Jungen aus den Klauen der Ungläubigen zu befreien.«

»Ein Weib allein?« Die meisten der Hugenottenmänner schüttelten ihre Köpfe und lächelten abfällig.

»Nun, der Junge war in einem Harem, da kommt nur ein Weib allein hinein.«

Rosa musste trotz ihrer Sorge um Luis lächeln, aber sie unterdrückte es sofort. Arevhat konnte messerscharf argumentieren. Siranush wäre so stolz auf ihre Tochter.

»Also bitte«, fuhr Arevhat fort, »wenn Ihr wisst, wo er ist, dann sagt es seinem Weib.«

»Er wird in Kürze wieder hier sein. Er wollte Sklaven für uns kaufen.«

»Sklaven?« Rosa konnte es nicht fassen. Luis kaufte Sklaven für diese wahren und aufrechten Christen. Aber es schien wahr zu sein, denn ihr Finger blieb warm.

»Wir brauchen Hilfe für unsere Rebstöcke, und er versprach, sie uns zu besorgen. Er wollte uns damit danken.«

War es nicht schon genug Dank gewesen, dachte sie, dass sie so viel Gold für den Bau der Kirche gespendet hatte, vor der sie jetzt standen?

»Und er hat nichts für mich zurückgelassen, keinen Brief, nichts?«

»Nein. Er hat auch nie davon gesprochen, dass du zurückkommen würdest. Er hat uns gesagt, du hättest ihn verlassen und ihm sein ganzes Gold gestohlen.«

Rosa hatte das Gefühl, der Boden unter ihren Füßen würde sich öffnen. »Das hat er gesagt?«, stammelte sie tonlos und wurde bleich, als ihr klar wurde, dass du Toit nicht log. Sie wünschte sich, dass ihr Finger kalt würde, eiskalt, sofort.

»Da hat er im Fieberwahn sicher etwas falsch verstanden«, sprang Arevhat in die Bresche. Sie trat zu Rosa, um sie zu stützen.

»Ihr könnt aber nicht hier auf ihn warten.« Dr. du Toit trat ein paar drohende Schritte auf die Frauen zu. »Hier ist kein

Platz für Weiber, die ihren Männern den Gehorsam verweigern.«

Rosa war wie gelähmt von den Gedanken, die durch ihren Kopf tobten. Wenn Luis das wirklich gesagt hatte, wenn er ernsthaft glaubte, dass sie ihn verlassen und bestohlen hatte, dann musste er sie jetzt hassen. Aber das war unmöglich! Er hatte doch gewusst, wohin sie wollte und warum sie ihn hier zurücklassen musste.

Diese Heuchler!, dachte Rosa. Ihre Spende für den Bau einer Kirche, die hatten sie von dem ungehorsamen Weib sehr gern angenommen, und jetzt behandelten sie sie wie eine Aussätzige. Na gut, dann würden sie eben in die elende Herberge zurück nach Kapstadt fahren. Sie wischte sich den Schweiß von der Stirn.

»Es freut mich, dass Eure Kirche schon so weit gediehen ist«, sagte sie, »ich hoffe, dass Ihr Euch auch weiterhin durch recht barmherzige Taten vor Gott auszeichnen werdet.« Sie winkte Arevhat und Kaspar und lief zurück zu dem Pferdekarren, den sie in Kapstadt gemietet hatten.

Während sie zurück nach Kapstadt kutschierten, schwieg Rosa.

»Was hast du erwartet?«, brach Arevhat endlich das Schweigen.

»Luis wusste genau, warum ich gehen musste. Auch wenn er damit nicht einverstanden war.«

»Vielleicht hast du seine Ehre gekränkt, und er hat sich so an dir gerächt.«

»Ich habe sein Gold nicht genommen, das ist eine Lüge.«

Arevhats Lippen zuckten. »Hast du mir nicht erzählt, du hast von diesem Gold die Überfahrt nach Indien bezahlt?«

»Das stimmt, aber den anderen, großen Sack mit Gold,

den habe ich doch nicht einmal berührt. Den hatte ich im Hafen versenkt.«

»Und Luis wusste, wo der Sack ist?«

»Ja, natürlich, ich habe es ihm doch gesagt.«

»Aber hatte er da nicht hohes Fieber?«

Rosa sah Arevhat verblüfft an. »Du meinst, er glaubt wirklich, dass ich ihn hintergangen habe und mit dem Gold abgehauen bin?«

Arevhat nickte. »Und wenn das so ist, dann müsste das Gold noch dort liegen, wo du es versteckt hast, oder?«

Ein aufgeregtes Kribbeln durchzog Rosas Körper. »Du hast recht, Arevhat. Los, beeilen wir uns, ich kann es kaum erwarten nachzuschauen.«

Als sie Stunden später am Hafen von Kapstadt ankamen, war es bereits dunkel, aber kaum kühler als tagsüber. Kaspar war eingeschlafen.

Obwohl finster blickende Männer in zerlumpter Kleidung am Hafen herumlungerten, führte Rosa Arevhat zu der Stelle, wo sie den Sack ins Meer gestoßen hatte.

»Hier muss es sein.« Sie zeigte aufs Wasser.

Arevhat lächelte spöttisch. »Ich sehe es deutlich.«

Einige Männer folgten ihnen, sie grölten und machten Witze über die seltsam gekleideten Frauen. »Na, ihr Täubchen, Lust auf'n richtigen Mann? Seht euch die Dünne mit den Schleiern an, die gehört mir ...«

Arevhat und Rosa sahen sich an. »Was machen wir jetzt?«, flüsterte Rosa. Die Kerle erinnerten sie an die vom Brenner.

»Wie viele sind es?«, fragte Arevhat.

»Ich sehe drei.«

»Wir müssen sie töten, sonst tun sie uns Gewalt an.« Arevhat zückte ihren Dolch.

»Nein, lass uns verschwinden und morgen wiederkommen.« Rosa wollte auf keinen Fall jemanden töten. Immer wieder hatte sie Albträume von ihrer Flucht aus dem Harem und den Menschen, die sie dabei getötet hatte.

»Wie du willst.«

Die Männer waren noch weit genug entfernt, sodass sie es zum Karren zurück schafften, doch vorsichtshalber trieben sie die Pferde zur Eile an.

»Aber wir können doch auch nicht am helllichten Tag nach dem Goldsack suchen.« Arevhat wedelte sich mit einem ihrer Schleier Luft zu.

»Warum nicht?«

Arevhat lachte. »Man könnte beinahe glauben, die Hitze hat dir den Verstand verdorrt. Im Hafen sind immer Menschen. Wenn die mitkriegen, dass wir nach einem Goldsack suchen, dann werden sie uns überfallen oder Schlimmeres.«

»Du hast recht. Es war keine gute Idee von mir, den Sack dorthin zu werfen. Warum habe ich nicht länger darüber nachgedacht?« Rosa schlug sich an die Stirn. »O nein«, stöhnte sie, »und wie wollen wir überhaupt herausfinden, ob der Sack noch da ist? Das Wasser ist ziemlich tief, sonst könnten die großen Indienfahrer dort nicht ankern. O mein Gott, ich bin so ... Halt, Arevhat, wir sind da.« Rosa deutete auf das Herbergsschild.

Arevhat brachte die Pferde zum Stehen, sprang ab, führte die Tiere zum Stall und band sie dort an.

Rosa überlegte kurz, ob sie Kaspar wecken sollte, entschied dann aber, ihn hochzutragen. Das war leichter, als ein schlecht gelauntes Kind zu trösten.

Während sie die Treppen zu ihrer elenden Kammer hinaufstiegen, schwiegen sie. Rosa legte Kaspar auf eines der schmalen Betten und ließ sich auf die Bank am Fenster fallen, auf der Arevhat schon Platz genommen hatte.

»Ich wünschte, ich könnte mit Luis reden, ihm alles erklären.«

Arevhat stöhnte.

Rosa sah Arevhat unverwandt ins Gesicht. »Ich weiß ja, du glaubst nicht daran, dass es Liebe zwischen uns geben kann, aber das ist nur, weil du sie noch niemals erlebt hast.«

Arevhat biss sich auf die Lippen, doch dann brach es aus ihr heraus, dabei sickerte eine Träne aus ihrem linken Auge, die sie wütend wegwischte. »Nein, so etwas wie du, das habe ich noch nie erlebt, natürlich nicht. Ich weiß nur, wie es ist, wenn du von deiner Mutter weggerissen und dein Leib an einen Herrscher verkauft wird. Ich weiß, wie es sich anfühlt, wenn du unter Qualen ein Kind gebierst und dieses Kind, das du mehr liebst als dein Augenlicht, mehr als dein Leben, wenn dieses unschuldige Wesen vergiftet wird und es unter grauenhaften Qualen in deinen Armen sterben muss.« Ihre Stimme wurde tonloser. »Und *du* willst *mir* sagen, ich wüsste nicht, was Liebe ist.«

Rosa betrachtete Arevhat, als sähe sie sie zum ersten Mal. Sie spürte, wie sich Schamesröte in ihrem Gesicht ausbreitete.

Seit sie Arevhat im Harem getroffen hatte, waren ihre Gedanken immer nur um sich selbst gekreist. Darum, ob Dorothea ihr wegen des Briefs helfen konnte, wie es Luis ginge und ob sie es rechtzeitig zurück nach Hause schaffen würde. Was ihre Mutter zu Dorotheas Tod sagen würde, und ob sie mit Kaspar zurechtkäme.

Arevhat war ihr mehr wie ein notwendiges Übel erschienen, das sie um Kaspars willen auf sich nehmen musste. Nicht einmal hatte sie sich gefragt, was in Arevhat vorging. Nicht einmal, als Arevhat so seekrank wurde, dass sie jeden Tag mehr abmagerte. Sie hatte es selbstverständlich gefunden, dass Arevhat sich um Kaspar kümmerte und sich nützlich machte. Und plötzlich flammte eine schreckliche Einsicht in ihr auf: Sie hatte Arevhat nicht anders behandelt als eine Sklavin. Selbst Nandi und Usha hatte sie mehr Respekt entgegengebracht, und niemals hätte sie mit Siranush so abschätzig gesprochen.

»Es tut mir leid, Arevhat. Bitte verzeih mir.«

Arevhat zuckte mit den Schultern.

»Ich werde das wiedergutmachen. Ich verspreche es.«

»Wir sollten jetzt besser darüber reden, wie wir herausfinden, was mit dem Gold ist.«

»Arevhat!« Rosa wollte ihre Vergebung.

»Mein Vorschlag ist, dass wir vor der Dämmerung zum Hafen gehen und nachschauen. Kannst du schwimmen?«

»Nein.« Rosa dachte daran, dass Siranush es ihr hatte beibringen wollen.

»Aber ich kann es. Mein Vater hat es mir beigebracht, damals im Sewansee. Ich werde hinuntertauchen und sehen, ob wir Glück haben.«

Rosa musste sich damit zufriedengeben, denn Arevhat legte sich wortlos zum Schlafen nieder.

In der Dämmerung des nächsten Morgens tauchte Arevhat, und es gelang ihnen, Luis' Gold aus dem Wasser zu bergen, bevor Neugierige auftauchten.

Danach warteten sie wochenlang ungeduldig auf ein Schiff, das in Richtung Kapverden segelte. Rosa bemühte sich, Arevhat mit Respekt zu behandeln, und sie war glücklich, als sie merkte, dass sie sich näherkamen. Manchmal konnten sie zusammen über etwas, das Kaspar angestellt hatte, so herzhaft lachen, dass es sich für Rosa fast anfühlte, als ob sie wieder eine Schwester hätte. Sie brachte Arevhat die Kartenspiele bei, die ihr Dorothea noch nicht gezeigt hatte, und Arevhat führte Rosa ins Schachspiel ein. Und erst nachdem Rosa mit der Unterstützung von Kaspar das erste Mal ein Remis gegen Arevhat erzielt hatte, landete endlich ein Schiff im Hafen, das sie nach Europa mitnehmen konnte.

52. Kapitel

Weil ich in dieser stickigen Julinacht nicht schlafen konnte, hörte ich als Erster, wie jemand gegen die Tür hämmerte. Doch ich blieb liegen und lauschte, als Karl den Riegel zurückschob und fragte, wer um diese gotterbärmliche Nachtzeit Einlass verlangte.

Kurze Zeit später klopfte er an meiner Kammer. »Eilbrief aus Venedig.«

»Komm ruhig herein«, rief ich Karl zu und fand, dass ich mich erstaunlich gelassen anhörte, obwohl sich mein Puls gerade verzehnfacht hatte. Dabei hatte ich gehofft, alles wieder unter Kontrolle zu haben. Ich hatte dieser Marie-Christin viel Geld gegeben, damit sie sich weiter weigerte, den Alten zu heiraten, und ich hatte wegen der Zapfin schon Vorkehrungen mit den Wächtern im Schuldturm getroffen. Denn auch wenn der Bastard noch leben sollte, so würde er nie und nimmer rechtzeitig zurück sein, dessen war ich sicher. Für mich war der fünfzehnte Juli der Tag, an dem meine Rache endlich siegen würde.

Und jetzt eine Eilnachricht aus Venedig? Mir schwante Übles, denn Baldessarini war geizig und würde nie die Eilpost nutzen, wenn es sich nicht wirklich um einen Notfall handelte.

Karl, im nachlässig übergeworfenen Hemd und mit einer Nachtmütze auf dem Kopf, leuchtete herein, zündete die Kerze auf meinem Nachtkasten an und überreichte mir den Brief.

Ich dankte ihm, wartete, bis er nach draußen geschlurft war, und brach Baldessarinis Siegel auf.

Mein lieber Dobkatz, stand da, und danach weigerte sich mein Verstand, das zu verstehen, was folgte:

Schlechte Nachrichten! Bitte verbrennt diesen Brief sofort, nachdem Ihr ihn gelesen habt.
Man hat uns schändlich betrogen. Der elende Priester ist mit unserem Gold durchgebrannt. Doch nicht nur das – er hat meiner habgierigen und eifersüchtigen Frau auch noch davon erzählt, wie wir den Überfall geplant und das Geld für den Sklavenhandel beiseitegeschafft haben. Dann hat dieser Hundesohn ihr angeboten, einen Teil des Geldes zurückzugeben, wenn sie mich dafür vor den Richter bringt. Und weil er ihr eingeredet hat, dass ich das Gold nur dafür haben wollte, um meiner Geliebten einen Palast auf Torcello zu kaufen, hat mein elendes Weib darin eingewilligt. Sie hat es allerdings noch nicht getan, weil sie unsicher ist, ob sie nicht ihre Familie damit der Lächerlichkeit preisgibt. Doch sie hat schon mit dem Notar der Familie gesprochen. Höchste Zeit für mich also, gen Westen zu verschwinden.

Dazu benötige ich Gold, und nun kommt Ihr ins Spiel, lieber Dobkatz. Ihr weist mir zehntausend Golddukaten nach Genua an.

Wenn ich das Geld in Genua nicht bis zum zehnten Juli vorfinde, werde ich Euch mit in den Abgrund reißen. Dann werden entsprechende Dokumente, die ich bereits vorbereitet habe, an die anderen Ratsherren verschickt, Schreiben, die Aufschluss über unsere Tätigkeit im Safranhandel geben und auch über Eure Rolle, was die junge Zapfin angeht.

Dieser widerwärtige Erpresser, dieser elende Makkaronifresser! Mir blieb die Luft weg. Ich musste mich setzen, um den Rest zu lesen. Noch lieber hätte ich den Brief sofort verbrannt.

Und damit Ihr seht, was für ein loyaler Mensch ich immer noch bin, verrate ich Euch auch, dass die Tochter der Zapfin mit einem höchst exotischen Gefolge auf dem Heimweg ist und bis zum fünfzehnten Juli leicht in Nürnberg sein wird. Ich denke allerdings, von ihr geht keine unmittelbare Gefahr aus, denn sie ahnt vielleicht, wer hinter dem Überfall steckt, aber sie hat keinerlei Beweise. Viel gefährlicher für uns ist dieser Hundsfott von Priester, der angedeutet hat, mit dem Nürnberger Rat hätte er auch noch eine Rechnung offen. Nun, wie es scheint, mein lieber Dobkatz, werden wir uns in naher Zukunft wohl nicht wiedersehen. Doch ich verbleibe wie immer und stets Euer Freund und Diener

B.

Ich zerfetzte diesen Brief, zwang mich, nicht noch darauf zu spucken, und lief, außer mir vor Zorn, vor meinem Bett auf und ab, nicht ohne ab und zu gegen den Bettkasten zu treten.

Weder der falsche Priester noch die junge Zapfin durften wieder nach Nürnberg kommen. Doch wie konnte ich das verhindern? Und dann noch der Alte, der mir damit im Nacken saß, ich sollte meine Ämter aufgeben, wäre ihrer nicht würdig. Ich wäre gesundheitlich nicht mehr dazu in der Lage, sollte ich behaupten.

Zum Glück hatten sich seine Heiratspläne dank meiner Zahlungen zerschlagen, jedenfalls so lange, bis der Bruder von Marie-Christin wieder zurück war. Und genau deshalb sollte auch der Nürnberg besser niemals erreichen. Wozu war ich Oberster Losunger?

Gesundheitliche Gründe, eine Eildepesche in der Nacht … Eine Idee begann sich in meinem Hirn breitzumachen. Es war meine Pflicht, Nürnberg vor diesen Eindringlingen zu schützen!

53. Kapitel

Je näher sie dem Frauentor kamen, desto deutlicher konnte Rosa das Läuten der Kirchturmuhr hören. Acht, neun, zehn. Der letzte Schlag verhallte in der Dunkelheit. Rosa stellten sich trotz der warmen Sommernacht alle Haare auf.

Schneller, sie mussten noch schneller sein.

»In zwei Stunden ist meine Frist beim Rat abgelaufen! Zünde eine Fackel an!«, rief Rosa Arevhat zu, sprang von dem Kutschbock ihres Wagens und hämmerte, so laut sie konnte, an das Tor in der Stadtmauer.

»Heda, ihr Torsperrer, macht das Tor auf!«

»Was wollt Ihr?«, kam endlich die verschlafene Antwort vom Wachturm.

»Einlass!«

»Verwehrt!«

Auf keinen Fall. Rosas Herz zog sich zusammen. Sie war doch nicht um die halbe Welt gesegelt und hatte Kaspar aus dem Harem gerettet, nur um dann vor der Toren von Nürnberg zu scheitern.

Stimmengemurmel, das Klirren von Metall, dann erklang eine weitere Stimme. »Oder habt Ihr irgendwelche besonderen Passierscheine?«

»Nein, das nicht, aber wir müssen nach Nürnberg. Noch heute! Es ist sehr wichtig. Ich muss zum Obersten Losunger.«

Zögernd fügte Rosa noch hinzu: »Er erwartet uns.«

Die beiden Wächter lachten. »Ja, genau, der wartet auf ein Weibsbild wie Euch!«

Arevhat kam mit einer Fackel, griff nach Rosas Arm und hielt ihr eine Handvoll Silbertaler hin. »Hier, gib ihnen dies als Passierschein.«

Rosa schüttelte den Kopf. »Das wird nicht funktionieren, wir sind in Nürnberg, nicht in Indien.«

»Jeder ist bestechlich, die Menschen sind doch überall gleich.« Arevhat zuckte mit den Schultern. »Aber ganz wie du willst. Du hast gesagt, es sei lebenswichtig, dass wir zur rechten Zeit hier aufkreuzen. Du hast alle erbarmungslos vorwärtsgetrieben, hast unterwegs jeden zur größtmöglichen Eile angepeitscht, nur damit wir noch am fünfzehnten Juli dieses Jahres in Nürnberg sein können. Und jetzt haben wir das geschafft, und du willst dich von diesen lächerlichen Wächtern davon abhalten lassen, in diese reichlich hässliche Stadt hineinzukommen?«

»Seid Ihr taub!«, brüllte Rosa daraufhin noch lauter zu den Wächtern hin. »Wir müssen zum Dobkatz, er erwartet uns, und er wird Euch hart bestrafen, wenn Ihr nicht aufmacht.«

»Wer seid Ihr denn überhaupt, Weib, dass Ihr es wagt, so ein Geschrei zu veranstalten?«

Arevhat schob Rosa zu Seite und rief nach oben:

»Wenn einer von Euch zu uns herabsteigt, dann reden wir gerne, doch es zeugt nicht von großer Höflichkeit, uns von oben herab anzuschreien!«

Sie reichte Rosa ihre Fackel. »Nimm das, ich hole noch eine.«

Rosa griff danach. »So spricht man nicht mit den Wächtern.«

Doch ein Rumpeln am Tor ließ beide aufschauen. Einer

der Wächter war vom Turm herabgestiegen und hatte die kleine Fensterklappe im Tor geöffnet.

»Siehst du!«, flüsterte Arevhat. »So muss man mit denen reden, das verstehen sie.« Sie ging zurück zum Wagen, holte eine zweite Fackel, zündete sie an der von Rosa an und stellte sich neben sie.

»Also!«, knurrte er, doch als sein Blick auf die Frauen fiel, stutzte er und zwängte seinen behelmten Kopf weiter aus dem Fenster, um besser sehen zu können.

Rosa verkniff sich ein Lächeln, denn sie wusste genau, was für einen exotischen Anblick sie im Licht der beiden Fackeln bieten mussten.

Arevhat trug einen golddurchwirkten Sari und einen Kopfschleier, der sich im lauen Wind der Sommernacht schimmernd hin und her bewegte.

Kaspar, der aufgewacht war, als die Kutsche das Tor erreicht hatte und auf dem Kutschbock saß, wollte partout nichts anderes tragen als eine Pajamahose mit einem Khurti darüber, sie hatten ihn mit Müh und Not dazu bewegen können, wenigstens Pantoffeln zu tragen, denn Kaspar bestand eigentlich darauf, barfuß zu laufen.

Sie selbst hatte sich in Amsterdam prächtige Kleider besorgt, die so ähnlich aussahen wie das Kostüm, das sie als Engel der Wahrheit getragen hatte: Ein tief dekolletiertes Mantelkleid, das aus maigrüner Seide gearbeitet, mit belgischen Spitzen und Schleifen besetzt war und über einen Reifrock fiel.

Rosa trat näher zu dem Wächter hin und lächelte ihn so breit an, wie sie es vermochte.

»Also, wollt Ihr uns nicht doch hineinlassen?«

Der Mann schüttelte den Kopf, sodass die Flammen der Fackeln in seinem Metallhelm aufblitzten.

»Ihr werdet doch wohl nicht im Ernst glauben, dass zwei so schwache Frauenzimmer und ein Kind der Stadt Nürnberg Schaden bereiten werden?«

Der Wachmann biss sich auf die Lippen. Rosa schöpfte Hoffnung.

»Ja, sehen wir denn wie Bettler, Vagabunden oder Diebe aus? Oder wie anderes Gesindel, das dem Stadtsäckel Nürnbergs auf der Tasche liegen würde?«

»Mir sind die Hände gebunden.« Der Wächter zögerte. »Es tut mir leid.«

»Dann sagt uns doch zumindest, was der Grund für Eure Weigerung, uns einzulassen, ist?«, mischte sich Arevhat ein und kam näher. Der Wächter starrte auf Arevhats nackten Bauch, der unter ihrem schillernden Gewand hervorblitzte.

Rosa bewunderte Arevhat, die sein Interesse zu bemerken schien und vor dem Wachmann aufreizend herumtänzelte.

»Oder seid Ihr einfach nur ein Trottel, der gar nicht weiß, was er tut?« Arevhat schenkte ihm ein strahlendes Lächeln.

»Nein, also«, stotterte er, »wir handeln nur auf eine Anordnung des Obersten Losungers, die seit einer Woche gilt und ausdrücklich besagt, dass jedwedem Fremden der Einlass in die Stadt Nürnberg verwehrt wird.«

Rosas Finger regte sich nicht, was bedeutete, dass der Mann die Wahrheit sagte.

»Und warum nicht?«, fragte Rosa.

Der Wächter wurde zur Seite gestoßen, und ein anderes Gesicht schob sich hinter die Klappe.

»Unterlasst diesen Lärm, verzieht Euch von hier! Und Ihr braucht auch nicht die anderen Tore aufzusuchen. Niemand kommt nach Nürnberg hinein, denn Ihr könntet die Pest mitbringen. Gesellt Euch zu den anderen Fremden. Sie haben am Neutor ihr Lager aufgeschlagen.«

»Die Pest? In Nürnberg herrscht die Pest?« Rosa schauderte unwillkürlich. Was war mit ihrer Mutter? Mit den Zwillingen?

»Nein, herrscht sie eben nicht, aber nur, weil der Rat so weise war und uns das Gesindel vom Halse gehalten hat, das die Pest mit heranschleppt. Und jetzt geht!«

»Und was ist mit den Händlern?«

»Bis auf Weiteres ist der Markt ausgesetzt. Erst wenn sichergestellt ist, dass in den Lagern um Nürnberg nicht die Pest ausgebrochen ist, werden die Tore wieder geöffnet.«

Mit einem lauten Knall schloss die Klappe wieder.

Rosa und Arevhat sahen sich an. Die Pest? Nirgendwo auf ihrer Reise waren sie der Seuche begegnet. Wie kam der Nürnberger Rat also auf so eine Idee?

»Und was werden wir jetzt tun? Sollen wir versuchen, die Wachen zu verführen? Der eine schien mir nicht abgeneigt.« Arevhat lächelte verschmitzt. »Wenn ich auch sonst nicht viel gelernt habe im Harem, dann das.« Sie drehte und wendete ihre Hüften gekonnt hin und her und brachte damit den Rock ihres schillernden Saris zum Tanzen.

Rosa schüttelte den Kopf. »Nein, jetzt schlägt es gleich Mitternacht. Ich habe verloren.«

»Aber das hier ist doch nicht deine Schuld! Lass uns zum Neutor ziehen und hören, was die anderen Fremden zu erzählen haben.« Sie gingen zusammen hinüber zu ihrem überdachten Karren, wo Kaspar wieder eingeschlafen war, und fuhren zum Neutor.

»Das gibt es ja nicht!« Rosa konnte nicht glauben, was sie vor sich sah. Tatsächlich standen hier Dutzende von Wagen und Karren, es gab trotz der angenehmen Wärme an diesem Juliabend ein großes Lagerfeuer, um das herum die Leute saßen, aßen und schwatzten. Noch bis vor ein paar Minuten hatte Rosa den Verdacht gehabt, man hätte die Tore nur ihretwegen versperrt, aber nun sah es ganz so aus, als hätte Nürnberg wirklich Angst vor der Pest.

Sie traten näher, um sich auch ans Lagerfeuer zu setzen. Doch bei ihrem Anblick breitete sich plötzlich Stille aus.

Rosa verstand, dass Arevhats Anblick einem den Atem verschlagen konnte, und auch sie selbst wirkte sehr prächtig in ihrem Mantelkleid.

»Leute, was ist hier los?«, fragte Rosa. »Habt Ihr noch Platz für zwei einsame Weiber? Wir hätten auch einiges Essbares zu bieten.«

»Gut, dann gesellt Euch zu uns, wer auch immer Ihr seid«, sagte eine Frau mit einer Haube, die so weiß war, dass sie in der Dunkelheit leuchtete.

Rosa und Arevhat holten Brot, Schinken und zwei große Krüge mit Wein von ihrem Wagen und verteilten sie freigebig.

»Also«, fragte Rosa noch einmal, »was ist denn hier los?«

»Der Nürnberger Rat behauptet, im Umland sei die Pest ausgebrochen, und deshalb sollen wir bis auf Weiteres hier verharren. Jeden Tag kommt einer und überprüft, ob wir schon die Pest haben«, sagte die Frau mit der Haube und nahm einen großen Schluck von dem Wein. Sie schmatzte genießerisch. »Nicht übel.«

»Ja, und was ist nun mit der Pest?« Rosa zitterte bei dem Gedanken daran, dass sie jetzt vor den Toren von Nürnberg an der Pest dahinsiechen könnte, nachdem sie all das hinter sich gebracht hatte. Sie dachte an ihre Mutter und ihre

Schwestern, die auf diesen Tag gewartet hatten und nicht wussten, warum Rosa nicht rechtzeitig zurückgekommen war.

Die Frau nahm noch einen großen Schluck, rülpste und grinste dann breit. »Das mit der Pest ist Unsinn. Es gibt hier Krätze, Flöhe, Läuse, Furunkel, Verstopfung und Gicht, das schon, aber niemand hat die Pest. Und ich bin schon seit drei Tagen hier. Das ist nur wieder so ein Trick von den Nürnbergern, um uns Bauern noch mehr Steuern abzupressen. Ich weiß zwar noch nicht, wie sie's machen, aber sie wollen uns weich kochen. Vielleicht glauben sie, wenn wir hier draußen festhängen, dann zahlen wir, wenn wir wieder reindürfen, mehr Steuern. Aber das ist dumm von denen, denn sobald wir endlich drin sind, brauchen die Nürnberger dringend etwas zwischen die Zähne, und dann wird alles, was ich verkaufe, sehr viel teurer sein als sonst.« Sie lachte gackernd. »Ich nehm noch von dem Wein!«

Rosa goss ihr noch etwas in ihren Krug.

»Und wer überprüft die Leute hier?«

»Da kommt morgens ein Arzt mit einer Wache, und die schauen sich jeden genau an. Sie schreiben auch die Namen auf, und wenn man sieben Tage gesund bleibt, dann darf man rein.«

»Sieben Tage!« Rosa stöhnte innerlich auf. Sie war sicher, dass der Rat, Pest hin oder her, ihrer Mutter keine Gnadenfrist einräumen würde.

Sie suchte Arevhat, die etwas abseits am Feuer saß und in die Flammen starrte, und erzählte ihr, was die Frau gesagt hatte.

»Wir brauchen einen Plan, ich kann hier nicht sieben Tage herumsitzen.«

»Ist doch ganz einfach – wir bestechen den Arzt, damit er uns reinlässt.«

»Das geht nicht, unsere Namen stehen nicht schon sieben Tage auf der Liste.«

»Dann soll er sie eben fälschen.«

»Und die Wache?«

»Auch bestechen.

»Wir sind hier in Nürnberg …«, setzte Rosa an, hörte aber auf, als Arevhat ihre Augen verdrehte.

»Ja, ja, ich weiß, hier wohnen die Edlen und Guten. Wir werden es sehen. Das kommt doch nur auf die Summe an. Und wir haben noch genug Gold.«

»Aber das muss ich Luis zurückgeben.«

Arevhat schlug wütend mit der Hand neben sich auf den Boden. »Ja, was denn nun?«

»Entschuldige, du hast recht. Und wenn sie sich nicht bestechen lassen, dann schlagen wir sie nieder! Niemand wird mich so kurz vor meinem Ziel aufhalten.«

Nachdem sie sich zu Kaspar und Arevhat auf den Karren zum Schlafen niedergelegt hatte, lag Rosa wach. Und was, wenn hier doch jemand die Pest hatte? Sie dachte an die Sage vom Dudelsackpfeifer und wie der die Pest überlebt hatte, dachte an sein Holzdenkmal an der Ecke vom Heugässchen, dem sie mit ihrem Vater so oft einen Besuch abgestattet hatte, nur damit er ihr die Geschichte erzählte. Sie sehnte sich so danach, endlich wieder zu Hause zu sein.

54. Kapitel

Von wegen hier ist niemand bestechlich«, flüsterte Arevhat, als sie hinter dem Arzt und der Wache Richtung Neutor aufbrachen.

Rosa hätte tausend Eide darauf geschworen, dass der Arzt sich nicht auf so einen Handel einlassen würde, und es beunruhigte sie. Hatte der Mann denn gar kein Gewissen? Was, wenn sie den Nürnbergern den Tod brächten?

Es löste lautes Murren unter den Bauern und Händlern aus, als sie auf dem Karren mitkommen durften, und Rosa bekam Angst, dass die aufgebrachten Bauern sie doch noch daran hindern würden, durch das Tor zu fahren.

Sie versuchte, die Schmähfrufe an sich abprallen zu lassen, und starrte vor sich hin.

Plötzlich erregte etwas in ihrem linken Augenwinkel ihre Aufmerksamkeit. Jemand starrte sie anders an als die aufgebrachten Händler.

Sie drehte den Kopf und entdeckte den Mann, der wie ein Baum dastand und sie anglotzte. Sie rieb sich die Augen – war das nur eine Halluzination? »Das … das …«, stammelte sie.

»Was ist denn? Beruhige dich, gleich sind wir drin«, flüsterte Arevhat und legte ihre Hand auf Rosas Arm.

»Arevhat, dort drüben steht Luis.« Rosa zeigte dorthin, wo sie Luis eben noch gesehen hatte.

»Wo denn? Ich sehe nur die Leute auf ihren Karren sitzen.« Arevhat reckte den Hals und schaute sich ausgiebig um. Auch Rosa suchte die Menschenmenge nach Luis ab, aber sie konnte ihn nun nicht mehr entdecken. Hatte sie Wahnvorstellungen? Sollte sie nicht lieber zurück und ihn suchen? Er hatte anders ausgesehen, aber sie war sicher, ihn erkannt zu haben.

»Aber das gibt es doch nicht, eben war er noch da! Ich habe es genau gesehen. Wir sollten haltmachen und ihn suchen, ihn mitnehmen.«

Arevhat zwickte Rosa in den Arm. »Bist du von allen guten Geistern verlassen? Wir haben so viel Geld bezahlt, um jetzt in die Stadt zu gelangen, das willst du doch nicht aufs Spiel setzen, weil du vielleicht Luis gesehen hast? Das kommt nicht infrage.«

Die Wachen kassierten die vier Pfennige Wegezoll, und dann wurden die Tore hinter ihnen geschlossen.

Zu spät, dachte Rosa. Mal wieder.

Aber während sie vom Neutor Richtung Burg hochfuhren, betrachtete Rosa all die Fachwerkhäuschen und das Kopfsteinpflaster, und ihr wurde warm. Jetzt, wo sie die vertrauten Häuser vor sich sah, wurde ihr bewusst, wie sehr sie das alles vermisst hatte. In ihrer Brust breitete sich ein behagliches Gefühl aus. Es war, als ob ihr diese Häuser »Willkommen, willkommen!« zuflüsterten. All die Plätze, an denen sie mit ihrem Vater gewesen war.

»Zuerst fahren wir zu meiner Mutter, dann zum Rat. Denn sie soll als Erste erfahren, dass wir es geschafft haben. Und sie muss mir verraten, warum man unsere Familie so sehr hasst, dass man mich ermorden lassen wollte.«

Arevhat betrachtete das Treiben auf den Gassen mit einem Kopfschütteln. »Nach allem, was du mir erzählt hast, habe ich mir Nürnberg ganz anders vorgestellt. Die Menschen hier sind so dunkel gekleidet, so trostlos.«

»Das liegt an den Kleidervorschriften«, erklärte Rosa. »Die hat der Rat erlassen, um die armen Leute davor zu schützen, sich allein für ihre Garderobe zu verschulden.«

In diesem Augenblick sah Rosa auf der anderen Straßenseite das Haus ihres Vaters. Sie deutete mit ausgestrecktem Finger hinüber. »Dort hinter dem Brunnen, da ... das ist mein Zuhause.«

Rosa schluckte. Es erschien ihr viel kleiner, als sie es in Erinnerung hatte. Der ganze Platz war so viel enger, der Brunnen beinahe schäbig, und doch beschleunigte der Anblick ihren Puls.

»Du meinst das Haus auf dem roten Steinfundament, mit den komischen roten Strichen in der weißen Mauer, das wie angeklebt an dem anderen lehnt?«, fragte Arevhat.

Rosa lachte. »Ja, genau das. Man nennt es Fachwerk, das Rote sind Holzbalken.«

»Und warum steht dieser große Karren mit all den Männern vor der Tür?«

»Ich weiß es nicht.« Rosa drückte Arevhat die Zügel in die Hand und stand auf. »Aber das werde ich gleich herausfinden.« Sie sprang vom Karren herunter und rannte hinüber zum Haus.

»Heda, wer seid Ihr, was macht Ihr da?«

Die Männer schauten auf. »Schaut euch das an, Männer, wir haben Besuch aus dem Orient. Hey, du Nackerte«, rief einer zu Arevhat hin, »soll ich dir mal zeigen, was in einer fränkischen Hose steckt?« Die anderen lachten und pfiffen.

Rosa ignorierte sie und gelangte völlig außer Atem an die Treppe, die zum Eingang führte.

Dort stieß sie mit zwei weiteren Männern zusammen, die gerade dabei waren, den geliebten Apothekerschrank ihrer Mutter zum Karren zu schleppen.

»Stellt das sofort hin, wagt es ja nicht, das anzurühren. Schert euch raus!«, schrie sie.

Aus dem Haus kam gedämpftes Weinen und Schluchzen, was Rosas Ärger noch verstärkte.

Ungeduldig packte sie einen der Männer am Ärmel.

»Hört ihr nicht, was ich gesagt habe, muss ich erst grob werden?«

Die beiden Knechte setzten den Schrank auf seine gestauchten Kugelfüße und kratzten sich am Kopf.

»Wer seid Ihr, Weib, dass Ihr uns Befehle erteilt?«, wollte dann der größere von beiden wissen, nachdem er sich gefasst hatte.

»Ich bin die Herrin des Hauses, und jetzt schert euch raus!«

Die Männer sahen sich kopfschüttelnd an. »Wir haben unsere Befehle.«

»Daran zweifle ich nicht. Und von wem sind die?«

»Vom Obersten Losunger«, stotterte der eine. »Es hieß, alle hier sind verschuldet. Die Alte ist schon im Schuldturm, die zwei kranken Mädchen sollen ins Heilig-Geist-Spital, und hier soll alles verkauft werden, um die Schulden zu bezahlen.«

Rosa stiegen Tränen der Wut in die Augen. Diese Ratten! Sie hatten nicht einmal vierundzwanzig Stunden damit gewartet, ihre Mutter auf die Straße zu werfen.

Sie trat zum Fenster. »Arevhat! Bring schnell unsere Schatulle – diese Herren brauchen Geld.«

»Aye, Aye«, rief Arevhat und beeilte sich, die Kassette nach drinnen zu tragen.

»Wie hoch genau belaufen sich die Schulden der Zapfin?«, fragte Rosa die beiden Männer und öffnete die Schatulle, in der sie ihre Schätze aufbewahrten.

Die beiden Knechte rissen die Augen auf, als sie die Münzen und Juwelen im Licht funkeln sahen, ratlos kratzten sie sich wieder am Kopf. »Das wissen wir nicht. Unser Befehl lautet, die Sachen abzuholen und zum Hauptmarkt zu bringen, wo sie unter den Hammer kommen sollen.«

»Dann werde ich selbst in Erfahrung bringen, wer und was dahintersteckt. Hier ist euer Lohn. Ihr könnt gehen.« Sie reichte jedem von ihnen einen Silbertaler.

Die Männer starrten das Geld an, als wäre es verhext.

»Aber ...«

»Aber was?«, mischte sich Arevhat ein. »Stimmt was nicht mit dem Geld? Gut, dann machen wir das anders ...« Arevhat nahm das Geld wieder an sich, steckte es breit grinsend ein und zog dann Siranushs Dolch aus ihrem Gürtel.

»Und jetzt schert euch weg!«

»Das könnt Ihr nicht machen!«

»Raus!« Arevhat wies mit dem Dolch ungerührt zur Tür, dann drehte und wendete sie ihn und her, als würde sie darüber nachdenken, auf wen sie zuerst mit ihm zielen sollte.

Die Männer sahen sich unschlüssig an, und als Arevhat dann Anstalten machte, den Dolch zu werfen, rannten sie davon, als wäre der Leibhaftige hinter ihnen her.

Rosa und Arevhat sahen sich an und brachen in lautes Gelächter aus.

»Hast du gesehen, wie enttäuscht sie waren?«, japste Arevhat und ahmte die gierig aufgerissenen Augen der Männer nach.

»Was gibt es hier zu lachen?«

Diese Stimme, wie sehr hatte sie die vermisst! Rosa wandte sich um, das Weinen von vorhin fiel ihr wieder ein.

Dort in der Tür stand Toni, die gute alte Toni, ein wenig dünner als früher und viel mehr graues Haar, aber sonst unverändert.

»Toni!«

Toni starrte Rosa an, als wäre sie ein Geist.

»Aber ...« Sie öffnete und schloss ihren Mund, ohne dass ein Wort herauskam. Gleichzeitig wurde sie bleich, was ihre roten, vom Weinen verschwollenen Augen noch stärker hervortreten ließ.

Rosa trat langsam zu ihr hin. Toni zitterte am ganzen Körper, ihre Hände umklammerten ihre Schürze, wie um sich festzuhalten.

»Aber ... wir ... wir haben gedacht, du bist tot!«

»Wie du siehst, hat's nicht geklappt, ich bin dem Tod von der Schippe gesprungen!« Rosa lachte, nahm Toni in ihre Arme, drückte sie fest und wirbelte sie um sich herum. »Toni, Toni! Ich hab's geschafft, ich hab's geschafft!«

»Kind, Kind, lass mich runter, was fällt dir ein!«

»Ja, freust du dich denn kein bisschen?« Betreten ließ Rosa Toni los.

»Doch, schon, aber es war nicht leicht ohne dich.« Toni wischte sich über die Augen, dann richtete sie sich zu ihrer gewohnt straffen Haltung auf und lachte Rosa aus vollem Herzen an. »Aber gelobt sei der Herr, du bist wieder da! Ich habe dich so sehr vermisst, und du bist noch schöner geworden in den zwei Jahren.« Toni räusperte sich, als hätte sie zu viel gesagt und versuchte wieder streng auszusehen.

Rosa konnte sich an Toni kaum sattsehen. Egal, was Toni

sagte, allein der Klang ihrer Stimme rührte Rosa. Zu Hause. Endlich.

»Es tut mir leid, Kind, aber es ging uns nicht gut, während du weg warst. Nachdem es hieß, du seiest tot, was deine Mutter und ich niemals geglaubt haben, kam ständig der Löffelholtz Martin und wollte, dass wir verkaufen. Er hat deine Mutter richtig bedrängt. Aber sie war so standhaft, so tapfer und hat gesagt, bevor die Frist des Rates nicht um sei, denke sie gar nicht daran zu verkaufen, an niemanden, eher würde sie sterben.« Toni schluchzte einmal auf. »Wir haben alle gestern hier gesessen und gebetet und gehofft bis weit nach Mitternacht. Haben gehofft, dass es wegen der Pestsperre einen Aufschub geben würde. Doch vergebens, und gleich heute Morgen haben sie deine Mutter in den Schuldturm geworfen. Wo bist du gewesen, Rosa Sibylla?« Toni knetete ihre Schürze zwischen den Fingern zu Würsten und schüttelte unablässig den Kopf.

Rosa wechselte einen Blick mit Arevhat. Sie hätten doch noch mehr tun müssen, um in die Stadt hineinzukommen, hätten gestern Abend schon die Torsperrer bestechen sollen.

»Wir waren schon so nah, vor den Toren, aber sie haben uns nicht reingelassen«, erklärte Rosa. »Doch alles hat nun ein Ende. Wir werden uns noch prächtiger ausstaffieren, dann gehen wir zum Rat und fordern unser Recht. Danach holen wir Mutter aus dem Turm und feiern ein großes Fest.«

»Ich glaube, das ist keine gute Idee«, mischte sich Arevhat ein.

Toni warf Rosa einen fragenden Blick zu.

»Das ist Arevhat«, erklärte Rosa, »ohne sie wäre ich nicht hier, und ohne ihre Mutter wäre ich nicht mehr am Leben.«

Toni stürmte zu Arevhat und schloss sie in ihre Arme.

»Dann freue ich mich, dass du auch zur Familie gehörst. Und wo ist dann Kaspar?«, wollte Toni wissen.

»Draußen auf dem Wagen.« Toni lief zum Fenster und sah hinaus auf die Straße, aber sie konnte ihn nicht sehen, denn Kaspar schlief immer noch unter der Plane.

»Warum hältst du es für keinen guten Plan, jetzt sofort zum Rat zu gehen?«

»Weil ...« Arevhat zögerte. »Weißt du denn nicht mehr, was Dorothea dir gesagt hat? Ihre letzten Worte? Ich habe das Gefühl, du solltest zuerst mit deiner Mutter sprechen und danach den Rat aufsuchen.«

»Sie wird sich sträuben. Vielleicht sollte ich lieber zuerst zum Rat und dann mit der frohen Kunde zu ihr. Das wird ihre Zunge lockern.«

Ein Geräusch drang an Rosas Ohren, fragend wandte sie sich an Toni.

»Die Zwillinge. Sie sind krank. Sehr krank. Wir waren schon lange nicht mehr in der Lage, einen Arzt zu bezahlen.«

Rosa konnte nicht fassen, dass sie nicht gleich an ihre Schwestern gedacht hatte. Sie rannte die Stiege hinauf zu ihnen.

Eva lag auf dem Bett, Maria saß vor ihr und erzählte ihr mit zittriger Stimme eine Geschichte.

Es war die Geschichte von den sieben Eiern, die Dorothea ihnen immer erzählt hatte. Die beiden waren so vertieft, dass sie Rosas Kommen gar nicht bemerkt hatten.

»Und dann ...«, fuhr Rosa fort.

Eva und Maria drehten sich zu ihr, starrten sie an. Bei Maria wusste man immer noch nicht genau, wohin sie blickte. Plötzlich durchzuckte die Erkenntnis ihre beiden schmalen Gesichter. »Rosa!«

Maria lief zu ihr und legte ihre schmächtigen Ärmchen um sie. »Rosa, du siehst ja aus wie eine Königin!«

Eva setzte sich auf, musste aber von der Anstrengung dermaßen husten, dass Rosa zusammen mit Maria zu ihr eilte, sich neben sie kniete und sanft umschlang.

»Wir haben nie geglaubt, dass du tot bist. Mutter hat es auch nicht geglaubt. Wir waren sicher, dass du zurückkommen würdest«, wisperte Eva.

»Und hast du Kaspar mitgebracht?«, wollte Maria wissen.

»Ja, ich habe ihn gefunden. Wir holen Mutter aus dem Turm zurück und bleiben hier wohnen, dann werdet ihr gesund, und alles, alles wird gut werden«, flüsterte Rosa, und Tränen liefen ihr übers Gesicht. Eva sah sterbenskrank aus. Ihr Kopf wirkte viel zu groß für den schmächtigen Körper, der nur noch aus Haut und Knochen zu bestehen schien. »Und, Eva, wir werden einen Arzt finden, der dich heilen kann.« Sie strich über ihre Wange, die sich kühl anfühlte. Gut, dann hatte ihre Schwester wenigstens kein Fieber.

»Ich werde mich umziehen und dann zum Rat fahren und Mutter wieder mitbringen. Kaspar werdet ihr später kennenlernen und auch Arevhat, eine Freundin, die ich aus Indien mitgebracht habe.«

»Eine indische Prinzessin?«, flüsterte Eva. »Ich möchte so gern eine indische Prinzessin sehen, bevor ich sterbe.«

»Eine wunderschöne indische Prinzessin.« Und Rosa nahm sich vor, dafür zu sorgen, dass Arevhat ihren schönsten Sari trug, wenn sie Eva besuchte.

»Aber nun muss ich mich beeilen, um dem Rat nicht noch mehr Gründe zu liefern, Vaters Betrieb zu schließen.«

Rosa wäre viel lieber bei ihren Schwestern geblieben. Sie

kamen ihr so schwach vor, als ob jeder Moment mit ihnen genutzt werden sollte, aber die Zeit drängte.

Sie stürmte die Stiege wieder hinab. »Arevhat, hol Kaspar rein. Toni, du musst uns helfen, wir wollen uns so prächtig ausstaffieren, dass alle uns ansehen müssen. Auch Kaspar.«

»Ich wüsste wirklich nicht, was ich lieber täte!« Toni klatschte in die Hände. »Das ist der vielleicht schönste Tag in meinem Leben. Ich werde gleich Wasser heiß machen!«

Arevhat brachte den völlig verschlafenen Kaspar ins Haus, wo er sich misstrauisch umschaute.

Als ihn Toni herzhaft umarmen wollte, zuckte er zurück, begann zu weinen und rannte zu Arevhat, um sich trösten zu lassen.

»Er hat die Haare von seiner Mutter«, sagte Toni, »aber sonst wirkt er ganz wie ein Wilder.« Sie beäugte seine Pajamas mit Widerwillen. »So läuft doch kein Christenmensch herum. Ihr solltet ihn für den Rat lieber in ordentliche Kleider stecken. Arevhat kann wie eine indische Prinzessin aussehen, aber der Junge soll der würdige Erbe deines Vaters sein.«

»Das wird nicht einfach werden.« Rosa und Arevhat sahen sich an. »Toni hat recht«, meinte Rosa. »Wir müssen ihn in Hosen und in ein Hemd mit Weste stecken, und vor allem braucht er ordentliche Schuhe.«

»So viel Zeit haben wir nicht, oder?« Arevhat schüttelte den Kopf. »Schau ihn dir an, er ist noch ein Kind und seit dem Tod seiner Mutter vollkommen durcheinander. Es ist doch gleichgültig, was er trägt. Wir sollten ihn in Frieden lassen.«

Toni wackelte skeptisch mit dem Kopf. »Der arme Wurm tut mir von Herzen leid, aber die Leute hier sind, wie sie sind.«

»Wir riskieren es.« Rosa seufzte. »Wir haben in der Tat keine Zeit, ihm jetzt noch passende Schuhe zu besorgen.

Wir sollten noch vor dem Mittagsläuten im Rat sein und vorsprechen.«

Alle nickten. Kaspar hatte sich beruhigt und bekam von Toni einen Brei vorgesetzt, während sich Arevhat und Rosa wuschen und ihre festlichsten Kleider anlegten.

Toni war hingerissen von Arevhats Sari, dessen Schulterstück mit Goldperlen und Juwelen verziert war. Immer wieder musste sie den Seidenstoff und die Spitzen von Rosas Kleid anfassen, als ob sie sich vergewissern wollte, dass das alles wirklich war und kein Traum.

Endlich waren sie fertig und bereit zum Aufbruch.

»Zuerst zum Schuldturm«, entschied Rosa nun doch. Arevhats Erinnerung an die letzten Worte ihrer Schwester hatten ihr deutlich gemacht, dass sie zuerst mit ihrer Mutter reden und danach vor den Rat treten sollte. »Aber ihr braucht die Erlaubnis vom Rat, um jemand dort herauszuholen«, wandte Toni ein.

»Ich will ja nur mit Mutter sprechen.«

»Ich wünsche euch viel Glück.« Toni spuckte dreimal über die Schultern von Rosa und Arevhat.

55. Kapitel

Nachdem Rosa und Arevhat den neugierig starrenden Wärter mit einem Silbertaler bezahlt hatten, durften sie in einem dunklen Loch warten.

Rosa fühlte sich, als hätte man ihre Beine mit Blei beschwert, ihr Magen war wie zugeschnürt und ihr Mund trocken. Wie würde ihre Mutter reagieren? Was würde sie sagen?

»Soll ich hinausgehen, möchtest du mit deiner Mutter allein sein?«

Rosa nahm die Hand ihrer Freundin. »Ich weiß es nicht.«

»Hast du Angst vor ihr?«

»Nein, aber früher hat sie es immer wieder geschafft, mich mit ihrer Kälte mitten ins Herz zu treffen.«

»Und du glaubst, nichts hat sich geändert?« Arevhat sah ihr direkt in die Augen.

Rosa zögerte. Von draußen war Kettengeklirr zu hören. Arevhat erhob sich und lächelte Rosa aufmunternd zu. »Ich glaube, es ist besser, wenn ich draußen bei Kaspar auf dich warte.«

An der Tür traf sie auf den Wärter und Rosas Mutter. Sie musterten sich, aber niemand sagte ein Wort.

Der Wärter hieß die Mutter, auf einem Schemel Platz zu nehmen, kettete deren Fußfesseln an der Wand an, dann wandte er sich zur Kerkertür, drehte sich noch einmal um und knurrte: »Eine Viertelstunde, mehr ist nicht drin.« Mit einem Knall schloss er die Tür und scheuchte damit eine Ratte auf, die sich quiekend in die andere Ecke verzog.

Im Licht der einzigen, trübselig flackernden Öllampe sah Rosa ihrer Mutter unverwandt ins Gesicht.

Sie war in sich zusammengesunken, ihr Rücken krümmte sich wie unter einer unsichtbaren Last, das Haar unter der schmutzigen Haube war von einem elenden Grau, nur ihre Augen flackerten in ihrem gewohnt unerbittlichen Graugrün.

Ihre Augen trafen sich, Rosa zuckte zurück. Immer noch voller Ablehnung.

»Du bist zu spät!« Ihre Mutter klang heiser. »Viel zu spät.«

»Aber ich habe Kaspar mitgebracht.«

Ihre Mutter zuckte müde mit den Schultern und machte eine wegwerfende Geste mit der Hand. »Zu spät, nun haben wir gar nichts mehr.«

»Das werde ich nicht zulassen.«

Ihre Mutter lachte auf. »Ach nein, und was willst du tun?«

»Das wirst du schon sehen. Du musst mir nur vertrauen. Doch vorher muss ich wissen, warum es der Dobkatz auf uns abgesehen hat.«

»Das spielt keine Rolle, wir haben die Bedingungen des Rates nicht erfüllt.«

»Und doch spielt es eine große Rolle. Dobkatz steckt mit dem Mann unter einer Decke, der meinen Tod befohlen hat. Warum, Mutter?«

Ihre Mutter wurde noch blasser, doch sie schwieg, ihre Lippen fest zusammengepresst.

»Ich werde erst gehen, wenn du mir die Wahrheit gesagt hast.«

»Die Wahrheit«, sagte ihre Mutter mit heiserer Stimme, »die Wahrheit, die verdammte Wahrheit. Was ist mit meiner

Dorothea, wenn du ihren Sohn Kaspar hast, wo ist dann sie?«

Ihre Mutter musste sehr erschöpft sein, sie hatte geflucht, und sie hatte sich eine Blöße gegeben, hatte Gefühle gezeigt und nach ihrer Lieblingstochter gefragt.

Rosa witterte ihre Chance. »Ich werde dir das erst verraten, wenn du mir sagst, was du weißt. Immerhin war sie es, die mir in Indien aufgetragen hat, dich danach zu fragen«, schwindelte Rosa, »was es mit dem Geheimnis meines Blutes auf sich hat.«

»Aber woher ...«, stotterte ihre Mutter mit vor Entsetzen weit aufgerissenen Augen.

»Also? Wir haben keine Zeit. Wie lange willst du noch in diesem Gefängnis verrotten?«

»Wie geht es ihr?«

Rosa brauchte nur einen Lidschlag, um eine Entscheidung zu treffen. »Gut, es geht ihr gut.«

Ihre Mutter entspannte sich etwas, dann rutschte sie auf dem Schemel hin und her, schließlich gab sie sich einen Ruck.

»Der Dobkatz und ich, wir ...«, sie räusperte sich, »wir haben uns sehr geliebt. Er ...« Sie sah Rosa trotzig in die Augen. »Er war der einzige Mann, den ich jemals geliebt habe.«

»Aber warum verfolgt er uns denn dann so unerbittlich?«

»Weil er glaubt, ich hätte ihm nur vorgegaukelt, ihn zu lieben. Er ist der festen Überzeugung, dass ich ihn verraten habe.«

»Was hat ihn zu diesem Gedanken gebracht?«

»Nun ...«, ihre Mutter rang die Hände, »... als ich deinen Vater geheiratet habe, sehr plötzlich, nun, da war ich schon guter Hoffnung. Meine Eltern haben den Kartenmacher Zapf gekauft, um meine Ehre zu retten.«

»Das verstehe ich nicht, von wem warst du denn schwanger?« Rosa hielt inne, weil ihr mit einem Schlag klar wurde, was das für sie bedeutete. Ihr Vater, ihr geliebter Vater, war gar nicht ihr Vater! In ihrer Kehle steckte plötzlich ein riesiger Kloß, der sogar das Atmen zur Qual machte. Und ihr Hexenfinger hatte sich nicht gerührt. Das, was ihre Mutter gesagt hatte, musste also wahr sein.

Ihre Mutter verzog die Lippen zu einem bitteren Lächeln und nickte. »Du hast es erkannt, ich war nicht von deinem Vater schwanger, aber auch nicht von Dobkatz. Er und ich haben uns nur ein einziges Mal geküsst, denn wir waren uns einig darüber, was Recht und was Unrecht ist.«

Sie war also nicht die Tochter des Spielkartenmachers, sie war ... Ja, wer war sie denn dann? Luis fiel ihr ein, wie er sie im Boot gefragt hatte, wer sie denn sei. Luis.

Sie versuchte, ihrer Mutter wieder zuzuhören.

»Obwohl er also nicht dein wirklicher Vater war«, murmelte diese gerade, »so hat er dich doch geliebt, und ich habe seine Tochter gerngehabt, denn nur wenn ich sie ansah, konnte ich alles andere vergessen.«

»Aber wer ist dann mein leiblicher Vater?«

Das Lächeln verlosch. »Das tut nichts zur Sache. Jetzt weißt du, warum der Dobkatz glaubt, dass alle Weiber Huren sind und nur ein Ziel verfolgen: den Mann dem Spott auszusetzen. Er hat nie wieder eine angeschaut.« Wie zu sich selbst wiederholte sie: »Nie mehr. Und ich habe ihn immer verstanden. Immer.«

Rosa betrachtete ihre Mutter, und sie konnte sich beim besten Willen nicht vorstellen, wie es geschehen sein konnte, dass ihre Mutter von einem Unbekannten schwanger ... Doch plötzlich durchschnitt eine Erkenntnis ihren Leib.

»Mutter …« Rosa wusste nicht, wie sie es sagen sollte, ohne ihre Mutter zu kränken. »Hat … hat man dir Gewalt angetan?«, fragte sie.

Die Augen ihrer Mutter verdunkelten sich, und sie senkte den Kopf, als hätte man ihr gerade ein Joch aufgebürdet.

Es stimmte also, jemand hatte ihrer Mutter das angetan, was diese Dreckskerle ihr am Brenner angetan hatten. Aber Rosa hatte Glück gehabt, sie war nicht schwanger geworden, wurde nicht durch ein Kind dauernd an ihre Demütigung erinnert. Sie starrte ihre Mutter an, und dann merkte sie, wie sie selbst anfing zu zittern. »Dann bin ich also das Kind von einem solchen, solchen …« Vor Rosas Augen drehte sich alles, das Gewicht des Kerls war plötzlich wieder da, schien sie zu ersticken.

Ihre Mutter räusperte sich. »Ich habe alles versucht, um dich zu lieben, aber dann hattest du auch noch dieses Zeichen des Teufels an deiner Hand. Rosa, es tut mir leid.«

Rosa rutschte von ihrem Hocker in das dreckige Stroh und schnappte nach Luft.

Ihre Mutter bückte sich zu ihr, zog sie hoch und legte ihre Arme um sie. »Rosa, Rosa, wirklich, es tut mir leid.«

Rosa zitterte immer noch. Was hatte ihre Mutter durchgemacht! Sie versuchte, sich zu beruhigen, weil Fragen durch ihren Kopf schossen wie eine Ladung wild gewordener Schrotkugeln. »Hat der Zapf das gewusst?«

Ihre Mutter nickte.

»Aber warum hast du nicht mit Dobkatz darüber geredet? Wenn er dich wirklich geliebt hätte, dann hätte er dich doch auch so genommen, oder nicht?«

Ihre Mutter entließ sie aus ihren Armen, und Rosa setzte sich wieder auf den Hocker.

»Das war unmöglich!«

Rosa spürte, wie sich ihre Mutter wieder verschloss, und obwohl sie zum ersten Mal verstehen konnte, was ihre Mutter so hart gemacht hatte, fühlte sie sich dermaßen elend, als hätte man ihr den Boden unter den Füßen genommen.

Ihr geliebter Vater war nicht ihr Vater. Deshalb hatte er den Brief nicht zu Ende geschrieben, weil er ihre Mutter schützen wollte.

»Das verstehe ich nicht. Du wurdest doch dazu gezwungen, das hätte er doch vergeben können?«

»Aber das hätte ich ihm niemals erzählen können. Unsere Liebe war rein.« Ihre Mutter richtete sich auf und sah Rosa stolz in die Augen.

»Aber es war doch nicht deine Schuld. Was ist denn das für eine Liebe?«

»Davon verstehst du nichts.«

»Wer ...« Rosa wagte kaum, es auszusprechen, wagte kaum, es sich vorzustellen, aber sie wollte es trotzdem wissen. Sie holte tief Luft, doch dann drängten sich die Bilder der Mörder vom Brenner wieder vor ihre Augen. Wenn nun so einer ihr Vater wäre? Auch dann, so ermutigte sie sich, auch dann muss ich es wissen.

»Mutter, weißt du, wer mein Vater ist?«

Die Augen ihrer Mutter füllten sich mit Tränen. Rosa kniete sich vor ihren niedrigen Schemel, zog sie fest an sich, und ihre Mutter ließ es geschehen. Rosas Herz trommelte voller Angst. Ihr Vater war ein Schwein, und trotzdem wollte sie wissen, wie er hieß.

»Ja«, flüsterte ihre Mutter. »Ja, ich weiß, wer dein Vater ist. Aber ich habe es nur dem Zapf erzählt, denn er wollte kein Geld für die Heirat mit mir, sondern allein die Wahrheit.« Sie atmete schwer. »Heute denke ich, es war vielleicht doch ein Fehler, es Dobkatz nicht zu sagen. Denn sein Hass sollte sich auf ihn richten. Nicht auf mich oder dich.«

»Dann kennt Dobkatz diesen Mann?«

»Es war sein Vater.«

Die Tür wurde vom Wärter aufgestoßen. »Die Zeit ist jetzt um, ihr Turteltäubchen.«

Rosas Beine zitterten, als sie sich erhob, sie taumelte, fühlte sich, als hätte man ihr mit einem Holzprügel den Schädel eingeschlagen. Einen Vergewaltiger zum Vater, dröhnte es durch ihren Kopf, und nicht irgendeinen Kerl, nein, der Vater von Dobkatz, dieses miese Schwein war auch ihr Vater.

56. Kapitel

Sie stolperte zum Wagen, an den Leuten vorbei, die sich neugierig um Arevhat und Kaspar geschart hatten, und ließ sich wortlos neben sie fallen.

Arevhat schnalzte mit der Zunge, um das Pferd in Trab zu versetzen.

Wie betäubt saß Rosa auf dem Kutschbock und versuchte, Ordnung in ihre Gedanken zu bringen.

»Ich …«, begann sie, »ich …«

Arevhat legte ihre Hand auf Rosas Arm. »Mir musst du nichts erklären.«

»Es ist viel schlimmer als alles, was ich mir je hätte vorstellen können.«

Kaspar zwängte sich neugierig zwischen die beiden Frauen und fragte Arevhat etwas.

Rosa betrachtete Kaspar nachdenklich. Sie war mit ihrem Neffen nicht einmal verwandt. Dorothea stammte aus der ersten Ehe ihres Vaters. Aber immerhin hatte sie den rechtmäßigen Erben ihres Vaters nach Hause gebracht. Ihres Vaters?

Bozen, Verona, Venedig, die Kapverden, das Kap der Guten Hoffnung und schließlich Masulipatnam und Orukal, alles für ihren Vater, der nicht ihr Vater war, also alles für nichts!

Nichts.

Warum hatte ihr Vater nicht den Mut gehabt, ihr die Wahrheit zu sagen? Wenn sie nur einmal von ihm selbst gehört hätte: Ja, du bist nicht meine leibliche Tochter, und doch liebe ich dich wie mein eigenes Kind. Er hatte ihre Mutter schützen wollen, aber was war mit ihr?

Sie spürte Arevhats Wärme, atmete den Geruch nach Milch und Kind ein, der den rotblonden Haaren von Kaspar entstieg.

War das wirklich nichts? War es nicht großartig, dass sie dieses Kind nach Hause geholt hatte, bevor man es zum Eunuchen hatte verstümmeln und für immer zum Sklaven hatte machen können?

War es nichts, Dorothea noch einmal gesehen zu haben? War es nichts, Luis geliebt zu haben?

Tränen strömten ihr übers Gesicht.

Arevhat und Kaspar starrten sie fragend an.

»Wohin jetzt?«

Rosa versuchte ruhiger zu werden und gab Arevhat Anweisungen, wie sie fahren sollte.

So konnte sie nicht vor den Rat treten. Sie schniefte und versuchte langsam und tief zu atmen.

Sie ließen das Heilig-Geist-Spital linker Hand hinter sich und fuhren in Richtung Fleischerbrücke, von dort wandten sie sich nach rechts zum Hauptmarkt. Rosa betrachtete all die Fachwerkhäuser, die prächtigen Bürgerhäuser mit ihren rosettenverzierten Chörlein, den Schönen Brunnen, dessen Wasser in der Sonne hell aufblitzte, und es kam ihr so vor, als würde sie alles zum ersten Mal sehen.

Kaspar wollte am Schönen Brunnen haltmachen und klatschte entzückt in seine dicken Patschhändchen.

»Schön!«, sagte er, endlich einmal wieder ein deutsches Wort. »Mama hat erzählt, so sieht der Brunnen aus, der die kleinen Kinder bringt.«

Arevhat sah Rosa und lächelte. Doch Rosa konnte das Lächeln nicht erwidern. Was sollte sie mit ihrem neu erworbenen Wissen nun tun?

»Wir sind da, dort drüben ist das Rathaus.«

Arevhat starrte auf die Sebalduskirche und nickte zustimmend. Unter anderen Umständen hätte Rosa jetzt gelacht, aber so erklärte sie Arevhat nur müde: »Was da links deinen Gefallen findet, ist die Sebalduskirche, das Rathaus ist dort drüben.« Rosa wies mit dem Kopf nach rechts.

Arevhat half Kaspar beim Absteigen. Dann legte sie ihre Arme um Rosa und zog ihre Freundin eng an sich.

Rosa schluckte, das tat Arevhat sonst nie.

»Was auch immer du von deiner Mutter erfahren hast, denk daran, du bist nicht allein, und du bist stark.«

Sie ließ Rosa los und lächelte ihr ermutigend zu.

Rosa wusste nicht, was sie sagen sollte. Sie sollten lieber sehen, dass sie ins Rathaus kamen, denn sie waren schon von Gaffern umzingelt, die ständig mehr wurden. In Windeseile hatte sich auf dem Hauptmarkt herumgesprochen, dass eine indische Prinzessin und ihr Sohn vor dem Rathaus angekommen wären.

Arevhat nahm die linke Hand von Kaspar, Rosa seine rechte, und so schritten sie durch das Hauptportal ins Rathaus. Ich muss wieder klar werden, dachte Rosa, muss dem Rat Kaspar zeigen und unser Handwerk retten, alles andere soll Mutters Geheimnis bleiben.

»Hat der Großmogul deiner Stadt immer Audienz? Und kann jeder dorthin?«, fragte Arevhat, und Rosa war ihr dankbar, weil sie gezwungen wurde, sich auf das zu konzentrieren, was vor ihnen lag.

»Nein, es gibt so etwas wie Bürgersprechstunden, aber seit Jahren tagt der geheime Rat täglich, weil die Ratsherren nichts anderes mehr zu tun haben, als sich Vorschriften auszudenken, um die Handwerker und Kaufleute der Stadt zu quälen.«

Oder sie waren, wie ihr Vater – das Wort verursachte ihr erneut einen Stich in der Brust – gern behauptet hatte, damit beschäftigt, sich gegenseitig Pfründe und Pöstchen zuzuschieben, um noch mehr Geld zu scheffeln, ohne dabei in den Geruch zu kommen zu arbeiten.

Ein Ratsdiener hielt sie an und fragte, durch ihren Anblick verwirrt und daher stotternd, nach ihrem Begehr.

Arevhat wandte sich ihm zu, funkelte ihn dabei so herablassend an wie einen Sklaven, der es gewagt hat, die Königin mit Belanglosigkeiten zu behelligen.

Kaspar betrachtete die schlichte dunkle Uniform des Dieners mit Interesse, wie ihm überhaupt alles, was er sah, zu gefallen schien.

»Wer seid Ihr, dass Ihr uns hier belästigt? Bringt uns sofort zum Obersten Losunger. Es soll Euer Schade nicht sein.« Arevhat winkte huldvoll mit einem Silbertaler, was den Ratsdiener zu einer Verbeugung veranlasste.

Zügig führte er sie durch die langen, hohen Gänge zu dem Zimmer, in dem Rosa vor zwei Jahren mit ihrer Mutter so laut ausgelacht worden war.

Selbst wenn ich damals schon gewusst hätte, wurde Rosa plötzlich klar, dass der Spielkartenmacher nicht mein Vater ist, so hätte ich trotzdem darum gekämpft, seinen Betrieb weiterzuführen. Er hatte sie geliebt, und alles andere spielte keine Rolle.

Sie wurden eingelassen, was den sich laut streitenden Rat zum Verstummen brachte. Ja, einer ging sogar so weit, sich zu erheben.

Rosa erkannte ihn wieder, es war der Ratsherr Wurffbain, der mit der Narbe, dessen Vater die Reiseberichte geschrieben hatte.

Die anderen Herren folgten seinem Beispiel, nur Dobkatz blieb sitzen und schüttelte den Kopf.

»Meine Herren! Meine Herren! Was soll denn dieser Zirkus? Behaltet Platz! Es gibt keine Veranlassung, niemand königlichen Geblütes hat diesen Saal betreten.«

Murrend setzten sich die Herren wieder hin.

Rosa und Arevhat schauten sich über Kaspers Kopf hinweg an.

»Also?«, fragte Dobkatz, nachdem sich alle wieder beruhigt hatten.

»Ehrwürdiger Rat«, begann Rosa, »ich habe meinen Neffen aus Indien nach Nürnberg zurückgeholt, ich habe genau zwei Jahre dafür gebraucht.«

Dobkatz beugte sich vor und durchbohrte Rosa mit seinen Blicken. »Soweit ich das richtig sehe, haben wir heute den sechzehnten Juli im Jahre des Herrn 1699 und nicht den fünfzehnten. Das sind zwei Jahre und ein Tag. Ihr habt also die Vorgaben nicht erfüllt.«

Empörung wallte durch ihren Körper. Dobkatz wusste ganz genau, warum sie gestern nicht mehr in die Stadt hineingekommen waren. Sie holte tief Luft, doch da begann schon ein anderer zu reden.

»Aber, lieber Dobkatz«, mischte sich Wurffbain ein, »jetzt wollen wir doch mal nicht gar so kleinlich sein. Einen Tag hin oder her, und das bei der Torsperre wegen der Pest, das nenne ich einen Erfolg. Unsere tapfere Nürnberger Frau hat es tatsächlich geschafft, diese Reise zu überstehen!« Er erhob sich und klatschte Beifall.

Dobkatz wischte ihn mit einer Handbewegung weg.

»Unsinn! Woher wissen wir denn, dass das Weibsbild überhaupt in Indien war? Weil sie eine Gauklerin gemietet hat für ihren Auftritt? Meine Herren, anstatt so schamlos auf den nackten Bauch dieser Betrügerin zu starren, sollten wir unsere Augen lieber auf den Jungen richten und uns der Frage zuwenden, wer denn dieses Kind ist.«

Hundsfott, elender, dachte Rosa und schleuderte ihm feindliche Blicke zu, die an ihm abprallten, ja ihn beinahe zu erheitern schienen.

Widerwillig breitete sich Gemurmel aus. Dobkatz schlug ungeduldig mit der Faust auf den Tisch. »Silentium, meine Herren, Silentium!« Danach trat endlich Ruhe ein.

»Also fahren wir fort. Wer ist dieses Kind?«

»Mein Neffe Kaspar, der Enkel meines Vaters, des Spielkartenmachers und Kupferstechers Zapf.« Rosa war stolz, dass sie nicht einmal über das Wort Vater gestolpert war, sondern mit fester Stimme laut und klar gesprochen hatte.

Dobkatz wedelte mit der blonden Locke, die er Rosa vor zwei Jahren abgenommen hatte, lachte höhnisch und zwirbelte die Enden seines Spitzbartes.

»So, Ihr wollt uns also weismachen, dass diese Haare hier in meiner Hand identisch sein sollen mit den roten dieses Kindes?«

Rosa nickte. »Der Junge hat genau die gleichen Haare, die meine Schwester und mein Vater hatten.«

Arevhat mischte sich ein. »Es ist doch eine altbekannte Tatsache, dass sowohl die Augen als auch die Haarfarbe eines Neugeborenen nicht immer so bleiben.«

»Das mag wohl sein«, Dobkatz gab sich jovial, nur um dann seinen nächsten Pfeil abzuschießen, »doch habt ihr sonst noch irgendeinen Beweis anzubieten, dass wir hier den Enkelsohn des Kartenmachers Zapf vor uns haben?«

Rosa überlegte, ob es an Kaspars Körper irgendetwas gäbe, was ihn mit ihrem Vater in Verbindung brächte. Beinahe wünschte sie, ihr Neffe wäre ebenso verkrüppelt wie sie, das wäre ein Beweis, den alle akzeptieren müssten. Aber er ist ja nicht dein Neffe, er ist nicht einmal verwandt mit dir, flüsterte eine böse Stimme in ihrem Kopf.

Aber darum ging es jetzt nicht, machte sie sich klar. Wenn sie dieser Stimme zuhörte, wenn sie nicht weiterkämpfte, dann war all die Liebe, die der Spielkartenmacher ihr entgegengebracht hatte, an sie verschwendet worden, dann war sie seiner Liebe nicht wert gewesen.

»Nun?« Dobkatz und die anderen schienen noch immer auf eine Antwort zu warten.

»Lässt er vielleicht schon eine Begabung zum Zeichnen erkennen?«, fragte ein wohlwollender, schmerbäuchiger Ratsherr.

Arevhat räusperte sich, bevor Rosa antworten konnte. Dann begann Arevhat zu sprechen.

»Diese Frau hier«, Arevhat zeigte dramatisch mit der ausgestreckten, reich mit Ringen geschmückten Hand auf Rosa, »hat ihr Leben aufs Spiel gesetzt, um ihren Neffen aus dem Harem zu retten, wohin man ihn und seine Mutter verschleppt hatte, und das alles nur, um Eure fragwürdigen Auflagen zu erfüllen. Ihr habt ihre Mutter höchst voreilig in den Schuldturm geworfen, ohne jede Erklärung, und jetzt sitzt Ihr hier und bezweifelt, dass dieses Kind der einzig wahre und richtige Erbe ist. Ihr solltet Euch schämen!«

Rosa bewunderte Arevhat, die sich wie eine Löwin in Positur geworfen und mit lauter Stimme gesprochen hatte.

Doch sie war sich nicht sicher, ob die Männer über Arevhats Worte auch nur eine Sekunde nachdenken würden.

Die Männer sahen sich an, alle starrten zu Dobkatz.

»Wieso ist die Zapfin schon im Schuldturm?«, fragte Wurffbain.

»Wegen ihrer Schulden.« Dobkatz zuckte mit den Schultern. »Das Weib hat's nicht anders verdient.«

»Wir bezahlen alles. Wir haben genügend Geld«, stellte Arevhat fest. »Sollen wir gleich hier?«

Die Ratsherren schüttelten ihre Köpfe. »Nein, jetzt geht es darum, zu entscheiden, ob das Kind der rechtmäßige Nachfahre ist«, befand der Schmerbäuchige.

Wurffbain meldete sich zu Wort und lächelte Rosa wohlwollend zu. »Ich hätte da einen Vorschlag. Wenn der Knabe von seiner Nürnberger Mutter aufgezogen wurde, dann wird er ja wohl der deutschen Sprache mächtig sein.«

Rosa nickte und wechselte mit Arevhat einen schnellen Blick – das konnte noch alles verderben. Seit sie unterwegs waren, hatte Kaspar jeden Tag weniger Deutsch gesprochen.

»Gut«, sagte Dobkatz in säuerlichem Ton, »dann möge der Knabe vortreten und uns etwas von seiner Mutter erzählen.«

Arevhat flüsterte mit Kaspar, dann schob sie ihn vor sich, blieb aber schützend hinter ihm stehen.

»Ihr müsst dem Kind schon Fragen stellen. Kaspar ist übermüdet von der Reise«, erklärte Rosa. »Und der Tod seiner Mutter hat ihn völlig durcheinandergebracht.«

»Wie heißt denn deine Mutter?«, fragte Dobkatz.

»Amatulkarim«, antwortete Kaspar wie aus der Pistole geschossen.

Die Ratsherren sahen sich verblüfft an.

»So wurde meine Schwester im Harem immer genannt«, beeilte sich Rosa zu erklären und hoffte, dass niemand ihre Lüge bemerken würde.

»Das Kind war im Harem?«, fragte der Schmerbäuchige mit weit aufgerissenen Augen.

»Wie bereits von Arevhat gesagt wurde: Mein Schwager wurde im Auftrag des Großmoguls von Aurangzebs Kriegern ermordet, meine Schwester und mein Neffe in den Harem verschleppt.«

Ein entsetztes Raunen ging durch den Raum.

»Und wo ist die Mutter des Kindes jetzt?«

»Sie ist tot.«

»Nun reicht es aber.« Dobkatz sprang auf und wies mit ausgestrecktem Zeigefinger auf Rosa. »Wollen wir den ganzen Tag hier sitzen und uns diese Ammenmärchen anhören?«

»Aber das sind beileibe keine Märchen!« Rosa stampfte mit dem Fuß auf und wandte sich mit Arevhat zum Gehen. »Kommt«, sie spuckte die Worte geradezu aus, »ich bin es leid – beenden wir also unsere Märchenstunde.«

Kaspar begann zu schluchzen. »Mama soll kommen und mir ein Märchen erzählen. Mama!«

Wurffbain beugte sich interessiert vor, und dann drehte er sich zu Dobkatz und sah ihn an. »So wird das nichts, Dobkatz. Lasst mich die Rede führen.« Er wandte sich wieder Kaspar zu. »Kaspar, du hast es also gern gehabt, wenn sie dir ein Märchen vorgetragen hat?«

Kaspar wischte sich mit dem Handrücken die Tränen vom Gesicht und versuchte, sein Schluchzen zu unterdrücken. »Ja.«

»Und welches war dir das liebste?«, fragte Wurffbain.

Während Kaspar überlegte, wackelte er mit dem Kopf,

seine Zungenspitze trat beim angestrengten Überlegen hervor und blieb dann zwischen seine Lippen geklemmt.

»Das kann ich nicht sagen«, platzte er schließlich heraus. »Das Märchen von den sieben Eiern mag ich«, er sah Wurffbain mit treuherzigen Augen an, »weil das nämlich so schön lange dauert. Aber die Geschichten vom Raubritter Eppelin, die hab ich auch gern.«

Rosa und Arevhat sahen sich hoffnungsvoll an.

»Warum hast du denn den Raubritter so gern?«

»Na, weil der so klug und mutig ist«, sagte Kaspar, und es klang wie »kluuch un muhtich«, und das brachte alle Ratsherren mit Ausnahme von Dobkatz zum Lachen.

Kaspar, erfreut über seinen Erfolg, legte noch nach. »Wie der Eppelin hat schon vorm Galgen gstanden und dann als letzten Wunsch nach seim Pfäht gfragt hat und mit eim Satz wah er davonn.«

Nachdem die Herren sich wieder beruhigt hatten, sahen sie sich an und nickten Wurffbain zu.

»Alles Lüge!«, rief Dobkatz, außer sich vor Zorn.

»Noch nie war der Nürnberger Rat dermaßen kleinlich!«, widersprach Wurffbain. »Ich werde nicht zulassen, dass wir diese junge Frau so behandeln. Unser Oberster Losunger irrt, wenn er glaubt, dass er alleine eine Entscheidung treffen kann.«

Dobkatz wollte protestieren, aber Wurffbain fuhr nur mit noch lauterer Stimme fort: »Eine Entscheidung, die den Ruf unserer Stadt beschmutzen wird. Meine Herren, wir haben der jungen Frau eine nahezu unlösbare Bedingung gestellt. Rosa Sibylla Zapf hat sie unter den allergrößten Schwierigkeiten erfüllt. Jeder anständige Bürger, der noch einen Funken Ehre im Leib hat, muss sich meiner Entscheidung anschließen.«

»Der nackte Bauch hat dem Wurffbain den Kopf verdreht!«, giftete Dobkatz mit überschwappender Bosheit.

»Was für ein ausgemachter Unsinn.« Wurffbain grinste anzüglich. »Ihr scheint davon mehr beeindruckt als alle anderen Männer hier im Saal. Das verwundert mich nicht, denn als allein lebender Mann seid ihr ... nun ja, ein wenig unausgelastet.« Leises Kichern breitete sich aus. Dobkatz presste die Lippen zusammen, dann zischte er: »Was erlaubt Ihr Euch?«

»Kein Mann – außer Euch vielleicht – wird sich von einem nacktem Weiberbauch in seiner Entscheidung beeinflussen lassen!« Die anderen Männer nickten zustimmend und applaudierten Wurffbain.

»Kommen wir zur Abstimmung. Wer dafür ist, dass die Witwe Zapf die Werkstatt ihres verstorbenen Mannes für ihren rechtmäßigen Enkel Kaspar Zapf weiterführen darf, der hebe seine Hand.«

Alle Hände hoben sich, nur die von Dobkatz blieben unten.

»Damit ist die Entscheidung klar«, sagte Wurffbain und warf Dobkatz triumphierende Blicke zu. »Damit erkläre ich die Sitzung für beendet«, fuhr Wurffbain fort und erhob sich. »Meine Bratwurst wartet schon. Wir sehen uns am Nachmittag wieder.« Die anderen Ratsherren lachten und folgten ihm nach draußen.

Ein fast unmerkliches Beben ging durch Rosas Körper, ihre Brust hob und senkte sich heftiger als vorher. Sie tauschte mit Arevhat einen Blick aus, dann übermannte sie, trotz allem, was sie von ihrer Mutter erfahren hatte, die Freude. Sie nahm Kaspar in ihre Arme und wirbelte ihn um sich herum.

»Wir haben es geschafft, wir haben es geschafft!«, rief sie und tanzte mit dem Jungen durch den Saal. Arevhat versuchte, Rosas Begeisterung etwas zu bremsen, weil sie bemerkt hatte, dass einige Ratsherren im Hinausgehen missbilligend ihre Köpfe schüttelten.

»Rosa!«, rief da jemand, und die Stimme erkannte sie sofort. Luis.

Sie blieb abrupt stehen, drehte sich zu ihm und betrachtete ihn, als wäre er ein Geist. Diesmal sah er aus wie ein Pirat, denn ein schwarzer Bart verdeckte die untere Hälfte seines Gesichtes. Eine Schulter hing leicht herab, aber seine Augen hatten immer noch das gleiche grüne Funkeln, das ihr Herz schneller schlagen ließ.

Kaspar bettelte sie an, ihn weiter herumzuwirbeln, aber sie bemerkte sein Flehen gar nicht, sondern starrte nur auf Luis. Arevhat trat zu ihr und nahm Kaspar aus Rosas Arm.

»Ist er das?«, fragte sie.

Rosa nickte.

»Dann sprich mit ihm, wir warten draußen.« Arevhat verließ mit dem widerstrebenden Kaspar den Sitzungssaal.

»Was machst du hier?«, fragte sie und konnte sich nicht sattsehen an seinem Gesicht.

»Ich habe noch verschiedene Rechnungen offen.« Er lächelte sie nicht an, und seine kalte Stimme verwandelte Rosas Blut in Eisklumpen.

»Aber doch nicht mit mir.«

Dobkatz war wieder zurückgekommen, er unterbrach Rosa rüde und wandte sich wutschnaubend an Luis. »Ihr seid doch der katholische Priester!«

»Ich war katholischer Priester. Jetzt bin ich hier als Bruder von Marie-Christin. Ihr habt das Haus meiner Eltern angezündet und sie schwer verwundet. Ihr schuldet ihr was. Ihr habt Eure Position im Rat ausgenutzt und zusammen mit Baldessarini im Safranhandel schwer betrogen, indem Ihr das

Gewicht verändert und dann neue Siegel angebracht habt, um mehr Geld aus dem immer schlechter laufenden Handel zu pressen.«

Dobkatz zuckte mit den Schultern und wollte etwas sagen, aber Luis ließ ihn nicht zu Wort kommen.

Luis trat näher zu ihm hin. »Das ist noch nicht alles. Ihr habt das Geld aus dem maroden Gewürzhandel genommen und seid zusammen mit Baldessarini in den Sklavenhandel eingestiegen, weil Ihr unersättlich wart. Und jeden, der Euch im Weg stand, habt Ihr beiseitegeräumt.«

Rosa war gespannt, was Dobkatz zu seiner Verteidigung hervorbringen würde, und als er lächelte, hätte sie ihn am liebsten geohrfeigt.

»Wie wollt Ihr auch nur eine Eurer Anschuldigungen beweisen?«, fragte er.

Jetzt lächelte Luis und wedelte mit einem Dokument. »Das hier ist von Baldessarini.«

Dobkatz starrte das Papier an, und Rosa fürchtete, dass Dobkatz es sich schnappen und davonstürmen könnte. Aber Luis verstaute das Papier unbehelligt wieder in seiner Brusttasche. »Meine Schwester hat den Brand überlebt, den Ihr in der Walfischgasse gelegt habt. Ihr habt einen schweren Fehler gemacht, Dobkatz. Meine Familie hättet Ihr in Ruhe lassen sollen.«

»Feuer«, murmelte Rosa leise vor sich hin. »Feuer.«

»Eure Familie?«

»Die Verdiers, die besten Handschuhmacher in Erlangen.«

Dobkatz wischte sich den Schweiß von der Stirn. »Ihr habt doch gesagt, Ihr seid Jesuit und wäret im Auftrag Eures Konventes im Sklavenhandel tätig.«

»Ich habe gelogen, um Euch auf die Schliche zu kommen.« Luis grinste spöttisch. »Mit dem Lügen kennt Ihr Euch ja aus.«

»Aber ich habe nie jemanden ermordet!«

»Und wie nennt Ihr das, wenn Ihr Baldessarini Anweisung gegeben habt, dafür zu sorgen, dass Rosa Sibylla Zapf nicht mehr nach Hause kommt? Und wie nennt Ihr das, wenn derjenige, der Euch dabei beobachtet hat, wie Ihr das Feuer in der Walfischgasse gelegt habt, dann kurze Zeit später einen tödlichen Unfall erleidet? Zufall? Höchst komfortabel für Euch, findet Ihr nicht?«

Dobkatz öffnete und schloss den Mund, ohne dass ein Laut hervorkam. Dann bemühte er sich um einen heiteren Ton, der ihm gründlich misslang. »Und gleich werdet Ihr mir auch noch den Brand der Egidienkirche zur Last legen?«

Feuer.

Walfisch.

Die Spielkarten, auf die sie sich keinen Reim hatte machen können.

Die brennende Apotheke, der brennende Handschuh, die sieben Siegel der Stadt Nürnberg. Der Walfisch auf dem Bild mit dem brennenden Handschuh. Ihr Vater hatte gewusst, wer für den Brand des Handschuhmachers in der Walfischgasse verantwortlich war: die schwarze Katze.

Sie stürzte sich auf Dobkatz, schlug ihm auf die Brust.

»Hast du am Ende wirklich meinen Vater auf deinem Gewissen?« Ihre Stimme wurde schwächer, sie war kurz vor dem Ersticken. »Hatte er vielleicht gar keinen Unfall?« Sie räusperte sich, zwang sich zum ruhigeren Atmen. »Ich rate Euch, ehrlich zu antworten«, sagte Rosa. Sie zog den Handschuh von ihrer linken Hand, streckte sie aus und hielt sie Dobkatz, der sich entsetzt abwandte, mitten vors Gesicht.

Mit ihrer anderen Hand griff sie nach Dobkatz' Kinn, drehte seinen Kopf zu ihr, zwang ihn, sie anzusehen. Als er versuchte, sich ihr zu entwinden, baute sich Luis drohend hinter ihm auf.

»Ja, schaut nur her«, sagte Rosa. »Mit diesem meinen Hexenfinger kann ich ganz genau sagen, ob Ihr die Wahrheit sagt oder nicht. Und wenn nicht, dann werde ich Euch eigenhändig töten. Das ist auch etwas, was ich auf der Reise, zu der Ihr mich gezwungen habt, gelernt habe. Also, redet!«

»Ich, ich …«, stotterte Dobkatz.

»Weiter!« Rosa hatte ihren Hexenfinger weit abgespreizt, und es war ihr vollkommen gleichgültig, ob irgendwer in Nürnberg ihn sehen würde. Nie mehr würde sie ihn verstecken!

»Nun, nein, ich habe ihn nicht getötet.«

»Mein Finger wird kalt. Ihr lügt.«

Dobkatz schluckte, dann brach es aus ihm heraus: »Dass ein so abscheuliches Wesen wie Ihr es wagt, mich zu berühren, mich der Lüge zu beschuldigen.«

Rosa bedauerte, dass sie Arevhat den Dolch zurückgegeben hatte. Wie gern hätte sie ihm auf der Stelle die Kehle durchgeschnitten, doch sie hielt an sich, zuerst musste sie die Wahrheit wissen.

»Dobkatz, wie lange wollt Ihr noch lügen? Oder soll ich Euch zuerst noch einen Finger abschneiden?« In Rosa loderte eine entsetzliche Wut.

»Nun, Ihr irrt Euch«, stammelte Dobkatz endlich. »Ich habe noch nie einen Menschen getötet, dazu wäre ich gar nicht in der Lage. Als ich hörte, dass Euer Vater nach Erlangen reiten würde, wusste ich, welchen Weg er vom Handschuhmacher zurück nehmen musste. Ich habe mich im Gebüsch versteckt, ihm aufgelauert und sein Pferd erschreckt.«

»Wie?« Rosas Finger blieb warm.

»Ich habe mit der Pistole in die Luft geschossen. Es scheute, Euer Vater fiel unglücklich vom Pferd, und das war's.«

»Das war's.« Rosa trat einen Schritt zurück und musterte den Mann, vor dem ihre Mutter gezittert und vor dem sie selbst so viel Respekt gehabt hatte. Vor dem Mann, der den Tod ihres Vaters verschuldet hatte.

»Warum habt Ihr das getan? Und lügt mich nicht an!«

»Schon als damals die Apotheke ›Zur goldenen Kanne‹ gebrannt hat, hat er mir eine Spielkarte geschickt und mir geschrieben, dass er mich im Auge behalten würde. Ein unglücklicher Zufall, dass er genau an dem Tag in Erlangen war, als ich das Feuer bei den Verdiers gelegt habe. Dann hat er mir wieder Bilder geschickt und verlangt, dass ich mich stellen soll. Aber das konnte ich nicht, ich bin der Oberste Losunger, Nürnberg braucht mich!«

Luis schnaubte verächtlich. »Eure Zeit ist um!«

Rosa hatte Luis' Gegenwart fast vollkommen vergessen, so sehr hatte sie sich auf Dobkatz konzentriert. Ihr Finger hatte während Dobkatz' Rede überhaupt nicht reagiert, er sagte also endlich die Wahrheit. Aber sie war noch nicht fertig mit ihm. Sie atmete tief ein und holte zu ihrem letzten Schlag aus.

»Ein unglücklicher Zufall, wie? Nein, Ihr habt ihn gehasst, Ihr habt nur einen Grund gesucht, um ihm das anzutun. Dabei war das völlig unnötig.« Tränen rannen über Rosas Gesicht, weil sie wusste, dass sie das Geheimnis ihrer Mutter preisgeben musste, um Dobkatz ein für alle Mal Einhalt zu gebieten.

»Ihr habt mit Eurem Hass immer die Falschen gestraft«, stieß sie heraus. »Es war nicht der Zapf, der meine Mutter vor der Hochzeit geschwängert hat, o nein. Das war ein anderer Ehrenmann. Ihr hättet schon Euren eigenen Vater töten müssen, denn er war es, der meine Mutter geschändet hat, und ich …«, Rosa spie es ihm ins Gesicht, »… ich, die mit dem Hexenfinger, bin also deine Schwester!«

Dobkatz schnappte nach Luft, sah von Rosa zu Luis, wurde bleich und rannte aus dem Rathaus, als wären die Furien hinter ihm her.

57. Kapitel

Nachdem Dobkatz davongerannt war, standen sich Rosa und Luis allein im verwaisten Sitzungssaal gegenüber.

Rosas Beine zitterten, und es kam ihr so vor, als würden die Wände um sie herum tanzen, aber sie konnte jetzt nicht gehen. Sie musste wissen, ob er ihr verziehen hatte.

»Luis.«

»Schämst du dich nicht?«, fragte er.

»Es war nicht leicht, dich zu verlassen, als du krank warst, aber ich hatte gehofft, du würdest mich verstehen. Du hättest für Marie-Christin das Gleiche getan.«

»Du meinst, ich hätte dich, dem Tode nahe, zurückgelassen, dein Geld genommen und wäre abgehauen, das glaubst du?«

Er funkelte sie wütend an. »Es mag sein, dass ich es mit der Wahrheit nicht allzu genau nehme, aber dich, verdammt noch mal, dich hätte ich weder bestohlen noch im Stich gelassen.«

»Nicht einmal für Marie-Christin?«

Er wich ihrem Blick aus. Rosa hatte das Gefühl, er wollte wütend sein.

»Und danke auch, dass du den Franzmännern Geld für den Bau einer Kirche gegeben hast. Ich dachte, ich hätte deutlich gemacht, was ich von diesen fanatischen Heuchlern halte, die meine Familie zerstört haben.«

»Sie haben uns vorm Verdursten gerettet, und ich wollte, dass sie sich gut um dich kümmern, solange ich weg bin.«

Luis zog eine Augenbraue hoch. »Ach was, du hast doch gedacht, der stirbt sowieso, da spielt es keine Rolle, ob ich ihm das Geld wegnehme.«

Jetzt drehten sich nicht nur die Wände, sondern auch der Fußboden schien unter Rosa zu schwanken. »Du bist verrückt! Ich habe nur etwas Gold mitgenommen, der Rest war dort, wo ich ihn versteckt hatte.«

»Versteckt?« Er betrachtete sie so abschätzig, als hätte sie gerade versucht, ihm einen kranken Gaul zu verkaufen.

»An dem Abend, als du angeschossen wurdest.« Rosa rang nach Worten, es musste doch etwas geben, das ihn überzeugen würde. »Der Sack, den du gepackt hattest, war viel zu schwer für mich, außerdem warst du gerade angeschossen worden, und ich musste uns in Sicherheit bringen. Deshalb habe ich ihn am Hafen ins Wasser gestoßen, und dort war er noch immer, als ich dich abholen wollte.«

»Das hat sicher gut geklappt«, höhnte er. »So gut, wie du schwimmen kannst.«

»Ich nicht, aber Arevhat.« Rosa suchte etwas, an dem sie sich festhalten konnte. In ihrem Kopf wirbelten Wände und Worte und Bilder, ihre weinende Mutter, der davonrennende Dobkatz, der pickende Geier, zischelnde Kobras, ein krachender Mast, und schließlich brach eine riesige Welle über ihr zusammen und begrub alle Bilder und Worte unter grauschaumiger Gischt.

»Rosa, Rosa, komm zu dir!« Jemand schlug ihr kräftig auf die Wangen.

Sie öffnete die Augen. Luis hatte sie aufgefangen und hielt

sie in seinen Armen. Es fühlte sich gut an. Sie räusperte sich, musste unbedingt etwas sagen.

»Lass uns nicht die gleichen Fehler machen«, flüsterte Rosa und dachte mit Schaudern an Dobkatz und ihre Mutter. Wenn sie doch nur ein einziges Mal den Mut gehabt hätten, sich wirklich zu vertrauen.

»Wie meinst du das denn?«

»Verzeih mir, und lass uns von vorne anfangen. Du kannst mir vertrauen. Immer. Fühlst du das denn gar nicht?«

»Nicht leicht für jemanden«, brummte er widerwillig, »der nicht einmal seinen Eltern vertrauen konnte.«

Sie griff nach seiner Hand und legte sie auf ihre Brust. »Spürst du es jetzt?«

Luis lächelte. Und obwohl es in seinem dichten schwarzen Bart fast nicht zu erkennen war, sah Rosa es doch und schöpfte Hoffnung.

»Es ist nie leicht«, sagte sie. »Es wird nie leicht sein. Aber wir sollten es wagen.«

Statt einer Antwort erhob er sich und behielt Rosa auf seinen Armen, wie bei ihrem ersten Zusammentreffen.

»Was ist mit deiner Schulter?«, fragte sie und bedeutete ihm, sie wieder abzusetzen.

»Alles bestens, außer bei Nordwind.«

Rosas Finger sagte etwas anderes, aber sie schwieg, um ihn nicht zu kränken. Sie legte ihren Arm um seinen Hals und begann sich langsam wohler zu fühlen.

Er beugte sich über sie, als wollte er sie auf den Mund küssen, hielt dann aber mitten in der Bewegung inne.

»Du musst doch eine Hexe sein«, flüsterte er lächelnd, »denn wie sonst wäre es zu erklären, dass ich dich in meinen Armen halte, obwohl ich gerade noch voller Zorn war?«

»Das ist leicht erklärt, man nennt es Liebe, ganz einfach Liebe«, sagte Rosa und dachte kurz an Arevhat, die sie sicher ausgelacht hätte.

»Da könntest du leider recht haben«, murmelte Luis und küsste sie auf den Mund.

Sie schloss die Augen. Jetzt, dachte Rosa, jetzt bin ich wirklich und wahrhaftig zu Hause angekommen.

Glossar

ACHTSCHIGGES: »Meine Tochter« (Armenisch); eingedeutschte Schreibweise, eigentlich: »Aghchitges«.

ALAMGIR: s. Aurangzeb

AMIR: Amtsträger im Mogulreich, Befehlshaber über mindestens 500 Offiziere.

AURANGZEB: Aurangzeb Alamgir, Großmogul von Indien (1618–1707). Er ließ seinen Vater gefangen nehmen und ermordete seine drei Brüder, um auf den Thron zu gelangen. Unter seiner Herrschaft erfuhr das Reich der Großmogule seine größte Ausdehnung, das allerdings bereits kurz nach seinem Tod zu zerfallen begann. (siehe Karte)

Anders als seine toleranten Vorgänger, unter denen die Dichtung und die Miniaturmalerei zu großer Vollkommenheit gelangt waren, lebte er streng religiös und verschärfte Gesetze und Vorschriften. Allerdings schuf er auch ein wichtiges Bildungszentrum für Muslime in Lakhnau (Lucknow), im heutigen Bundesstaat Uttar Pradesh.

BILGE: Der unterste Raum auf einem Schiff, er befindet sich direkt oberhalb der Schiffsplanken oder des Kiels. In der Bilge sammelt sich bei Holzschiffen das in den Schiffsrumpf eingedrungene Wasser. Dieses Wasser nennt man Bilgewasser oder auch Kieljauche.

CAVATJIS: »Platz, an dem sich vier Wege treffen.« (Tamilisch). Eine Art Rasthaus für Reisende mit offenen Wänden, in dem aber auch Gericht abgehalten wurde.

CHOLI: (Hindi) Das Choli ist die sehr körperbetonte, bauchfreie Bluse zum Sari, dem traditionellen Wickelgewand der Frauen aus Indien. Es wird meist aus der gleichen Farbe und dem gleichen Stoff gefertigt wie der dazugehörige Sari.

CHÖRLEIN: Typische kleine Erker zur Straße hin, an Nürnberger Bürgerhäusern.

DEUTSCH-KOMMENDE: Nach der Reformation die einzige katholische Enklave in Nürnberg, die dem Deutschen Orden gehörte.

DUDUK: Armenisches Nationalinstrument, eine Flöte mit einem sehr großen Doppelrohrblatt. In der Regel aus Aprikosenholz, das Rohrblatt wird aus Schilf gefertigt. (Klingt eher wie eine Klarinette als eine Flöte.)

ETSCHMIADSIN: Eingedeutscht, eigentlich: »Etchmidadzin«. Stadt in Armenien, vom 2.–4. Jahrhundert die Hauptstadt Armeniens.

JUSTAUCORPS: Knielanger, taillierter Gehrock mit kleinen Kugelknöpfen, die ab der Taille offen blieben, mit Seitenschlitzen für den Degen und langen Ärmeln mit schmalen, aber weiten Aufschlägen. Von ca. 1660 bis 1770 die übliche Hauptoberbekleidung für Männer.

HOWDA: Sänftengestell für den Ritt auf Elefanten.

HUQQA: Wasserpfeife

GADU: »Katze« (Armenisch)

KELIM: Gewebter Flachteppich aus dem Iran, Kaukasus und Balkangebiet mit klaren Mustern.

KHURTI: Kinderjacke zum Pajama (s. u.).

KRANKENTRÖSTER: Meist ein dem niedrigen Klerus entstammender Geistlicher, u. U. auch erst Kandidat der Theologie oder Laienprediger, der auf dem Schiff für die geistliche Betreuung und Seelsorge zuständig war.

LATWERGE: Ein Mus aus stark eingekochten Pflaumen oder Zwetschgen, manchmal auch anderen Früchten, z. B. Hagebutten.

LAVASH: Armenischer Brotfladen aus Wasser, Mehl und Salz, der getrocknet wird und dadurch sehr lange haltbar ist und durch Befeuchten wieder weich wird.

MAHALDAR: Vorsteherin des Palastharems

MAHTABI: Der Platz, an dem der Großmogul wichtige (nächtliche) Gespräche im kaiserlichen Zeltlager führt.

MA'JUN: Starke Rauschdroge der Mogulzeit. Regional unterschiedliche Mixtur aus Hanf, Opiumsamen, Stechapfelblüten, Lotossamen, Pistazien, Mandeln, Milch, Dickmilch und Zuckerrohrsirup.

MASULIPATNAM: (siehe Karte) heute »Machilipatnam«. Stadt an der Ostküste Indiens, im Bundesstaat Andhra Pradesh. Einer der frühesten Handelsstützpunkte der British East India Company an der Koromandelküste.

MOGUL: Herrscher über den indischen Subkontinent; das Mogulreich dauerte von 1526–1858. Unter Aurangzeb erreichte es seine größte Ausdehnung bis fast ganz in den Süden.

NARMADA: Neben dem Ganges der heiligste Fluss Indiens mit zahlreichen Pilgerstätten. Er ist über 1300 Kilometer lang, entspringt vom Gipfel des Armatkantak in Zentralindien und fließt dann über 1300 Kilometer nach Westen, wo er ins Arabische Meer mündet.

NAZIR: Aufseher, meist im Harem.

OBERSTER LOSUNGER/OBERSTER HAUPTMANN: Die drei Obersten Hauptmänner standen an der Spitze des Nürnberger Rates. Ihre Aufgaben sind in etwa mit denen eines heutigen Oberbürgermeisters vergleichbar.

Eigentlich galt die Vereinbarung, dass jeder Patrizier, der Oberster Hauptmann wurde, seine Tätigkeit als Kaufmann aufgeben musste. Außerdem durfte er nicht länger Mitglied einer Handelsgesellschaft sein. Auf diese Weise sollte sichergestellt werden, dass die Entscheidungen nur zum Wohl der Stadt getroffen werden sollten. Doch zur Zeit des Romans war Nürnbergs Blüte vorbei und dämmerte seinem Niedergang entgegen, sodass man es nicht mehr so ganz genau nahm. Trotzdem handelt Dobkatz natürlich gegen jeglichen Ehrenkodex.

OPPERCHIRURGIJIN MEESTER: (Holländisch) »Schiffschirurg«. Der Schiffsarzt der holländischen Ostindiengesellschaft, der sich vor Amtsantritt einer Prüfung unterziehen musste, um zu verhindern, dass es Tote durch Inkompetenz des Arztes bei der Überfahrt gab.

ORUKAL: (siehe Karte) Heute »Warangal«. Stadt in Indien, liegt im Südosten des indischen Subkontinents, im nördlichen Binnenland von Andhra Pradesh.

PAGODA: Eine alte südindische Goldmünze, die bereits im 6. Jahrhundert umlief. Auf der Vorderseite zeigt sie einen Eber, die Rückseite war granuliert.

Die 1640 gegründete britische Faktorei in Madras erhielt das Privileg zugesprochen, Pagodas nach einheimischem Vorbild zu prägen, die dann vor allem in Südindien im Umlauf waren. Sonst war das Mohur gebräuchlich, eine indische Goldmünze, die unter Aurangzeb 16 Silberrupien wert war.

PAJAMA: Traditionelle Kleidung für Männer am Hof der Mogulzeit: lange, bis zum Fuß reichende Hose und der darüberfallende »jama«, eine feine Musselinbluse, deren Länge je nach Mode wechselte. Manchmal wurde darüber noch eine Weste getragen.

PALANKIN: Eine Art Diwan, etwa drei Fuß (1 Fuß entsprach ca. 30 cm) breit und sieben Fuß lang, weich gepolstert und mit vielen Kissen versehen. An seinen vier Ecken ragten lange Stäbe aus Bambusholz auf, die zu einem Gerüst miteinander verknüpft waren und über die Stoffbahnen aus Wachstuch hingen und so Schutz vor Regen und Sonne boten.

PALUV: Das kunstvoll verzierte Schulterstück des Sari.

PAPOOSHS: Feine Lederpantoffeln mit nach oben aufgebogener Spitze, die am Hof der Mogulzeit sowohl von Männern als auch von Frauen getragen wurden.

PEGNESISCHER BLUMENORDEN: Wurde 1644 von dem Nürnberger Patrizier Georg Philipp Harsdörffer und dem Theologen Johann Klaj gegründet als die Gesellschaft vom »Gekrönten Blumenorden von der Pegnitz« oder eben: »Pegnesischer Blumenorden«. Die Mitglieder, die sich Blumen als symbolische Hirten- oder Ordensnamen gaben, nannten sich selbst »Pegnitzschäfer«. Ziel der Gesellschaft war laut ihrer Satzung: die Förderung der Verehrung Gottes und der deutschen Treue, Pflege und Verbesserung der deutschen Sprache und Dichtkunst.

PELLERHAUS: Ein prächtiges Nürnberger Bürgerhaus mit Innenhofgalerien im Teil der Sebalder Altstadt, das Bartholomäus Viatis 1602 für seinen Schwiegersohn Martin Peller im Renaissancestil erbauen ließ.

PILAF: Orientalisches Gericht, hauptsächlich aus Reis bestehend, kann aber mit Fleisch oder Gemüse und Kichererbsen verfeinert werden.

PIS BEBEK: »schmutziges Baby/Säugling« (Armenisch/Türkisch)

PROFOS: Verwalter der Gerichtsbarkeit auf dem Schiff, der für Zucht und Ordnung und die Wachwechsel an Bord sorgt.

SE UNO XE SCAROGNÀ GHE PIOVE SUL CUŁO ANCA SE EL XE SENTÀ: »Dem Pechvogel regnet es auf den Arsch, auch wenn er darauf sitzt.« Altes venezianisches Sprichwort.

SHAD LAV: »sehr gut« (Armenisch)

SPLEISSEN: Taue spleißen: Tauenden miteinander verflechten, z. B. zum Verlängern oder um eine Öse einzuarbeiten.

TAR(R)OCK: Das wahrscheinlich älteste Kartenspiel der Welt, das ab ca. 1440 in Ferrara belegt ist. Es ähnelt entfernt Doppelkopf und umfasst 78 Karten. Aus diesem Spiel haben sich vermutlich die meisten anderen Kartenspiele entwickelt. Nicht zu verwechseln mit dem Tarot, das in der Esoterik verwendet wird. Allerdings waren bis zum Ende des 18. Jahrhunderts die Karten identisch.

TASLIM: Verneigung bis zum Boden vor dem (Mogul)-Herrscher.

VOGELMIERE: Pflanze aus der Gruppe der Nelkengewächse mit kleinen weißen Blüten, die in der Naturheilkunde vielfältig eingesetzt wird, besonders gegen Gelenkschmerzen und Rheumatismus.

WURFFBAIN: Der im Text vorkommende Charakter Wurffbain ist frei erfunden, doch einen Namensvetter hat es wirklich gegeben. Der hat 1686 das sehr interessante Reisetagebuch seines Vaters Johann Sigismund Wurffbain herausgegeben: »Vierzehnjährige Ostindianische Krieg- und Kaufmannsdienste«.

Falls Sie die Zitate, die Rosas Vater in seinem dramatischen Brief verwendet, nachlesen oder vertiefen möchten: Gracián, Baltasar: Hand-Orakel und Kunst der Weltklugheit übertragen von Arthur Schopenhauer, Frankfurt am Main, 2008 (Seite 96)

Auswahl von verwendeter und weiterführender Literatur und Danksagungen

Alles begann damit, dass ich an einem grauen Herbsttag eine zerfledderte Spielkarte auf der Straße in München fand, eine Karo-Dame. Ich hob sie auf, und auf dem Weg nach Hause fing ich an, mich zu fragen, seit wann es Spielkarten gibt …

Die Hauptfiguren meines Romans sind frei erfunden, doch ich habe versucht, die Zeit, in der sie leben, so realistisch wie möglich darzustellen. So hat es z. B. einen Wurffbain im Nürnberger Rat und den Großmogul Aurangzeb Alamgir tatsächlich gegeben.

Auch die Reise auf dem Schiff und vor allem die Gerichtsverhandlung konnte ich mir teilweise sogar in Anlehnung an Originalquellen der Vereinigten Ostindischen Kompanie erschließen und ausmalen.

Unzählige Publikationen haben mir bei der Recherche geholfen, die interessantesten zum Weiter- oder Nachlesen habe ich hier zusammengestellt. Darüber hinaus haben mir natürlich viele Menschen geholfen, bei denen ich mich hier auch noch bedanken möchte.

Rund um »Nürnberg«

BENNEWITZ, NADJA: Geschichte der Frauen in Mittelfranken, Cadolzburg 2003

BIRKEN, SIGMUND VON: Die Tagebücher des Sigmund von Birken Band 1 und 2, Würzburg o. J.

BÖCK, EMMI: Nürnberger Stadtsagen, Nürnberg 2002

JEGEL, AUGUST: Nürnberger Gesundheitsfürsorge, vor allem während des 16. Und 17. Jahrhunderts, Leipzig/Barth 1933

JULIA, CORNELIA: Die ungleichen Schwestern vom Milchmarkt, Nürnberger Kunstpädagog. Zentrum 1993

KAPP, VOLKER: Nürnberg und Italien, Tübingen 1991

KRUSE, BRITTA-JULIANE: Witwen, Berlin 2007

LEHNER, JULIA: Die Mode im alten Nürnberg, Stadtarchiv Nürnberg 1984

LESSMANN, SABINE: Maria von Sandrart, Hildesheim 1991

PAAS, JOHN ROGER: Der Franken Rom, Wiesbaden 1995

PAUMGARTNER, MAGDALENA: Magdalena und Balthasar, Frankfurt am Main 1989

PIECHULLEK, DIETER: Nürnberg – Marktplatz der Geschichte, Nürnberg 2007

POHL, HORST: Briefe des Nürnberger Rates aus dem 15., 16. und 17. Jahrhundert, Neustadt/Aisch 2001

Außerdem danke ich dem Verein »Geschichte für alle/Institut für Regionalgeschichte« in Nürnberg und dort besonders Herrn Hartmut Heisig, der mir trotz eisiger Kälte eine spezielle Führung durch das Nürnberg des 17. Jahrhunderts ermöglichte und dann mit unendlicher Geduld monatelang höchst abstruse Fragen rund um die Stadt Nürnberg und ihre Verwaltung beantwortet hat.

Rund um das Thema »Spielkarten«

Braun, Franz: Spielkarten aus Nürnberg, Köln 1999

Breitkopf, Johann Gottlob Immanuel: Versuch, den Ursprung der Spielkarten und die Einführung des Leinenpapiers zu erforschen, München 1985

Nürnberger Spielkarten-Verlag Zirndorf: 600 Jahre Nürnberger Kartenmacher und 10 Jahre Nürnberger Spielkartenverlag, Zirndorf 2001

Schloss- und Spielkartenmuseum Altenburg, Edition Logika 2004

Nur die freundliche Unterstützung des Schloss- und Spielkartenmuseums in Altenburg hat für mich die Werkstatt eines Spielkartendruckers lebendig werden lassen. Ich danke besonders der wissenschaftlichen Mitarbeiterin des Schloss- und Spielkartenmuseums, Frau Renate Reinhold, die sich sehr viel Zeit genommen hat, um mich an ihrem unglaublichen Wissen über die Geschichte der Spielkarte teilhaben zu lassen.

Zu den Reisen

Dieses Buch hätte nicht geschrieben werden können ohne meinen Mann Erol und seine armenische Tante Irma, von der ich zum ersten Mal »Achtschigges« bzw. »Mantschugges« (kleiner Sohn) gehört habe.

Eine wunderschöne Sammlung von armenischen Märchen gibt es hier:

Surmelian, Leon (Hrsg.): Armenische Märchen, Frankfurt am Main 1991

Wer keine Tante Irma zu Hause hat und noch mehr armenische Sprichwörter kennenlernen möchte, dem sei das folgende Buch empfohlen, in dem man auch die Gelegenheit erhält, das armenische Alphabet kennenzulernen:

SAKAYAN, DORA: Armenische Sprichwörter, Wiesbaden 2001

Es gibt sehr viele Bücher über das Reisen in der frühen Neuzeit, aber eines der ungewöhnlichsten, dem ich auch mein Wissen über die Etsch-Flößer verdanke, ist das hier:

DAL LAGO, BRUNA: Füße, Hufe, Räder, Wien/Bozen 1997

Von den zahlreichen Publikationen zum Thema Venedig gehörte für mich – vor allem vor dem Hintergrund, dass meine Heldin auf einem holländischen Schiff reist – dieses zu den interessantesten, weil man hier auch etwas zu den sozialen Gewohnheiten der jeweiligen Elite erfährt, was im direkten Vergleich mitunter fast schon komisch anmutet:

BURKE, PETER: Venedig und Amsterdam, Göttingen 1993

Es gibt zahlreiche Quellentexte zum Thema »Reise nach Indien«, die beste und umfangreichste kommentierte Quellensammlung ist sicherlich:

SCHMITT, EBERHARD: Indienfahrer. – Und für mich im Besonderen war der Band 2 sehr erhellend: Seeleute und Leben an Bord im ersten Kolonialen Zeitalter 15.–18. Jahrhundert, Wiesbaden 2008

Eine weitere unverzichtbare Quellensammlung:

DHARAMPAL-FRICK, GITA: Indien im Spiegel deutscher Quellen der frühen Neuzeit, Tübingen 1994

Wer nicht genug Zeit für die altertümlichen Quellen hat und trotzdem noch mehr über die Ostindienkompanien wissen möchte, dem empfehle ich:

NAGEL, JÜRGEN G.: Abenteuer Fernhandel – Die Ostindienkompanien, Darmstadt 2007

Rund um »Indien«

Für alle, denen die Geschichte von Raihana/Arevhat Lust auf mehr aus dem Reich der Großmogule gemacht hat, schlage ich die folgenden Bücher vor:

Die weltberühmte Professorin für indo-muslimische Kultur lehrte in Harvard und Bonn, und ihr Wissen über diese Epoche ist geradezu enzyklopädisch – und was noch erfreulicher ist, dieses Buch ist wunderbar zu lesen:

SCHIMMEL, ANNEMARIE: Im Reich der Großmoguln, München 2000

Wer es lieber knapp und kurz mag, dem ist auch damit gedient:

CONERMANN, STEPHAN: Das Mogulreich, München 2006

Wer sich direkt an der Quelle informieren möchte, dem seien diese beiden Bücher (die neu aufgelegt und somit leicht zugänglich sind) ans Herz gelegt:

WURFFBAIN, JOHANN SIEGMUND: Reise nach den Molukken und Vorder-Indien 1632–1646. Neu nach der in Nürnberg im Verlag J. G. Enndter im Jahre 1686 erschienenen Originalausgabe, Haag o. J.

HAAFNER, JACOB: Reise in einem Palankin, Mainz 2003

Fast wie ein Roman, aber doch sehr informativ zur Geschichte indischer Frauen ist:

WESTPHAL, WILFRIED: Shivas Töchter – Geschichte der Frau in Indien, Ostfildern 2006

Dem persischen Autor Tahir Shah sowie seiner indischen Frau Rachana danke ich nicht nur für die folgenden Buchtipps, sondern auch für die Bereitschaft, meine Fragen rund um Indien und die indische Mythologie sachkundig zu beantworten:

ARASARATNAM, SINNAPPAH: Masulipatnam and Cambay, New Delhi 1994

MARMON, SHAUN ELIZABETH: Eunuchs and sacred boundaries in Islamic society, New York 1995

MISRA, REKHA: Women in Mughal India, 1526–1748, o. O. 1967

Daneben hatte ich das große Glück, den indischen Dokumentarfilmer Sourav Sarangi mit Fragen zur indischen Geschichte und Gesellschaft löchern zu dürfen, wofür ich ihm herzlich danke.

Darüber hinaus finden sich spannende Informationen in diesen Büchern:

BECKER, JOACHIM: Medizingeschichte in Indien, Köln 1985

WERNER, ROLAND: Transkulturelle Heilkunde, Frankfurt/Main 2001

ZIMMER, HEINRICH: Mythen und Symbole in Indischer Kunst und Kultur, Zürich 1951

Außerdem möchte ich noch den Menschen danken, ohne die es dieses Buch so nicht geben würde:

Meiner Agentin Petra Hermanns, die diese Idee von Anfang an begeistert unterstützt hat, Frau Dr. Müller, die daran geglaubt hat und deren interessiertes und kritisches Lektorat den Roman weit vorangebracht hat, und Valesca Schober, deren wichtige Kommentare dem Text sehr gutgetan haben.

Und dann gab es zu meinem großen Glück die Kolleginnen und Freundinnen, die nicht müde wurden, Inhalte zu diskutieren oder Texte zu lesen. Ihnen allen und meiner Familie danke ich von ganzem Herzen für ihre Unterstützung.

NORINBERGA
Vulgo
Nurmberg.

1 S. Sebald.
2 Rahthaus.
3 Prediger Closter.
4 Vnser Frawen.
5 Augustiner Closter.
6 S. Ægidy.
7 Spital.
8 Barfüßer Closter.
9 S. Catharina Clost.
10 S. Laurenty.
11 S. Iacobi.
12 Carthus Closter.
13 S. Clara Closter.
14 S. Margretha Clost.
15 Zeüghaus.
16 Weyße thürn.
17 Teutsch haus.
18 Roß marckt.
19 Fisch bach.
20 Der Marckt.
21 Inner Lauffer thürn.
22 Schieß graben.
23 Schüd thürn.
24 Die Schütt.
25 S. Clara Closter
26 Korn haus.
27 Long ins lande.
28 Ochsenfelder.
29 New marckt.
30 New thor.
31 Haller thorlein.
32 Spital thor.
33 Frawen thor.
34 Werter thorlein.
35 Lauffer thor.
36 Die Pegnitz.
37 Thier gartner thor.
38 Fleisch Brück
39 Korn marckt.
40 Marstall.
41 Hader mühl.
42 Haller wisen.
43 Mühlen.
44 Stein bruck.
45 Vestner thor.
Wit excudit

56.

Grönland
ENGLAND
N O R D-
A M E R I K A
EU
St. Thomas
Gambia-mündung
A F
GROSSER
ATLANTISCHER
Tobago
Neu Granada
Friedrichsburg
S Ü D-
A M E R I K A
OZEAN
OZEAN
ARGENTINIEN

SIBIRIEN
RUSSLAND
A S I E N
CHINA
ARABIEN
Kanton
INDIEN
A
Malabar-Küste
Koromandel-K.
Nikobaren
brit.
Bismarck-
Arch.
N.-Guinea
INDISCHER OZEAN
Delagoa-B.
AUSTRALIEN

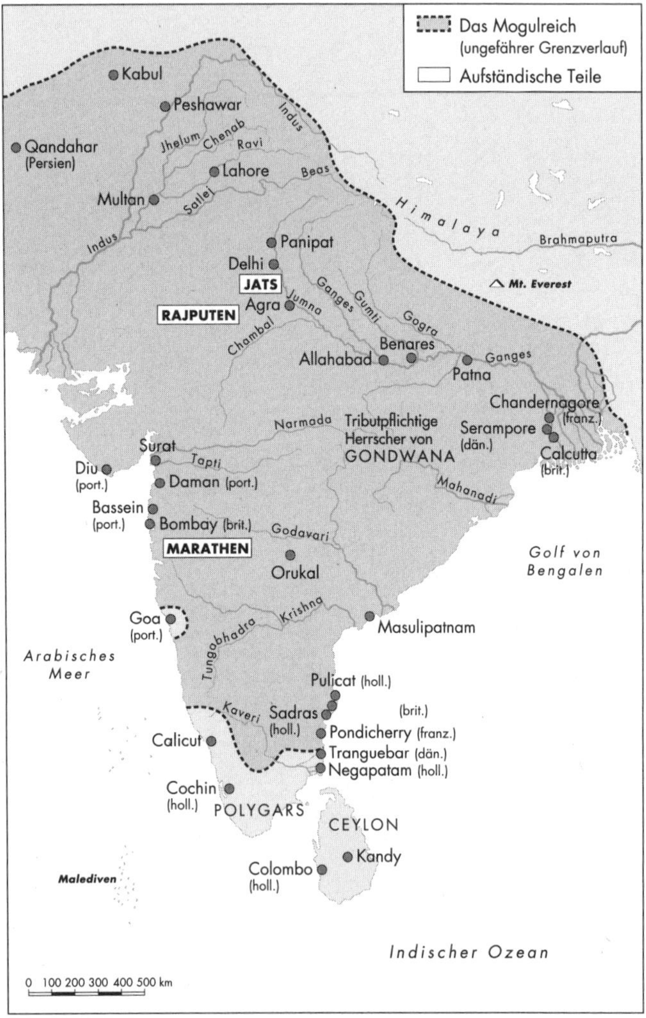

Das Mogulreich am Ende des 17. Jahrhunderts

Bildnachweis

Kartenmacherwerkstatt im 18. Jahrhundert. Holzstich. Residenzschloss Altenburg, Schloss- und Spielkartenmuseum

Stadtansicht von Nürnberg 1654, Stadtarchiv Nürnberg, Signatur: A 4/IV Nr. 158

Weltkarte:
»Die deutschen Kolonien. 100 Jahre Geschichte in Wort, Bild und Karte« von Karlheinz Graudenz und Hanns-Michael Schindler

Leider konnte in diesem Fall der Rechteinhaber der Kartenvorlage nicht ermittelt werden. Der Verlag bittet die Rechteinhaber oder eventuelle Rechtsnachfolger, sich mit ihm in Verbindung zu setzen. Er verpflichtet sich, rechtmäßige Ansprüche nach den üblichen Honorarsätzen zu vergüten.

Das Mogulreich am Ende des 17. Jahrhunderts: Stephan Conermann, Das Mogulreich, Geschichte und Kultur des muslimischen Indien. Verlag C. H. Beck, München, 2006 (= Reihe C. H. Beck Wissen). ISBN: 978-3406-53603-8, Zeichner: Peter Palm, Berlin